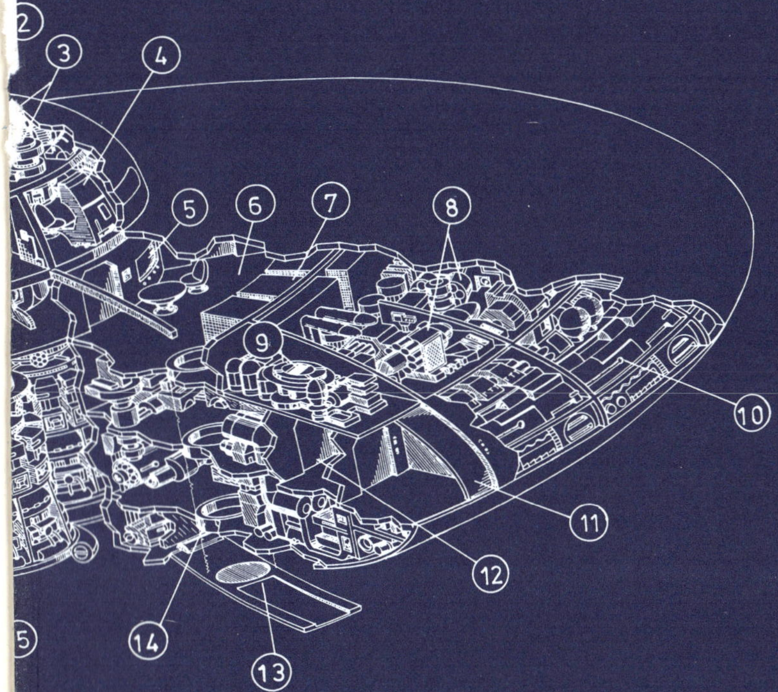

Zeichnung: Hans Knößlsdorfer

Perr

Das
im Uni

Perry Rhodan

Das Loch im Universum

Pabel-Moewig Verlag GmbH, Rastatt

www. perry-rhodan.net
Bearbeitung: Hubert Haensel
Redaktion: Sabine Kropp
Titelillustration: Johnny Bruck
Vertrieb: Edel Germany GmbH, Hamburg
Druck und Bindung: GGP Media GmbH, Pößneck
Printed in Germany 2010
ISBN: 978-3-8118-4095-9

1.

Für Verna Theran war der einäugige Roboter Laire ein geheimnisvolles Relikt aus einer unwirklich anmutenden Zeit. Er war uralt, und wahrscheinlich würde sie nie alle Geheimnisse klären können, die ihn umgaben.

Sie hatte Laire in der Nähe der Hauptzentrale getroffen und folgte ihm mit einigem Abstand. Sein Äußeres faszinierte sie. Der humanoide, zweieinhalb Meter große Roboter war aus flexiblem Metall gefertigt, das ihr geschmeidiger erschien als menschliches Zellmaterial. Sein linkes Auge war gewaltsam aus dem Schädel herausgebrochen worden. Die leere Augenhöhle wirkte ausgeglüht, und dazu passten seine verbrannten Fingerstummel.

Verna Theran arbeitete als Robotologin. Sie wusste mittlerweile, dass Loower Laires Auge vor sehr langer Zeit gestohlen hatten. Zweifellos war dafür eine starke Schmelzladung nötig gewesen. Die Vorstellung, dass Laire nach der Explosion mit beiden Händen in die fast glutflüssige leere Höhle hineingegriffen und dabei seine Finger verstümmelt hatte, faszinierte sie.

Was mochte der Roboter damals empfunden haben?

Spürte er den Verlust? Verna war davon überzeugt; Laire erschien ihr jedenfalls lebendiger als manches Lebewesen.

Vergeblich dachte sie darüber nach, ob sie ihn einfach ansprechen sollte. Laire befasste sich mit kosmischen Problemen, hatte sie gehört. Aber er redete mit niemandem darüber.

Er bewegte sich außerordentlich geschmeidig. Jeder Teil seines Körpers schien an dieser fließenden Bewegung teilzuhaben. Darin unterschied er sich grundlegend von allen anderen Robotern.

Verna war nicht die Einzige, die Laire beobachtete. Viele Besatzungsmitglieder schauten ihm mehr oder weniger offen hinterher.

Er ließ sich in einem Antigravschacht abwärts sinken. Als Verna ebenfalls in den Schacht sprang, schwebte der Roboter schon tief unter ihr, und als sie Augenblicke später auf demselben Deck wie er ausstieg, sah sie ihn gerade noch in einem breiten Gang verschwinden.

Nur wenige Menschen, vorwiegend Techniker, hielten sich in diesem Bereich auf. Verna fragte sich, was Laire hier wollte. Natürlich konnte er sich im Schiff ohne Einschränkung bewegen. Doch in diesem Sektor lagen nur Spezialwerkstätten für Reparaturen. In angegliederten Labors befassten sich Wissenschaftler mit Forschungsprojekten. Überwiegend Metallurgie.

Nach der nächsten Abzweigung war Laire verschwunden.

Der Korridor führte etwa vierzig Meter geradlinig weiter und endete an einem breiten Schott. Keine Tür zweigte vorher ab. Das Schott hätte sich keinesfalls in der Kürze der Zeit wieder schließen können, wäre Laire dort hindurchgegangen.

Erschrocken fuhr Verna zurück, als sich vor ihr ein Schatten aus dem Nichts heraus verdichtete. Gucky materialisierte. Der Mausbiber blickte sie mit großen Augen forschend an.

»Wieso folgst du Laire durch das halbe Schiff?«

Verna fürchtete, dass Gucky ihre Gedanken lesen und damit an ihrer ureigenen Welt teilhaben würde, die jedoch niemanden etwas anging.

»Ist es verboten, dass ich mich mit Laire befasse?«, fragte sie. »Ich will nur Galto Quohlfahrt beweisen, dass ich auf seinem Gebiet ebenfalls ernst zu nehmende Forschungsarbeit leisten kann.«

Gucky entblößte seinen Nagezahn. »Du willst dieser Knallrübe imponieren?«, fragte er schrill. »Der ist doch nicht in der Lage, ernsthaft zu arbeiten. Aber das interessiert mich gar nicht. Ich möchte wissen, warum ich deine Gedanken nicht erfassen kann.«

»Das kannst du nicht?«, fragte Verna verblüfft. »Aber du bist doch Telepath.«

»Eben. Und du bist nicht mentalstabilisiert.«

»Woher weißt du dann, dass ich mich mit Laire befasse?«

Mit zwei Fingern rieb Gucky sich über seinen Nagezahn. »Sagen wir einfach: Manches an ihm interessiert mich ebenfalls.«

Vernas Unruhe legte sich. »Als Robotologin möchte ich so viel wie möglich über Laire herausfinden.«

»Von Laire möchten viele mehr wissen. Die Frage ist nur, wie er reagieren wird, wenn du ihm ständig an den Hacken klebst.«

»Bei passender Gelegenheit werde ich ihn ansprechen und fragen, ob er einverstanden ist.«

»Na, dann viel Spaß«, sagte Gucky und teleportierte.

Vergeblich suchte Verna die Räume ab, die sich an den Korridor anschlossen. Sie fand keine Antwort darauf, wohin Laire verschwunden sein konnte.

»Wieso verschwand er plötzlich?«, fragte Verna Theran. »Wie hat er das gemacht und vor allem: warum?«

Galto Quohlfahrt saß ihr gegenüber. Ein verwirrtes Lächeln umfloss seine Lippen.

»Gibt es für eine junge Frau wie dich nicht tausend andere Beschäftigungsmöglichkeiten?«, entgegnete er. »Musst du dich ausgerechnet mit Laire befassen?«

»Ich muss.« Verna Theran saß mit dem Robotologen in einem winzigen Kaffeeausschank, in dem eine Robotbedienung die Illusion persönlicher Betreuung vermittelte. »Würdest du das endlich akzeptieren?«

»Na schön.« Quohlfahrt seufzte sauertöpfisch. »Aber viel Freude wirst du mit Laire nicht haben. Er befindet sich nicht gerade in bester Stimmung.«

»Laire dürfte kaum Stimmungen unterworfen sein.«

»Die BASIS fliegt zur Kosmischen Burg des Mächtigen Partoc.« Der Olliwyner nippte nur an seinem Kaffee. »Das entspricht ganz und gar nicht Laires Wünschen. Er will ins Solsystem. Schließlich ist er überzeugt davon, dass sich dort sein Auge befindet.«

»Falls es noch so ist.«

»Laire geht davon aus, dass die Loower es haben.«

Verna trank ihren Kaffee aus. »Auf die Loower ist Laire nicht gut zu sprechen. Es stimmt wohl, dass Laire deshalb schon mit Pankha-Skrin aneinandergeraten ist?«

»Rhodan hat beide sofort wieder getrennt«, erwiderte Quohlfahrt. »Andernfalls wäre Laire dem Quellmeister wohl an die Kehle gegangen.«

»Soviel ich weiß, ist Perry Rhodan nicht bereit, schon jetzt in die Milchstraße zurückzukehren. Er will zunächst alle sieben Kosmischen Burgen aufsuchen und die Zusatzteile für das Auge einsammeln.«

»Richtig«, bestätigte Quohlfahrt und ließ ein Bestellholo aufleuchten. Sein Blick pendelte zwischen den abgebildeten Tortenstücken und der Frau. »Rhodan will den Schlüssel vervollständigen, mit dem die Materiequelle durchquert werden kann.«

»Und daran ist Laire nicht unbedingt interessiert? Er kann die Materiequelle passieren, sobald er sein Auge wiederhat.« Verna schürzte die Lippen. »Wenn ich richtig verstanden habe, kann jemand von jenseits der Materiequelle allein mithilfe des Auges durch die Quelle gehen. Jemand von diesseits der Quelle braucht aber die Zusatzteile für die Passage.«

»Die Zusatzteile und das Auge«, bestätigte Quohlfahrt.

»Dann ist mir so ziemlich alles klar. Ich begreife nur nicht, warum Laire sich derart seltsam verhält.«

»Vielleicht bildest du dir das nur ein.«

»Ich werde dir beweisen, dass mit Laire etwas nicht stimmt«, protestierte die Frau. »Hoffentlich ist er dann nicht schon zur Gefahr für das ganze Schiff geworden.«

Quohlfahrt lachte schallend. Er lachte auch noch, als sie sich erhob und grußlos davoneilte.

Verna ärgerte sich maßlos über Quohlfahrt. Seine Worte hatten sie verletzt. Was konnte er dagegen einzuwenden haben, dass sie sich mit Laire befasste? War der einäugige Roboter ein Forschungsobjekt für ihn und er wollte keine Konkurrenz?

Nun gerade!, dachte sie und ging zum nächsten Antigravschacht.

Die Nachtperiode war angebrochen, als sie die Stelle erreichte, an der sie Laire aus den Augen verloren hatte. Im Schiff wurde es ruhig.

Verna öffnete das Schott am Ende des Korridors. Dahinter lagen zahlreiche Werkstätten. Sie standen jedem zur Verfügung, der sie benutzen wollte, doch nirgendwo wurde momentan gearbeitet. Die positronische Steuerung gewährleistete, dass niemand Schaden anrichten konnte.

Verna betrat eine Werkstatt für optische Geräte und schaute sich um. Die Frage, ob sie besser doch einen offiziellen Forschungsantrag an die Schiffsführung stellen sollte, drängte sich wieder in den Vordergrund ihrer Überlegungen. Aber schon Sekunden später vernahm sie ein eigenartiges Scharren. Lautlos huschte sie in die Richtung, aus der das Geräusch erklang, und sah gerade noch, dass Laire aus einer Öffnung in der Decke herabglitt. Wie ein Schatten schwebte er zu Boden und eilte davon.

Als Verna ebenfalls die Werkstatt verließ, war Laire schon weit vor ihr und bog gerade in einen Seitengang ein. Die junge Wissenschaftlerin folgte ihm. Erst an der Abzweigung wurde sie wieder vorsichtiger.

Laire stand nur noch etwa dreißig Meter von ihr entfernt im Schatten einer Trennwand. Verna hatte Mühe, ihn überhaupt zu entdecken.

Sie wartete. Laires Verhalten irritierte sie.

Nach nicht einmal einer Minute erschienen Perry Rhodan und Atlan am Ende des Korridors. Verna sah, dass der Arkonide Rhodan etwas zeigte. Rhodan nahm es in die Hand, betrachtete es sekundenlang und reichte es dem Weißhaarigen lächelnd zurück. Sie gingen weiter.

Unmittelbar darauf löste Laire sich aus seinem Versteck und schob sich bis zur Gangecke vor. Nach einem Blick um die Ecke zog er sich sofort wieder zurück. Verna schloss aus seinem Verhalten, dass Rhodan und Atlan erneut stehen geblieben waren und dass Laire nicht gesehen werden wollte.

Etwa fünf Minuten lang stand Laire völlig unbeweglich. Die Robotologin spielte schon mit dem Gedanken, ihn aufzuscheuchen, als er endlich den Gang verließ und sich in die gleiche Richtung wie die beiden Aktivatorträger entfernte.

Verna folgte dem Roboter, bis sie ihn im Eingang einer Werkstatt sah. Rhodan und Atlan näherten sich ihm jetzt, aber Laire bot sich keine Versteckmöglichkeit.

Rhodan blieb stehen. An seinem Mienenspiel erkannte Verna, dass er nicht erwartet hatte, den Roboter zu treffen.

»Laire, kann ich etwas für dich tun?« Der Terraner klang überrascht.

»Danke, aber das ist nicht nötig«, antwortete der einäugige Roboter. »Ich will nur einige Reparaturen vornehmen, doch bis jetzt habe ich nicht den Eindruck, dass die notwendigen Voraussetzungen gegeben sind.«

Er wandte sich zum Gehen, und die beiden Männer schlossen sich ihm an. Verna hörte, dass Laire etwas über metallurgische Grundwerte sagte, aber sie verstand nicht, worüber er redete.

Als alle drei aus ihrer Sicht verschwunden waren, betrat sie die Werkstatt.

Verna fragte sich, was Laire hier wirklich getan hatte. Sie war davon überzeugt, dass er nur eine Ausflucht gebraucht hatte. Dabei überraschte sie nicht sonderlich, dass Laire in der Lage war, von der Wahrheit abzuweichen.

Hatte er etwas getan, was unter Umständen die BASIS gefährden konnte? Sie untersuchte jede Apparatur in der Hoffnung, etwas zu finden, was ihr eine Antwort gab. Aber Laire hatte keine Spuren hinterlassen, die ihr weiterhalfen.

Gerade deshalb war Verna mehr denn je davon überzeugt, dass sie sich mit Laire befassen musste.

Die Robotologin suchte die Nähe der Hauptzentrale, wobei sie sich unter die Spezialisten und Wissenschaftler mischte, die in diesem Bereich zu tun hatten.

Beinahe zwanzig Stunden dauerte es, bis Laire wieder auftauchte. Gefolgt von dem Ka-zwo Augustus kam er aus einem der Antigravschächte. Bevor Verna ihn aufhalten konnte, betrat er die Hauptzentrale.

Abermals vergingen Stunden, bis sich eine neue Chance bot.

Augustus kam plötzlich auf die Robotologin zu. Sie stellte sich ihm in den Weg, als er vorübergehen wollte.

»Ich muss Laire sprechen! Bitte informiere ihn.«

»Laire ist für niemanden zu sprechen.«

»Auch nicht für Rhodan oder Atlan?«

»Sie sind Ausnahmen.«

»Es ist wichtig.«

»Unmöglich«, erklärte Augustus und ging weiter.

Enttäuscht blickte Verna ihm nach. Sie war so müde, dass ihr schon die Augen zufielen. Ihre Beine wurden schwer wie Blei. Eigentlich verrückt, dass sie sich so hartnäckig an den Gedanken geklammert hatte, Laire zu befragen.

»Was ist los mit dir?«, fragte eine helle Stimme.

Müde wandte sie sich um. Gucky stand da und musterte sie nachdenklich.

»Mädchen, du siehst elend aus. Du gehörst ins Bett.«

»Das weiß ich selbst«, entgegnete sie ungewollt heftig.

»Dann ist es ja gut«, bemerkte der Mausbiber und watschelte davon.

»Und warum gehen Sie nicht ins Bett?«, fragte eine andere Stimme.

Verna fuhr wie elektrisiert herum. Atlan stand vor ihr. Er musterte sie mit seinen roten Augen, die freundlich wirkten, sie aber bis ins Innerste zu durchleuchten schienen. Ihre Müdigkeit war schlagartig wie weggewischt.

»Weil ich ...«, begann sie, stockte dann aber.

»Weil Sie auf Laire warten. Warum so umständlich?« Atlan deutete auf ihr Kombiarmband. »Sie brauchen sich nur nach dem Kode zu erkundigen. Wir würden Sie ständig informieren, wo Sie Laire finden. Als Wissenschaftlerin sollten Sie überlegter vorgehen.«

»Sie wissen, dass ich mir vorgenommen habe, Laire zu erforschen?«

»Gucky hat es mir gesagt.«

»Sie haben keine Einwände?«

Der Arkonide schien erstaunt zu sein. »Je mehr wir über den Einäugigen wissen, desto besser. Er selbst sollte jedoch einverstanden sein.«

Verna dachte daran, dass Laire sich vor Rhodan und Atlan verborgen hatte. Dafür musste es einen Grund geben. Allerdings wäre es verfrüht gewesen, Atlan über das zu informieren, was sie gesehen hatte.

»Ich habe mit Augustus gesprochen und von ihm erfahren, dass Laire für niemanden zu sprechen ist.«

Atlan schien überrascht zu sein. »Bleiben Sie trotzdem dran«, empfahl er ihr. »Lassen Sie sich den Informationskode geben und beobachten Sie weiter. Wir haben nichts dagegen, wenn Sie sich direkt an Laire wenden. Zunächst jedoch würde ich an Ihrer Stelle aus der Distanz arbeiten.«

»Das habe ich vor.« Verna hatte nicht damit gerechnet, dass der Arkonide ihrer Arbeit so positiv gegenüberstehen würde. Er reagierte völlig anders als Quohlfahrt. »Ich werde Sie informieren, falls Sie das möchten«, versprach sie.

»Ich würde mich sogar freuen.« Atlan nickte ihr freundlich zu und ging weiter.

Verna aktivierte ihr Armband und ließ sich den InformationsKode für Laire geben. Erleichtert und zufrieden zog sie sich in ihre Kabine zurück, um zu schlafen.

Am nächsten Morgen rief Verna Theran sofort die Laire-Information ab. Sie erfuhr, dass sich der Roboter wieder in der Werkstatt aufhielt, in der sie ihn schon beobachtet hatte.

Verna erledigte ihre Morgentoilette in aller Eile, versorgte sich zwischendurch mit Kaffee und aß erst einen Bissen, als sie ihre Kabine verließ. Dennoch schien es, als sei sie zu spät gekommen. Sie war noch mehrere Decks entfernt, da verließ Laire die Werkstatt wieder.

Die Robotologin betrat die Räume dennoch.

Mehrere Metallbearbeitungsgeräte waren eingeschaltet. Ein flackerndes Warnlicht zeigte an, dass die Temperatur in einem Schmelzofen in den kritischen Bereich stieg. Offenbar versuchte Laire, eine Legierung herzustellen, die unter den gegebenen Bedingungen gar nicht zustande kommen konnte.

Verna prüfte die technischen Angaben des Ofens und nahm die nötigen Korrekturschaltungen vor. Sie war gerade noch rechtzeitig gekommen, dass sie eine Explosion verhindern konnte. Kurz darauf fielen alle Messwerte in den Normbereich zurück.

Dass ausgerechnet Laire bei der Metallbearbeitung einen Fehler gemacht hatte, irritierte die Wissenschaftlerin. Sie fragte seinen neuen Aufenthaltsort ab. Einen triftigeren Grund, als ihn auf den Fehler hinzuweisen, würde sie kaum erhalten.

Verna verließ die Werkstatt wieder. Nach einigen Metern hielt sie jedoch inne. Sie nahm als selbstverständlich an, dass Laire die Werkstatt nicht nur betreten, sondern auch an den Maschinen gearbeitet hatte. Dabei hatte sie keinen einzigen Beweis dafür. Es war besser, wenn sie sich noch einmal umschaute.

Eine dumpfe Explosion erschütterte den Gang. Nur wenige Meter vor Verna brach die Wand auf. Eine heftige Druckwelle erfasste die Robotologin und wirbelte sie meterweit durch die Luft. Verna versuchte noch, den Sturz abzufangen, aber sie schlug mit dem Kopf auf und verlor das Bewusstsein.

Dichter Qualm erfüllte den Gang. Im Hintergrund loderte Glut. Verna registrierte, dass Hände aus Metall nach ihr griffen und sie hochhoben, dann setzte ihre Wahrnehmung erneut aus.

Sie erwachte in einer Medostation. Eine freundliche Stimme teilte ihr mit, dass sie aufstehen durfte.

»Danke«, murmelte Verna und lächelte dem Medoroboter zu.

Im Empfangsbereich wurde sie bereits erwartet. Ein hochgewachsener und schlanker Mann trat auf sie zu. »Ich freue mich, dass Sie unverletzt geblieben sind, Verna«, sagte er. »Sie hatten Glück.«

»Was ist da überhaupt explodiert?«, fragte sie. »Ich kann mir nicht vorstellen ...«

»Mein Name ist Gorman«, unterbrach er. »Hank Gorman. Ich bin Sicherheitsbeauftragter und will herausfinden, was geschehen ist. Bislang wissen wir nur, dass ein Schmelzofen explodiert ist, in dem versucht wurde, eine exotische Legierung herzustellen.«

»Laire war vor mir in dieser Werkstatt. Nur er kann an dem Ofen hantiert haben.«

»Er war in der Werkstatt, aber er sagt, dass er den Ofen nicht in Betrieb genommen hat.«

Verna blickte ihr Gegenüber verständnislos an. »Der Ofen war falsch eingestellt, seine Überlastung wurde signalisiert. Ich habe Korrekturen vorgenommen, aber das war wohl falsch.«

Gorman bat sie, ihm genau zu schildern, was sie unternommen hatte. Schließlich nickte er zufrieden.

»Ich glaube, ich weiß Bescheid.«

»Aber ich nicht.« Die Robotologin seufzte ergeben. »Ich habe keine Ahnung.«

»Sie haben die Betriebsanleitung nicht richtig interpretiert. Deshalb kam es zu dem Unfall.«

»Ich habe genau das getan, was vorgeschrieben war!«, rief die Frau erregt.

»Niemand macht Ihnen einen Vorwurf, Verna. Der Schaden wird behoben, und damit ist die Sache für Sie erledigt.«

Gorman verabschiedete sich mit einem Nicken. Ärgerlich die Lippen zusammengepresst, schaute Verna ihm nach. Sie war mit dem Ende des Gesprächs überhaupt nicht zufrieden. Der Sicherheitsbeauftragte gab ihr die Schuld an der Explosion. Dabei wusste sie, dass sie alles richtig gemacht hatte.

Nur einer konnte für die Explosion verantwortlich sein: Laire.

Verna nahm sich vor, mit einem Metallurgen zu sprechen. Sie musste sich über den Schmelzofen informieren, um zu klären, was wirklich geschehen war. Sie wollte Gewissheit, ob sie die Explosion ausgelöst hatte oder ob der Ofen ebenso explodiert wäre, wenn sie nicht eingegriffen hätte.

Ein ungeheuerlicher Verdacht stieg in ihr auf. Plötzlich hatte sie das Gefühl, dass es auf jede Minute ankam.

Garrett Lesterham schüttelte den Kopf. »Normalerweise kann so ein Schmelzofen gar nicht explodieren«, erklärte er, wobei er Verna Theran durchdringend anblickte.

»Was wollen Sie damit sagen?«, fragte sie den Metallurgen. »Glauben Sie, ich hätte die Explosion mutwillig ausgelöst? Erstens verstehe ich zu wenig von diesen Öfen. Zweitens wäre ich dann kaum zu Ihnen gekommen.«

»Das wundert mich eben«, erwiderte Lesterham. »Es ist jedoch eine Tatsache, dass die Öfen dieses Typs positronisch abgesichert sind. Wollen Sie Laire unterstellen, dass er ein Attentat auf die Werkstatt verübt hat?«

»Das wäre absurd. Dennoch muss es einen Grund für den Vorfall geben, und den will ich herausfinden. Ich bin der Ansicht, dass dabei weit mehr aufgedeckt wird, als wir jetzt annehmen.«

Lesterham zuckte mit den Schultern und bequemte sich endlich, ihr die erbetene Beschreibung zu geben. Dabei stellte sich heraus, dass erhebliche Widersprüche bestanden. Verna war bald klar, dass jemand den Ofen und die Bedienungselemente manipuliert hatte. Daraus ergab sich, dass sie in der Tat die Explosion ausgelöst hatte, eben wegen der vorgenommenen Korrekturen.

»Das wäre jedem passiert«, stellte Lesterham fest. »Sie brauchen sich keine Vorwürfe zu machen.«

Das hatte sie schon einmal gehört. Solche Phrasen halfen ihr aber nicht, damit fertig zu werden.

Sie hatte Lesterhams Labor kaum verlassen, da sprach ihr Kombiarmband an. Das Konterfei einer jungen Frau aus der Informationsabteilung entstand.

»Ich habe eine Einladung für dich, Verna. Der Loower Pankha-Skrin möchte mit dir reden.«

»Mit mir?«, fragte die Robotologin verblüfft. »Das dürfte wohl ein Irrtum sein.«

»Mir liegt der Auftrag vor, dich zu verständigen. Ich weiß auch nicht, warum, aber der Quellmeister wird schon einen Grund haben.«

»Scheint so. Na schön. Ich lasse mich überraschen.«

Verna begab sich danach nicht sofort zu dem Loower, sondern suchte eine Messe auf, um eine Tasse Kaffee zu trinken. Sie wusste nicht viel über Pankha-Skrin. Eigentlich nur, dass er dem Volk angehörte, das vor mehr als einer Million Jahren Laires linkes Auge entwendet hatte.

»Was ist los mit dir, Verna?« Galto Quohlfahrt setzte sich ihr gegenüber an den Tisch und orderte ebenfalls eine Tasse Kaffee. »Ich habe gehört, dass du einen Unfall hattest. Du siehst gut aus wie immer.« In seiner Stimme schwang Besorgnis mit.

»Alles ist halb so schlimm.« Verna lächelte beschwichtigend. »Mir bereiten andere Dinge Kopfzerbrechen.«

»Zum Beispiel?«

»... dass Pankha-Skrin mich zu einem Gespräch in seine Kabine eingeladen hat.«

»Und weshalb bist du noch nicht bei ihm?«

»Weil ich nicht einmal weiß, was ich bei ihm soll.«

Quohlfahrt grinste anzüglich. »Verna, Mädchen. Wieso willst du unbedingt vorher begreifen, worum es geht? Sprich erst mit ihm. Außerdem kann ich dir einen Tipp geben.«

»Ja?«, fragte sie überrascht. Doch dann glaubte sie, dass er sie auf den Arm nehmen wollte. Ihr Gesicht verdunkelte sich.

»Es ist nicht gerade Bordgespräch, aber einigen bekannt, dass Pankha-Skrin und Laire sich nicht grün sind.« Quohlfahrt schlürfte den Kaffee. »Laire hat in dem Loower einen Angehörigen des Volkes erkannt, das sein Auge geklaut hat.«

»Das weiß ich bereits.«

»Rhodan hat die beiden ganz schnell wieder voneinander getrennt, weil er das Gefühl hatte, Laire könnte über Pankha-Skrin herfallen. Inzwischen habe ich erfahren, dass der Loower sich in der Werkstatt aufgehalten hat, in deren Nähe du verunglückt bist.«

»Willst du damit andeuten, dass Laire einen Anschlag auf den Loower versucht hat?« Verna riss die Augen weit auf.

»Auf keinen Fall. Ich komme gerade aus der Hauptzentrale. Für Rhodan ist ausgeschlossen, dass Laire einen Anschlag verübt hat. Es steht fest, dass der Unfall von dir ausgelöst wurde, weil du ein Gerät falsch bedient hast. – Geh zu Pankha-Skrin und rede mit ihm! Ich verstehe nicht, weshalb du zögerst.«

»Das verstehe ich selbst nicht«, gab Verna zu. »Ich wollte mir erst über gewisse Dinge klar werden, glaube ich.«

Pankha-Skrin war allein in einer Aura aus orangefarbenem Licht.

Verna Theran hatte ihn einige Male im Informationsprogramm gesehen und stets den Eindruck gehabt, dass er größer sei. Nun stellte sie überrascht fest, dass er nur etwa einen Meter sechzig groß war. Er faltete die Stutzflügel vor dem Körper zusammen, fuhr beide Stielaugen aus und blickte sie prüfend an.

»Du hast mich lange warten lassen.« Was er sagte, wurde von einem Translator übersetzt.

»Ich habe mich bemüht, schnell zu kommen«, erwiderte Verna zögernd.

»Mir wurde von deinem Unglück berichtet. Warum ist der Ofen explodiert?«

Die Frau fühlte sich unbehaglich. Sie blickte sich nach einer Sitzgelegenheit um, da der Loower ihr jedoch keinen Platz anbot, blieb sie stehen.

»Ich dachte, das könntest du mir sagen.« Sie wusste inzwischen, warum sie nicht sofort zu ihm gegangen war. Mit Robotern konnte sie umgehen, deren Verhalten konnte sie beurteilen und vorausberechnen. Mit einer so fremdartigen Intelligenz wie dem Quellmeister wusste sie nichts anzufangen. Sie verstand nichts von der Mentalität der Loower und wusste nicht, wie Pankha-Skrin dachte. Kosmopsychologie hatte sie nie interessiert.

»Ich habe an dem Ofen gearbeitet«, erklärte Pankha-Skrin überraschend.

»Dann hast du die Veränderungen vorgenommen?«

»Sie waren nötig. Ich wollte eine neunfach gehärtete Schale herstellen, die ich benötige, um über bestimmte Dinge nachzudenken.«

»Worüber willst du nachdenken?«

»Das geht nur mich etwas an.«

Verna Theran schloss aus der Antwort, dass Pankha-Skrin religiöse Meditationen meinte.

»Ich musste die Einstellung des Ofens verändern, mir blieb gar nichts anderes übrig«, fuhr der Loower fort.

Verna wäre am liebsten sofort wieder gegangen. Aber Pankha-Skrin schwieg und machte keine Anstalten, sie zu verabschieden.

»Sicherlich ist es kein Zufall, dass Laire diese Werkstatt ebenfalls aufgesucht hat«, sagte sie nach einigen Minuten, die ihr endlos lang erschienen waren. »Wollte der Roboter dich dort treffen?«

Pankha-Skrins Stielaugen fuhren hoch. Er breitete die Hautschwingen aus.

»Laire war dort?«, rief er. »Das hat mir niemand gesagt.«

»Wolltest du, dass der Ofen explodiert? Sollte er gar zu einem Zeitpunkt explodieren, an dem Laire in der Werkstatt war?«

»Unsinn«, erwiderte der Loower heftig und trat einen Schritt auf die Frau zu; Verna wich ebenso hastig vor ihm zurück. »Ich wusste nicht, dass Laire ebenfalls dorthin kommen würde. Und ich habe die Einstellung am Ofen verändert, weil ich die benötigten Legierungen mit den entsprechenden Härtegraden anders nicht herstellen kann.«

»Was wäre passiert, wenn Laire von glutflüssigem Metall überschüttet worden wäre?«

»Das wäre entsetzlich gewesen.«

Verna hatte nicht das Gefühl, dass Pankha-Skrin die Wahrheit sagte. Doch sie wollte ebenso wenig glauben, dass er einen Anschlag auf den einäugigen Roboter versucht hatte. Trotzdem tastete sie sich in dieser Richtung vor.

»Ich habe gehört, dass du mit Laire Streit hattest. Er sieht in dir einen Dieb seines Auges.«

»Es ist besser, wir beenden das Gespräch!«

»Ich weiß immer noch nicht, warum du mich gerufen hast«, fasste Verna nach.

»Ich wollte ein Missverständnis aufklären, aber daran ist dir nicht gelegen. Daher ist es besser, wenn du jetzt gehst.«

Wortlos verließ Verna den Raum. Nichts hatte sich für sie geklärt, die Vorgänge erschienen ihr rätselhafter als zuvor.

Sie wollte versuchen, mit Laire zu reden. Deshalb forderte sie umfassende Informationen an. Das kleine Holo verriet ihr, dass solche Informationen nicht vorhanden waren. Sie gab den AufenthaltsKode ein und wurde ebenfalls enttäuscht: Entsprechende Daten lagen nicht vor.

Verna brauchte einige Zeit, bis sie verstand. Der Roboter hatte den Kode unwirksam gemacht oder jemanden veranlasst, ihn aufzuheben.

Sie tippte Atlans Daten ein. Etwa eine Minute verstrich, dann meldete sich der Arkonide. Er schien überrascht zu sein, sie zu sehen.

»Ich habe versucht, Laire mithilfe des Kodes zu finden«, sagte Verna. »Leider ohne Erfolg.«

»Laire hat gebeten, für einige Zeit in Ruhe gelassen zu werden. Er behauptet, nachdenken zu müssen.«

»Dazu benötigt ein Roboter seiner Klasse nur Sekunden.«

»Natürlich. Dennoch respektieren wir seinen Wunsch. Wir dürfen ihn nicht mit anderen Robotern vergleichen. Wenn er eine Ruhepause von uns verlangt, dann müssen wir sie ihm geben.«

»Gilt das auch für mich?«

Atlan lächelte. »Ihre letzte Frage habe ich nicht verstanden. Sicherlich war sie nicht so wichtig. Es hat mich gefreut, dass Sie sich an mich gewendet haben, Verna. Wenn Sie abermals Fragen haben, stehe ich Ihnen selbstverständlich wieder zur Verfügung.«

Er schaltete ab.

Seine letzten Worte waren der Robotologin Ansporn. Sie hatten nach einer gewissen Rückendeckung geklungen.

Verna Theran glaubte nicht, dass Laire sich wirklich zu einer Denkpause zurückgezogen hatte. Sogar in der Hauptzentrale hätte er ungestört sein können, wenn er wollte; er brauchte nur seine Wahrnehmungssysteme abzuschalten.

Sie war davon überzeugt, dass der Einäugige vielmehr im Verborgenen an einem Ziel arbeitete, das er schon lange verfolgte. Daher kehrte sie zu der Werkstatt zurück, in der Roboter und Techniker die Schäden beseitigten.

»Haben Sie Laire gesehen?«, fragte sie einen Techniker, der ein Sicherheitsschott montierte.

»Fragen Sie da drüben. Irgendwer hat von dem Roboter gesprochen.« Er zeigte auf eine Frau, die den Bautrupp leitete. Verna ging hinüber.

»Ich suche Laire. Haben Sie ihn gesehen?«

»Er war hier«, antwortete die Bauleiterin mürrisch. »Ich glaube, er wollte zu den Molekularverdichtern.«

Verna war froh, wenigstens diesen Anhaltspunkt zu haben. Sie wusste, was mit Molekularverdichtern gemeint war, und für einen Moment erwog sie, Atlan um Unterstützung zu ersuchen. Die betreffenden Labors und das Kleinkraftwerk der Forschungsabteilung waren mit SonderKodes gesichert.

Sie war überzeugt, dass Laire in diesen Labors arbeitete. Er hatte allem Anschein nach etwas zu erledigen, was er vor seinem Verbündeten Perry Rhodan geheim halten wollte.

Verna tippte den PlanzeichnungsKode in ihr Armband. Ein Grundriss erschien in dem winzigen Holobild. Die Frau tippte den Bereich an, der sie besonders interessierte, und erhielt davon eine brauchbare Vergrößerung. Haarfeine Linien kennzeichneten Versorgungsschächte, die Be- und Entlüftung und ebenso statische Verstärkungen.

Aus einem geöffneten Labor in der Nähe besorgte sie sich einen Magnetschlüssel. Damit entfernte sie eine Platte der Wandverkleidung und legte einen Versorgungsschacht frei, in dem mehrere Rohre aufstiegen. Nachdem sie sich vergewissert hatte, dass sie nicht beobachtet wurde, stieg sie an den Röhren bis zur Decke hoch, in der ein weiterer Schacht waagerecht verlief. Sie beugte sich nach unten und zog die abgelöste Platte wieder an die Halterungen heran, danach schob sie sich vorsichtig in den anderen Schacht hinein.

Nirgendwo gab es hinderliche Absicherungen. Obwohl Verna fürchtete, dass Laire seine geheimnisvolle Tätigkeit beenden würde, bevor sie ihr Ziel erreichte, ließ sie sich Zeit. Sie wollte jedes verräterische Geräusch vermeiden.

Einige Meter weiter mündeten Rohre von der Seite her ein. Es wurde eng. Verna dachte nicht darüber nach, ob sie auf dem gleichen Weg überhaupt zurückgelangen konnte. Irgendwie würde sie das schon schaffen.

Nach einiger Zeit hörte sie ein eigenartiges Zischen. Kurz darauf erkannte sie an der wachsenden Geräuschkulisse, dass sie sich ziemlich genau über Laire befand.

Sie tastete die Deckenverkleidung ab, bis sie einen der Magnetverschlüsse fand und sie die nächste Platte leicht wegdrücken konnte. Angespannt spähte sie durch den entstandenen Spalt nach unten. Ein dunkelbrauner Körper bewegte sich unter ihr; mehr konnte sie in dem kleinen Ausschnitt nicht erkennen.

Würde Laire sie töten, sobald er bemerkte, dass sie ihn heimlich beobachtete? Die Robotologin machte sich seine Verhaltensweisen der letzten beiden Tage bewusst. Danach stand für sie fest, dass sie eine derartige Bedrohung nicht ausschließen durfte. Sie musste davon ausgehen, dass Laire sie töten würde, sobald er es für notwendig ansah.

Ihre Muskeln verkrampften sich allmählich. Zentimeter für Zentimeter kroch sie rückwärts, bis sie eine tragende Wand unter sich wusste. Einige Minuten verstrichen, bis sich ihr Atem beruhigt hatte und ihr Herz wieder regelmäßig schlug.

Verna öffnete einen Magnetverschluss wenige Zentimeter vor ihrem Kopf und schaute erneut suchend nach unten. Laire hatte nichts bemerkt. Er stand etwa fünf Meter von ihr entfernt an einer Hightech-Werkbank und arbeitete an einer kleinen Metallschale. Sie durchmaß höchstens eine Handspanne und bestand offenbar aus dem gleichen exotischen Material wie Laire auch.

Hatte Pankha-Skrin nicht von einer Schale gesprochen? Die Robotologin war wie elektrisiert. Möglicherweise hatte Laire dem Loower die neunfach gehärtete Schale abgenommen, um sie für eigene Zwecke zu verwenden. Oder gar, um den Quellmeister an Meditationsübungen zu hindern?

Verna verrenkte sich, um mehr zu sehen.

Der einäugige Roboter arbeitete mit einem Desintegrator an der Schale. Mithilfe dieses die Materialstruktur auflösenden Werkzeugs glättete er die Kanten und gab ihnen eine eigenartig unregelmäßige Form. Damit glich die Schale immer weniger einer Halbkugel.

Die Robotologin konnte sich nicht erklären, welche Bedeutung die Schale hatte. Weshalb versteckte Laire sich vor Rhodan, während er an dem Objekt arbeitete?

Der Roboter justierte den Desintegratorstrahler neu und bohrte damit winzige Löcher in die Schale. Einige Minuten später war er verschwunden.

2.

Verna Therans Kabinenservo meldete einen Anruf.

»Würde es Ihnen etwas ausmachen, in die Hauptmesse zu kommen?«, fragte Atlan über Interkom.

»Natürlich nicht«, erwiderte die Robotologin.

»Dann warte ich auf Sie.«

Die Robotologin war ebenso überrascht wie erfreut. Sie hatte ohnehin das Bedürfnis, mit Atlan über ihre Beobachtungen zu reden. Sie hoffte, dass er ihr mit einigen Auskünften helfen konnte.

Als sie die Messe betrat, saß Atlan mit Rhodan und einigen anderen Aktivatorträgern am Tisch. Der Arkonide erhob sich, als er sie bemerkte, und kam ihr entgegen. Er führte sie zu einem freien Tisch. Verna war erleichtert darüber, dass sie mit ihm allein reden konnte.

»Wenn Sie es wollen, können wir auch zu den anderen gehen«, sagte Atlan. »Perry interessiert sich bestimmt für das Problem. Bis jetzt weiß er nichts davon, aber wir können ihn informieren.«

Die Robotologin stutzte. Der Arkonide hatte von einem Problem gesprochen. Wusste er mehr, als sie ahnte?

»Warum haben Sie mich gerufen, Atlan?«, wollte sie wissen.

Er blickte plötzlich starr an ihr vorbei. Unwillkürlich drehte Verna sich um, weil sie sehen wollte, was ihr Gegenüber so interessierte.

Laire hatte soeben die Messe betreten, und der Ka-zwo Augustus folgte ihm wie ein Schatten. Der einäugige Roboter ging zu Rhodan und setzte sich mit an den Tisch, als er dazu aufgefordert wurde.

»Laire war verschwunden. Aber das wissen Sie ja«, sagte der Arkonide zu Verna. »Augustus hat sich vor einiger Zeit Informationen über die Loower geben lassen.«

»Ist das ungewöhnlich?«

»Eigentlich nicht. Dennoch hat mich etwas stutzig gemacht. Sie beobachten Laire seit einiger Zeit. Haben Sie festgestellt, dass er sich auf einen Kampf vorbereitet?«

Verna Theran war so überrascht, dass sie zunächst keine Antwort auf diese Frage fand. Sie schilderte Atlan, was sie beobachtet hatte. »Ich bin überzeugt davon, dass diese Schale nicht das Geringste mit einer Waffe zu tun hat«, schloss sie ihren Bericht. »Was immer sie bedeuten mag, eine Waffe ist sie bestimmt nicht.«

»Eine Schale ...«, wiederholte Atlan, und seine rötlichen Augen blickten sinnend ins Leere. »Vielleicht sollte ich Laire fragen.«

»Warum warten Sie nicht ab?«

»Weil ich ein Unheil verhindern möchte. Seien Sie vorsichtig, Verna. Es war nicht besonders geschickt von Ihnen, Laire auf diese Weise zu beobachten.«

»Das habe ich mir später auch gesagt.« Die junge Frau lächelte entschuldigend. »Andererseits hätte ich die Schale sonst kaum gesehen.«

»Wer weiß ...«

Atlan verstummte, denn in dem Moment kam Pankha-Skrin. Der Loower ging ebenfalls zu Rhodans Tisch. Ohne zu zögern, setzte er sich in den freien Sessel neben Laire.

»Kampfvorbereitungen?«, fragte Verna Theran. »Sehen Sie sich die beiden an. Ich glaube nicht, dass einer von ihnen vorhat, gegen den anderen vorzugehen.«

Atlan schwieg. Laire, Rhodan und der Quellmeister redeten lebhaft miteinander. Verna verstand nicht, worüber sie diskutierten, doch ihre Gesten waren frei von Feindseligkeiten.

»Ich glaube, wir machen uns zu viele Gedanken«, sagte Atlan. »Nach dem ersten Zusammentreffen der beiden hatte ich erhebliche Bedenken. Sie werden mir als Robotologin bestätigen, dass Laire streng zweckmäßig und logisch denken kann und sich dazu entschließen könnte, einen potenziellen Feind zu beseitigen.«

»Laire könnte in dem Loower diesen Feind sehen, nur weil Loower ihm vor undenklichen Zeiten das linke Auge geraubt haben.«

»Ich denke nicht an Rache«, erklärte Atlan.

»Ich spreche auch nicht von Rache, nur von Absicherung. Laire könnte sich bedroht fühlen. Zumindest habe ich das bislang angenommen. Wenn ich jetzt beide so einträchtig nebeneinander sehe, muss ich mich fast für meinen Verdacht entschuldigen.«

Verna verzichtete darauf, dem Arkoniden zu sagen, dass sie beobachtet hatte, wie Laire sich vor ihm versteckt hatte. Sie fürchtete, dass er dann den Mutanten die Überwachung Laires übertragen würde. Sie war jedoch davon überzeugt, dass sie die Aufgabe allein bewältigen konnte, die sie sich gestellt hatte.

Verna spürte, dass Atlan alles gesagt hatte. Sie lächelte.

»Ich darf mich wohl verabschieden?«

»Sie haben ein feines Gespür«, erwiderte der Arkonide. »Ich gebe zu, dass es mich an Perrys Tisch zurückzieht. Wenn Sie Lust haben, kommen Sie mit.«

»Ich würde mich nicht besonders wohlfühlen«, gestand die Robotologin.

»Dafür besteht nicht der geringste Grund. Hier wird niemand höher oder niedriger eingestuft als andere.«

»Natürlich nicht.« Verna erhob sich. »Bitte entschuldigen Sie mich trotzdem.«

Atlan streckte ihr die Hand hin, und die junge Frau ergriff sie hastig. Verna fühlte sich zu ihm hingezogen.

Galto »Posbi« Quohlfahrt tippte Verna auf die Schulter und lächelte wohlwollend, als sie sich umdrehte. »Gratuliere«, sagte er. »Du hast es geschafft.«

»Ich verstehe nicht«, erwiderte sie verwirrt. »Wozu gratulierst du mir?«

»Darf ich dich zu einer Tasse Kaffee einladen?«

»Wenn du mit mir plaudern willst, kannst du es hier tun.« Ihre Antwort fiel schroffer aus als beabsichtigt. »Was willst du?«

»Verhindern, dass du dich überschätzt. Verstehst du? Ich zweifle nicht an deiner wissenschaftlichen Qualifikation und weiß, was du leisten kannst.«

»Bitte – keinen Honig. Ich mag so etwas nicht.«

»Gut.« Quohlfahrt nickte eifrig. »Du hast dir vorgenommen, Laire unter die Lupe zu nehmen. Du hast ihn beobachtet, und dir ist dabei einiges aufgefallen, was dir eigenartig vorkommt.«

»Richtig«, bestätigte Verna.

»Atlan hat davon erfahren, und er hat dir gesagt, dass er mit deiner Arbeit einverstanden ist.«

»Ebenfalls richtig.«

»Hat er dir auch gesagt, was geschieht, wenn Laire das Komplott bemerkt und sauer darauf reagiert?«

»Darüber haben wir nicht gesprochen.«

»Das dachte ich mir, es hätte mich auch überrascht. Natürlich rechnet der Arkonide damit, dass du so behutsam vorgehst, dass Laire sich nicht beleidigt fühlt. Sagen wir es mal so: Mir ist klar, dass ein Roboter eigentlich nicht beleidigt sein kann.«

»Ich weiß, was du sagen willst.«

»Dann sind wir uns einig. Dann ist dir jetzt klar, dass es bei Laire nichts zu entdecken gibt.«

»Wie soll ich das verstehen?« Verna blickte ihn verblüfft an.

»Ich habe eben versucht, dir das zu erklären«, erwiderte Quohlfahrt. »Ich dachte, du hättest verstanden.«

Sie schüttelte den Kopf, und der Olliwyner blickte sie beschwörend an.

»Es gibt bei Laire nichts zu entdecken«, erklärte er. »Wenn da etwas wäre, was wirklich wichtig ist, dann würde Atlan dir den Auftrag wegnehmen. Die Mutanten würden alle Möglichkeiten ausschöpfen, und Laire könnte keinen Schritt mehr unbeobachtet tun. Dass Atlan keine Einwände gegen deine Arbeit hat, beweist geradezu, dass du dich vergeblich bemühst.«

Die Frau senkte den Kopf. »Das hättest du nicht sagen sollen«, erwiderte sie zögernd. »Atlan meint es ehrlich.«

»Er will dir nicht wehtun. Und ich möchte nicht, dass du dich eines Tages gedemütigt fühlst.«

Verna fürchtete, den Boden unter den Füßen zu verlieren. Quohlfahrts Worte waren schmerzhaft für sie, weil sie fühlte, dass er es ehrlich meinte.

Sie wollte ihm sagen, was sie gesehen hatte, aber sie brachte kein Wort über die Lippen. Vielleicht hatte sie sich wirklich alles nur eingebildet? Vielleicht glaubte Atlan tatsächlich, dass sie sich ruhig mit Laire beschäftigen durfte, weil er nicht befürchten musste, dass sie dabei Schaden anrichtete? Vielleicht würde Laire sie gar nicht beachten, wenn er bemerkte, dass sie ihn beobachtete? Die Fragen steigerten ihre Unsicherheit. Plötzlich wusste sie nicht mehr, ob richtig gewesen war, was sie getan hatte.

Galto Quohlfahrt beugte sich zu ihr herab und küsste sie auf die Wange. »Ich gebe dir einen guten Rat«, sagte er mit ironischem Unterton. »Wenn du glaubst, dass eine Fehde zwischen Laire und Pankha-Skrin ausgebrochen ist, dann solltest du von nun an eine Gasmaske tragen, wenn du dich Laire näherst.«

»Eine Gasmaske?«, fragte sie.

»Pankha-Skrin ist ein organisches Wesen. Ihn mit Gas umzubringen wäre viel leichter als mit anderen Waffen.« Quohlfahrt lachte, als sie bleich wurde. »Keine Angst«, sagte er dann allerdings hastig. »Laire wird weder versuchen, Pankha-Skrin umzubringen noch dich. Er wird überhaupt niemanden töten. Hast du gesehen, wie er sich mit dem Loower unterhalten hat? Für mich steht fest, dass zwischen den beiden keine Animositäten bestehen. Mag sein, dass Laire einmal daran gedacht hat, sich den Quellmeister vorzuknöpfen. Aber jetzt nicht mehr.«

»Danke«, antwortete Verna beherrscht. »Ich glaube, ich habe endlich verstanden.«

»Wir sehen uns dann später. Ich melde mich.« Quohlfahrt nickte ihr zu und schloss sich zwei dunkelhaarigen Technikerinnen an. Er machte eine Bemerkung, die Verna nicht verstand. Aber die beiden Frauen lachten laut auf und hakten sich bei ihm ein.

Verna Theran ging enttäuscht zu einem Antigravschacht und ließ sich nach unten tragen. Quohlfahrts Behauptung hatte sie hart getroffen. War es wirklich so, dass Atlan sie handeln ließ, weil ihre Arbeit weder nützen noch etwas verderben würde? Hatte der Arkonide nur eine Art Beschäftigungstherapie für sie im Sinn?

Aber sie wusste, was sie gesehen hatte, und sie glaubte daran, dass sie sich nicht geirrt hatte.

Nachdenklich schlenderte sie durch die Gänge und Hallen des riesigen Raumschiffs. Sie wusste, dass Quohlfahrt seine Bemerkung mit der Gasmaske scherzhaft gemeint hatte. Trotzdem erschien es ihr einleuchtend, dass Laire bei einem möglichen Anschlag gegen Pankha-Skrin Gas einsetzen würde. Doch konnte sie die Schale, an der Laire gearbeitet hatte, damit verbinden? Das alles musste andere Zusammenhänge haben.

Verna Theran wollte nicht aufgeben, sie würde ohnehin nicht zur Ruhe kommen.

Sie tippte den Laire-Kode ein, aber sie erhielt keine Antwort. Also musste sie den Roboter wieder auf andere Weise aufspüren.

Nach einer Ruhepause ging Verna systematisch die Laboratorien ab, die ihrer Ansicht nach infrage kamen. Doch Laire war verschwunden.

Einige Male war Pankha-Skrin in ihrer Nähe. Verna glaubte dann, dem einäugigen Roboter etwas näher gekommen zu sein. Leider erwies sich das stets als Irrtum.

Schließlich verschaffte sie sich die Genehmigung für einige Experimente und erhielt Zutritt zu dem Labor, in dem Laire die rätselhafte Schale hergestellt hatte.

Gleich hinter der ersten Tür des in drei Räume unterteilten Labors entdeckte sie einen Fußabdruck Laires. Das stählerne Sohlenprofil hatte sich seltsamerweise in den Boden eingedrückt. Offensichtlich war der Belag vorübergehend weich geworden. Später hatte er sich wieder verhärtet, sodass der Abdruck geblieben war.

Verna tastete mit den Fingerspitzen über die seltsame Spur. Sie konnte sich nicht erklären, was geschehen war, und hoffte auf weitere Besonderheiten. Wo Laire an der Metallschale gearbeitet hatte, war aber nicht einmal Staub zurückgeblieben.

Unwillkürlich blickte Verna zur Decke. Sie lächelte, als sie bemerkte, dass sich die Kante einer Platte gegen eine andere verschoben hatte. Auf dieser Platte hatte sie gelegen.

Sie kehrte zu dem Fußabdruck zurück. Irgendwie musste sie das Kunststoffmaterial untersuchen und klären, warum der Boden vorübergehend weich geworden war. Nachdenklich kniete sie neben der Spur.

Der Abdruck schien zu verschwimmen, und ein eigenartiger Geruch stieg von ihm auf. Verna strich mit den Fingern darüber hinweg. Ihr schien, als würden ihre Finger länger und immer länger. Sie wunderte sich über den Effekt und fragte sich, ob n-dimensionale Energien im Spiel waren, die ein hyperphysikalisches Trugbild schufen.

Hastig zog sie die Hand zurück. Die Finger sahen wieder normal aus. Aber der Boden schwankte. Verna merkte, dass ihr übel wurde. Sie öffnete den Mund und atmete tief durch. Die Übelkeit blieb. Vor ihren Augen flimmerte es, eisige Schauer rannen ihr über den Rücken.

Jäh erinnerte sie sich, dass Quohlfahrt ihr geraten hatte, eine Gasmaske anzulegen.

Keuchend versuchte sie, auf die Beine zu kommen. Es gelang ihr nicht. Sie stemmte die Hände gegen die Wand, rutschte aber nach unten weg. Obwohl sie dann versuchte, über den Boden zu kriechen, kam sie nicht weit. Als sie die Tür erreichte, brach Verna wimmernd zusammen.

Ein einziger Gedanke erfüllte sie, während es um sie herum ruhig wurde und sie sich immer leichter fühlte. Sie war in eine Falle Laires gelaufen.

Eine seltsame Heiterkeit verdrängte ihre Todesfurcht. Endlich hatte sie den Beweis dafür, dass sie sich nicht geirrt hatte. Laire führte seinen Kampf gegen Pankha-Skrin im Verborgenen, und er war entschlossen, den Loower zu töten. Selbst Galto Quohlfahrt würde die Wahrheit akzeptieren müssen.

Es wurde dunkel um sie herum. Verna Theran fühlte, dass sie ins Bodenlose glitt.

Zunächst erinnerte die Robotologin sich an nichts mehr, als sie wieder zu sich kam.

Ein Medoroboter bemühte sich um sie. Verna spürte Sonden in Mund und Nase und glaubte, ersticken zu müssen. Sie wollte sich dagegen wehren, sich herumwälzen und aufstehen, aber sie konnte sich nicht bewegen. Erst später erfasste sie, dass sie zwischen all den medizinischen Instrumenten fixiert war.

Sie wusste nicht, wie viel Zeit verstrichen war, als der Roboter die Sonden endlich entfernte. Es schien, als ziehe er damit auch einen Schleier zur Seite, der Verna umhüllt und ihre Gedankentätigkeit eingeschränkt hatte.

Sie erinnerte sich an die Falle, in die sie getappt war.

»Wie komme ich hierher?« Es fiel ihr noch schwer, die Worte zu formulieren.

»Darüber liegen keine Informationen vor«, antwortete der Roboter.

»Jemand muss mich hierher gebracht haben. Ich bin ohnmächtig geworden. Allein konnte ich nicht kommen.«

»Ich habe keine Informationen.«

Verna Theran spürte, wie es am ganzen Körper zu prickeln anfing. Sie schwitzte plötzlich. Erregt stand sie auf. »Du lügst!«, rief sie schrill. »Wer hat dich gezwungen, das zu tun?«

Der Medoroboter antwortete nicht. Verna schlug wütend auf ihn ein, bis ihr die Fäuste wehtaten. Schluchzend sank sie auf einen Hocker.

»Du musst dich schonen«, erklärte der Roboter. »Dein Nervensystem ist angegriffen. Die Nachwirkungen der Vergiftung können schwerwiegend sein.«

»Ich bin also vergiftet worden?«, fragte sie heftig, obwohl sie nicht im Geringsten daran zweifelte.

»Ein Nervengas, das tödlich gewirkt hätte, wärest du nur einige Minuten später behandelt worden.«

»Das ist ein offenes Wort.« Mit aller Deutlichkeit wurde Verna klar, wie knapp sie der tödlichen Falle entgangen war. Das Entsetzen lähmte ihre Sinne. Sie wollte aufstehen und sich Bewegung verschaffen, aber sie konnte nicht. Ihre Muskeln gehorchten den Befehlen ihres Gehirns nicht mehr, als sei sie paralysiert worden.

Der Roboter reagierte sofort und versorgte sie mit Sauerstoff. Verna atmete tief durch.

»Du musst dich schonen«, erläuterte die Maschine. »Das Gift ist erst teilweise neutralisiert. Jede Aufregung kann die Restpartikel wirksam werden lassen.«

Zehn Minuten später verließ Verna Theran die Medostation. Sie fühlte sich schwach und musste sich auf jeden Schritt konzentrieren.

Sie befand sich noch in jenem Schiffsbereich, in dem das Labor lag. Doch das überraschte sie nicht. Sie fragte sich vielmehr immer drängender, wer sie gerettet hatte. Da niemand auf sie wartete, kam wohl nur einer infrage: Laire.

Er kannte die Falle und wurde durch das Giftgas nicht gefährdet. Von ihm war anzunehmen, dass er die Falle beobachtete. Und zu ihm passte, dass er sie in der Station abgeliefert und sich dann entfernt hatte, ohne sich weiter um sie zu kümmern. Er war zweifellos auch in der Lage, Informationen im Medoroboter zu löschen.

Alles passte zusammen.

Nur: Einen Beweis dafür, dass Laire und Pankha-Skrin einander bekämpften, hatte Verna nach wie vor nicht. Immerhin beruhigte es sie, dass Laire ihr das Leben gerettet hatte.

Als Atlan die Hauptzentrale betrat, stellte er fest, dass die BASIS antriebslos durch den Raum fiel. Fragend blickte er Rhodan an, der mit dem Kommandanten Jentho Kanthall redete.

»Was ist los?«, fragte er. »Warum diese Unterbrechung?«

»Eine kleine Störung im Bereich der Nugas-Schwarzschild-Reaktoren«, antwortete Rhodan. »Nichts Aufregendes. Jentho hat sich dennoch entschlossen, den Linearflug zu unterbrechen.«

Atlan nickte nur. Die Erklärung genügte ihm.

Er wollte ein anderes Thema ansprechen, da betraten Laire und der Ka-zwo Augustus die Zentrale.

Atlan hatte Verna Theran nicht getäuscht, als er ihr freie Hand für ihre Forschungsarbeit gegeben hatte. Er war mit dem einverstanden, was sie tat, und er glaubte auch, dass ihre Arbeit sinnvoll war. Dass es zu einem Missverständnis zwischen ihm und ihr gekommen war, ahnte er nicht.

Er bedauerte, dass sie sich nicht in der Nähe aufhielt, denn in diesen Sekunden hätte sie einen Beweis für ihre Theorie erhalten. Der einäugige Roboter gab klar zu erkennen, dass er sich bedroht fühlte. Er fürchtete offenbar, dass er auch sein rechtes Auge verlieren würde, denn er verbarg es unter einer stählernen Schale. Selbst auf mehrere Meter Distanz erkannte Atlan, dass die Halbkugel mit zahllosen winzigen Löchern versehen war. Durch diese Öffnungen konnte der Roboter sehen. Helle Flecke am Rand der Halbkugel zeigten an, dass Laire sie mit einem Kleber befestigt hatte.

Rhodan ging auf den Roboter zu. »Ich sehe, dass du dein Auge mit einem besonderen Schutz vorsehen hast. Fürchtest du, dass dir jemand das Auge stiehlt?«

»Die Möglichkeit ist nicht auszuschließen.«

Laire hatte eine Schutzmaßnahme getroffen, die er als wichtig ansah. Das genügte. Erläuterungen erschienen ihm offenbar überflüssig.

Aber seine Reaktion passte nicht zu einem Roboter. Es war eine menschliche Reaktion auf der Basis von Emotionen.

Laire ging bis in die Nähe von Jentho Kanthall. Hier blieb er einige Minuten lang regungslos stehen, während in der Zentrale Schweigen herrschte. Jeder schien darauf zu warten, dass irgendetwas geschah.

Schließlich drehte Laire sich um und verließ den Raum wieder. Augustus folgte ihm.

Kaum hatte sich das Schott hinter beiden geschlossen, begannen die Gespräche wieder. Alle befassten sich mit Laire und seinem unrobotischen Verhalten.

»Das zielt eindeutig auf Pankha-Skrin«, stellte Atlan fest.

»Ganz sicher.« Rhodan nickte. »Pankha-Skrin ist eben ein Loower wie jene, die Laire einst das linke Auge herausgebrochen haben.«

»Und Laire fürchtet tatsächlich, dass Pankha-Skrin ihm nun das zweite Auge stehlen will«, bemerkte der Arkonide. »Im ersten Moment hätte ich fast laut gelacht, als ich ihn so sah.«

»Mir erging es nicht anders.« Rhodan lächelte flüchtig. »Selbstverständlich hat Pankha-Skrin nicht das geringste Interesse an diesem Auge.«

»Davon bin ich auch überzeugt. Mich interessiert allerdings, wie er sich zu der Schale äußert.« Der Arkonide dachte an Verna Theran. Er zweifelte nicht daran, dass sie Laires Vorbereitungen beobachtet hatte. Sie waren schuld daran, dass Verna den Roboter anders beurteilt hatte als er selbst. Unwillkürlich fragte er sich, wie sie reagieren würde, sobald sie den Roboter mit der Schutzschale vor dem rechten Auge sah.

»Fragen wir den Loower«, schlug Rhodan vor. »Ich habe ihn in der Hauptmesse gesehen. Er könnte noch dort sein.«

Tatsächlich saß Pankha-Skrin noch in der nahen Messe. Er diskutierte mit mehreren Wissenschaftlern.

Während Atlan sich zu dem Loower setzte, wandte Rhodan sich an einen der Wissenschaftler. »Worüber haben Sie sich unterhalten?«, fragte er.

Der Wissenschaftler blickte ihn erschrocken an. »Es liegt keine Dienstanweisung vor, die bestimmte Themen ausschließt«, erwiderte er unsicher.

»Das ist auch nicht notwendig. Dennoch wüsste ich gern, was Pankha-Skrin besonders interessiert.«

»Die Triebwerke. Und logistische Probleme, die bei einem Raumschiff wie der BASIS von erheblicher Bedeutung sind. Er hat uns wohl nicht ganz so viel zugetraut, wie wir tatsächlich leisten. Hätten wir ihm darüber nichts sagen dürfen?«

»Wir haben keine Geheimnisse vor Pankha-Skrin«, antwortete der Aktivatorträger. »Sie können die Unterhaltung gleich fortsetzen, wenn Sie wollen.«

Er ging zum Nachbartisch, an dem Atlan und der Loower saßen. Der Arkonide hatte dem Quellmeister mittlerweile erzählt, wie Laire sein Auge schützte.

»Das ist völlig überflüssig.« Abwehrend hob Pankha-Skrin die Tentakel, nachdem er seine Flughäute ausgebreitet hatte. »Mich interessiert dieses Auge nicht. Wozu auch? Ich hätte keinen Vorteil, wenn ich es Laire wegnehmen würde.«

»Er scheint aber zu befürchten, dass du so etwas tun wirst«, sagte Rhodan. »Allerdings wird es jetzt kaum noch möglich sein.«

Der Quellmeister faltete die Häute wieder zusammen. »Ich verstehe mich gut mit ihm«, verkündete er. »Laire weiß außerdem, dass er von mir keine Feindseligkeiten zu erwarten hat. Ich habe es ihm deutlich gesagt. Andererseits bin ich absolut sicher, dass mir von seiner Seite keine Gefahr droht. Bei unserer ersten Begegnung habe ich gemerkt, dass er Vorurteile gegen mich und mein Volk hat. Diese mögen begründet sein oder auch nicht. Jedenfalls habe ich mich bemüht, sie auszuräumen, und ich glaube fest daran, dass ich das geschafft habe.«

»Die Augenschale lässt anderes vermuten«, erwiderte Rhodan.

»Ich halte es für möglich, dass Laire so etwas wie einen Scherz zu machen versucht. Ihr wisst, dass ich das nicht so gut beurteilen kann, dennoch halte ich es für wahrscheinlich.«

Atlan und Rhodan blickten sich verblüfft an. An eine solche Möglichkeit hatten sie noch nicht gedacht. Eine weitere Überraschung für sie war, dass ausgerechnet der humorlose Loower auf diesen Gedanken gekommen war.

Eine Hand legte sich auf ihre Schulter. Verna Theran fuhr so heftig herum, dass sie mit Galto Quohlfahrt zusammenprallte, der hinter ihr stand. Ihr Ellenbogen bohrte sich ihm in die Seite. Er verzog das Gesicht.

»So temperamentvoll?«, fragte er und blickte sie prüfend an. »Was ist los? Du siehst nicht gut aus.«

»Nichts weiter.« Sie löste sich von ihm, spürte aber, dass sie wirklich noch schwankend auf den Beinen stand.

»Du willst mir also nicht sagen, was los ist«, stellte Quohlfahrt fest. »Dann werde ich auch keine Fragen mehr stellen. Ich habe eine Nachricht für dich, und sie betrifft Laire. Der Roboter machte Scherze.«

Verna lächelte gequält. »Lass hören. Vielleicht kann ich sogar darüber lachen.«

»Er hat sein rechtes Auge mit einer Stahlschale verbunkert, damit Pankha-Skrin es ihm nicht klauen kann.«

Verna Theran versteifte sich überrascht. Ihre Lippen bewegten sich, aber sie brachte kein Wort hervor, während Quohlfahrt ihr schilderte, wie Laire jetzt aussah.

»Ich hätte ihn gern beobachtet«, fuhr der Olliwyner fort. »Ich bin überzeugt davon, dass er aus einem Stahl besteht, der unserem Ynkelonium-Terkonit-Verbundstahl in jeder Hinsicht überlegen ist. Die Schale dürfte die gleichen Qualitäten aufweisen wie sein Körper.«

»Warum sollte das ein Scherz sein?«, fragte Verna.

»Ich bin mir nicht sicher, ob es wirklich ein Scherz ist. Laires linkes Auge wurde seinerzeit von den Loowern herausgesprengt – also musste er etwas gegen brutale mechanische Gewalt unternehmen. Deshalb hat er das Auge verbunkert. Allerdings glaube ich nicht, dass Pankha-Skrin dieses Auge haben will.«

»Wozu auch? Mit diesem Auge orientiert sich Laire im Einstein-Universum. Das kann Pankha-Skrin auch so. Also braucht er es nicht. Pankha-Skrin hat, soweit ich weiß, nur eines im Sinn: Er will die Materiequelle durchdringen und die Gefahr beseitigen, durch die sein Volk sich bedroht fühlt. Dazu benötigt er Laires linkes Auge, nicht das rechte.«

»Eben, und das kann Laire ebenfalls nachvollziehen. Als logisch denkender Roboter muss er erkennen, dass er nicht bedroht ist. Nun kann ich mir sein Verhalten entweder so erklären, dass er eben ein ganz besonderer Roboter ist, der anders denkt ...«

»... oder er versucht tatsächlich, so etwas wie einen Scherz zu machen«, ergänzte Verna matt lächelnd. Allerdings war sie überzeugt, dass Laire das bestimmt nicht wollte. Sie wusste, dass er sich bedroht fühlte und dass er die Verteidigungsmaßnahme getroffen hatte, weil er sie als unabdingbar notwendig ansah.

»Ich dachte mir, dass du an dieser Information interessiert bist«, sagte Quohlfahrt. »Wie wär's mit einem Glas Wein? Nur wir beide. Ich habe heute meinen großzügigen Tag.«

»Vielleicht morgen.«

Verna nickte ihm zu und ging weiter.

Eine Zeit lang irrte sie durch das Schiff. Sie dachte nach. Laire reagierte nicht so, wie es von einem Roboter zu erwarten war. Ein Roboter war keine eigenständige Intelligenz, sondern folgte seiner Programmierung. Hatten seine unbekannten Erbauer Laire aber einprogrammiert, über Jahrhunderttausende hinweg ein ganzes Volk zu manipulieren und nach dem gestohlenen Auge suchen zu lassen? Zweifellos nicht. Sie hatten nicht einmal ahnen können, dass ein solches Ereignis jemals eintreten würde.

Laire hatte jedoch das Volk der Wynger mit bemerkenswerter Fantasie manipuliert, sich zu einem gottgleichen Wesen erhoben und eine besondere Zivilisation aufgebaut.

Konnte ein Roboter überhaupt Fantasie haben?

Verna wusste darauf keine Antwort. Eher beiläufig gab sie wieder den InformationsKode für Laire ein. Sie erwartete nicht, eine Antwort zu erhalten, umso überraschter war sie, als es doch geschah. Das Armband zeigte ihr an, wo Laire sich zurzeit aufhielt.

Sie eilte den Gang entlang weiter und lief zu einem Antigravschacht.

Zwei Decks tiefer sprang sie auf ein Transportband, das sie schnell über gut einen Kilometer bis in die Nähe der Bedarfsgüterhangars brachte.

Abermals tippte sie den Kode ein. Laire hatte seine Position nur unwesentlich verändert. Er war etwa zweihundert Meter von ihr entfernt.

Verna betrat einen Hangar, in dem lebhafte Geschäftigkeit herrschte. Ein Arbeitstrupp schichtete Ausrüstungsgüter um. Etwa dreißig Roboter erledigten die Schwerstarbeit; Antigravplattformen und Kräne waren ebenfalls eingesetzt.

Die Frau hielt vergeblich nach Laire Ausschau.

»Was ist hier los?«, fragte sie einen der Arbeiter. Er blickte sie prüfend an, strich sich das verschwitzte Haar aus der Stirn und lächelte.

»Machen Sie eine Schiffsbesichtigung? Wir freuen uns immer, wenn hier auch mal jemand erscheint, um sich umzusehen.«

»Ich bin auf der Suche nach Laire.«

»Das sind wir auch.«

»Was soll das heißen?«

»Der InformationsKode zeigt an, dass er darunter ist.« Der Mann deutete auf einen Berg von Containern. »Wir räumen die Behälter gerade um.«

Verna fasste sich an den Kopf. »Das ist ausgemachter Blödsinn. Wie sollte Laire unter diesen Berg von Containern geraten?«

»Das wissen wir auch nicht. Nur, dass er tatsächlich da drunter steckt.«

Verna blickte auf ihr Armband. Sie verglich die Angaben mit den Markierungen an den Hangarwänden. Sie stimmten.

»Wir werden ja sehen«, sagte sie zögernd. »Noch glaube ich nicht daran.«

Etwa eine halbe Stunde verstrich, dann schrie einer der Arbeiter auf und zeigte auf eine Lücke, die sich zwischen den Containern öffnete. »Das ist nicht Laire!«, brüllte er. »Das ist Augustus!«

Der Ka-zwo zwängte sich zwischen den Containern hervor. Verna prüfte die neuen Daten in der Holoanzeige. Verblüfft stellte sie fest, dass die Werte sich leicht verändert hatten. Sie zeigten auf den Meter genau die Position, an der Augustus jetzt stand.

Sie verließ den Hangar und eilte zum Transportband. Sie hatte es gerade erreicht, als eine schwere Explosion erfolgte.

Durch die zweiundsiebzig Löcher in der Schale aus Ynkoterkonit-exotisch, das er mit einem Aufwand von 62.000 Grad Celsius in einem Formtiegelofen hergestellt hatte, konnte Laire gut sehen. Das Licht fiel entsprechend seinen Berechnungen aus verschiedenen Richtungen ein und reichte aus.

Laire wusste, dass sein rechtes Auge damit gesichert war. Pankha-Skrin konnte es ihm nicht mehr herausbrechen.

Aber damit war das Problem noch nicht gelöst.

Laire hatte eine Reihe von Überlegungen angestellt, nachdem er dem Loower zum ersten Mal begegnet war. Alle hatten zu einem eindeutigen Ergebnis geführt. Pankha-Skrin würde versuchen, ihm auch das rechte Auge zu entwenden. Die Gefahr war nur zu beseitigen, indem er den Loower tötete.

Pankha-Skrin stand jedoch unter dem Schutz Rhodans und der anderen Terraner. Daher durfte er nicht offen gegen ihn vorgehen.

Laire hatte Rhodans Persönlichkeit analysiert und war zu einem eindeutigen Ergebnis gelangt. Der Aktivatorträger würde sich sofort von ihm trennen, wenn er den Fehler beging, Pankha-Skrin vor Zeugen zu töten. Rhodan würde ihn entweder in den freien Raum befördern oder auf einem einsamen Planeten absetzen.

Damit hätte er wertvolle Zeit verloren. Seine Existenz war weder im Weltraum noch auf einem Planeten gefährdet. Allerdings bestand die Gefahr, dass Rhodan das linke Auge fand und es in die Unendlichkeit entführte. Dann würden erneut Jahrhunderttausende vergehen, bis sich für Laire eine neue Möglichkeit ergab, sein Auge zurückzubekommen.

Dieses Risiko wollte er keinesfalls eingehen. Deshalb hatte er sich entschlossen, Pankha-Skrin unter Umständen zu töten, die ihn nicht als Täter in Betracht kommen ließen. Eine schwierige Aufgabe, zumal die Pannen unnötige Aufmerksamkeit erregt hatten.

Der Formtiegelofen war geplatzt.

Eine junge Wissenschaftlerin wäre beinahe bei dem Giftanschlag auf Pankha-Skrin gestorben. Laire hatte sie in letzter Sekunde gerettet.

Deshalb hatte er gezielt Begegnungen mit Pankha-Skrin herbeigeführt, um seine friedlichen Absichten demonstrieren zu können. Er hatte weitere Treffen vorbereitet, während er gleichzeitig an tödlichen Fallen arbeitete.

Bei einer funktechnischen Prüfung war Laire aufgefallen, dass sein Aufenthaltsort jederzeit erkannt werden konnte. Ein Informationskode, auf Rhodans Anweisung in der Hauptpositronik gespeichert, sprach auf die minimale Streustrahlung des Fusionsmeilers an, aus dem Laire seine Energie schöpfte.

In zwanzigstündiger Arbeit war es ihm gelungen, den Roboter Augustus mit einer winzigen Strahlungsquelle zu versehen, die exakt dieser Streustrahlung entsprach. Außerdem hatte er sich selbst abgeschirmt.

Auf diese Weise war es ihm gelungen, sich aus der Überwachung zu befreien.

In unregelmäßigen Zeitabständen schickte er Augustus in verschiedene Regionen der BASIS, während er an anderer Stelle Vorbereitungen für den tödlichen Schlag gegen Pankha-Skrin traf. Dabei konnte er sich nur auf Abwehrsysteme, Werkzeuge und Transporteinrichtungen stützen. Er durfte keine Beweise zurücklassen, die gegen ihn sprachen.

Wenn er den tödlichen Anschlag gegen den Loower verübte, musste die Schiffsführung den Eindruck gewinnen, dass technisches Versagen vorlag. Dafür kamen aber nur Einrichtungen infrage, bei denen ein Versager möglich war.

Laire hatte sich wiederholt mit Ingenieuren unterhalten und dabei ungemein wichtige Erkenntnisse gewonnen. So hatte er mittlerweile Systeme identifiziert, bei denen ein unprogrammiertes Ansprechen akzeptiert wurde. Andere Einrichtungen ließen produktionsbedingt keinen Ausfall zu. Und weitere Systeme kamen für einen Anschlag nicht in Betracht, weil dabei nicht nur Pankha-Skrin, sondern auch viele Besatzungsmitglieder der BASIS den Tod finden würden.

Laire registrierte, dass jemand nach ihm suchte. Er wartete in einer Werkstatt ab, bis er sicher sein konnte, dass die Ablenkung gelungen war und die Spur zu Augustus führte.

Schon kurz darauf erreichte Laire einen Ausrüstungsraum. Hier lagerte ein Notaggregat, mit dem künstliche Schwerefelder bis zu 5,8 Gravos erzeugt werden konnten. Daneben stand ein Rotationsprojektor. Beide Geräte mussten miteinander gekoppelt werden.

Laire wollte Pankha-Skrin abrupt einer Schwerkraft von 5,8 Gravos aussetzen, ihn damit handlungsunfähig machen und ihn danach sofort in rasende Rotation versetzen. Der kombinierte Angriff würde mit Sicherheit tödlich sein.

Laire hatte erkannt, dass beide Maschinen zu den Abwehreinrichtungen der BASIS gehörten. Diese Aggregate konnten versagen. Für ihn war es zudem leicht, sie so zu manipulieren, dass die Wirkung erst eintrat, sobald Pankha-Skrin in den Erfassungsbereich geriet.

Laire arbeitete etwa eine halbe Stunde an den Maschinen. Dann verließ er den Lagerraum, um den Loower in die Falle zu locken.

Damit begann die schwierigste Phase seines Plans. Laire ging von der Voraussetzung aus, dass Pankha-Skrin die Bedrohung ahnte. Daher konnte er den Loower nicht einfach auffordern, ihm zu folgen.

Mittlerweile war er zu einem perfekten Ergebnis gelangt, das sogar eine Reihe psychologischer Momente berücksichtigte. Laire war sich dessen sicher, dass Pankha-Skrin in nicht einmal einer halben Stunde tot sein würde.

Der Roboter fand den Loower mehrere Decks unterhalb der Hauptzentrale. Pankha-Skrin stand auf einem Transportband, das ihn mit hoher Geschwindigkeit in den Mittelbereich des Raumschiffs brachte. Zahlreiche Männer und Frauen waren in unmittelbarer Nähe.

Hin und wieder gelang es Laire, weiter aufzuschließen, doch fiel er immer wieder zurück. Er fand nicht einmal heraus, ob Pankha-Skrin ihn womöglich schon bemerkt hatte.

Laire registrierte, dass der Quellmeister über ein hervorragendes Raumgefühl verfügte und jeden Schritt vorausplante. Je länger er dem Loower folgte, desto deutlicher wurde für ihn, dass Pankha-Skrin die Verfolgung sehr wohl bemerkt haben musste. Immer wieder suchte der Quellmeister die Nähe spiegelnder Flächen, in denen er Laire beobachten konnte, ohne sich umzudrehen. Pankha-Skrin hätte mit seinen Stielaugen ohne Weiteres nach hinten blicken können. Er verzichtete wohl darauf, weil der Roboter das sofort bemerkt hätte.

Als der Loower eine nahezu menschenleere Halle durchquerte, lief Laire schneller.

Pankha-Skrin verschwand hinter einem Schott.

Laire rannte beinahe.

»He, Laire, wohin so schnell?«, rief ihm ein Techniker zu, der an einer Maschine arbeitete. Der Roboter hob grüßend eine Hand und eilte an dem Mann vorbei.

Er erreichte das Schott und öffnete es. Vor ihm lag ein etwa zwanzig Meter langer Korridor. Einige Container lagerten hier, von Pankha-Skrin war jedoch nichts mehr zu sehen.

Laire betrat den Gang. Leise zischend schloss sich das Schott hinter ihm. Völlige Stille herrschte.

Laires Wahrnehmungsvermögen war durch die Augenschale nicht beeinträchtigt. Er nahm jede Einzelheit in sich auf. Nichts deutete auf eine Gefahr für ihn hin. Dennoch hatte sich etwas geändert. Zuvor war der Abstand zwischen ihm und dem Quellmeister stets nahezu gleich geblieben, nun hatte er sich plötzlich deutlich vergrößert.

Dafür konnte es nur einen Grund geben.

Laire wirbelte herum und schlug auf den Öffnungsmechanismus des Schotts. Er war einer Fehleinschätzung zum Opfer gefallen und hatte geglaubt, dass Pankha-Skrin vor ihm geflüchtet war. Dabei hatte er den Loower nicht gejagt, sondern der Quellmeister hatte ihn hinter sich hergelockt.

Quälend langsam öffnete sich das Schott. Die Zeit schien stillzustehen. Laire kannte keine Ungeduld, aber er besaß einen Selbsterhaltungssektor, der erheblichen Einfluss auf seine robotische Persönlichkeit hatte. Er wusste, dass es um Sekundenbruchteile ging.

Irgendwo in seiner Nähe befand sich ein Aggregat, das versagen würde. Pankha-Skrin hatte sich von ähnlichen Überlegungen leiten lassen wie er. Auch der Loower war davon ausgegangen, dass er keine Bombe legen durfte, sondern eine Maschine auswählen musste, die versagte. Dabei konnte sie durchaus explodieren.

Ein solches Aggregat hatte er präpariert, danach auf Laire gewartet und ihn in die Falle gelockt.

Als sich ein genügend breiter Spalt gebildet hatte, quetschte sich der Roboter hindurch. Er warf sich zur Seite, betätigte den Schließmechanismus – und im gleichen Augenblick explodierte im Gang einer der Container.

Sonnenhelle Glut flutete in die Halle hinein. Während Laire zu Boden stürzte, beobachtete er, dass die Männer und Frauen von der Druckwelle erfasst wurden. Alle waren jedoch so weit vom Schott entfernt, dass sie durch herumfliegende Trümmer nicht verletzt wurden.

Alarm heulte.

Laire erhob sich. Er eilte zu einigen Männern und Frauen und half ihnen auf. Keiner war ernsthaft verletzt.

»Was ist denn passiert?«, fragte einer. »Hast du eine Bombe geworfen?«

»Natürlich nicht«, antwortete Laire. »Irgendein Aggregat im Gang hat versagt.«

Ein Rettungstrupp kam. Laire wehrte ab, als sich zwei Männer seiner annehmen wollten. Auch die junge Frau, die er vor der tödlichen Vergiftung bewahrt hatte, erschien in der Halle. Ihm fiel auf, dass sie nicht zuerst die Zerstörungen betrachtete – sie sah ihn an.

Verna Theran ahnte sofort, was geschehen war. Als sie den Explosionsort erreichte und Laire sah, war sie überzeugt, dass er Pankha-Skrin getötet hatte.

Der Roboter wandte sich ab und verließ die Halle. Verna hätte nicht zu sagen vermocht, ob er sie bemerkt hatte, doch sie ging davon aus.

»Was ist passiert?«, fragte sie eine Positronik-Spezialistin, die interessiert die Lösch- und Bergungsarbeiten verfolgte.

»Das siehst du doch. Da ist was explodiert.«

»Das sehe ich allerdings«, sagte Verna unverändert freundlich, obwohl sie sich über die harsche Auskunft ärgerte. »Ich wollte wissen, ob jemand getötet wurde.«

»Bis jetzt habe ich nichts von einem Toten gehört. Laire war kurz vor der Explosion in dem Korridor; er konnte sich gerade noch retten.«

»Danke.« Verna hielt es nicht mehr in der Halle. Sie spürte, dass sie

Laire folgen musste. Der Roboter war anscheinend nur knapp einem Anschlag entgangen. Also war Pankha-Skrin auch nicht so harmlos, wie er sich gab. Er schlug in diesem Zweikampf mit gleichen Waffen zurück.

Als sie die Halle verließ, sah sie Laire gerade noch in einem Antigravschacht verschwinden. Bis sie ebenfalls in den Schacht sprang, war der Roboter schon gut zwanzig Meter über ihr. Erst da wurde Verna bewusst, dass sie viel riskierte.

Laire blickte zu ihr herunter, hob den Kopf gleich wieder und schwang sich bei der nächsten Gelegenheit aus dem Schacht. Bis Verna ihm folgen konnte, war er schon verschwunden.

Sie befand sich in einer vollautomatischen Steuerungsanlage für die Hangars der Großraumschiffe der THEBEN-Klasse. Von hier aus wurde nicht nur die Ein- und Ausschleusung der riesigen Raumschiffe gelenkt, sondern auch die Standarddiagnosen und alle anfallenden Wartungs- und Reparaturarbeiten durchgeführt.

Transparentschleusen gewährten Einblick in die Anlagen. Irgendwo in den menschenleeren Hallen verbarg sich Laire.

Die Robotologin zögerte. Hatte es überhaupt Sinn, ihm zu folgen? Und musste die Schiffsführung nun nicht endlich auf den heimlichen Kampf der beiden ungleichen Gegner aufmerksam werden?

Ein Geräusch ließ sie herumfahren. Laire stand keine fünf Meter entfernt. Er schien sie anzusehen, doch wirklich zu erkennen war das nicht. Sein Auge verbarg sich unter einer löchrigen Schale.

Verna war wie gelähmt. Sie wollte fliehen, als Laire auf sie zukam, aber sie konnte die Füße nicht heben. Sie wollte etwas sagen, aber sie brachte nicht ein verständliches Wort über die Lippen.

3.

Atlan betrat Rhodans Kabine. »Wir haben ein kleines Rätsel«, sagte er.

Der Terraner saß über einer Berechnungstabelle. Er schob die holografische Darstellung mit einem Fingerdruck zur Seite. Es war ihm nicht gelungen, ein Phänomen zu klären, das mit den Kosmischen Burgen zusammenhing.

»Es gibt eine Reihe von Rätseln, die mich beschäftigen«, erwiderte er. »Ich bin nicht unbedingt darauf erpicht, noch mehr gestellt zu bekommen. Worum geht es?«

»Laire und Pankha-Skrin.« Der Arkonide blickte sich flüchtig in der Kabine um, die mit allem Komfort ausgestattet war. »Weißt du, was ich manchmal an Bord der BASIS vermisse?«

»Schon wieder eine Frage?« Rhodan lächelte. »Oder eine Feststellung?«

Atlan winkte ab. »Hättest du Verständnis dafür, dass ich hin und wieder an gemütliche Kaminstunden denke? Weißt du noch, wie das ist, wenn man am offenen Feuer sitzt und in die Flammen blickt? Wasser und Feuer haben etwas gemeinsam. Man kann stundenlang davor sitzen und es beobachten.«

»Bist du gekommen, um mir das zu sagen?«, fragte Rhodan verblüfft.

»Natürlich nicht.« Atlan lachte. »Vergiss es. Ich sprach von Laire und Pankha-Skrin. Einen von beiden hätte es beinahe erwischt.«

Er legte eine Textfolie vor Rhodan auf den Tisch. Dann schilderte er, was er über die Explosion erfahren hatte.

»Die Techniker sagen übereinstimmend aus, dass weder Laire noch der Loower mit dem Vorfall zu tun haben. Eine Hochleistungsbatterie hatte einen Fabrikationsfehler, der eine Explosion verursacht hat. Und sowohl Pankha-Skrin als auch Laire befanden sich in der Nähe.«

»Das macht dich stutzig?«

»Allerdings.« Der Arkonide tippte auf die Folie. »Dieser Bericht entlastet beide. Ich glaube trotzdem nicht, dass allein ein Fabrikationsfehler die Explosion ausgelöst hat, denn dann hätte die Batterie auch schon früher hochgehen können.«

»Du vermutest hoffentlich nicht, dass Pankha-Skrin oder Laire ein gemütliches Feuer an Bord vermisst haben?«, fragte Rhodan spöttelnd.

Atlan ging nicht darauf ein. »Es sind Stimmen laut geworden, die Demeter verdächtigen«, eröffnete er dem Terraner.

»Jetzt sehe ich überhaupt keinen Zusammenhang mehr.«

»Wir sollten diese Stimmen ernst nehmen. Ein Sabotageakt ist nach meiner Überzeugung nicht auszuschließen, obwohl die Techniker etwas ganz anderes aussagen. Immerhin richtet sich ein gewisser Verdacht gegen Demeter. Sie wird von vielen misstrauisch beobachtet, weil sie Danton, Borl und Hamiller den Kopf total verdreht hat.«

Rhodan lehnte sich in seinem Sessel zurück. Er verschränkte die Arme. »Seit wann nimmst du solche Spekulationen ernst?«, wollte er wissen.

»Seit mir ein Gefühl sagt, dass etwas nicht stimmt.«

»Gemeinhin verlässt du dich auf deinen Logiksektor.«

»Würde ich das jetzt auch, müsste ich die Angelegenheit als erledigt betrachten.«

Rhodan seufzte. »Ich weiß, dass Demeter irgendetwas vor uns verbirgt. Wahrscheinlich kennt sie sich selbst zu wenig. Sie wurde von Margor gewaltsam geweckt, dabei ist etwas in ihr zerstört oder auch verschüttet worden. Das mag die Ursache für ihr manchmal geheimnisvolles Verhalten sein. Ich glaube aber nicht, dass sie für Sabotageakte verantwortlich ist. Ohnehin: Wenn auch nur der leiseste Verdacht bestünde, dass wir es mit einem Anschlag zu tun haben, dann stünde etwas davon in dem Bericht.«

»Die Techniker bescheinigen ausdrücklich, dass die Explosionsursache auf einem Fabrikationsfehler beruht. Dennoch bin ich mit dieser Erklärung nicht zufrieden. In letzter Zeit ist einiges geschehen, was mich beunruhigt. Ich habe keine Beweise. Aber ich will verhindern, dass wir schon in naher Zukunft sagen müssen: ›Es ist zu spät!‹«

Rhodan schüttelte den Kopf. »Was sagen die Mutanten? Hast du sie gefragt?«

»Natürlich habe ich das. Sie haben Demeter, ihre drei Verehrer, Pankha-Skrin und Laire unter die Lupe genommen, soweit das möglich war. Ergebnis: keine Verdachtsmomente.«

»Dann wird wohl auch nichts sein.«

Atlan ging zur Tür. Dort blieb er zögernd stehen. »Wenn Laire sein Auge nicht verbunkert hätte, wäre ich beruhigt«, sagte er. »Mir geht aber nicht aus dem Sinn, dass er es getan hat. Er muss einen Grund dafür haben.«

»Den hätte er, wenn Pankha-Skrin versucht hätte, ihm das Auge zu stehlen. Das aber ist nicht der Fall.«

Atlan verließ die Kabine.

Verna Theran blickte auf Laires Augenschale. Sie glaubte, das Funkeln der Linse darunter zu sehen, wohingegen die ausgeglühte linke Augenhöhle eigenartig schimmerte.

»Ich habe nur eines im Sinn«, sagte sie überhastet und kaum verständlich. »Ich will dein Auge retten.«

Laire blickte auf sie herab. Er hob die Arme.

»Ich will verhindern, dass der Loower dir auch noch das rechte Auge stiehlt«, fuhr Verna fort. »Deshalb habe ich ihn und dich beobachtet.«

»Er wird mir das Auge nicht wegnehmen«, sagte Laire hart. »Das Auge ist nicht bedroht. Ich werde die Schale wieder entfernen.«

»Wann wird das sein?«

»Das habe ich noch nicht entschieden.«

»Wenn Pankha-Skrin dir das Auge nicht mehr wegnehmen will, dann kannst du schon jetzt auf die Schale verzichten.«

»Ich habe noch nicht entschieden«, wiederholte der Roboter.

»Es wäre logisch und richtig, sie abzulegen«, drängte Verna. »Wenn keine Gefahr mehr für das Auge besteht, hast du keinen Grund zu warten. Warum wartest du dennoch?«

Sie wollte Laire zu einer klaren Aussage zwingen. Sie nahm an, dass er den Augenschutz beibehalten wollte, weil er sich nach wie vor gefährdet glaubte. Allerdings musste Laire mittlerweile erkannt haben, dass es nicht nur um sein Auge ging, sondern um seine Existenz. Er hatte Pankha-Skrin bedroht, und der Loower hatte zurückgeschlagen. Der Kampf war eskaliert und würde sich weiter verschärfen.

»Du wirst mich ab sofort nicht mehr beobachten«, sagte Laire, ohne auf ihre Frage einzugehen.

»Ich bin keine Bedrohung für dich.«

»Ich lege dein Verhalten als Bedrohung aus.«

»Du weißt, dass es falsch wäre, das zu tun.« Verna sprach ruhig und überzeugend. »Ich bin Robotologin. Ich weiß, welchen Verhaltensmustern du unterworfen bist. Du siehst nicht als Bedrohung an, was keine Bedrohung ist. Deshalb werde ich dich weiterhin beobachten und notfalls beschützen.«

Laire wandte sich wortlos ab und ging davon.

Nachdenklich blickte Verna ihm nach. Sie war sich nicht darüber klar, ob sie sich wirklich in Gefahr befunden hatte oder nicht.

Unerwartet blieb Laire stehen, wandte sich um und kam zurück.

»Du wirst mir nicht folgen«, sagte er drohend. »Du wirst mich nicht beobachten. Du wirst überhaupt meine Nähe meiden.«

»Warum sollte ich das tun?«

»Weil es Fallen in meiner Nähe gibt. Sie könnten tödlich für dich sein.«

Erneut ging er davon.

Verna wusste, was Laire gemeint hatte. Zum ersten Mal hatte er zugegeben, dass er gegen Pankha-Skrin kämpfte. Vor ihm schützte er sich mit einer Reihe von Fallen, die für den Loower tödlich waren.

Verna fühlte, wie es ihr kalt über den Rücken lief. Die Warnung war deutlich. Der Roboter hatte sie einmal gerettet – bedeuteten seine Worte, dass er es beim nächsten Mal nicht tun würde?

Ihr wurde klar, dass sie nicht mehr allein weiterarbeiten durfte. Sie musste noch einmal zu Atlan gehen und mit ihm reden.

Wenig später trat Verna aus dem Antigravschacht in der Nähe des Hauptschotts zur Zentrale. Sie wich einem Mann aus, der ihr entgegenkam, und erkannte erst im letzten Moment, dass es Rhodan war.

»Suchen Sie Atlan?«, fragte er und blieb stehen. »Der Arkonide ist momentan nicht in der Zentrale.«

»Oh, dann ...« Verna machte eine ratlose Geste.

»Wenn Sie wollen, führe ich Sie zu ihm«, sagte Rhodan.

Das Angebot überraschte sie. Zugleich wurde sie sich dessen bewusst, dass sie genau genommen nicht mit Atlan, sondern mit Rhodan sprechen musste.

»Noch besser wäre es, wenn ich mit Ihnen reden könnte«, sagte sie deshalb. »Es geht um Laire und Pankha-Skrin.«

Rhodan blickte sie prüfend an. »Es ist noch nicht zu lange her, dass ich mit Atlan über die beiden diskutiert habe. Sie machen mich neugierig. Kommen Sie.«

Er führte sie in einen kleinen Konferenzraum in der Nähe.

»Was ist vorgefallen?«, fragte er, als sie Platz genommen hatte.

Verna hatte sich bislang ein falsches Bild über Rhodan gemacht. Er war ihr unerreichbar hoch oben in der Schiffsführung erschienen, ein Mann, der kaum Interesse daran haben konnte, sich mit einfachen Leuten zu unterhalten. Allmählich erkannte sie, wie sehr sie sich geirrt hatte. Rhodan verhielt sich, als gäbe es keine Unterschiede zwischen ihnen.

Sie berichtete. Sie fing damit an, dass Laire sie gewarnt und quasi sein Duell mit Pankha-Skrin zugegeben hatte. Damit sicherte sie sich Rhodans Aufmerksamkeit. Dann schilderte sie, wie sie begonnen hatte, den Roboter zu beobachten, und was sich danach ereignet hatte.

Rhodan hörte ihr aufmerksam zu. Hin und wieder warf er eine Frage ein.

»Sie sollten die Warnung Laires ernst nehmen«, sagte er schließlich.

»Sie glauben mir?«

»Warum sollte ich das nicht tun?«

»Weil offenbar niemand an Bord sich vorstellen kann, dass Laire gegen den Loower kämpft und damit alles andere als robotermäßig reagiert.«

»Bis vor wenigen Minuten war ich unsicher«, erwiderte Rhodan. »Nun ist mir klar, dass wir etwas tun müssen.«

»Was werden Sie tun?«

»Ich weiß es noch nicht. Ich werde Atlan informieren, danach sehen wir weiter. Sie bitte ich, über die Vorfälle zu schweigen.«

»Selbstverständlich.« Verna nickte. »Wenn allgemein bekannt wird, dass Laire und Pankha-Skrin kämpfen, dann wird es auch den beiden zu Ohren kommen. Das könnte zur Folge haben, dass der Kampf eskaliert und in aller Offenheit ausgetragen wird.«

»Völlig richtig«, bestätigte Rhodan. »Die BASIS könnte in Gefahr geraten. Ich traue es Laire ohne Weiteres zu, dass er ein Beiboot von der Größe eines Zerstörers in die Luft jagt, wenn er damit das Duell entscheiden kann.«

Verna erschrak. Zweifelnd blickte sie den potenziell Unsterblichen an.

»Glücklicherweise sind wir noch lange nicht so weit«, fuhr Rhodan fort. »Ich werde das verhindern. Verlassen Sie sich darauf.«

»Was wirst du tun?«, erkundigte sich der Arkonide, nachdem Rhodan ihm berichtet hatte. »Du kannst nicht zulassen, dass die beiden sich an Bord der BASIS austoben. Vorläufig ist der Flug ohnehin unterbrochen, und wir können sie vielleicht noch bändigen. Wenn wir aber unser nächstes Ziel erreichen und sie uns dort in eine kritische Situation bringen, dann wird es gefährlich für uns.«

»Hast du eine Idee?«

»Wir sollten die beiden trennen. Laire kann einige Räume zu seiner Verfügung haben und bekommt bestimmte Zeiten zugewiesen, in denen er die Hauptzentrale betreten kann. Mit Pankha-Skrin verfahren wir ebenso.«

»Der Konflikt würde dennoch weiter schwelen«, erwiderte Rhodan. »Keiner wüsste, ob der andere sich zufriedengibt oder heimlich weiterkämpft. Und wir hätten alle Hände voll damit zu tun, beide zu überwachen und zu gewährleisten, dass es zu keiner Kurzschlusshandlung kommt. Das ist keine Lösung, Atlan.«

»Etwas müssen wir tun.«

»Es gibt im Grunde nur eine Möglichkeit: Die beiden müssen ihren Privatkrieg austragen.«

»Du willst sie tatsächlich kämpfen lassen?« Die Augen des Arkoniden wurden feucht vor Erregung. »Laire würde den Loower auf der Stelle umbringen.«

»Ich meinte nicht, dass sie sich mit bloßen Händen gegenübertreten. Beide müssen die Möglichkeit haben, sich zu bewaffnen, sich somit zu verstärken und offensiv wie defensiv tätig zu werden. Beide sind überragend intelligent, sofern man so etwas bei einem Roboter wie Laire überhaupt sagen darf.«

»Ich weiß, was du meinst, Perry.«

»Beide müssen die BASIS verlassen, denn das Schiff darf auf keinen Fall zum Schlachtfeld werden. Wir brauchen einen geeigneten Planeten. Sobald wir den haben, werden wir die beiden von Bord locken und alles Weitere ihnen überlassen.«

Atlan dachte nach. Schließlich nickte er mehrmals, und ein Lächeln umspielte seine Mundwinkel.

»Die Idee gefällt mir. Die Gefahr ist nur, dass die beiden sich gegenseitig umbringen!«

»Ich glaube nicht, dass sie das tun werden. Ein gewisses Risiko ist zwar nicht auszuschließen, doch das besteht an Bord ebenso. Vielleicht ist die Gefahr für beide sogar größer, wenn sie in der BASIS bleiben, weil sie hier praktisch unbegrenzte technische Möglichkeiten haben.«

Laire war wieder verschwunden. Und Pankha-Skrin offenbar ebenfalls. Verna wollte ihre Suche trotzdem nicht aufgeben. Sie ahnte, dass der Roboter und der Quellmeister irgendwo im Schiff gegeneinander kämpften. Bislang war alles ruhig, nur konnte sich das jederzeit ändern.

Verna hatte mit dem Mausbiber Gucky gesprochen, inzwischen war der Kleine ebenfalls verschwunden und meldete sich nicht mehr.

Sie erreichte einen Hangar, in dem ein Großbeiboot der THEBEN-Klasse stand. An dem tausendzweihundert Meter durchmessenden Raumschiff arbeiteten zahllose Roboter und Spezialmaschinen.

Niemand stellte sich Verna in den Weg, als sie sich dem Schiff näherte. Nach einer Weile wölbten sich die äquatorialen Triebwerks-Ringwülste über ihr.

Wie hatte sie sich nur einbilden können, dass sie Laire oder Pankha-Skrin finden könnte? Angesichts des großen Kugelraumers wurde deutlich, wie gigantisch die BASIS tatsächlich war. Allein sechzehn dieser

Großbeiboote befanden sich an Bord. Um nur eines dieser Schiffe leidlich zu durchsuchen, würde sie Wochen benötigen.

Laire und Pankha-Skrin hatten unendlich viele Möglichkeiten, irgendwo unterzuschlüpfen. Unter diesen Umständen war es auch kein Wunder, dass Gucky nichts ausrichtete.

Verna fühlte sich matt. Inzwischen machte sie sich Vorwürfe, dass sie nicht schon früher mit Rhodan gesprochen hatte.

Ein faustgroßes Stück Kunststoff schlug einige Meter von ihr entfernt auf den Boden. Es zerbarst krachend. Verna zuckte zusammen. Unwillkürlich fuhr sie zurück, um nicht von weiteren Teilen getroffen zu werden, die jemand über ihr aus einer Schleuse stieß. Sie blickte nach oben und erstarrte.

In einer Schleusenöffnung, etwa zweihundert Meter über ihr, bemerkte sie einen Roboter. Er hob sich kaum gegen den dunklen Hintergrund ab. Dennoch glaubte sie, Laire zu erkennen. Sein dunkelbrauner Körper reflektierte das Licht nicht, das von einem Tiefstrahler hoch über ihm kam, sodass er wie ein Schatten aussah.

Verna war wie elektrisiert. Hatte Laire sie ebenfalls bemerkt? Hatte er gar versucht, sie mit dem Plastikbrocken zu töten? Oder wollte er sie nur warnen?

Die dunkle Gestalt verschwand in der Schleuse. Verna sprang auf die nächste Antigravplattform, schaltete sie ein und legte ihre Hand an die Steuerelemente. Die Plattform stieg langsam in die Höhe.

In diesem Moment entdeckte die Robotologin den Quellmeister. Pankha-Skrin näherte sich ihr auf einer ähnlichen, wenngleich deutlich größeren Antigravplattform. Das Gefährt war mit Containern beladen, die ihn weit überragten. Er stand zwischen ihnen, sodass er kaum zu sehen war. Verna bemerkte ihn nur, weil er sich für einen Moment weit vorbeugte.

Als er noch etwa hundert Meter von ihr entfernt war, schwenkte die Plattform ab. Verna erkannte, dass der Loower eine Bodenschleuse ansteuerte, die sich von ihr aus gesehen auf der anderen Seite des Großbeiboots befand.

Wusste Pankha-Skrin, dass Laire an Bord war? Waren beide gar übereingekommen, ihren Kampf in diesem Beiboot auszutragen?

Über Armbandkom rief Verna die Hauptzentrale. Dabei blickte sie erneut zu der Schleuse hoch, in der sie Laire gesehen hatte. Sie erschrak.

Aus der Schleuse ragte der zylindrische Projektor eines Energiegeschützes. Verna erfasste augenblicklich, dass Laire das Geschütz ausgebaut hatte, um es als bewegliche Waffe einsetzen zu können.

»Warum sprechen Sie nicht weiter?«, fragte eine Robotstimme aus der Hauptzentrale.

»Ich habe Laire gefunden«, erwiderte Verna erregt. »Und nicht nur ihn. Auch Pankha-Skrin.« Sie bezeichnete den Hangar, in dem sie sich aufhielt.

Sie hatte kaum zu Ende gesprochen, als der Alarm aufheulte. Erschrocken fuhr sie zusammen. An einem der Hangarschotten standen zwei Techniker. Sie gestikulierten heftig. Verna glaubte zu erkennen, dass sie den Quellmeister entdeckt und seinetwegen den Alarm ausgelöst hatten.

Damit überraschten sie auch Laire. Der einäugige Roboter ließ von dem schweren Geschütz ab und verschwand.

Urplötzlich knisterte die Luft. Funken zuckten durch den Hangar. Verna sah, dass mehrere Techniker durch die Schotten flüchteten, aber sie verstand erst, was geschah, als mehrere Maschinen an den Wänden des Hangars zerquetscht wurden. Wer auch immer, jemand hatte die Prallfelder des Großbeiboots eingeschaltet. Die Energie schleuderte alles zur Seite, was ihrer Ausdehnung im Weg stand, und schirmte das Beiboot hermetisch ab.

Laire und Pankha-Skrin hatten ihr abgeschlossenes Kampffeld gesucht und gefunden.

Verna fragte sich, mit welchen Mitteln Laire und der Loower den Kampf fortsetzen würden. Ließen sie die Maske fallen, oder würden sie immer noch so tun, als gäbe es keinen Kampf? Wie wollten sie allein schon erklären, dass sich die Energieschirme plötzlich aufgebaut hatten?

Verna ließ die Antigravplattform langsam steigen. Sie näherte sich der Schleuse, in der sie Laire zuletzt gesehen hatte. Dabei erkannte sie, dass sie womöglich die Einzige war, die den Roboter und den Quellmeister noch aufhalten konnte.

Sie malte sich aus, dass der Kampf zwischen den beiden so eskalierte, dass am Ende das Großbeiboot explodierte. Ein äußerst bedrohliches Szenario.

Verna erreichte die Schleuse, in der sie Laire gesehen hatte. Sie sprang von der Plattform herunter und drang vorsichtig in das Schiff ein. Dabei überlegte sie, was sie dem Roboter sagen sollte, falls er plötzlich vor ihr stand. Seine Warnung war deutlich gewesen, deshalb musste sie schnell und glaubwürdig reagieren, sobald sie ihm begegnete.

Ein metallisches Poltern erklang aus der Ferne und hallte durch einen Gang, der völlig leer war.

Verna fragte sich, wo die Besatzung des Beiboots war. Zumindest eine Notwache musste an Bord sein. War es dem Roboter gelungen, Besatzung und Wache auszuschalten?

Ein eigenartiger Geruch schlug ihr entgegen. Plötzlich glaubte sie zu wissen, was mit der Besatzung geschehen war.

Sie öffnete einen Ausrüstungsschrank, zog einen Schutzanzug von der Halterung und spürte da schon, dass ihre Beine schwer wurden. Sie streifte den Anzug über, schloss ihn und zog den Helm nach vorne. Mit einem Handgriff schloss sie die Sauerstoffversorgung an.

Ihre Sinne klärten sich, und das Schweregefühl wich langsam.

Verna öffnete einige weitere Schränke, fand jedoch keine Waffe. Dabei näherte sie sich einem mit roter Farbe markierten Schott, das sie von einem Beiboothangar trennte. Obwohl sie nicht glaubte, dass Laire den Hangar betreten hatte, betätigte sie den Öffnungskontakt. Das Schott glitt zur Seite.

Verna blickte in einen unbesetzten Hangar hinab. Gleich hinter dem Schott erstreckte sich eine Brüstung, gut hundert Meter über dem Hangargrund. Von der Brüstung aus ragte eine Montagebrücke in die Halle hinein. Auf mehreren Stegen lagerten Ausrüstungsmaterial und Wartungsmaschinen. Doch das beachtete Verna kaum.

Ihr gegenüber, etwa zwanzig Meter tiefer, kauerte Pankha-Skrin auf einer anderen Brüstung. Der Loower arbeitete an einem Strahlprojektor.

Auf dem Boden des Hangars stand Laire. Unverwandt beobachtete er ein offenes Schott. Er schien darauf zu warten, dass sein Gegner von dort kam. Über dem Schott wölbte sich eine Reparaturbrüstung, die mit allerlei Geräten beladen war. Wollte er diese auf den Loower herabstürzen lassen, sobald Pankha-Skrin dort erschien?

Ihm blieb nur noch eine Frist von wenigen Minuten. Dann würde der Loower den Energiestrahler auf ihn abfeuern.

Verna war versucht, Laire eine Warnung zuzurufen, doch sie sagte sich, dass sie damit nur einen wütenden Angriff auf den Loower auslösen würde, ohne an der Grundsituation etwas zu ändern.

Verzweifelt sah sie sich im Hangar um. Ihr stach ein Prallfeldgenerator ins Auge. Das Aggregat lag etwa fünfzig Meter unter ihr auf einer ausfahrbaren Reparaturbrücke. Eine direkte Verbindung zwischen den beiden Brücken gab es nicht.

Sie eilte auf den Gang zurück und benutzte den nächsten Antigravschacht. Für einen Moment musste sie sich neu orientieren. Eine Abzweigung im Korridor endete an einem kleinen Schott. Verna öffnete es und sah, als sie weiterlief, Pankha-Skrin über ihr. Sie erkannte, dass ihr nur noch Sekunden blieben.

Sich auf den Prallfeldprojektor stürzen, ihn auf den einäugigen Roboter richten und einschalten war für Verna eins. Sie überlegte nicht, sie handelte einfach.

Sekunden später feuerte der Loower. Ein gleißend heller Energiestrahl sprang auf Laire zu, und schon verschwand der einäugige Roboter unter lodernder Glut.

Verna hielt den Atem an.

Sie fürchtete, mit ihrer Schutzmaßnahme zu spät gekommen zu sein. Doch schon erlosch das Energiefeuer. Laire stand unversehrt unter dem leicht flirrenden Prallfeld.

Pankha-Skrin schrie auf und feuerte erneut.

Ängstlich blickte Verna Theran zu dem Loower hinauf. Sie befürchtete, dass er in seinem Zorn den Strahler auch auf sie richten würde. Das tat er jedoch nicht. Dass er die Stielaugen weit ausfuhr, glaubte Verna als Zeichen seiner Überraschung zu deuten.

Sie blickte zu Laire hinunter. Der Roboter rannte gegen die kaum sichtbare Energiewand an. Als sie den Projektor abschaltete, verschwand er durch das offene Schott.

Verna floh ebenfalls unbehelligt aus dem Hangar. Sie begegnete keinem der beiden Kontrahenten, als sie in einem Antigravschacht in die Höhe schwebte und dann zur Hauptzentrale des Beiboots lief. Das Schott glitt vor ihr auf.

Etwa zwanzig Männer und Frauen lagen bewusstlos auf dem Boden, einige waren in ihren Sesseln in sich zusammengesunken. Alle waren der Wirkung des Giftgases erlegen.

Verna Theran kannte sich leidlich in der Zentrale aus. Sie schaltete die Energieschirme aus, die das Schiff umgaben.

Gucky materialisierte vor ihr. »Sieh da«, sagte er mit heller Stimme. »Verna macht sich.«

Schnuppernd hob er die Nase in die Höhe. »Du kannst den Helm wieder abnehmen. Von dem Gas ist nichts mehr zu spüren. Die Mannschaft regt sich auch schon wieder.«

Keine Minute später betraten Pankha-Skrin und Laire die Zentrale. Beide waren unbewaffnet. Nichts an ihnen verriet, dass sie eben noch erbittert gegeneinander gekämpft hatten.

»Was ist hier an Bord vorgefallen?«, fragte der einäugige Roboter. »Ich habe gesehen, dass die Mannschaft ausgefallen war.«

»Offenbar waren die Menschen einem betäubenden Gift ausgesetzt«, bemerkte der Loower.

»Wir haben versucht, den Bewusstlosen zu helfen und mit Rhodan zu sprechen, beides erwies sich als unmöglich«, fuhr Laire fort.

»Ich hoffe, die Schwierigkeiten sind überwunden?« Pankha-Skrin deutete mit einem Tentakel auf die Männer und Frauen, die sich langsam aufrichteten. »Jedenfalls scheint niemand zu Schaden gekommen zu sein.«

»Glücklicherweise nicht!« Verna Theran war fassungslos. Nach allem, was geschehen war, hatte sie nicht erwartet, dass die Kontrahenten sich so verhalten würden. Beide mussten sich blitzschnell geeinigt haben, nachdem sie erkannt hatten, dass sie ihren Kampf unter diesen Umständen nicht zu Ende führen konnten.

Keiner wollte den anderen unter den Augen von Zeugen vernichten und das Risiko eingehen, von Rhodan aus dem Schiff gewiesen zu werden. Also hatten sie die Entscheidung verschoben.

»Perry wartet auf euch beide«, verkündete der Mausbiber. »Das ist überhaupt der Grund dafür, dass ich hier bin.«

Verna blickte ihn flüchtig an. Er zwinkerte ihr zu, und sie wusste, dass er schwindelte. Der Ilt war gekommen, um ihr zu helfen und die Streithähne zu trennen, falls sich das als notwendig erwies, nicht jedoch, weil Rhodan unbedingt mit beiden reden wollte.

»Er hat eine Überraschung für euch.« Der Mausbiber streckte die Hand aus. »Ich teleportiere mit dir in die Hauptzentrale, Laire.«

Der einäugige Roboter wandte sich ab. »Ich werde mich dort in einer Stunde einfinden«, erwiderte er. »Dann bin ich zu Gesprächen bereit.«

Er verließ die Hauptleitzentrale.

»Perry hat etwas über das gestohlene Auge herausgefunden!«, rief ihm der Ilt hinterher. »Hier in der Nähe ist ein Sonnensystem, auf dem es einen äußerst interessanten Planeten gibt. Terzowhiele haben wir ihn getauft. Dort ...«

Laire drehte sich um. »Was habt ihr dort gefunden?«

Gucky entblößte seinen Nagezahn. »Tut mir leid. Ich muss dringend in die Hauptzentrale zurück. Ich weiß nur, dass es um dein linkes Auge geht.«

Er gab Laire keine Gelegenheit für weitere Fragen und teleportierte.

»Ist das wahr?«, fragte Pankha-Skrin, wobei er sich an Verna wandte.

Die Robotologin hob die Schultern. »Ich weiß nicht«, antwortete sie, während sie krampfhaft überlegte. Dann erkannte sie, dass es Rhodan offenbar darauf ankam, nicht nur Laire, sondern auch den Loower zur Hauptzentrale der BASIS zu locken. »Ich habe ebenfalls nur Andeutungen gehört. Daraus geht aber hervor, dass Rhodan wichtige Informationen hat. Sie betreffen die Materiequelle, soweit ich weiß.«

Pankha-Skrin stellte keine weiteren Fragen. Er verließ die Zentrale des Großbeiboots nun ebenfalls, wobei er eine bemerkenswerte Eile entwickelte.

»Was war überhaupt los?«, fragte jemand von der Besatzung. »Ist die BASIS angegriffen worden?«

»Nein, bestimmt nicht«, antwortete Verna. »Das weiß ich mit absoluter Sicherheit. Die Gefahr ist vorbei. Sie brauchen sich keine Sorgen zu machen.«

Sie folgte dem Loower, der schon einen deutlichen Vorsprung hatte. Sie bemühte sich nicht, den Vorsprung zu verringern, und je näher sie der Hauptzentrale des Fernraumschiffs kam, desto sicherer fühlte sie sich.

Sie bedauerte, dass Gucky nicht kam und mit ihr in die Hauptzentrale teleportierte. Sie sagte sich, dass der Ilt mehr zu tun hatte, als sich um sie zu kümmern, und doch hätte sie es gern gesehen, wenn er neben ihr erschienen wäre.

Aber Gucky blieb aus.

Als Pankha-Skrin schließlich die Hauptzentrale betrat, blieb Verna zögernd stehen. Sie gehörte nicht zur Schiffsführung und war nicht ohne Weiteres berechtigt, die Zentrale zu betreten.

Das Hauptschott öffnete sich, und Galto Quohlfahrt verließ die Zentrale. Er bemerkte Verna und kam lächelnd auf sie zu.

»Wie steht es heute mit einem Whisky?«, fragte er leutselig.

Die Robotologin überlegte nur kurz. »Dazu sage ich ausnahmsweise nicht Nein«, erwiderte sie und hängte sich bei ihm ein. »Ich könnte einen kräftigen Schluck wirklich vertragen.«

Quohlfahrt blickte sie überrascht an. Mit der Zusage hatte er offensichtlich nicht gerechnet. Er ahnte nicht, dass sie lediglich Informationen haben wollte.

Sie suchten eine gemütlich eingerichtete Messe auf, in der alkoholische Getränke ausgeschenkt wurden.

Nach einiger Zeit lenkte Verna das Gespräch auf das, was in der Hauptzentrale geschehen war.

»So viel ist es gar nicht«, erwiderte der Olliwyner arglos. »Perry stellt eine Expedition in ein Sonnensystem zusammen, das Kohnersdok genannt wird. Die Expedition soll den Planeten Terzowhiele untersuchen. Perry glaubt, dass dort Hinweise auf die Kosmischen Burgen zu finden sind.«

Ich habe etwas von Materiequellen und von Laires verschollenem Auge gehört«, bemerkte Verna.

Quohlfahrt blickte sie erstaunt an. »Davon war nicht die Rede.« Er machte eine wegwerfende Handbewegung. »Ist ja auch egal. Jedenfalls fliegen Laire und Pankha-Skrin mit. Die beiden bestanden darauf, an der Expedition teilzunehmen. Perry hat sich einige Zeit dagegen gesträubt, letztlich aber zugestimmt.«

»Danke.« Verna erhob sich strahlend, winkte Galto zu und ging.

Sie sah noch, dass er ihr verblüfft nachblickte. Seine Kinnlade sank nach unten, er lehnte sich in seinem Sessel zurück und lachte schallend. Er hatte also begriffen. Und offensichtlich machte es ihm nichts aus, dass die Robotologin ihn hereingelegt hatte.

Die Robotologin meldete sich über Armbandkom. »Ich möchte Perry Rhodan sprechen«, sagte sie. »Mein Name ist Verna Theran.«

Sekunden später öffnete sich das Hauptschott. Rhodan verließ die Zentrale und kam auf Verna zu.

»Ich nehme an, dass Sie mir erzählen wollen, was in dem Großbeiboot vorgefallen ist«, sagte er, nachdem er sie begrüßt hatte.

»Nicht unbedingt. Ich möchte an der Expedition nach Terzowhiele teilnehmen.«

»Was haben Sie beobachtet, Verna?« Rhodan lächelte. »Ich vermute, dass es Ihnen gelungen ist, die Streithähne zu trennen.«

Sie berichtete kurz, was geschehen war. Rhodan führte sie in den Konferenzraum, in dem sie schon einmal mit ihm gesprochen hatte. Er hörte zu, ohne sie zu unterbrechen.

»Das ist es«, sagte er, als sie ihren Bericht beendet hatte. »Pankha-Skrin und Laire behaupten übereinstimmend, dass sie alle Streitigkeiten beigelegt haben. Sie haben erklärt, dass es keine Feindseligkeiten mehr zwischen ihnen gibt.«

»Aber Sie glauben ihnen nicht?«

»Ich rechne damit, dass der Kampf auf Terzowhiele weitergeht. Auf diesem Planeten wird eine Entscheidung fallen, so oder so. Deshalb habe ich das Unternehmen arrangiert. Die BASIS darf nicht gefährdet werden.«

»Erlauben Sie mir, an der Expedition teilzunehmen?«

»Sie dürfen mitfliegen, Verna.«

4.

Der Roboter war eine beeindruckende Erscheinung. Er bewegte sich elegant und leicht, als sei er von allen physikalischen Gesetzmäßigkeiten befreit.

»Laire«, sagte Perry Rhodan, als der Roboter vor ihm stehen blieb. »Was kann ich für dich tun?«

»Ich habe gehört, dass eine Expedition vorbereitet wird.«

Rhodan nickte lächelnd. »Wir planen, uns auf dem Planeten Terzowhiele im System Kohnersdok umzusehen. Die BASIS steht nicht weit von diesem System entfernt.«

»Warum sagst du mir nicht alles?« Für Laire war die knappe Erklärung unbefriedigend. »Du verschweigst mir, dass wichtige Hinweise auf die Kosmischen Burgen entdeckt wurden.«

»Das ist ein Irrtum, Laire. Bislang wissen wir nichts über Terzowhiele. Wir sind noch auf die Fernortung angewiesen und können so gut wie nichts sagen. Aber wir befinden uns in einem kosmischen Bereich, in dem jedes Sonnensystem wichtig ist.«

»Ich werde an der Expedition teilnehmen«, erklärte der Roboter.

»Damit bin ich einverstanden«, erwiderte Rhodan. »Wir starten in einer Stunde.«

In diesem Moment betrat Pankha-Skrin die Hauptzentrale. Er fuhr die Stielaugen weit aus und eilte auf Rhodan und Laire zu. Den Roboter beachtete er dabei kaum.

»Ich habe gehört, dass eine Expedition vorbereitet wird.« Seine Stimme hallte schrill aus dem Translator. Rhodan nahm ihm das Gerät ab, veränderte die Justierung und gab es ihm zurück. Dann wiederholte er, was er Laire über die Expedition gesagt hatte.

»Ich werde ebenfalls nach Terzowhiele fliegen«, sagte der Quellmeister entschlossen. »Ich habe erfahren, dass es auf diesem Planeten wichtige Hinweise auf die Materiequelle gibt.«

»Das sind Gerüchte«, beschwichtigte Rhodan. »Vorläufig sind wir nur auf Vermutungen angewiesen.«

»Welches Raumschiff hast du ausgewählt? Wo finde ich es? Wann startet es?« Pankha-Skrin war ungeduldig.

»Ich hatte mich gerade entschlossen, Laire zu dem Schiff zu begleiten«, sagte der Terraner. »Du kannst dich uns anschließen.«

»Wer wird sonst noch dabei sein?«

»Ein Team von Wissenschaftlern, Mutanten und Spezialisten. Sie sind schon an Bord.«

In dem Moment stürmte Galto Quohlfahrt in die Zentrale. Ihm folgten sieben Posbis. Quohlfahrt blieb vor Rhodan stehen.

»Ich habe gehört, dass eine Expedition starten soll. Eine von meinen Assistentinnen aus dem Arbeitskreis Robotologie ist eingeladen worden, daran teilzunehmen. Ich nicht. Darf ich fragen, ob gegen meine Teilnahme etwas einzuwenden ist?«

»Keineswegs. Wir haben Platz genug.« Rhodan lächelte. »Wir wollten gerade aufbrechen.«

Natürlich hatte Quohlfahrt nicht die geringste Ahnung, um was es bei der Expedition tatsächlich ging. Rhodan konnte sich vorstellen, dass es dem Olliwyner missfiel, dass Verna Theran dabei war und ihm nicht sagte, welche Aufgabe sie übernommen hatte.

Die Schale erbebte unter dem Donnerschlag, der sie traf.

Die Männer hielten den Atem an. Seit zwei Tagen waren sie unterwegs. Zwei Tage und zwei Nächte lang hatten sie sich gegen alle Gefahren behauptet. Sie waren im sonnendurchglühten Samarkoph aufgebrochen und hatten sich durch die Wellen und die Strömung nach Westen gekämpft. Ständig hatten sie befürchten müssen, dass die Meeresungeheuer über sie herfielen, aber nichts war geschehen, sodass sie bereits geglaubt hatten, es bestünde keine Gefahr für sie. Doch nun war es so weit.

Etwa zwanzig Kilometer vor ihrem Ziel hatten sie die Schale abgesenkt und die Kammern geflutet. Das Schiff schwamm jetzt dicht unter der Wasseroberfläche. Nur die Atemrohre ragten in die Höhe, doch sie waren so dünn, dass sie aus größerer Entfernung nicht zu sehen waren.

Der Große Gurxa hieb einem der Männer die Faust vor die Brust, als dieser die Arbeit vorübergehend einstellte. Rasch griff der Krieger wieder in die Speichen und drehte das Rad. Die Antriebswelle drehte sich wieder schneller. Am Heck der Schale wirbelte die Schraube durch das Wasser.

Die Männer warteten auf den nächsten Angriff des riesigen Fisches, doch dieser blieb aus. Es schien, als habe das Tier nicht erkannt, wie leicht es die Schale zerschmettern konnte.

Als auch nach einigen Minuten alles ruhig blieb, richtete sich der Große Gurxa vorsichtig auf. Sein Kopf durchstieß die Wasseroberfläche, er sah sich um.

Direkt neben ihm ragte die Schwanzflosse eines Fisches gut vier

Meter in die Höhe. Der Große Gurxa spürte, dass sich sein Magen verkrampfte. Er hielt sich an der Kante des Schiffes fest und stemmte die Füße in die Schlingen, mit deren Hilfe er sicheren Stand hatte. Ohne sie hätte die Strömung ihn hinweggerissen.

Der Fisch schwamm ruhig neben der Schale her. Der Steppenkenner war sich darüber klar, dass er und seine Männer keine Überlebenschance hatten, falls das Tier angriff. Offensichtlich hatte es die Schale nur spielerisch angestoßen. Der Große Gurxa schätzte, dass der Fisch wenigstens hundert Meter lang war. Damit war er fünfmal so groß wie die Schale.

Das Ziel lag noch etwa einen Kilometer entfernt. Es ragte annähernd hundert Meter hoch aus dem Wasser und war im Mondlicht gut zu erkennen. Die Sicht war gut, der Steppenkenner sah sogar die Wachen, die auf den Brücken zu den anderen Stahlinseln standen.

Alles war so, wie er es errechnet hatte. Die Insel Walgart war den anderen künstlichen Gebilden vorgelagert. Sie war die östlichste Festung. Dutzende Brücken verbanden sie mit anderen Inseln weiter im Westen. Deutlich war zu sehen, dass die Bewohner von Walgart ihren Lebensbereich gegen die anderen Inseln absicherten. Mit einem Angriff von See her rechnete niemand.

Der Große Gurxa lächelte. Er kannte sich auf Walgart gut aus, denn hier hatte er mehrere Jahre als Sklave gelebt. Schlimmer war er nie in seinem Leben gedemütigt worden. Endlich war die Stunde der Rache gekommen. Mit dem untergetauchten Boot pirschten er und seine Männer sich an die Insel heran.

Er blickte zu der Schwanzflosse hinüber, die neben ihm aufragte. Für kurze Zeit hatte er verdrängt, welche Gefahr von dem Fisch drohte.

Sie alle hatten gewusst, welche Risiken sie eingingen, sobald sie das Steppenland verließen. Aber ihnen war keine Wahl geblieben. Die Steppe starb. Also mussten sie einen anderen Lebensraum erobern.

Seine Wahl war auf die Insel Walgart gefallen. Sie verhieß Reichtum und ein bequemes Leben. Der Große Gurxa tauchte wieder unter, legte den Mund an das Atemrohr und pustete das eingedrungene Wasser hinaus. Einer seiner Männer legte ihm die Hand auf den Arm. Gurxa verstand und signalisierte, dass alles in Ordnung war. Bewusst verschwieg er die Gefahr, die von dem Fisch ausging, um seine Krieger nicht zu beunruhigen.

Im Abstand von einigen Minuten hob er den Kopf immer wieder aus dem Wasser, um den Kurs zu überwachen. Die Schale rückte dem Ziel näher, und endlich wich der riesige Fisch von ihrer Seite.

Die gefährlichste Phase der Annäherung begann. Aufmerksame Wachen konnten auch das getauchte Boot erkennen. Gurxa wagte kaum mehr, den Kopf aus dem Wasser zu strecken, doch er musste es tun, damit die Schale nicht in letzter Sekunde ihr Ziel verfehlte.

Er bemerkte einige Männer, die hoch über ihm an die Brüstung der Stahlinsel traten. Wie gebannt blickte er nach oben, während die Schale langsam zwischen die Stützpfeiler trieb.

Der Große Gurxa gab seinen Kriegern ein Zeichen. Sie erhoben sich und tauchten auf.

»Seid leise! Wir haben es fast geschafft«, flüsterte er und deutete auf eine Eisenleiter, die vier Meter über dem Wasserspiegel endete.

Er holte ein Seil, das er an einer Sitzbank befestigt hatte. Schon beim zweiten Wurf verwickelte es sich an der Leiter, und er konnte es stramm ziehen. Lautlos kletterte Gurxa nach oben. Er sicherte das Seil und half seinen Kriegern, nach oben zu kommen.

Vorsichtig tastete der Große Gurxa sich weiter voran. Er prüfte jede Leitersprosse, bevor er sie belastete, weil die Bewohner der Insel eine Falle eingebaut hatten. Einige Sprossen waren angesägt und brachen leicht ab.

In etwa fünfzig Metern Höhe fand der Steppenkenner die Falle. Er raunte seinen Leuten eine Warnung zu und kletterte an den Außenstreben weiter, bis er wieder feste Sprossen fand.

Wenig später erreichte er die weiterführende Treppe und schlich sie hinauf. Niemand war in der Nähe. Nur einige Männer standen an der Brüstung und blickten auf das Wasser. Keiner hatte etwas bemerkt.

Der Große Gurxa wartete, bis seine Krieger aufschlossen. Er zog seine Fototraf-Waffe aus dem Gürtel.

»Wenn wir nicht gewinnen, werfen sie uns ins Wasser«, flüsterte er. »Kämpft also. Ihr wisst, dass wir nicht ins Steppenland zurückkehren können. Die Strömung hat die Schale schon fortgetrieben. Uns bleibt nur der Weg nach vorn.«

Die Männer hörten ihm schweigend zu.

»Denkt an eure Familien«, fuhr Gurxa fort. »Sie sind noch draußen auf dem Meer. Sie verlassen sich auf euch. Wenn wir die Insel nicht erobern, gehen sie zugrunde.«

Wind kam auf. Eine Bö fegte über die Insel, die einen Durchmesser von etwas mehr als einem Kilometer hatte. Es schien, als wolle die Natur ein Alarmsignal geben.

Die Treppe war mit einer Gittertür gesichert. Der Große Gurxa brach das Schloss mit einem Haken auf. Kreischend zerbrach das Metall. Die Wachen an der Brüstung fuhren herum. Entsetzt schrien sie auf, als sie die Angreifer sahen, und griffen zu ihren Waffen.

Der Große Gurxa schoss. Ein gleißend heller Lichtstrahl fuhr aus seiner Fototraf-Waffe und verbrannte einen der Verteidiger. Gurxas

Krieger stürmten auf die anderen zu und warfen sie über die Brüstung, bevor sie ihre Strahler abfeuern konnten.

Gurxa kletterte auf einen stählernen Mast und blickte zum Zentrum der Insel. Dort standen zahlreiche Steinhäuser. Überall gingen Lichter an. Die Leute stürzten aus ihren Häusern.

Gelassen stieg er wieder von dem Mast herunter.

»Wir verbarrikadieren uns hier. Sie werden kommen und uns angreifen. Das ist allemal besser, als wenn wir bis zur Siedlung laufen müssten.«

Am Rand der Stahlinsel lagerte allerlei Baumaterial. Kisten türmten sich übereinander. Einige Boote waren an der Brüstung festgezurrt; mithilfe von Kränen konnten sie zu Wasser gelassen werden. Gurxa und seine Männer setzten die Kräne ein, um Baumaterial um die Boote herum aufzuschichten. So schufen sie sich eine gewisse Deckung.

Gurxa sah, dass die Inselbewohner sich näherten. Der Mond schien so hell, dass er sie deutlich ausmachen konnte.

Er rief einige seiner Leute zu sich und eilte mit ihnen an der Brüstung entlang. Erst in einiger Entfernung arbeitete er sich im Deckungsschutz von allerlei Baumaterial in Richtung Inselmitte vor.

Schnell kamen die Walgartaner näher. Es waren etwa fünfzig Männer, also mehr als doppelt so viele wie die Angreifer. Doch das schreckte Gurxa nicht. Er wartete ab, bis die anderen nahe genug waren, dann hob er die Waffe.

Gleichzeitig erklang ein seltsames Donnern, wie er es nie zuvor vernommen hatte. Gurxa hielt erschrocken inne. Auch die Bewohner von Walgart blieben stehen. Sie alle blickten in den Himmel hinauf. Ein Licht raste durch das Dunkel, gefolgt von einem Feuerschweif. Ein Stern schien aus der Unendlichkeit auf die Welt herabzustürzen.

Der Große Gurxa wurde sich dessen bewusst, dass er und die Verteidiger von Walgart sich ablenken ließen. Er zog den Abzugsbügel seiner Waffe durch. Der Lichtstrahl traf die Gruppe der Walgartaner.

Laire verließ das Schiff sofort nach der Landung. Verna Theran, die sich in der Zentrale aufhielt, sah, dass er sich im Laufschritt entfernte.

Der Leichte Kreuzer war in der Dämmerungszone in einem weiten Tal gelandet. Im Licht der untergehenden Sonne zeichnete sich ein mit kakteenartigen Pflanzen bedecktes Land ab.

Die Robotologin schaute Rhodan an. Er lächelte, als Pankha-Skrin mit einer Antigravplattform in entgegengesetzter Richtung davonflog.

»Passen Sie gut auf sich auf, Verna«, sagte Rhodan. »Oder wollen Sie an Bord bleiben?«

»Natürlich nicht«, erwiderte sie.

An dem verblüfften Galto Quohlfahrt vorbei eilte sie aus der Zentrale. Quohlfahrt machte Anstalten, ihr zu folgen, doch Rhodan hielt ihn auf.

Für Verna stand ein Shift bereit. Sie hatte sich gründlich auf ihren Einsatz vorbereitet. Alles war so gekommen, wie Rhodan es vorausgesagt hatte. Laire und Pankha-Skrin hatten die erste Chance genutzt, das Schiff zu verlassen – sie waren entschlossen, ihr Duell auf dieser Welt fortzusetzen.

Verna Theran wollte sie beobachten. Rhodan hatte ihr eingeschärft, nach Möglichkeit nicht einzugreifen. Der Roboter und der Loower mussten zu einem Ende kommen.

Der Shift schwebte ins Freie. Die Sonne war hinter dem Horizont versunken. Es wurde rasch dunkel. Die Robotologin flog nach Norden, obwohl Laire nach Osten und Pankha-Skrin nach Westen verschwunden waren.

Als sie etwa fünf Kilometer vom Schiff entfernt war, startete der Leichte Kreuzer. Verna lachte hell, als sie sich vorstellte, was Quohlfahrt jetzt wohl sagen mochte. Sie konnte sich seine Flüche lebhaft vorstellen.

Rhodan war von vornherein entschlossen gewesen, nur für längstens eine halbe Stunde auf Terzowhiele zu bleiben. Das war auch der Grund dafür, dass neben der Kreuzerbesatzung nur Quohlfahrt an der »Expedition« teilgenommen hatte.

Der Olliwyner tat Verna beinahe leid. Er hatte sich aus verletzter Eitelkeit zu weit vorgewagt und von Rhodan prompt die passende Antwort bekommen.

Verna schaltete die Infrarotortung ein. Wenig später fand sie Pankha-Skrin. Der Reflex zeichnete sich deutlich ab, da die Körpertemperatur des Loowers über der seiner Umgebung lag.

Pankha-Skrin bewegte sich nicht mehr nach Westen, sondern inzwischen in die entgegengesetzte Richtung. Daraus war klar ersichtlich, dass er Laire schnellstmöglich angreifen wollte. Verna hatte nicht erkennen können, welche Ausrüstung er mit sich führte. Was Laire für den bevorstehenden Kampf getan hatte, wusste die Robotologin ebenfalls nicht.

Sie folgte dem Quellmeister.

Ihr war eigentlich alles viel zu schnell gegangen, und es wäre ihr lieber gewesen, wenn Rhodan den Planeten Terzowhiele erst einige Tage lang erforscht hätte. Doch für eine Erkundung des Planeten hatte er sich keine Zeit genommen. Der Leichte Kreuzer hatte Terzowhiele nur mehrmals umkreist.

Immerhin wusste man, dass Terzowhiele von verschiedenen Völkern bewohnt wurde, die einen Zivilisationsstand höchst unterschiedlicher Art erreicht hatten. Offenbar bestanden primitivste Kulturen neben hochstehenden, die immerhin gesteuerte Kernprozesse beherrschten.

Terzowhiele war eine Wasserwelt mit kleinen Kontinenten. Auffallend waren Hunderttausende künstliche, den Kontinenten zum Teil weit vorgelagerte Inseln. Sie hatten sofort die Aufmerksamkeit der Ortungsspezialisten erregt. Aber nur ein verschwindend kleiner Bruchteil dieser künstlichen Eilande war noch intakt. Auf ihnen standen die Kernreaktoren.

Der Leichte Kreuzer war nicht allzu weit entfernt von einer Gruppe künstlicher Inseln auf einem der nördlichen Kontinente gelandet. Offensichtlich hatte Rhodan sich von dem Gedanken leiten lassen, dass Pankha-Skrin und Laire ihr Duell auf eine dieser Inseln verlagern würden, weil ihnen dort ein gewisses technisches Potenzial zur Verfügung stand.

Tatsächlich bewegten sich die Kontrahenten auf die Inseln zu, die Verna mithilfe ihrer technischen Ausrüstung bereits ortete. Weder der Loower noch der Roboter schienen schon kämpfen zu wollen. Beide hatten wohl die Absicht, sich erst über ihr neues Umfeld zu informieren.

Pankha-Skrin war bis in die Tiefen seines entelechischen Bewusstseins beunruhigt. Ihm war nicht verborgen geblieben, weshalb Rhodan die »Expedition« nach Terzowhiele angeordnet hatte. Er hatte erkannt, dass sie allein dazu diente, ihm und Laire einen Kampfplatz zur Verfügung zu stellen.

Doch das war nicht der Grund für seine Unruhe. Eigentlich wollte er gar nicht gegen Laire kämpfen, da er keineswegs vorhatte, dem Roboter das rechte Auge zu entwenden. Für ihn war allein jenes Auge wichtig, das er im fernen Solsystem wähnte. Mit diesem Auge konnte er die Materiequelle durchdringen und zu jenen Mächten vorstoßen, die das Volk der Loower bedrohten. Laire war jedoch ein Hindernis, das sich ihm und seinen Plänen unerwartet entgegenstellte. Er war nicht nur lästig, sondern obendrein gefährlich.

Pankha-Skrin war von den Angriffen des Roboters keineswegs überrascht worden. Sein Quellhäuschen hätte ihn mit heftigen Impulsen vor der Gefahr gewarnt und somit dafür gesorgt, dass er den Anschlägen entgangen war.

Daher war Pankha-Skrin trotz aller Unruhe zuversichtlich. Er hatte lange über das Problem nachgedacht und war zu dem Schluss gekommen, dass er Laire nicht von seiner Friedfertigkeit überzeugen konnte. Der Roboter hatte sich zu einer radikalen Lösung entschlossen, daher blieb Pankha-Skrin nichts anderes übrig, als ebenso radikal zu handeln.

Ein warmer Wind blies ihm entgegen. Der Quellmeister atmete die würzige Luft ein. Er war froh, für einige Zeit in der natürlichen Atmosphäre eines Planeten zu weilen.

Vor ihm lagen eine Reihe künstliche Inseln. Er vermutete, dass einige davon bewohnt waren. Aus der Zentrale des Leichten Kreuzers hatte er nur wenig Informationen erhalten, doch sie genügten ihm.

Als kollektiv denkendes und empfindendes Wesen zog es ihn zu anderen Intelligenzen hin, da er hoffte, sich mit ihrer Hilfe verstärken zu können. Dabei fühlte er sich Laire keineswegs unterlegen. Er war jedoch davon überzeugt, dass der Roboter sich ebenfalls um eine Streitmacht bemühen würde, um seine eigene Position zu verbessern.

Der Quellmeister flog durch unübersichtliches Gelände. Bizarr geformte Felsen stiegen bis zu einer Höhe von etwa zweihundert Metern auf. Er bewegte sich zwischen ihnen, weil er sich nur zehn Meter über dem Boden sicherer fühlte als hoch über den Felsspitzen.

Pankha-Skrin war ein ungewöhnlich groß und kräftig gebauter Loower. Er war so alt, dass er sich als unsterblich ansah, doch dabei war er sich der Tatsache bewusst, dass sein Leben keineswegs endlos währen würde. Als Quellmeister war er einer der Höchsten seines Volkes. Damit war das Privileg des ungleich längeren Lebens verbunden als das der gewöhnlichen Loower.

Das Skri-marton vibrierte unter dem Einfluss seiner Überlegungen. Das Quellhäuschen war ein halbkugelförmiges, etwa fünf Zentimeter hohes Organ am oberen Ende seines nierenförmigen Körpers.

Pankha-Skrin schreckte aus seinen Gedanken auf. Die plötzlich ansteigende Aktivität des Quellhäuschens zeigte ihm an, dass Gefahr bestand. Er blickte sich um.

Das Tal war nur wenige hundert Meter breit. Zu beiden Seiten stiegen die Felsen steil auf. Der Talgrund lag in Dunkelheit, die Felswände glitzerten im Mondlicht.

Pankha-Skrin glaubte, eine Bewegung wahrzunehmen. Er riss die Antigravplatte zur Seite und ließ sie leicht absinken.

Ein sonnenheller blendender Energiestrahl zuckte heran. Die Antigravplattform neigte sich nach vorn, und Pankha-Skrin stürzte. Er hatte Mühe, sich festzuklammern.

Ein zweiter Energiestrahl strich über ihn hinweg. Der Quellmeister bemerkte, dass sich zwischen ihm und dem Schützen eine Felsnadel befand. Möglicherweise hatte sie ihm das Leben gerettet.

Vor ihm öffnete sich das Tal zum Meer. Pankha-Skrin sah zahlreiche Stahlinseln in geringer Entfernung.

Die Platte kippte weiter, sodass der Quellmeister sich kaum noch halten konnte. Aus nur mehr wenigen Metern Höhe ließ er sich schließlich ins Wasser fallen und arbeitete sich über schlammigen Untergrund bis zum Ufer zurück. Er atmete auf, als er festen Boden unter den Füßen spürte.

Die Antigravplattform war weitergeflogen. Sie prallte einige hundert Meter entfernt gegen eine der Stahlinseln und explodierte. Eine Stichflamme schoss weithin sichtbar in die Höhe und verbreitete grell flackerndes Licht.

Pankha-Skrin schwebte in höchster Gefahr. Irgendwo in der Nähe lauerte Laire, der noch seine vollständige Ausrüstung besaß, während er selbst nur mehr den Translator hatte. Wenn er die nächsten Stunden überstehen wollte, musste er sich auf eine der Inseln retten.

Etwa hundert Meter von ihm entfernt begann eine Brücke. Sie führte zu einem turmartigen Bauwerk, und von diesem aus verliefen vier Stege zu künstlichen Inseln.

Pankha-Skrin eilte zu der Brücke. Sie war schmal, und er konnte die Geländer zu beiden Seiten greifen. Er lief bis zum Turm. Vor einer Stahltür musste er stehen bleiben.

Das Quellhäuschen pulsierte heftig. Pankha-Skrin blickte zum Land zurück.

Laire erschien soeben auf einem Felshügel. Die dunkle Gestalt wirkte wie ein Schatten und schien alles Licht zu absorbieren.

Pankha-Skrin drückte sich gegen die Stahltür und schlug mit den Tentakeln dagegen. Die Schläge hallten dumpf durch den Turm, doch niemand schien sie zu hören.

Laire hatte sich in Bewegung gesetzt. Er kam langsam näher, aber schließlich lief er schneller, als fürchtete er, sein Opfer könne ihm entkommen.

Verna Theran fühlte, wie sich ihr Puls beschleunigte, als sie Pankha-Skrin plötzlich aus der Ortung verlor. Noch während sie prüfte, weshalb der Ortungskontakt zu dem Loower nicht mehr bestand, verschwand auch Laire aus der Erfassung.

Ein roter Strich erschien in der Infrarotortung. Verna zuckte zusammen. Laire hatte auf Pankha-Skrin geschossen.

Sie zog den Shift bis fast fünfhundert Meter hoch. Jetzt zeichnete sich der Laire-Reflex wieder ab und unmittelbar darauf auch der des Loowers. Verna verfolgte, dass der Quellmeister mit seiner Antigravplatte zu den Stahlinseln flog und dass sein Fluggerät dort explodierte.

Obwohl sie nicht wusste, ob der Quellmeister den Anschlag überlebt hatte, wurde sie wieder ruhiger. Wegen der zuletzt mäßigen Geschwindigkeit der Antigravplatte ging sie davon aus, dass Pankha-Skrin abgesprungen war. Sie wollte den Quellmeister mit der Infrarotortung suchen, da drehte der Shift ohne ihr Zutun nach Norden ab und beschleunigte. In den ersten Sekunden war Verna zu überrascht, um überhaupt folgerichtig reagieren zu können. Aber als sie dann in die Steuerung eingriff, erzielte sie keine Wirkung. Der Shift hielt unverändert die Höhe und beschleunigte bis zur Höchstgeschwindigkeit. Vergeblich versuchte Verna, den Antrieb auszuschalten.

Sie hatte Laire und Pankha-Skrin unterschätzt. Wahrscheinlich hatten beide geahnt, dass sie auf Terzowhiele bleiben würde. Einer von ihnen hatte den Shift manipuliert.

Sie musste abwarten, bis der Shift selbsttätig landete. Danach konnte sie versuchen, die positronischen Schaltelemente durch Ersatzeinschübe auszutauschen. Während des Fluges wollte sie diesen Eingriff nicht riskieren.

Etwa eine Stunde verstrich., dann sank der Flugpanzer langsam tiefer. Erst ab einer Höhe von hundert Metern sah Verna im fahlen Mondschein unter sich eine hügelige Landschaft mit spärlicher Vegetation. Im Norden erstreckte sich eine Wasserfläche bis zum Horizont, im Westen ragten Felsnadeln gut dreihundert Meter hoch auf. Im Osten wirkte das Land flach und wüstenartig.

Der Flugpanzer setzte sanft auf, die Triebwerke verstummten.

Verna begann sofort mit der Arbeit an der Steuerpositronik. Sie machte die verblüffende Entdeckung, dass die Mikroprozessoren verändert worden waren, und sie untersuchte die Manipulationen unter einem Positronenmikroskop. Dabei wurde ihr deutlich, dass nur Laire das getan haben konnte.

Als Verna die Reparatur beendete, war etwa eine Stunde verstrichen. Es war so dunkel geworden, dass sie außerhalb des Shifts nichts mehr erkennen konnte. Sie stutzte. Innerhalb einer Stunde sollte der Mond untergegangen sein?

Sie schaltete die Scheinwerfer an und zuckte überrascht zusammen. Die Umgebung des Shifts hatte sich völlig verändert. Der Flugpanzer stand inmitten eines Waldes. Schlanke Bäume, die sie an Palmen erinnerten, wuchsen rundum. Fingerdicke Äste hatten sich über die Maschine gelegt.

Einige Zweige drückten gegen die Panzerplastkuppel. Sie formten eine menschliche Gestalt.

Verna glaubte, sich versehen zu haben. Sie wischte sich über die Augen und blickte erneut hin. Sie hatte sich nicht geirrt. Die Zweige legten sich zusammen, sodass sie eine humanoide Gestalt bildeten.

War das Zufall? Oder signalisierte ihr der Wald, dass er intelligent war?

Verna schaltete die Außenmikrofone ein. Ein eigenartiges Wispern erfüllte daraufhin den Shift. Es vermittelte den Eindruck von Zartheit und Zerbrechlichkeit.

Die Robotologin wandte sich wieder den Kontrollen zu, doch sie fuhr die Maschinen nicht hoch. Ihr wurde bewusst, dass sie den Wald zerstören würde, sobald sie den Flugpanzer startete. Es widerstrebte ihr, diesen fremdartigen Wesen Schaden zuzufügen, zudem fühlte sie sich keineswegs bedroht. Sie streifte sich einen Schutzanzug über, schloss den Helm und stieg zur Mannschleuse hinab. Am Schott zögerte sie kurz, dann öffnete sie die Schleuse.

Zarte Zweige schoben sich ihr entgegen wie suchende Finger. Die schmalen Blätter drehten und wendeten sich, sie rollten sich zusammen und streckten sich.

Verna verließ die Schleuse. Die Gewächse wichen vor ihr zurück und machten ihr Platz. Hinter ihr schloss sich das Schott. Verna stieg auf den Boden hinab. Sie sah, dass die Wurzeln der Bäume sich tief eingegraben hatten. Vorsichtig ging sie in den Wald hinein. Die Zweige und Äste bewegten sich ständig, obwohl nicht der leiseste Windhauch wehte.

Die Robotologin bedauerte, dass sie so wenig von Kosmopsychologie verstand. Sie wollte mit den Pflanzen reden, sich mit ihnen verständigen, um herauszufinden, wie intelligent sie waren, aber sie wusste nicht, wie sie es anstellen sollte. Vorsichtshalber schaltete sie den Translator ein, damit dieser Informationen sammelte.

Nach etwa drei Minuten erreichte sie den Waldrand. Verna ging ein Stück weit in das öde Land hinaus, ihre Füße versanken im Sand.

Nach etwa hundert Metern blickte sie zurück. Der Wald war so dicht, dass sie den Shift nicht mehr sehen konnte. Er durchmaß etwa dreihundert Meter, und es schien, als leuchte er aus sich selbst. Verna dachte lange über dieses Phänomen nach, bis sie sich endlich entsann, dass die Scheinwerfer des Flugpanzers noch brannten. Sie vermutete, dass das Licht von den Bäumen reflektiert und zum Waldrand gelenkt wurde.

Natürlich interessierten sie die fremdartigen Lebewesen, und sie hätte sich gern intensiv mit ihnen befasst. Doch sie war auf Terzowhiele, weil sie irgendwie verhindern wollte, dass Laire und der Quellmeister sich gegenseitig vernichteten.

Sie wusste, dass Pankha-Skrin in einer kritischen Situation steckte und wahrscheinlich Hilfe benötigte. Ihre Sympathie für den intelligenten Wald war jedoch so groß, dass sie es nicht fertigbrachte, gewaltsam mit dem Shift zu starten.

Verna beschloss, sich mit dem Wald zu verständigen. Sie ging auf die Bäume zu. Schon als sie noch etwa zwanzig Meter von ihnen entfernt war, streckten sich ihr die Zweige entgegen. Ein zartes Flüstern war zu hören. Verna schaltete den Translator ein, doch das geheimnisvolle Wispern wurde nicht verständlich.

Pankha-Skrin gab sich schon verloren, als Laire schnell näher kam. Die Brücke dröhnte unter den Schritten des Roboters, und der Quellmeister wusste nicht, wohin er sich wenden sollte. Die Tür blieb verschlossen, der Turm war so glatt, dass er nicht hinaufklettern konnte, und ins Wasser zu springen hätte ihn bestimmt nicht weitergebracht.

Aus den Tiefen seines entelechischen Bewusstseins stieg die Erkenntnis auf, dass ihm nur noch die Möglichkeit blieb, würdevoll zu sterben. Er streckte Laire die Tentakel entgegen.

Als der Roboter noch etwa zehn Meter von ihm entfernt war, knisterte die Luft. Ein blaues Licht breitete sich vor dem Turm aus. Laire blieb stehen. Die Metallgeländer und der Holzboden schimmerten im blauen Widerschein, doch sein dunkelbrauner Körper schien davon nicht berührt zu werden.

Die Tentakel des Quellmeisters sanken nach unten. Pankha-Skrin erkannte, dass Laire nicht mehr zu ihm vordringen konnte, denn ein Energieschirm wölbte sich schützend vor ihm. Eine fremde Macht war ihm zu Hilfe gekommen.

Die Tür schwang auf. Der Loower warf sich herum und hastete in den Turm. Mit einem Auge blickte er zurück. Er sah, dass Laire beide Hände gegen den Energieschirm stemmte, ihn aber nicht durchdringen konnte.

Dumpf krachend schloss sich die Tür hinter dem Quellmeister, eine andere öffnete sich vor ihm. Der Weg zu einem Steg war frei. Der wiederum führte zu einer etwa zweihundert Meter entfernten Stahlinsel.

Pankha-Skrin zögerte. Er fürchtete, Laire könne den Turm umgehen und ihm folgen.

Doch eine unsichtbare Kraft schob ihn mit sanftem Druck aus dem Turm. Der Quellmeister sah ein, dass er den Steg betreten musste. Er ging schneller, das blaue Leuchten blieb hinter ihm zurück.

Nach einiger Zeit war dem Loower klar, dass er die größte Gefahr überstanden hatte. Seine unbekannten Helfer hinderten Laire an der weiteren Verfolgung.

Ungefährdet erreichte Pankha-Skrin die Insel. Sie durchmaß etwa neunzig Meter, war also gut überschaubar. Der Quellmeister umrundete sie einmal, ohne etwas zu entdecken. Anschließend bewegte er sich in einer Spirale nach innen und stieß auf eine in die Tiefe führende Treppe. Er stieg hinab, weil er wissen wollte, wo seine Helfer sich verbargen. Außerdem hoffte er, irgendwo eine Waffe zu finden, mit der er sich gegen Laire behaupten konnte.

Die Treppe endete an einer Tür, die sich lautlos zur Seite schob. Vor dem Quellmeister lag eine Liftkabine. Pankha-Skrin betrat sie. Die Tür schloss sich hinter ihm, und an der Wand leuchteten farbige Symbole auf. Er wartete. Als nichts geschah, berührte er eines der Symbole. Sekunden später setzte sich die Kabine in Bewegung. Sie fiel mit hoher Beschleunigung. Der Loower schätzte, dass sie etwa zweihundert Meter zurückgelegt hatte, als sie stoppte.

Die Tür öffnete sich wieder. Er trat auf einen Gang hinaus, der nach wenigen Metern an einer weiteren Tür endete. Auch sie glitt ohne sein Zutun zur Seite.

Pankha-Skrin gelangte in einen Raum, der etwa zwanzig Meter lang und sieben Meter breit war. Er fühlte sich an die Zentrale eines Raumschiffs erinnert. An den Wänden erhoben sich Schalteinheiten bis in eine Höhe von ungefähr eineinhalb Metern. Darüber reichten Holoschirme bis zur Decke. Flimmernd baute sich eine Projektion auf.

Pankha-Skrin ließ sich in einem schalenförmigen Sessel nieder, der von einem Antigravfeld getragen wurde.

Das Holo zeigte ein fremdartiges Symbol. Aber schon nach wenigen Sekunden veränderte es sich zum Gesicht eines Humanoiden mit langem Haar und freundlich blickenden Augen.

Pankha-Skrin schaltete seinen Translator ein, den er auf der Brust trug. Das humanoide Wesen sprach mit dunkler Stimme.

Der Quellmeister wartete ab, bis er den Eindruck gewann, dass seine Antwort erwartet wurde. Er stellte sich mit ausschweifenden Sätzen vor. Ihm ging es darum, möglichst viele Sprachinformationen zu vermitteln. Das gelang ihm.

Der Unbekannte bediente sich plötzlich der loowerischen Sprache. »Ich freue mich, dass wir so schnell zu einer Verständigung kommen«, sagte er. »Und ich hoffe auf eine lange und fruchtbare Freundschaft.«

Pankha-Skrin stutzte. »Das ist auch meine Hoffnung«, erwiderte er vorsichtig.

Was er sagte, wurde von seinem Translator in einer ihm unverständlichen Sprache wiedergegeben. Er fragte sich gerade deshalb, wie es möglich sein konnte, dass sein Gegenüber das loowerische Idiom so schnell gelernt hatte. Denn offensichtlich redete der andere direkt zu ihm.

»Du verstehst mich auch ohne den Translator?«, fragte Pankha-Skrin verblüfft.

Das Holoabbild lächelte. »Wir sind über das Gerät miteinander verbunden.«

In der Tat, der eigene Translator blieb stumm, der Fremde sprach unmittelbar aus dem Bild zu ihm.

»Du bist ein Computer?«, stellte der Quellmeister eher fragend fest. »Ein elektronisches oder positronisches Gehirn?«

»Ein wenig anspruchsvoller, aber im Prinzip richtig.«

»Umso überraschender für mich, dass du mich vor einem Roboter gerettet hast. Wäre es nicht naheliegend gewesen, die Partei eines Artgleichen zu ergreifen?«

»Das hätte mich gelangweilt. Ein Artgleicher altert nicht.«

Der Quellmeister ließ sich Zeit mit seiner Erwiderung. Er dachte über alles nach, was er gehört hatte.

»Du lehnst die Gesellschaft eines Roboters ab, weil sie dir nicht interessant genug ist«, sagte er schließlich. »Du ziehst die Gesellschaft eines organischen Wesens vor. Unter anderem deshalb, weil sie eines Tages ohne dein Dazutun endet.«

»So ist es. Du bist ein Geschöpf, das nach einiger Zeit stirbt. Bis dahin werde ich alles über dich erfahren haben. Wir werden Gedanken ausgetauscht haben, die aus Prozessen erwachsen sind, die robotischen Wesen fremd bleiben. Du denkst nicht grundsätzlich logisch. Ich hoffe vielmehr, dass du voller Überraschungen bist. Das alles hätte ich von dem Roboter, der dich töten wollte, nicht zu erwarten.«

Pankha-Skrin zog die Augen weit zurück. »Du bist einsam?«, wollte er wissen.

»Seit mehr als einer Million Jahren.«

Dem Quellmeister war, als habe er diese Worte schon einmal gehört. Sie schockierten ihn, da er sich nicht vorstellen konnte, dass auf dieser Welt bereits vor derart langer Zeit eine hochstehende Kultur bestanden hatte. Er dachte dann aber an Laire, das Auge und die Schlüssel zu der Materiequelle. Auch sie hatten Jahrmillionen überdauert.

»Was wirst du tun, wenn ich diese Insel verlasse?«

Das Bild auf dem Schirm lächelte. »Du wirst diese Insel erst verlassen, wenn du tot bist.«

5.

Laire drehte sich um und kehrte ans Ufer zurück, als er erkannte, dass er Pankha-Skrin nicht auf dem eingeschlagenen Weg erreichen konnte.

Er stieg zu einer felsigen Anhöhe hinauf. Von hier aus konnte er über den Turm hinweg auf den Steg sehen, über den Pankha-Skrin zu einer Insel flüchtete. Er ermittelte, dass er den Loower nicht mehr mit dem Energiestrahler erreichen konnte, den er mit anderen Ausrüstungsgegenständen in der Felsschlucht zurückgelassen hatte.

Laire beobachtete den Quellmeister, als dieser die Insel untersuchte, und er verfolgte, dass Pankha-Skrin nach unten verschwand.

Der Roboter wartete etwa zwei Stunden. Als der Loower auch dann noch nicht zurückgekehrt war, entschied er, ebenfalls zu einer der Inseln zu gehen. Mittlerweile war es heller geworden. Im Osten stieg die Sonne als blutig roter Ball auf. Laire zählte einhundertundfünf der Küste vorgelagerte künstliche Inseln. Auf vielen standen Häuser und primitive Hütten. Er stellte fest, dass auf einhundertunddrei Inseln die unterschiedlichsten Wesen lebten. Nur die Insel, auf der Pankha-Skrin verschwunden war, schien unbewohnt zu sein und eine andere, etwa fünf Kilometer von ihr entfernt. Sie interessierte den Roboter besonders, da er auf ihr Gebilde ausmachte, die Waffen sein konnten.

Laire schwebte von dem Felsen herunter und lief zu einer Brücke, die etwas mehr als vier Kilometer entfernt war. Sie führte über fünf Inseln bis zu jener, die er erreichen wollte.

Am Ufer wachte ein Geschöpf, das einem Tausendfüßler glich. Es war gut zwanzig Meter lang und drei Meter hoch. Aus dem vorderen Teil des gepanzerten Körpers ragten gezackte Zangen hervor, die einen äußerst beweglichen Eindruck machten. Vom Hinterkörper führte eine Stahlkette zur Brücke. Laire sah, dass die Kette unter dem Panzer des Tieres endete. Sie war ihm irgendwann eingepflanzt worden und wohl mit dem Körper verwachsen.

Als der Roboter sich diesem Wächter näherte, hob das Wesen drohend die Zangen. Zwei Panzerplatten klappten hoch. Darunter wurden faustgroße Augen sichtbar, die Laire anblickten.

Der Roboter kannte keine Furcht. Er ging auf den Wächter zu und schnellte sich an ihm vorbei, als die Reißzangen zupackten. Er sprang auf den Rücken des Tieres, rannte darauf entlang und eilte auf die Brücke. Bevor der Tausendfüßler sich umdrehen und ihm nachsetzen konnte, war er bereits außer Reichweite.

Das Tier brüllte wütend auf und trommelte mit den Füßen. Das dumpfe Dröhnen machte die Bewohner der ersten Insel aufmerksam. Laire sah, dass sie zu ihm herüberblickten, dann in ihre Häuser eilten und bewaffnet wieder herauskamen. Sie legten seinen gewaltsamen Durchbruch als Angriff aus. Laire dachte aber nicht daran, mit ihnen zu kämpfen, sofern sie ihn nicht dazu zwangen.

Als er die Insel erreichte, stellten sich ihm zehn humanoide Wesen entgegen. Sie trugen mächtige Hörner auf den Köpfen. Ihre Haut war dunkelgrün. Sie kleideten sich in metallene Anzüge, die aus zusammengeketteten Plättchen bestanden. Ihre Waffen waren einfach. Fast alle Männer hielten Speere und Messer in den Händen. Lediglich einer hatte eine Waffe, mit der er Projektile abfeuern konnte. Laire erkannte im Sekundenbruchteil, dass diese Gegner ihn nicht überwinden konnten.

Sie bildeten einen Halbkreis, mit dem sie das Brückenende umschlossen. Der Roboter rannte auf einen der Männer zu, entriss ihm den Speer und schleuderte ihn zur Seite. Damit hatte er den Halbkreis bereits durchbrochen.

Die Männer schrien wütend und schleuderten ihre Speere nach ihm. Einige trafen, doch die Wurfgeschosse prallten wirkungslos an Laire ab. Er lief weiter, durchquerte die Insel und erreichte die nächste Brücke.

Der Kampflärm hatte die Bewohner der zweiten Insel aufgeschreckt. Sie entfachten ein Feuer am Ende der Brücke. Damit hätten sie fraglos jeden anderen abgeschreckt, nicht jedoch Laire. Er stürmte mit unverminderter Geschwindigkeit weiter und sprang mit einem riesigen Satz über die Flammen hinweg. Kreischend vor Entsetzen wichen die Verteidiger vor ihm zurück. Sie sahen völlig anders aus als die Bewohner der ersten Insel. Sie waren klein, hatten sechs Gliedmaßen und insektoide Züge. Ebenfalls schlecht bewaffnet, konnten sie Laire keinen ernsthaften Widerstand leisten. Er rannte an ihnen vorbei, ohne auf ihre Attacken zu reagieren.

Die Situation auf den nächsten drei Inseln war ähnlich. Auch dort stieß der Roboter der Mächtigen auf Gruppen, die ihn weder gefährden noch aufhalten konnten.

Endlich näherte er sich seinem Ziel. Bizarre Gebilde erhoben sich auf der Insel. Einige sahen aus wie Korallen oder Muscheln, andere glichen Pflanzen. Türme standen neben Kugelbauten, die ein flüchtiger Beobachter ebenso für Raumschiffe hätte halten können.

Laire blickte zurück. Niemand verfolgte ihn, aber die Bewohner der anderen Inseln beobachteten ihn. Ihr Verhalten verriet ihm, dass sie mit einer dramatischen Entwicklung rechneten. Offenbar erwarteten sie, dass er in ernsthafte Schwierigkeiten geraten werde.

Doch dadurch ließ sich Laire nicht aufhalten. Er lief weiter, bis ihm eine riesige Stahlplatte den Weg versperrte. Sie ragte auf beiden Seiten der Brücke mehrere Meter weit über das Geländer hinaus. Niemand konnte sie seitlich überwinden. Auch oben und unten gab es kein Vorbeikommen. Direkt vor Laire befand sich jedoch ein rundes Schott, das mit einem siebenstelligen Kombinationsschloss verschlossen war.

Für die Bewohner der Inseln war es unmöglich, das Schott zu öffnen oder die richtige Zahlenkombination herauszufinden. Laire hatte damit kein Problem. Er steuerte sein Hörvermögen bis an die Grenze seiner Leistungsfähigkeit aus und drehte an den Rädern. Innerhalb weniger Sekunden hatte er die richtige Kombination. Das Schott öffnete sich.

Laire betrat die unbewohnte Insel und schloss das Schott hinter sich.

Von keiner Seite wurde er angegriffen.

Er eilte zu einer turmartigen Konstruktion, die ihm besonders wichtig erschien. Er kletterte bis zur Spitze hinauf. Hier befand sich eine Klappe, die den Turm verschloss. Er untersuchte sie und stellte fest, dass er sie nur mithilfe einer Fernsteuerung oder mit Brachialgewalt öffnen konnte.

Laire entschied sich für Gewalt. Mit beiden Händen stemmte er die Klappe hoch. Sie leistete nur wenige Sekunden lang Widerstand, dann flog sie krachend davon.

Laire blickte in den offenen Turm. Zentimeter von seinem Kopf entfernt befand sich die Spitze einer Rakete.

Er setzte sich auf den offenen Rand des Turms und wandte sich der Insel zu, auf der er Pankha-Skrin wusste.

Ratlos stieg Verna Theran wieder in den Shift. Sie wusste nicht, wie sie mit dem Flugpanzer starten konnte, ohne den Wald zu zerstören.

Der neue Tag brach an.

Ständig strichen die Zweige über die Panzerplastkuppel. Verna wollte sich nicht für alle Zeiten einschließen lassen oder auf den Shift verzichten. Deshalb schaltete sie eines der beiden Antigravtriebwerke ein. Sie hoffte, den Panzer sanft anheben und aus dem Wald lösen zu können. Doch kaum arbeitete das Triebwerk, zersplitterten einige Bäume in ihrer Nähe.

Erschrocken schaltete die Robotologin das Triebwerk wieder ab. Wie betäubt blickte sie auf die Pflanzenreste, die auf die Sichtkuppel fielen und an ihr entlangrutschten. Das hatte sie nicht gewollt. Sie hatte keines der pflanzlichen Wesen töten wollen.

Sie schaltete die Außenlautsprecher ein. »Ich wollte euch nicht verletzen«, rief sie, nachdem sie den Translator zwischengeschaltet hatte, doch sie wusste, dass diese Maßnahme nicht ausreichte. So einfach war es nicht.

Etliche Bäume rückten näher heran. Die Lücke, die durch die frei werdende Energie des Antigravtriebwerks entstanden war, schloss sich.

»Ich mag euch«, sagte Verna hilflos. »Aber das ändert nichts daran, dass ich nicht hierbleiben kann. Ihr müsst mich freigeben.«

Sie ließ den Antrieb für die Raupenketten laufen. Die Kontrollen zeigten an, dass der Kleinstreaktor einwandfrei arbeitete. Zentimeterweise schob sich der Panzer voran.

Verna blickte auf die Bäume und hoffte, dass sie ausweichen würden. Doch das taten sie nicht. Schon stieß der Shift die ersten an und drückte sie nach hinten. Die Bäume krallten sich mit ihren Wurzeln im Boden fest und neigten sich mit ihren Wipfeln mehr und mehr zurück, während die dünnen Zweige aufgeregt über die Panzerplastkuppel fuhren. Ihre Bewegungen waren wie die flehenden Gesten von Händen.

Verna kuppelte aus, doch auch jetzt veränderte sich nichts. Die Bäume verharrten in einer Stellung, die ihren Sturz herbeiführen musste, falls der Shift sich nicht zurückzog. Die Frau sah ein, dass sie so nichts erreichen konnte. Sie ließ den Shift zurückfahren, bis die Bäume wieder senkrecht standen.

Sie überlegte.

Als dritte Antriebsart verfügte der Shift über ein Impulstriebwerk, dessen Einsatz ohnehin nicht in Betracht kam. In der aus den Abstrahlschächten hervorbrechenden Glut wäre der Wald in Flammen aufgegangen.

Verna wurde sich darüber klar, dass sie umdenken musste. Sie hatte den direkten und einfachsten Weg gesucht, sich aus dem Wald zu befreien. Vielleicht gab es einen anderen, der nichts mit dem Shift zu tun hatte?

Der Wald musste weichen. Doch was veranlasste ihn, den Flugpanzer einzuschließen? War es allein der Wunsch, mit einem anderen intelligenten Lebewesen Verbindung aufzunehmen? Das hielt Verna für unwahrscheinlich, da es auf Terzowhiele genug andere Intelligenzen gab. Sie vermutete, dass irgendetwas am Material des Shifts die Pflanzen anlockte. Das Land in der Umgebung war öde, es bot den Pflanzen vielleicht kaum noch Nahrung. Unter diesen Umständen erschien es der

Robotologin einleuchtend, dass die Pflanzen vom Hunger getrieben wurden. Vielleicht erwarteten sie von ihr Hilfe?

Sie versuchte, sich zu vergegenwärtigen, woraus Dünger bestand, zweifelte aber sofort, weil sie nicht wusste, ob die Pflanzen dieses Planeten das gleiche Nahrungsangebot brauchten wie die Hydrokulturen der BASIS. Immerhin entsann sie sich, etwas von Stickstoffdünger, Ammoniumsulfat, Kali und Phosphaten gehört zu haben. Sie gab diese Bezeichnungen der Bordpositronik weiter und fragte, ob sich davon irgendetwas an Bord befand. Zu ihrer Überraschung stellte sich heraus, dass fast alles vorhanden war, wenn auch in unterschiedlich großen Mengen. Das meiste war jedoch gebunden, sodass sie es nicht verwenden konnte.

Immerhin blieb ein kleiner Rest, der sich in Versorgungsflüssigkeiten, Nahrungsmitteln, Munitionsanteilen, Triebwerkselementen und Reserven verbarg. Verna sammelte hier und dort ein paar Gramm oder auch nur Milligramm, die sie in einen Behälter gab. Nach drei Stunden intensiver Arbeit verfügte sie über eine Handvoll jener chemischen Verbindungen, von denen sie glaubte, dass sie als Lockmittel für die Pflanzen dienen konnten.

Sie zog sich den Schutzanzug wieder über, schloss den Helm, versiegelte den Behälter und wusch ihn ab, verpackte ihn danach sicherheitshalber noch in einen Plastikbeutel und verließ den Shift.

Kaum hatte sich das äußere Schleusenschott geöffnet, als eine deutlich sichtbare Bewegung durch den Wald ging. Es schien, als spürten die Bäume, dass sich Entscheidendes tat. Sie schienen selbst die mikroskopisch kleinen Mengen jener Stoffe wittern zu können, die trotz aller Vorsichtsmaßnahmen an dem Plastikbeutel hafteten.

Die ersten Zweige streckten sich Verna entgegen.

Beunruhigt eilte sie durch den Wald. Tausend Hände schienen sie halten zu wollen. Hier und dort hob sich ihr eine knorrige Wurzel aus dem Boden entgegen, als beabsichtigten die Pflanzen, ihr ein Bein zu stellen. Verna überlegte bereits, ob sie das Flugaggregat ihres Schutzanzugs benutzen sollte, als sie den Waldrand sah. Gleich darauf erreichte sie freies Land.

Nach etwa einem Kilometer drehte sie sich um. Der Wald gab den Shift nicht frei.

Sie riss den Plastikbeutel auf, nahm den Behälter heraus und öffnete ihn. Dann verstreute sie das Pulver, das sich darin befand, mit weit ausholenden Bewegungen. Ein leichter Wind wirbelte es auf und trieb es weiter, sodass es sich über eine große Fläche verteilte.

Schließlich warf sie den Behälter von sich, weil sie nichts mit zum Shift zurücknehmen wollte, was die Pflanzen hätte anlocken können.

Der Wald bewegte sich. Verna erkannte deutlich, dass sich die Bäume ihr näherten.

Sie schlug einen weiten Bogen zur Seite, ehe sie sich wieder dem Shift näherte. Endlich tauchte der Flugpanzer aus dem Wald auf, der sich langsam, aber stetig durch den Sand bewegte. Verna hatte geglaubt, dass die Bäume ihre Wurzeln über den Boden hinausheben und wie Füße nach vorn setzen würden. Das geschah jedoch nicht. Die Wurzeln erschienen nicht an der Oberfläche, sondern schoben sich im Boden voran.

Sie lächelte. Ihr Plan war aufgegangen. Es wurde Zeit, dass sie zu Laire und Pankha-Skrin zurückkehrte.

Trotzdem verharrte sie noch einige Zeit, bis sie sicher war, dass sie den Shift vor den Bäumen erreichen konnte, falls diese umkehren sollten. Sie lief los. Dabei behielt sie den Wald ständig im Auge. Doch die Pflanzen schienen das Interesse an ihr verloren zu haben.

Verna erreichte den Panzer, als der Wald schon gut siebenhundert Meter entfernt war.

Laire verharrte etwa eine Stunde neben der Raketenspitze und beobachtete die Insel, auf der er den Quellmeister wusste. Während dieser Zeit stellte er zahllose Berechnungen an. Er wollte die Insel und mit ihr den Loower vernichten, keineswegs aber die anderen bewohnten Inseln in der Umgebung. Es galt, die Rakete punktgenau ins Ziel zu lenken.

Schließlich verließ Laire den hohen Aussichtspunkt und fing an, »seine« Insel zu untersuchen. Die Rakete allein half ihm nichts. Er musste ihre Leitzentrale finden.

Er ging vorsichtig vor. Oft verharrte er minutenlang an einfachen Schlössern, um sie zu überprüfen. Er öffnete sie erst, wenn er festgestellt hatte, dass er damit keine automatischen Abwehranlagen in Betrieb setzte.

Endlich gelangte er über eine abwärts führende Treppe in einen Rechnerraum. Er hielt sich hier jedoch nicht lange auf, weil er feststellte, dass die Geräte nicht mehr arbeiteten. Über einen Gang kam er in einen quadratischen Raum von erheblichen Ausmaßen. Auch hier waren viele Anlagen nicht mehr in Betrieb, weil die Kraftstationen ausgefallen waren.

Ein Kleinstreaktor arbeitete noch. Er diente als Reserve-Energiequelle für das eigentliche Herz der Anlage.

Laire prüfte die noch funktionierenden Teile der Anlage. Nach etwa einer Stunde stand für ihn fest, dass die Insel über siebzehn abschussbereite Raketen verfügte, die alle mit Atomsprengköpfen versehen waren. Er stellte noch einige Berechnungen an, dann entschied er sich dafür, die benachbarten Inseln von ihren Bewohnern zu räumen, bevor er mit dem eigentlichen Kampf begann. Dafür wählte er ein stationäres Waffensystem aus, das sich an der Oberfläche befand.

Vergeblich versuchte er, die stählerne Schutzkuppel über dem System zurückzufahren. Daraufhin stieg er wieder nach oben und brach die Kuppel auf. Unter ihr stand eine Schnellfeuerkanone, mit der Stahlplastikprojektile abgeschossen werden konnten.

Laire schwenkte die Vierlingsrohre einige Male hin und her, dann nahm er die benachbarte Insel unter Feuer.

Die Projektile jagten heulend auf die Gebäude zu und schlugen dicht neben ihnen ein. Stichflammen schossen hoch. Die Explosionen rissen die Stahlplatten der Insel auf. Laire hatte jedoch so sorgfältig gezielt, dass er keinen der Inselbewohner gefährdete.

Endlich setzte die Fluchtbewegung ein. In heilloser Panik rannten die zwergenhaften Bewohner zur nächsten Insel hinüber.

Dort waren sie keineswegs willkommen.

Laire sah, dass sich die Verteidiger formierten. Das änderte sich jedoch schnell, nachdem das erste Geschoss in ihrer Nähe explodiert war. Die Flucht ging landwärts.

Laire bestrich alle Inseln in seiner Reichweite, bis sich dort niemand mehr aufhielt. Dann kehrte er in die Leitzentrale zurück und richtete die Großrakete auf Pankha-Skrins Insel aus. Die ballistischen Berechnungen waren beendet. Laire hatte ermittelt, dass er die Rakete nahezu senkrecht abschießen musste. Sie würde eine Höhe von etwa zehn Kilometern erreichen, bevor sie zurückstürzte.

Ein letztes Mal überprüfte er die Systeme. Sekunden später fauchte die Rakete in den Himmel. Sie zog einen langen Feuerschweif hinter sich her.

Laire beobachtete sie mithilfe der Ortungssysteme weiter. Dabei verglich er die eingeschlagene Flugbahn unablässig mit den errechneten Daten. Heftiger Höhenwind veränderte die Flugbahn, er musste Korrekturen vornehmen.

Laire gelang es, die Rakete so zu steuern, dass sie die berechnete Flugbahn einhielt. Mit robotischer Akribie beobachtete er das Projektil, bis es auf der benachbarten Insel einschlug. Das Geschoss durchbohrte die obere Stahlplatte, als bestünde diese aus weichem Material. Der Sprengkopf explodierte, eine weiße Stichflamme jagte in den Himmel hinauf.

Die Insel flog auseinander. Trümmerstücke wirbelten nach allen Seiten davon, ein Pilz aus rötlichem Rauch erhob sich über der Einschlagstelle.

Verna Theran stellte beunruhigt fest, dass der Shift Unregelmäßigkeiten im Flugverhalten zeigte. Sorgfältig ging sie alles durch, was sie verändert hatte, doch sie fand keinen Defekt. Schließlich sagte sie sich, dass sie sich wohl oder übel damit abfinden musste, dass der Shift nicht mehr die volle Leistung brachte. Er erreichte nicht mehr seine Höchstgeschwindigkeit, und einer der beiden Antigravs fiel vorübergehend aus. Zudem zeigte der Fusionsreaktor abfallende Leistung. Berechnungen ergaben, dass das Impulstriebwerk nicht mehr eingesetzt werden konnte. Das spielte für die Robotologin keine große Rolle, da sie mit dem Shift nicht in den Weltraum vordringen wollte. Wesentlich für sie war jedoch, dass unter diesen Umständen nicht genügend Energie in die Schutzschirmprojektoren floss.

Als Verna sich der Küste näherte, war es längst heller Tag. Die Sonne stand rot und groß im Zenit.

Zahlreiche Wesen kamen ihr entgegen. Die meisten von ihnen waren einfach oder gar ärmlich gekleidet. Einige sahen ungemein fremdartig aus, andere waren humanoid. Allen war die Angst anzusehen, als sie den Shift bemerkten. Sie zog den Flugpanzer wieder höher.

Aufgerissene und verbrannte Inseln lagen vor ihr. Verna erkannte augenblicklich, dass die Zerstörungen sich hauptsächlich an der Oberfläche ausgewirkt hatten, während die tieferen Anlagen weitgehend unversehrt zu sein schienen. Mithilfe der Bordpositronik des Shifts ermittelte sie mühelos, woher der Angriff auf die Inseln gekommen war.

Sie zweifelte nicht daran, dass hier ein Kräftemessen zwischen Laire und Pankha-Skrin stattgefunden hatte.

Nur zwei Inseln waren unbeschädigt. Verna vermutete, dass Pankha-Skrin und Laire sich dort verschanzt und die anderen Inseln evakuiert hatten, um niemanden zu gefährden.

Sie schaltete die Schutzschirme ein, obwohl sie damit den Reaktor stark belastete. Dann steuerte sie den Shift in respektvoller Entfernung von den beiden unzerstörten Inseln in Richtung offenes Meer.

Von einer der beiden Inseln stieg eine Rakete auf. Verna zuckte erschrocken zusammen. Sie versuchte, den Shift zu beschleunigen, doch die Antigravtriebwerke reagierten nicht. Die Energieleistung war zu gering für Antrieb, Schutzschirme und Bordsysteme.

Die Rakete erreichte den höchsten Punkt ihrer Flugbahn. Verna verzichtete für Sekunden auf die Schutzschirme, der Shift raste auf die weit vor der Küste liegenden Stahlinseln zu. Die Rakete fiel bereits zurück, sie wurde schneller ... In der letzten Sekunde vor der Explosion standen die Schutzschirme wieder. Dann war Verna Theran, als zerbreche Terzowhiele. Der Shift wurde von einer Druckwelle gepackt, die ihn wie einen Spielball vor sich hertrieb. Immer mehr Systeme des Flugpanzers versagten, während er sich mehrmals überschlug.

Als Verna mithilfe der Automatik den Shift leidlich stabilisiert, aber noch keineswegs wieder im Griff hatte, tauchte vor ihr eine Stahlinsel auf. Diese lag weiter als alle anderen vor der Küste. Verna sah zahlreiche Hütten und Metallbauten. Zwischen ihnen entdeckte sie mehrere Tote. Einige Hütten brannten.

Der Shift stürzte auf die Insel zu, sein Absturz war nicht mehr aufzuhalten.

Automatische Sicherheitsgurte fesselten die Robotologin an die Polster, ein Prallfeld baute sich um sie auf.

Der Shift fiel auf die Insel hinab. Beide Raupenketten berührten den Boden. Das schwere Fahrzeug sprang einige Meter in die Höhe und stürzte dann erneut hinab. Es zertrümmerte eine Hütte, fegte ein bodengebundenes Fahrzeug zur Seite und veranlasste mehrere humanoide Gestalten zur Flucht.

Erst ein ganzes Stück weiter kam der Shift zur Ruhe. Das Prallfeld vor Verna baute sich augenblicklich ab, die Gurte lösten sich lautlos und glitten in die Halterungen zurück.

Zitternd kam Verna Theran auf die Beine. Sie blickte durch die Panzerplastkuppel nach draußen. Der Shift stand etwa hundert Meter vom äußersten Rand der Insel entfernt. Danach begann das offene Meer.

Etwa zwanzig mit Messern und Lanzen bewaffnete Männer eilten von allen Seiten heran. Verna sah, dass überall zwischen den Bauten und abgestellten Baumaterialien Tote lagen. Die Spuren eines erbitterten Kampfes waren deutlich.

Die Robotologin analysierte die Situation innerhalb weniger Augenblicke. Die Männer, die den Shift angriffen, hatten zuvor die Inseln gestürmt und den Widerstand der früheren Bewohner gebrochen. Jetzt glaubten die Eroberer, dass sie gekommen war, um sie wieder von hier zu vertreiben.

Verna arretierte einen Sicherungsknopf und verhinderte damit, dass die Mannschleuse von außen geöffnet werden konnte. Sie lehnte sich im Sessel zurück und blickte zu dem brodelnden Atompilz hinüber. Sieger in diesem Kampf war derjenige, der die Rakete abgeschossen hatte. Das Opfer im Explosionsbereich hatte keine Überlebenschance gehabt.

Verna war überrascht, dass sie kein Gefühl der Trauer empfand. Sie hätte nicht zu sagen vermocht, ob sie mehr mit Laire oder Pankha-Skrin sympathisierte.

Die ersten Krieger kletterten auf den Shift. Verna wäre ohne Weiteres in der Lage gewesen, diese Männer zu töten oder gar die ganze Insel zu versenken. Der Flugpanzer verfügte über ein ausreichendes Waffenarsenal. Doch sie wollte sich auf keinen Fall in die internen Kämpfe der Bewohner von Terzowhiele verwickeln lassen.

Die bärtigen Krieger blickten auf sie herab und schlugen ihre Speere gegen die Panzerplastkuppel. Verna Theran sah gelassen zu. Sie wusste, dass keiner dieser Angreifer in der Lage war, das ultraharte Material der Kuppel auch nur anzukratzen. Sie blieb selbst dann noch ruhig, als einer der Männer über ihr einen Energiestrahler in Händen hielt.

Der Mann zielte auf sie.

Verna tastete nach den Kontrollen, mit denen sie den Prallschirm einschalten konnte.

Der Krieger mit der Energiewaffe zögerte.

Ihre Blicke trafen sich.

Verna lächelte.

Die Energiewaffe sank nach unten. Der Krieger begriff, dass sie unangreifbar war. Er signalisierte ihr mit der Hand, dass er nicht mehr kämpfen wollte.

Sie gab ihm mit gleicher Handbewegung zu verstehen, dass sie verstanden hatte, und schaltete die Außenmikrofone ein. Dabei warf sie sich vor, dass sie das nicht längst getan hatte, da sie dann schon genügend Informationen für den Translator gehabt hätte. Sie hantierte an den Geräten und prüfte, welche Schäden der Shift davongetragen hatte. Endlich fand sie den Fehler, der für die geringe Reaktorleistung verantwortlich war.

Währenddessen drängten sich immer mehr Männer an der Kuppel zusammen und beobachteten sie, wobei sie aufgeregt miteinander schwatzten. Damit kamen sie dem Informationsbedürfnis der Robotologin entgegen. Sie schaltete die Innenlautsprecher zu, und die Stimmen der Männer wurden allmählich für sie verständlich.

Die Krieger sprachen darüber, wie sie die Insel erstürmt und erobert hatten und wie groß ihr Entsetzen gewesen war, als die Rakete explodierte und der Shift abgestürzt war. Mittlerweile waren sie sich darüber einig, dass von dem Fahrzeug keine Gefahr ausging. Sie wunderten sich nur darüber, dass die Frau nicht herauskam.

Schließlich klopfte einer von ihnen mit dem Schaft seines Messers gegen die Kuppel. Verna blickte zu ihm auf. Es war der Mann mit der Energiewaffe und wahrscheinlich der Anführer der Gruppe. Er winkte ihr zu und bedeutete ihr, das Fahrzeug zu verlassen. Sie hob die Hand und zeigte dann nach unten. Er verstand. Die Männer kletterten vom Shift herab.

Verna steckte sich einen handlichen Strahler in den Gürtel und versteckte ein fingerlanges Desintegratormesser unter ihrer Bluse, um für alle Fälle gewappnet zu sein. Schließlich öffnete sie das Außenschott.

Ein warmer Wind blies ihr ins Gesicht. Er brachte den Geruch von Fisch und Algen. Die Krieger standen an der Raupenkette und blickten zu der Terranerin herauf.

Jetzt sah Verna, dass einige von ihnen verwundet waren, zwei sogar so schwer, dass sie sich aus eigener Kraft nicht auf den Beinen halten konnten und gestützt werden mussten. Ihr fiel auf, wie ärmlich und ausgemergelt die Männer waren, und sie begriff, dass sie die Insel aus tiefster Not heraus angegriffen hatten.

»Ich möchte euch gern helfen«, sagte sie. Mithilfe des Translators verständigte sie sich mühelos. »Ich bin nicht hier, weil ich euch wieder wegnehmen will, was ihr erkämpft habt. Ich werde euch helfen, es zu sichern.«

Einer der Männer sank erschöpft zu Boden. Die anderen beachteten ihn nicht. Gebannt blickten sie Verna an. Der Mann mit dem Strahler streckte ihr beide Hände entgegen.

»Ich bin Gurxa«, erklärte er mit rauer Stimme. »Man nennt mich den Großen Gurxa. Ich bin der Anführer dieser Männer. Wir haben den schwersten Kampf unseres Lebens hinter uns. Deshalb benötigen wir Hilfe.« Er deutete zu dem Atompilz hinüber, der langsam verwehte. »Wir wissen nicht, was das zu bedeuten hat. Einige von uns vermuten, dass die Götter den Tod über die Inseln geschickt haben, weil sich ihre Bewohner versündigt haben. Aber daran glaube ich nicht. Ich denke eher, dass du damit zu tun hast.«

»Ich nicht – aber einer meiner Feinde«, erwiderte Verna unbedacht. »Er hat einen meiner Freunde verfolgt und wahrscheinlich getötet.«

Die Männer schwiegen. Ihre Gesichter entspannten sich. Die Robotologin atmete auf. Es erschien ihr von Vorteil, dass die Krieger nicht mehr glaubten, an diesen Inseln sei etwas Übernatürliches, das sie fürchten mussten.

Gurxa wandte sich an seine Leute. »Werft die Toten ins Wasser!«, befahl er. »Die Fische werden für ihr Begräbnis sorgen.«

Verna wollte Einspruch erheben, doch sie unterdrückte ihren Protest. Sie wurde sich dessen bewusst, dass sie buchstäblich nichts von diesen Männern, ihren Sitten und Gebräuchen wusste und dass es ein Fehler gewesen wäre, sich einzumischen. Daher kniete sie neben dem Verwundeten nieder, der zusammengebrochen war. Viel verstand sie nicht von medizinischer Hilfe, aber sie hatte eine kleine Medoeinheit an Bord, die sie einsetzen konnte.

Sie schwang sich in den Shift zurück und aktivierte den kleinen Roboter. Die nur einen Meter große Medoeinheit folgte ihr und nahm sich des Bewusstlosen an.

Der Große Gurxa gestikulierte heftig. Verna redete beruhigend auf den Mann ein und erklärte ihm den Roboter, der ihm so unheimlich erschien. Das Misstrauen des Steppenkenners legte sich jedoch erst, als der Medoroboter sich von dem Verwundeten zurückzog, dieser wenig später die Augen aufschlug und zu Gurxa aufblickte.

»Bist du in Ordnung?«

»Völlig«, erwiderte der Krieger. »Hast du meine Wunden verbunden?«

»Kannst du die Schmerzen ertragen?«, fragte Gurxa, statt zu antworten.

»Schmerzen? Ich habe keine Schmerzen.« Der Verwundete erhob sich. Er fuhr sich mit der Hand über die Augen und taumelte leicht.

»Du musst noch vorsichtig sein«, sagte Verna. »Du hast viel Blut verloren. Es ist besser, wenn du dich hinsetzt und ausruhst.«

Der Mann blickte sie stolz lächelnd an. »Ein Mann wie ich ruht sich nicht aus, wenn andere arbeiten«, erklärte er und ging mit vorsichtig tastenden Schritten davon.

Anerkennend hieb der Große Gurxa Verna seine Hand auf die Schulter. Ihr war in dem Moment, als zerbreche ihr Schlüsselbein.

6.

Pankha-Skrin eilte zu den verschiedenen Ausgängen der Halle, aber es gelang ihm nicht, sie zu öffnen.

Der Computer ließ ihn gewähren. Als der Quellmeister die Untersuchung des Raumes beendet hatte, erschien die Wiedergabe der anderen Inseln in den Holoprojektionen. Überrascht stellte er fest, dass von einer Insel aus geschossen wurde.

»Was hat das zu bedeuten?«, fragte er, nachdem er erkannt hatte, dass der Computer ihm die benachbarten Inseln zeigte. Er vermutete, dass die Anlage ihn über eine längst vergangene Episode in der geschichtlichen Entwicklung des Planeten unterrichten wollte. Auf den Gedanken, dass der Feuerüberfall auf die anderen Inseln in diesen Sekunden stattfand, kam er nicht.

»Der Roboter ist jetzt auf der Insel ABJ-3. Es ist ihm gelungen, das Kombinationsschloss am Zugang zu öffnen. Das macht deutlich, dass es sich bei ihm um einen Artgleichen von hohem Rang handelt.«

Pankha-Skrin war schockiert. »Warum beschießt er die anderen Inseln? Weshalb tötet er?«

»Er tötet nicht. Vielmehr vertreibt er die Bewohner der anderen Inseln, ohne sie zu verletzen. Er will sie in Sicherheit wissen, sobald er sich uns zuwendet. Dann wird er eine Waffe einsetzen, die alle tötet, die nicht weit genug von hier entfernt sind.«

Der Quellmeister verstand.

»Du willst damit sagen, dass da drüben Atombomben lagern?«

»So ist es. Wir müssen das Feld räumen, wenn wir unsere Existenz erhalten wollen.«

Eine Tür öffnete sich.

»Geh schon«, forderte der Computer. »Verliere keine Zeit.«

Pankha-Skrin glaubte ihm. Er verließ den Raum und betrat einen etwa zwanzig Meter langen Gang. An seinem Ende befand sich eine offene Tür. Der Quellmeister trat hindurch in eine Kabine, in der ein gepolsterter Sessel stand.

»Setz dich!«

Pankha-Skrin gehorchte. Ihm ging nicht aus dem Kopf, dass Laire über atomare Waffen verfügte und sie tatsächlich gegen ihn verwenden wollte.

Die Tür schloss sich, der Loower spürte, dass die Kabine in Bewegung geriet. Eine Projektion leuchtete vor ihm auf, doch nur ein Symbol aus vielfach ineinander verschlungenen Linien erschien.

»Was geschieht?«, fragte Pankha-Skrin.

»Wir ziehen uns zurück. Von dieser Insel aus führt ein Tunnel zu einem sicheren Ort, an dem der Angreifer uns auch mit Raketen nicht erreichen wird. Wir befinden uns tief unter der Oberfläche von Arderc.«

»Dann bist du kein stationärer Computer? Du bist beweglich?«

»Ich bin nicht ortsgebunden.«

»Wer hat dich erbaut?«

»Das wirst du erfahren.«

»Warum sagst du es mir nicht jetzt?«

»In dieser Sekunde ist das Raketengeschoss explodiert. Die Insel, auf der wir eben noch waren, existiert nicht mehr.«

Pankha-Skrin fühlte, dass die Kabine immer noch beschleunigte. Er konnte nicht abschätzen, wie schnell sie sich bewegte.

»Was wirst du tun?«, fragte der Computer.

»Ich muss antworten. Laire wird nicht eher Ruhe geben, bis er weiß, dass ich tot bin. Ich muss ihn vernichten. Du wirst mir die nötige Freiheit dafür geben.«

»Darüber lässt sich reden.«

Der Quellmeister spürte eine Welle unendlicher Erleichterung. Wenn der Computer ihm eine Chance bot, das von ihm überwachte System zu verlassen, dann konnte er ihn auch irgendwann abschütteln.

Die Kabine wurde langsamer und hielt schließlich. Die Tür öffnete sich. Pankha-Skrin verließ die Kabine und durchquerte einen Gang. Danach fand er sich in einer Halle wieder, die jener weitgehend glich, die Laire zerstört hatte. Von einem der Holoschirme lächelte das künstliche Bild des Computers herab.

»Ich habe Laire erklärt, dass ich ihn an einem der nächsten sieben Tage vernichten werde«, eröffnete Pankha-Skrin dem Computer. »Er wird es am Morgen des betreffenden Tages von mir erfahren.«

»Vorausgesetzt, ich gebe dir die Möglichkeit dazu.«

»Das setze ich voraus, da dir eine ständige Bedrohung durch Laire nicht willkommen sein kann.«

»Für welchen der sieben Tage hast du dich entschieden?«

Pankha-Skrin streckte seine Tentakel aus.

»Ich weiß nicht, für welchen ich mich entscheiden soll. Der letzte Tag kommt nicht in Betracht, denn wenn ich sechs Tage lang nichts gegen Laire unternommen habe, weiß er, dass ich es am siebten tun muss. Das geht aber nicht, weil er es erst am Morgen erfahren soll. Er wüsste es daher schon vorher, also scheidet dieser Tag aus.«

»Das ist richtig. Also wirst du den sechsten Tag wählen.«

»Auch der kommt nicht infrage. Wenn fünf Tage lang nichts geschehen ist und der siebte Tag von vornherein ausscheidet, weiß Laire schon rechtzeitig, dass ich den sechsten Tag gewählt habe. Er kann es also nicht mehr am Morgen des sechsten Tages erfahren.«

Von heimlichem Vergnügen erfüllt, merkte Pankha-Skrin, dass ihm der Computer auf den Leim ging.

»Dann kannst du ihn überhaupt nicht vernichten«, entgegnete der Computer. »Wenn der sechste Tag der letzte Tag ist, kommt auch der fünfte nicht infrage, weil Laire schon vorher Bescheid wüsste. Das Gleiche gilt für den vierten, den dritten, den zweiten ...«

»Und für heute.«

»Du hättest ihm nicht sagen dürfen, dass er es am Morgen des gleichen Tages erfahren soll.«

»Ich werde ihn dennoch unter den Bedingungen vernichten, die ich ihm angekündigt habe.«

»Das geht nicht«, stellte der Computer fest. »Wir haben es gerade errechnet.«

»Dennoch werde ich ihn am vierten Tag zerstören.«

»Ausgeschlossen.«

»Laire ist davon überzeugt, dass es nicht geht, weil er die gleichen logischen Überlegungen angestellt hat wie wir«, erläuterte der Quellmeister. »Er glaubt, dass ich ihn nicht vernichten kann, ohne dadurch die Bedingungen meiner Ankündigung zu verletzen, und er kennt mich als einen Mann, der stets das tut, was er gesagt hat.«

»Es geht nicht«, wiederholte der Computer.

»Laire wird überrascht sein, wenn ich ihn dennoch angreife, da er den Angriff aufgrund seiner logischen Überlegungen nicht erwartet. Von dieser Sekunde an ist meine Bedingung wieder voll gültig und möglich.«

Der Computer schwieg.

Pankha-Skrin wartete ab. Er war sicher, dass der Computer mit dem Paradoxon, mit dem er ihn konfrontiert hatte, nicht fertig wurde. Ein solches Gedankenspiel konnte eine Anlage wie diese in einen Kreis von Berechnungen führen, aus dem es kein Entkommen gab. Der Quellmeister hatte nur diese Möglichkeit, sich zu befreien.

Der Computer hatte Abwechslung und geistige Anregung verlangt. Pankha-Skrin hatte sie ihm gegeben. Nun musste sich zeigen, ob die Dosis stark genug war.

Zehn Minuten verstrichen. Während dieser Zeit leuchteten in ständig wechselndem Rhythmus an den Kontrollwänden Anzeigeflächen auf. Schließlich drangen unverständliche Laute aus den Lautsprechern. Der Computer versuchte, seinem Gefangenen etwas mitzuteilen.

Pankha-Skrin wartete schweigend. Sein Quellhäuschen pulsierte gleichmäßig und signalisierte ihm damit, dass die Bedrohung geringer wurde.

Tatsächlich erloschen kurz darauf die ersten Funktionsanzeigen. Auf den Schirmen erschienen sinnlose Zahlenkolonnen, dann verblassten die Projektionen. Die Zugänge der Halle öffneten und schlossen sich, letztlich blieben die Schotten halb geöffnet stehen.

Der Loower hastete hindurch und arbeitete sich unbehelligt durch Gänge und Schächte bis zu einer Schaltzentrale vor, die etwa hundert Meter über jener lag, in der er mit dem Computer angekommen war.

Die Gefahr bestand, dass er abermals in eine Falle geraten war. Deshalb nahm Pankha-Skrin in aller Eile eine Untersuchung der Anlage vor. Er stellte fest, dass seine Befürchtungen übertrieben gewesen waren. Er war auf eine Computeranlage gestoßen, die keinerlei Ansprüche stellte und sich ihm sofort unterwarf.

Von hier aus konnte er mithilfe versteckt angebrachter Kameras einige der künstlichen Inseln beobachten. Alle erfassten Inseln waren bewohnt. Die Anzeichen dafür, dass auf Terzowhiele einst eine hochstehende Kultur bestanden hatte, waren deutlich. Doch diese Zeit schien schon weit zurückzuliegen. Unübersehbar war aber auch, dass auf einigen Inseln Intelligenzen lebten, die nicht von diesem Planeten stammten.

Der Loower wollte herausfinden, wo er sich befand und wie weit er von Laire entfernt war. Doch das gelang ihm nicht. Immerhin fand er unerwartet die Festung, in der Laire sich aufhielt. Die Kamera, die sie erfasste, stand weit draußen im Meer. Pankha-Skrin konnte zahlreiche Einzelheiten auf der Insel ausmachen, sah aber nicht Laire selbst.

Dafür gelang es ihm, eine Reihe von Symbolen zu identifizieren, die im unteren Bildteil eingeblendet wurden. Er fand gleiche Symbole bei den Computeranzeigen. Der Quellmeister glaubte, eine wichtige Entdeckung gemacht zu haben. Er führte eine Reihe von Tests durch.

Nach etwa einer Stunde erschien eine Stahlinsel auf dem Hauptschirm, die einige hundert Kilometer von der Küste entfernt im Meer lag. Die Kamera, die diese Bilder übermittelte, befand sich auf der Insel. Pankha-Skrin arbeitete geduldig weiter, bis er wusste, dass die Insel kaum mehr als ein von Wind und Wasser zerfressenes unbewohntes Stahlgerüst war.

Sorgfältig nahm er seine abschließenden Einstellungen vor.

Mehrere Minuten verstrichen. Dann sah der Quellmeister zwei Raketen auf die Stahlinsel stürzen. Ihre Sprengköpfe explodierten, richteten jedoch bei Weitem nicht den erwarteten Schaden an. Enttäuscht stellte Pankha-Skrin fest, dass er zwar eine Raketenstellung gefunden hatte, dass diese jedoch nicht mit atomaren Waffen bestückt war.

Dennoch bot sich ihm eine Chance im Kampf gegen Laire.

Er holte wieder die Insel des einäugigen Roboters in die Bilderfassung und nahm seine Zieleinstellung vor. Schließlich schoss er nacheinander alle ihm zur Verfügung stehenden Raketen ab. Nicht mehr als neunzig Kilometer waren zu überwinden, entsprechend schnell schlugen die Geschosse ein.

Die konventionellen Sprengsätze richteten beträchtlichen Schaden an. Die Raketenstellungen der angegriffenen Insel gingen schon zu Beginn des kurzen Bombardements verloren. Pankha-Skrin hoffte, dass einer der nuklearen Raketenköpfe explodierte, doch das geschah nicht.

Dafür zerfetzten die einschlagenden Geschosse innerhalb von Minuten alle technischen Anlagen auf der Plattform und rissen tiefe Krater.

Pankha-Skrin schrie enttäuscht auf, als das letzte Geschoss explodiert war und Laire plötzlich zwischen den brennenden Trümmern erschien. Der Roboter war unversehrt und schien zu wissen, dass keine weitere Rakete mehr einschlagen würde. Er kletterte über die Trümmer hinweg und verließ die Insel.

Pankha-Skrin schickte ihm einen Fluch hinterher.

Gurxa legte die Hand an einen der beiden Stummelflügel des Shifts. »Dieses Ding kann wirklich fliegen?«, fragte er, und seine Augen verengten sich, als er auf das Meer hinausblickte. Langsam hob er den Arm. »Hinter dem Horizont sind unsere Frauen, Kinder und Alten. Wir müssen sie holen. Noch ist die See ruhig, aber das Wetter kann bald umschlagen. Wirst du uns helfen?«

»Selbstverständlich«, erwiderte die Robotologin, obwohl sie sich nur ungern aus dem Bereich entfernte, der sie eigentlich interessierte. »Ich werde helfen.«

»Wann starten wir?«

»Von mir aus sofort.«

Gurxa rief einige seiner Männer zusammen. Als sie kamen, vernahm Verna ein bedrohliches Donnern. Sie blickte in den rötlich schimmernden Himmel hinauf und sah mehrere Raketen, die sich schnell näherten.

»Geht in Deckung!«, schrie sie, sprang in die Schleuse des Shifts und wartete darauf, dass Gurxa ihr folgen würde. Doch er zog es vor, hinter einem Kran Schutz zu suchen, der unmittelbar an der Brüstung der Insel stand.

Verna hastete zur Zentrale hoch und schaltete die Schutzschirme ein. Kaum hatte sie den Panzer abgesichert, schlugen die Raketen ein. Es war, wie sie erwartet hatte. Die Geschosse trafen die Insel, von der aus die Atomrakete abgeschossen worden war.

Verna fürchtete, einen weiteren Atompilz aufsteigen zu sehen. Sie atmete auf, als sie erkannte, dass die Sprengsätze vergleichsweise schwach waren. Immerhin reichten sie aus, die Insel zu zerstören und auch ihre unteren Schichten aufzureißen. Bruchstücke wirbelten zu den anderen Inseln hinüber, und die Druckwellen der Explosionen fegten alles hinweg, was nicht ausreichend befestigt war. Hütten flogen wie locker zusammengestelltes Spielzeug auseinander, Stahltürme kippten um, und zahllose Vorräte rutschten von den Plattformen ins Wasser.

Verna Theran spürte von den Druckwellen so gut wie nichts. Der Shift stand fest und wurde nicht ein einziges Mal erschüttert. Ohnehin war das Ziel der Raketen weit genug entfernt, dass kaum ein Wrackstück so weit flog.

Als die letzte Rakete explodiert war und es danach ruhig blieb, schaltete die Terranerin die Schutzschirme aus und verließ den Shift. Die Männer des Großen Gurxa kamen aus ihren Verstecken hervor. Einer zeigte heftig gestikulierend zu der zertrümmerten Insel hinüber.

Verna Theran blieb überrascht stehen. Sie sah, dass Laire über eine noch bestehende Brücke herankam. Der Roboter bewegte sich geschmeidig und schnell. Nichts erinnerte daran, dass er eine Maschine war. Verna erschien er wie ein fast vollkommenes organisches Wesen.

Sie atmete auf. Sie hatte gehofft, dass Laire den Angriff überstehen würde, zugleich dachte sie voller Sorge und Angst an Pankha-Skrin. Doch dann fragte sie sich, wie sie daran hatte zweifeln können, dass der Loower den Atomangriff überlebt hatte. Wäre er getötet worden, hätte niemand die Raketen auf Laire abschießen können.

Oder war eine dritte Macht im Spiel?

Die Krieger Gurxas flüchteten bis zum äußersten Rand der Insel und verschanzten sich hinter Baumaterialien.

Verna fürchtete sich nicht vor Laire. Sie ging ihm einige Schritte entgegen.

Er kam auf sie zu, wurde langsamer und verharrte schließlich etwa zwanzig Meter von ihr entfernt genau dort, wo die Brücke endete und die Inselplattform begann.

»Pankha-Skrin hat bewiesen, dass er mich vernichten will.«

Verna lachte. »Etwas anderes war kaum zu erwarten. Du hast ihn zuerst angegriffen, noch dazu mit einer nuklearen Waffe.«

»Ich musste mich vor ihm schützen«, rechtfertigte sich der einäugige

Roboter. »Er ist ein Loower, er will mir auch das zweite Auge stehlen.«

Während Verna noch nach einer passenden Antwort auf diese falsche Behauptung suchte, griff der Große Gurxa mit der ihm eigenen Entschlossenheit ein. Von Laire und Verna unbemerkt, war er in die Steuerkabine des Krans hochgestiegen. Jetzt löste er den an mächtigen Drahtseilen hängenden Greifer aus. Das tonnenschwere Eisen stürzte auf Laire herab und warf ihn zu Boden. Gleichzeitig schaltete der Steppenkenner die Motoren des Krans ein. Der Greifer packte zu, als der einäugige Roboter sich aufrichtete und sich unter dem Greifer hervorarbeiten wollte.

»Nein, nicht!«, schrie die Robotologin.

Es war schon zu spät. Die mächtigen Stahlbacken rissen Laire hoch und schleuderten ihn über den Rand der Insel hinaus. Der Roboter versuchte, sich zu befreien. Gurxa öffnete den Greifer, und Laire stürzte in die Tiefe.

Verna Theran rannte zur Brüstung. Sie sah gerade noch, wie Laire etwa hundert Meter unter ihr ins Wasser fiel und versank.

Zornig fuhr sie herum. »Was hast du getan?«, schrie sie den grinsenden Gurxa an.

»Ich habe deinen Feind ins Wasser geworfen«, antwortete er selbstzufrieden. Er blickte sich nach seinen Kriegern um, die aus ihren Verstecken hervorkamen und ihm zujubelten.

Verna presste die Lippen zusammen. Sie begriff, dass sie Gurxa die wahren Zusammenhänge nicht erklären konnte. Er würde nichts davon verstehen.

Sie eilte zum Shift und sprang hinein. Doch Gurxa folgte ihr und hielt sie fest. »Was hast du vor?«, fragte er.

»Das Fahrzeug kann auch unter Wasser eingesetzt werden. Vielleicht kann ich den Roboter noch retten.«

»Ich will nicht, dass du das tust«, entgegnete Gurxa. »Das Metallwesen soll sich selbst helfen. Für uns ist wichtiger, dass alle Frauen, Kinder und Alten geborgen werden, bevor es eine Katastrophe gibt.«

Verna zwang sich zur Ruhe. Gurxa hatte recht, menschliches Leben ging vor.

»Wir holen eure Familien«, erklärte sie.

Weiter von der Insel entfernt wurde das Meer unruhiger. Der Große Gurxa wirkte längst nicht mehr so mutig wie vorher. Er stand neben Verna, klammerte sich an die Rückenlehne des Kopilotensessels und blickte durch die Kuppel auf das Meer hinab. Die Robotologin sah ihm an, dass er fürchtete, jeden Moment abzustürzen. Dabei flog der Shift nur in zweihundert Metern Höhe.

»Wir sind nicht in Gefahr«, erklärte sie ihm. »Setze dich neben mich. Selbst wenn wir ins Wasser fallen sollten, passiert uns nichts. Dann wird der Shift eben auf dem Meeresgrund weiterfahren.«

»Du hast keine Ahnung«, erwiderte er stammelnd. »Auf Arderc gibt es Fische, die zwanzigmal so lang sind wie diese Maschine. Sie können uns mühelos verschlingen.«

»Das würde ihnen schlecht bekommen.«

Gurxa schrie auf. Er zeigte aufs Meer hinab.

»Sieh doch!«, rief er. »Dort ist so ein Fisch.«

Im glasklaren Wasser unter dem Shift schwamm ein Fisch, der tatsächlich an die hundert Meter maß. Er war das größte Tier, das Verna jemals gesehen hatte.

Gurxa griff nach ihrem Arm. »Jetzt kannst du mir beweisen, dass du einen solchen Fisch töten kannst. Töte ihn! Sofort!«

Sie schüttelte den Kopf. »Es gibt keinen Grund dafür. Außerdem habe ich nicht vor, dir irgendetwas zu beweisen. Ich weiß, was ich kann. Das genügt.«

Er packte sie mit beiden Händen an den Armen.

»Ich will, dass du diesen Fisch tötest! Hast du mich verstanden?«

»Verstanden habe ich schon«, erwiderte Verna. »Aber ich werde nicht tun, was du willst.«

Gurxa schleuderte sie wütend zur Seite. »Dann werde ich die Maschine von jetzt an fliegen.«

Verna stürzte zu Boden. Sie blieb liegen und rieb sich die schmerzende Schulter. Als sie sah, dass Gurxa sich hinter die Steuerelemente setzte, lächelte sie. Unsicher blickte der Steppenkenner auf die Instrumente, dann berührte er ein Sensorfeld, und der Shift schoss steil in die Höhe. Hastig zog er die Hand zurück mit der Folge, dass der Flugpanzer nun schlagartig absackte.

Der Große Gurxa versuchte, seinen Fehler auszugleichen, doch das gelang ihm nicht. Der Shift kippte nach vorn. In seiner Panik berührte der Steppenkenner etliche Kontrollfelder. Der Shift tauchte in die Wellen ein.

Gurxa schrie entsetzt auf, als die Maschine versank. Er wollte erneut in die Steuerelemente greifen, fuhr dann aber ängstlich zurück, weil er fürchtete, noch mehr Unheil anzurichten.

»Sieh nach oben!«, forderte Verna ihn auf.

Der Große Gurxa hob den Kopf. Über der Panzerplastkuppel befand sich ein Auge des Riesenfischs. Es war zwei Meter groß und leuchtete von innen heraus in einem grünlichen Licht.

Der Steppenkenner gab sich verloren. Stöhnend rutschte er aus dem Sessel. Er presste die Hände vor das Gesicht.

»Verzeih mir«, bat er ächzend. »Ich habe uns auf den Weg zur Hölle gebracht.«

Verna Theran stand auf. Sie strich sich die Kombination glatt. »Hoffentlich reicht dir das«, sagte sie. »Ab sofort wirst du tun, was ich will, oder ich zeige dir den Weg zur Hölle.«

»Du bist eine Frau.«

»Na und?«

»Ich bin nicht gewohnt, das zu tun, was eine Frau will.«

Verna lächelte freundlich. »Dann wirst du dich daran gewöhnen müssen«, erwiderte sie.

Laire ließ sich sinken, nachdem er ins Wasser gefallen war. Ein Gefühl der Enttäuschung erfüllte ihn. Er hätte rechtzeitig erkennen müssen, dass es ihm nicht gelungen war, Pankha-Skrin zu töten. Nun hatte er mitten im Feuer gestanden, hatte sich dem keineswegs absichtlich ausgesetzt, sondern war von den ersten Geschossen überrascht worden. Immerhin war es ihm rechtzeitig gelungen, seine Schutzschirmsysteme aufzubauen. In diesen hatten sich die anstürmenden Energien ausgetobt, ohne ihn selbst zu erreichen. Dennoch hatte Laire sich tiefer ins Innere der Insel zurückgezogen.

Das war keineswegs geschehen, weil er Pankha-Skrins Geschosse fürchtete, sondern weil er von einem geheimnisvollen Signal angelockt worden war, das aus der Tiefe gekommen war. Er hatte den Impulsen folgen wollen, doch eine der Raketen hatte ihn überholt und tief unter ihm ein Kleinstkraftwerk zerstört. Das schmelzende Material hatte die Zugänge zu tiefer gelegenen Stationen versiegelt. Laire war nichts anderes übrig geblieben, als nach oben zurückzukehren.

Er ahnte, dass Pankha-Skrin ihn beobachtete. Deshalb schaltete er seine Schutzschirme aus, nachdem das letzte Geschoss explodiert war, und verließ die zertrümmerte Insel. Er wollte verhindern, dass der Loower etwas über seine Fähigkeit erfuhr, sich mit Energieschirmen zu schützen. Das war auch der Grund dafür gewesen, dass er Verna Therans Eingreifen an Bord der BASIS zugelassen hatte. Gegen den Energiestrahler des Quellmeisters hätte er sich auch selbst abschirmen können. Wäre die Frau nicht gekommen, hätte er den Quellmeister getötet. Schwierig genug war es ohnehin gewesen, Pankha-Skrin in eine Situation zu bringen, in der er sich überlegen gefühlt hatte.

Laire hatte Pankha-Skrin und Verna Theran gesehen und sich blitzschnell entschieden, die Partie remis enden zu lassen.

Jetzt stürzte er ins Wasser, weil er nicht wusste, welche Informationen Pankha-Skrin über ihn besaß. Deshalb wollte er sich nicht durch den Einsatz seines Flugaggregats retten.

Kaum war er jedoch einige Meter unter der Wasseroberfläche, als er wieder jenen Impulsen folgte, die ihn schon zuvor interessiert hatten. Sie erinnerten ihn an Signale, die er vor Jahrmillionen vernommen hatte!

Pankha-Skrin war in diesen Sekunden nahezu vergessen.

Laire war sicher, dass ihn niemand beobachtete. Er entfernte sich immer weiter von der Insel und tauchte erst auf, als er mindestens fünf Kilometer unter Wasser zurückgelegt hatte.

Er blickte zur Insel zurück. Trotz der Entfernung entdeckte er die Kamera, mit deren Hilfe Pankha-Skrin ihn beobachtet hatte. Sie war auf die zertrümmerte Insel gerichtet, von der er geflohen war.

Laire wandte sich der offenen See zu und raste weiter, wobei er sich stets nur wenige Meter über den Wellen hielt. Er folgte wieder jenen eigenartigen Impulsen, die nach der Zerstörung seiner Insel aus einer anderen Richtung kamen.

Laire schloss daraus, dass der Sender unter der Insel ausgefallen war und dieser Ausfall einen anderen aktiviert hatte.

Nach etwa einer Stunde erschien am Horizont eine Stahlinsel, die größer war als alle anderen, die der Roboter bisher gesehen hatte. Sie erstreckte sich von Horizont zu Horizont.

Zunächst ging Laire davon aus, dass sie besiedelt war. Dann bemerkte er die Riffe, die der Insel vorgelagert waren. Mächtige Grundseen brachen sich an ihnen und machten die Insel von See her unzugänglich.

Er flog über die Riffe hinweg und landete auf der Insel, auf der vor Jahrhunderttausenden eine Stadt mit gewaltigen Ausmaßen gestanden hatte. Heute war sie nur noch eine unüberschaubare Trümmerlandschaft. Gewaltsame Zerstörungen waren jedoch nicht zu erkennen. Allein das Alter hatte den Zerfall herbeigeführt.

Laire stieg in die Höhe, um einen besseren Überblick zu gewinnen.

Er erkannte, dass die Insel etwa einhundert Kilometer durchmaß. Sie war vollkommen von Riffen eingeschlossen, sodass niemand sie von See her erreichen konnte. Nur wer über Fluggeräte verfügte, konnte hier landen. Derartige Maschinen hatten den Bewohnern von Terzowhiele aber offenbar seit Jahrhunderttausenden nicht mehr zur Verfügung gestanden. Niemand hatte diese Insel erreicht. Dabei schien es eine der wichtigsten von Terzowhiele überhaupt zu sein.

Je weiter Laire über das Land hinwegflog, desto deutlicher wurde ihm, dass er nirgendwo auf Intelligenzen stoßen würde. Auf der Insel existierten ausgedehnte Vogelkolonien. Zwischen den Ruinen der Gebäude standen die verrosteten Reste von Maschinen. Kleintiere lebten in den Trümmern, sie wurden von Raubvögeln gejagt.

Laire landete im ehemaligen Stadtzentrum auf einem von Trümmern übersäten Platz. Von hier kamen die Impulse, die ihn angelockt hatten. Er fragte sich, ob er am Ziel war. Der erste Sender war nach der Atomexplosion aktiv geworden. Der zweite hatte sich eingeschaltet, nachdem der erste ausgefallen war.

Befand sich der wichtigste Sender auf dieser Insel, oder bildete er nur den Teil einer Kette, die den Planeten umspannte?

Laire suchte geraume Zeit, bis er unter den Trümmern einer zusammengebrochenen Säule einen Zugang in die Tiefe fand. Er räumte die Trümmer zur Seite und brach das unter ihnen verschüttete Schott auf. Ein senkrecht abfallender Schacht nahm ihn auf. Nach etwa zwanzig Metern durchstieß Laire eine unsichtbare Schranke. Verborgene Lichtelemente leuchteten auf.

Der Roboter war sich dessen bewusst, dass er etwas gefunden hatte, was weitaus wichtiger war als seine Auseinandersetzung mit dem Loower. Die Entdeckung überstieg alles an Bedeutung, auf das er bisher gestoßen war.

Die Impulse waren wesentlich intensiver geworden. Laire empfand eine tiefe Sehnsucht nach jener anderen Ebene, die er nur mithilfe des ihm geraubten Auges erreichen konnte.

Er legte seine Hände an den Kopf, wie er es getan hatte, als die Trümmerleute ihm das linke Auge aus dem Gesicht heraussprengten. Damals hatte er versucht, sein Auge mit den Händen vor den tobenden Gluten zu schützen. Es war ihm nicht gelungen. Seine Finger waren unter dem Einfluss der enormen Temperaturen auf die Hälfte geschrumpft.

Als Laire zweihundert Meter tief abgesunken war, endete der Schacht an einer Panzerplatte. Sie war nicht völlig abgeschlossen. An einer Seite verblieb eine fingerbreite Lücke. Durch sie schoben sich farblose Pflanzenranken nach oben.

Laire landete auf der Platte und kniete nieder. Er ließ die Finger über die Pflanzen gleiten. Sie waren der Beweis dafür, dass es unter der Platte Leben gab.

Dichter Regen peitschte gegen die Panzerplastkuppel des Shifts. Der Wind steigerte sich zum Orkan.

Verna Theran blickte immer wieder mitfühlend zu Gurxa hinüber, der bleich neben ihr saß. Sie wagte nicht auszusprechen, was sie beide dachten. Wenn die Frauen, Kinder und Alten wirklich mit Schiffen so weit hinausgefahren waren, dann lebten sie längst nicht mehr. Gurxa war der Anführer eines Stammes von Steppenbewohnern. Weder er noch sonst wer aus seinem Volk verstand genügend von Seefahrt, um sich bei diesem Wetter behaupten zu können.

Verna schätzte, dass die Wellen eine Höhe von zehn Metern und mehr erreichten.

»Sie schaffen es«, sagte Gurxa jäh. »Sie leben noch, und sie werden diesen Sturm überstehen. Warum fliegst du nicht dorthin, wo sie sind?«

»Wir befinden uns auf dem Kurs, den du mir angegeben hast«, erwiderte sie ruhig. »Du hast allerdings in einer Hinsicht recht. Wir hätten sie längst finden müssen.«

»Aber wir haben sie noch nicht gefunden.«

»Das wird uns auf diese Weise auch nicht gelingen.« Verna zog den Shift steil in die Höhe. Gurxa packte sie wieder am Arm.

»Glaubst du, dass sie da oben sind?« Sein Gesicht verzerrte sich vor Zorn; er beherrschte sich nur mühsam.

»Natürlich nicht«, antwortete Verna. »Aber von oben kann ich sie vielleicht orten.«

Gurxa verstand nicht, wovon sie sprach. Sie versuchte, es ihm zu erklären, doch er schüttelte immer nur den Kopf und beschuldigte sie, ihn und seinen Stamm verraten zu wollen.

»Nun gut«, sagte Verna schließlich. »Dann will ich dir etwas zeigen.«

Er ließ sie los, als sie seine Hände zurückdrängte. Sie stand auf und nahm einen Paralysator aus dem Waffenfach. Gurxa blickte sie fragend an.

»Was ist das?«

»Ein Beruhigungsmittel.« Sie löste den Lähmstrahler aus, und Gurxa sackte in sich zusammen. Mit der Hand strich sie ihm über die Augen, um die Lider zu schließen, damit die Augäpfel nicht austrockneten.

Der Shift war mittlerweile bis auf eine Höhe von fast achttausend Metern aufgestiegen. Das genügte der Robotologin, da sie nun eine ausreichend große Fläche absuchen konnte.

Dennoch hatte sie wenig Hoffnung, dass sie die Schiffe der Steppenbewohner finden würde. Aber schon nach wenigen Sekunden zeichneten sich drei klare Reflexe über die Infrarotortung ab.

Verna ließ den Flugpanzer wieder sinken und flog einige Minuten lang nach Norden. Endlich erkannte sie in der tobenden See drei Schiffe. Der Sturm trieb sie auf eine riesige, von Riffen gesäumte Kunstinsel zu. Die Schiffe mussten an den Felsen unweigerlich zerschellen.

Verna bereute schon, dass sie Gurxa paralysiert hatte. Er hätte ihr helfen können, seine Leute aus den Booten zu retten. Sie erwog, die Lähmung mit einem Medikament wieder aufzuheben, doch sie war sich nicht sicher, wie Gurxa darauf reagieren würde. Im schlimmsten Fall würde sein Zorn zur Raserei ausarten.

Wenig später schwebte der Flugpanzer in etwa zwanzig Metern Höhe neben den drei Schiffen. Verna blickte zu den Flüchtlingen hinüber, die sich verzweifelt an die Planken klammerten. Immer wieder tosten Brecher über die Schiffe hinweg. Einige der Menschen versuchten, das Wasser wieder auszuschöpfen. So schnell sie jedoch arbeiteten, sie waren nicht schnell genug. Verna sah, dass die Schiffe sich kaum noch über Wasser halten konnten. Außerdem würde der Sturm sie bald auf die Riffe werfen.

Verna legte einen Raumanzug an. Dann drückte sie den Shift noch tiefer, bis er dicht über einem der Schiffe schwebte. Die Wellen schlugen schon gegen die Raupenketten.

Als sie die Mannschleuse öffnete, peitschte ihr die See entgegen. Verna stemmte sich gegen die Schleusenwand und winkte den Verzweifelten im Boot zu. Sie setzte Traktorstrahlen ein und zog drei Kinder zu sich herauf. Die Mütter versuchten verzweifelt, sie festzuhalten, weil sie nicht begriffen, was geschah. Doch die Traktorstrahlen waren stärker.

Verna bugsierte die Kinder in den großen Lagerraum neben der Schleuse. Sofort holte sie die Mütter herauf und danach weitere Kinder. Sie arbeitete konzentriert und schnell, und rasch war der Shift bis auf den letzten Platz gefüllt. Dann schloss sie die Schleuse und quetschte sich zur Zentrale durch.

Sie raste mit dem Shift zu der großen Insel hinüber und setzte die Geretteten zwischen den Ruinen einiger Hochhäuser ab, weil es dort relativ windstill war. Mithilfe des Translators konnte sie sich gut verständigen, sodass sie einige größere Kinder dazu brachte, ihr zu helfen.

Kaum war der Shift geräumt, flog sie zu den Schiffen zurück und setzte ihr Werk fort, bis alle Steppenbewohner gerettet waren.

Nach dem letzten Flug schloss sie die Schleuse, kippte den Pilotensitz in die Ruhestellung und schlief erschöpft ein.

Sie erwachte, als jemand gegen die Kuppel über ihr trommelte. Benommen richtete sie sich auf. Sie brauchte einige Zeit, bis sie den Großen Gurxa erkannte. Er gestikulierte heftig und bedeutete ihr, die Schleuse zu öffnen.

Verna stand auf und blickte nach draußen. Die Flüchtlinge standen um den Shift herum. Sie schienen sich bereits recht gut erholt zu haben.

Die Robotologin ging zur Schleuse und öffnete sie. »Was ist los?«, fragte sie.

Gurxa streckte ihr lachend die Arme entgegen. »Du hast die Insel des Sterblichen Gottes gefunden!«

Verna fühlte sich wie zerschlagen. Die Anstrengungen der letzten Stunden waren nicht spurlos an ihr vorübergegangen.

»Musst du mich deshalb wecken?«, fragte sie unwillig. »Das hättest du mir auch später sagen können.«

»Natürlich«, gab er grinsend zu. »Etwas anderes aber ist noch wichtiger. Wir haben herausgefunden, dass niemand mehr auf dieser Insel lebt. Sie ist riesengroß. Eine bessere hätten wir nicht finden können. Deshalb haben wir beschlossen, hier zu bleiben. Unsere Freunde sind aber noch auf der anderen Insel, und wir fürchten, dass sie diese allein nicht verteidigen können. Daher bitte ich dich, sie zu holen.«

»Und das ist so eilig?«

Gurxa wurde ernst. Er nickte. »Sehr eilig, denn wenn sie kämpfen müssen, werden sie verlieren.«

»Du hast recht«, erwiderte die Frau. »Ich werde sie holen und fliege gleich los.«

Pankha-Skrin hantierte überhastet an den Schaltungen – und machte Fehler. Auf einem der Schirme sah er, wie Laire über die Brüstung der Insel hinausgehoben wurde und in der Tiefe verschwand. Er versuchte, den Sturz des Roboters zu verfolgen, doch das gelang ihm nicht.

Als er die Stellung der Kameras endlich korrigiert hatte, war von Laire nichts mehr zu sehen.

Der Quellmeister spürte, dass sein Skri-marton heftiger pulsierte. Wieder machte er einen Fehler, denn die Kamera bewegte sich in die falsche Richtung.

Er zwang sich zur Ruhe. Ihm war klar, dass Laire fliegen konnte, obwohl der Roboter ihm diese Fähigkeit bislang noch nicht gezeigt hatte. Der Einäugige war das Produkt einer Zivilisation, die der Quellmeister wesentlich höher einstufte als die seines eigenen Volks. Einen Roboter mit einem Flugaggregat zu versehen war aber schon für einen loowerischen Techniker kein Problem.

Doch daraus zog der Quellmeister in seiner Enttäuschung über den Misserfolg einen falschen Schluss. Er glaubte, dass Laire unter die Stahlinsel geflogen war und sich im Gewirr der Pfeiler und Träger verbarg. Daher versuchte er, mit den Kameras unter die Insel zu sehen. Nach zeitraubenden Experimenten gelang es ihm tatsächlich, die Unterseite der Insel abzusuchen.

Endlich wurde ihm klar, dass er sich grundlegend getäuscht hatte. Er richtete die Kameras auf die offene See, doch die Sicht reichte nur wenige Kilometer weit, zumal Sturm aufkam.

Zum ersten Mal in seinem Zweikampf mit dem Roboter fürchtete der Quellmeister sich wirklich. Bisher hatte er – von unmaßgeblichen Unterbrechungen abgesehen – immer gewusst, wo sein Gegner war. Nun hatte er ihn aus den Augen verloren.

Unwillkürlich fuhr er herum und blickte auf die Türen. Er hatte das Gefühl, dass sich eine von ihnen öffnen würde, um Laire hereinzulassen. Pankha-Skrin fiel es schwer, klar zu denken. Er fürchtete, in einer ausweglosen Falle zu sitzen.

Endlich verließ er den Raum und untersuchte, wohin der Computer ihn gebracht hatte. Er fand heraus, dass er sich auf einer relativ kleinen Insel befand, auf der fremdartige Wesen lebten. Wahrscheinlich stammten sie nicht von Terzowhiele, sondern waren gestrandete Raumfahrer. Von ihren Körpern und den Gliedmaßen war so gut wie nichts zu sehen, da sie diese in meterhohen Schneckenhäusern verbargen.

Davon, dass unter der Oberfläche der Insel auch noch etwas war, schienen sie nichts zu wissen.

Pankha-Skrin suchte die Räumlichkeiten im Innern der Insel systematisch ab, wobei er auf allerlei Geräte und Apparaturen stieß, für die er Verwendung zu haben glaubte. Er ließ alles liegen, bis er endlich eine torpedoförmige Maschine fand, die über ein Antigravtriebwerk verfügte. Sie war darüber hinaus mit Waffen ausgerüstet und stellte deshalb ein beachtliches Kampfmittel dar.

Der Quellmeister verstaute alles, was ihm wichtig erschien, in der Maschine. Er lenkte den Flugkörper durch Gänge und Hallen bis in die Randzonen der Insel. Als er keinen Ausgang fand, schoss er sich den Weg mit einem Desintegratorstrahler frei.

Er ließ die Maschine bis auf rund zehntausend Meter steigen. Nachdem er herausgefunden hatte, wo er sich befand und wo die Inseln lagen, bei denen er Laire aus den Augen verloren hatte, lenkte er die Maschine nach Westen.

Aber wo war Laire geblieben? Verbarg er sich zwischen den Trümmern, oder hatte er eine gut ausgerüstete andere Insel entdeckt?

Während Pankha-Skrin noch überlegte, näherte sich ein Shift den Inseln, landete und startete nach wenigen Minuten wieder. Der Flugpanzer nahm Kurs auf das offene Meer.

Der Quellmeister zögerte keine Sekunde. Er wusste, wie sehr sich Verna Theran bemüht hatte, Laire nicht aus den Augen zu lassen. Schon deshalb war er davon überzeugt, dass sie ihn zu dem einäugigen Roboter führen würde. Er folgte dem Shift in großer Höhe.

Bald sah er die von Riffen umgebene Insel. Der Shift landete dort. Pankha-Skrin flog über das Land hinweg und näherte sich etwa eine Stunde später wieder von der gegenüberliegenden Seite. Er flog so niedrig, dass die Gischt über seine Maschine hinwegspritzte. Als er landete, war er sicher, dass die Terranerin ihn nicht geortet hatte.

Pankha-Skrin setzte die Maschine zwischen hohen Ruinen ab. Er war müde und sehnte sich nach Schlaf. Inzwischen machte er sich Vorwürfe, weil er allzu schnell wieder aufgebrochen war, anstatt sich eine Ruhepause zu gönnen. Dafür aber war es nun zu spät, falls Laire tatsächlich auf dieser Insel war.

Der Quellmeister wurde sich dessen bewusst, dass er einen Fehler gemacht hatte, den ersten Fehler in seinem Kampf gegen den einäugigen Roboter.

7.

Laire schob seine Stummelfinger in den Spalt neben dem Schott und drängte die Pflanzen zurück. Er kniete nieder und spähte durch den Spalt, konnte aber nur erkennen, dass Licht hindurchschimmerte.

Er fuhr sich mit der Rechten über die Augenkappe, da er eine zunehmende Eintrübung feststellte. Die Sichtverhältnisse verbesserten sich nicht. Er veränderte die Brennweite seiner Optik bis in den Makrobereich hinein und stellte fest, dass eine trübe Masse die Sichtlöcher in der Stahlhaube über dem Auge verstopfte. Er versuchte, sie mit den Händen zu entfernen, doch das erwies sich als unmöglich. Zugleich erkannte er, dass die Verunreinigung von seinem Tauchmanöver stammte. Dabei hatten sich im Wasser schwebende Algen in den Löchern festgesetzt.

Vergeblich versuchte er, die Kappe abzureißen. Doch der Kleber trotzte allen Bemühungen. Laire beschloss, zunächst tiefer in die Station einzudringen und dann nach einer chemischen Lösung zu suchen, mit der er die Algenreste aus den Sichtlöchern entfernen konnte.

Da er keinen Öffnungsmechanismus fand, stieß er seine Finger in den Spalt des Schottes und brach es auf. Als es genügend weit zurückgeglitten war, zwängte er sich hindurch. Er schwebte hinab in eine Halle, die mehr als dreihundert Meter durchmaß und etwa einhundert Meter hoch war. Das Schott befand sich an ihrer höchsten Stelle.

Laire sah technische Anlagen, zwischen denen sich primitive Hütten befanden. Zwischen ihnen bewegten sich humanoide Gestalten. An den Wänden und an Masten, die bis an die Decke reichten, wucherten Rankenpflanzen. Sie waren von Früchten übersät.

Ein Schrei ertönte.

Die Wesen in der Tiefe blickten zu Laire herauf. Ängstlich verkrochen sich einige von ihnen in den Hütten, nachdem sie ihn gesehen hatten.

Laire ließ sich absinken. Er näherte sich einem gläsernen Behälter, der in der Mitte der Halle stand. In ihm lag ein Gürtel, von dem ein eigenartiges Licht ausging.

In diesen Sekunden verschwendete der Roboter keinen Gedanken mehr an den Quellmeister. Er landete neben dem Behälter. Die Menschen, die sich ihm scheu näherten, beachtete er nicht. Er sah auch nicht, dass sie auf die Knie sanken und demütig zu ihm aufblickten.

Er fuhr sich immer wieder mit den Händen über die Augenkappe, um die Algenreste aus den Bohrungen zu entfernen. Sie behinderten ihn so stark, dass er den Gürtel nicht deutlich genug erkennen konnte.

Verzweiflung kam in ihm auf. Wieder versuchte er, seine Stummelfinger unter die Kappe zu schieben und sie abzuhebeln, doch aus Furcht vor einem Überfall des Loowers hatte er sie so befestigt, dass sie auf diese Weise nicht zu entfernen war.

Schließlich gab er seine fruchtlosen Versuche auf und drehte sich um. Er neigte den Kopf etwas zur Seite, um besser sehen zu können. Forschend blickte er die Knienden an.

»Wer seid ihr?«, fragte er in der Sprache der Mächtigen.

Sie fuhren zusammen, als habe er sie mit einer Peitsche geschlagen. Einige warfen sich flach auf den Boden und verschränkten die Hände über dem Kopf.

Nur der älteste der Hallenbewohner richtete sich auf. Sein Bart war schlohweiß und reichte ihm bis an den Gürtel.

»Wir sind die letzten Sterblichen!«, sagte er.

Verna Theran blickte den alten Mann an, den der Große Gurxa zu ihr führte. Er hatte darauf bestanden, erst als Letzter aus den versinkenden Schiffen gerettet zu werden. Mittlerweile wusste sie, dass er der Konstrukteur der Schiffe war. Er hatte auch das Boot entworfen, mit dem der Große Gurxa und seine Männer die Insel Walgart angegriffen hatten.

Sie glaubte, dass er ihr für die Rettung danken wollte. Doch sie irrte sich.

»Du hast die Insel des Sterblichen gefunden«, eröffnete der Alte das Gespräch. »Du hast uns an die Stätte unserer Väter zurückgeführt.«

»Das freut mich«, erwiderte sie, ohne zu wissen, wovon er sprach. »Ich habe jedoch nicht mehr getan als meine Pflicht.«

»Du hast dir einen Platz in der Geschichte unseres Volkes erobert.«

Verwirrt blickte Verna sich um. Sie sah nur Trümmer und Ruinen, die von einer einst hochstehenden Zivilisation kündeten.

»Diese Insel spielt eine große Rolle in der Geschichte eures Volkes?«, fragte sie daher. »Wirst du mir nicht sagen, welche?«

»Deshalb bin ich gekommen. Du sollst erfahren, worüber wir sonst nicht sprechen.«

Der Große Gurxa wies zu einem Feuer hinüber, das seine Männer entzündet hatten. Verna begleitete ihn und den Alten dorthin und setzte sich auf einen Stein. Die Männer ließen sich rings um das Feuer nieder.

»Das Schicksal unseres Volkes entschied sich, als einst ein Gott seinen Fuß auf die Welt der Gerberonen setzte«, begann der Alte in singendem Tonfall.

»Ein Gott?«, fragte sie zweifelnd.

»Er war unsterblich.«

Verna Theran lächelte still in sich hinein. Sie erinnerte sich daran, dass es noch gar nicht so lange her war, dass der Greis von einem sterblichen Gott gesprochen hatte. Sie sagte sich, dass er in seiner Erregung und seiner innerlichen Bewegung selbst nicht recht wusste, was mit diesem vermeintlichen Gott gewesen war. Sie hörte von nun an nur noch mit höflichem Interesse zu, ohne dass die Worte des Alten sie wirklich erreichten. Sie dachte an Laire und an Pankha-Skrin, und sie fragte sich, wo beide jetzt sein mochten.

Als der Alte verstummte, schreckte sie auf. Er blickte sie erwartungsvoll an.

»Eine wundervolle und ergreifende Geschichte«, sagte sie freundlich, obwohl sie überhaupt nicht wusste, was er erzählt hatte.

»Nicht wahr?« Seine Augen leuchteten auf, doch dann überschattete sich sein Gesicht wieder. »Vielleicht war es ein Fehler, dass die Völker der Gerberonen daraufhin diese Welt verließen und in die Weite von Erranternohre hinausgezogen sind.«

»Erranternohre?«, fragte sie.

»So nennen wir unsere Galaxis«, antwortete Gurxa.

Schlagartig bedauerte Verna, nicht zugehört zu haben. Sie hätte etwas über diesen Planeten erfahren können und hatte die Chance nicht genutzt. Sie wusste, wie sehr sie Gurxa und den Alten enttäuscht hätte, wenn sie es zugegeben hätte, und sie nahm sich vor, ihn bei nächster Gelegenheit zu bitten, ihr die Geschichte noch einmal zu erzählen.

»Ihr habt eine neue Heimat gefunden«, sagte sie, um von ihrer Unsicherheit abzulenken. »Sie ist groß und bietet euch alles, was ihr benötigt. Hier könnt ihr ein neues Leben beginnen, und diesen Lebensraum macht euch niemand streitig.«

Laire war so erregt, dass er Pankha-Skrin völlig vergaß. Er eilte von dem gläsernen Schrein zu einer Säule, die mit bildlichen Darstellungen verziert war. Aus ihnen ging eindeutig hervor, dass irgendwann in ferner Vergangenheit ein Mächtiger auf Terzowhiele gewesen war.

Eines der Bilder zeigte die Ebene der Mächtigen, die nie jemand anders als nur die Mächtigen gesehen hatte.

Laire eilte weiter bis zu einer Wand, an der sich ein Relief aus einem exotischen Metall erhob. Es zeigte ihn – Laire!

Der einäugige Roboter fuhr herum. Er sah die Bewohner der Höhle wie durch einen milchigen Schleier. Erneut versuchte er, die Algenreste zu entfernen, aber es gelang ihm nicht.

»Ihr seid die Letzten der Sterblichen«, rief er mit hallender Stimme, in der sich seine Bewegung bemerkbar machte. »Erzählt mir, was geschehen ist. Erzählt es mir. Ich will es wissen.«

Der Alte, dem der Bart bis zum Gürtel reichte, kam in demütiger Haltung zu ihm. Offensichtlich erkannte er ihn nicht als Roboter, sondern sah ein fremdartiges Lebewesen in ihm.

Laire, der über zweieinhalb Meter groß war, überragte den Mann um fast einen Meter. Sein Körper war glatt und ließ nirgendwo eine Mechanik ahnen. Er besaß keine Gelenke, wie sie beispielsweise terranische Roboter hatten. Die inneren Geheimnisse wurden von einem selbsttragenden Außenskelett umhüllt, dessen Flexibilität er allen Erfordernissen anpassen konnte. Wenn Laire sich bewegte, bildeten sich in seinen Kniekehlen, an den Hüften und in den Armbeugen leichte Falten, die sich jedoch sofort wieder glätteten. Dadurch wirkte er ungemein lebendig.

Der Greis neigte den Kopf. »In ferner Vergangenheit ist ein Gott auf unsere Welt gekommen. Er hat das Volk der Gerberonen reich beschenkt. Er hat ihm die Gesetze gegeben, nach denen wir noch heute leben, und er hat ihnen Wissen verliehen.«

»Weiter«, drängte Laire, als der Alte schwieg. »Das war doch nicht alles.«

»Nein, das war nicht alles. Eines Tages begegnete das göttliche Wesen der Tochter des Wissenden Gussuran-Hogh. Es sah, wie das Licht der Sonne in ihrem Haar leuchtete, und seine Liebe zu Hogh-Fallanyar entbrannte.«

Laire stand wie aus Stein geschlagen vor dem Greis. Es schien, als hätten die Worte ihn so tief getroffen, dass er nun nicht mehr reden konnte.

»Der Funke der Liebe sprang auf Hogh-Fallanyar über«, fuhr der Greis mit schwankender Stimme fort. »Doch die Priester der Erwachenden Sonne warnten vor dieser Liebe. Therpozeran liebte Hogh-Fallanyar ebenfalls. Er wollte sie nicht an einen Gott verlieren und entführte sie. Er hoffte, dass der Gott die Welt wieder verlassen würde, doch das geschah nicht. Der Gott folgte ihnen, bis er sie gefunden hatte. Er eroberte Hogh-Fallanyar für sich zurück.«

Der Alte hob den Kopf und blickte Laire mit flammenden Augen an.

»Verstehst du?«, fragte er. »Die Priester empörten sich gegen die Verbindung, denn der Gott war unsterblich, Hogh-Fallanyar jedoch nicht. Diese Liebe musste im Unglück enden, so meinten nicht nur die Priester, sondern bald auch das ganze Volk der Gerberonen. Viele versuchten, Hogh-Fallanyar zu helfen. Sie bemühten sich, sie vor dem unvermeidlichen Unglück zu bewahren, da sie fürchteten, dass es zu einer Katastrophe für das ganze Volk werden könnte. Doch sie erreichten nichts. Hogh-Fallanyars Liebe vertiefte sich nur noch mehr.«

Wiederum schwieg der Alte für einige Sekunden. Die anderen Bewohner der Halle überwanden ihre Scheu. Sie erhoben sich und kamen näher. Sicherlich hatten sie diese Geschichte schon einige hundertmal gehört, dennoch wollten sie sich kein einziges Wort entgehen lassen. Sie drängten sich um den Alten. Neugierig betrachteten sie Laire, der nach wie vor bewegungslos vor dem Relief stand. Einige von ihnen erkannten, dass dieses Bild ihn zeigte. Erregt machten sie die anderen darauf aufmerksam.

»Da tat der fremde Gott etwas, womit niemand gerechnet hatte«, schloss der Erzähler seinen Bericht. »Er opferte seine Unsterblichkeit, um Hogh-Fallanyar gleich zu sein, und er alterte an ihrer Seite. Hin und wieder verschwand er, ohne dass je jemand herausgefunden hätte, wohin.«

Laire schien zu erschauern. Er wusste sehr wohl, wohin der sterblich gewordene Unsterbliche verschwunden war. Sein Ziel war die Ebene gewesen, der Treffpunkt der Unsterblichen.

»Eines Tages aber kehrte der sterbliche Gott nicht mehr zurück. Die Priester verkündeten, dass das Volk der Gerberonen in Ungnade gefallen sei. Sie sagten voraus, dass die Gerberonen von mächtigen Wesen schrecklich bestraft werden würden. Daraufhin brachen die Menschen dieser Welt auf. Sie verließen sie und suchten ihr Heil auf anderen Planeten der Galaxis Erranternohre. Niemand hat je wieder von ihnen gehört. Nur ein Volksstamm der Gerberonen blieb hier auf der Insel zurück, auf der der sterbliche Gott zuletzt gelebt hat. Wir sind die Letzten dieses Stammes. Wir haben versucht, das göttliche Vermächtnis zu bewahren.«

»Wer war dieser Gott?«, fragte Laire, obwohl er wusste, dass jener, den er meinte, keineswegs ein Gott gewesen war.

»Er nannte sich Partoc«, antwortete der Alte.

Laire drehte sich um. Er blickte das Metallbild an und schwieg.

Die Expedition nach Terzowhiele hatte eine überraschende, geradezu erregende Wende genommen. Er hatte eine Spur Partocs gefunden. Eine Tatsache, die er eigentlich hätte vorausberechnen können. Partocs Burg lag in der Nähe. Daher war es nur logisch, dass der Mächtige sich auf diesem Planeten umgesehen hatte.

Rhodan hatte einen geeigneten Platz gesucht, an dem er ihn und den Quellmeister kämpfen lassen konnte. Das war Laire längst klar geworden, und das hatte er akzeptiert. Naheliegend war allerdings auch, dass Rhodan auf diesen Planeten verfallen war.

Die Achtung Laires vor Rhodan stieg. Hatte Rhodan eine derartige Entdeckung vorausgesehen? Laire schloss es nicht aus.

Die Sehnsucht nach der anderen Ebene, die er nur mithilfe seines fehlenden linken Auges erreichen konnte, wurde erneut in ihm wach. Sie erinnerte ihn zugleich an die Bedrohung durch Pankha-Skrin. Er wusste, dass er die andere Ebene jenseits der Materiequelle niemals erreichen würde, wenn der Quellmeister ihm auch das rechte Auge entwendete.

Seine Entscheidungen und seine Aktionen wurden von einer sehnsuchtsdurchdrungenen Ur-Programm-Verantwortung bestimmt. Laire war nicht von Gefühlen erfüllt, wie sie ein Mensch empfinden würde. Seine robotischen Gefühle, so menschlich sie auch erschienen, waren programmierungsbedingt.

»Was wird jetzt geschehen?«, fragte der Greis.

Laire erwachte wie aus einem Traum. »Ich verstehe dich nicht«, entgegnete er.

»Wir sind die Nachkommen jener, die sich an dem Gott Partoc versündigt haben«, erklärte der Terzowhieler. »Die Volksstämme der Gerberonen haben diese Welt verlassen, um sich in anderen Teilen der Galaxis anzusiedeln. Das war die Sühne für ihre Tat. Wir aber sind hiergeblieben, um das Vermächtnis des göttlichen Partoc zu bewachen. Was wird aus uns werden?«

Laire erkannte, was der Greis meinte. Der Roboter wusste, dass der Alte im Grunde genommen über Dinge sprach, die er selbst nicht verstand. Der Besuch Partocs auf Terzowhiele und der Verzicht auf seine Unsterblichkeit lagen weit mehr als eine Million Jahre zurück. Unter diesen Umständen war überraschend, dass auf Terzowhiele überhaupt noch jemand von Partoc und seiner Liebe zu der sterblichen Hogh-Fallanyar wusste. Was geschehen war, musste den heute lebenden Gerberonen unwirklich und bizarr erscheinen, als seien Partoc und seine Geliebte Figuren aus einem Traum.

Aus dieser irrealen Welt aber war jemand erschienen, der auf den Bildern in der Halle dargestellt war.

»Du bist der Götterbote«, fuhr der Alte fort und bestätigte Laires Erkenntnisse damit. »Bist du gekommen, um uns zu bestrafen?«

»Keineswegs. Ich bin hier, um euch wieder ans Licht zu führen. Verlasst diese Halle. Geht nach oben unter die Sonne und lasst euch von ihren Strahlen wärmen. Die Zeit des Leidens und der Buße ist vorbei. Partoc hat euch längst verziehen.«

Laire hatte eine Entscheidung gefällt. Er hätte den Gerberonen auch sagen können, dass ihnen Partoc niemals gezürnt hatte und dass der Exodus daher unnötig gewesen war. Damit aber hätte er ein Trauma durch ein anderes ersetzt und eine weitere Leidenszeit eingeleitet. Das wollte er nicht. Er wollte den Gerberonen die verlorene Freiheit zurückgeben.

Die Mienen der Terzowhieler entspannten sich.

Der Greis lächelte dankbar. Er sank auf die Knie.

»Wir danken dir«, sagte er und blickte zu dem Schott am höchsten Punkt der Halle hinauf. »Wir werden alles tun, was in unserer Macht liegt, den Weg nach oben zu öffnen.«

Laire blickte ebenfalls nach oben. Er verstand. Der Greis und die anderen hätten die Halle längst verlassen, wenn es ihnen nur möglich gewesen wäre.

Pankha-Skrin erkannte, dass es der nächste Fehler gewesen wäre, länger auf der Oberfläche der Rieseninsel zu bleiben. Er schaltete die Aggregate seiner Maschine wieder ein und richtete die Bugstrahler nach unten.

Grüne Desintegratorstrahlen fraßen sich durch die Stahlplatten der Insel, bis ein Loch entstand, das groß genug war. Der Quellmeister ließ den Flugapparat durch die Öffnung sinken, während die Materie vernichtenden Strahlen weiterarbeiteten. Etwa zehn Meter weit bohrte der Loower sich mit der Maschine durch ein Gewirr aus Platten und Verstrebungen. Dann geriet er in einen weiten Hohlraum. Etwa fünfzig Meter von ihm entfernt befand sich ein riesiges Gebilde, das sich wie ein Tank aus der Tiefe erhob.

Pankha-Skrin vermutete, dass sich in dem Tank technische Anlagen befanden. Er lenkte die Maschine hin und hatte etwa zwei Meter Stahl zu durchdringen. Die äußeren Schichten waren längst so brüchig geworden, dass er sie auch mit einfacheren Hilfsmitteln hätte aufbrechen können. Lediglich im inneren Bereich benötigte er den Desintegrator.

Die Flugmaschine glitt in eine Anlage, die Pankha-Skrin sofort als Zentrale erkannte. Er landete neben Schaltelementen, blickte zurück und stellte fest, dass er bei seinem gewaltsamen Einflug einen Computer zerstört hatte.

Der Loower stieg aus und untersuchte die Anlage. Bald fand er heraus, dass er von hier aus die gesamte Insel überwachen konnte. Verna Theran und die Steppenbewohner entdeckte er schon nach wenigen Minuten. Er hielt sich jedoch nicht lange mit ihnen auf, weil er sich durch sie keineswegs bedroht fühlte.

Nach einer Weile legte er eine Pause ein. Er setzte sich in einen Sessel und versank für Minuten in tiefen Schlaf. Ein schrilles Signal weckte ihn. Und das Quellhäuschen pulsierte heftig.

Vergeblich versuchte Pankha-Skrin herauszufinden, was geschehen war. Er hatte Mühe, sich zu konzentrieren, doch dann fiel ihm eine Monitorwand auf. Er sah dort Symbole, deren Sinn er zu verstehen glaubte, den er aber dennoch nicht voll erfasste. Erst nach Minuten erkannte er, was er entdeckt hatte.

Er hatte eine Sicherheitsschaltung gefunden, die ihn zum unbezwingbaren Herrn der Insel machte – wenn es ihm gelang, sie völlig zu enträtseln und in seinem Sinn einzusetzen.

Pankha-Skrin stürzte sich in die Arbeit. Allmählich tastete er sich an das für ihn geradezu ungeheuerliche Ergebnis heran. Es beinhaltete, dass alle auf der Insel erscheinenden Fremden erfasst und überwacht wurden. Diese Tatsache wäre noch nicht erregend genug für ihn gewesen, hätte er nicht aufgrund weiterer Berechnungen herausgefunden, dass die Überwachung nur dann ansprach, wenn die Fremden nichtorganische Impulse ausstrahlten.

Der Quellmeister war überzeugt davon, dass die Planetenbewohner einst mit Roboterangriffen gerechnet und ihr Abwehrsystem entsprechend ausgelegt hatten. Dabei war unbedeutend für ihn, aus welchen Gründen sie sich vor Robotern gefürchtet hatten. Entscheidend war, dass sie es getan hatten.

Damit hatte Pankha-Skrin eine Waffe in Händen, die ihn, wie er meinte, Laire weit überlegen machte.

Wenn die Instrumente nichts anzeigten, dann bedeutete das, dass Laire sich nicht auf der Insel aufhielt. Es kam daher nur darauf an, ihn hierher zu locken. Der Roboter würde in das Abwehrsystem der Insel laufen und automatisch vernichtet werden.

Pankha-Skrin gab seiner Müdigkeit abermals für einige Minuten nach. Dann weckte ihn das Quellhäuschen mit pochenden Impulsen.

Wieder brauchte der Loower geraume Zeit, bis er sich ausreichend konzentrieren konnte. Irgendwo hatte er einen Fehler in seinen Berechnungen. Er wusste es, aber er wusste nicht, wo.

Fast eine Stunde verging, während sich der Quellmeister das Hirn zermarterte. Dann endlich dämmerte ihm, was er übersehen hatte. Er fuhr mit einem Schrei auf.

Der Fehler war so schwerwiegend und wäre so leicht zu beheben gewesen, dass er ihn sofort hätte bemerken müssen. Weil er jedoch erschöpft und übermüdet war, hatte er übersehen, dass er die Beobachtungs- und Ortungsanlagen gar nicht auf Fremde mit nichtorganischen Impulsen eingestellt hatte. Die Anlagen arbeiteten zwar, reagierten jedoch nicht auf die Beobachtungsergebnisse.

Überhastet revidierte Pankha-Skrin die Schaltungen. Damit beging er einen Fehler, der ihm unter normalen Umständen niemals unterlaufen wäre. Selbst das Quellhäuschen reagierte nicht mehr darauf.

Pankha-Skrin hatte Laire zu einem Vorteil verholfen, den er aus eigener Kraft nicht mehr wettmachen konnte. Er glaubte, dem Roboter eine absolut tödliche Falle gestellt zu haben. Tatsächlich aber hatte er eine Selbstvernichtungsanlage in Betrieb gesetzt.

»Ich führe euch an das Licht zurück«, versprach Laire. »Ich werde euch nach oben tragen.«

Er beschrieb den Gerberonen, wie er sich den Transport der Eingeschlossenen nach oben vorstellte. Sie eilten davon und kehrten wenig später mit einer gut fünf Meter großen Platte zurück, die mit stählernen Tragseilen versehen war.

Laire hatte indessen das Schott in der Höhe beseitigt. Er landete auf der Platte und ergriff die Drahtseile. Die erste Gruppe der Gerberonen scharte sich um ihn. Laire schaltete sein Fluggerät ein und trug die Platte nach oben. Er stieg langsam und gleichmäßig auf.

Minuten später kehrte er mit der Platte zurück und holte die nächsten Gerberonen. Nach geraumer Zeit hatte er alle evakuiert.

Laire suchte die Halle danach noch einmal auf. Er wollte die technischen Anlagen für sich nutzen und Pankha-Skrin mit ihrer Hilfe den längst überfälligen Schlag versetzen.

Allein lief er durch die verlassenen Räume. Die Anlagen waren von den Gerberonen im Lauf der Zeit verändert und ausgebaut worden. Vieles war nicht mehr vorhanden, was für ein perfektes Funktionieren der Abwehr- und Überwachungseinrichtungen notwendig war.

Doch Laire ging davon aus, dass die Urgerberonen das Innere der Insel so angelegt hatten, dass die wirklich wichtige Maschinerie eine Chance hatte, die Zeiten unbeschadet zu überstehen. Er setzte seine verschiedenen Wahrnehmungssysteme ein, und schon bald stieß er auf einen Stahlkoloss, der eine entfernte Ähnlichkeit mit Partoc hatte. Noch war zu erkennen, dass diese Statue in der Vergangenheit durch zahlreiche Maßnahmen abgesichert gewesen war. Vertiefungen im Boden um das Bildnis herum deuteten darauf hin. Teile des Kolosses waren entfernt worden, sodass das ursprüngliche Bild nur von einem Geschöpf wie Laire noch zu erkennen war.

Er räumte und sprengte die Reste des Kolosses hinweg und legte dabei ein gesichertes Schott frei, das einen Abgang versperrte. Innerhalb weniger Minuten löste er die komplizierte Aufgabe, mit der das Schloss entriegelt wurde. Das Schott glitt zur Seite und gab den Zugang zu einer überaus umfangreichen Schalt- und Rechenzentrale frei.

Laire begann damit, sie zu untersuchen. Aber er versäumte, die Kappe über seinem Auge endlich zu entfernen oder zumindest die Bohrlöcher so zu säubern, dass er besser sehen konnte. Er erkannte nur schemenhaft, was in der Halle vorhanden war, errechnete aber, dass sein Wahrnehmungsvermögen dennoch ausreichte.

In der Halle befanden sich Tausende von Holoschirmen. Laire konnte jeden Winkel der Insel einsehen. Über neunzig Prozent der Anlagen funktionierten noch, obwohl sie vor mehr als einer Million Jahren errichtet worden waren. Das erschien nur deshalb möglich, weil über Jahrhunderttausende hinweg ein Heer von Wartungs- und Reparaturrobotern tätig gewesen war. Irgendwann in der Vergangenheit mussten diese Roboter ihre Arbeit jedoch eingestellt haben. Laire entdeckte jedenfalls keinen einzigen von ihnen.

Allerdings spürte er Verna Theran und die Wüstenbewohner auf. Er sah, dass sie Kundschafter ausgeschickt hatten, von denen einige in sichtlicher Erregung zur Hauptgruppe zurückkehrten. Laire brauchte ihren Bericht nicht zu hören. Er wusste auch so, dass sie die evakuierten Gerberonen entdeckt hatten.

Ein bewaffneter Konflikt zwischen den beiden Gruppen bahnte sich an. Doch das interessierte Laire nicht. Er durchforschte die inneren Anlagen der Insel, von denen die Nachfahren der Gerberonen nur etwa zwanzig Prozent bewohnt hatten«

In riesigen Hallen unterhalb der Inselplattform lagerten nukleare Waffen, die ausreichten, den Planeten zu spalten. Auch anderes Material für begrenzte kriegerische Auseinandersetzungen war vorhanden. Die Waffen deuteten darauf hin, dass einst erhebliche Spannungen zwischen den Völkerschaften auf Terzowhiele bestanden hatten.

Laire errechnete, dass er in der Lage war, einen Planeten umspannenden Krieg zu führen und dabei alles aus dem Felde zu schlagen, was Pankha-Skrin aufbieten konnte. Als er seine Forschungen fortsetzte, erschien das Bild des Loowers auf einem der Schirme.

Das Bild war undeutlich. Daher drehte Laire den Kopf nach einiger Zeit hin und her, bis er genügend sehen konnte. Gleichzeitig verstellte er das Bild. Seine Stummelfinger glitten über die Tasten verschiedener Kontrollinstrumente. Auf immer mehr Schirmen erschien das Bild des Quellmeisters. Was er tat und er in den letzten Stunden getan hatte, wurde verzeichnet. Alle Individualdaten wurden eingeblendet.

Immer wieder fuhr sich Laire mit den Händen über die Augenschale, obwohl er längst eingesehen hatte, dass er die Algenreste auf diese Weise nicht aus den Sichtlöchern entfernen konnte. Er drehte und wendete seinen Kopf, weil es ihm immer schwerer fiel, alle Daten richtig zu erkennen.

Bei der Untersuchung der Überwachungs- und Abwehranlagen kam er zu der Überzeugung, dass alle Fremden, die die Insel erreichten, erfasst und registriert wurden. Doch unmittelbar darauf korrigierte er sich. Er stellte fest, dass Pankha-Skrin, die Gerberonen und jene Fremden verzeichnet worden waren, die mit Verna Theran gekommen waren. Von sich selbst sah er jedoch nichts.

Daraus schloss er fälschlicherweise, dass nur die organisch lebenden Fremden die entscheidenden Impulse bei der Beobachtungspositronik auslösten.

Laires Irrtum war auf sein mangelndes Sehvermögen zurückzuführen. Ohne die verschmutzte Augenkappe wäre ihm ein solcher Fehler niemals unterlaufen.

Er programmierte eine Schutzschaltung, die verhinderte, dass Verna Theran und die Aussiedler von den Abwehreinrichtungen der Insel angegriffen wurden. Die gesamte Kampfkapazität sollte sich auf Pankha-Skrin richten.

Nachdem Laire alle Vorbereitungen abgeschlossen hatte, setzte er die Vernichtungsanlagen der Insel in Gang.

In der nächsten Sekunde erkannte er bereits, dass er einige der fremdartigen Symbole falsch entschlüsselt hatte. Für die Urgerberonen war die höchste Alarmstufe nicht gegeben, wenn ein Roboter auf die Insel kam. Ebenso wenig dann, wenn ein organisch lebendes Wesen erschien, sondern einzig, wenn beide gleichzeitig auftraten.

Laire hörte etwas klicken. Er fuhr herum. Gleichzeitig schaltete er die Hochleistungsschutzschirme ein.

Aus der Kuppel der Halle fuhr ein Energiestrahl auf ihn herab und schlug in den Schutzschirm ein. Ein Teil der Energie durchschlug den Schirm sogar.

Laire registrierte die ansteigende Temperatur. Er schaltete sein Fluggerät ein und flüchtete, doch der Energiestrahl folgte ihm. Erst als er hinter einer säulenförmigen Rechenanlage Deckung fand, erlosch der Strahl.

Laire war fast blind.

Die Hitze hatte die Algenreste in den Löchern der Maske teilweise verbrannt und in eine schwärzliche Masse verwandelt, die kaum mehr Licht durchließ. Er tastete sich voran, um die Vernichtungsschaltung rückgängig zu machen. Doch über den Schalttafeln spannten sich Prallfelder, die jeglichen Eingriff in die Programmierung unmöglich machten.

Schwere Explosionen erschütterten die Insel.

Verna Theran zuckte zusammen, als in ihrer Nähe etwas explodierte. Sie wurde von einer Druckwelle zu Boden geschleudert. Schreiend stürzten die Männer und Frauen in ihrer Nähe durcheinander.

Die Robotologin sah eine Stichflamme am Rand der Insel in die Höhe schießen. Sie richtete sich auf.

Der Große Gurxa ergriff ihre Hand. »Die Insel des sterblichen Gottes wehrt sich«, rief er entsetzt. »Wir sind nicht willkommen.«

Verna sah, dass weit von ihr entfernt weitere Explosionen erfolgten. Wuchtige Trümmerstücke wirbelten in die Luft. Stahlträger von gigantischen Ausmaßen stiegen gespenstisch langsam in die Höhe und kippten zur See hin weg. Überall brach die Insel auf.

»Das hat nichts mit dem sterblichen Gott zu tun.« Verna zog Gurxa hoch. »Wir sind dummerweise in den Zweikampf zwischen Laire und dem Quellmeister geraten.«

Der Krieger blickte sie an. Er verstand nicht, wovon sie sprach.

»Es tut mir leid«, fuhr sie fort. »Ihr müsst die Insel wieder verlassen. Sie wird bald untergehen.«

Der Boden bebte und schwankte. Verna war überzeugt davon, dass sie die Wahrheit gesagt hatte. Der Kampf zwischen dem Roboter und Pankha-Skrin war in voller Schärfe entbrannt und würde erst enden, wenn die Insel nicht mehr bestand oder einer von beiden tot war.

Sie lief zum Shift. Dabei spürte sie, dass sich dieser Teil der Insel absenkte. Aber noch schien genügend Zeit für eine Evakuierung zu sein.

Als die Robotologin die Zentrale des Shifts erreichte, sah sie eine Gruppe von etwa zwanzig Humanoiden zwischen den Trümmern hervorkommen. Sie erkannte, dass die Insel gar nicht unbewohnt gewesen war und dass Gurxas Leute mit den Fremden früher oder später in einen gefährlichen Konflikt geraten wären.

Das erfasste auch der Große Gurxa. Er griff zur Waffe. Seine Krieger scharten sich um ihn, doch die Fremden, die sich ihnen näherten, dachten gar nicht daran, mit ihnen zu kämpfen. Sie flüchteten vor dem Inferno und waren offensichtlich froh, jemanden zu treffen, mit dem sie gemeinsame Rettungsanstrengungen unternehmen konnten.

Als Verna sah, dass Gurxa und die anderen sich auch ohne sie verständigten, schaltete sie das Funkgerät des Shifts ein und rief die BASIS. Sekunden später zeichnete sich Perry Rhodans Gesicht in der Projektion ab.

Verna schilderte die Situation. »Es geht also nicht um mich, Laire oder Pankha-Skrin«, schloss sie. »Mehr als zweihundert Menschen werden mit der Insel untergehen, wenn Sie nicht helfen.«

Rhodan wandte sich zur Seite und erteilte einen Befehl. Die Robotologin hörte, dass er einen Leichten Kreuzer auf den Weg schickte. Dann wandte er sich wieder ihr zu.

»Die Leute sollen beim Shift bleiben. Senden Sie ein Peilsignal, damit wir keine Zeit mit der Suche verlieren. Wir werden ein geeignetes Stück Land oder eine Insel für die Einheimischen finden und sie dort ansiedeln. Sagen Sie ihnen das.«

»Sofort«, erwiderte Verna und wollte aufstehen.

»Einen Moment noch«, bat Rhodan. »Ich möchte, dass Sie sich um Laire und Pankha-Skrin kümmern, soweit das möglich ist. Sehen Sie sich nach den beiden um. Greifen Sie jedoch nicht ein, wenn es nicht unbedingt notwendig ist.«

»Ich habe verstanden.«

»Machen Sie es gut.« Rhodan schaltete ab.

Verna Theran schaltete auf die Außenlautsprecher.

»Kommt zu mir!«, rief sie Gurxa, seinen Leuten und den anderen zu, die neu hinzugekommen waren. »Bald wird eine Kugel vom Himmel herabsinken. Das Raumschiff wird euch aufnehmen und zu einer anderen Insel oder zu einem Land fliegen, das euch gehören wird. Habt keine Angst und lauft nicht weg. Wir wollen euch helfen.«

Sie schaltete ab und verließ den Shift, nachdem sie sich einen flugfähigen Kampfanzug angezogen hatte, der auch über einen Schutzschirmprojektor verfügte.

Der Große Gurxa wartete an der Schleuse auf sie. Beruhigend sprach sie auf ihn ein, doch seine Angst war übermächtig. Er und sein Stamm scharten sich um den Shift. Auch die Gerberonen verharrten bei der Maschine, von der sie sich Hilfe erhofften, während überall auf der Insel Maschinen und verborgene Sprengladungen explodierten. Eine dichte schwarze Rauchwolke breitete sich über dem Land aus.

Verna hätte die Aussiedler verlassen, wenn sie etwas ruhiger gewesen wären. So aber blieb ihr keine andere Wahl, als bei ihnen auszuharren, bis der Leichte Kreuzer kam.

Laire schaltete sein Fluggerät ein und raste quer durch die Halle.

Der Energiestrahler nahm ihn unter Feuer. Er wirbelte durch die Halle, konnte seinen Flug aber dennoch korrigieren. Augenblicke später raste er einen Gang entlang.

Zu spät erkannte er ein geschlossenes Schott und prallte mit hoher Geschwindigkeit dagegen. Wieder fuhr er sich mit den Händen über die Augenschale. Er schaffte es wieder nicht, sie abzubrechen.

Immerhin gelang es ihm, das Schott zu öffnen. Dahinter lag ein Antigravschacht, der jedoch abgeschaltet war. Doch das spielte für Laire keine Rolle.

Während er in dem Schacht aufstieg, platzten die Wände auf. Glutflüssiges Material quoll aus den Rissen hervor.

Das Schachtende war ebenfalls verschlossen. Laire benötigte mehrere Minuten, um auch dieses Schott zu öffnen. Er glitt ins Freie. In unmittelbarer Nähe sank die Ruine eines Hochhauses in sich zusammen.

Laire flog mit Höchstgeschwindigkeit nach Norden. Er wusste, wo sich Pankha-Skrin aufhielt. Obwohl er so gut wie blind war, gab er den Kampf nicht auf. Gerade in diesem Inferno rechnete er sich die besten Chancen aus, da Pankha-Skrin ebenfalls gehandicapt sein würde.

Kurz bevor der einäugige Roboter sein Ziel erreichte, überflog er ein verfallenes Fabrikgelände. In den teilweise eingestürzten Hallen lagerte allerlei Material.

Laire ließ sich in eine der Hallen absinken und untersuchte die Maschinen, Halbfertigwaren und Container. Dabei entdeckte er eine Reihe von Behältern mit chemischen Flüssigkeiten. Er brach einige von ihnen auf und tauchte seinen Kopf vorsichtig mit der Augenschale hinein. Er hoffte, dass sich die Algenreste auflösen würden. Als er mehr als dreißig Dosen geöffnet und nach einem Lösungsmittel gesucht hatte, war er völlig blind. Die Löcher in der Maske hatten sich geschlossen.

Laire war kampfunfähig. Jetzt musste er das Duell mit Pankha-Skrin abbrechen, da er keine Gewinnchance mehr hatte. Er griff mit beiden Händen nach der Schale und zerrte daran. Plötzlich löste sie sich ab.

Der Roboter schleuderte die Schale von sich. Er war bereit, auch ohne diesen Schutz den letzten Kampf mit dem Quellmeister auszutragen.

Er rannte weiter, schwebte über größere Hindernisse hinweg und stürzte sich in einen schräg abwärts führenden Schacht. Flammen schlugen ihm entgegen, aber sie schreckten ihn nicht. Er hüllte sich in abschirmende Energiefelder.

Laire war entschlossen, das Duell mit Pankha-Skrin so schnell wie möglich zu beenden. Der Quellmeister musste sterben.

Pankha-Skrin geriet vorübergehend in Panik, als er erkannte, was er mit der Fehlschaltung angerichtet hatte. Explosionen erschütterten die Insel. Er sah, dass hoch über ihm ein Energiestrahler aus einer Öffnung fuhr, und flüchtete in einen Nebenraum.

Auch Pankha-Skrin versuchte, die Schaltungen rückgängig zu machen. Auch er scheiterte. Der Untergang der Insel war nicht mehr zu verhindern.

Auf einem Monitorschirm hatte er Laire gesehen. Natürlich wusste auch der Roboter, wo sich sein Gegner befand. Daher gab es für den Quellmeister nur noch eine Möglichkeit, die Insel zu verlassen: Er musste sich zu Verna Theran und dem Shift durchschlagen.

Pankha-Skrin wandte sich um und wollte zu einem Antigravschacht fliehen. Doch er kam nur drei Schritte weit, dann blieb er stehen, als sei er gegen eine Wand gelaufen.

Aus dem Schacht schwebte Laire herab. Ein flimmernder Schutzschirm umgab ihn. Sein rechtes Auge leuchtete und funkelte wie ein kostbarer Diamant.

Der Quellmeister wich zurück. Jetzt konnte ihn nichts mehr retten. Hinter ihm stand alles in Flammen. Der Boden der Anlage brach auf. Ihm blieb nur noch ein tödlicher Sturz in die Tiefe oder ein nicht minder grauenvolles Ende in den Klauen des Roboters.

Pankha-Skrin hielt wieder inne, als die Hitze in seinem Rücken unerträglich wurde. Verzweifelt blickte er sich um. Er sah keinen Ausweg. Das Quellhäuschen pulsierte schmerzhaft heftig. Es signalisierte das Ende.

Pankha-Skrin wollte Laire zurufen, dass er überhaupt nicht an seinem rechten Auge interessiert war, aber seine Stimme versagte. Er wusste ohnehin, dass es sinnlos war, dem Roboter jetzt noch solche Beteuerungen zu machen. Wenn Laire ihm bisher nicht geglaubt hatte, würde er das nun ebenso wenig tun.

Die Druckwelle einer Explosion schleuderte den Quellmeister nach vorn. Er stürzte keine drei Meter vor Laire auf den Boden. Der Roboter brauchte sich nur nach vorn zu beugen, die Hände auszustrecken und den Loower zu packen.

Laire tat es nicht. Das Flimmern seines Energieschirms erlosch. Der Roboter neigte sich nach vorn und verharrte in dieser Stellung.

Pankha-Skrin blickte zu ihm auf. Seine Müdigkeit war wie weggewischt. Er erwartete, dass Laire ihn töten würde.

Fast eine Minute verstrich, ohne dass etwas geschah. Dann fiel dem Quellmeister endlich auf, dass ein feiner Lichtstrahl aus der Decke kam. Das Licht schien den Kopf und den Rumpf Laires zu durchbohren und ihn zu fixieren.

»Was ist mit dir los?«, entfuhr es Pankha-Skrin.

Laire antwortete, doch was er sagte, war unverständlich. Es klang, als würde eine Speicherwiedergabe viel zu langsam abgespielt.

Pankha-Skrin richtete sich auf. Er wich vor Laire zurück. Und dann begriff er.

Der Roboter war in eine der Fallen gelaufen. Sie befand sich logischerweise vor dem Eingang zur Haupthalle der Verteidigungs- und

Vernichtungsanlagen. Hier wurde er von einem Energiestrahl gefesselt, der ihm nahezu alle Energien entzog.

Laire war nicht mehr in der Lage, seine Schutzschirme aufrechtzuerhalten, er konnte sein Fluggerät nicht mehr mit ausreichend Energie speisen. Er war nicht fähig weiterzugehen. Er konnte noch nicht einmal mehr richtig sprechen. Sogar das Glimmen in seiner leeren Augenhöhle war erloschen, obgleich dort sicherlich am wenigsten Energie verbraucht wurde.

Laire war geschlagen.

Pankha-Skrin richtete sich zu seiner vollen Höhe auf. »Ich brauchte dich jetzt nur hierzulassen, um dich für alle Zeiten zu erledigen. In wenigen Minuten bricht alles auseinander, und damit wird auch für dich alles vorbei sein.«

Laire antwortete mit scharrenden Geräuschen. Sie bewiesen immerhin, dass er den Quellmeister verstanden hatte.

»Und ich werde dich hierlassen«, fuhr der Loower fort. »Das ist die einzige Lösung unseres Problems. Denn du wirst mir nie glauben, dass ich an diesem Auge nicht interessiert bin.« Er zeigte mit einem Tentakel auf das rechte Auge des Roboters.

»Ich will nur das andere, mit dem ich die Materiequelle durchdringen kann. Mit seiner Hilfe werde ich zu dem gefährlichsten Feind vorstoßen, den es für das Volk der Loower gibt. Daran wird mich niemand hindern. Du schon gar nicht, denn für dich ist alles zu Ende.«

Pankha-Skrin ging an dem regungslosen Roboter vorbei zum Antigravschacht. Glühende Hitze schlug ihm entgegen. Dennoch betrat er den Schacht. Aber kein gerichtetes Zugfeld erfasste ihn und trug ihn nach oben.

Verzweifelt blickte Pankha-Skrin sich um.

Ein Gang schien noch frei zu sein. Er eilte an Laire vorbei, doch als er in den Korridor eindringen wollte, brach der Boden auf, und Flammen schlugen ihm entgegen.

Der Quellmeister flüchtete zu Laire zurück. Er sah nicht, dass hinter ihm Verna Theran im Antigravschacht herabschwebte. Die Robotologin überblickte die Situation und zog sich in einen brennenden Seitengang zurück. Die Flammen griffen nach ihr, doch die Hitze erreichte sie wegen des aktivierten Schutzschirms nicht. Unbemerkt von Laire und Pankha-Skrin, beobachtete sie beide.

Der Quellmeister stand vor dem Roboter und blickte ihm ins Auge. »Es ist grotesk, aber es ist eine Tatsache, dass du ohne mich verloren bist, während ich ohne deine Hilfe nicht mehr aus dieser Falle herauskomme.«

Er zögerte, doch dann sprang er den Roboter an und stürzte ihn um.

Damit befreite er Laire aus dem Energie zehrenden Lichtstrahl. Einige Sekunden lang lag Laire regungslos, bevor er sich aufrichtete und zum Antigravschacht eilte. Pankha-Skrin blickte ihm bestürzt nach.

Im Schacht drehte sich der Roboter um und schaute den Quellmeister an.

»Du bist mir jetzt weit überlegen«, sagte der Loower. »Du könntest nach oben fliegen und mich hier unten lassen. Das wäre für mich ein Todesurteil.«

»Das werde ich nicht tun.« Laire kam zurück. »Ich weiß endlich, dass du mein rechtes Auge nicht willst. Dennoch gefällt mir nicht, dass du das andere suchst. Wir werden schon aus diesem Grund Feinde bleiben.«

»Um das linke Auge werden wir kämpfen«, erwiderte Pankha-Skrin stolz. »Ich werde es dir nicht freiwillig überlassen.«

»Es ist mein Auge.«

»Es war dein Auge vor unendlich langer Zeit. Für mich gelten deine Eigentumsansprüche nicht mehr. Ich brauche dieses Auge, weil ich nur mit seiner Hilfe zu meinen Feinden vordringen kann, und ich werde niemals darauf verzichten.«

Der Quellmeister trat näher an Laire heran; weil er die Hitze in seinem Rücken nicht mehr ertrug.

»Wir werden sehen, was wird«, sagte der Roboter und legte einen Arm um den Loower. Dann baute er seine Schutzschirme auf und schwebte mit Pankha-Skrin zum Antigravschacht.

Verna Theran folgte den beiden wenig später. Sie sah, dass sie hoch über ihr den Schacht verließen.

Als sie an die Oberfläche kam, stürzte die gesamte Anlage zusammen. Laire und der Quellmeister näherten sich da schon dem Leichten Kreuzer, der etwa zehn Kilometer weiter auf einem noch nicht verwüsteten Teil der Insel stand.

Unerwartet materialisierte Gucky vor der Robotologin.

»Hallo, Verna«, sagte er schrill und zeigte ihr fröhlich seinen Nagezahn. »Hast du dich in der Hölle braten lassen?«

»So schlimm war's nicht. Hast du schon gesehen, dass Laire und Pankha-Skrin sich geeinigt haben?«

»Ich bin schon eine ganze Weile hier«, sagte der Ilt. »Wenn einer von beiden allein nach oben gekommen wäre, hätte ich den anderen geholt.«

Er streckte Verna die Hand entgegen. »Wenn du willst, bringe ich dich in den Leichten Kreuzer. Es wäre ganz gut, wenn du schon dort bist, bevor Laire und Pankha-Skrin eintreffen. Sollen sie ruhig glauben, dass sich niemand um sie gekümmert hat.«

Sie ergriff Guckys Hand, und er teleportierte mit ihr in das Raumschiff.

8.

Im Augenblick der Explosion machte sich Scallurs jahrelanges Instinkttraining bezahlt. Noch bevor sich das Echo des Donners an den Wänden brach, lag Scallur bäuchlings auf dem Boden, den Kopf tief zwischen die schmalen Schultern gezogen und die Hände über dem Nacken verschränkt. Die Druckwelle fegte über ihn hinweg, ließ ihn vorübergehend taub werden und presste den angehaltenen Atem aus seinen Lungen. Blut schoss aus seiner Nase, seine Augen verschleierten sich.

Das war verdammt nah!, dachte er unwillig.

Die Taubheit ließ schnell wieder nach, und er hörte das Grummeln des Explosionsechos tief aus der Burg. Er hob den Kopf. Die Gläser, die auf dem Tisch gestanden hatten, waren herabgestürzt oder zersprungen.

Dieser verdammte Partoc!, dachte Scallur und rappelte sich wieder auf.

Er wischte sich das Blut aus dem Gesicht und fragte sich ironisch, ob es einen Sinn hätte, jemanden zu verwünschen, der seit Jahrhunderttausenden nicht mehr am Leben war.

Ehmet kam hereingestolpert. Seine blaue Uniform wies dunkle Flecken auf, Ruß, der sich auf dem nicht brennbaren Material abgelagert hatte. »Ist alles in Ordnung?«, erkundigte er sich.

»Ja, verdammt!« Scallur reagierte ärgerlich. *Ich muss mir das Fluchen wieder abgewöhnen, es schadet meiner Autorität.*

Unwillkürlich musste er lächeln. Seine Autorität hing von vielen Dingen ab, aber bestimmt nicht davon, welche Ausdrücke er benutzte. Die Arbeit mit einem Demontagetrupp wirkte verrohend. Einsamkeit und Schwierigkeiten trugen dazu bei, die wichtigsten Elemente der Erziehung zu vergessen.

Ehmet war durch die Äußerung seines Kommandanten nicht berührt, jedenfalls zeigte er keine Reaktion. Sein Gesicht wirkte kalt, glatt und leblos wie immer.

»Wo ist es passiert?«, erkundigte sich Scallur.

»In der Frostkammer, Kommandant!«

»Na ja«, sagte Scallur erleichtert. »Dort befindet sich keines der Aggregate, die zum Demontagerechner gehören.«

»Ich bin nicht sicher.«

Als Scallur die volle Bedeutung der Antwort erfasst hatte, machte er einen Schritt auf den Androiden zu. »Was willst du damit sagen?«, fuhr er Ehmet an.

»Es sieht so aus, als befände sich ein Teil der Aggregate nicht mehr an ihrem ursprünglichen Platz.«

Scallur starrte sein Gegenüber an. »Das würde bedeuten, dass Partoc sie dereinst gefunden und an einen anderen Ort gebracht hätte.«

»Partoc oder ein anderer.«

Scallur machte eine wegwerfende Handbewegung. »Nur Partoc kommt dafür in Betracht. Er lebte allein in seiner Burg. Außerdem: Wer außer einem Mächtigen sollte das Wissen besitzen, diese Teile aufzuspüren?«

»Ich habe keine Ahnung«, sagte Ehmet. »Aber Partoc wusste nichts von der Existenz eines dezentralisierten Steuergeräts. Keiner der Mächtigen wusste, dass diese Geräte in den Kosmischen Burgen verborgen sind. Deshalb ist die Wahrscheinlichkeit, dass Partoc sie entdeckt hat, nicht größer als die, dass ein Fremder dafür infrage kommt.«

»Oh doch!«, widersprach Scallur. »Die Wahrscheinlichkeit ergibt sich nicht aus dem Wissen, sondern aus Partocs Anwesenheit. Wahrscheinlich hat er eines der Teile gefunden und gerätselt, was es bedeuten könnte. Danach hat er sich auf die Suche gemacht und weitere Aggregate aufgespürt. Das machte das Rätsel für ihn nur umso größer.«

»Sie reden, als könnten Sie sich in die Gedanken eines Wesens versetzen, das lange tot ist, Kommandant.«

»Das kann man immer. Aber unterbrich mich nicht, sondern lass mich fortfahren. Partoc hat vermutlich geargwöhnt, dass die Aggregate eine Gefahr bedeuten könnten. Wir können auch voraussetzen, dass er von Langeweile geplagt wurde. Um ihr zu entgehen, beschäftigte er sich mit diesem technischen Riesenpuzzle. Er hat nie alle Teile zusammentragen können. Deshalb hat er alles, was er gefunden hat, an einen anderen Platz geschleppt. Er hat den Spieß einfach umgedreht. Ich will nicht so weit gehen und sein Verhalten als Rache bezeichnen. Er hat nur ein wenig gespielt.«

»Gespielt?«, wiederholte Ehmet. »Drüben in der Frostkammer liegen sieben tote Androiden!«

»Das wusste ich nicht.« Scallur war sichtlich betroffen. »Auf jeden Fall hat Partoc dafür gesorgt, dass niemand so leicht an die von ihm entdeckten und wieder versteckten Aggregate herankommt.«

»Und was bedeutet das?«

»Dass wir noch einige Zeit hier zu tun haben werden.« Der Kommandant seufzte. »Ich hatte gehofft, die Burg bald durch die Öffnung bringen zu können. Daraus wird nun nichts. Wir brauchen Zeit, um alle versteckten Teile zu finden. Und von nun an müssen wir bei ihrem

Ausbau vorsichtig vorgehen, denn einige davon scheinen in tödlichen Fallen untergebracht zu sein.«

Es kam ihm in den Sinn, dass er in Zusammenhang mit den Androiden vom Tod sprach.

Ich bin schon so lange mit ihnen zusammen, dass ich beginne, sie als meinesgleichen anzusehen!

»Vielleicht sollten wir die Arbeit abbrechen«, bemerkte Ehmet.

»Aus welchem Grund?«

»Im Interesse Ihrer Sicherheit, Kommandant. Warum auch sonst?«

»Ja«, sagte Scallur gedehnt. »Warum auch sonst?« *Vielleicht, weil ihr eure eigene Haut retten wollt!*

Er nickte Ehmet zu und ergriff ihn am Arm. Neben dem Androiden wirkte der nur einen Meter vierzig große Kommandant wie ein Zwerg. Sie verließen den Raum, den Scallur vorübergehend als Hauptquartier ausgewählt hatte und den er nun, angesichts der von der Explosion angerichteten Zerstörungen, aufgeben musste.

Der Kommandant schaltete sein Funkgerät ein. Die Androiden arbeiteten in verschiedenen Gebieten der Kosmischen Burg. Scallur musste davon ausgehen, dass die meisten von ihnen die Explosion nicht bemerkt hatten. Er wollte sie warnen, damit sich keine weiteren Unfälle ereigneten. Scallur befehligte zweieinhalbtausend Androiden, und abgesehen davon, dass ihre Anzahl gerade ausreichte, um die schwere Aufgabe in Partocs Burg zu erfüllen, wollte er aus moralischen Gründen keine weiteren Mitarbeiter verlieren. Im Grunde genommen war es absurd, eine derartige Einstellung zu den Androiden zu haben. Doch sie dachten und handelten, sie teilten die Einsamkeit mit Scallur und waren ihm treu ergeben. Das schuf eine besondere Beziehung zwischen ihm und ihnen.

»In der Nähe des Hauptquartiers hat sich ein Unfall ereignet«, teilte er mit. »Ab sofort müssen alle Mannschaften mit erhöhter Vorsicht arbeiten. Bei den Teilen des Steuergeräts, die sich an den ursprünglichen Plätzen befinden, droht keine Gefahr. Es gibt jedoch offensichtlich eine Reihe von Aggregaten, die anderswo versteckt sind. Wenn sie gefunden werden, müssen sie vor dem Transport zur Baustelle untersucht werden.«

Er wartete die Bestätigung der einzelnen Mannschaftsführer ab, dann begleitete er Ehmet und die beiden anderen Androiden zur Frostkammer. Das Tor hatte im Augenblick der Explosion offen gestanden und war daher nur unwesentlich zerstört. Trümmer lagen überall im Gang verstreut auf dem Boden, ein paar davon waren wie Geschosse auf die Wand gegenüber dem Tor geprallt und hatten Schrammen in der Lackierung hinterlassen. Ein verletzter Androide lag unmittelbar neben dem Eingang zur Frostkammer. Zwei Kollegen bemühten sich um ihn. Sie waren damit beschäftigt, ihm einen Regenerationsanzug überzuziehen. Bei den Toten, die in der Frostkammer lagen, kam dagegen jede Hilfe zu spät. Ihre Körper waren regelrecht zerrissen worden. Ein Teil der Frostanlagen schien trotz allem noch zu funktionieren, denn als Scallur die Kammer betrat, wurde sein Atem zu hellen Dampfsäulen vor seinem Gesicht. Er spürte die Kälte auf seiner Haut. In der rückwärtigen Wand gähnte ein Loch mit ausgeglühten und gezackten Rändern.

»Warum habt ihr noch nicht damit begonnen, hier Ordnung zu schaffen?«, fragte der Kommandant seine Begleiter.

»Wir wollten, dass Sie sich erst einmal alles ansehen«, erwiderte Ehmet.

»Wo warst du im Augenblick der Explosion?«, fragte Scallur.

»Draußen im Gang. Ich wollte gerade in die Kammer gehen, um Durbin abzulösen.«

Scallur nickte. Vorsichtig stieg er über die Bruchstücke zerstörter Geräte hinweg. »Ich will, dass hier alles untersucht und der Grund für die Explosion festgestellt wird. Wenn wir wissen, wie das Unglück ausgelöst wurde, können wir vielleicht weitere Zwischenfälle verhindern.« Er blieb vor der Explosionsstelle stehen.

»Wissen Sie, woran ich denke, Kommandant?«, fragte Ehmet.

»Du fragst dich, ob das Aggregat, das wir für den Zusammenbau der Steueranlage benötigen, *hier* verborgen war.«

»Daran habe ich tatsächlich gedacht«, bestätigte Ehmet. »Wenn es so ist, können wir unsere Arbeit ebenso gut aufgeben. Das Steuergerät wird seinen Zweck nur erfüllen, wenn wir alle dazugehörigen Teile zusammenbauen.«

Scallurs Gesichtsausdruck verdüsterte sich. »Du weißt, weshalb wir hier sind. Ich habe nicht vor, unverrichteter Dinge wieder abzuziehen. Wir müssen den Auftrag der Kosmokraten unter allen Umständen ausführen. Die Burgen müssen zurückgebracht werden.«

Ehmet schwieg. Vielleicht überlegte er, dass auch der Kommandant keine Wunder vollbringen konnte. Und es wäre ein Wunder gewesen, wenn sie die Burg ohne einen kompletten Drugun-Umsetzer transportieren konnten.

Scallur fragte sich, nach welchem System der Mächtige in ferner Vergangenheit vorgegangen sein mochte. Partoc war sicher kein Narr gewesen, er musste erkannt haben, dass die von ihm entdeckten und wieder versteckten Aggregate große Bedeutung besaßen. Unter diesen Umständen war es eigentlich unvorstellbar, dass Partoc die Teile willkürlich der Zerstörung preisgegeben hatte.

Eine Kosmische Burg war ein autarkes, in sich geschlossenes System. Auch wenn Scallur voraussetzte, dass Partoc in den letzten Tagen seiner Existenz nicht mehr so gehandelt hatte, wie man es von einem Mächtigen erwarten konnte, war er bestimmt nicht so verrückt gewesen, wichtige Bestandteile seiner Burg in verantwortungsloser Weise zu manipulieren.

Unmittelbar nach ihrer Ankunft hatten Scallur und die Androiden Partocs Skelett gefunden. Scallur bedauerte nun, dass sie es nicht gründlich untersucht hatten, vielleicht hätten sich dabei wertvolle Hinweise finden lassen. Bei einer oberflächlichen Betrachtung von Partocs Überresten war lediglich festgestellt worden, dass der Mächtige seine Unsterblichkeit aufgegeben hatte.

Scallur beendete seine Überlegungen.

»Habt ihr in den Trümmern Überreste eines Teilaggregats gefunden?«, wandte er sich an die Androiden.

Sie verneinten, und Scallur empfand Erleichterung. Er ließ seine Blicke durch die Frostkammer schweifen.

»Ich bin sicher, dass hier etwas verborgen ist«, sagte er mit Nachdruck. »Sucht danach!«

Er wandte sich um und ging hinaus. Die Kälte und der verbrannte Geruch erschienen ihm plötzlich unerträglich. Er warf einen Blick auf den Zeitmesser.

»Ich gehe in die Montagehalle, um nachzusehen, wie weit die anderen sind«, kündigte er an.

Natürlich wusste er, wie weit die Arbeiten am Steuergerät vorangeschritten waren. Schließlich erhielt er stündlich eine entsprechende Meldung der Androiden, die damit befasst waren, die aus allen Sektoren der Burg zusammengetragenen Teile zusammenzubauen. Scallur wäre es nie in den Sinn gekommen, Maßnahmen der Kosmokraten direkt zu kritisieren. Er fragte sich dennoch, ob es besonders klug war, die Teile eines so wichtigen Geräts auf diese Weise zu verstecken, dass man sie in einer Burg dezentralisiert aufbewahrte.

Er ließ sich ein Flugaggregat bringen und schnallte es sich auf den Rücken. In den Gängen von Partocs Burg hatten sich diese Geräte als vorteilhaft erwiesen.

»Du kommst mit«, forderte er Ehmet auf. »Es kann sein, dass ich dich für eine spezielle Mission benötige.«

Der Androide ließ sich ein neues Flugaggregat geben, da sein eigenes bei der Explosion beschädigt worden war. Scallur hatte gelogen, es gab keinen besonderen Auftrag für Ehmet. Der Kommandant fürchtete lediglich das Alleinsein. Nicht, dass in der Kosmischen Burg eine Gefahr gedroht hätte – es war einfach das Bedürfnis, nicht allein sein zu müssen, der Wunsch, den Druck zu mildern, den die fremde Umgebung auf seine Gefühle ausübte.

Ich bin bescheiden geworden!, dachte der Kommandant. Noch vor einiger Zeit, vor dem Aufbruch hierher, hätte er es abgelehnt, sich intensiv mit Androiden abzugeben.

Ab und zu trafen Scallur und Ehmet auf Mannschaften, die Einzelteile des Demontagerechners ausbauten und für den Abtransport in die Halle vorbereiteten. Ohne diesen Rechner würde die Burg ewig bleiben, wo sie jetzt war. Der Transport der Burgen in ihr Ursprungsgebiet würde auf einem Umweg vor sich gehen, denn bevor sie hinter die Materiequellen geschafft werden konnten, mussten sie zunächst aus diesem Raum herausgeholt werden.

»Wir sind da, Kommandant«, bemerkte Ehmet.

Scallur nickte, und seine wie lackiert aussehenden Augen richteten sich auf das Gebilde mitten in der Halle, in die sie gerade eingeflogen waren. Auf den ersten Blick wirkte die Steueranlage enttäuschend, denn sie war weder besonders groß, noch sah sie ästhetisch aus. Sie sah wie das aus, was sie auch war: ein aus Dutzenden Einzelteilen zusammengefügtes Gebilde, in dem mehrere Lücken klafften. Jede Lücke bezeichnete eine Stelle, an der ein Aggregat fehlte. Etwa dreißig Androiden in metallisch schimmernden blauen Anzügen machten sich an der Anlage zu schaffen. Sie bauten die zuletzt gebrachten Teile in den Rechner ein.

Die Androiden, die hier arbeiteten, waren an die regelmäßigen Besuche des Kommandanten gewöhnt und beachteten sein Kommen kaum. Lediglich Karsol, der die Arbeiten in der Halle leitete, kam zu Scallur, um ihn über die Fortschritte zu unterrichten.

Der Kommandant winkte ab. »Lass nur. Ich weiß, wie weit ihr seid. Es ist nicht meine Absicht, euch zu stören.« Er glaubte, Erstaunen in den Blicken des Androiden zu erkennen.

»Ich denke, dass ich mein Hauptquartier jetzt hier aufschlagen werde«, fuhr Scallur fort. »Das hätte den Vorteil, dass ich jederzeit am wichtigsten Punkt des Geschehens bin.«

Er erhielt einen Anruf über Karsols Funkgerät. Prinert, der Androide, der die Aufräumungsarbeiten in der Frostkammer leitete, meldete sich.

»Wir haben ein Aggregat gefunden, Kommandant«, berichtete Prinert. »Es steckt noch in der Wand direkt neben der Explosionsstelle.«

»Wie ist sein Zustand?«

»Einwandfrei!«

»Tatsächlich?«

»So ist es«, bestätigte Prinert. »Es befindet sich in einer Art Kapsel. Sie ist transparent, aber wir haben sie noch nicht geöffnet. Wenn wir sicher sind, dass es sich um keine weitere Falle handelt, werden wir die Untersuchungen fortsetzen.«

Scallur konnte sich nicht verkneifen, Ehmet einen triumphierenden Blick zuzuwerfen. Er hatte Partoc und dessen Verhaltensweise also völlig richtig eingeschätzt, obwohl diese Dinge sehr lange zurücklagen – ungefähr eine Million Jahre.

Ich werde überhaupt keine Spur hinterlassen, dachte er, traurig gestimmt durch diese Vorstellung. Dann gewann seine Erleichterung, dass das in der Frostkammer versteckte Zusatzgerät unbeschädigt war, die Oberhand über seine Gefühle.

Ein weiterer Anruf erreichte ihn.

Partocs Kosmische Burg war in drei farblich gekennzeichnete Hauptsektoren unterteilt. Es gab einen orangefarbenen, einen hellgrünen und einen dunkelblauen Sektor. Zulvu, der Androide, der sich nun über Bildfunk meldete, arbeitete mit seiner Mannschaft im äußeren Bereich des Sektors Orange.

»Wir haben etwas entdeckt, Kommandant.«

»Baut es mit der gebotenen Vorsicht aus und schafft es her.«

»Nicht auf oder in der Burg, Kommandant«, erläuterte der Androide. »Es befindet sich im Weltraum – und es kommt näher.«

Scallur vergaß seinen erst vor kurzer Zeit getroffenen guten Vorsatz. *Verdammt!,* dachte er.

»Ist es ein Raumschiff?«, fragte er laut.

»Ja«, bestätigte Zulvu mit einem Hauch von Verblüffung. »Woher wissen Sie das?«

Scallur verzog das Gesicht. »Was anders hätte es sein sollen? Wie sieht es aus?«

»Es ist unseren Beibooten nicht unähnlich, Kommandant. Es hat Diskusform.«

»Vielleicht gehört es zu einem zweiten Demontagetrupp«, warf Ehmet ein.

»Du bist ein schlaues Kerlchen.« Scallur nagte nervös an seiner Unterlippe. »Natürlich gibt es für diese Burg nur einen einzigen Demontagetrupp – und das sind wir.«

»Dann muss es sich doch um Fremde handeln«, sagte Ehmet ungläubig.

Scallur ließ diese Vorstellung auf sich einwirken und kam zu dem Schluss, dass es eigentlich unmöglich war, dass Fremde hier auftauchten. Drei Gruppen von Wesen kannten den Durchgang zu den Kosmischen Burgen: die Kosmokraten, die Mächtigen und die Demontagetrupps. Es war absurd, anzunehmen, die Kosmokraten würden diesseits der Materiequelle auftauchen, und da es als sicher galt, dass keiner der sieben Mächtigen noch am Leben war, gab es für das Auftauchen eines unbekannten Raumschiffs keine Erklärung.

»Ich glaube, dass ihr euch täuscht«, sagte er zu Zulvu.

»Kommandant ...«

»Du verstehst mich falsch«, beruhigte Scallur den Androiden. »Natürlich ist dort draußen ein Raumschiff. Aber es gehört zur Burg. Ich nehme an, dass Partoc darin eines der Aggregate versteckt hat. Das gehört vermutlich zu seinen Scherzen.«

»Das wäre eine Erklärung«, gab Zulvu zu. »Aber ich finde sie, alles in allem, weder besonders befriedigend noch ausreichend logisch.«

»Weißt du was?«, rief Scallur. »Das geht mir auch so.«

»Was schlagen Sie jetzt vor?«, wollte Ehmet wissen.

Scallur richtete sich auf. »Alarm für alle Sektoren!«, befahl er.

»Sollen wir die Arbeiten unterbrechen?«

»Natürlich nicht, dazu sind sie zu wichtig. Nur Zulvus Mannschaft kümmert sich um das unbekannte Objekt. Du kommst wieder mit mir, Ehmet.«

Sie flogen nebeneinander aus der Halle. Ihr Ziel war der Ankerplatz ihres Beiboots im Orange-Sektor der Burg.

»Unangemeldeter Besuch ist in der Regel mit Schwierigkeiten verbunden«, sagte Scallur gedehnt.

Niemand an Bord der BASIS war so vermessen gewesen, anzunehmen, dass die Verhältnisse am Koordinatenpunkt von Partocs Kosmischer Burg anders sein würden als bei den bisher angesteuerten Brennpunkten der Galaxis Erranternohre. Selbst so unverbesserliche Optimisten wie Reginald Bull oder Geoffry Abel Waringer hatten nicht geglaubt, dass sie diese Burg auf Anhieb finden würden. Warum sollten ausgerechnet für Partocs Burg andere Kriterien gelten als für die bislang angeflogenen Kosmischen Burgen? Sie lag ebenso hinter einer rätselhaften Barriere verborgen und war nur Wesen zugänglich, die bestimmte Kriterien erfüllten. Eines dieser Kriterien war die potenzielle Unsterblichkeit, die anderen waren bislang nicht identifiziert.

Eine Space-Jet wurde bald nach der Ankunft der BASIS ausgeschleust. Das Fernraumschiff stand an der Position, an der sich Partocs Burg hätte befinden müssen, doch die Ortungen blieben leer.

An Bord der Space-Jet befanden sich Perry Rhodan, Atlan, Laire und Alaska Saedelaere. Es hatte sich herausgestellt, dass Rhodan und der

Arkonide in der Lage waren, eine begrenzte Anzahl von Personen mit hinter die Barriere zu nehmen.

Rhodan ging es in letzter Konsequenz darum, Kontakt zu den Kosmokraten zu bekommen. Die Mächte von jenseits der Materiequellen waren im Begriff, jene Materiequelle zu manipulieren, die zum gleichen Sektor gehörte wie die Milchstraße. Diese Maßnahme würde höchstwahrscheinlich eine Katastrophe apokalyptischer Ausmaße heraufbeschwören. Rhodan wollte mit den Kosmokraten verhandeln, um das Schreckliche zu verhindern. Er konnte nicht einsehen, dass Unschuldige für Fehler büßen sollten, die von Bardioc begangen worden waren, einem der sieben Mächtigen.

Laire befand sich an Bord der Space-Jet, weil Rhodan der Ungeduld des Roboters ein Ventil geben wollte. Und weil Laire als Roboter der Kosmokraten eine unschätzbare Hilfe sein konnte.

Auch für Alaska Saedelaeres Anwesenheit gab es einen plausiblen Grund. Der Transmittergeschädigte war unmittelbar nach dem Eintreffen der BASIS an den Koordinaten von Partocs Burg schweißgebadet in der Zentrale aufgetaucht, um Rhodan von einem Traum zu berichten. Über das, was Saedelaere ihm mitgeteilt hatte, schwieg Rhodan sich aus.

Alle vier warteten darauf, dass jener kurze Druck auf den Körper spürbar wurde, der bisher das Passieren der unsichtbaren Grenze eingeleitet hatte.

»Diese Bemühungen sind unsinnig.« Es war still gewesen. Umso härter klangen Laires Worte, als er sich an Rhodan wandte. »Wie kannst du nur glauben, jemals alle sieben Schlüssel in deinen Besitz zu bringen? Es wäre klüger, sofort in deine Heimatgalaxis zu fliegen. Dort befindet sich das geraubte Auge. Nur damit ist die Materiequelle zu durchqueren.«

»*Du* kannst damit auf die andere Seite gelangen«, stimmte der Terraner zu. »Wir sind auf die Zusatzschlüssel angewiesen, genau wie die Loower. Zwei davon befinden sich bereits in unserem Besitz.«

»Es ist alles nur Zeitverschwendung. Bringt mich in eure Heimatgalaxis, damit ich meinen rechtmäßigen Besitz zurückerhalte. Ich verspreche, dass ich euer Anliegen den Kosmokraten vortragen werde.«

Rhodan sah den Roboter abwägend an. Laire behauptete, keine genauen Informationen über das Gebiet jenseits der Materiequellen zu besitzen, auch gab er vor, nicht zu wissen, wie die Kosmokraten aussahen und wer sie waren. Unter diesen Umständen erschien er Rhodan als wenig geeigneter Botschafter für die Erde.

»Es ist möglich, dass wir später auf dein Angebot eingehen werden«, schränkte der Aktivatorträger ein. »Im Augenblick halte ich es jedoch für besser, wenn wir uns auf unsere eigenen Fähigkeiten verlassen.«

»Ihr stellt euch auf die Seite Pankha-Skrins«, sagte der Roboter vorwurfsvoll. »Seine Vorfahren haben mich bestohlen und verletzt.«

»Pankha-Skrin ist ein Wesen mit hohen moralischen und ethischen Grundsätzen«, warf Atlan ein.

»Ein Dieb wird immer ein Dieb bleiben«, widersprach Laire.

Rhodan hob abwehrend beide Hände. »Ich hatte gehofft, die Vorgänge auf Terzowhiele hätten dazu beigetragen, euch einander näherzubringen.«

»... eine zweckgebundene Annäherung. Sobald es um den Besitz des Auges geht, werden die Quellmeister und ich wieder Feinde sein. Die Loower werden das Auge nicht freiwillig herausgeben.«

»Mit dem Problem werde ich mich auseinandersetzen, wenn es sich stellt«, sagte Rhodan. »Nicht schon eine Ewigkeit vorher.«

»Ich dachte, du würdest niemals etwas vor dir herschieben«, widersprach der Roboter. »Aber das tust du ja auch nicht. In Wahrheit rechnest du überhaupt nicht damit, dass ich jemals wieder in die Nähe meines Auges gelangen könnte.«

Das, gestand Rhodan sich ein, entsprach annähernd der Wahrheit. Er wollte Laire aber keinesfalls als Verbündeten verlieren. In dieser Sache war der Roboter eine Schlüsselfigur, genau wie der ehemalige Mächtige Ganerc, der in der Gestalt des Puppenspielers Callibso an Bord der BASIS auf die Rückkehr der Space-Jet wartete.

Rhodans Gedanken wurden unterbrochen, als Alaska Saedelaere sich einmischte. Der Transmittergeschädigte hatte die ganze Zeit über schweigend zugehört.

»Ich schließe mich Laires Meinung an, wenn auch aus anderen Gründen«, sagte der Maskenträger. »Wir sollten umkehren. Dieses Unternehmen steht unter einem unglücklichen Stern.«

»Du denkst an den Traum?«

Der hagere Mann nickte nur. Die Geste wirkte sehr distanziert.

Atlan blickte von Rhodan zu Saedelaere. »Ihr beide macht ein großes Geheimnis daraus«, warf er ihnen vor. »An Bord der BASIS konnte ich das noch verstehen, dort wolltet ihr unnötige Unruhe vermeiden. Jetzt will ich aber wissen, worum es eigentlich geht.«

Hinter den Sicht- und Atmungsschlitzen von Saedelaeres Maske leuchtete das Cappinfragment. Wenn Alaska die Maske abnahm, war jeder, der den Zellklumpen anblickte, zu Wahnsinn und Tod verurteilt. Alle Bemühungen Saedelaeres, das Fragment wieder loszuwerden, waren bisher gescheitert.

»Ich hatte einen seltsamen und sehr eindringlichen Traum«, sagte er jetzt. »Alles spricht dafür, dass es sich um einen Fall von Präkognition handelt.«

»Das ist *deine* Interpretation!«, wandte Rhodan ein.

»Atlan und du spielten die Hauptrollen in diesem Traum«, fuhr der Hagere unbeeindruckt fort. »Ich sah euch in einer völlig fremden Umgebung. Sie war so verschiedenartig von allem, was wir bisher gesehen haben, dass sie sich nicht beschreiben lässt. Ich hatte das bedrückende Gefühl, euch dort als Fremdkörper zu sehen. Auf eine unheimliche und schreckliche Art und Weise seid ihr in diesem unwirklichen Bereich verschollen gewesen.«

»War es vielleicht Partocs Burg, in der wir uns befanden?«, fragte Atlan.

»Ich weiß es nicht. Nach einer Weile seid ihr zwar in eure normale Umgebung zurückgekehrt, doch ihr wart verändert. Etwas von der anderen Seite war dabei. Jedenfalls sah ich euch als große leuchtende Gestalten – es war gespenstisch.«

»Das hört sich in der Tat sehr traumhaft an.« Atlan versuchte ein Lächeln.

»Es waren klare und beeindruckende Bilder«, erinnerte sich der Transmittergeschädigte. »Ich werde sie nicht so schnell vergessen.«

»Trotzdem kehren wir nicht um«, sagte Rhodan gelassen. »Ich weiß, dass solche Vorahnungen oft belastend wirken, aber sie müssen nicht immer Schlimmes bedeuten.«

»Ganz abgesehen davon, dass die Geschichte wenig informativ ist«, fügte Atlan hinzu.

Rhodan wollte antworten, doch er spürte den schon vertrauten Druck auf seinem Körper. Unwillkürlich warf er einen Blick auf die Schirme.

»Da ist sie!«, rief Laire. »Partocs Burg!«

Rhodan hatte sich auf das Bild eines zerklüfteten Gebildes mit vielen Türmen eingestellt. Murcons Burg war eine unregelmäßig geformte Station mit vielen Türmen, die Burg Lorvorcs ein riesiges Trümmerfeld.

Nun sah er vor sich im Weltraum einen gigantischen Diskus schweben.

Die Ortung zeigte einen Durchmesser von fast neun Kilometern. Die Burg war jedoch an der dicksten Stelle nur tausendvierundzwanzig Meter hoch. Ein Teil der Oberfläche wirkte abgeflacht, dort war eine kreisförmige Fläche mit einem Durchmesser von zweieinhalb Kilometern begradigt worden. Rhodan hielt diese Ebene für eine Landefläche. Er sah, dass die Burg mit drei Farben versehen war: Orange, Hellgrün und Dunkelblau. Zweifellos handelte es sich um Markierungen für verschiedene Sektoren, aber sie schienen so willkürlich verteilt zu sein, dass Rhodan keinen Sinn darin zu erkennen vermochte.

»Funkkontakt mit der BASIS ist abgebrochen«, bemerkte Atlan.

Dieses Phänomen hatten sie bereits erlebt, als sie Lorvorcs Burg besucht hatten. Außerdem war die BASIS von den Bildschirmen der Raumortung verschwunden, als hätte es sie nie gegeben. Rhodan wusste, dass die Space-Jet nun von der BASIS nicht mehr angemessen werden konnte.

Er verringerte die Anfluggeschwindigkeit der Space-Jet.

»Irgendwo im Weltraum vor der Burg befand sich einst Partocs Skelett. Ganerc-Callibso hat es bei seinem letzten Besuch hier in die Burg gebracht und bestattet. Wir werden die Überreste des Mächtigen im Zentrum finden. Dorthin müssen wir, um den Schlüssel zu bergen.«

»Vorausgesetzt, der Schlüssel befindet sich bei dem Skelett«, wandte Saedelaere ein. »Ganerc konnte sich nicht mehr daran erinnern – es ist schon zu lange her, dass er hier war.«

Damals, dachte Rhodan, hatte Ganerc-Callibso noch ungehindert von Burg zu Burg fliegen können, aber nun war er wie fast alle anderen Wesen nur mehr dazu in der Lage, wenn er sich in Rhodans und Atlans Begleitung befand. Vielleicht war das der Grund, dass er auf seine Teilnahme an diesem Flug verzichtet hatte.

»Ich messe Emissionen an!«, rief Atlan. »In der Burg scheinen noch Anlagen zu funktionieren.«

Rhodan war keineswegs überrascht. In Murcons und Lorvorcs Burg hatten die autarken Energieversorgungsanlagen gearbeitet – warum sollte das nun anders sein? Die Hyperenergiezapfer von Lorvorcs Burg waren in vier gewaltigen Ecktürmen untergebracht, hier mussten sie sich im Innern des gewaltigen diskusförmigen Körpers befinden.

»Die Ausstrahlungen sind nicht konstant!« Atlan runzelte die Stirn. »Außerdem gibt es eine Reihe verschieden starker Quellen.«

Rhodan zuckte die Achseln. »Es ist möglich, dass einige der Hyperzapfer nicht mehr intakt sind und die Zulieferstationen unrhythmisch arbeiten.«

»Es sieht eher danach aus, als fänden in der Burg einzelne Aktivitäten statt.«

»Kehren wir um!«, sagte Laire.

Atlan schaltete die Fernortung ein. »Seht euch den orangefarbenen Sektor an! Wofür haltet ihr das?«

An der Außenhülle der Burg haftete ein blauer, etwa fünfzig Meter großer Diskus. Eine Seite war hoch aufgewölbt.

»Ein Raumschiff!«, rief Saedelaere. »Sieht unserer Space-Jet ähnlich.«

»Zweifellos ist es ein Raumschiff Partocs«, vermutete Atlan. »Die Ähnlichkeit in der Form der Station und des Schiffes kann kein Zufall sein.«

Diese Erklärung bot sich tatsächlich an. Trotzdem war Rhodan nicht davon überzeugt. Er wusste, dass die Mächtigen sogenannte Lichtzellen benutzt hatten. Auch Ganerc-Callibso besaß ein solches Flugobjekt. Es befand sich nun in einem Hangar der BASIS.

»Der Diskus emittiert Energie!«, rief Atlan. »Es sieht so aus, als würden seine Antriebsaggregate mit gedrosselter Kraft laufen.«

»Partoc hat ihn vorübergehend dort geparkt – mit laufendem Antrieb, vor mehr als einer Million Jahren«, sagte Rhodan ironisch.

»Sehr witzig.« Atlan reagierte unwillig.

»Das Ding sieht aus wie eine Untertasse«, bemerkte Rhodan.

»Wie eine – was?«, fragte Laire verständnislos.

»So bezeichnete der Volksmund unbekannte Flugobjekte, die angeblich früher unseren Heimatplaneten besucht haben«, erklärte Rhodan. »UFOs wurden diese Dinger genannt, das ist die Abkürzung für ›Unidentifizierbare Fliegende Objekte‹.«

»Jemand hält sich in der Burg auf«, sagte Alaska Saedelaere düster.

9.

Die Ortungsergebnisse blieben der einzige Hinweis darauf, dass in der Kosmischen Burg unerwartete Dinge geschahen. Rhodan unterbrach den Anflug nicht.

»Sobald wir gelandet sind, verlassen Atlan, Laire und ich die Jet und versuchen, in die Burg einzudringen. Alaska, du bleibst zur Sicherung des Beiboots zurück.«

Der Maskenträger erhob keinen Widerspruch. Die Space-Jet war die einzige Möglichkeit, zur BASIS zurückzukehren.

Rhodan hatte die kreisförmige Ebene als Landeplatz ausgewählt. »Dort gibt es verschiedene ringförmig angelegte Schleusen«, erinnerte er. »Wir wissen von Ganerc, wie wir sie öffnen können und dass es unerheblich ist, welche wir benutzen.«

»Wenn in der Burg wirklich jemand aktiv ist, lässt er sich durch unsere Ankunft jedenfalls nicht stören«, stellte Atlan fest.

»Vermutlich messen wir Robotanlagen an«, sagte Rhodan.

Er setzte die Space-Jet sanft auf. Dann schloss er seinen Helm und schaltete auf Sprechfunk.

Die beiden Männer und der Roboter begaben sich in die Schleusenkammer.

Die Hülle der Burg leuchtete aus sich selbst heraus. Rhodan verließ die Space-Jet als Erster. Er sah Linien und Rillen vor sich im Boden. Nur wenige Schritte entfernte er sich von dem Beiboot, dann wartete er, bis Atlan und Laire zu ihm aufschlossen.

Obwohl sich die Burg deutlich von Lorvorcs Ruine unterschied, war zu erkennen, dass beide Bauwerke derselben Technik entstammten. Die Frage erhob sich eigentlich schon seit geraumer Zeit, warum nicht alle Burgen nach dem gleichen Plan erbaut worden waren. Hatten die Bauherren auf die unterschiedliche Mentalität der sieben Mächtigen Rücksicht genommen?

Anhand Ganerc-Callibsos Beschreibung fand Rhodan schnell eine der Schleusen. Rhodan bedauerte, dass keiner der Mutanten zum Trupp gehörte. Er hatte allerdings bewusst darauf verzichtet, weil niemand vorhersagen konnte, wie parapsychisch begabte Wesen auf das Überqueren der unsichtbaren Grenze reagierten. Außerdem hatte Ganerc die Möglichkeit angedeutet, dass es für Mutanten innerhalb der Burg Schwierigkeiten geben könnte.

Atlan blieb vor einer kaum erkennbaren wulstförmigen Erhebung stehen. »Hier ist der Öffnungsmechanismus«, sagte er.

Rhodan bückte sich und tastete den Wulst ab. Er fand die Kerben, von denen Ganerc gesprochen hatte und die er in einer bestimmten Reihenfolge berühren musste. Rhodan hatte das Gefühl, als würde der metallische Gegenstand unter seinen Händen lebendig. Der Wulst klappte nach zwei Seiten zurück und gab den Blick auf eine Vertiefung frei. Sie barg ein kompliziert aussehendes Schaltsystem.

»Es kommt darauf an, eine Übereinstimmung der Farben herzustellen«, hatte Ganerc erklärt. »Dazu musst du die Instrumente in einer exakten zeitlichen Abfolge berühren.«

Rhodan hatte sich die Intervalle eingeprägt, seine Finger glitten über die Anlage wie über die Tastatur eines Klaviers. Zwar wechselten die Farben der Kontrollflächen, die Schleuse jedoch blieb geschlossen.

»Wahrscheinlich kommt es auf Sekundenbruchteile an. Mit meiner Grobmotorik erreiche ich nichts.«

Laire kniete neben Rhodan nieder und schob ihn sanft zur Seite. »Ich kenne Ganercs Anweisungen ebenfalls und bin mit dieser Technik vertraut.«

Der Terraner machte bereitwillig Platz. Laires ausgeglühte Finger krochen wie eigenständige Wesen über die Kontrollen, sie vollführten einen regelrechten Tanz.

Wenige Schritte von ihnen entfernt bildete sich eine Öffnung. Sie war rechteckig, zehn auf vier Meter groß und gab den Blick auf eine beleuchtete Schleusenkammer frei. Laire erhob sich mit einer Leichtigkeit, als sei die künstliche Schwerkraft der Burg für ihn bedeutungslos.

Schweigend stiegen sie in die Schleusenkammer. Dort lagen einfachere Schaltinstrumente offen. Rhodan kannte ihre Funktionsweise aus den Türmen von Lorvorcs Burg. Er schloss die äußere Schleusenwand.

»Die Schwerkraft wirkt zum Zentrum hin«, sagte Atlan.

»Sie geht vom Boden der Burg aus, das kann ich leicht feststellen«, widersprach Laire.

Rhodan ließ die Innenwand aufgleiten. Der anschließende Korridor schimmerte hellgrün, an den Wänden befanden sich fremdartige Markierungen. Der leuchtende Boden verbreitete ausreichend Helligkeit.

»Ihr könnt eure Helme öffnen«, verkündete Laire. »Hier gibt es atembare Luft.«

»Vorerst nicht«, lehnte Rhodan ab. »Wir wissen nicht, in welche Situationen wir geraten.«

Sie orientierten sich nach links und erreichten wenig später die nächste Schleuse.

Rhodan hörte ein Geräusch. Weil auch seine Begleiter abrupt innehielten, erkannte er, dass er sich nicht getäuscht hatte.

Es hörte sich an, als schlage jemand mit einem Hammer oder einem anderen Werkzeug gegen Metall.

»Wir gehen ohnehin darauf zu«, stellte Atlan fest. »Was haltet ihr davon?«

»Wir könnten es ignorieren und einfach in die andere Richtung weitergehen – unser Ziel würden wir auf jeden Fall erreichen«, sagte Rhodan, ohne die Frage des Arkoniden zu beantworten.

»Aber du hast nicht vor, es zu ignorieren«, vermutete Laire.

»Richtig.«

Sie gingen langsamer weiter. Jederzeit konnte hinter der gleichmäßigen Biegung des Korridors etwas Seltsames erscheinen.

»Vermutlich ist es nur ein Mechanismus, der seit Jahrhunderttausenden diesen Lärm macht«, sagte Rhodan.

Die nächsten beiden Schritte belehrten ihn eines Besseren. Er blieb ruckartig stehen und betrachtete irritiert die Szene.

Sieben große und muskulöse Männer, die mit metallisch schimmernden blauen Anzügen bekleidet waren, hatten eine Öffnung in die Wand geschlagen, und dabei waren sie offensichtlich mit roher Gewalt vorgegangen. Das Aussehen des Lecks ließ keine andere Deutung zu. Aus dem Loch ragte etwas hervor, was wie der Teil einer fremdartigen Maschine aussah. Offenbar versuchten die Fremden, das Gebilde aus der Wand herauszuholen.

Plünderer!, schoss es Rhodan durch den Kopf.

Zugleich erkannte er diesen Gedanken als ebenso absurd wie falsch. Plünderer hätten sich kaum die Arbeit gemacht, sondern zunächst alles Herumliegende weggeschafft.

Rhodan bemerkte noch etwas. Die Männer sahen fast gleich aus. Und sie bewegten sich auf eine merkwürdige Weise, wie Puppen, die gewisse Abläufe einstudiert hatten.

Rhodan wich einen Schritt zurück und zog seine Begleiter mit sich.

»Ob sie uns gesehen haben?«, fragte Atlan im Helmfunk.

Rhodan schüttelte den Kopf. »Sie sind zu sehr mit ihrer Arbeit beschäftigt.«

»Was tun sie überhaupt?«

»Weiß der Himmel. Sie bauen etwas aus, aber ich habe noch keine Ahnung, was das zu bedeuten hat.«

»Gehen wir an ihnen vorbei oder drehen wir um?«, wollte Atlan wissen.

Rhodan dachte nach. Wenn sie weitergingen, wurden sie unausweichlich entdeckt, und dann kam es womöglich zur Konfrontation. Abgesehen von der zahlenmäßigen Überlegenheit der Fremden würde jede Auseinandersetzung Zeit kosten. Vielleicht war es möglich, unentdeckt in den Hauptschacht und von dort zur Zentrale zu gelangen. Dort konnten sie vielleicht den Schlüssel holen und die Burg verlassen, ohne gesehen zu werden. Rhodan gestand sich ein, dass es übertriebener Optimismus war, an eine solche Möglichkeit zu glauben, aber er wollte es zumindest versuchen. Die Burg interessierte ihn nicht. Auch die Männer in den blauen Anzügen, so rätselhaft sie waren, besaßen für ihn keine Bedeutung.

Er deutete zurück. Sie kehrten um und erreichten Minuten später unbehelligt den Hauptschacht.

»Du glaubst, dass wir ohne einen Zusammenstoß den Schlüssel holen und zur Jet zurückkehren können«, erriet Atlan.

»Genau«, bestätigte der Terraner.

»Du denkst praktisch.« Der Arkonide trat an den Rand des Schachtes, um hinabzublicken. »Aber du wirst gleich feststellen müssen, dass die Fügung des Schicksals es anders will.«

Etwa zwanzig Meter unter ihnen schwebten vier Blaugekleidete abwärts. Zwischen sich bugsierten sie etwas, das wie eine kleine Maschine aussah.

»Das ist ein Transport!«, bemerkte Laire.

»In der Tat«, stimmte Rhodan zu. »Das ist unschwer zu erkennen.«

»Hat Ganerc etwas von einem zweiten Schacht gesagt?«, wollte Atlan wissen.

»Er hielt es nicht für nötig«, antwortete Rhodan.

»Das heißt, dass wir durch *diesen* Schacht müssen.«

Rhodan zog sich zurück, damit ihn ein zufällig nach oben blickender Fremder nicht sehen konnte.

»Jemand ist damit beschäftigt, überall in der Burg Maschinenteile auszubauen«, stellte er fest. »Das erklärt unsere Ortungsergebnisse. Aber wenn jemand etwas von hier wegholen will, warum schafft er es in Richtung des Zentrums und bringt es nicht zur Außenfläche?«

»Oder zu dem diskusförmigen Raumschiff«, ergänzte Atlan.

Laire bewies, dass er noch hartnäckig an seinen eigenen Plänen festhielt. »Wir sollten umkehren«, sagte er lakonisch.

Es dauerte einige Zeit, bis die vier Unbekannten mit ihrer Last den Schacht verließen und in einem Seitengang verschwanden.

»Wir müssen davon ausgehen, dass im nächsten Moment ein neuer

Transport auftauchen kann«, sagte Atlan. »Diese geheimnisvollen Fremden scheinen überall in der Burg am Werk zu sein.«

Tatsächlich drang ab und zu Arbeitslärm zu ihnen herauf. Die Geräusche kamen eindeutig aus verschiedenen Bereichen der Burg.

Die Blaugekleideten schienen genau zu wissen, was sie wollten. Sie handelten offenbar nach einem festgelegten Plan. Das bedeutete, dass sie diese Burg kannten, vielleicht auch alle anderen. Und – das war das Wichtigste – sie waren in der Lage, die Barriere vor den Burgen zu überwinden.

Je länger er über diese Aspekte nachdachte, desto eher war Perry Rhodan gewillt, Kontakt zu den Fremden aufzunehmen. Vielleicht gelangte er auf diese Weise an neue Informationen über die Kosmischen Burgen, die Materiequelle und die Kosmokraten.

Atlan deutete Rhodans Schweigen richtig. »Deine Nachdenklichkeit verrät mir, dass du zumindest erwägst, mit diesen Burschen in Verbindung zu treten.«

»Du hast recht, Alter!«

»Ich rate davon ab«, wandte Laire ein. »Es sieht nicht so aus, als würden diese Unbekannten über eine Störung entzückt sein. Sie arbeiten schnell und zielstrebig, als wollten sie ihr Vorhaben rasch beenden.«

Ein Verdacht stieg in Rhodan auf. »Weißt du etwa, wer diese Fremden sind?«

»Nein«, sagte Laire. »Aber ich dachte mir schon, dass du genau das fragen würdest.«

»Wenn wir hier nur debattieren, erreichen wir nichts«, kritisierte Atlan.

»Wir versuchen, das Zentrum zu erreichen, ohne gesehen zu werden«, entschied Rhodan widerwillig. »Vielleicht ist es klüger, wenn wir uns zurückhalten.«

Sie sprangen in den Antigravschacht. Er funktionierte auf die übliche Weise, wenn er auch wesentlich größer war.

Während sie langsam in die Tiefe schwebten, zog Atlan einen Paralysator aus dem Gürtel und entsicherte ihn. Er blickte immer wieder suchend nach oben, aber es blieb alles ruhig. Inzwischen bedauerte Rhodan, dass Ganerc-Callibso nicht bei ihnen war; der Zwerg hätte vielleicht eine Erklärung für die Anwesenheit der Fremden gehabt.

Saedelaeres merkwürdiger Traum fiel ihm wieder ein. Bestand ein Zusammenhang?

Ganerc hatte ihnen geraten, in etwa fünfhundert Metern Tiefe auf einer dunkelblau gefärbten Plattform zu landen und den Schacht dort zu verlassen. »Da es sich um die einzige blaue Plattform handelt, werdet ihr keine Schwierigkeiten haben, sie zu finden«, hatte der Gnom gesagt.

Seine Angaben erwiesen sich als zutreffend. Die beiden Zellaktivatorträger und der Roboter landeten auf der Plattform und betraten den weiterführenden Gang. Rhodan stellte erleichtert fest, dass sie hier allein waren. Lediglich irgendwo aus dem Hintergrund ertönten dumpfe Geräusche.

»Ganerc hat Partocs Überreste in einer Hydriernische bestattet. Durch diesen Seitengang gelangen wir in den Hauptkorridor, der zur Zentrale führt. Dort müssen wir uns nach den hellgrünen Markierungen richten. Wenn wir ihnen folgen, gelangen wir zu den Labors neben der Zentrale. Es gibt dort insgesamt acht solche Nischen. Wenn wir davorstehen, ist die dritte von links Partocs Grab.«

Scallur und der Androide waren in die Montagehalle neben der Zentrale zurückgekehrt.

»Sie haben den Schacht jetzt verlassen«, sagte Ehmet. »Es sieht so aus, als sei die Burgzentrale ihr Ziel.«

»Das sehe ich auch«, antwortete Scallur nervös. Er fragte sich, ob es ein Fehler gewesen war, die drei Eindringlinge überhaupt bis zum Schacht vordringen zu lassen. Oben auf dem Landefeld wäre es leicht gewesen, sie zu überwältigen. Scallur wunderte sich über seine Unentschlossenheit. Natürlich hatte kein Mitglied des Demontagekommandos damit gerechnet, dass sie in den Burgen auf lebende Wesen stoßen könnten. Es gab ein Gerücht, nach dem Partoc eine innige Verbindung mit einer Sterblichen eingegangen war. Sah Scallur etwa die daraus hervorgegangenen Nachkommen vor sich?

Es war müßig, darüber zu spekulieren.

»Sie werden zwangsläufig die Halle mit dem Drugun-Umsetzer finden«, fuhr Ehmet fort.

»Vielleicht haben sie das sogar im Sinn«, argwöhnte Scallur. »Aber ich glaube es nicht. Sie sind aus einem anderen Grund hier. Wahrscheinlich ahnen sie nichts von unserer Anwesenheit. Das könnte bedeuten, dass sie bald wieder verschwinden.«

»Und wenn sie das Steuergerät finden?«

»Sie werden damit nichts anzufangen wissen. Für sie wird es eine Maschinerie wie jede andere sein.«

»Das bezweifle ich!«, widersprach Ehmet. »Sie werden leicht feststellen, dass in der Halle gearbeitet wurde, vor allem dann, falls sie schon früher einmal hier waren – und das müssen wir bei der Sicherheit, mit der sie vorgehen, annehmen.«

Ich muss aufpassen, dass die Initiative bei mir bleibt!, dachte Scallur betroffen.

»Rufe einige Arbeiter zusammen!«, befahl er Ehmet. »Wir werden die Eindringlinge im Hauptkorridor stellen.«

»Werden wir sie angreifen?«

Scallur zögerte. Er hätte gern gewusst, wer die Unbekannten waren und was sie in der Burg wollten. Wenn sie tot waren, würden sich diese Fragen nur schwer oder überhaupt nicht beantworten lassen. Er überlegte, ob er besser versuchen sollte, mit den Ankömmlingen Kontakt aufzunehmen und mit ihnen zu verhandeln. Aber das würden sie vielleicht als Schwäche auslegen. Außerdem durfte er seinen Auftrag nicht vergessen. Dabei sollte er sich durch nichts und niemanden ablenken lassen, so lautete der ihm übermittelte Befehl der Kosmokraten.

»Wir greifen an, aber nicht mit tödlichen Waffen«, entschied er. »Es genügt vermutlich, wenn ihr ihnen einen Schrecken einjagt, danach werden sie diese Burg verlassen.«

»Wir sollen sie also in die Flucht schlagen?«

»Ja«, sagte Scallur.

In Wahrheit hoffte er, dass sich nach einem wohldosierten Angriff Verhandlungen ergeben würden – wie immer sie aussehen mochten. Seine Neugier war geweckt, er fieberte einem Gespräch mit den Fremden förmlich entgegen.

Das ist eine Folge meines langen Zusammenseins nur mit Androiden!

»Sollen wir das Mutterschiff alarmieren?«, erkundigte sich Ehmet.

»Wie kommst du darauf?« Scallur warf ihm einen erstaunten Blick zu.

»Es könnte sein, dass diese Eindringlinge nicht die Einzigen sind, die sich hier herumtreiben! Ihr Schiff sieht aus wie ein Beiboot, das bedeutet womöglich, dass sie Hilfe herbeirufen können, wenn wir sie angreifen.«

Auf diese Weise von einem Androiden belehrt zu werden machte Scallur in doppelter Hinsicht zu schaffen. Einmal bewies es ihm, wie sehr sein Sinn für das Notwendige durch Einsamkeit und Eintönigkeit schon vernebelt war, und zum anderen warf es auch ein bezeichnendes Licht auf seine Beziehung zu den Androiden.

Ich muss mich wieder von ihnen abgrenzen. Sie tun schon fast, als sei ich einer der Ihren.

Ehmet hatte eine Gruppe von zwölf Androiden herbeigerufen. Scallur ließ leichte Waffen verteilen und gab seine Befehle.

»Kommst du nicht mit, Kommandant?«, erkundigte sich Ehmet.

»Es ist besser, wenn ich vorerst im Hintergrund bleibe«, antwortete Scallur.

Die Androiden sollen sehen, dass ich nicht bereit bin, meine Haut für jede Dreckarbeit zu riskieren, dachte er.

»Du übernimmst das Kommando, Ehmet. Und denke daran: keine Toten!«

»Ja, Kommandant.«

Der Androide führte die zwölf anderen aus der Halle hinaus.

Scallur blickte zu den Monteuren hinüber, die ihre Arbeit am Demontagerechner unterbrochen hatten. »Weitermachen!«, herrschte er sie an.

Dann konzentrierte er sich auf das Bildfunkgerät. Ehmet hatte die gleiche Ausrüstung dabei, also konnte Scallur beobachten, was im Hauptkorridor geschehen würde.

In dem Augenblick, da die dreizehn Blaugekleideten vor ihnen im Hauptkorridor auftauchten, wusste Perry Rhodan, dass diese Begegnung kein Zufall war. Das war an der Haltung der Fremden eindeutig zu erkennen. Vermutlich waren Atlan, Laire und er schon während der Landung entdeckt worden, aber die Blaugekleideten hatten erst abgewartet, was sie unternehmen würden. Nun, da sie sich der Zentrale näherten, war für die Unbekannten der Zeitpunkt zum Eingreifen gekommen.

Wie sie sich dieses Eingreifen vorstellten, zeigten die waffenähnlichen Gegenstände, die sie trugen.

Rhodan schaltete seinen Individualschutzschirm ein. Es handelte sich um einen Paratronschirm, wie ihn alle modernen Anzüge terranischer Raumfahrer aufwiesen. Er bot Schutz gegen den Beschuss aus allen möglichen Energiewaffen, jedenfalls bis zu einer gewissen Intensität. Auch Atlan hatte seinen Schirm eingeschaltet.

Rhodan warf Laire einen besorgten Blick zu. Bei seinem Kampf gegen Pankha-Skrin hatte der Roboter bewiesen, dass er körpereigene Defensivwaffen hatte. Falls es nun zu einer gewaltsamen Auseinandersetzung kam, würden sie vermutlich ihren Zweck ebenfalls erfüllen. Trotzdem bedauerte Rhodan, dass er nicht darauf bestanden hatte, Laire mit einem Schutzschirmaggregat auszurüsten.

»Ziehen wir uns zurück!«, sagte Laire lakonisch.

»Kannst du einmal an etwas anderes denken als an dein verdammtes Auge?«, herrschte der Arkonide ihn an.

»Nein«, sagte Laire.

Rhodan konnte trotz der bedrohlichen Situation ein Lächeln nicht unterdrücken. Er hob beide Arme, um den Blaugekleideten anzudeuten, dass er keine feindlichen Absichten hatte. Entweder verstanden sie die Geste nicht, oder sie waren nicht geneigt, darauf einzugehen. Sie hoben ihre Waffen und eröffneten das Feuer. Die Paratronschirme wurden während des Beschusses in ihrer vollen Ausdehnung sichtbar. Sie bildeten eine ovale Aura um den menschlichen Körper. Bläuliche Funken sprühten von ihnen hinweg. Bei Laire war kein Schutzschirm zu erkennen, aber auch er zeigte keinerlei Trefferwirkung.

»Es sind Schockwaffen«, stellte der Roboter fest. »Ihre Wirkung reicht aus, um einem Menschen Schmerzen zuzufügen, eine tödliche Gefahr sind sie nicht.«

»Offenbar begnügen sich die Fremden damit, uns zu vertreiben«, sagte Rhodan, denn er war überzeugt davon, dass die Blaugekleideten über stärkere Waffen verfügten. »Aber damit werden sie kein Glück haben.«

Er feuerte mit seinem Paralysator auf die Angreifer, erzielte jedoch ebenfalls keinen Erfolg.

»Immerhin wissen sie jetzt, dass sie mit uns nicht machen können, was sie wollen«, sagte Atlan.

Rhodan schaltete seinen Translator auf die Sprache der Mächtigen. »Wir sind nicht hier, um mit euch zu streiten!«, rief er. »Wir kommen in friedlicher Absicht und werden uns bald wieder zurückziehen.«

Die Antwort war eine weitere Salve.

Rhodan deutete auf eine Tür seitlich in der Wand. »Wir ziehen uns zurück und verschanzen uns dort!«, ordnete er an.

»Damit versperren wir uns unter Umständen den eigenen Rückzug«, warnte Atlan.

Rhodan öffnete die Tür und blickte in den angrenzenden Raum. Verschiedenartige Maschinen standen auf Grundplatten oder waren an den Wänden befestigt. In der dem Eingang gegenüberliegenden Wand bemerkte Rhodan zwei weitere Tore.

»Das ist keine Sackgasse. Wir kommen auf der anderen Seite weiter, wenn es sich als nötig erweisen sollte.«

»Warum kämpfen wir nicht?«, wollte Atlan wissen. »Es erschiene mir klüger, den Burschen klarzumachen, dass wir bereit sind, unseren Willen durchzusetzen.«

»Ich habe mich für eine andere Taktik entschieden«, sagte Rhodan.

Sie zogen sich in den Maschinenraum zurück. Rhodan spähte auf den Gang hinaus.

»Sie folgen uns nicht!«, stellte er zufrieden fest. »Das bestätigt meine Meinung, dass sie uns nur von der Zentrale fernhalten wollen.«

»Weil sie dort die Aggregate zusammentragen, die sie aus allen Sektoren der Burg herbeischaffen«, fügte Laire hinzu.

»Das ist vermutlich die Erklärung«, stimmte Rhodan zu. »Ich bin aber sehr daran interessiert, herauszufinden, was in der Zentrale geschieht.«

»Ich dachte, wir sind hier, um den Schlüssel zu holen, der zu dieser Burg gehört«, erinnerte Atlan.

»Das auch.«

Rhodan forderte den Roboter auf, am Eingang Wache zu halten und die Blaugekleideten nicht aus dem Auge zu lassen. Er selbst ging mit Atlan zwischen den Maschinen hindurch zu den beiden Toren an der Rückseite des Raumes.

»Wir wissen nicht, wie viele dieser Männer in der Burg sind«, sagte er zu dem Arkoniden. »Vielleicht sind es einige hundert, dann haben wir trotz unserer Ausrüstung keine Chance gegen sie.«

»Aber es würde einige Zeit dauern, bis sie alles zusammengezogen haben«, widersprach Atlan. »Wahrscheinlich bekommen wir keine Gelegenheit mehr, ihnen eine Lektion zu erteilen und sie einzuschüchtern. Sie denken, dass sie uns besiegt haben.«

Rhodan öffnete eines der Tore in der rückwärtigen Wand und blickte in einen weiteren Maschinenraum. »Vielleicht können wir auf Umwegen an die Zentrale herankommen.«

»Und wenn sie uns beobachten?«

»Womöglich sind sie dazu in der Lage. Aber das ändert nichts an meinen Plänen.« Rhodan rief nach Laire. Der Roboter hatte sie kurz darauf eingeholt. Er bewegte sich lautlos und so leicht, als sei er ein vom Wind dahingetriebenes Blatt.

»Wir versuchen, von hier aus näher an die Zentrale heranzukommen«, sagte Rhodan bestimmt.

»Das ist mir klar.« Laire deutete auf ein Loch in der Wand, das der Terraner noch nicht entdeckte hatte. »Hier scheinen die Blauen bereits am Werk gewesen zu sein.«

Rhodan untersuchte mit Atlan das Leck.

»Sie haben etwas herausgeholt, was hier versteckt war«, vermutete der Arkonide. »Es könnte sich um maschinelle Teile handeln. Aber warum sind sie versteckt? Gehören sie zur Einrichtung der Burg?«

Partocs Burg barg ein Geheimnis, dem die Blauen auf die Spur gekommen waren. Rhodans Interesse daran wuchs.

Sie durchquerten den zweiten Maschinenraum, ohne aufgehalten zu werden. Wenig später passierten sie einen offenen Durchgang. Der dahinter verlaufende Gang war nur halb so breit wie der Hauptkorridor, schien aber in die gleiche Richtung zu führen.

Rhodan hörte das Geräusch von Stiefeln auf dem Metallboden. Er fuhr herum und sah eine Gruppe identisch aussehender, blau gekleideter Männer heranstürmen. Sie eröffneten sofort das Feuer, und diesmal schossen sie mit schwereren Energiewaffen.

»Sie schneiden uns den Weg ab!«, warnte Atlan.

Rhodan zog eine Mikrobombe aus der Gürteltasche und zündete sie. Er warf sie in den Gang. »Hinlegen!«, rief er seinen Begleitern zu.

Schon raste die Druckwelle der Explosion über sie hinweg. Durch Rauch und Flammen sah Rhodan, dass die Verfolger gestürzt waren und nur mühsam wieder auf die Beine kamen. Er zündete eine Rauchbombe mit Projektionsgeschossen. Wenige Sekunden später war der gesamte Gang vernebelt. Aus den Wolken heraus schossen holografische Bildprojektoren, die die Verfolger irritieren sollten.

»Schaut nicht hin!«, riet Rhodan seinen Begleitern.

Er hatte sich wieder aufgerichtet und lief los. Atlan und Laire hielten mit ihm Schritt. Rhodan war zufrieden. Die Unbekannten hatte er vorerst abgeschüttelt, ohne auch nur einen von ihnen zu verletzen.

Der Gang teilte sich. Rhodan deutete auf die rechte Seite. »Das ist die Richtung zum Hauptkorridor.«

Er warf eine weitere Bombe. Sie kam ziemlich nahe zur Explosion und spuckte Dutzende Bildprojektoren aus.

Sie rannten weiter und drangen wieder in den Hauptkorridor ein. Er war verlassen. Rhodan zögerte nicht, sich wieder in Richtung Zentrale zu wenden.

Jäh wurde er wie von einer unsichtbaren Faust gepackt und zu Boden geworfen. Auch Atlan ging in die Knie. Lediglich Laire hielt sich aufrecht, aber er wurde ein paar Schritte durch den Gang zurückgetrieben.

»Gravitationswaffen!«, ächzte Atlan. »Wir müssen herausfinden, von wo aus die Schwerkraft eingesetzt wird.«

Rhodan war nicht mehr in der Lage, sich wieder aufzurichten. Der Korridor lag nach wie vor verlassen vor ihnen. Entweder hatte der Gegner Mikrodeflektoren, mit deren Hilfe er sich unsichtbar machen konnte, oder er verbarg sich in einem der Seitenräume. Rhodans Hoffnung, dass die Gavitationsfront vorbeiziehen und an Intensität verlieren würde, erfüllte sich nicht. Jedoch sah er, dass Laire sich seitwärts bewegte, unendlich langsam zwar, aber dennoch mit einer nicht zu übertreffenden Eleganz. Der Roboter stieß eine der Türen zu den Nebenräumen auf. Dann winkte er den beiden Männern zu.

»Versucht, hierher zu gelangen! Außerhalb des Korridors ist die Wirkung nicht so stark.«

Rhodan war sicher, dass Atlan und er ohne ihre Gravoneutralisatoren und Prallschirme zerquetscht worden wären. Also schreckten die Blaugekleideten nicht vor einer Eskalation zurück.

Er rollte sich seitwärts über den harten Boden. Es war ein ebenso schwieriges wie strapaziöses Unterfangen, denn er musste das Mehrfache seines Körpergewichts in Bewegung halten. Schließlich erreichte er die von Laire geöffnete Tür und schob sich in den Nebenraum. Die Wirkung der unsichtbaren Waffe ließ nach. Rhodan konnte vollends aus dem Gefahrenbereich kriechen und sich aufrichten. Atlan folgte ihm.

»Sie scheinen entschlossen zu sein, uns von der Zentrale fernzuhalten.« Rhodan schaltete sein Armbandfunkgerät ein und gab einen kurzen Lagebericht an Saedelaere in der Space-Jet.

»Kann ich euch unterstützen?«, erkundigte sich der Transmittergeschädigte besorgt.

»Ich wüsste nicht, wie«, sagte Rhodan. »Solange draußen alles ruhig bleibt, verlässt du das Beiboot nicht.«

»Ich könnte einen Angriff gegen den kleinen Diskus fliegen«, schlug Saedelaere vor. »Das würde die Fremden sicher von euch ablenken.«

»Auf keinen Fall«, widersprach Rhodan. »Damit wäre die Tür zu Verhandlungen endgültig zugeschlagen.«

Er brach die Verbindung ab und wandte sich wieder an Atlan und den Roboter.

»Es ist besser, wenn wir dem Hauptkorridor fernbleiben. Die Aufmerksamkeit der Blauen konzentriert sich auf diesen Bereich. Also sollten wir versuchen, auf einem Zickzackkurs an die Zentrale heranzukommen. Das macht es den Fremden schwerer, uns zu beobachten und ihre schweren Waffen in Stellung zu bringen.«

Sie durchquerten den Raum und gelangten durch den rückwärtigen Ausgang in eine mit verschlossenen Behältern angefüllte Lagerhalle. In die Wände waren Nischen eingelassen. Hinter transparenten Abdeckungen standen Roboter. Sie schienen desaktiviert zu sein. In ihrem Aussehen glichen sie den Automaten, die Rhodan bereits in Lorvorcs Burg gesehen hatte. Einen Augenblick lang spielte er mit dem Gedanken, diese Roboter gegen die Blaugekleideten einzusetzen, aber dazu hätte er wissen müssen, wie sie aktiviert werden konnten. Außerdem konnte sich eine solche Maßnahme schnell als Bumerang erweisen. Immerhin war denkbar, dass die Fremden auf die Funktionsweise der Roboter Einfluss nehmen konnten.

Das Lager machte einen geordneten Eindruck. Niemand schien seit Partocs Tod hier gewesen zu sein. Rhodan brach einen der Behälter auf, aber seine Hoffnung, dass darin vielleicht Waffen aufbewahrt wurden, erfüllte sich nicht. In der Metallkiste befanden sich Ersatzteile für die Maschinenanlagen der Burg.

An das Lager schlossen sich drei kleinere Räume an, dort gab es Flüssigkeitstanks. In der unmittelbaren Nachbarschaft dieser Einrichtungen stießen Rhodan und seine Begleiter auf kompakte Datenspeicher. Rhodan nahm an, dass es sich um ein Archiv Partocs handelte. Welche Schätze an Informationen mochten hier zusammengetragen worden sein? Er bedauerte, dass er wohl nie die Gelegenheit erhalten würde, diesen Fund auszuwerten.

Beim Verlassen der Speicheranlagen stießen sie auf einen einzelnen Fremden. Er trug die gleiche Kleidung wie seine Artgenossen. Sein Gesicht war kalt und glatt, beinahe unfertig. Der Mann schien unbewaffnet zu sein.

Rhodan und Atlan schauten den Blaugekleideten nur abschätzend an. Laire warf sich jedoch geradezu auf den Unbekannten und riss ihn von den Beinen.

»Hör auf!«, befahl Rhodan. »Er setzt sich überhaupt nicht zur Wehr. Vermutlich ist er gekommen, um mit uns zu verhandeln.«

Laire ließ nicht von dem Unbekannten ab. Er riss dessen blaue Uniform am Brustteil auf und zerrte einen tellerförmigen Gegenstand darunter hervor. Mit einem Ruck schleuderte er das Gebilde in den Speicherraum. Eine Stichflamme loderte plötzlich im Eingangsbereich auf, dann folgte eine heftige Druckwelle.

Rhodan schluckte. Laire hatte Atlan und im wahrscheinlich das Leben gerettet. Der Blaugekleidete war nicht gekommen, um zu verhandeln, sondern um in ihrer unmittelbaren Nähe eine Bombe zu zünden. Es war fraglich, ob die Individualschirme dem standgehalten hätten.

»Sind diese Wesen tatsächlich so todesverachtend, oder handeln sie auf Befehl?« Rhodan überlegte laut.

Laire stand schon wieder auf den Beinen. Er zog den Mann, der weiterhin völlig unbeteiligt wirkte, mühelos in die Höhe.

»Soll ich ihn untersuchen?«

»Das würde zu viel Zeit kosten«, lehnte Rhodan ab. »Seinesgleichen haben die Explosion gehört und nehmen wahrscheinlich an, die Aktion hätte Erfolg gehabt. Das gibt uns Gelegenheit, ein gutes Stück unbehelligt voranzukommen.«

»Und was geschieht mit ihm?« Atlan deutete auf den Blauen.

Rhodan zog den Paralysator und schoss auf den Fremden. Der Mann zeigte jedoch keine Reaktion. Erst als Rhodan dicht an ihn herantrat und ihm einen Faustschlag gegen das Kinn versetzte, ging der Blaue ächzend zu Boden und rührte sich nicht mehr.

Laire beugte sich zu ihm hinab und untersuchte ihn kurz. »Bewusstlos«, stellte er fest.

»Damit ist er eine Zeit lang außer Gefecht gesetzt«, sagte Rhodan. »Sobald er zu sich kommt, wird er die anderen alarmieren. In der Zwischenzeit können wir ein gutes Stück vorankommen.«

»Früher oder später werden unsere Gegner ihre gesamte Streitmacht zusammenziehen«, prophezeite Atlan. »Dann haben wir keine Chance mehr.«

Rhodan nickte grimmig. Sie konnten nur hoffen, in der Zwischenzeit Partocs Skelett und den Schlüssel zu finden.

Sie durchquerten mehrere Lagerräume, bis sie auf einen schmalen Gang stießen. Der Boden war nicht glatt, sondern bestand aus einer Art Schiene, die vermuten ließ, dass es sich um ein burgeigenes Transportsystem handelte. Wenn diese Vermutung stimmte, konnten sie davon ausgehen, dass dieses System an der Zentrale vorbeiführte. Sie brauchten also nur der Schiene zu folgen.

10.

Wenn Scallur den Demontagerechner betrachtete, der allmählich seine endgültige Form gewann, empfand er Befriedigung darüber, dass er die Arbeit an diesem Projekt wegen des Auftauchens der Fremden nicht hatte einstellen lassen. Es hatte sogar den Anschein, als seien die Androiden unter dem Druck der Ereignisse noch schneller vorangekommen. Ein großer Teil der von Partoc versteckten Aggregate war entdeckt und ohne Zwischenfälle geborgen worden. Es sah fast so aus, als könnte der ursprüngliche Termin, von einer knappen Verzögerung abgesehen, doch eingehalten werden.

Scallurs Zufriedenheit hatte einen zweiten Grund: Sobald der Rechner einsatzbereit war, konnte die Burg zum ersten Etappenziel abtransportiert werden.

Der kleine Mann lächelte bei diesem Gedanken. Er konnte sich vorstellen, welchen Effekt die Versetzung der Burg auf die Fremden haben musste. Wahrscheinlich würden sie Hals über Kopf fliehen.

Trotz dieser optimistischen Aussichten war Scallur über die Entwicklung in Zusammenhang mit den Eindringlingen keineswegs glücklich. Sie schienen über eine Ausrüstung zu verfügen, die es ihnen gestattete, allen Angriffen standzuhalten. Nachdem alle Versuche gescheitert waren, die Unbekannten zu vertreiben, hatte Scallur die Androiden zurückgezogen und ihnen befohlen, nur das Gebiet um die Zentrale zu bewachen. Er machte sich Sorgen um den Demontagerechner, denn es hatte fast den Anschein, als gelte das Interesse der drei dieser Anlage.

Waren sie gekommen, um das Steuergerät zu vernichten? Das hätte im Endeffekt bedeutet, dass sie die Rückversetzung der Kosmischen Burg an ihren Ursprungsort verhindern wollten.

Wer konnte an einer solchen Entwicklung interessiert sein?

Eigentlich nur die ehemaligen Besitzer der Burgen, dachte Scallur. *Aber es heißt doch, dass keiner der Mächtigen mehr am Leben ist.*

Solche Überlegungen führten offenbar in die Irre. Scallur sah ein, dass er falsche Rückschlüsse zog, weil er nicht genügend Informationen hatte.

Inzwischen war Ehmet mit einem Teil seiner Begleitmannschaft zurück. Einige Androiden mussten in einem als Krankenstation eingerichteten Nebenraum behandelt werden. Sie hatten Verätzungen in den Augen und auf der Gesichtshaut davongetragen. Die Verletzungen waren nicht so schlimm, dass die Betroffenen deshalb zum Mutterschiff hätten zurückkehren müssen. Scallur war froh darüber, denn im Augenblick wollte er das Mutterschiff auf keinen Fall ins Spiel bringen. Es war sein Trumpf, den er nur dann ausspielen wollte, wenn die Situation für ihn und das Demontagekommando besonders kritisch werden sollte.

Er fragte sich, ob Jagur ähnliche Schwierigkeiten hatte. Jagur war der Leiter des zweiten Demontagekommandos. Wenn Scallur die Zeitaufteilung richtig einschätzte, mussten Jagur und seine Mitarbeiter jetzt in der Burg Ariolcs sein.

Weder Scallur, Jagur oder einer ihrer Androiden würden die letzte Etappe auf der Reise der Burgen mitmachen. Keiner von ihnen war jemals auf der anderen Seite der Materiequellen gewesen und würde auch nie dorthin gelangen.

Eigentlich schade!, ging es Scallur durch den Kopf. *Ich werde niemals mit einem Kosmokraten zusammentreffen.*

Seine Befehle erhielt er durch Boten, von denen er nicht einmal wusste, ob sie von jenseits der Materiequellen kamen.

»Sie sind zu dritt«, hörte er Ehmet sagen. »Wenn wir alle Monteure abziehen und sie umzingeln, haben sie keine Chance, Kommandant.«

Scallur sah den großen Androiden versonnen an. »Das ist zweifellos richtig, Ehmet. Doch dazu müssten wir die Arbeiten am Drugun-Umsetzer unterbrechen. Ich will aber die Burg so schnell wie möglich auf die Reise bringen – schon wegen der Fremden.«

»Das hört sich an, als befänden wir uns in einem Dilemma.«

Scallur empfand eine Spur von Heiterkeit. »So weit ist es noch nicht! Die Eindringlinge befinden sich in den Räumen nahe der Zentrale. Lass überall Posten aufstellen, Ehmet. Sie sollen auf Sichtweite operieren, damit wir den gesamten Gang kontrollieren können.«

»Dazu brauchen wir über zwanzig Helfer!«

»So viele können wir entbehren. Die meisten Kommandos haben ohnehin nichts mehr zu tun, da die Suche abgeschlossen ist und fast alle Teile des Rechners zusammengetragen sind.«

Ehmet ging davon, um die Anordnungen auszuführen. Scallur begab sich zum Demontagerechner. Seine Hände mit den zartblauen Fingernägeln tasteten über das kostbare Material. An jenen Stellen des Drugun-Umsetzers, an denen noch Teile fehlten, bereiteten die Androiden die Endmontage vor.

Warum lasse ich die Fremden nicht töten?, fragte sich Scallur.

Er hatte sich auf ein Geplänkel eingelassen, das war die Wahrheit. Die Kosmokraten hatten für den Fall eines Zusammentreffens mit Unbekannten keine Anweisungen erteilt – wahrscheinlich deshalb nicht, weil sie nicht damit gerechnet hatten.

Die Verantwortung liegt allein bei mir. Und ich bin verdammt zu neugierig, um eine endgültige Lösung herbeizuführen. Ich will wissen, wer die anderen sind.

Die Schiene endete in einer Art Kabine, in der ein ovales Schwebefahrzeug untergebracht war. Hinter der Kabine lag ein schmaler Raum mit zahlreichen Türen.

»Das sind die Zugänge zu diesem Transportsystem«, sagte Rhodan, enttäuscht darüber, dass dieser Gang nicht bis zur Zentrale führte. »Der Hauptgang der Zentrale muss auf der anderen Seite liegen.«.

»Er ist vermutlich bewacht.«

»Darauf kannst du dich verlassen, Atlan!«, sagte Rhodan grimmig.

»Vielleicht können wir die Hydriernischen finden, ohne noch näher an die Zentrale heranzukommen«, bemerkte Laire.

»Ich habe eine andere Idee.« Rhodan verschränkte seine Hände im Nacken und streckte sich. »Einer von uns muss ein Ablenkungsmanöver starten. Laire, dafür bist du bestens geeignet. Du reagierst am schnellsten und hast die besten Chancen, eventuellen Verfolgern zu entkommen. Es hängt von deiner Geschicklichkeit ab, uns die Blauen vom Hals zu schaffen, wenigstens für einige Minuten.«

Laire sah ihn aus seinem einen Auge an, nachdenklich, wie es Rhodan erschien. Er konnte sich einfach weigern, den Plan zu akzeptieren, und erneut seine Lieblingsidee vom Rückzug einbringen.

»Wir haben nicht ewig Zeit!«, drängte Atlan.

»Gut. Ich tu's.« Laire ging ohne ein weiteres Wort und war gleich darauf verschwunden.

»Ich werde einfach nicht aus ihm klug«, bekannte der Arkonide.

»Er ist ein Gebilde von jenseits der Materiequellen, zumindest war er schon auf der anderen Seite«, sagte Rhodan zustimmend. »Das ist es, was ihn so andersartig macht. Aber ich glaube, dass wir uns auf ihn verlassen können. Er wird zwei bis drei Minuten brauchen, um im Hauptgang für Aufruhr zu sorgen. Dann sind wir gefordert, in den unmittelbaren Zentralebereich zu gelangen.«

Sie warteten schweigend zwei Minuten ab, schließlich zwängten sie sich an dem Fahrzeug in der Kabine vorbei zu einem der Zugänge. Rhodan öffnete vorsichtig eine Tür und spähte hinaus. Vor ihm lag ein breiter Gang. Dahinter erkannte er eines der großen Tore der Zentrale. Auch in dieser Beziehung war Ganerc-Callibsos Beschreibung unmissverständlich. Etwa zehn Meter links von Rhodan stand ein Blaugekleideter. Er hielt eine Waffe schussbereit. Weiter rechts stand ein zweiter Blauer. Sogar in der Haltung glich er seinem Artgenossen.

Rhodan schloss behutsam die Tür.

»Noch nicht ...«, raunte er Atlan zu. »Aber sie bewachen den Gang, genau wie vermutet. Laires Auftritt muss jeden Moment beginnen. Uns gegenüber liegt ein Zugang zur Zentrale, den wir mit wenigen Schritten erreichen können.«

»Und wenn sie nicht darauf hereinfallen?«

»Dann müssen wir uns gewaltsam durchschlagen!«

Der Arkonide verzog das Gesicht. »Warum haben wir keinen Teleporter mitgenommen?«

»Vielleicht war das ein Fehler, aber wir wissen nicht, wie die Mutanten mit ihren Fähigkeiten in dieser Umgebung reagieren. Womöglich wäre es zur Katastrophe gekommen.«

Atlans Blick verriet, dass genau diese Gefahr immer noch bestand.

Lärm ertönte draußen, Schreie und hastige Schritte.

»Es geht los!« Rhodan öffnete die Tür erneut und sah gerade noch, wie ein Blaugekleideter mit der Waffe im Anschlag vorbeistürmte. Der Korridor wirkte nun verlassen. Rhodan riss die Tür vollends auf und lief hinaus. Atlan folgte dicht hinter ihm.

Mit vier weit ausgreifenden Sätzen erreichte Rhodan das Tor. Wie es zu öffnen war, wusste er von Ganerc. Hastig betätigte er den Mechanismus. Sekunden verstrichen. Den Atem angehalten, wartete Rhodan, dass der Zugang aufglitt. Noch einmal berührte er die Lichtzellen der Schaltanlage, als nichts geschah.

Endlich öffnete sich das Tor und gab den Blick in die riesige Zentrale frei. Sie war verlassen, keiner der Fremden hielt sich hier auf. Rhodan trat zusammen mit Atlan ein und schloss das Tor hinter sich.

»Niemand hier!«, stellte der Arkonide erstaunt fest. »Verstehst du das?«

Rhodan konnte sich die Abwesenheit der Unbekannten nur damit erklären, dass sie in einem der großen Nebenräume versammelt waren. Aber warum ignorierten sie die Zentrale? Wenn sie in der Burg bauliche Veränderungen vornahmen – und alles sah danach aus –, mussten sie ein bestimmtes Ziel verfolgen. Es erschien Rhodan rätselhaft, dass die Zentrale dabei keine Rolle spielen sollte.

»Vielleicht eine Falle«, vermutete Atlan. Er schien ähnliche Gedanken zu hegen. Ein Kampf in dieser Halle hätte allerdings zur Folge gehabt, dass wertvolle Geräte zerstört worden wären.

»Die grünen Markierungen im Gang zeigten nach links«, erinnerte sich Rhodan. »Wir müssen in diese Richtung gehen, wenn wir das Labor mit den Hydriernischen erreichen wollen.«

Sie bewegten sich an Wänden mit Kontrollanlagen und Instrumenten vorbei. Dabei entdeckten sie eine Vielzahl Projektionen, in denen andere Sektoren der Burg zu sehen waren. In einer der Wiedergaben erblickten die beiden Männer ein Dutzend Blaugekleidete, die an einer seltsamen Maschine hantierten.

Rhodan blieb stehen. »Sieh dir das an!«, empfahl er seinem Freund. »Ich wette, dass sie dieses Ding aus den Teilen zusammenbauen, die sie von überall her aus der Burg herbeischaffen.«

»Aber wozu?«, fragte Atlan. »Was für einen Sinn hat diese Aktion?«

Rhodan wagte nicht einmal, darüber zu spekulieren. Unvermittelt sah er zwischen den Blaugekleideten ein Wesen, das sich in Kleidung und Größe völlig von den anderen unterschied. Es war wesentlich kleiner, vermutlich nicht einmal eineinhalb Meter groß. Trotz seiner zwergenhaften humanoiden Figur wirkte der Fremde aber nicht kindlich. An der Art, wie er sich bewegte und gestikulierte, glaubte Rhodan zu erkennen, dass es sich um den Anführer der Blauen handelte. Das ergab ein völlig neues Bild, denn von nun an musste Rhodan davon ausgehen, dass die muskulösen Männer in ihren metallisch schimmernden Anzügen nur Befehlsempfänger und nicht die eigentlichen Gegner waren. Der todesverachtende Angriff eines der Blaugekleideten wurde dadurch etwas verständlicher.

»Diese Blauen sind nichts weiter als roboterähnliche Geschöpfe«, hörte er Atlan sagen. »Der Zwerg mit den violett schimmernden Augen ist der Chef.«

Rhodan waren die leuchtenden Augen des kleinen Mannes ebenfalls aufgefallen. Sie ließen das Wesen trotz seines menschenähnlichen Körpers fremdartig aussehen.

»Ob der Bursche der Einzige seiner Art ist oder ob es noch mehr von ihnen in der Burg gibt?«, fuhr Atlan fort.

»Wir haben keine Zeit, das herauszufinden«, entgegnete der Terraner. »Wir müssen weiter.«

Sogar die Zentrale war in den Farben Orange, Hellgrün und Dunkelblau gestaltet. Für menschliche Sinne wirkte das verwirrend, aber Partoc hatte diese Aufteilung wahrscheinlich genützt. Trotzdem fragte sich Rhodan, wie es ein einzelnes Wesen hier hatte aushalten können. Je länger er sich mit den Kosmischen Burgen beschäftigte, desto besser konnte er die seelische Krise der sieben Mächtigen verstehen. Partocs Verbindung mit einer Sterblichen von Terzowhiele schien ihm nun genauso begreiflich wie Bardiocs Verrat und Murcons Versuch, seine Einsamkeit durch die Aufnahme von Gästen zu durchbrechen.

Aber warum hatten die Kosmokraten dieses Verhalten der von ihnen eingesetzten Mächtigen nicht einkalkuliert?

Rhodan wandte seine Aufmerksamkeit wieder der Umgebung zu, denn er entdeckte am Boden jene grünen Markierungen, die sich auch im Korridor befanden. Ganerc-Callibso hatte nichts davon erwähnt, dass es diese Zeichen ebenso in der Zentrale gab, aber dazu hatte zum Zeitpunkt ihres Aufbruchs von der BASIS auch keine Notwendigkeit bestanden. Der ehemalige Mächtige hatte nicht mit Schwierigkeiten gerechnet, die es erforderlich machten, einen anderen Weg einzuschlagen und die Zentrale zu durchqueren.

Die beiden Aktivatorträger folgten den grünen Symbolen. Noch war in der Zentrale alles ruhig. Früher oder später würden die Blaugekleideten Laires Manöver jedoch durchschauen.

Rhodan und Atlan kamen wieder an Projektionen vorbei. Rhodan entdeckte abermals Aufnahmen jener Halle, in der die Blauen arbeiteten.

Was bauen sie da zusammen?, fragte er sich. Sein Gefühl sagte ihm, dass es etwas Bedeutsames sein musste, das in engem Zusammenhang mit der Burg stand. Aber diese vage Erkenntnis half ihm nicht weiter. Die Maschinerie wirkte derart fremdartig, dass ihre Funktion nicht einmal zu erraten war.

Die Markierungen endeten vor einem kleinen Schott.

»Ich glaube, dass dahinter die Labors liegen.« Atlan deutete auf den Durchgang.

Rhodan war bereits mit dem Öffnungsmechanismus beschäftigt. Zu seiner Erleichterung glichen die Schaltanlagen jenen an den anderen Toren. Während er wartete, dass das Schott aufglitt, dachte er an Laire. Hoffentlich existierte der Roboter noch. Sein Verlust wäre ein zu hoher Preis für diesen kleinen Erfolg gewesen. Laire war für die Menschen unersetzlich, denn Rhodan war überzeugt davon, dass sie ihn noch dringend brauchen würden, sobald sie die Materiequelle erreichten und Kontakt zu den Kosmokraten aufnehmen wollten.

Das Schott stand offen.

»Du wirst das Labor nicht sofort als solches erkennen«, hatte der ehemalige Mächtige Ganerc gesagt. »Die Einrichtung unterscheidet sich erheblich von der eines Labors an Bord der BASIS.«

Als er nun in die vor ihm liegende Halle schaute, fand Rhodan die Aussage des Zwerges bestätigt. Er hielt sich jedoch nicht lange damit auf, die Laboreinrichtung zu inspizieren, sondern blickte sich nach den Hydriernischen um. Gleich darauf entdeckte er sie an der von Ganerc-Callibso beschriebenen Stelle.

Es waren acht, genau wie der ehemalige Mächtige gesagt hatte. Alle acht Nischen waren geschlossen – bis auf eine. Und diese eine war die dritte von links, jene, in der Partocs Skelett liegen sollte, bei dem Rhodan den zu dieser Burg gehörenden Zusatzschlüssel zu finden hoffte.

Da Laire keine unbedingte Notwendigkeit für sein augenblickliches Vorgehen sah und noch weniger Gefallen daran fand, beschloss er, schnell damit aufzuhören und das zu tun, was das einzig Richtige zu sein schien, nämlich sich zurückzuziehen.

Er wusste, dass er ohne seine Begleiter nicht zur BASIS zurückkehren konnte, sonst hätte er vielleicht versucht, die Space-Jet gewaltsam unter seine Kontrolle zu bringen und von der Burg zu fliehen. Trotzdem wollte er mehr auf seine eigene Sicherheit achten. Es war sinnlos, die eigene Existenz aufs Spiel zu setzen. Schließlich hatte er schon genug für Rhodan und Atlan getan. Eine Horde Blaugekleideter war hinter ihm her und eröffnete das Feuer auf ihn, sobald er sich sehen ließ.

Laire schüttelte die Verfolger ab und machte sich auf den Weg zum Landeplatz der Space-Jet. Bald darauf hatte er das Beiboot fast erreicht und nahm Funkverbindung mit Saedelaere auf.

»Laire«, meldete sich der Transmittergeschädigte überrascht. »Warum bist du allein zurückgekommen?«

»Ich habe ein Ablenkungsmanöver durchgeführt.«

»Bis hierher?«, fragte Alaska zweifelnd. »Soll das etwa heißen, dass du diese Fremden hergelockt hast? Das wäre unverantwortlich.«

»Ich habe sie nicht hergelockt, obwohl ich sicher bin, dass sie den Landeplatz der Space-Jet längst kennen. Ich habe mich lediglich zurückgezogen. Meine Existenz ist zu kostbar, als dass ich sie hier aufs Spiel setzen möchte. Vor allem, seit ich weiß, dass ich eine reelle Chance habe, mein Auge wiederzubekommen.«

»Du verdammter Halunke hast sie im Stich gelassen!«, schrie Saedelaere empört.

»Das ist deine Terminologie!«, kommentierte Laire.

»Dann kehr um und hilf ihnen!«

»Keinesfalls«, erwiderte Laire. »Ich will nun an Bord der Space-Jet kommen. Öffne eine Strukturlücke und die Schleuse.«

»Den Teufel werde ich tun«, verkündete der Maskenträger. »Wenn du Perry und Atlan nicht beistehen willst, kannst du meinetwegen dort draußen schmoren, bis du schwarz bist.«

»Ich verstehe nicht, was du meinst.« Laire ließ sich in der Nähe der Space-Jet am Boden nieder. »Es ist mir auch gleichgültig, ob du jetzt oder bei Atlans und Rhodans Rückkehr öffnest. Ich werde auf jeden Fall wieder an Bord kommen.«

Es hörte sich an, als wollte Saedelaere noch etwas erwidern, doch dann verstummte er. Er sah offenbar ein, dass er nicht in dieser Weise argumentieren konnte.

Laire saß auf der beleuchteten Hülle der Burg und wartete.

Er hatte immer nur gewartet.

Scallur sah zu, wie die Androiden die letzten Aggregate des Drugun-Umsetzers hereinschleppten. Die Endmontage würde noch mehrere Stunden in Anspruch nehmen, dann konnte ein Probelauf erfolgen. Nötigenfalls würde Scallur die Burg auch sofort auf den Weg bringen. Das plante er aber nur für den Fall, dass die Vorbereitungen massiv gestört werden sollten.

Ehmet kam zu ihm. »Wir haben die Spur der Fremden verloren«, gestand der Androide. »Ich glaube jedoch, dass sie sich zurückgezogen haben.«

»Sie haben euch überlistet, indem sie sich trennten«, sagte Scallur ohne Groll. »Einer von ihnen ist verschwunden, die beiden anderen befinden sich in der Nähe der Zentrale.«

In Ehmets ansonsten ausdruckslosem Gesicht spiegelte sich Fassungslosigkeit.

»Wir müssen sofort etwas unternehmen«, sagte der Androide schließlich.

Scallur deutete auf den Demontagerechner.

»Die Arbeiten stehen kurz vor dem Abschluss. Solange die Fremden nicht in die Halle kommen, brauchen wir uns nicht mehr um sie zu kümmern. Die Umsetzung der Burg wird ihnen einen gehörigen Schock bereiten. Danach werden sie sich ergeben oder die Flucht ergreifen.« Er machte eine Kopfbewegung zu den Eingängen. »Bewacht alle Tore und eröffnet das Feuer auf jeden, der hier eindringen will und nicht zu uns gehört.«

Ehmet schien verwirrt zu sein. Wahrscheinlich empfand er die Befehle des Kommandanten als widersprüchlich. Scallur ließ ihn einfach stehen und begab sich auf die andere Seite des Steuergeräts. Dort waren vier Androiden mit dem Einbau eines Aggregats beschäftigt, das erst vor wenigen Augenblicken herbeigeschafft worden war. Der Zusammenbau stellte Scallur und seine Mannschaft vor keine Probleme, denn die einzelnen Teile waren genau gekennzeichnet und leicht zusammenzusetzen.

Scallur glaubte zu wissen, warum die Drugun-Umsetzer in den sieben Kosmischen Burgen dezentralisiert aufbewahrt wurden. Damit hatten die Kosmokraten vermeiden wollen, dass die Mächtigen die Burgen bewegen konnten.

Partoc hatte offenbar zufällig einige Bauteile gefunden, aber das hatte ihm nicht geholfen.

»Beeilt euch!« Scallur trieb die Androiden an. »Je schneller wir fertig werden, desto besser für uns.«

Er wusste noch nicht, was ihn und seine Mannschaft erwartete, sobald die Arbeiten an Partocs Kosmischer Burg abgeschlossen waren.

Vielleicht erhielt er den Auftrag zur Versetzung einer weiteren Burg, vielleicht wurde er auch in eine andere Galaxis beordert und musste sich um andere Dinge kümmern. Die Kosmokraten hatten immer Arbeit für ihre Helfer. Solange Scallur zurückdenken konnte, standen er und seinesgleichen im Dienst der Kosmokraten. Das unterschied sein Volk von jenen, die im Auftrag der Mächtigen arbeiteten. Die Hilfsvölker, die beim Aufbau eines Schwarms eingesetzt wurden, verloren danach immer wieder an Einfluss und Bedeutung. Auch die Mächtigen wurden irgendwann von neuen Gruppen abgelöst. Geschöpfe wie Scallur arbeiteten jedoch schon so lange für die Mächte von jenseits der Materiequellen, dass niemand unter ihnen wusste, ob es auch einen anderen Zustand für sie gegeben hatte.

Nur die geheimnisvollen Ritter der Tiefe, denen Artgenossen Scallurs in ferner Vergangenheit oft begegnet waren, schienen eine innigere und längere Verbindung zu den Kosmokraten zu haben. Doch es war lange her, dass jemand einen Ritter der Tiefe gesehen hatte. Der Wächterorden schien nicht mehr zu existieren, schon vor langer Zeit musste der letzte Kämpfer für Recht und Ordnung bei einem Einsatz ums Leben gekommen sein.

Sie werden nicht mehr gebraucht. Alles hat sich verändert. Das Universum ist keine Konstante. Eines Tages werden wir ebenfalls abtreten.

Dieser Gedanke stimmte Scallur traurig, obwohl er dann längst nicht mehr am Leben sein würde.

Er wurde in seinen Überlegungen unterbrochen. Ein Androide stürmte atemlos in die Halle. »Wir haben zwei der Fremden wiederentdeckt!«, rief er. »Sie befinden sich im Labor.«

»Was habt ihr beobachtet?«, wollte Scallur wissen.

»Die beiden Eindringlinge untersuchen die Hydriernischen.«

Sie sind hinter den Überresten Partocs her!, dachte Scallur. *Was bedeutet das?*

»Sollen wir sie angreifen?«, wollte der Androide wissen.

»Vorläufig nicht. Solange sie mit anderen Dingen beschäftigt sind und uns in Ruhe lassen, brauchen wir uns nicht um sie zu kümmern.«

Ehmet, der mittlerweile überall Wachen aufgestellt hatte, kam zum Montageplatz zurück.

»Wir haben auch den dritten Fremden wiedergefunden«, verkündete er. »Er befindet sich auf der Außenhülle der Burg, unmittelbar neben dem Landeplatz seines Raumschiffs.«

Diese Neuigkeit irritierte Scallur, denn sie passte nicht zu dem Bild, das er sich inzwischen von seinen Gegnern machte. Er fand keine Erklärung dafür. Vor den Androiden verbarg er seine Verwirrung.

»Wir haben jetzt so viele Kräfte frei, dass wir das Schiff der Fremden angreifen könnten«, sagte Ehmet.

»Das würde nur zu unnötigen Verlusten führen«, lehnte Scallur ab. »Wer nichts mehr zu tun hat, beteiligt sich an der Bewachung der Halleneingänge.«

Da sie alle Aggregate gefunden hatten, mussten sie die Halle vorerst nicht mehr verlassen. Sobald die erste Etappe beendet war, würde es einige Zeit in Anspruch nehmen, den Drugun-Umsetzer für den letzten Teil der Reise zu justieren. Danach konnte die Kosmische Burg allein in das Gebiet jenseits der Materiequellen zurückkehren. Scallur und die Androiden aber würden schon vorher an Bord ihres Beiboots zum Mutterschiff zurückkehren.

Was könnte geschehen, wenn ich einfach hierbleibe?, fragte er sich.

Natürlich wagte er nicht, so zu handeln. Aber es war reizvoll, diese Möglichkeit wenigstens in Gedanken durchzuspielen.

Auf den ersten Blick sahen Partocs Überreste aus wie das Skelett eines riesenhaften Menschen. Dann jedoch erkannte Rhodan, dass ein Teil der Knochen nicht mehr seine ursprüngliche Position innehatte. Sie waren verschoben worden, entweder von Ganerc-Callibso, als er Partocs sterbliche Hülle hier bestattet hatte, oder von den Blaugekleideten, die das Skelett zweifellos untersucht hatten. Die offen stehende Hydriernische ließ erst gar keine andere Vermutung aufkommen. Ganerc-Callibso hatte den Behälter geschlossen, nachdem er Partoc hierher gebracht hatte, aber nun stand das seltsame Grab offen.

Vermutlich hatten die Blaugekleideten das Skelett untersucht und den Schlüssel gefunden.

»Der Schlüssel befindet sich nicht hier!«, stellte Atlan verdrossen fest. Er wollte sich abwenden, doch Rhodan hielt ihn fest.

»Wir müssen die Überreste des Mächtigen aus dem Behälter holen«, sagte der Terraner. »Ganerc konnte sich nicht erinnern, den Schlüssel gesehen zu haben. Vielleicht ist er zwischen den Knochen verborgen oder sogar *in* einem Knochen.«

Er beugte sich hinab und hielt in der Bewegung inne.

»Was ist?«, erkundigte sich der Arkonide. »Wirst du plötzlich von Pietät überwältigt – für ein Wesen, das seit mehr als einer Jahrmillion tot ist?«

Rhodan spürte, dass er sich innerlich versteifte. Schweiß trat auf seine Stirn, sein Pulsschlag beschleunigte sich. Unwillkürlich fuhr er zurück.

»Ich ... ich kann es nicht anrühren!«, brachte er stoßweise hervor.

Atlan warf ihm einen ungläubigen Blick zu, dann schob er ihn zur Seite. »Lass mich das versuchen.«

Gleich darauf scheiterte auch er. »Was bedeutet das? Wodurch wird dieses Gefühl ausgelöst?«, fragte er verwirrt.

Rhodan starrte in den Behälter. »Das Ding besitzt einen Schutz!«

»Aber Ganerc-Callibso hat es aus dem Weltraum hierher gebracht«, erinnerte der Arkonide.

»Ganerc-Callibso war ein *Mächtiger!*«

»Und die Blaugekleideten? Hast du nicht selbst gesagt, dass sie das Skelett untersucht haben?«

»Ich bin nicht mehr so sicher«, erwiderte Rhodan. »Wenn sie es getan haben, besitzen sie die gleiche Legitimation wie Ganerc. Eines ist jedoch sicher: Wir haben diese Legitimation nicht.«

Atlan stieß eine Verwünschung aus. »Warum hat der Puppenspieler uns nicht darauf hingewiesen?«

»Vermutlich, weil er es nicht weiß. Ganerc konnte das Skelett anfassen, wie soll er da auf den Gedanken kommen, dass es Fremden nicht möglich sein könnte?«

»Laire!«, sagte Atlan. »Er wird keine Schwierigkeiten haben. Wir brauchen ihn hier.«

In diesem Augenblick sprach Rhodans Armbandfunkgerät an. Alaska Saedelaere meldete sich von Bord der Space-Jet.

»Laire ist hier«, berichtete er aufgebracht. »Der Roboter sitzt draußen vor dem Beiboot, als wäre er in Streik getreten.«

»So viel zum Thema Laire«, sagte Rhodan zu seinem Freund. Dann gab er einen kurzen Bericht an Saedelaere und trug ihm auf, weiter abzuwarten. »Wir werden einen Weg finden, an das Skelett heranzukommen«, sagte er abschließend. »Den Einäugigen können wir zu nichts zwingen. Wir werden uns damit abfinden müssen, dass er seine eigenen Wege geht.«

Der Maskenträger seufzte, dann wurde die Verbindung wieder unterbrochen.

Rhodan zog seine Waffe aus dem Gürtel und justierte sie auf Punktbeschuss. Er zerstrahlte die Sockelhalterungen, an denen die Nische mit Partocs Skelett befestigt war.

»Was hast du vor?«, wollte Atlan wissen.

»Wir kippen die Nische um. Dabei fällt das Skelett heraus, und wir können feststellen, ob etwas zwischen den Gebeinen verborgen ist.«

Atlan nickte und half dem Terraner bei der Zerstörung der anderen Halterungen. Danach packten sie die Nische an beiden Enden und kippten sie seitwärts. Die Überreste des Mächtigen rutschten heraus und fielen auf den Metallboden.

»Jetzt weiß ich endlich, was man unter Knochengerassel versteht«, bemerkte Atlan rau.

»Hör auf!«, sagte Rhodan.

Sie richteten den Behälter wieder auf. Das Skelett war durcheinandergeworfen worden. Partoc musste wirklich ein Riese gewesen sein, dachte Rhodan, als er die einzelnen Knochen betrachtete.

»Der Schlüssel ist nicht zu sehen«, sagte Atlan enttäuscht. »Wir suchen an der falschen Stelle.«

Rhodan schloss die Augen. »Wo sollten wir sonst suchen? Du weißt, wie riesig diese Burg ist. Wir brauchten Monate, um sie gründlich zu durchsuchen.«

»Ja«, gab Atlan ihm recht. Sein Gesicht verfinsterte sich. »Laire hat recht: Wir werden niemals alle sieben Zusatzschlüssel in unseren Besitz bringen.«

Sosehr Scallur sich in vielen Belangen von Menschen unterschied – in einer Beziehung war er ihnen gleich: Er fühlte Befriedigung, sobald er eine wichtige Arbeit erledigt hatte. Dabei war er sich der Tatsache bewusst, dass er und die ihm zugeordneten Androiden erst einen Teil der Aufgabe bewältigt hatten. Es war ihnen gelungen, alle Aggregate des Demontagerechners, des sogenannten Drugun-Umsetzers, aufzuspüren und zusammenzubauen. Unmittelbar nach dem Einbau des letzten Zusatzgeräts überzeugte Scallur sich von der Funktionstüchtigkeit der Anlage. Er hatte nicht daran gezweifelt, dass alles wie vorgesehen ablaufen würde, doch es gehörte zu seinen Angewohnheiten, sich in jedem Fall Gewissheit zu verschaffen.

Bis auf Ehmet schickte er alle Androiden aus der Nähe des Steuergeräts weg.

»Wir können wirklich stolz sein«, sagte er.

Stolz! Weiß Ehmet überhaupt, was das ist? Nun ja, das ist nicht von Bedeutung.

»Die Fremden halten sich nach wie vor im Labor auf. Es sieht nicht so aus, als sollten sie uns noch einmal in die Quere kommen«, fuhr Scallur fort. Ein Lächeln veränderte sein zartes Gesicht. »Ich bin gespannt, wie sie darauf reagieren, wenn sie sich plötzlich an einem anderen Orte wiederfinden.«

»Ich frage mich, ob ihre Überraschung wirklich so groß sein wird«, wandte Ehmet ein. »Sie müssen das Geheimnis der Kosmischen Burgen kennen, andernfalls wären sie kaum hier.«

»Trotzdem rechnen sie nicht mit einer Versetzung«, beharrte Scallur auf seinem Standpunkt.

»Sie werden den Vorgang wahrscheinlich nicht einmal bemerken.«

»Die beiden im Labor vielleicht nicht sofort. Aber ihre Artgenossen an Bord des diskusförmigen Schiffes werden die Veränderung registrieren und ihnen mitteilen, was geschehen ist.«

Scallur kletterte auf das Steuergerät und untersuchte die einzelnen Schaltanlagen. Die Androiden hatten gute Arbeit geleistet.

Nicht die Androiden!, korrigierte er sich. *Sie haben nur das vollendet, was andere vor langer Zeit begonnen haben.*

Wie immer, wenn Scallur an die Fähigkeiten und die Weitsicht der Kosmokraten dachte, empfand er Ehrfurcht und Bewunderung. Eine Maschinerie zu erdenken, die nach zwei Millionen Jahren aus ihren Einzelteilen zusammengebaut werden konnte und *funktionierte*, erschien Scallur als eine ungeheure Leistung.

Er stieg zum Boden hinab.

»Wir beginnen mit dem Probelauf. Dabei sind keine Vorsichtsmaßnahmen nötig. Trotzdem möchte ich, dass alle die Halle verlassen.«

Ehmet zögerte unmerklich, dann rief er die Androiden zusammen und führte sie auf die Gänge rund um die Halle hinaus. Scallur war allein. Erst jetzt konnte er jene Schaltungen ausführen, die nur ihm bekannt waren. Sie dienten gleichzeitig seiner Identifikation. Sobald Unbefugte versuchten, den Drugun-Umsetzer zu betätigen, würde er sich selbst zerstören.

Als Scallur die letzten Handgriffe getätigt hatte, trat er einige Schritte zurück und wartete. Das Steuergerät arbeitete. Scallur erkannte das an den aufleuchtenden Kontrollen. Ein kaum hörbares Summen ging von der Anlage aus.

Scallur wusste, was nun geschah, wie es jedoch vor sich ging, konnte er nur vermuten. Das Steuergerät nahm Verbindung mit zentralen Schaltstellen der Kosmischen Burg auf. Um die Burg zum Durchgang zu bringen, musste ihr Antrieb aktiviert werden. Diese Aktivierung hätte auch ohne den Drugun-Umsetzer erfolgen können, aber sie hätte lediglich einen sinnlosen Irrflug ausgelöst. Ohne den Demontagerechner würde die Burg den Durchgang nicht erreichen. Scallur schloss die Augen und konzentrierte sich. Er wusste, dass nun ein Datenabgleich zwischen der Zentrale und dem Drugun-Umsetzer erfolgte. Es würde geraume Zeit dauern, bis dieser Prozess abgeschlossen war und der Probelauf beginnen konnte. Dabei würde die Burg ihre Position geringfügig verändern, um die Fähigkeit des Rechners zu testen, sie auf einem bestimmten Kurs zu halten. Scallur musste an den Kontrollen ablesen, ob dies gelang. Unmittelbar danach konnte er die entscheidende Schaltung vornehmen und die Burg auf die erste Etappe ihrer Reise schicken.

Das Summen verstärkte sich. Scallur, der für Veränderungen in seiner Umgebung überaus empfänglich war, spürte, dass der Boden unter seinen Füßen schwach vibrierte.

Die Burg bewegt sich!, erkannte er in überschwänglicher Begeisterung.

11.

Rhodan richtete sich bolzengerade auf und blickte Atlan erschrocken an. »Fühlst du das?«, fragte er tonlos. »Als würde sich die ganze Burg unter unseren Füßen bewegen.«

Atlan lächelte gezwungen. »Unsinn!« Er schüttelte den Kopf. »Das ist unmöglich. Es sind wahrscheinlich nur Vibrationen, die von Maschinenanlagen hervorgerufen werden.«

»Aber die ganze Zeit über war nichts zu spüren. Das bedeutet, dass bestimmte Aggregate erst die Arbeit aufgenommen haben.«

»Du denkst, die Blauen hätten irgendwas aktiviert?«

Rhodan nickte. »Die Entwicklung ist mir unheimlich. Wenn wir den Schlüssel hätten, würde ich sofort unseren Rückzug veranlassen.«

Erneut versuchte er, das Knochengerüst zu seinen Füßen zu berühren, wieder konnte er es nicht. Hastig trat er einen Schritt zurück und zog den Desintegrator. Auf engste Bündelung justiert, gab er einen Schuss auf das ab, was er als den Beckenknochen identifiziert hatte. Das Gebilde zerbröckelte an der Stelle, an der es getroffen wurde.

»Vorsicht!«, warnte Atlan. »Falls sich der Schlüssel in einem der Knochen befindet, wirst du ihn auf diese Weise zerstören.«

Rhodan wusste, dass diese Gefahr tatsächlich bestand. Andererseits ahnte er, dass sie nicht mehr viel Zeit hatten. Er spürte die Verzweiflung, dass alle Anstrengungen umsonst gewesen sein könnten. Sechs Schlüssel nutzten überhaupt nichts. Nur mithilfe aller sieben Zusatzteile würde es ihnen möglich sein, Laires Auge zu benutzen. War es nicht schon Wahnsinn, dass er sich überhaupt auf einen Versuch eingelassen hatte? Was verleitete ihn zu der Annahme, dass sein Vorhaben gelingen könnte?

»Wir haben zwei Zusatzschlüssel!« Rhodan schrie fast. »Mein Gott! Zwei von sieben. Auf diese Weise schaffen wir es nie.«

Die Erschütterungen wurden heftiger. Rhodan konnte spüren, dass sein Blut versackte.

»Es ist die Burg«, murmelte er. »Die Burg in ihrer Gesamtheit. Sie regt sich wie ein schlafendes Tier beim Erwachen.«

»Alle Burgen sind fest an ihren Standorten verankert«, antwortete Atlan, aber er klang nicht mehr überzeugt.

»Verankert? Womit und auf welche Weise? Ich glaube beinahe schon, dass die Blaugekleideten hier sind, um diese Burg wegzuschaffen.«

»Du glaubst, sie wollen die Burg stehlen?«, fragte Atlan fassungslos.

Rhodan wünschte, er hätte eine Antwort darauf gewusst. Eigentlich konnte er sich einen Diebstahl von so gewaltigen Ausmaßen nicht vorstellen. Der Abtransport der Burg gehörte für die Unbekannten vermutlich zu einem Auftrag. Aber wer hatte ihnen den erteilt? Die Mächte von jenseits der Materiequellen, die Kosmokraten? Rhodan bemühte sich, seine Gedanken trotz der äußeren Vorgänge auf dieses Problem zu konzentrieren. Dabei kam er zu dem Ergebnis, dass die Aktion, deren Zeugen Atlan und er wurden, von langer Hand vorbereitet sein musste. Die Maschine, deren Einzelteile die Blauen aus allen Sektoren der Burg zusammentrugen, gehörte offensichtlich zu einem Mechanismus, mit dessen Hilfe sie die Burg in Bewegung setzen konnten.

Er unterrichtete Atlan von seinen Vermutungen.

»Du könntest recht haben«, stimmte ihm der Arkonide zu. »Aber was gewinnen wir mit dieser Erkenntnis?«

»Nichts«, gestand Rhodan ein. »Überhaupt nichts! Es besteht sogar die Gefahr, dass wir verschleppt werden und nie zur BASIS zurückfinden.«

»Dann sollten wir umkehren!«

»Du weißt, wie lange wir bis zur Space-Jet brauchen«, hielt Rhodan entgegen. »Nein, solange wir den Schlüssel nicht haben, bleiben wir hier.«

Er spürte, dass seine alte Entschlossenheit zurückkehrte. Schon oft hatte er aus ausweglos erscheinenden Situationen Mut gefasst. Atlan und er hatten nichts mehr zu verlieren.

Während Rhodan nachdachte, was sie unternehmen konnten, um den Schlüssel zu finden, erschütterte ein heftiger Ruck die Burg. Atlan und er wurden von den Beinen gerissen und stürzten auf das Skelett. Rhodan hörte die Knochen unter seinem Gewicht brechen. Gleichzeitig raste eine Schockwelle durch seinen Körper. Er begriff, dass es ein mentaler Impuls von furchtbarer Intensität war. Der Schutzschirm seines Anzugs konnte ihn davor nicht schützen.

Er hörte Atlan schreien. Sie waren beide mentalstabilisiert, das hatte ihnen vermutlich das Leben gerettet. Rhodan fragte sich, wie die seltsame Schutzaura des Skeletts funktionieren konnte. Wie war sie in Partocs Überresten gespeichert worden?

Die Hydriernische war von der Erschütterung weggerutscht. Rhodan richtete sich mühsam auf. Er sah, dass Atlan sich zur Seite wälzte. Der Arkonide war offenbar stärker beeinträchtigt worden als Rhodan selbst.

In dem Moment entdeckte Rhodan den Schlüssel!

Das Objekt ragte ein Stück aus dem Kugelgelenk eines Oberarmknochens hervor. Für Sekunden vergaß der Terraner alles, was sich um ihn her abspielte. Er ergriff das eine Ende des fassförmigen Gegenstands und riss ihn endgültig aus seinem Versteck.

»Wir haben den Schlüssel!«, rief er Atlan zu, der sich soeben auf die Knie aufrichtete.

Aus der Tiefe der Burg drang ein grollendes Geräusch heran. Es klang wie lang anhaltender Donner.

Das Chaos brach mit Wucht über die beiden Männer herein.

Von einer Sekunde zur nächsten wurde Scallurs Begeisterung zu Entsetzen und Furcht. Der mächtige Stoß, der die Burg erschütterte, traf ihn völlig unvorbereitet.

Irgendetwas ist schiefgegangen!, schoss es ihm durch den Kopf. *Der Drugun-Umsetzer funktioniert nicht so, wie wir uns das vorgestellt haben.*

Er unterdrückte die aufkommende Panik. Für diese unerwartete Entwicklung musste es einen Grund geben, wahrscheinlich einen Fehler in der Funktion des Demontagerechners. Die Erklärung lag wohl auf der Hand. Partoc hatte einige der Aggregate gefunden und gründlich untersucht. Dabei musste er wenigstens eines beschädigt haben.

Scallur hörte die Androiden erschrocken schreien. Ein paar von ihnen vergaßen sogar die Befehle und drangen in die Halle ein. Sie bestürmten ihn mit Fragen.

»Es besteht überhaupt kein Anlass für diesen Aufruhr!«, rief er ihnen zu. »Wir werden den Fehler finden und beheben.«

Das war eine glatte Lüge. Weder er selbst noch einer der Androiden war überhaupt in der Lage, eine Beschädigung festzustellen, geschweige denn zu reparieren.

Scallur schaute auf die Kontrollen des Steuergeräts. Sie zeigten normale Werte an. Der Kurs der Burg schien in Ordnung zu sein. Vielleicht lag der Fehler überhaupt nicht am Drugun-Umsetzer, sondern am Antrieb. Aber das war jetzt unerheblich. Es kam darauf an, den Komplex auf die andere Seite zu bringen, solange das überhaupt noch möglich war. Die Anlage schien, wenn auch unter Schwierigkeiten, ihre Aufgabe zu erfüllen.

»Ehmet!«, schrie der Kommandant seinen Vertrauten an. »Wir brechen den Probelauf ab und beginnen mit der Umsetzung. Die erste Etappe muss sofort zurückgelegt werden.«

Das Gesicht des Androiden schien noch starrer zu werden.

»Aber ... das dürfen wir nicht riskieren!«

Scallur verzichtete auf eine Erklärung, was sie alles riskierten, wenn sie in ihrer augenblicklichen Lage verharrten. Die auf die Burg einwirkenden Kräfte waren extrem, denn sie bezogen ihre Energie aus zwei verschiedenen Kontinua. Geriet sie außer Kontrolle, würde die Burg in einer einzigen Stichflamme verbrennen.

Der Kommandant schwang sich auf den schwankenden Drugun-Umsetzer und fing an, die Kontrollen zu manipulieren. Erleichtert stellte er fest, dass die Anzeigen reagierten. Die Burg behielt ihren Kurs bei. Sie schien sich dem einzigen Durchgang zu nähern, den es zur anderen Seite gab.

Scallur hielt sich mit einer Hand fest und blickte auf die Androiden hinab. Inzwischen hatten sich alle in der Halle versammelt. Gespannt verfolgten sie jede seiner Aktionen.

»Wir schaffen es!«, rief er ihnen zu. »Es wird etwas wild zugehen, aber wir bringen die Burg auf die andere Seite, genau so, wie es geplant war.«

»Der Rechner hat einen Defekt!«, rief einer aus der Menge.

»Zweifellos!«, gab Scallur zu. »Aber das darf uns nicht stören. Die Hauptsache ist, dass der Transport funktioniert.«

Er sprang auf den Boden hinab. Die Kontrollen zeigten weiterhin die erwarteten Werte. Wie ein gewaltiger Fisch schien die Burg sich durch den Weltraum zu wälzen. Scallur verlor den Halt. Er versuchte, sich wieder aufzurichten, um den Umsetzer besser im Auge behalten zu können. Mehrere Androiden wollten ihm dabei helfen, aber das hatte zur Folge, dass alle wieder stürzten. Fluchend machte der Kommandant sich los.

Wir kommen auf die andere Seite!, dachte er grimmig. *Und wenn ich diese verdammte Burg eigenhändig durch die Öffnung steuern muss.*

Alaska Saedelaere kauerte im Pilotensitz der Space-Jet mit der Kennung BAS-SJ-19 und wartete darauf, dass Rhodan und Atlan sich wieder über Funk melden würden. Den Schirm der Außenbeobachtung, auf dem Laire zu sehen war, ließ er kaum aus den Augen.

Der Roboter stand auf. Er machte eine Bewegung, als wollte er Saedelaere ein Zeichen geben. Gleichzeitig erklang seine Stimme im Funkempfang.

»Alaska!«, rief er, und Saedelaere, der ein feines Gefühl für unterschwellige Töne hatte, glaubte Bestürzung aus der Stimme herauszuhören. »Aufpassen! Wir werden jeden ...«

Alles Weitere ging in ohrenbetäubendem Krachen unter. Saedelaere erkannte, dass die Space-Jet ins Rutschen kam und sich auf Laire zubewegte. Die gesamte Burg war heftig erschüttert worden. Laire lief plötzlich Gefahr, von der Jet gerammt zu werden, doch er wich mit katzenhafter Gewandtheit aus.

Das Beiboot der BASIS schien nun regelrecht auf der Ebene zu tanzen. Saedelaere schaltete die Magnettrossen ein. Trotzdem kam die Space-Jet nicht völlig zur Ruhe.

»Laire!«, rief der Maskenträger. »Bist du in Ordnung?«

»Ja«, kam die Antwort aus dem Empfänger. »Es ist besser, wenn du mich jetzt an Bord lässt.«

Saedelaere zögerte kurz.

»Du könntest auf den Gedanken kommen, mich zu einem Start ohne Perry und Atlan zu zwingen. Bis sie zurückgekehrt sind, bleibst du, wo du bist. Ich versuche, Funkkontakt zu ihnen aufzunehmen. Ich will wissen, was sich in der Burg abspielt.«

»Das kannst du auch von mir erfahren. Die Fremden haben den Antrieb der Burg aktiviert.«

»Dazu wären sie wohl kaum in der Lage«, widersprach Saedelaere, obwohl die Ereignisse Laires Worte bestätigten. Völlig inkonsequent fragte er gleich darauf: »Warum tun sie das?«

»Warum bewegt jemand etwas? Weil er es an einen anderen Ort bringen möchte.«

»Tatsächlich!« Saedelaere heuchelte Überraschung. Er kümmerte sich nicht länger um den Roboter, sondern rief über Funk nach Rhodan und Atlan. Eine Antwort kam nicht.

»Ich bekomme keine Verbindung.«

»Dann sind sie in Schwierigkeiten«, sagte Laire.

Saedelaere verließ seinen Platz an den Kontrollen. Er schloss seinen Helm und griff nach seiner Ausrüstung. Sekunden später erschien er in der Schleuse der Space-Jet und verließ das Beiboot durch eine Strukturlücke im Schutzschirm, der sich hinter ihm wieder schloss. Laire stand ein paar Schritte von ihm entfernt und schien ihn anzustarren.

»Was hast du vor?«, wollte der Roboter wissen.

»Zwei von uns sind in Schwierigkeiten. Ich suche nach ihnen, um ihnen zu helfen.«

»Du willst in die Burg?«, fragte Laire. »Das wäre nicht klug. Abgesehen davon, dass du die beiden wahrscheinlich nicht finden wirst, würde die Space-Jet unbewacht zurückbleiben. Es wäre auf jeden Fall besser, hier zu warten.«

Zögernd nickte der Maskenträger. Vielleicht war sein spontanes Vorhaben wirklich sinnlos.

»Weißt du, was ich annehme?« Die Stimme des Roboters schnitt durch Saedelaeres Überlegungen. »Die Fremden bringen die Burg auf die andere Seite der Barriere.«

»Wie kommst du darauf?«

»Alles andere ergibt keinen Sinn. Die Blaugekleideten haben offensichtlich große Anstrengungen unternommen, um die Burg in Fahrt zu bringen.«

»Was bedeutet das für uns – sofern sich diese Vermutung überhaupt als richtig erweisen sollte?«

Laire schien nachzudenken.

»Eigentlich nur Gutes«, erwiderte er schließlich. »Jenseits der Barriere würden wir für die Menschen auf der BASIS sichtbar, das heißt, sie könnten uns Hilfskommandos herüberschicken und Mutanten, die nach den beiden Männern suchen.«

»Du hast recht«, stimmte der Transmittergeschädigte zu. »Es ist tatsächlich besser, noch eine Zeit lang zu warten.«

Trotzdem machte er sich große Sorgen um Rhodan und den Arkoniden. Sein seltsamer Traum verfolgte ihn wie ein böses Omen. Eigentlich schien jene unerklärbare Welt nichts mit den Geschehnissen in Partocs Burg zu tun zu haben. Solche Visionen waren aber wohl eher symbolisch zu verstehen. Der Mann mit der Maske wünschte, er hätte seine eigenen Träume besser deuten können.

»Ich befürchte, dass unsere beiden Freunde in großer Gefahr sind«, sagte er matt.

Was immer der Roboter von menschlichen Ahnungen hielt – er schwieg sich darüber aus.

Kurze Zeit später spürte Saedelaere einen kurzen Druck auf seinen Körper. Dieser Vorgang war ihm bereits vertraut, er glich seiner Wahrnehmung, als die BAS-SJ-19 die Grenze zu Partocs Burg passiert hatte.

Der Transmittergeschädigte betätigte den Impulsgeber an seinem Handgelenk und öffnete die Strukturlücke im Schutzschirm der Space-Jet. Wenn die Burg tatsächlich die unsichtbare Barriere überwunden hatte, konnte sie von der BASIS aus geortet werden. Das bedeutete aber auch, dass die Space-Jet Funkkontakt mit dem Mutterschiff bekommen musste.

In seiner Hast registrierte Saedelaere kaum, dass Laire mit ihm die Zentrale betrat. »Du wirst doch nicht meutern?«, fragte er, als der Roboter sich im Sessel neben ihm niederließ.

»Mein Status entspricht nicht dem eines einfachen Besatzungsmitglieds«, versetzte der Einäugige gelassen. »Was immer ich gegen dich unternehmen würde – du könntest es keinesfalls als Meuterei bezeichnen.«

Saedelaere seufzte. »Verhalte dich ruhig!«, ermahnte er seinen Begleiter. »Ich werde sofort versuchen, die BASIS über Funk zu erreichen.«

»Ich habe keinen Anlass, etwas zu tun«, behauptete Laire. »Das Unternehmen, dem ich von Anfang an ablehnend gegenüberstand, ist als gescheitert anzusehen. Wenn wir den Partoc-Schlüssel nicht bekommen, ist der Besuch weiterer Burgen sinnlos.«

Saedelaere nickte zögernd. Es sah tatsächlich so aus, als hätten sie den falschen Weg eingeschlagen. Laire würde letztlich seinen Willen durchsetzen und erreichen, dass die BASIS in die Milchstraße aufbrach.

Als Gucky den Aufenthaltsraum im C-Deck betrat, traf er Reginald Bull dort an. Bully hatte das Kommando über die BASIS vor zwei Stunden an Jentho Kanthall abgegeben, um sich auszuruhen. Da niemand mit einer schnellen Rückkehr der BAS-SJ-19 und ihrer Besatzung rechnete, war es Bull nicht anzulasten, dass er die Zentrale verlassen und sich in den Aufenthaltsraum begeben hatte. Obwohl der untersetzte Terraner mentalstabilisiert war, fiel es dem Mausbiber immer wieder leicht, seine Gedankenimpulse inmitten der Gedanken aller anderen Besatzungsmitglieder aufzuspüren.

Bull stand vor der Spiegelglasscheibe eines Spielautomaten und war offensichtlich in die Betrachtung seines eigenen Gesichts vertieft. Als Gucky zu ihm watschelte, tauchte er im Spiegel auf, und Bully drehte sich zu ihm um.

»Verfolgst du mich?«, fuhr er den Ilt an.

»Nur keine Hektik!«, besänftigte Gucky den Freund. »Ich wollte lediglich ein Schwätzchen mit dir – und das ist bei den chaotischen Verhältnissen in der Zentrale kaum möglich.«

Bully zupfte an den Enden seines Oberlippenbarts.

»Die Verhältnisse in der Zentrale sind keineswegs chaotisch«, belehrte er den Mausbiber. »Das kommt dir nur so vor, weil du ein totaler Chaot bist, ein richtiger Katastrophenmausbiber.«

Gucky antwortete nicht, sondern sah zu, wie Bully seinen Bart malträtierte. »Juckt er?«, erkundigte er sich genüsslich.

»Nicht so sehr wie dir das Fell, Kleiner!«

»Wir könnten die Wette beenden. Du gibst zu, dass ich recht behalte, dann kannst du dir das Ding wieder abrasieren.«

Bull verfärbte sich im Gesicht.

»Du hast doch mit niemandem über den Inhalt unserer Wette gesprochen?«

»Wo denkst du hin? Ich bin ein Ehrenilt! Kein Wort kommt über meinen Zahn.«

Bully beruhigte sich wieder. »Bist du gekommen, um mit mir über meinen Bart zu sprechen?«

Der Ilt zeigte auf den Spiegel. »Du scheinst nicht sehr zufrieden zu sein. Ich ertappe dich immer wieder dabei, wie du dich betrachtest.«

»Es lohnt sich«, behauptete Bull.

Grinsend entblößte Gucky seinen Nagezahn.

»Es gibt ein altes terranisches Märchen, das von der Eitelkeit der Menschen handelt. Darin befragt eine weibliche Figur ihren Spiegel, ob sie noch immer die Schönste im ganzen Land sei. Das könnte man für dich interpretieren. Etwa so: *Spieglein, Spieglein im Aufenthaltsraum, wo ist nur mein Bart, man sieht ihn ja kaum!*«

Bully warf sich nach vorn, aber der Kleine wich geschickt aus. »Du heimtückischer Bartträger!«, rief Gucky schrill. »Wenn du noch einmal versuchst, mich mit deinen Bärentatzen anzurühren, lasse ich deine Barthaare telekinetisch nach innen wachsen. Dann kannst du sie der Reihe nach abbeißen.«

»Ich kann eben deine Bemerkungen über meinen Bart nicht leiden«, verteidigte sich Bull. »Seit eintausendsechshundertundzwölf Jahren lasse ich mir so ziemlich alles von dir gefallen. Aber beim Bart hört die Freundschaft auf.«

»Donnerwetter!«, entfuhr es Gucky. »Eintausendsechshundertundzwölf Jahre kennen wir uns schon. Dass ich das ertragen konnte.«

Bully drehte sich um und warf einen Blick in den Spiegel. »Ich gefalle mir«, erklärte er. »Das ist entscheidend. Mit diesem Bart bin ich die klassische Titelbildfigur, und niemand ...«

Gucky sollte nie erfahren, was dieser Bart noch bewirkte, denn von der Zentrale aus wurde Alarm gegeben.

»Wenige Lichtminuten vor uns ist ein fremdes Objekt aufgetaucht«, berichtete Jentho Kanthall. Das harte Gesicht des ehemaligen Kommandanten der TERRA-PATROUILLE drückte Beunruhigung aus. »Es handelt sich um eine gigantische diskusförmige Scheibe.«

»Ich komme!« Bull wandte sich zu Gucky um. »Schnell, wir müssen in die Zentrale teleportieren.«

»Zieh den Bart ein, damit wir nicht irgendwo hängen bleiben«, empfahl ihm der Ilt und ergriff Bullys ausgestreckte Hand.

Sie entmaterialisierten und erschienen im selben Moment in der Zentrale der BASIS. Die Raumbeobachtung zeigte ein Abbild des angemessenen Objekts.

»Es ist Partocs Kosmische Burg!«, sagte Kanthall in der ihm eigenen knappen Art.

»Daran besteht kein Zweifel«, bestätigte Ganerc-Callibso, der ehemalige Mächtige in der Gestalt des Puppenspielers von Derogwanien. »Ich habe die Burg sofort erkannt.«

Bully warf nur einen kurzen Blick auf die Projektion. »Haben wir mit der BASIS die Barriere überwunden?«, erkundigte er sich.

Für einen Augenblick war Kanthall verblüfft. »Die Frage ist wirklich naheliegend«, gab er zu. »Aber es ist umgekehrt: Die Burg kam hinter der Barriere hervor.«

»Vielleicht haben Rhodan und Atlan das mit Laires Hilfe erreicht«, sagte Payne Hamiller.

»Ich kann mir nicht vorstellen, dass der Roboter das erreichen könnte«, wandte Pankha-Skrin ein.

»Haben wir Funkverbindung mit dem Einsatzkommando?«, wollte Roi Danton wissen. Rhodans Sohn war eben erst in die Zentrale gekommen und hatte die Szenerie mit einem Blick erfasst.

»Wir bemühen uns!«, antwortete Kanthall.

Gucky kratzte sich an einem Ohr. »Ich könnte mit jemandem hinüberteleportieren und feststellen, was geschehen ist.«

»Noch nicht!«, widersprach Bull. »Wir werden erst mit Perry sprechen.«

Gleich darauf bekamen sie Funkkontakt zur Space-Jet. Saedelaere meldete sich. Seine Stimme verriet seine Erregung.

»Perry und Atlan sind verschwunden, und in der Burg halten sich Fremde auf«, sprudelte er hervor. »Diese Fremden sind offenbar für die Versetzung der Burg verantwortlich, auf jeden Fall beschäftigen sie sich mit den Maschinen, die es hier gibt.«

»Und Laire?«, fragte Kanthall.

»Er ist bei mir an Bord.«

»Ich möchte mehr über die Fremden wissen«, verlangte Kanthall. »Vielleicht kann Ganerc mit einer Beschreibung etwas anfangen.«

»Laire hat sie gesehen«, antwortete der Transmittergeschädigte. »Er soll sie beschreiben.«

»Hier spricht Laire«, sagte eine andere Stimme. »Es handelt sich um große kräftige Männer in blauen Metallanzügen. Sie sind einander vom Aussehen her sehr ähnlich, man könnte sie auch als identisch aussehende Wesen bezeichnen.«

»Sagt dir das etwas?«, wollte Bully von Ganerc-Callibso wissen.

»Nein.« Der Zwerg schüttelte den Kopf. »Ich kann nicht einmal verstehen, dass Fremde in der Burg sind. Wir müssen sehr vorsichtig sein.«

Saedelaere meldete sich wieder. »Perry und Atlan sind noch im Innern der Burg, um den Zusatzschlüssel zu suchen. Aber wir bekommen keinen Funkkontakt mehr mit ihnen. Ich schlage deshalb vor, dass einige Kommandos von der BASIS herüberkommen und die Suche aufnehmen. Dabei wird es zu Auseinandersetzungen mit den Fremden kommen.«

»Wir werden vorbereitet sein!«, versicherte Bully grimmig. Dann erteilte er seine Befehle.

12.

Es ist geschafft!, dachte Scallur.

Erst jetzt erkannte er, wie groß seine Anspannung während der letzten Tage wirklich gewesen war. Dabei war erst die eine Hälfte der Arbeit getan. Es kam nun darauf an, den Drugun-Umsetzer erneut zu justieren und die Burg für die letzte Etappe reisefertig zu machen. Doch das würde wegen der erforderlichen Überprüfung der Raumkoordinaten einige Zeit in Anspruch nehmen.

Die Kosmische Burg hing, nachdem sie die Fläche durchdrungen hatte, ruhig im Raum. Die Erschütterungen hatten aufgehört.

»Ehmet!«, rief der Kommandant nach seinem Assistenten. »Lasse feststellen, was mit den Fremden geschehen ist. Außerdem möchte ich, dass ein Bericht an das Mutterschiff gesendet wird.«

Der Androide gab die Anweisung weiter. Noch während er sprach, kam vom Beiboot eine Alarmmeldung.

»Nicht weit von uns entfernt steht ein großes Flugobjekt«, meldete einer der Androiden, die an Bord des Beiboots zurückgeblieben waren.

»Wer spricht?«, fragte Scallur barsch.

»Doilvor, Kommandant!«

»Hör zu, Doilvor! Ich möchte, dass du sofort alles herausfindest, was wichtig für uns ist. Vor allem die eventuellen Absichten der Fremden.«

»Von dem großen Objekt nähern sich mehrere Flugkörper der Burg«, erwiderte Doilvor.

Obwohl er mit einer ähnlichen Auskunft gerechnet hatte, war Scallur schockiert. Er hatte zumindest nicht erwartet, dass alles so schnell geschehen würde. Nun musste er nicht mehr darüber nachdenken, woher die fremden Eindringlinge gekommen waren. Zweifellos gehörten sie zu dem großen Objekt.

»Entweder wollen sie uns angreifen, oder sie sind auf der Suche nach ihren Artgenossen«, sagte er nachdenklich. »Aber wie auch immer – wir müssen unsere Maßnahmen treffen.«

Er wandte sich an die in der Halle versammelten Androiden: »Durchsucht alle umliegenden Räume, einschließlich der Zentrale. Mindestens zwei der Eindringlinge halten sich noch in der Nähe auf. Sie müssen unter allen Umständen gefangen genommen werden.«

Ich werde sie als Geiseln benutzen!, dachte er. *Das wird die Angriffslust ihrer Freunde dämpfen.*

Er überlegte, ob die Unbekannten nur darauf gewartet hatten, dass die Burg auf der anderen Seite erschien. Die Tatsache, dass einige von ihnen die Burg betreten hatten, machte dies wahrscheinlich. Die Fremden kannten das Geheimnis des Durchgangs, woher auch immer.

Die Androiden verließen die Halle. Auch Ehmet wollte gehen, doch Scallur hielt ihn und ein paar andere zurück. Es war durchaus möglich, dass die Eindringlinge hier in der Halle auftauchten, dann wollte er ihnen nicht allein gegenüberstehen.

Er nahm wieder Verbindung zum Beiboot auf. Abermals meldete sich Doilvor.

»Wir müssen die Initiative ergreifen, bevor die Schiffe der Gegner hier ankommen«, sagte Scallur. »Startet mit unserem Beiboot und greift die auf der Oberfläche der Burg gelandete Einheit an.«

»Ja, Kommandant«, sagte Doilvor.

»Ich habe eine Idee«, wandte Ehmet ein. »Warum bedienen wir uns nicht der Burgwaffen?«

»Weil wir ihre Funktionsweise nicht genau kennen und weil nicht sicher ist, ob sie überhaupt noch verwendbar sind«, erwiderte Scallur. »Außerdem wissen wir nichts über ihre Wirkung. Es könnte zu einer Katastrophe kommen, von der wir vielleicht selbst betroffen würden.«

Er hielt die Verbindung mit dem Beiboot aufrecht. Augenblicke später meldete Doilvor, dass er gestartet war.

»Bei stärkster Angriffsintensität besteht die Gefahr, dass wir die Außenhülle der Burg stark beschädigen«, gab der Androide zu bedenken.

»Das müssen wir riskieren«, erwiderte Scallur.

Nicht lange danach meldete Doilvor, dass sie ihr Ziel erreicht und unter Beschuss genommen hatten. »Das gegnerische Schiff besitzt starke Schutzschirme. Ich glaube nicht, dass wir es mit den Waffen des Beiboots vernichten können, Kommandant.«

»Vernichten?« Scallur war bei dem Wort zusammengezuckt. »Ihr verdammten Narren, wer hat euch gesagt, dass es vernichtet werden soll? Wir wollen es lediglich vertreiben.«

»Das scheint genauso unmöglich zu sein«, gab Doilvor ungerührt zurück. »Dazu müssten wir schon das Mutterschiff mit seinen stärkeren Waffen herbeirufen.«

»Sie erwidern den Beschuss!«, rief Doilvor. »Wir müssen uns zurückziehen, wenn wir nicht abstürzen wollen.«

Scallur sah Ehmet missbilligend an. »Schicke einige Mannschaften zur Oberfläche hinauf. Sie sollen das Schiff vom Boden aus angreifen und alle anderen, die sicher bald landen werden, ebenfalls.«

»Wir werden früher oder später einer großen Übermacht gegenüberstehen, Kommandant.«

»Das weiß ich! Aber die Angreifer wissen es nicht. Sie müssen den Eindruck bekommen, dass wir uns verbissen zur Wehr setzen und ihnen überlegen sind. Das wird sie davon abhalten, lange hierzubleiben. Je schneller sie verschwinden, desto besser für uns.«

Scallur wurde unterbrochen. Die Androiden, deren Aufgabe es war, die umliegenden Räume zu durchsuchen, meldeten, dass kein fremdes Wesen zu sehen sei.

»Entweder haben sie sich versteckt oder sich auf die Oberfläche der Burg zurückgezogen«, sagte Ehmet.

»Hoffentlich hast du recht«, sagte Scallur. »Ich fürchte, dass wir die Fremden erst wieder loswerden, wenn ihre Artgenossen sie gefunden und abgeholt haben.«

Er dachte an alle möglichen Effekte, zu denen es bei der Umsetzung von Partocs Burg gekommen sein konnte. Womöglich waren die Eindringlinge solchen Phänomenen zum Opfer gefallen. Dann musste er sich auf eine längere Auseinandersetzung mit den Gegnern gefasst machen.

Die erste Salve des angreifenden Schiffes war von den Schutzschirmen der Space-Jet mühelos absorbiert worden. Danach gingen die Blauen zu gezieltem Punktfeuer über und brachten den kombinierten Paratron-HÜ-Schutzschirm zum Schwanken. Da Saedelaere jedoch keine Antriebsenergie benötigte, konnte er ausreichend Energie in die Schutzschirmprojektoren leiten. Lediglich die Hyperfunkanlage ließ er in Betrieb, da der Kontakt mit der BASIS lebenswichtig war.

Inzwischen hatten Bull und Kanthall dreißig Beiboote ausschleusen lassen. Mutanten waren an Bord einiger Schiffe. Das beruhigte den Transmittergeschädigten, denn er konnte davon ausgehen, dass sich seine bedrängte Situation bald verbessern würde. Wahrscheinlich würden Gucky und Ras Tschubai, die beiden Teleporter, schon vor den Schiffen eingreifen.

Saedelaere hatte das Impulsgeschütz der Space-Jet abgefeuert, um den Angreifern zu zeigen, dass er nicht völlig wehrlos war. Offenbar waren sie von dem Feuerschlag überrascht worden, denn sie hatten sich zurückgezogen.

Der Transmittergeschädigte versuchte immer wieder, Funkkontakt zu Atlan und Rhodan zu bekommen. Doch keiner von beiden meldete sich. Das bedeutete, dass sie in ernsthaften Schwierigkeiten steckten und nicht nur ein vorübergehendes Problem hatten. Saedelaeres Sorge wuchs.

»Wenn ihnen etwas zugestoßen ist, trägst du mit an der Verantwortung«, warf er Laire vor. »Du hättest sie nicht im Stich lassen dürfen.«

»Ich habe oft genug vor diesem Unternehmen gewarnt und immer wieder erklärt, wie sinnlos es ist«, erinnerte der Roboter. »Niemand hat auf mich gehört. Wir könnten längst in die Heimatgalaxis der Menschen unterwegs sein.«

Saedelaere wollte darauf antworten, doch auf der Landefläche materialisierten soeben zwei Männer. Einer von ihnen war Tschubai, der Teleporter aus dem Mutantenkorps. Er winkte, und gleich darauf war seine Stimme über Funk zu hören.

»Da sind wir, Alaska. In meiner Begleitung befindet sich Harst Kemen, einer der Bordphysiker der BASIS.«

»Seid vorsichtig!«, warnte Saedelaere. »Dort draußen lauert ein Schiff der Blauen.«

»Nachricht von Perry?«

»Leider nicht!«

»Wir machen uns auf die Suche«, kündigte Tschubai an. »Wo sollen wir deiner Ansicht nach beginnen?«

»Sie müssten eigentlich noch in der Zentrale der Burg oder irgendwo dort in der Nähe sein.«

Tschubai machte ein Zeichen, dass er verstanden hatte, dann berührte er Kemen und verschwand mit ihm. Saedelaere fragte sich, ob der Physiker die Burg inspizieren wollte.

Eine andere Stimme erklang im Funkempfang.

»Hier spricht Fellmer Lloyd!«, meldete sich der Anführer des Mutantenkorps. »Ich befinde mich an Bord einer von insgesamt dreißig Korvetten. Wir werden die Burg in wenigen Minuten erreichen. Kannst du mich verstehen, Alaska?«

»Sehr gut«, bestätigte der hagere Terraner. »Laire ist bei mir. Von Perry und Atlan gibt es nach wie vor kein Lebenszeichen.«

»Seltsam«, sagte Lloyd leise.

Der Maskenträger hob den Kopf. Er erkannte, dass der Telepath mehr zu sich selbst gesprochen hatte, trotzdem fragte er nach: »Was ist seltsam?«

»Ich kann deine Gedankenimpulse spüren.«

»Selbstverständlich. Alles andere wäre erstaunlich.«

»Die von Perry und Atlan spüre ich nicht!«, sagte der Mutant dumpf.

Saedelaere ließ sich im Sitz zurücksinken. Er spürte Entsetzen in sich aufsteigen.

»Heißt das, die beiden sind nicht mehr am Leben?«, wollte Laire wissen. Als der Transmittergeschädigte ihm nicht antwortete, fügte er hinzu: »Vielleicht sind sie nur bewusstlos oder befinden sich in einem Raum, der keine Mentalimpulse durchlässt.«

»Selbst wenn sie bewusstlos wären, könnte ein Telepath wie Fellmer ihre Mentalimpulse aufspüren. Und Sperren für psionische Energie gibt es nur sehr wenige.« Saedelaere stand auf. »Ich kann nicht hier sitzen und abwarten. Ich muss mich in der Burg umsehen und nach den beiden suchen.«

»Ich begleite dich«, verkündete der Einäugige.

Der Maskenträger sah ihn überrascht an. »Das widerspricht deiner bisher gezeigten Einstellung.«

»Manchmal ändere ich meine Einstellung«, versetzte der Roboter lakonisch. »Dies ist so ein Fall.«

Das Landungskommando stand unter dem Befehl von Perry Rhodans Sohn Michael. Den meisten Besatzungsmitgliedern der BASIS war er unter dem Namen Roi Danton bekannt. Der ehemalige König der Freihändler und Zellaktivatorträger besaß die nötige Erfahrung, um ein solches Unternehmen zu leiten. Danton war kein unüberlegt handelnder Draufgänger. Neben seiner Kampferfahrung besaß er diplomatisches Geschick – und dies schien Bully, der ihn für dieses Kommando bestimmt hatte, einmal mehr wichtiger zu sein.

Von der Zentrale der Korvette BAS-K-47, Eigenname TUMY, beobachtete Danton den Anflug des kleinen Verbands auf die Kosmische Burg. Vor wenigen Augenblicken hatte das Gespräch zwischen Fellmer Lloyd und Alaska Saedelaere stattgefunden. Lloyd, der sich ebenfalls an Bord der TUMY aufhielt, sah Danton schweigend an.

»Du brauchst keine Rücksicht zu nehmen, Fellmer«, sagte Danton nach einer Weile. »Wenn du glaubst, dass die beiden tot sind, ist es besser, wenn du das auch sagst.«

Der Telepath, seit Gründung der Dritten Macht ein treuer Freund Perry Rhodans, senkte den Kopf. »Im Augenblick weiß ich nur, dass ich sie nicht aufspüren kann. Es dringen keine mentalen Impulse zu mir durch, obwohl ich Alaska einwandfrei empfangen kann. Außerdem spüre ich fremde Ausstrahlungen, aber sie sind ziemlich chaotisch und sagen mir nicht viel.«

»Was bedeutet diese mentale Stille wirklich?«

»Vielleicht wurden Perry und Atlan von der Burg weggeschafft. Dies könnte mit einem Raumschiff oder einem Transmitter geschehen sein, ohne dass es Alaska und Laire auffiel.«

Danton verzog das Gesicht. »Du willst mir Hoffnung machen«, stellte er fest.

Lloyd hob unmerklich die Schultern, während Danton sich mit der Zentrale der KULDOS verbinden ließ. Die KULDOS war ein Schwesterschiff der TUMY. An Bord befanden sich neben der Standardbesatzung auch Walik Kauk und Gucky. Der Ilt hatte vorausteleportieren wollen, um Tschubai und Kemen zu unterstützen, aber Bull hatte ihm befohlen, als Einsatzreserve an Bord einer Korvette zu warten.

Danton ließ sich mit dem Mausbiber verbinden. »Ich nehme an, du hast das Gespräch zwischen Fellmer und Alaska mitgehört«, sagte er.

Gucky nickte ungewöhnlich ernst. »Ich muss dich enttäuschen, Roi. Ich kann ebenso wenig Kontakt zu Perry und Atlan bekommen wie Fellmer.«

»Vielleicht hast du eine bessere Erklärung?«

»Keine«, sagte der Ilt.

Danton wandte sich wieder den Kontrollen zu. Sie hatten sich der Kosmischen Burg bis auf wenige hunderttausend Kilometer genähert. Die abgeplattete Oberfläche, auf der die BAS-SJ-19 stand, war gut zu erkennen. Die Space-Jet schien nicht bedroht zu sein.

Noch während Roi diese Feststellung traf, musste er sie revidieren. In der Außenhülle der Burg öffneten sich Schleusentore. Bewaffnete Humanoide in Raumanzügen verteilten sich schnell auf der Landefläche. Kein Zweifel, sie wollten die Space-Jet umzingeln und angreifen. Auch ein Schiff der Fremden näherte sich. Es war ebenfalls diskusförmig, hatte aber eine wesentlich höhere Aufwölbung als die Jet. Die ersten Schüsse der Angreifer wurden von den Schutzschirmen der BAS-SJ-19 absorbiert. Danton erkannte, dass der Angriff Alaskas Schiff auch keineswegs vernichten sollte. Der Gegner versuchte lediglich, die Aufmerksamkeit von seinen Bodentruppen abzulenken.

»Feuerleitstelle!«, rief Danton. »Gebt dem angreifenden Schiff eine volle Salve aus den Desintegratoren. Das wird genügen, um es zurückzutreiben.«

Über Funk wandte er sich an Saedelaere: »Ihr werdet vom Boden aus angegriffen, Alaska! Wir schleusen Landungskommandos aus, die euch unterstützen werden.«

Er erteilte die entsprechenden Befehle.

Als die dreißig Korvetten dicht über die Burg hinwegflogen, gingen die eigenen Raumsoldaten von Bord. Sie wurden augenblicklich unter Beschuss genommen, aber ihre Schutzschirme hielten dem gegnerischen Feuer stand.

Danton gewann zunehmend den Eindruck, dass die Auseinandersetzung von der Gegenseite eher als strategisches Manöver angesehen wurde. Schwere Waffen kamen nicht zum Einsatz. Er hatte den Besatzungsmitgliedern der Beiboote ebenfalls Zurückhaltung auferlegt. Der Weg für Verhandlungen sollte offen bleiben, außerdem wäre es verantwortungslos gewesen, den Feind zu einer Eskalation zu veranlassen. Immerhin war denkbar, dass Rhodan und Atlan sich als Gefangene in den Händen der Unbekannten befanden.

Innerhalb weniger Minuten entwickelten sich auf der Landefläche der Burg heftige Einzelkämpfe Mann gegen Mann. Die Szene erinnerte Danton an eine Massenprügelei. Nachdem beide Seiten erkannt hatten, dass Energiewaffen nicht viel ausrichteten, gingen sie mit den Fäusten aufeinander los.

Danton ließ eine zweite Welle von Raumsoldaten ausschleusen. Die Männer und Frauen hatten den Auftrag, in die Burg einzudringen und nach den Vermissten zu suchen.

Aber nahezu gleichzeitig kamen aus den Schleusen der Burg weitere Verteidiger und stellten sich dem Suchtrupp entgegen. Danton musste anerkennen, dass seine Widersacher perfekt reagierten. Ihnen schien nur daran gelegen zu sein, niemanden in die Burg eindringen zu lassen.

»Ras und Gucky werden sie so nicht aufhalten können«, sagte Danton zu Lloyd. »Die Teleporter werden in die Burg teleportieren und die Verteidiger in die Zange nehmen.«

»Ich empfange die Mentalimpulse eines Wesens, das sich als Scallur versteht«, sagte Lloyd. »Es scheint der Kommandant dieser Fremden zu sein.«

»Kannst du mehr über ihn herausfinden?«

Lloyd konzentrierte sich.

Danton übergab das Kommando und schloss den Helm seines Schutzanzugs. »Ich begebe mich zur Burg und leite die Suche nach Atlan und meinem Vater.«

Lloyd sah ihm nach. »Roi lässt es sich nicht anmerken, aber er ist verzweifelt«, stellte er tonlos fest.

Weniger die dreißig Kugelschiffe bereiteten Scallur Kopfzerbrechen als der Verdacht, dass er nur einen kleinen Teil der Gesamtstreitmacht des Gegners zu sehen bekam.

»Sie kochen diesen Kampf auf kleiner Flamme«, sagte er zu Ehmet. »Aber sie werden nicht zögern, alle Reserven einzusetzen, falls wir sie in Bedrängnis bringen.«

»Wir müssen das Mutterschiff herbeirufen!«, drängte der Androide.

»Wir brauchten eine Flotte großer Schiffe, um aus dieser Auseinandersetzung als Sieger hervorzugehen«, erwiderte Scallur nachdenklich.

»Daran ist aber nicht zu denken. Wenn wir das Mutterschiff rufen, dann nur, um alle Mannschaften zu evakuieren.«

»Kommandant, Sie wollen die Burg aufgeben!«, rief der Androide entrüstet.

»Davon kann keine Rede sein«, widersprach Scallur. »Ich habe aber keineswegs die Absicht, einen verzweifelten Kampf zu führen, dessen Ausgang von vornherein feststeht. Deshalb werden wir uns zurückziehen und erst wiederkommen, wenn die Fremden verschwunden sind.«

»Sie werden die Burg besetzt halten!«, prophezeite Ehmet. »Dann können wir nicht mehr zurückkommen.«

»Abgesehen davon, dass ich dies bezweifle, wäre es nicht unsere Aufgabe, in einem solchen Fall etwas zu unternehmen.« Scallur deutete auf den Drugun-Umsetzer. »Mit dem Steuergerät können sie ohnehin nichts anfangen.«

Er blickte auf das Bildfunkgerät. Die Ereignisse auf der Oberfläche der Burg näherten sich der Entscheidung. Die Androiden-Mannschaften wurden immer weiter zurückgedrängt, einige Dutzend Fremde waren schon in die Burg eingedrungen.

»Es wird Zeit, dass wir gehen. Ehmet, rufe das Mutterschiff herbei! Die Stammbesatzung soll sich auf keine Auseinandersetzung mit diesen Fremden einlassen.«

»Und wenn sie das Mutterschiff angreifen?«

»Nach allem, was bisher geschehen ist, scheint mir das ziemlich unwahrscheinlich.«

Während Ehmet Funkkontakt aufnahm, befahl Scallur seinen Mannschaften, sich allmählich zum Sammelplatz zurückzuziehen. Ein Teil der Androiden sollte bereits an Bord des Beiboots gehen.

Der Kommandant glaubte zu wissen, warum die Fremden in so großer Zahl erschienen. Die plötzlich hinter der Barriere aufgetauchte Burg konnte dafür nicht der einzige Grund sein. Diese Wesen vermissten zwei Angehörige ihrer Besatzung und waren offenbar entschlossen, sie zu retten. Doch für Scallur war der Verbleib der beiden Raumfahrer ebenfalls ein Rätsel. Er hatte den Eindruck, dass sie beim Übergang der Burg verschwunden waren.

Niemand kann ewig nach ihnen suchen, dachte er. *Irgendwann müssen die Fremden aufgeben und sich von der Burg zurückziehen. Dann kommen wir zurück und führen die begonnene Arbeit zu Ende.*

Einer der Androiden stieß einen Schrei aus und deutete auf ein Überwachungsbild. »In der Zentrale sind plötzlich zwei Wesen erschienen!« Der Schock ließ seine Stimme verzerrt klingen. »Sie sind wie aus dem Nichts erschienen.«

»Vielleicht sind es die beiden Gesuchten«, vermutete Scallur.

»Es handelt sich um Neuankömmlinge. Aber wie können sie in die Zentrale gelangen, ohne eines der Tore zu benutzen?«

»Dafür gibt es mehrere Erklärungen«, antwortete Scallur mit wachsender Unruhe. »Lasst uns auf jeden Fall von hier verschwinden und zum Sammelplatz gehen.«

Er erkannte, dass die Androiden zögerten. Nie hätte er geglaubt, dass sie so reagieren würden. Eigentlich war es unvorstellbar, dass sie etwas wie eine Eigenverantwortung entwickelten. Aber sie machten sich fraglos Gedanken darüber, was mit dem Drugun-Umsetzer geschehen würde, wenn sie ihn unbewacht zurückließen.

Ich habe die Androiden unterschätzt!, dachte Scallur. Als er sich jedoch entschlossen auf den Ausgang der Halle zubewegte, folgten sie ihm.

Was bin ich nur für ein Kommandant?, fragte er sich. *Ich nehme die Niederlage wie eine Selbstverständlichkeit hin.*

Dieser Gedanke machte ihn wütend. Er würde zurückkehren, dessen war er gewiss. Niemand sollte sagen können, dass Scallur eine Aufgabe nicht erfüllt hatte.

Gegen seinen Willen wurde Roi Danton nach der Landung auf der Oberfläche von Partocs Burg in die Auseinandersetzungen verwickelt. Er war abseits der Kämpfenden gelandet, um durch eine der offenen Schleusen in die Burg eindringen zu können. Doch genau das erwies sich als Fehler. In der Schleusenkammer hatten drei der Blauen gewacht, und sie sahen in der einzelnen Person ein leichtes Opfer. Bevor Danton sich orientieren konnte, stürzten sie sich auf ihn. Er ließ sich einfach fallen und feuerte einen Desintegratorschuss über die Köpfe der Angreifer hinweg ab. Sie zeigten sich jedoch wenig beeindruckt, hatten offenbar längst die Wirkungslosigkeit der Handfeuerwaffen gegen ihre Schutzschirme erkannt.

Ein blau leuchtendes Feld knisternder Energien hüllte Danton ein, als ihn die Gegner unter Beschuss nahmen. Er konnte ihre Gesichter sehen – sie waren kalt, glatt und ausdruckslos. Am erschreckendsten jedoch erschien ihm ihre völlige Ähnlichkeit.

Identische Personen, vielleicht Roboter, überlegte Danton.

Einer der Angreifer packte ihn am Arm. Er spürte, dass der Gegner über ungewöhnliche Körperkräfte verfügte. Beinahe gleichzeitig fielen die beiden anderen ebenfalls über ihn her. Er wurde zu Boden gerissen und im nächsten Moment hochgehoben. Die drei Männer trugen ihn zur Schleuse.

»Hier spricht Roi!«, rief er in sein Helmmikrofon. »Drei der Kerle haben mich geschnappt und versuchen, mich in die Burg zu entführen.«

Sein Hilferuf zeigte die erwartete Wirkung, kaum, dass seine Bezwinger mit ihm die Schleusenkammer erreichten. Gucky materialisierte im Korridor hinter der Schleuse. Die Blaugekleideten ließen Danton unsanft fallen und hoben die Arme in die Höhe, ohne dass der Ilt auch nur ein Wort sagte. Danton erkannte, dass Gucky seine telekinetischen Kräfte einsetzte.

Gehorsam marschierten die drei Angreifer in den Gang und verschwanden hinter der nächsten Biegung. Der Ilt kam zu Rhodans Sohn und beugte sich über ihn.

»Du hättest ruhig dafür sorgen können, dass sie mich etwas sanfter abladen«, klagte Danton. »Ich bin ganz schön aufs Kreuz gefallen.«

»Auch noch meckern!«, empörte sich Gucky. »Du solltest froh sein, dass ich dir beigestanden habe.«

Der ehemalige Freihändlerkönig wurde sofort wieder ernst. »Habt ihr eine Spur von Perry und Atlan gefunden?«

Der Ilt schüttelte den Kopf.

»Teleportiere mit mir ins Innere der Burg, am besten in die Zentrale, damit wir uns dort umsehen können.«

»Ras und dieser Kemen sind schon dort. Sie haben nichts gefunden.«

»Aber Perry und Atlan waren vor ihrem Verschwinden dort«, erinnerte Danton. »Alaska und Laire haben keinen Zweifel daran gelassen, wo der Kontakt abbrach. Wir müssen dort mit der Suche beginnen.«

»Na gut.« Gucky seufzte. »Du wirst deinen Dickschädel ja doch durchsetzen.«

»Hast du eine bessere Idee?«

»Wir könnten alle Vorratskammern der Burg durchsuchen, um festzustellen, ob dort Mohrrüben gelagert werden.«

»Die Lage ist wirklich zu ernst für deine dummen Witze!«

»Ich wollte dich nur etwas aufheitern, Roi«, sagte Gucky zerknirscht.

»Schon gut.« Danton trat aus der Schleusenkammer hinaus auf die Landefläche. »Die Blaugekleideten ziehen sich zurück, Kleiner. Wir haben sie eingeschüchtert.«

»So wird es sein«, bestätigte Gucky. »Über Funk habe ich eben gehört, dass sich ein großes walzenförmiges Schiff der Burg nähert. Wahrscheinlich Verstärkung oder das Abholkommando.«

Danton ergriff ihn am Arm. »Vorwärts! Wir dürfen keine Zeit mehr verlieren.«

Sie teleportierten in eine große Halle. Danton sah auf Anhieb, dass es sich nicht um die Zentrale handelte, aber Tschubai und Kemen hielten sich hier auf. Sie standen neben einer großen und seltsam geformten Maschinenanlage.

»Ich dachte mir, dass dich das ebenfalls interessieren würde, Roi«, erklärte Gucky.

Danton nickte und wandte sich an den dunkelhäutigen Mutanten. »Hast du eine Ahnung, was das sein soll, Ras?«

Der Teleporter verneinte. Der Physiker, der ihn begleitet hatte, wollte auf die Maschine klettern, um sie zu untersuchen, aber Danton rief ihn zurück.

»Wir werden hier besser nichts anrühren«, warnte er. »Warum misst du dieser Halle eine so große Bedeutung bei, Ras?«

»Nach allem, was wir wissen, haben die Fremden sich bis vor Kurzem vor allem hier aufgehalten«, erklärte der Mutant. »Alaska hat uns informiert, was er von Atlan und Perry erfuhr. Demnach haben die Blaugekleideten dieses Ding erst kürzlich zusammengebaut. Es könnte mit dem Auftauchen der Burg zu tun haben.«

»Und mit dem Verschwinden der beiden Männer!«, fügte Kemen hinzu.

Danton nickte. Über Funk rief er nach Lloyd.

»Wie sieht es oben aus, Fellmer?«

»Gut. Die Fremden fliehen. Ein Walzenschiff ist längsseits gegangen und nimmt alle an Bord. Zweifellos geben sie die Burg auf.«

»Das ist nur ein halber Erfolg«, sagte Danton. »Solange wir nicht wissen, was mit den Vermissten geschehen ist, besteht kein Anlass zur Freude.«

Tschubai nickte ihm zu. »Komm«, sagte er und griff nach Dantons Hand. »Ich will dir etwas zeigen.«

Sie entmaterialisierten und kamen in einem Raum heraus, den Rhodans Sohn als das von Ganerc-Callibso beschriebene Labor mit den Hydriernischen erkannte. Eine der Nischen war mit Strahlschüssen fast völlig zerstört worden. Davor lagen Teile eines schwer beschädigten Skeletts am Boden.

»Partocs Überreste!«, stieß Danton hervor. »Mein Vater und der Lordadmiral müssen hier gewesen sein.«

»Vermutlich haben sie nach dem Zusatzschlüssel gesucht«, sagte Tschubai. »Leider können wir nicht feststellen, ob sie Glück hatten.«

»Hier also endet die Spur!« Danton runzelte die Stirn. »Wir werden ...«

Er wurde unterbrochen, denn Gucky und Kemen materialisierten ebenfalls neben den Nischen.

»Unsere Männer können jetzt ungehindert eindringen«, verkündete der Ilt. »Fast alle Blaugekleideten sind bereits an Bord ihres Schiffes gegangen. Eine groß angelegte Suche nach Perry und Atlan hat begonnen. Bully will noch mehr Mutanten zur Unterstützung schicken.«

Danton nickte. »Beide müssen hier gewesen sein, als die Burg hinter der Barriere auftauchte. Wie sie dann verschwunden sind oder was ihnen widerfahren ist, können wir nicht einmal ahnen. Es gibt nirgends eine transmitterähnliche Anlage.«

»Wir haben ihre Leichen nicht gefunden«, sagte Kemen. »Das gibt Anlass zur Hoffnung.«

»Ich wünsche, dass dieses Labor gründlich untersucht wird!«, befahl Danton. »Ganerc-Callibso soll von der BASIS herüberkommen und sich umsehen. Vielleicht findet er eine Spur. Laire soll ebenfalls kommen.«

»Er ist mit Alaska unterwegs«, berichtete der Ilt.

Danton wusste, dass er nun Geduld aufbringen musste. Die Suche würde viel Zeit in Anspruch nehmen. Er dachte an die seltsame Barriere. Existierte sie noch? Oder war die Burg nur sichtbar geworden, weil die Barriere zusammengebrochen war?

Vielleicht, überlegte Danton, befanden sich die Vermissten noch *hinter* jener Grenze. Bestand dann überhaupt noch eine Chance, Kontakt zu ihnen zu bekommen?

Er stützte den Kopf in beide Hände. Die anderen nahmen Rücksicht auf ihn und störten ihn nicht. Erst als Alaska und Laire ins Labor kamen, schaute er auf.

»Ganerc-Callibso ist auf dem Weg hierher«, sagte der Transmittergeschädigte. »Er wird uns sicher helfen können.«

Bully meldete sich von Bord der BASIS aus und verlangte Danton zu sprechen. »Wir werden die gesamte Burg auf den Kopf stellen, um die beiden zu finden«, versicherte er. »Du musst Kanthall und mir nur sagen, was du benötigst, und du wirst es erhalten. – Habt ihr schon eine Spur oder eine Vermutung?«

»Ich muss gestehen, dass wir völlig hilflos sind«, antwortete Danton.

Eine halbe Stunde später erschien Ganerc-Callibso mit zwei weiteren Mitgliedern des Mutantenkorps, Balton Wyt und Irmina Kotschistowa, in der Burg. Der ehemalige Mächtige untersuchte die Überreste seines Bruders aus dem Bund der Zeitlosen.

»Alles deutet darauf hin, dass Rhodan und Atlan den Zusatzschlüssel gefunden haben«, sagte der Zwerg, nachdem er sich aufgerichtet hatte. »Danach müssen sie verschwunden sein.«

»Sie werden zurückkehren – aber sie werden nicht mehr so sein wie früher«, sagte Alaska Saedelaere in die Stille hinein.

Alle starrten ihn an.

»Ich weiß nicht, was es ist«, sagte der Mann mit der Maske niedergeschlagen. »Etwas wie ein Albtraum.«

13.

Manchmal hielten der Strömer und der Strom stumme Zwiesprache. Der Strömer liebte den Strom, er lebte darin, war ein Teil von ihm. Wie der Strom scheinbar aus dem Nichts kam und ebenso wieder im Nichts verschwand, war immer wieder überwältigend. Der Strom hatte keine Ufer, denn er füllte das ganze Sein aus. Seine Fließgeschwindigkeit war immer gleich, genauso wie Temperatur und Leuchtkraft.

Der Strom war unveränderlich.

Oft, wenn er trunken war vom Gefühl der Wärme und Geborgenheit, ließ der Strömer sich dahintreiben. Eine Ortsveränderung war mit diesem Dahintreiben nicht verbunden, denn der Strom war überall gleich. Auch ein Zeitablauf war schwer zu registrieren. Der Strömer überlegte manchmal, ob er wirklich mit dem Strom dahinglitt oder ob dieser sich nur an ihm vorbei einem fernen Ziel zuwälzte.

Die Zwiesprache fand auf eine eigenartige, für einen Menschen kaum verständliche Art und Weise statt, durch den Austausch von Energiepotenzialen. Der Strom und der Strömer waren auch kein Leben im menschlichen Sinn, man hätte sie bestenfalls als Erscheinungsformen der Energie bezeichnen können, aber selbst das wäre ihrem Status nur unvollkommen gerecht geworden.

»Wohin fließt du?«, fragte der Strömer.

Es war eine Frage, die er immer wieder stellte, sooft sie miteinander in Verbindung traten.

»Ich fließe nirgendwohin. Ich bin ein geschlossenes System, ein vollkommener Kreislauf.«

Gerade das, so wusste der Strömer, war nur die halbe Wahrheit. Natürlich bildete der Strom einen Kreislauf, aber er besaß eine Quelle, die ihn speiste und dafür sorgte, dass er stabil blieb. Außerdem besaß er ein verzweigtes System von Seitenarmen, in denen er sich verlor. Bisher war der Strömer niemals dorthin gelangt, trotzdem wusste er genau, dass dieses Netzwerk existierte.

Der Strömer hätte gern gewusst, wie alles begonnen hatte, aber das war eine Frage, die keiner beantworten konnte. Der Strom war in dieser Hinsicht nicht klüger als er. Der Strom lag in irgendetwas eingebettet, was dem Verständnis verschlossen blieb. Der Strömer hatte sich noch niemals dorthin begeben, denn erstens fiel es ihm schwer, sich quer zum Strom oder gar gegen ihn zu bewegen, und zweitens sagte ihm ein sicheres Gefühl, dass es gefährlich war, sich in die Randgebiete zu wagen. Dort waren seiner Art der Existenz Grenzen gesetzt, und es war durchaus möglich, dass er einfach erlosch, wenn er seine gewohnte Umgebung verließ. Der Strömer fragte sich oft, ob er der Einzige war, der in dieser Form zum Strom gehörte. Vielleicht gab es andere, die genauso waren wie er. Bisher hatte er jedoch keinen Beweis dafür erhalten.

»Bin ich allein?«, fragte er den Strom immer und immer wieder.

»Nein«, erwiderte der Strom.

»Und wo sind die anderen?«

»Die anderen? Wie ist das zu verstehen? Ich bin der Strom. Du gehörst zu mir.«

Tatsächlich, gestand sich der Strömer ein, war er nichts Eigenständiges. Sobald die Quelle, der der Strom entsprang, einmal versiegen würde, gab es für den Strömer keine Existenzmöglichkeit mehr.

Der Zustand, in dem er sich befand, würde bis in alle Ewigkeit anhalten, solange er sich nicht gegen den Strom bewegte oder sich in die Randgebiete vorwagte. So gesehen bedeutete seine Existenz eine Sinnlosigkeit, aber der Strömer war nicht geschaffen, sich darüber Gedanken zu machen. Ab und zu träumte er davon, bis zur Quelle gegen den Strom zu schwimmen und das Gebiet zu erkunden, in dem der Strom entsprang. Von den Randbereichen, die er noch niemals gesehen hatte, drangen oft seltsame Empfindungen in sein Wahrnehmungszentrum. Der Strömer wusste, dass er sich im Zuge des Energieaustauschs mit dem Strom ständig erneuerte, aber da seine Grundform stets die gleiche blieb, behielt er seine Identität. Er hatte sich schon so oft aufgelöst und wieder zusammengesetzt, dass er getrost davon ausgehen konnte, dass bestimmte Teilchen schon mehrere tausendmal in ihm gebündelt worden waren. Das verführte ihn oft zu der Annahme, er selbst könnte der Strom sein. Demnach wären alle Zwiegespräche im Grunde genommen nichts weiter als Monologe gewesen.

So gleichmäßig, wie der Strom dahinglitt, konnte er annehmen, dass die Quelle ebenfalls eine Konstante war. Anders musste es sich mit den Seitenarmen verhalten, in die recht unregelmäßig Energie abgegeben wurde. Einige dieser Phasen wiederholten sich und schienen einem bestimmten, wenngleich unerklärbaren Rhythmus zu unterliegen, andere präsentierten sich dem Strömer als willkürliche Erscheinungen. Niemals jedoch musste der Strom so viel von seiner Kapazität in die Nebenarme abgeben, dass sein Kreislauf davon berührt worden wäre.

Neben der Quelle und den Randgebieten stellte das Netzwerk von Verästelungen das größte Phänomen des Stroms dar. Der Strömer überlegte oft, ob es sich dabei um eine Art Wunde handelte, die dem Strom beigebracht worden war. Diese Theorie unterstellte jedoch, dass es außerhalb des Stroms »etwas« gab.

Der Anlass, dass der Strömer sich schließlich entschloss, zu den Seitenarmen vorzudringen, war vergleichsweise geringfügig, aber man muss bedenken, dass der Strömer in einer Umgebung existierte, in der niemals Veränderungen auftraten und in der niemals etwas Ungewöhnliches geschah.

Dieser Anlass war ein kurzer Ruck, der den Kreislauf des Stroms beeinflusste. Es war, als ströme ein Schwall zusätzlicher Energie aus der Quelle, treibe den Strom an und überflute ihn mit Hitze. Doch der Strom nivellierte sich augenblicklich.

Dieses kaum wahrnehmbare Signal schreckte den Strömer aus seinem betulichen Dasein auf, es war für ihn das erste Anzeichen einer sich abzeichnenden Veränderung. Er, der immer in dem Glauben existiert hatte, dass sich niemals etwas verändern würde, sah sich plötzlich wieder mit Fragen konfrontiert, die er bislang erfolgreich aus seinem Bewusstsein verdrängt hatte.

»Was ist geschehen?«, wandte er sich an den Strom.

Der Strom reagierte unsicher und zurückhaltend. Er wusste nicht, was sich ereignet hatte.

Der Strömer brauchte vorerst nichts zu tun, als weiter mit dem Strom dahinzufließen. Der Kreislauf würde ihn an jene Stelle tragen, an der die Seitenarme begannen. Dann musste er, wenn ihn der Mut bis dahin nicht verlassen haben würde, seitwärts abbiegen. Das war in der Nähe der Seitenarme nicht so gefährlich wie an anderen Stellen.

Aber gab es, wenn er diesen Schritt getan hatte, überhaupt ein Zurück?

Seinem Weltverständnis entsprechend mussten die Seitenarme in den Kreislauf zurückkehren, doch nun war sich der Strömer dessen nicht mehr so gewiss. Er musste wieder an eine entsetzliche Wunde denken, aus der sich der Strom in ... Ja, wohin ergoss er sich?

Der Strömer sah ein, dass die Bezeichnungen, mit denen er immer operiert hatte, nicht mehr genügten. Die Vorstellung, der Strom käme aus dem Nichts und verschwände auch wieder darin, war philosophisch sicher sehr befriedigend, aber sie erklärte nun, da der Strömer sich mit Realitäten auseinandersetzen musste, überhaupt nichts.

Das bedrückende Gefühl, in einer sehr kleinen und überschaubaren Welt zu leben, wurde für den Strömer immer unerträglicher. Der Strom, der weiterhin schwieg und sich vor den Gedanken des Strömers abzukapseln schien, floss mit gleichmäßiger Geschwindigkeit dahin und transportierte den Strömer durch den Kreislauf schließlich ans Ziel. Der Strömer wusste nicht mehr, wie oft er schon hier vorbeigekommen war.

Niemals hatten die Nebenströmungen für ihn eine Verlockung dargestellt, nie war er der Neugier unterlegen, in ihre Nähe zu gleiten.

Er zappelte ein bisschen, als er in eine Strömungsgeschwindigkeit geriet, die geringer war als die von ihm gewohnte. Er taumelte abwärts durch die Energiefluten, aber er verlor nicht die Orientierung. Kurz darauf begann sich alles um ihn herum zu stabilisieren. Er befand sich in einem kleineren Strom, weniger schnell und weniger heiß als sein eigener Strom, trotzdem eine gewohnte Umgebung. Er war enttäuscht und erleichtert zugleich. Auch hier gab es unsichtbare, in der Ferne liegende Randgebiete.

Dann erst erfasste der Strömer den eigentlichen Unterschied, und diese Erkenntnis versetzte ihm einen tiefen Schock. Der Nebenarm hatte keinen Kreislauf, er führte konsequent auf ein bestimmtes Ziel zu.

Dem Strömer drohte ein Schicksal, das eigentlich vorhersehbar gewesen war, das er aber in seinem kurzsichtigen Eifer nicht hatte wahrhaben wollen: Er würde sich mit diesem Nebenstrom aus der Wunde heraus dorthin ergießen, wo seine Welt zu Ende war und etwas Unvorstellbares anfing ...

Wenn es an einem Schutzanzug für terranische Raumfahrer einen Teil gab, bei dem während der Herstellung mit noch größerer Sorgfalt und Präzision verfahren wurde, als dies ohnehin schon üblich war, konnte dies nur der transparente Helm sein. Er hatte nicht nur den wertvollsten Körperteil zu schützen, sondern er barg in sich viele der wichtigsten Ausrüstungsgegenstände. Zudem hatte er eine molekular verdichtete Struktur, die ihn praktisch unzerbrechlich machte, und eine Beschichtung, die bei sich verändernder Intensität des äußeren Lichteinfalls sofort entsprechend reagierte. Für einen Träger bedeutete dies sowohl Sichtvermögen in fast absoluter Dunkelheit durch Infrarotaufhellung als auch Schutz bei Energieblitzen, die unter anderen Umständen zu sofortiger Erblindung geführt hätten.

Dieser Blendschutz schien allerdings zu versagen, als Perry Rhodan und Atlan in einen Wirbel unbegreiflicher Energiefluten stürzten. Angesichts der blendenden Helle, die auf ihn einwirkte, schloss Rhodan die Augen. Trotzdem sah er seinen arkonidischen Freund für den Bruchteil einer Sekunde wie skelettiert neben sich einem unermesslichen Abgrund entgegenstürzen.

Rhodan hatte nicht zu sagen vermocht, was geschah.

Eben hatte er den Zusatzschlüssel, der zu dieser Kosmischen Burg gehörte, aus den Gebeinen des Mächtigen Partoc geholt. Gleichzeitig war aus der Tiefe der Burg ein dumpfes Donnern erklungen. Sekundenlang hatte Rhodan auf seinem Körper jenen Druck gespürt, den er vom Passieren der unsichtbaren Grenze her kannte. Mit einem Schlag hatte die Umgebung einer tosenden Wand aus weißem Feuer Platz gemacht. Rhodan stürzte in diese glühende Wand.

In seinem Helm dröhnte eine gellende Stimme. Zuerst dachte er, Atlan zu hören, dann erkannte er, dass es seine eigene Stimme war. Er presste die Lippen aufeinander. Der Sturz schien endlos lange zu dauern. Um ihn herum war nur Feuer. Rhodan zweifelte nicht daran, dass er ohne seinen Schutzanzug und den Individualschutzschirm in dieser Hölle keine Sekunde überlebt hätte.

Aber wo befand er sich?

Eine Explosion konnte nicht stattgefunden haben, diese hätte völlig andere Folgen gehabt.

»Perry?«

Rhodan zuckte zusammen. Er hatte nicht damit gerechnet, dass der Helmfunk unter diesen Bedingungen funktionieren könnte, sonst hätte er bereits versucht, Kontakt mit seinem Begleiter aufzunehmen.

»Ich verstehe dich«, antwortete er dem Arkoniden. »Was ist geschehen?«

»Ich weiß es nicht«, sagte Atlan. »Aber ich habe den Eindruck, dass wir in eine völlig andere Umgebung katapultiert wurden. Wir befinden uns in einem energetischen Prozess, wo immer dieser stattfindet.«

»Eine Waffe der Blaugekleideten!«, entfuhr es dem Terraner. »Wir haben sie unterschätzt.«

»Möglich, dass du recht hast. Wenn es sich um eine Waffe handelt, kommt sogar eine Art Fiktivtransmitter in Betracht. Vielleicht befinden wir uns im Zentrum eines Antriebssystems oder in einer Fusionskammer.«

»Wie lange werden unsere Anzüge das aushalten?«

»Schwer zu sagen.« Der Arkonide seufzte. »Alles hängt davon ab, wie schnell wir hier herauskommen – wo immer ›hier‹ sein mag.«

Rhodan spürte, dass er allmählich die Ruhe zurückgewann.

»Die Belastung der Anzüge kann nicht so stark sein, wie wir befürchteten«, stellte er fest. »Andernfalls könnten wir uns kaum über Helmfunk verständigen. Wir lassen uns durch diese grelle Lichtflut täuschen.«

»Vermutlich hast du recht.« Der Arkonide flog mit ausgebreiteten Armen und Beinen neben Rhodan dahin. »Es sieht danach aus, als würden wir uns durch diese leuchtende Energiewolke bewegen.«

Rhodan antwortete nicht sofort. Und als er endlich sprach, klang seine Stimme gedehnt.

»Erstens ist dies keine Wolke, sondern irgendetwas anderes. Außerdem bewegen wir uns mit dem Medium, in dem wir stecken. Es trägt uns davon wie die Strömung eines reißenden Flusses.«

»Richtig«, sagte Atlan verblüfft. »Aber wir befinden uns nicht an der Oberfläche von irgendetwas, sondern mittendrin. Es sieht so aus, als gäbe es nichts als diese glühende Substanz.«

Rhodans Sorge wuchs, sie könnten irgendwo gefangen sein, von wo es kein Entkommen gab. Und sie wussten nicht einmal, auf welche Weise sie in dieses merkwürdige Gefängnis geraten waren. Vorläufig ließ er die Behauptung gelten, dass Atlan und er Opfer einer unbekannten Waffe geworden waren.

Vielleicht hat sich die Burg in Energie aufgelöst, dachte er erschrocken. *Diese Energie strömt nun einem unbekannten Ziel entgegen, und wir sind unentrinnbar in den Sog verstrickt.*

Aber dieser Versuch einer Erklärung war nicht haltbar. Eine Auflösung der Burg hätte niemals einen gleichmäßigen Energiefluss verursacht.

»Wenn unsere Funkgeräte funktionieren, können wir mit Alaska und Laire Kontakt aufnehmen«, brach der Arkonide das Schweigen.

»Wir können es zumindest versuchen.« Rhodan sendete eine Zeit lang, aber weder der einäugige Roboter noch Alaska Saedelaere meldeten sich.

»Nach draußen ist kein Kontakt möglich«, sagte er schließlich resignierend. »Wir beide können uns nur unterhalten, weil wir gemeinsam hier gefangen sind.«

Sie trieben weiter nebeneinanderher. Rhodan machte ruckartige Bewegungen und stellte fest, dass er in der leuchtenden Masse regelrecht schwimmen konnte. Nach einer Weile war er Atlan schon so nahe, dass er den Freund berühren konnte.

»Vielleicht können wir sogar unsere Flugaggregate oder die Antigravs einsetzen.«

»Lass es noch sein«, warnte Atlan. »Wir haben keine Ahnung, wie die Abstrahlenergie der Flugaggregate mit diesem Medium reagiert.«

»Ich teste zumindest den Antigrav.« Rhodan machte sich am Schaltschloss seines Gürtels zu schaffen. Aber nichts geschah, der Antigrav reagierte nicht. Vor dem Einsatz des Rückstoßaggregats schreckte er doch zurück, denn Atlans Warnung war berechtigt.

»Was hältst du von dem Versuch, umzukehren?«

»Umkehren?«, echote Atlan erstaunt. »Wie soll ich das verstehen?«

»Indem wir gegen diese Strömung ankämpfen und schwimmen. Vielleicht gelangen wir an unseren Ausgangspunkt zurück.«

»Das ist eine verrückte Idee.« Der Arkonide lachte rau.

»Hast du einen besseren Vorschlag?«, wollte Rhodan wissen.

»Im Augenblick nicht.« Der Arkonide schien zu zögern. »Aber ein Versuch – warum nicht?«

Obwohl Perry Rhodan allmählich den Eindruck gewann, dass er sich an die gleißende Helligkeit gewöhnte, wurde sein Orientierungsvermögen nicht besser. So weit er blicken konnte, sah er die dahinströmende Lichtflut. Woraus mochte sie bestehen? Aus einer besonderen Art von Lichtquanten?

Er drehte sich langsam um und begann wie ein Schwimmer gegen die Strömung anzukämpfen. Atlan versuchte es ebenfalls, und sie beide boten wohl einen überaus grotesken Anblick. Sie schafften es gerade, den Druck der Strömung zu neutralisieren, was bedeutete, dass sie auf der Stelle schwammen.

»So erreichen wir überhaupt nichts«, sagte Atlan.

Rhodan nickte nachdenklich. »Dann also seitwärts ... Irgendwohin müssen wir gelangen.«

Sie schwammen im rechten Winkel zur Strömung und wurden wieder mitgerissen. Vielleicht war dieser Strom endlos breit, überlegte Rhodan. Zumindest konnte er solche Ausmaße haben, dass es nahezu unmöglich war, seinen Rand zu erreichen. Trotzdem blieb keine andere Wahl, als es zu versuchen.

Wie auch immer – dem Überleben in dieser Umgebung waren Grenzen gesetzt, sie waren abhängig von der Kapazität der Anzugaggregate. Das Ernährungsproblem wurde bei Zellaktivatorträgern erst nach langer Entbehrung akut. Eher würde der Sauerstoffvorrat zur Neige gehen und die Schutzschirme nicht mehr ausreichend Energie erhalten. Immerhin waren die Lebenserhaltungssysteme der Anzüge schon während des Aufenthalts in Partocs Burg strapaziert worden. Vielleicht noch fünf Tage, vielleicht auch länger, das hing von den äußeren Umständen ab, die nicht abzuschätzen waren.

»Deine Schweigsamkeit kann nur bedeuten, dass du über unsere Chancen nachdenkst«, erriet Atlan.

»Genau das tue ich«, gab Rhodan zu. »Und für den Fall, dass wir hier nicht herauskommen, sehen sie ziemlich schlecht aus.« Er hörte mit den Schwimmbewegungen auf. »Wir sollten über unsere Lage intensiver nachdenken. Alles hat sich schlagartig verändert – und was wohl, nachdem wir die Barriere wieder passiert haben.«

Atlan machte wieder Schwimmbewegungen und trieb langsam auf ihn zu. »Ich konnte den Druck ebenfalls spüren!«, bestätigte der Arkonide.

»Zweifellos hängt diese Erscheinung mit unserer augenblicklichen Lage zusammen.« Rhodan sprach sehr schnell. »Auf eine vorerst nicht erklärbare Weise sind wir über diese Grenze geschleudert worden, aus der Burg hinaus in die unbekannte Umgebung. Es sei denn ...«

»Lass dir Zeit«, sagte Atlan ironisch. »Vermutlich kommen wir sowieso zu nichts anderem mehr als zu theoretischen Erörterungen.«

»Es sei denn, die Burg ist ebenfalls über diese Grenze gelangt«, vollendete Rhodan.

Sie waren sich so nahe, dass Rhodan trotz der blendenden Helligkeit Atlans Gesicht sehen konnte. Der Arkonide runzelte die Stirn.

»Das ist nicht dein Ernst?«, fragte Atlan. »Wie hätte sie an einen anderen Platz gelangen sollen?«

»Die Burgen besitzen funktionierende Hyperenergieanlagen und Antriebssysteme. Aber das halte ich erst einmal für nebensächlich. Ich denke an diese seltsame Maschine, die von den Blaugekleideten zusammengebaut wurde. Könnte sie die Versetzung der Burg von einer Seite der Barriere auf die andere erklären?«

»Durchaus«, erwiderte Atlan. »Aber erklärt das unsere Situation?«

»Es könnte beim Übergang zu einer Katastrophe gekommen sein. Die Burg ist explodiert oder hat sich auf andere Art aufgelöst. Dabei wurde die Raum-Zeit-Struktur aufgerissen, und die Energie fließt ab.«

»Das haben wir bereits erörtert. Keine Katastrophe zieht einen derart gleichmäßigen Energiestrom nach sich. Ich habe eher den Eindruck, dass er gesteuert wird.«

Rhodan starrte den Freund an. »Wiederhole das!«

»Keine Katastrophe ...«

»Das meine ich nicht, Alter, sondern den gesteuerten Energiestrom.«

»Na und? Das besagt herzlich wenig.«

»Eben schon«, ereiferte sich der Terraner. »Das würde bedeuten, dass wir uns in einer geschlossenen Anlage befinden. In einer Anlage, durch die Energie fließt ...«

»Das ist ja verrückt!«, stieß der Arkonide hervor. »Versuch gar nicht erst, dir eine derart gigantische Anlage vorzustellen. Du weißt, wie lange wir uns rechtwinklig zu diesem Strom bewegt haben. Kein Energie führendes System kann einen solchen Querschnitt haben.«

»Und es war eine so schöne Idee«, sagte Rhodan niedergeschlagen.

Atlan schwieg dazu. Er sah offenbar keinen Sinn in einer weiteren Diskussion.

»Bewegen wir uns eine Zeit lang *mit* dem Strom!«, schlug Rhodan schließlich vor.

»Das tun wir bereits.«

»Aber wir kommen schneller voran, wenn wir mit der Strömung schwimmen. Mich interessiert das Ziel, wo immer es liegen mag ...«

Während sie langsam schwammen, bemerkte Rhodan, dass sich um Atlans Schutzschirm leuchtende Teilchen gruppierten. Sie waren leicht zu erkennen, weil sie eine andere Färbung annahmen, sobald sie mit dem Individualschirm in Berührung kamen. Dann verstrahlten sie kurzzeitig ein kräftiges Hellrot und unterschieden sich auf diese Weise von dem Strom, aus dem sie kamen. Rhodan stellte fest, dass bei ihm ein ähnliches Phänomen auftrat. Er machte den Arkoniden darauf aufmerksam.

»Bestimmte Teilchen des Energiestroms reagieren mit unseren Schirmfeldern«, bestätigte Atlan. »Vorerst ist das offenbar ungefährlich, aber wenn der Prozess anhält, könnten wir in Schwierigkeiten kommen.«

Zum Glück geschah die Aufladung der Schutzschirme nur sehr langsam und hatte keine nachteiligen Folgen.

Die beiden Männer schwammen mehrere Stunden lang mit der Strömung. Ihre Umgebung veränderte sich nicht.

Rhodan stellte seine Schwimmbewegungen ein und ließ sich treiben.

»Dieser Strom nimmt kein Ende«, sagte Atlan niedergeschlagen. »Vielleicht handelt es sich doch um ein geschlossenes System.«

Rhodan versuchte sich vorzustellen, was mit Partocs Burg geschehen sein konnte. Er dachte an die BASIS. Die Gefährten würden alles daransetzen, Atlan und ihn zu finden, wenn sie nach einiger Zeit nicht zurückkehrten. Aber wo sollten Bully und die anderen nach ihnen suchen?

Seine Überlegungen wurden unterbrochen, als er eine Veränderung in seiner Umgebung registrierte.

»Die Strömung!«, rief Atlan in diesem Moment. »Hattest du auch den Eindruck, dass sie vorübergehend anders wirkte? Zumindest an einer Stelle.«

Das war es! Hastig begann Rhodan, wieder gegen den Strom anzuschwimmen.

»Was hast du vor?«, erkundigte sich Atlan. »Wir sollten nicht dorthin zurück, wo dieser Effekt auftrat.«

»Vielleicht finden in der Umgebung ähnliche Vorgänge statt. Wenn wir uns wenigstens seitlich bewegen ... Es muss einen Grund für diese Zwischenströmung geben.«

»Wahrscheinlich ist der Energiefluss doch nicht konstant«, vermutete der Arkonide. »Das würde die Befürchtung stützen, dass wir mit dieser Energie in ein anderes Raum-Zeit-Kontinuum geraten.«

Stumm schwammen sie nebeneinanderher. Vermutlich, überlegte Rhodan, jagten sie doch nur einem Phantom nach.

Nach einiger Zeit spürte er, dass er in eine langsamere Strömung geriet. Sofort hielt er mit seinen Bewegungen inne.

»Bemerkst du es?«, rief er dem Arkoniden zu.

»Sieh genau hin!«, gab Atlan zurück. »Die Strömung zeichnet sich optisch ab. Sie ist etwas dunkler, wie ein meterdicker Strang, der allmählich seitwärts driftet.«

Fasziniert beobachtete Rhodan den etwas schwächer leuchtenden Arm, der sich weit vor ihnen in der strahlenden Helligkeit des Hauptstroms verlor.

»Wir sollten versuchen, in dieser Nebenströmung zu bleiben.«

Atlan streckte einen Arm aus und gestikulierte heftig. »Sieh dorthin!«, forderte er. »Da geschieht einiges.«

Rhodan drehte den Kopf und sah weitere Nebenströme unterschiedlicher Dicke.

»Warum haben wir die ganze Zeit über nichts dergleichen bemerkt?«, fragte Atlan.

»Ich nehme an, dieses Phänomen tritt nur an bestimmten Stellen auf.«

»So könnte es sein. Alle diese Nebenarme führen vom Hauptstrom weg. Wohin mögen sie sich bewegen?«

Darauf wusste Rhodan keine Antwort. Er war jedoch entschlossen, in dem Nebenstrang zu bleiben, in den sie eingedrungen waren. Sein Instinkt sagte ihm, dass sie auf diese Weise früher oder später irgendwo ankommen würden.

Kurz darauf entdeckten sie ein ganzes Netzwerk unterschiedlich starker Strömungen. Überall dort, wo zwei Ströme sich kreuzten, fand ein regelrechtes Feuerwerk von Entladungen statt.

»So etwas habe ich nie zuvor gesehen«, murmelte Atlan. »Bei Arkon, das ist ein fantastischer Anblick.«

Auch Rhodan fühlte die Faszination dieser Szenerie. Überall dort, wo die Entladungen stattfanden, bildeten sich leuchtende Spuren, Spiralen und Kugeln. Unwillkürlich dachte er an unsichtbare Wesen, die mit Tausenden glühenden Bällen, die auf ihren Bahnen helle Spuren hinterließen, Pingpong spielten.

Nach einer Weile verdrängte ein immer stärker werdendes Unbehagen die Faszination. Als Rhodan endlich bewusst wurde, woran ihn dieser Anblick erinnerte, stöhnte er.

»Hast du Schwierigkeiten?«, erkundigte sich der Arkonide besorgt.

»Dieser Anblick erinnert mich an eine Blasenkammer-Aufnahme.« Rhodan zögerte. »Es sieht so aus, als seien unzählige Teilchen miteinander in Wechselwirkung: Photonen, Neutrinos, Elektronen, Myonen, Pionen, K-Mesonen, Proto...«

»Hör auf!« Atlan keuchte. »Das wäre Wahnsinn! Siehst du nicht, wie riesig diese Dinger sind?«

Rhodan schwieg.

»Es ist eine zufällige Ähnlichkeit«, sagte der Arkonide mit Nachdruck. »Wenn du recht hättest, müssten wir einen Effekt annehmen, der alle diese Teilchen ins Riesenhafte vergrößert hat.«

»Es gibt diesen Effekt«, sagte Rhodan. »Allerdings wirkt er genau umgekehrt.«

Atlan blickte ihn ausdruckslos an.

»Was hast du vor ein paar Stunden über den Querschnitt dieses Energie führenden Systems gesagt?«, erinnerte ihn Rhodan.

»Bei allen Sternengöttern!«, brachte der Arkonide hervor.

»Wir müssen der Wahrheit ins Auge sehen.« Rhodan glitt dicht an seinen Freund heran. »Es sind nicht die Teilchen, die sich verändert haben, sondern *wir.*«

14.

In der Erfassung des tragbaren Ortungsgeräts war das Mutterschiff der Blaugekleideten deutlich zu erkennen. Es war von einer blau leuchtenden Aura umschlossen, offensichtlich ein Nebeneffekt des aktiven Hyperraum-Zapfstrahls.

»Sie lassen sich Zeit mit dem Rückzug«, bemerkte jemand hinter Roi Danton.

Zögernd löste Rhodans Sohn seine Blicke von der Bildwiedergabe. Er sah, dass Jentho Kanthall das Labor neben der Burgzentrale betreten hatte. Der ehemalige Anführer der TERRA-PATROUILLE und nun Stellvertretende Kommandant der BASIS deutete auf das Ortungsgerät. »Ist ihr Verhalten Dummheit oder Selbstbewusstsein?«, fragte er.

»Ich weiß nicht«, erwiderte Danton gedehnt. »Sie scheinen auf jeden Fall ziemlich sicher zu sein, dass wir sie nicht verfolgen.«

Kanthall runzelte die Stirn. »Könnte es bedeuten, dass Rhodan und Atlan sich an Bord des großen Schiffes aufhalten, sozusagen als Geiseln?«

Danton antwortete nicht, sondern verfolgte die Vorgänge im Weltraum. Das Schiff der Blauen war eintausendvierhundert Meter lang und durchmaß dreihundertundfünfzig Meter. Die Walze hatte einen abgerundeten Bug und ein glattes Heck, in dem deutlich erkennbar die Triebwerkssysteme untergebracht waren. Riesige Schleusenpforten bedeckten die Rumpfwandungen.

»Sie haben das Feld ziemlich schnell für uns geräumt«, fuhr Kanthall fort.

»Sobald wir von der Burg abziehen, kommen sie hierher zurück«, prophezeite Danton. »Schon deshalb ist es für mich unwahrscheinlich, dass sie Atlan und meinen Vater gefangen halten. Sie würden uns die beiden in die Hände spielen, wenn sie dazu in der Lage wären. Das würde unseren Abzug beschleunigen.«

»Unsere Aussichten sind schlecht, nicht wahr?«, fragte Kanthall.

Danton blickte zu Boden. »Nötigenfalls werden wir jeden einzelnen Raum der Burg mehrmals durchsuchen und alles auseinandernehmen, was als Verlies für zwei Menschen infrage käme.«

Er wünschte, Kanthall wäre wieder gegangen. Erst vor wenigen Minuten hatte er ein ähnliches Gespräch mit Bully geführt. Auch dabei war ihre Ratlosigkeit zutage getreten. Danton war indes nicht bereit, schon aufzugeben. Alles wies darauf hin, dass die beiden Männer sich bis zu ihrem Verschwinden hier im Labor aufgehalten hatten. Wenn es überhaupt einen weiteren Hinweis gab, dann musste er sich in diesem Raum befinden. Bisher war jedoch jede Suche sinnlos gewesen.

Ganerc-Callibso betrat das Labor. Seit einiger Zeit beteiligte er sich an der Suche, aber obwohl er sich in der Burg besser auskannte als die Menschen, hatte er nichts aufgespürt, was einer Nachprüfung wert gewesen wäre. Auch jetzt schüttelte er den Kopf, als er die stumme Frage in den Blicken Dantons las.

»Ich befürchte, dass beide auf eine noch nicht zu erklärende Art und Weise hinter der Barriere zurückgeblieben sind.«

Danton rieb sich nachdenklich das Kinn. »Ich kann mir nicht vorstellen, dass die Burg versetzt wird und zwei Menschen zurückbleiben.«

»Vorstellen kann ich es mir ebenfalls nicht«, gab der ehemalige Mächtige zu. »Trotzdem könnte es so gewesen sein.«

Sie wurden unterbrochen, als Payne Hamiller und Geoffry Abel Waringer gemeinsam das Labor betraten. Die Wissenschaftler waren mit der Untersuchung der seltsamen Maschinerie befasst, die von den Fremden zusammengebaut worden war.

»Habt ihr mehr herausgefunden?«, wollte Danton wissen.

»Nicht viel«, gab Waringer zu. »Das liegt nicht zuletzt daran, dass wir große Vorsicht walten lassen müssen. Wenn nicht alles täuscht, besteht zwischen dem seltsamen Apparat und der Zentrale der Burg eine Verbindung, ebenso zu den Antriebssystemen. Jeder falsche Handgriff kann eine Katastrophe auslösen.«

»Wir sind sicher, dass es sich um ein Steuersystem handelt«, bemerkte Hamiller. »Mittlerweile drängt sich der Verdacht auf, dass es sich um eine sehr spezielle Steueranlage handelt.«

»Die dazu dient, die Burg hinter der Barriere hervorzubringen«, erriet Ganerc-Callibso.

»Genauso ist es!«, bestätigte Waringer.

Danton fuhr sich mit beiden Händen übers Gesicht. »Das lässt uns die Dinge etwas klarer sehen. In Partocs Burg war also eine Anlage verborgen, die der Versetzung der Burg von einer Seite der rätselhaften Grenze auf die andere dient. Der Mächtige muss nicht unbedingt von ihrer Existenz gewusst haben. Vielleicht befindet sich in jeder der sieben Burgen ein derartiges System zur Rückführung.«

»Warum sollte sich jemand solche Mühe machen?«, fragte Kanthall. »Warum wird die Burg überhaupt hinter der Barriere hervorgeholt?«

»Die Burgen werden nicht mehr benötigt, die Mächtigen existieren nicht mehr«, sagte Hamiller. Er warf Ganerc-Callibso einen entschuldigenden Blick zu.

»Das sind sehr vage Erklärungsversuche.« Kanthall reagierte ärgerlich. »Außerdem bringen sie unser Ziel kein Stück näher.«

»Wir müssen trotz aller Gefahren das Steuergerät gründlich untersuchen«, sagte Roi Danton, und seinem Tonfall haftete etwas Drängendes an. »Vor allem müssen wir herausfinden, wie es funktioniert.«

Waringer blickte ihn überrascht an. »Du bist dir nicht im Klaren, was du da erwartest, Roi. Wir würden Jahre brauchen, um die Arbeitsweise dieser Apparatur zu begreifen. Sie zu bedienen, werden wir vermutlich niemals in der Lage sein.«

»Trotzdem müssen wir es versuchen!«

»Willst du ... willst du etwa die Kosmische Burg bewegen?«, brachte Ganerc-Callibso stoßweise hervor.

Rhodans Sohn nickte entschlossen. »Wenn die Vermissten auf der anderen Seite geblieben sind, benötigen sie Hilfe. Wir haben jetzt eine Chance, die Barriere zu überwinden – mit Partocs Burg.«

»Das ist unmöglich!«, sagte Waringer betroffen.

»Wir stellen eine wissenschaftliche Kommission unter deiner Leitung zusammen«, fuhr Danton unbeeindruckt fort. »Die gesamte positronische Kapazität der BASIS steht zu eurer Verfügung. Findet heraus, wie die Anlage funktioniert und wie wir mit ihrer Hilfe hinter die Barriere gelangen können!«

Mehrere Beiboote der BASIS beobachteten das Walzenschiff, das in einem Abstand von einigen Lichtminuten Warteposition bezogen hatte. Die Fremden schienen nicht vorzuhaben, vor dem Abzug der Terraner zur Burg zurückzukehren. Einige Besatzungsmitglieder der BASIS argwöhnten allerdings, die Blaugekleideten könnten früher oder später Verstärkung erhalten.

Roi Danton ließ sich von diesen Spekulationen nicht beeindrucken. Stunde um Stunde verbrachte er im Labor neben der Zentrale und nahm Berichte entgegen.

Partocs Überreste waren von Ganerc-Callibso untersucht worden, auch das ohne verwertbare Spuren über Rhodans und Atlans Verbleib. Danach hatte der ehemalige Mächtige das Skelett wieder in einer der Nischen beigesetzt.

Während die Spezialisten der BASIS das Geheimnis der Steueranlage zu ergründen suchten, durchstreiften Mutanten und Suchkommandos die Kosmische Burg.

Rhodans Sohn hatte eine Liege im Labor aufgestellt. Ab und zu gönnte er sich eine knappe Stunde Schlaf – völlig ausreichend für einen

Zellaktivatorträger, wie er behauptete. Dunkle Schatten unter seinen Augen straften diese Aussage Lügen.

Als Gucky materialisierte, war Danton eben erst eingeschlafen. Der Ilt weckte ihn nicht – es hätte auch keinen Grund dafür gegeben –, aber er schaute sich unschlüssig um und watschelte quer durch den Raum. Er war in letzter Zeit häufig hier gewesen, und das nicht nur, um mit Danton zu reden.

Etwas an diesem Raum übte auf Gucky eine eigenartige Anziehungskraft aus, ohne dass er dafür jedoch eine Erklärung gefunden hätte.

Der Ilt blieb stehen und schaute sich um. Wieder einmal. Er wusste mittlerweile, dass es außer der fremdartigen Technik hier nichts Ungewöhnliches zu sehen gab.

Die Hydriernischen waren alle verschlossen. Die dritte von links war wiederhergestellt worden, in ihr befanden sich Partocs Überreste. Zwischen zwei Nischen hing ein ovaler Kasten mit Schaltanlagen an der Wand.

Als der Ilt daran vorbeiging, blieb er wie angewurzelt stehen. Er stieß einen schrillen Schrei aus, der Danton aus seinem Schlaf aufschreckte.

»Gucky!«, rief Rhodans Sohn ärgerlich. »Was zum Teufel treibst du eigentlich? Es ist sinnlos, dass du die Nischen untersuchst.«

Gucky war einen Schritt zurückgewichen und dabei fast gestolpert. Nun sah er sich nach Danton um, wobei er gleichzeitig auf das Schaltsystem deutete. »Da ... da ... waren ihre Impulse!«, ächzte er.

Danton schwang die Beine von der Liege und gähnte. »Was für Impulse?«, erkundigte er sich.

Erst Sekunden danach wurde ihm bewusst, dass er den Mausbiber selten so erregt gesehen hatte. Er sprang auf. »Was ist passiert?«, fragte er hastig.

Gucky deutete immer noch auf den Schaltkasten.

»Ich habe die mentalen Impulse Perrys und Atlans gespürt. Nur sehr schwach und nur für einen Moment, aber ich täusche mich nicht.«

Danton blickte ihn verständnislos an.

»Versteh doch!«, rief der Ilt aufgeregt. »Die Impulse kamen aus diesem Schaltsystem!«

Danton bewegte sich langsam auf ihn zu und legte ihm eine Hand auf die Schulter. »Hör auf, Kleiner!«, sagte er. »Damit solltest du keine Scherze treiben.«

»Das ist kein Scherz!«, fauchte Gucky.

Danton trat an ihm vorbei dicht vor den Kasten an der Wand. Er klopfte dagegen.

»Hört sich massiv an«, stellte er fest. »In dieser Schaltanlage gibt es keine Hohlräume, ganz abgesehen davon, dass sie viel zu klein ist, um auch nur einem Mann Zuflucht oder Unterschlupf ...«

»Das weiß ich selbst!«, rief Gucky, aufgebracht über Dantons skeptische Reaktion. »Aber ich würde Perrys und Atlans Impulse unter Tausenden erkennen.«

»Entweder hast du dich getäuscht, oder es handelt sich um eine Art Reststrahlung.«

»Ist es nicht seltsam?«, sinnierte der Ilt, schon wieder in versöhnlicherem Tonfall. »Wir sind wie die Verrückten hinter den beiden Verschwundenen her und ignorieren dennoch den ersten konkreten Hinweis.«

»Du hast recht!« Roi Danton seufzte ergeben. »Wer trägt aktuell Wuriu Sengus Bewusstsein?«

»Walik Kauk, soweit ich informiert bin.«

Danton nickte. Über Armbandkom bestellte er Kauk und einige andere Mutanten ins Labor.

Kauk und Fellmer Lloyd erschienen zuerst. Danton schilderte ihnen knapp, was vorgefallen war. Beide wirkten ungläubig.

»Wuriu, wirf bitte einen Blick in diesen Schaltkasten.« Danton wandte sich an das Bewusstsein des Spähermutanten, das Kauk als Wirtskörper benutzte. »Versuche herauszufinden, was sich im Innern abspielt.«

Kauk trat vor den Kasten und schloss die Augen. Auch Lloyd konzentrierte sich für die Suche nach mentalen Echos.

Lloyds Kopfschütteln kam schnell. Und schon Sekunden danach drehte sich Kauk zu Roi Danton um.

»Nichts Ungewöhnliches«, sagte das Bewusstsein des Spähermutanten aus Kauks Mund. »Ein völlig normaler Schaltkasten. Er ist zwar in Betrieb, aber außer schwachen energetischen Strömungen spielt sich nichts ab.«

»Ich dachte es mir schon.« Danton warf dem Ilt einen bezeichnenden Blick zu. »Das Ganze muss ein Irrtum sein.«

Gucky schwieg verbissen, doch seiner Haltung war anzumerken, dass er nicht bereit war, einen Fehler zuzugeben.

»Danke, Wuriu und Walik«, sagte Danton zu Kauk. »Ihr könnt eure Suchaktionen in der Burg wieder fortsetzen.«

Balton Wyt kam. Irmina Kotschistowa traf nur Augenblicke später ein. Keiner von ihnen konnte etwas Verdächtiges erkennen.

»Vermutlich hat Gucky sich so sehr gewünscht, eine Spur zu finden, dass er schließlich mentale Impulse zu erkennen glaubte«, vermutete Danton.

»Damit tust du dem Kleinen unrecht«, warf Lloyd ihm vor. »In einer solchen Situation würde Gucky niemals leichtfertige Äußerungen machen.«

»Ich danke dir, Fellmer.« Der Ilt zeigte sich nachdenklich und verunsichert zugleich. »Aber die Untersuchung hat ja ergeben, dass ich mich getäuscht haben muss.«

»Wir finden eine Erklärung«, sagte Ras Tschubai, der aus einem anderen Sektor der Burg teleportiert war. »Vielleicht hat Gucky eine verwehende Reststrahlung wahrgenommen. Wenn dies der Fall war, müssen wir herausfinden, welches der Geräte im Labor Mentalenergie speichern kann. Natürlich könnte Gucky sich auch in der Richtung, aus der die Impulse kamen, getäuscht haben. Allerdings bezweifle ich das. Er hat so viel Erfahrung, dass wir eine Täuschung ausschließen können. Aber ein anderer Erklärungsvorschlag: Wäre es nicht denkbar, dass die Anlage, die Gucky als Quelle der Impulse ausgemacht hat, lediglich ein Störfaktor ist? Ich meine, dass sie ankommende Impulse beeinflusst oder ablenkt.«

»Du könntest recht haben«, bestätigte Danton nachdenklich. »Aber was folgern wir daraus?«

Der schwarzhäutige Mutant deutete auf den Schaltkasten. »Wir sollten den Apparat demontieren, dann vermeiden wir, dass er die Telepathen ein zweites Mal täuscht.«

Die schreckliche Erkenntnis beim Namen zu nennen und sie innerlich zu akzeptieren waren zwei völlig verschiedene Dinge. Während Perry Rhodan im Energiestrom dahintrieb und an den Abzweigungen der Seitenarme fantastische Erscheinungen beobachtete, wurde er sich allmählich der ganzen Tragweite dessen bewusst, was er gesagt hatte. Er krümmte sich in stummem Schmerz.

»Du musst dich täuschen.« Atlan widersprach heftig. »Das ist völlig unglaublich.«

Was ihnen widerfuhr, war eigentlich unbegreiflich, doch sie mussten sich damit auseinandersetzen.

»Immerhin erscheint nun manches, was uns in Zusammenhang mit den Kosmischen Burgen unbegreiflich blieb, in einem anderen Licht«, fuhr der Terraner fort. »Es wird zum Teil sogar verständlich.«

Atlan lachte schrill. »Verständlich?«, rief er aus. »Ich verstehe überhaupt nichts, außer der Tatsache, dass wir unvorstellbar winzig geworden sind.«

»Das ist nur zum Teil richtig«, antwortete Rhodan gezwungen sachlich. »Vom Standpunkt eines Beobachters, der jenem Universum angehört, aus dem die Burg kam, haben wir durchaus eine normale Größe.«

»Worauf willst du hinaus?«

Einige Teilchen huschten vorbei, jedes so groß wie ein Ball. Rhodan stellte fest, dass die Veränderung der Schutzschirme nun schneller voranschritt. Vermutlich konnten sie wegen ihrer Schutzschirme nicht in Wechselwirkung mit anderen »Bewohnern« dieser seltsamen Umgebung treten. Das führte zu einer Art Energiestau an der Schirmfeldhülle.

»Seit wir auf der Suche nach den Kosmischen Burgen sind, nehmen wir an, dass sie hinter einer unsichtbaren Grenze verborgen sind. Bisher hatten wir nichts über den Charakter dieser seltsamen Barriere herausgefunden.«

»Du hast davon gesprochen, dass die Burg einem anderen Universum angehört«, erinnerte Atlan.

»Gehörte!«, verbesserte Rhodan. »Inzwischen wurde sie von den Fremden wohl ins Einsteinuniversum gebracht. Es gibt offenbar einen Ort, den beide Universen – unseres und das der Burgen – gemeinsam haben. Unter bestimmten Bedingungen ist der Übergang möglich.«

»Ein anderes Universum wäre in der Tat ein ideales Versteck für die Burgen.«

»Und solcher Wesen wie der Mächtigen hinter den Materiequellen durchaus würdig«, fügte Rhodan hinzu.

»Die Übertrittsfläche muss ausgesprochen winzig sein«, vermutete Atlan. »Wer sie erreichen will, braucht dazu Koordinaten von unvorstellbarer Genauigkeit. Nicht nur der Standort des Übergangs innerhalb eines fünfdimensionalen Koordinatennetzes ist dabei von Bedeutung, sondern auch der Anflugwinkel und die Geschwindigkeit, mit der sich ein Objekt nähert. Kein Wunder, dass die Blaugekleideten eine besondere Maschine zusammenbauen mussten, um die Burg von der einen Seite auf die andere zu bringen.« Er verengte die Augen. »Aber wie sind sie auf die andere Seite gelangt? Sind sie Unsterbliche wie wir?«

Rhodan schüttelte den Kopf.

»Das glaube ich nicht! Sie sind Beauftragte der Kosmokraten, daran zweifle ich nicht mehr. Deshalb haben sie die Koordinaten und wissen, wo die Bauteile des Steuergeräts in Partocs Burg verborgen waren. Die sieben Mächtigen existieren nicht mehr, deshalb haben sich die Kosmokraten offenbar entschlossen, die Burgen abzuziehen.«

»Aber es muss wieder eine neue Gruppe von Mächtigen geben«, wandte Atlan ein.

»Das ist möglich, und sie leben wahrscheinlich in einem anderen Bereich des Universums.« Rhodan dachte einen Augenblick nach, dann konzentrierte er sich wieder auf ihr eigentliches Problem. »Das Vorhandensein des Steuergeräts beweist, dass der Berührungspunkt beider

Universen nicht stabil sein kann. Für jeden Übergang müssen neue Berechnungen angestellt werden. Das Loch im Universum verändert ständig seine Position im Raum-Zeit-Gefüge.«

»Du vergisst uns beide«, sagte Atlan. »Und du vergisst Pankha-Skrin.«

»Keineswegs. Unsere Zellaktivatoren, die uns den Übergang ermöglichten, müssen eine ähnliche Funktion erfüllen wie das Steuergerät für die Burg. Ich glaube, dass unsere Aktivatoren eine Spürfähigkeit haben, die der des Steuergeräts gleichkommt. Das dürfte ebenso für Pankha-Skrins Quellhäuschen und die Robotrechner der Zaphoorenschiffe zutreffen. Mir ist nicht klar, ob zwischen uns und unseren Aktivatoren eine unbewusste Wechselwirkung eintrat, die uns den richtigen Kurs einschlagen ließ oder die Aktivatoren direkt auf die Steuermechanismen der von uns benutzten Space-Jets einwirkten. Der Effekt ist in jedem Fall erzielt worden.«

»Dieses andere Universum muss unvorstellbar klein sein, ein regelrechtes Mikrouniversum.« Atlan schloss die Augen und dachte angestrengt nach. »Du weißt, dass es in meiner Erinnerung große Lücken gibt. Aber tief in meinem Unterbewusstsein scheint das Wissen um ein Mikrouniversum verborgen zu sein.«

»Kein Universum gleicht dem anderen«, sagte Rhodan.

Atlan lachte leise. »Jedes Mal, wenn wir vom Einsteinuniversum durch dieses Loch im Weltraum gingen, veränderten wir uns. Wir nahmen die physikalischen Gegebenheiten des anderen Universums an. Auf dem Rückweg gab es den umgekehrten Effekt. Nur diesmal nicht.« Seine Stimme wurde schrill. »Diesmal hat sich die Burg während des Übergangs dem Einsteinuniversum angepasst. Wir sind jedoch so winzig geblieben, wie wir in diesem anderen Universum waren.«

»Das ist unser Problem!«, nickte Rhodan.

Sie waren mit Partocs Kosmischer Burg ins Einsteinuniversum gelangt, aber unvorstellbar winzig geblieben. Sie befanden sich immer noch in der Burg, waren allerdings kleiner als atomare Teilchen. Das konnte nur bedeuten, dass ein ungeklärtes Phänomen sie daran hinderte, die automatische Anpassung an das Einsteinuniversum zu vollziehen.

»Ich habe eine Idee«, sagte der Terraner. »Dass wir im Gegensatz zu der Burg in unserem alten Zustand verharren, muss ebenfalls mit unseren Aktivatoren zusammenhängen. Vermutlich haben sie im hyperenergetischen Bereich eine Wechselwirkung mit dem Steuergerät erzeugt. Dabei entstand ein Feld mit Bedingungen des anderen Universums. In diesem Feld sind wir gefangen.«

»Und wie lange noch?«, stieß Atlan hervor.

»Wenn meine Theorie richtig ist, müssten wir ins Einsteinuniversum zurückkehren, sobald das Steuergerät der Fremden seine Tätigkeit einstellt. Allerdings hat es keinen Sinn, die Augen vor der Wahrheit zu verschließen. Wir wissen nicht, wo wir uns in unserer momentanen Zustandsform befinden, vermutlich aber in einer Energie führenden Anlage. Unsere Vergrößerung würde spontan von einer Sekunde zur anderen stattfinden – *explosiv!*«

Atlan stöhnte auf. »Das wäre unser Ende.«

»Ja«, sagte Rhodan.

Eine Zeit lang war der Strömer von Panik und Entsetzen so überwältigt, dass er zu keiner vernünftigen Handlung in der Lage gewesen wäre. Erst als ihm klar wurde, dass sein Ende nicht unmittelbar bevorstand, beruhigte er sich etwas. Wenn der Seitenarm auch unerbittlich zu der Wunde zu führen schien, war sein Weg dorthin offenbar wesentlich länger, als er angenommen hatte. Das bedeutete, dass ihm genügend Zeit zum Nachdenken und Reagieren blieb.

Gleich darauf machte der Strömer eine Entdeckung, die ihn erneut in Angst und Schrecken stürzte. Er war nicht mehr dazu in der Lage, mit dem Strom Kontakt aufzunehmen. Das bedeutete, dass der Strom, sobald er Energie in die Seitenstränge abgab, keine Einflussmöglichkeit mehr hatte. Und nicht nur das – sogar die Identität des Stroms ging verloren. Das Medium, in dem der Strömer dahintrieb, war kein vertrautes, es war ihm fremd.

Für den Strömer war es qualvoll, so abrupt in die Einsamkeit gestürzt zu werden. Wie sehr er sich stets als ein Teil des Stroms gefühlt hatte, wurde ihm nun erst richtig bewusst.

Weit voraus entdeckte er eine Kreuzung. Zwei Seitenarme passierten einander in verschiedenen Richtungen, ohne sich gegenseitig in ihrer Strömungsgeschwindigkeit zu beeinflussen. Das allein bedeutete schon ein unlösbares Rätsel, doch das war es nicht, was ihn zutiefst erschütterte.

An der Kreuzung wimmelte es von Strömern!

Er hatte sich immer für etwas Einzigartiges gehalten, für eine Ausnahmeerscheinung.

Doch dort vorn rasten Tausende Strömer durcheinander, sprangen und hüpften umher, als gäbe es keine Gesetze, denen sie ihre Bewegungsabläufe unterzuordnen hatten. Es gab verschiedene Arten von Strömern, unterschiedlich in Größe und Aussehen, aber auch im Ablauf ihrer Bewegungen. Besonders fasziniert war der Strömer von dem Anblick aufeinanderprallender Strömer. Einige von ihnen veränderten sich nach solchen Zusammenstößen, nahmen einfach eine neue Gestalt an. Andere blieben das, was sie vorher gewesen waren. Aber es wurde offensichtlich, dass alle diese Strömer in einer Wechselbeziehung zueinander standen.

Überwältigt von diesem Anblick, vergaß der Strömer vorübergehend seine eigentlichen Probleme. Er fragte sich, ob er vielleicht selbst von einem solchen Ort kam. War er bei einem Zusammenprall mit einem anderen Strömer weit aus dem Seitenarm des Stroms hinausgeschleudert worden?

Jäh wurde er von dem Verlangen erfasst, an diesem Trubel gegenseitiger Beziehungen teilzuhaben. Gerade noch rechtzeitig begriff er, dass damit das Ende seiner Identität verbunden sein konnte. Wenn er mit einem anderen Strömer zusammenstieß, veränderte er sich vielleicht. Er musste versuchen, die Kreuzung zu passieren, ohne einen der anderen zu berühren.

Etwas an dieser seltsamen Stelle irritierte ihn.

Mit einem Schlag wurde ihm bewusst, *was* es war!

Die Stille!

Diese Strömer standen nicht in Kontakt untereinander, ihre Beziehungen waren offenbar rein physischer Natur. Stumm rasten sie umher, sprangen quer durch den Seitenarm, prallten aufeinander, wirbelten um unsichtbare Gravitationsfelder und veränderten sich. Auch der Seitenarm des Stroms blieb stumm.

Vielleicht bin ich doch etwas Einzigartiges!, dachte der Strömer.

Dass die anderen stumm waren, erfüllte ihn mit Furcht, schließlich mit Grauen. Er würde dieses chaotische Spalier aus Teilnahmslosigkeit durchqueren müssen. Dabei erhob sich die Frage, wohin er von der Kreuzung aus weiterfließen würde. An eine Wunde, aus der sich der Strom in vielen Nebenästen ins Nichts ergoss, wagte er nicht mehr zu denken. Etwas an diesem Bild war falsch. Dazu ging es an dieser Kreuzung trotz der sich wie toll gebärdenden Strömer zu geordnet zu.

Um sicherzugehen, dass diese niederdrückende Stille kein Zufall war, wandte er sich an die anderen.

»Könnt ihr mich hören?«

Er erhielt keine Antwort. Sie schienen nicht einmal seine Annäherung zu registrieren. Entweder waren sie so sehr mit sich selbst beschäftigt, dass sie ihn nicht wahrnahmen, oder sie waren überhaupt nicht in der Lage, seine Ankunft zu bemerken.

Was tun sie da überhaupt?, fragte er sich. *Welchen Sinn hatte dieses Durcheinander?*

Als er die Kreuzung fast erreicht hatte, erkannte er, dass er sie niemals passieren konnte, ohne nicht mit mindestens einem der anderen

Strömer zu kollidieren. Aber er konnte auch nicht abbremsen, um seine Ankunft zu verhindern, und noch weniger konnte er umkehren und den sicheren Hauptstrom wieder erreichen. Er erinnerte sich des seltsamen Rucks, der durch den Strom gegangen war und ihn veranlasst hatte, hierher aufzubrechen. In seiner Not rief er nach dem Strom, aber er erhielt keine Antwort. Er schien so vollkommen von seiner ehemaligen Umgebung abgeschnitten zu sein, dass es keine Verbindungsmöglichkeit mehr gab.

In diesem Moment huschte einer der anderen gedankenschnell an ihm vorbei. Der Strömer fühlte sich von einem kurzen Sog erfasst, als eine zuvor nicht spürbare Kraft auf ihn einwirkte. Es dauerte jedoch nicht lange, und er setzte seine Fortbewegung fort, als wäre nichts geschehen. Der Einfluss des anderen Strömers hatte nicht ausgereicht, ihn aus der Bahn zu werfen. Der andere verschwand aus seinem Beobachtungskreis.

Immer mehr fremdartige Kräfte wirkten nun auf den Strömer ein, die gesamte Kreuzung schien regelrecht zu pulsieren. *Ich werde dort regelrecht vergehen!,* erkannte er bebend.

Schräg vor ihm entstand ein Wirbel feuriger Linien. Strömer umtanzten einander und schufen dabei dieses Muster. Sie konnten weder kollidieren noch aus ihren gegenseitigen Kraftfeldern entkommen. Dann jedoch rasten andere Strömer in dieses scheinbar unzerstörbare Gebilde hinein, prallten mit den tanzenden Einheiten zusammen und trieben sie auseinander.

Gleichzeitig wurde er getroffen.

Es war ein seltsames Gefühl, das ihn tief in seinem Innern berührte. Er dachte, dass er unter der Kraft des Aufpralls zerplatzen würde oder dass in ihm freigesetzte Kräfte ihn von innen heraus sprengen würden. Doch nichts dergleichen geschah. Nur der Strömer, der gegen ihn geprallt war, verpuffte in einem Meer farbiger Linien.

Er fühlte Schuldbewusstsein in sich aufsteigen, denn er war nicht mehr sicher, ob der andere wirklich blind auf ihn zugerast war oder ob er ihn angezogen hatte. Beides schien denkbar zu sein. Der Weg des Strömers wurde immer unregelmäßiger, weil es ihm nicht mehr möglich war, in gerader Bahn dahinzutreiben. Zu viele fremde Kräfte wirkten auf ihn ein, alle anderen Strömer beeinflussten ihn. Aber er nahm auch Einfluss auf sie. Dabei befand er sich erst am Rand der Kreuzung, in deren Zentrum ein unüberschaubares Chaos herrschte.

Ein Gebilde, doppelt so groß wie er, doch augenscheinlich von wesentlich geringerer Masse, taumelte an ihm vorbei. In einiger Entfernung spaltete es sich und bildete zwei kleinere Strömer, von denen jeder mehr Masse als er selbst besaß.

Wie ist das nur möglich?, fragte er sich. Eine Zeit lang wurde er von den Beharrungskräften der zwei Neuentstandenen gebeutelt, dann kam er wieder frei. Diese Freiheit währte aber nicht lange. Er wurde erneut angezogen, wieder abgestoßen und in Drehbewegung versetzt. Innerhalb weniger Augenblicke verlor er die Orientierung, und pausenlos prallten andere Strömer gegen ihn. Er nahm nur noch deutlich wahr, dass sie ihn nicht zerstören konnten. Weil ihn etwas von den anderen unterschied: Er teilte sich nicht und änderte seine Form nicht.

Also bin ich doch einzigartig!, dachte er triumphierend.

Angesichts der schrecklichen Gefahren erschien ihm diese Zufriedenheit grotesk, aber sie war etwas, an das er sich klammern konnte.

Unmöglich, zu erkennen, ob er sich schon mitten in der Kreuzung befand. Wahrscheinlich würde er, wenn er jemals hier herauskommen sollte, nicht einmal feststellen können, nach welcher Seite er sich bewegt hatte. Trotz der unzähligen Strömer schien der Fluss des Nebenarms unbeeinträchtigt vonstattenzugehen.

Eine Flut von Licht schien ihn zu ertränken. Es war nicht das warme Leuchten des Stroms, sondern ein ununterbrochenes Zucken greller Blitze, die von allen Seiten auf ihn einhämmerten. Seine Andersartigkeit schien die anderen Strömer geradezu herauszufordern, sich mit aller Vehemenz auf ihn zu stürzen.

Wenn sie ihn auch nicht unmittelbar vernichten konnten, so würden sie doch über kurz oder lang sein Ende herbeiführen, denn er konnte diesem Bombardement fremder Impulse sicher nicht ewig standhalten. Er würde seine Identität aufgeben – und das war dem Erlöschen gleichzusetzen. Sein Gefühl verriet ihm, dass er sich dem Zentrum dieses unfassbaren Wirbels näherte. Von dort spürte er eine unheimliche Kraft auf sich einwirken, beinahe so stark wie die des Stroms.

Während er noch darüber nachdachte, fühlte er sich gepackt und wegkatapultiert. Die Kraft zerriss ihn fast, doch von einem Moment zum andern fand er sich im ruhigen Lauf eines Seitenarms wieder. Die Stille allerdings war fast noch erschreckender als das Chaos zuvor.

In seiner Not tastete er mit seinen Sinnen die Umgebung ab.

Der Strömer wünschte, er hätte es nicht getan, denn er wurde von unvorstellbar fremden Impulsen geradezu überflutet. Vor ihm im Seitenarm des Stroms bewegten sich zwei Körper – zwei regelrechte Anachronismen.

15.

Die beiden Techniker, die Roi Danton beauftragt hatte, die Schaltanlage bei den Hydriernischen abzubauen und in die Bestandteile zu zerlegen, kamen in Begleitung von Payne Hamiller. Der Wissenschaftler wirkte erschöpft. Ein Blick auf die Uhr zeigte Danton, dass Hamiller bei der Arbeit am Steuergerät erst vor zehn Minuten von Waringer abgelöst worden war. Er musterte Hamiller mit gemischten Gefühlen, denn er sah in ihm, ebenso wie in Hytawath Borl, einen Konkurrenten im Streit um Demeters Gunst.

Hamiller schob sich an den Technikern vorbei, und da verstand Danton, dass er gekommen war, um den Abbau der Schaltanlage zu verhindern.

»Ich habe gerade erfahren, was hier vorgeht.« Hamiller wischte sich mit einer nervösen Bewegung die Haare aus der Stirn. »Kauk hat mich informiert.«

»Wir entfernen den Schaltkasten, weil wir befürchten, dass er mentale Impulse Perrys und Atlans umlenken oder stören könnte.«

»Ich weiß.« Hamiller nickte. »Aber niemand hat offenbar daran gedacht, dass dieses Instrumentarium auch einen anderen Effekt bewirken könnte.«

»Ich verstehe nicht«, sagte Rhodans Sohn irritiert.

»Das Ding könnte zufälligerweise ein Verstärker sein«, sagte der Wissenschaftler. »Vielleicht hat Gucky die Mentalimpulse der beiden Verschwundenen nur empfangen, weil sie in dieser Anlage verstärkt wurden. Das würde auch den Irrtum mit der Herkunft der Impulse erklären.«

»Donnerwetter!«, entfuhr es Danton. »Von der Seite haben wir es noch gar nicht gesehen.«

»Zumindest sollten wir mit dem Abbau warten, bis wir sicher sein können, dass die Anlage nicht als Verstärker arbeitet.«

»Das wird schwer herauszufinden sein.«

Hamiller schüttelte den Kopf. »Ein entsprechendes Experiment läuft bereits. Lloyd steht oben auf der Burg und empfängt Impulse von der BASIS. Dann kommt er zu uns herab. Unter normalen Umständen müsste er die Impulse hier im Labor weniger intensiv spüren, denn es gibt zu viele energetische Emissionen zwischen der Burgoberfläche und hier. *Wenn* diese Anlage jedoch als Verstärker genutzt werden kann, müsste Lloyd die Impulse von der BASIS hier stärker empfangen als oben auf der Burg.«

»Das ist eine einfache Methode«, gab Danton zu.

»Alle wirklich genialen Ideen wirken einfach, und jeder fragt sich, warum er nicht selbst darauf gekommen ist«, erwiderte Hamiller bissig.

Danton verstand den Seitenhieb, ignorierte ihn aber. Der Wissenschaftler trug im Gegensatz zu Waringer keinen Zellaktivator, machte jedoch genauso lange Schichten. Kein Wunder, dass er gereizt war.

Augenblicke später materialisierten Ras Tschubai und Fellmer Lloyd. Lloyd erweckte den Eindruck, als wollte er sich entschuldigen.

»Schon gut«, sagte Danton. »Es ist eine gute Idee.«

Der Telepath gab den anderen ein Zeichen, dass sie ruhig sein sollten, dann konzentrierte er sich. Als er den Kopf hob, kannte Rhodans Sohn das Ergebnis, noch bevor der Mutant etwas sagte.

»Es ist eindeutig schwächer«, erklärte Lloyd. »Hier gibt es keinen Mentalverstärker, jedenfalls keinen, der arbeitet.«

Danton sah Hamiller abschätzend an. »Und? Was hältst du davon?«

»Vermutlich habe ich mich getäuscht. Es könnte aber auch sein, dass dieses Ding nur phasenweise arbeitet.«

»Das ist ziemlich unwahrscheinlich.«

»Allerdings!« Hamiller nickte den Technikern zu. »Ich denke, ihr könnt jetzt anfangen. Lasst aber die nötige Vorsicht walten. Hier sollte uns nichts um die Ohren fliegen, nur weil wir es nicht behutsam genug angefasst haben.«

Der Wissenschaftler lächelte verlegen und streifte beide Hände an den Oberschenkeln ab. »Ich habe vor, jetzt zu schlafen«, sagte er und ging. Er kam nur wenige Meter weit, dann rief ihn einer der Techniker zurück.

Der Mann zeigte auf eine bestimmte Stelle der Schaltanlage. »Sehen Sie sich das an!«, forderte er Hamiller auf. »Wofür halten Sie das?«

Danton betrachtete die Verkleidung ebenfalls, aber er konnte nichts Ungewöhnliches erkennen. Hamiller reagierte anders. Schweigend streckte er einen Arm aus und legte die Hand auf die Abdeckung der Schaltanlage.

»Diese Stelle erwärmt sich von innen heraus«, bemerkte er. »Das kann alles Mögliche bedeuten. Vielleicht ist nur ein Schaltelement durchgeschmort, obwohl ich das bei der verwendeten Technik als sehr unwahrscheinlich ansehe.«

»Etwas geht in dem Kasten vor«, sagte Lloyd, der ebenfalls näher gekommen war. »Ich werde ...« Er stockte. Blässe überzog sein Gesicht, und er atmete hastiger.

»Was hast du?«, fragte Tschubai besorgt.

»Er hat vermutlich die Impulse der Vermissten empfangen«, erriet Danton.

»Ja, ja!« Zitternd zeigte der Mutant auf die Schaltanlage. »Sehr kurz und sehr schwach, aber ... aber die Impulse kamen ... von *dort!*«

»Bei Terra!«, ächzte Roi Danton.

»Also ist es doch ein Verstärker!«, sagte Hamiller mit Nachdruck. »Er arbeitet phasenweise.«

»Die erwärmte Stelle vergrößert sich!«, rief einer der Techniker.

»Ich glaube, wir sind dem Geheimnis auf der Spur«, sagte Hamiller bedeutungsvoll.

Dass Reginald Bull nicht allein von der BASIS zur Burg übersetzte, bewies, welche Bedeutung er der Entdeckung beimaß. Pankha-Skrin und der Haluter Icho Tolot begleiteten ihn. Sie stürmten geradewegs in das Labor, in dem es mittlerweile von Wissenschaftlern und Mutanten wimmelte.

»Was habt ihr inzwischen herausgefunden, Roi?«, wollte Bully sofort wissen.

»Die erhitzte Stelle vergrößert sich. Warum, wissen wir noch nicht. Auf jeden Fall sind wir mit einem ungewöhnlichen Vorgang konfrontiert. Das Gerät wird bei weiter zunehmender Hitzeentwicklung in Mitleidenschaft gezogen werden, eine Materialprobe zeigt eindeutig, dass es für solche Belastungen nicht konzipiert wurde.«

Bully zupfte an seinem Schnurrbart.

»Das Tor steht weit offen«, bemerkte Hamiller. »Trotzdem können wir nicht in den anderen Raum blicken.«

»Ich mag es nicht, wenn Sie jetzt mit Ihren philosophischen Sprüchen kommen«, kommentierte Bull ungehalten. »Wir haben ein handfestes Problem zu lösen.«

»Dann fangen Sie ruhig schon an!«, schlug der Wissenschaftler gereizt vor.

Die meisten Blicke ruhten in dem Moment auf Bully. Er ignorierte sie und verbiss sich die heftige Erwiderung, die er schon auf der Zunge hatte. »Sie haben alle Fakten an die BASIS zur Auswertung weitergegeben?«, fragte er so gelassen wie möglich.

»Natürlich«, sagte Hamiller.

»Und?«

»Ohne jedes Ergebnis.«

»Wir könnten natürlich drauflosexperimentieren«, stellte Bull nachdenklich fest. »Nur würde uns das vermutlich nicht weiterhelfen. Ich bin der Ansicht, dass die Kapazität der Mutanten in diesem Fall noch nicht in jeder Hinsicht genutzt wurde.«

»Du weißt, dass ein optimaler Einsatz unserer Fähigkeiten auch mit Gefahren verbunden sein kann«, wandte Fellmer Lloyd ein.

»Mhm«, machte Bully. »Aber es gibt ein paar Möglichkeiten, die wir bislang nicht ausgeschöpft haben. Eines der Bewusstseine unserer Altmutanten könnte versuchen, ins Innere dieser Anlage zu gelangen, und feststellen, ob es dort von irgendetwas aufgenommen wird.«

»Das ist doch absurd!«, rief einer der Hyperphysiker aus Hamillers Team. »In dem Kasten steckt kein Milligramm PEW-Metall.«

Bully schaute den Mann an. Sofort verstummte der Protest.

»Es ist nur eine Idee«, sagte Bull. »Wenn sie nicht funktioniert, setzen wir Takvorian ein. Der Movator kann die Anlage in ein Zeitfeld einschließen und die Abläufe darin verlangsamen oder beschleunigen. Vielleicht gelangen wir dabei zu brauchbaren Erkenntnissen.«

»Etwas an unseren Theorien kann nicht stimmen«, sagte Atlan. »Wir haben in dem Raum hinter der Barriere immer die gleichen Sternkonstellationen wie im Einsteinuniversum gesehen.«

»Ein Phänomen, zugegeben«, antwortete Rhodan. »Es lässt sich aber mit dem Loch im Universum erklären. Das Mikrouniversum, in dem die Burgen versteckt sind, ist so klein, dass es vermutlich keine eigenen Sterne besitzt. Durch die Öffnung in der Berührungsfläche dringt das Licht der Sterne aus unserem Universum. Deshalb haben sich die Konstellationen nicht verändert, das heißt, sie haben es nur in relativistischer Weise getan, indem die Lichtquanten sich den Gegebenheiten des Mikrouniversums anpassten.«

»Und der Zeitablauf ist in beiden Universen identisch?«

»Vermutlich.«

Rhodan nahm an, dass jede Burg eine Eigenzeit besaß. Die Frage war nur, ob diese Zeitverschiebungen bei jedem Wechsel von einem Universum ins andere wieder neutralisiert wurden. Bisher war jedoch kein Hinweis auf Zeitdilatation zu finden, wenn er von dem wirren Bericht absah, den Pankha-Skrin von Murcons Burg mitgebracht hatte.

»Wo mögen wir uns befinden?« Atlans Frage bereitete dem Terraner einiges Unbehagen.

»Im weitesten Sinn halten wir uns vermutlich noch in dem Labor auf«, sagte er.

»Als winzige Teilchen innerhalb eines Energie führenden Systems ...« In Atlans Stimme war das Entsetzen unüberhörbar. »Das bedeutet, dass wir zum Tod verurteilt sind, denn früher oder später werden wir durch einen energetischen Prozess aufgelöst werden.«

»Die Individualschirme schützen uns.«

»Pah!«, machte Atlan. »Unsere Schirme verändern sich, das können wir gar nicht ignorieren.«

Er hat recht!, dachte Rhodan. Er sah doch, dass Atlans Schutzschirm sich zunehmend aufblähte. Die Energie für diesen Prozess stammte offenbar aus der Umgebung.

»Selbst wenn wir keinen Funkkontakt bekommen, die Mutanten sind unsere Chance«, sagte Rhodan. »Es ist doch inzwischen deutlich, dass Partocs Burg ins Einsteinuniversum gewechselt ist. Wahrscheinlich wimmelt es in der Burg schon von Einsatztrupps aus der BASIS.«

Atlan lachte heiser. »Vielleicht wird die BASIS erst in ein paar Jahrhunderten eintreffen, oder sie ist längst abgezogen, und wir beide wurden für tot erklärt.«

»Hör auf damit!« Rhodan wurde ungewollt schroff. »Mit selbstquälerischen Überlegungen erreichen wir nichts.«

Sie begegneten immer häufiger verschiedenartigen Teilchen. Rhodan konnte sie nicht identifizieren, dazu waren die einzelnen Prozesse zu unüberschaubar.

»Wenn wir in diese Richtung weiterschwimmen, werden wir einer Kollision zum Opfer fallen«, sagte Atlan warnend. »Vieles bewegt sich schon so schnell, dass wir nicht mehr ausweichen können. Wir ...« Er verstummte mit einem halb erstickten Gurgeln.

Eine Gruppe von Teilchen, die einander in wildem Wirbel umkreisten, raste auf die beiden Männer zu. Rhodan strebte mit heftigen Schwimmbewegungen zur Seite, Atlan folgte seinem Beispiel.

Sekunden später wurden sie getroffen. Eine grelle Lichtflut brach über sie herein, und für wenige Augenblicke wurden sie im Sog der Teilchengruppe mitgerissen.

Rhodan spürte, dass er sich mehrfach überschlug. Er hörte Atlan fluchen, doch das erwartete Ende kam nicht. Gleich darauf hörten die Erschütterungen auf, und er trieb ruhig in der Energieflut des Nebenstroms dahin.

»Ich verstehe nicht, warum wir bei diesem Zusammenstoß nicht vernichtet wurden«, sagte Atlan erstaunt. »Eigentlich müssten die Teilchen hier auf uns wie auf Antimaterie reagieren.«

»Das dachte ich auch«, stimmte Rhodan zu.

»Wir gleiten tiefer in dieses Teilchengewimmel hinein. Ein regelrechter Höllenschlund. Was mag diese Stelle im Einsteinuniversum darstellen?«

»Vielleicht ein Relais«, sagte Rhodan.

Atlan stieß ein wildes Gelächter aus. »Ich frage ich mich, ob dies alles nur ein wüster Albtraum ist.«

»Auf die Idee könnte man kommen«, pflichtete der Terraner bei. »Aber warte lieber nicht auf ein Erwachen.«

Ein seltsames Teilchen trieb schnell an ihnen vorbei. Es strahlte nach allen Seiten und erinnerte Rhodan spontan an einen leuchtenden Seeigel. Er griff nach einem der Lichtspeere und klammerte sich daran fest. Mit der anderen Hand bekam er den Arkoniden zu fassen.

Eine Zeit lang ließen sie sich durch den Strom transportieren, dann erlitt ihr Schlepper einen Zusammenstoß und verpuffte. Feurige Linien, die schnell verblassten, machten die wilden Bahnen seiner Trümmer sichtbar.

Ringsum war eine fantastische Szenerie entstanden, ein Brodeln energetischer Körper, die miteinander reagierten und durchaus gewissen Regeln folgten. In diesem mikroskopischen Bereich, wusste Rhodan, war die Kausalität der Ereignisse nicht mehr gewährleistet. Die Zeit konnte sogar rückwärts ablaufen. Je tiefer sie sich in dieses Labyrinth verstrickten, desto geringer wurden ihre Aussichten, jemals zu entkommen.

Unerwartet traf Rhodan der Impuls.

Er zuckte zusammen. Etwas hatte sein Bewusstsein berührt, vielleicht eine Art telepathischer Ruf.

Rhodan spürte allerdings sofort, dass keiner der Mutanten dafür verantwortlich war. Weder Gucky noch ein anderes Mitglied des Mutantenkorps hätte sich auf diese Weise gemeldet. Was immer diesen Kontakt ausgelöst hatte, musste völlig fremdartig sein. Es gehörte vermutlich zur Umgebung.

»Da war etwas in meinem Gehirn!«, rief Atlan. »Der Extrasinn sagt, dass es sich um einen telepathischen Impuls gehandelt haben könnte.«

»Ich habe es ebenfalls gespürt«, erwiderte Rhodan.

»Es muss von draußen kommen – ich meine, aus dem Bereich des Einsteinuniversums.«

»Ja«, sagte Rhodan. »Wenn du mit *draußen* wirklich das Einsteinuniversum meinst, hast du vermutlich recht. Trotzdem haben diese Impulse ihren Ursprung irgendwo im Energiestrom selbst.«

»Das ist unmöglich. Glaubst du wirklich, dass die Impulse aus unserer unmittelbaren Umgebung kommen? Damit unterstellst du, dass es hier eine Art Bewusstsein oder etwas damit Vergleichbares geben könnte.«

Unter anderen Umständen hätte Rhodan sich vielleicht amüsiert, wie krampfhaft Atlan an den Gesetzen seines Universums festhielt. Doch im Augenblick empfand er alles andere als Belustigung.

»Es kann sich um einen mechanischen Vorgang handeln, der diese Impulse auslöst«, sagte der Terraner. »Was wissen wir denn wirklich über diese Welt der Teilchen? Natürlich bildet sie einen Teil unserer mathematischen Physik, aber immer noch im teils abstrakteren Bereich. Nun haben wir die einmalige Gelegenheit, als Zuschauer dabei zu sein.«

Die rätselhaften Signale trafen in unregelmäßigen Zeitabständen ein. Ihre Intensität schwankte. Das lag zweifellos an Störeffekten, die das Teilchengewimmel in der Umgebung auslöste.

»Die Quelle scheint vor uns zu liegen«, bemerkte Atlan.

»Dann werden wir sie früher oder später erreichen.«

Sie konzentrierten sich auf die stärker werdenden Signale. Sie ergaben keinen Sinn, und Rhodan reagierte enttäuscht. Er erkannte, wie sehr er auf eine positive Veränderung gehofft hatte.

»Es sind sinnlose, unkoordinierte Zeichen«, sagte Atlan. »Wahrscheinlich gehen sie von einem aufgeladenen Teilchen aus. Das ist alles.«

»Ich hoffe, dass du dich irrst!«

»Mag sein«, sinnierte der Arkonide. »Womöglich wurde das sendende Teilchen von einem unserer Mutanten zu seiner Tätigkeit animiert. Man kann's glauben oder nicht. Ist ein hoffnungsvoller Tod angenehmer?«

Rhodan schwieg.

Sie kollidierten nun pausenlos mit den unterschiedlichsten Teilchen, kamen dabei aber nicht zu Schaden. Rhodan gewöhnte sich schnell an diese Vorgänge. Ihre Schutzschirme, die immer stärker glühten und sich weiter ausdehnten, bewahrten sie immer noch vor den vernichtenden Folgen, die normalerweise mit jedem Zusammenstoß verbunden gewesen wären. Und dann lichtete sich das Gewimmel der Teilchen, und die beiden Männer gelangten wieder in einen ruhigeren Bereich des Seitenstroms.

Die mentalen Impulse wurden nun, da sie nicht mehr von Störungen überlagert wurden, deutlicher.

»Diese Quelle bewegt sich in der gleichen Richtung wie wir, aber nicht so schnell«, stellte Rhodan fest.

Mit einem Mal glaubte er, in den sein Bewusstsein erreichenden Signalen Unterschiede im Rhythmus zu erkennen. *Vielleicht ist der Sender so fremdartig, dass wir ihn niemals verstehen werden – etwas völlig Andersartiges,* dachte er fasziniert.

»Die Impulse variieren jetzt!«, sagte Atlan leise, aber mit unüberhörbarer Anspannung.

»Vermutlich tun sie das schon die ganze Zeit, aber wir waren nicht nahe genug, um es erkennen zu können.«

Die geistige Lähmung des Strömers hielt nicht lange an, dann schickte er einen verzweifelten Ruf an den Strom. Er unterwarf sich damit einem lange geübten Ritual, obwohl er nicht mit einer Antwort rechnet. Der Strom blieb auch stumm. Allerdings konnte der Strömer die beiden Eindringlinge immer deutlicher wahrnehmen. Er zweifelte nicht daran, dass es sich um Eindringlinge handelte. Ihre Art, sich zu äußern, unterschied sich von allem, was der Strömer auf diesem Gebiet für möglich gehalten hatte. Den Gedanken, dass es sich um sehr exotische Formen von Strömern handeln könnte, gab er schnell wieder auf.

Aber wie gelangten Fremdkörper hierher?

Es war schwer vorstellbar, dass sie immer schon in diesem Seitenarm existierten. Der Strömer erinnerte sich an den seltsamen Ruck, mit dem seine derzeitige Situation eigentlich begonnen hatte. Dieses kaum spürbare Aufbäumen des Stroms war vielleicht mit dem Zeitpunkt des Eindringens der Fremdkörper identisch.

Der Strömer dachte darüber nach, ob er wirklich aus eigenem Antrieb in den Seitenarm vorgestoßen war. Angesichts seiner Entdeckung erschien es ihm nicht weniger wahrscheinlich, dass der Strom ihn dazu ermuntert hatte. Der Strom besaß zweifellos eine große Übersicht, er kannte die Welt, die er erfüllte, und ihm konnte die Existenz der Fremden nicht verborgen geblieben sein.

Die Vorstellung, als Beauftragter des Stroms unterwegs zu sein, erfüllte den Strömer mit unterschiedlichen Gefühlen. Er war stolz, aber ihm machte die Leichtigkeit zu schaffen, mit der er offenbar manipuliert werden konnte. Auf jeden Fall wäre es ihm angebracht erschienen, dass der Strom ihn vorbereitet hätte. Nun stand er der Gefahr ratlos gegenüber.

Die Fremden kamen näher, und bald konnte er sie erkennen: zwei längliche Körper in einer leuchtenden Aura. Verglichen mit den anderen Strömern, denen er inzwischen begegnet war, wirkten sie ausgesprochen hässlich. Sie ließen jede Symmetrie vermissen. Was er nach dem Empfang ihrer Impulse empfunden hatte, schien sich nun zu bestätigen. Sie waren Anachronismen und gehörten nicht hierher.

Daraus ergab sich eine schwindelerregende Frage. Woher kamen sie?

Erneut war der Strömer gezwungen, sich über das Nichts jenseits der Welt des Stroms Gedanken zu machen. Auch dort existierten offenbar Dinge und spielten sich Ereignisse ab. Es war kein Vakuum, in das der Strom sich durch eine Wunde ergoss.

Auf jeden Fall stellte die Anwesenheit dieser beiden Existenzformen eine Herausforderung dar und bedeutete eine Gefahr für die Harmonie im Gebiet des Stroms. Der Strömer war augenscheinlich dazu ausersehen, diese Harmonie wiederherzustellen.

Vielleicht genügte es, eine Kollision herbeizuführen. Es schien denkbar, dass dies sogar der einzige Anlass für die Existenz des Strömers war. Seine Ratlosigkeit wuchs, während die Fremden sich ihm näherten. Die Impulse, die von den beiden Anachronismen ausgingen, empfand er als unerträglich. Sie waren wild und ungezügelt, irgendwie *nackt*.

Trotzdem waren die beiden allen anderen Strömern, denen er begegnet war, in einer Beziehung eindeutig überlegen: Sie hatten ein Bewusstsein.

Noch vor nicht allzu langer Zeit hätte der Strömer die Möglichkeit geleugnet, dass es in derartigen Formen überhaupt den Ansatz von Bewusstsein geben könnte.

Der Strom veränderte sich, und der Strömer fühlte sich von allem verlassen.

Das Gebilde, dem er sich näherte, erschien Rhodan von überirdischer Schönheit. Es war in blendende Lichtfülle getaucht und pulsierte in gleichmäßigen Intervallen. In jeder Phase der Pulsation nahm es eine andere Form an, ohne dabei nur einmal sein ästhetisches Aussehen zu verlieren.

»Das ist es!«, rief Atlan. »Von diesem Ding gehen die Impulse aus.«

Der Anblick dieser seltsamen Existenzform sprach Rhodans Sinne in vielfältiger Weise an und löste eine Reihe von zum Teil nie gekannten Empfindungen in ihm aus.

»Es ist ein Teilchen«, fuhr der Arkonide fort, der offenbar nicht so sehr im Bann des fremdartigen Anblicks stand. »Aber eines, wie wir es bisher noch nicht gesehen haben.«

Rhodan musste sich dazu zwingen, seine Blicke von dem pulsierenden Gebilde zu lösen, dessen Aussehen sich stetig veränderte. Auf gewisse Weise erschien es ihm, als blicke er in ein prachtvolles Kaleidoskop. Allerdings wurde dieser Vergleich der erhabenen Schönheit jener Erscheinung in keiner Weise gerecht.

»Ein derartiges Teilchen haben selbst unsere Hyperphysiker noch nicht zu sehen bekommen«, sagte er zögernd. »Dabei zerlegen sie mittlerweile schon Hyperbarie und machen deren Bausteine sichtbar.«

»Also stammt das Ding aus einem anderen Universum«, vermutete der Arkonide. »Womöglich ist es mit uns zusammen aus dem Versteck der Burgen herübergekommen. Das bedeutet, dass es genau wie wir in diesem Energie führenden System gefangen ist.«

»Das glaube ich nicht«, widersprach Rhodan. »Dieses Teilchen gehört zu unserem Universum.«

»Aber warum wurde es dann nie entdeckt?«

»Einige Wissenschaftler leugnen die Existenz solcher Teilchen bis heute. Ohnehin gab es nie konkrete Hinweise für ihre Existenz, auch wenn es manchmal schien, als sei man ihnen auf der Spur.«

»Du sprichst wie jemand, der genau weiß, wovon er redet.«

»Ich bin mir ziemlich sicher«, erwiderte Rhodan. »Wenn du dein Bewusstsein weit öffnest und die Schwingungen dieses Teilchens in dir aufnimmst, wirst du verstehen.«

Eine Zeit lang schwiegen beide. Sie waren in die Betrachtung der rätselhaften Erscheinung vertieft, auf die sie langsam zuglitten. Die Größe dieses Teilchens war schwer abzuschätzen, da sie sich ebenso ständig änderte wie seine äußere Form.

»Ich glaube, ich verstehe, was du meinst«, klang Atlans Stimme nach einiger Zeit wieder auf. »In dieser Form manifestieren sich psionische Energien.«

»Vermutlich ist es die kleinste mentale Einheit, die wir uns vorstellen können, eine Art Psi-Quant«, bestätigte Rhodan.

»Ein Psion!«, sagte Atlan hastig.

»Das ist ein guter Ausdruck«, stimmte der Terraner zu.

»Glaubst du, dass es ...?« Atlans Stimme erstarb.

»Dass es intelligent ist? Bestimmt nicht in dem Sinn, wie wir Intelligenz verstehen. Aber zweifellos besitzt es eine Art von Bewusstsein. Es mag uns fremdartig erscheinen, aber es ist in jedem Fall vorhanden.«

»Es lebt demnach.«

»Es *ist*«, verbesserte Rhodan. »Das scheint mir der bessere Ausdruck zu sein. Dieses Psion demonstriert das Sein schlechthin. Ich wünschte, ich könnte dieses Gebilde all jenen Wissenschaftlern zeigen, die immer noch dem materialistischen Weltbild anhängen.«

»Worauf willst du hinaus?«

»Ich bin überzeugt, dass wir ein Bindeglied zwischen Geist und Materie vor uns sehen«, setzte Rhodan seinem Freund auseinander. »Wie die Biologen einst das missing link suchten, das fehlende Glied zwischen dem Menschen und seinen tierischen Vorfahren, sind einige Hyperphysiker auf der Jagd nach einem solchen Zwittergebilde.«

»Ausgerechnet wir sollen das gefunden haben?«

»Es wäre denkbar.« Rhodan wurde sehr ernst. »Vielleicht ist es eine

Erfahrung, die jedes lebende Wesen an der Schwelle zum Tod macht. Wir erleben diesen Vorgang auf unsere Weise.«

»Hör auf damit!«, protestierte Atlan. »Solange ich mich bewegen kann, werde ich um mein Leben kämpfen.«

»Bewegen wir uns oder werden wir bewegt?«, erkundigte sich Rhodan mit sanftem Spott.

Sie hatten das Psion fast erreicht, und eine Welle mentaler Impulse brandete ihnen entgegen. Rhodan hielt den Atem an. Er hatte das Gefühl, in etwas Unvorstellbares hineinzutauchen. Blitzschnell erkannte er die Gefahr, sich in diesen Schwingungen zu verlieren. Wenn er sich ihnen hingab, würde sich sein Bewusstsein derart verändern, dass er niemals wieder der sein konnte, der er jetzt war.

Aber die Verlockung war groß.

Sie besaßen keine Chance mehr, jemals wieder von hier zu entkommen. War da das Aufgehen in einer anderen Existenzform nicht erstrebenswert?

Rhodan besann sich darauf, dass er nicht allein nach seinen Interessen handeln durfte. Viele Menschen vertrauten ihm, und er trug Verantwortung. Seinen Gefühlen nachzugeben wäre ihm wie ein Davonstehlen aus dieser Verantwortung erschienen.

Er beobachtete das geheimnisvolle Teilchen.

Stellte es wirklich den Übergang zwischen Geist und Materie dar?

16.

Geoffry Waringer meldete sich über Normalfunk. Er teilte Roi Danton mit, dass bei der Untersuchung des Steuergeräts Schwierigkeiten auftraten.

»Es wäre gut, wenn du mit den Mutanten herüberkommen würdest. Ich habe Payne schon wecken lassen; er ist mit seiner Mannschaft soeben eingetroffen.«

»Was ist geschehen?«, wollte Danton wissen. »Wir sind im Begriff, einige von Bullys Vorschlägen in die Tat umzusetzen. Ich hoffe, dass wir dabei eine weitere Spur von Perry und Atlan entdecken.«

»Das Steuergerät könnte im Augenblick wichtiger sein«, erwiderte Waringer. »Etliches deutet darauf hin, dass es seine Funktion einstellen wird.«

»Du führst das auf unsere Aktivitäten zurück?«

»Es wäre möglich«, antwortete der Wissenschaftler ausweichend. »Auf jeden Fall sollten die Mutanten herüberkommen, damit wir gegen eventuell gefährlich werdende Situationen gewappnet sind.«

Reginald Bull, der mitgehört hatte, nickte schwer. »Geoffry hat recht, Mike! Wir können später hier weitermachen.«

Danton zögerte trotzdem. »Auf jeden Fall werde ich einige Männer und Frauen hier zurücklassen«, entschied er. »Sie sollen die Schaltanlage überwachen.«

Er schickte die Mutanten voraus, dann gab er Garanesh das Kommando über die Gruppe, die im Labor zurückbleiben sollte.

»Lassen Sie das Gerät bei den Nischen nicht aus den Augen!«, ermahnte er den untersetzten Wissenschaftler. »Wir bleiben in Funkkontakt. Machen Sie Meldung, sobald sich etwas verändert.«

Toss Garanesh postierte seine Mitarbeiter vor den Nischen. Drei Männer und vier Frauen, alle zum wissenschaftlichen Team der BASIS gehörend, blieben im Labor zurück.

»Ich werde erst wieder Ruhe finden, wenn wir von dieser verdammten Burg herunter sind – gemeinsam mit Perry und Atlan!«, sagte Roi Danton, während er mit Bully den Korridor entlangeilte.

Sie erreichten die große Halle. Nicht nur die Mutanten, auch alle führenden Männer und Frauen von der BASIS hatten sich schon versammelt. Danton sah Waringer, der in einer Ausbuchtung auf der fremden Anlage hockte und auf die Versammelten einredete. Dabei sah er unentwegt Hamiller an, der unmittelbar unter ihm stand und offenbar als Einziger in der Lage war, Waringers Auslassungen zu verstehen.

Danton unterbrach den Redeschwall mit einer Handbewegung.

»Keiner von uns ist eine Kapazität für extraterrestrische Steueranlagen«, sagte er aufgebracht. »Erkläre bitte noch einmal mit einfachen Worten, was vorgefallen ist.«

Waringer blickte ihn über die Köpfe der Frauen und Männer hinweg an und machte eine linkisch wirkende Bewegung. »Es war nicht meine Absicht, zur allgemeinen Verwirrung beizutragen«, entschuldigte er sich. »Aber es ist unerlässlich ...«

»Schon gut«, rief Bully. »Roi hat recht! Sag einfach, was passiert ist.«

»Wissenschaft lässt sich nicht kolportieren!«, entgegnete Waringer ein wenig verschnupft. »Aber bitte, wenn jeder darauf besteht, will ich versuchen, alles auf einen einfachen Nenner zu bringen. Dieser Apparat hört allmählich auf zu arbeiten. Die Vorgänge in seinem Innern verlangsamen sich und werden nach und nach eingestellt.«

Danton und Bull schoben sich zwischen den zurückweichenden Zuhörern hindurch bis dicht an die Steueranlage.

»Ihr habt dieses Ding also abgeschaltet!«, stellte Danton fest.

Waringer kletterte von seinem unbequemen Sitz herunter und warf einen Hilfe suchenden Blick in Hamillers Richtung.

»Ich glaube nicht, dass dieser Verdacht zutrifft!«, sagte Hamiller prompt. »Natürlich ist es möglich, dass wir bei den Experimenten ungewollt die Abschaltung angestoßen haben, aber das ist ziemlich unwahrscheinlich. Eher scheint es so zu sein, dass der Apparat seine Aufgabe erfüllt hat und sich nun von selbst abschaltet.«

»Ich finde diese Erklärung ziemlich unbefriedigend«, stellte Danton fest. »Ich meine, warum sollten sich die Unbekannten eine derartige Arbeit machen? Nur, um die Burg an die Position zu versetzen, die sie jetzt innehat? Das ergibt doch keinen Sinn.«

»Für uns nicht«, sagte Waringer betont.

»Welche Folgen könnte das Einstellen aller Funktionen des Steuergeräts für uns haben?«, erkundigte sich Rhodans Sohn.

»Das ist es gerade, was uns Sorgen macht.« Hamiller massierte sich mit beiden Händen die Schläfen. »Alles Mögliche kann geschehen. Vielleicht passiert überhaupt nichts. Oder die Burg kehrt dorthin zurück, von wo sie gekommen ist.«

»Genauso gut kann sie explodieren oder davontreiben«, ergänzte Waringer.

Danton schaute von einem zum anderen. Er nagte dabei an seiner

Unterlippe. »Dieses Gerede verfolgt doch einen bestimmten Sinn«, sagte er dann scharf.

Waringer senkte den Blick.

»Ich *weiß* es!«, rief Danton empört. »Ihr habt vor, eine sofortige Evakuierung vorzuschlagen!«

»Im Interesse der allgemeinen Sicherheit wäre es ...«, begann Waringer.

»Nein!«, riefen Bull und Roi Danton wie aus einem Mund.

»Natürlich haben wir Perry und Atlan nicht vergessen«, beteuerte Waringer hastig. »Die Evakuierung ist nur für einen kurzen Zeitraum gedacht. Wenn sich hier nichts verändert, können wir bald zurückkehren.«

»Vielleicht hast du ja recht«, schränkte Danton nachdenklich ein. »Die Kommandos sollen zur BASIS zurückkehren. Ich werde allerdings hier warten, bis die Untersuchungen fortgesetzt werden können.«

Sein Armband sprach an. »Der glühende Fleck an der Schaltanlage vergrößert sich immer schneller«, berichtete Garanesh aufgeregt. »Sie sollten sich das ansehen, Roi.«

»Wir sind sofort bei Ihnen, Toss«, versprach Danton. »Ich glaube, dass die Dinge hier geklärt sind.«

Er fragte sich, ob es ein Zufall war, dass die beiden Ereignisse – das Auslaufen des Steuergeräts und die zunehmende Aktivität im Innern der Schaltanlage – gleichzeitig eintraten. Vermutlich waren die Hintergründe des Geschehens wesentlich komplizierter, als er ahnte.

Je näher Perry Rhodan an die leuchtende Erscheinung mitten im Seitenarm des Energiestroms herankam, desto plausibler erschien ihm die Existenz eines solchen Teilchens. Er empfand eine Art von Verständnis für das Fremde, wie er es nie in diesem Umfang erlebt hatte. Die richtige Einschätzung fremder Lebensformen war ihm stets als eine Sache der Ratio erschienen, denn emotionsgeladene Urteile pflegten sich in der Regel als falsch zu erweisen. Diesmal jedoch betrachtete er das Fremdartige ausschließlich gefühlsmäßig, ohne daran zu zweifeln, dass dies richtig war. Das zunehmende Verstehen einer unbegreiflichen Existenzform strömte in sein Bewusstsein wie ein lange verborgenes Wissen.

Erschrocken dachte er daran, dass er wahrscheinlich mehr über dieses Gebilde erfuhr, als es selbst über sich wusste. Dieser scheinbare Widerspruch basierte auf der Tatsache, dass das Psion in einer Welt existierte, die nichts damit zu tun hatte, was sich ein Mensch gewöhnlich unter dem Begriff Welten vorstellte.

Dann machte Rhodan die enttäuschende Entdeckung, dass es zwischen ihm und dem Psion doch etwas gab, was er als gemeinsame Berührungsfläche bezeichnen konnte: Misstrauen!

Zwischen den Schwingungen, die er auf sich einwirken ließ, lokalisierte er dieses Gefühl. Dabei umschrieb der Begriff Misstrauen eine äußerst vielschichtige Regung. Es war jedoch nicht falsch, einen Teil der Impulse als Ausdruck des Misstrauens zu bezeichnen. Rhodan gestand sich ein, dass bei aller Bewunderung für die fremdartige Schönheit des Teilchens auch in ihm unbewusst Misstrauen erwacht war.

Es ist auf beiden Seiten eine unvermeidliche Reaktion, redete er sich ein.

»Das Ding weicht uns nicht aus!«, stellte Atlan fest. »Ich halte es für angebracht, dass wir unsere Richtung ändern.«

Rhodan schreckte auf. Atlan und er waren bereits in die Strahlungsaura des Psions eingetaucht. Die von diesem Teilchen ausgehende Energie schien die Aufladung der Individualschirme zu beschleunigen. Er hatte sogar den Eindruck, dass ein Teil der Strahlung die Schirme durchdrang.

Rhodan fing an, gegen den Strom zu schwimmen. Atlan blieb dicht neben ihm.

»Die Sache ist mir nicht geheuer«, gestand der Arkonide. »Wir sollten dem Ding wirklich ausweichen.«

Rhodan konnte Atlans Drängen verstehen, auch wenn er sich im Zwiespalt wiederfand. Einerseits hoffte er, Erkenntnisse über ihre derzeitige Umgebung zu gewinnen, andererseits war er sich dessen bewusst, dass jeder Kontaktversuch katastrophale Folgen haben konnte.

»Vielleicht ist dieses Teilchen die einzige Instanz in dieser Welt, die uns weiterhelfen kann«, gab er Atlan zu bedenken. »Wenn wir das Psion verlieren, wird es uns wahrscheinlich unmöglich sein, es wiederzufinden.«

»Was versprichst du dir davon, wenn wir in seiner Nähe bleiben?«

»Ich weiß nicht recht«, gestand der Terraner.

»Du glaubst, dass wir Verbindung aufnehmen können?«, fragte Atlan entgeistert.

»Ich werde allein näher herangehen«, sagte Rhodan, ohne auf die Frage zu antworten. »Du bleibst zurück und hältst Sprechkontakt mit mir. Sollte es bedrohlich werden, musst du eingreifen.«

Atlan lächelte schwach. »Und wie sollte das deiner Ansicht nach vonstattengehen? Was ist, wenn du verschwindest? Soll ich auf dieses Ding schießen?«

»Auf keinen Fall!«, wehrte Rhodan erschrocken ab. »Lass dich nicht zu einer gewaltsamen Handlung hinreißen.«

»Mit anderen Worten: Mir sind die Hände gebunden!«

Atlans Kritik war nur allzu berechtigt, erkannte Rhodan. Aber es war sinnlos, wenn sie noch länger darüber berieten, wie ihre nächsten Schritte aussehen sollten. Die Zeit, die sie zur Verfügung hatten, um ihre Rettung einzuleiten, war begrenzt und wurde mit jeder Diskussion vergeudet.

»Fang endlich an!«, stieß Atlan schroff hervor.

Rhodan stellte die Schwimmbewegungen ein und trieb sofort wieder auf das Psion zu. Die starke Ausstrahlung des Teilchens nahm ihn erneut gefangen, er musste sich anstrengen, dieser Schönheit nicht zu verfallen.

Das Psion schien einen stabilen und unveränderlichen Kern zu haben. Die Pulsationen fanden nur in der Peripherie dieser geheimnisvollen Existenzform statt, aber für einen außen stehenden Beobachter sah es aus, als sei der gesamte Körper davon erfasst. Rhodan konzentrierte sich auf den Kern. Es handelte sich offensichtlich um ein kugelförmiges Gebilde.

Er registrierte, dass seine eigene Geschwindigkeit nachließ und sich der des Psions anglich. Gleichzeitig änderte er die Richtung.

Fasziniert erkannte er, dass er sich schon mit dem Teilchen durch den Seitenarm bewegte und es gleichzeitig langsam umkreiste. Er gewann den Eindruck, dass seine Umlaufbahnen enger wurden und er sich allmählich dem Kern des Psions näherte.

Perry Rhodan bemühte sich, die eigenen Gedanken und Gefühle zu ignorieren und sich weit der mentalen Aura des Psions zu öffnen. Ein Schwall unverständlicher Empfindungen brach über ihn herein. Er war außerstande, etwas davon zu verstehen außer dem wiederkehrenden Impuls, den er als Gefühl des Misstrauens identifiziert hatte.

»Melde dich!«, drang Atlans Stimme wie aus weiter Ferne an sein Gehör. »Was spürst du?«

Rhodan setzte zu einer Antwort an, aber er hätte mit Worten gar nicht beschreiben können, was er empfand.

»Es ist alles in Ordnung!«, sagte er nur.

Augenblicke später wurde er von einer unwiderstehlichen Kraft gepackt und regelrecht zusammengepresst. Er stöhnte.

»Was ist los?«, hörte er Atlan schreien.

Rhodan konnte nicht antworten. Er stürzte mit zunehmender Geschwindigkeit dem Kern des Psions entgegen. Ein Schauer des Entsetzens durchlief ihn, als er endlich erfasste, was sich im Zentrum des Teilchens befand.

Ein Schwarzes Loch von unvorstellbarer Winzigkeit!

Aber es war stark genug, ihn zu verschlingen.

»Warum antwortest du nicht?«, vernahm er Atlans Ruf. »Verdammt, ich folge dir jetzt und versuche, dich herauszuholen!«

»Nein!«, wollte Rhodan schreien, brachte aber keinen Laut hervor.

In einem Zustand, der am ehesten mit beginnender geistiger Auflösung umschrieben werden konnte, schickte der Strömer einen verzweifelten Impuls an den Strom. Und diesmal erhielt er Antwort.

»Warum machst du dir Sorgen? Du bist dabei, deine Aufgabe zu erfüllen.«

Der Strömer fühlte sich zwischen unsagbarer Erleichterung und neuen Ängsten hin und her gerissen. »Was für eine Aufgabe?«, erkundigte er sich fassungslos.

»Die Fremdkörper zu entfernen!«

Unbeschreibliche Empfindungen durchrasten das Bewusstsein des Strömers. Sein mehrfach angeschlagenes und mühsam wieder gekittetes Weltbild drohte erneut in sich zusammenzustürzen. Er hatte die Übersicht verloren. Nein, verbesserte er sich, er hatte nie eine besessen.

Einer der beiden Anachronismen hatte sich schon so weit genähert, dass der Strömer bereits von einer Berührung sprechen konnte. Für ihn war diese Berührung nicht so unangenehm, wie er befürchtet hatte. Die unbekannten Existenzformen sahen zwar hässlich und grotesk aus, doch die von ihnen ausgehenden Impulse erwiesen sich als erträglich.

Der Strömer erkannte, dass er in eine Wechselbeziehung mit den beiden Fremdkörpern trat. Das war bei allen anderen Strömern nicht geschehen. Der Strom hatte ihm erklärt, dass es seine Aufgabe sei, die Fremdkörper zu entfernen. Bedeutete das die Selbstaufgabe?

Von dem Gebilde, das sich ihm bis auf kurze Entfernung genähert hatte, gingen verwirrende Schwingungen aus. Der Strömer spürte seltsame Variationen von Furcht und Einsamkeit. Dieses Ding, das erfasste er deutlich, war auf eine unheimliche Weise lebendig. Es war mit Leben unbekannter Qualität erfüllt.

Eine Zeit lang hing der Strömer dem absurden Gedanken nach, Kontakt mit dieser seltsamen Lebensform aufzunehmen. Aber das war unmöglich. Sie war einfach zu fremd. Eines der beiden Dinger kam immer näher. Trotzdem blieb die Berührung sehr oberflächlich.

Der Strömer wurde von dieser anderen Zustandsform regelrecht durchdrungen, und dabei konzentrierte sie sich zunehmend auf seinen zentralen Punkt. Er gewann den Eindruck, dass dies nicht freiwillig geschah, sondern eine Folge des Zusammenwirkens ihm unbekannter Kräfte war.

Auch das zweite Gebilde kam näher.

Besitze ich die Fähigkeit, diese Anachronismen zu assimilieren?, fragte sich der Strömer. War diese Fähigkeit vielleicht sogar der Grund für seine eigene Existenz?

Am Ende war er nicht mehr als eine Zustandsform mit Wächterfunktion innerhalb des Stroms. Bisher hatte er nie in dieser Rolle auftreten müssen, denn es waren keine Fremdkörper eingedrungen. Doch war denkbar, dass der Strom in seiner Weisheit und Voraussicht einen solchen Zwischenfall einkalkuliert und Vorkehrungen getroffen hatte. Wenn dies zutraf, hatte der Strömer seine eigene Bedeutung überschätzt.

Die Angst der beiden Fremdkörper wurde so stark, dass sie seine Überlegungen beeinträchtigte. Es war Furcht vor der Auflösung, die beide beherrschte. Vor wenigen Momenten hatte er sich in einer Situation befunden, die dem nicht unähnlich gewesen war, erinnerte sich der Strömer.

»Strom, kannst du mich hören?«, fragte er.

»Natürlich«, gab der Strom zurück.

»Können wir den beiden Fremdkörpern nicht helfen?«

Es war, als müsse der Strom über seine Antwort nachdenken, denn einige Zeit verging, bis er sich wieder meldete. »Wir helfen ihnen doch«, teilte er dem Strömer mit. »Sie gehören nicht in diesen Raum, denn sie kommen von draußen.«

»Draußen? Was ist das?«

»Es ist eine Art Vakuum. Dort gibt es so wenig Energie, dass du unfähig wärest, dich fortzubewegen.«

»Aber wenn diese beiden aus dem Vakuum kommen, müssen sie darin existiert haben. Wie bewegen sie sich fort?«

»Sie besitzen einen motorischen Antrieb.«

»Auf welche Weise helfen wir ihnen?«

»Wir sind von einem Kontinuum in ein anderes gewechselt. Dabei gerieten die beiden Fremden in unseren Bereich. Wenn wir sie nicht ausstoßen, werden sie unsere Welt schließlich vernichten.«

Der Strömer bemerkte, dass dies keine direkte Antwort auf seine Frage war. »Ich möchte nicht, dass sie vernichtet werden«, erklärte er.

Der Strom schien belustigt zu sein. »Wenn wir sie nicht ausstoßen, werden sie unsere Welt vernichten und dabei selbst der Auflösung nicht entgehen. Indem wir versuchen, sie auszustoßen und in ihre Welt zurückzuschicken, retten wir uns und sie.«

Irgendetwas, überlegte der Strömer, war an dieser Auskunft falsch. Sie sollte seine Bedenken zerstreuen. Vermutlich ging es dem Strom nur darum, die Fremden loszuwerden. Welches Schicksal sie dabei erleiden würden, war wahrscheinlich ungewiss.

Aber wie er sich auch dazu stellte, er konnte keinen Einfluss auf die Entwicklung nehmen. Die Wechselbeziehung zwischen ihm und beiden Anachronismen glich einem automatischen Vorgang. Der Strömer konnte ihn nicht kontrollieren, er konnte nur abwarten.

Zwei riesigen dunklen Schatten gleich stürzten die Fremdkörper seinem Zentrum entgegen. Sie gingen durch ihn hindurch, mit ihrer Angst und ihrer Einsamkeit. Der Strömer fiel in geistige Starre, denn anders hätte er die auf ihn einstürmenden Schwingungen nicht ertragen.

Manchmal erschien das Universum Toss Garanesh wie ein Karussell, auf das er während der Fahrt aufgesprungen war. Er war ein erdverbundener Mann, ein Bauer, wie er sich selbst oft zu bezeichnen pflegte, ohne Beziehung zur Raumfahrt. Dass er Besatzungsmitglied der BASIS geworden war, hielt er eher für einen Zufall als für Bestimmung. Kurz vor dem Start aus dem Solsystem war ein Mann der Besatzung schwer erkrankt, und Garanesh hatte dessen Aufgaben übernommen. Weniger aus Überzeugung oder gar Begeisterung, sondern aus dem Gefühl heraus, dass man zur Stelle sein sollte, wenn man von anderen Menschen gebraucht wurde. Heute erschien ihm diese Entscheidung idiotisch, denn es hatte sicher Tausende von Menschen gegeben, die ebenso wie er als Stellvertreter in Betracht gekommen wären.

Wenn er daran dachte, wie weit er von der Erde entfernt war, schwindelte ihm. Entfernungen, wie sie zwischen der Galaxis Erranternohre und der heimatlichen Milchstraße lagen, waren für den menschlichen Geist nicht mehr erfassbar und ließen sich lediglich in abstrakten Zahlenspielereien darstellen.

Solchen und ähnlichen Überlegungen verdankte Garanesh ein Gefühl der Verlorenheit, und in dieser Verlorenheit war die BASIS der einzige feste Bezugspunkt. Sie zu verlassen hatte ihn größere Überwindung gekostet, als er zuzugeben bereit gewesen wäre. Aber er gehörte nun einmal zu einer Gruppe von Forschern und Technikern, die ausgewählt worden waren, Partocs Kosmische Burg zu untersuchen.

Die Burg war Garanesh unheimlich. Sie war das Symbol einer rätselhaften Zivilisation und Ausdruck deren Macht. Vor allem existierte sie seit Äonen, war Zeuge von Vorgängen gewesen, die sich in unvorstellbar ferner Vergangenheit abgespielt hatten, die aber bis in die Gegenwart hinein wirkten.

Das Alter der Burg lastete bedrückend in den Räumen und Gängen, es hing wie ein Schleier über all den fremdartigen Anlagen einer unverständlichen und überragenden Technik.

Nun stand Toss Garanesh vor einem dieser fremden Geräte und versuchte zu erraten, was damit geschah. Der Anblick schien nicht besonders dramatisch zu sein, denn ein schwach glühendes Stück Metall, das Hitze ausstrahlte, war nichts Ungewöhnliches. Trotzdem war Garanesh erregt. Er versuchte sich vorzustellen, welche Prozesse im Innern dieser Anlage abliefen.

Die Erhitzung des Metalls schien sich zu verstärken. Der zunächst dunkelrote Fleck auf der Oberfläche der Verkleidung wurde allmählich heller und dehnte sich aus. Garanesh bedauerte, dass niemand etwas über die Eigenarten dieses Materials herausgefunden hatte. Er kannte die Legierung nicht und konnte nichts über ihren Schmelzpunkt aussagen. Er bezweifelte jedoch, dass dieses Material sich so weit erhitzen würde, dass es in Blasen abtropfte. Dazu erschien die Burg in ihrer Gesamtheit zu perfekt. Sie wirkte auf Garanesh wie eine unzerstörbare Festung.

Ein Teil der von der BASIS herübergebrachten Ortungs- und Messgeräte gab plötzlich akustische Signale ab. Mit einem Blick auf die Anzeigen erkannte Garanesh, dass die Geräte auf irgendetwas reagierten – vermutlich auf die Vorgänge in dem Kasten zwischen den Hydriernischen.

»Das gefällt mir nicht«, sagte die neben ihm stehende Pola Konor, eine ältere Wissenschaftlerin, die dem gleichen Team angehörte wie er. »Diese kleine Anlage gibt immer stärkere Energie ab. Auch die Hypertaster sprechen an.«

»Danton muss jede Sekunde wieder hier eintreffen«, antwortete Garanesh. »Er wird Hamiller oder Waringer mitbringen. Einer der beiden wird eine Erklärung für diese Vorgänge haben.«

Die Frau warf ihm einen ironischen Seitenblick zu. »Eine Erklärung? Damit wird es nicht getan sein! Mir wäre wohler, jemand hätte eine Idee, wie wir diesen Prozess aufhalten können, bevor Schlimmes geschieht.«

Garanesh fragte sich unwillkürlich, ob er seine Mannschaft aus dem Labor abziehen sollte. Er verwarf diesen Gedanken aber sofort wieder, denn das wäre unverantwortlich gewesen. Damit verstrich, ohne dass er es auch nur geahnt hätte, seine Chance, dem Tod zu entgehen.

Aus dem Schaltkasten drangen bedrohliche Geräusche. Es hörte sich an, als würde sich im Innern der Anlage etwas bewegen.

Garanesh wich einen Schritt zurück.

Pola Konor wandte sich zu ihm um. Er sah, dass die Frau blass geworden war.

»Da geschieht etwas«, murmelte sie bedrückt. »Toss, wir müssen eingreifen.«

»Ja«, sagte er, obwohl er nicht die geringste Ahnung hatte, was sie tun konnten.

Hastig schaltete er sein Funkgerät ein, um Danton zur Eile zu bewegen, aber aus dem Empfänger kam nur undeutliches Prasseln. Er klappte seinen Helm herunter – auch der Helmfunk war tot. Die Ausstrahlungen der Schaltanlage waren so stark geworden, dass sie alles überlagerten.

Garanesh wandte sich an einen Mann seines Teams.

»Kars, gehen Sie hinüber in die Halle und berichten Sie Roi Danton, was hier vorgeht!. Er soll sofort kommen und entscheiden. Es ist möglich, dass wir uns aus dem Labor zurückziehen müssen.«

Der Mann eilte davon, offensichtlich erleichtert darüber, dass er diesen unheimlichen Ort verlassen konnte.

In der Schaltanlage knackte und knirschte es. Geräusche ertönten, als zerbräche trockenes Holz. Der glühende Fleck war im Zentrum fast weiß und hatte sich über die gesamte Vorderfront der Verkleidung ausgedehnt. Garanesh meinte, die Hitze bis zu seinem Standort spüren zu können, aber das konnte auch Einbildung sein. Die Luft über dem Kasten erwärmte sich und begann zu flimmern. Eines der überlasteten Tastgeräte stellte seine Funktion mit einem explosionsartigen Knall ein.

Garanesh riss seinen Strahler aus dem Gürtel.

»Was tun Sie da, Toss?«, rief Pola Konor besorgt.

»Wir sollten das verdammte Ding zerstrahlen, bevor es Unheil anrichten kann.« Garanesh hob die Waffe. Einer seiner Mitarbeiter sprang auf ihn zu und drückte den Arm mit dem Strahler nach unten.

»Tun Sie das nicht, Toss! Viel zu gefährlich.«

Garanesh schüttelte verwirrt den Kopf. Er starrte auf das Aggregat, das für die Entwicklung verantwortlich war, und suchte nach einer vernünftigen Erklärung, was sich darin abspielen mochte.

Jäh leuchtete es auf. Garanesh fuhr geblendet zurück. Die gesamte Anlage geriet in einen weiß glühenden Zustand, der sogar auf die Wand übergriff. Der Lärm wurde unerträglich, aber erst ein berstendes Geräusch betäubte Garaneshs Gehör vollständig.

Dann geschah das Unfassbare.

Der Umstand, dass Kyrina Meteor am weitesten von der Wand mit dem explodierenden Schaltkasten entfernt stand, rettete ihr das Leben. Zunächst jedenfalls.

Wie die fünf anderen Menschen, die sich außer ihr im Labor aufhielten, war sie von der gleißenden Lichtflut so stark geblendet worden, dass sie kaum mehr Einzelheiten wahrnahm. Die seltsame Anlage schien mit einem Schlag geborsten zu sein. Kyrinas Kopf dröhnte im Widerhall der Explosion.

Instinktiv ließ sie sich fallen. Vom Boden aus konnte sie beobachten, dass sich zwei dunkle Konturen aus der unerträglichen Helligkeit hervorschälten. Das schienen die Körper von Garanesh und Pola Konor zu sein. Es sah aus, als stünden sie in Flammen.

Dumpf, wie durch Berge von Watte hindurch, hörte Kyrina Schreie voll Panik. Sie glaubte sogar, Garaneshs Stimme zu erkennen.

Und dann sah sie noch etwas, obwohl ihr Verstand sich weigerte, diese Sinneseindrücke als Realität anzuerkennen.

Zwei von innen heraus glühende Gestalten torkelten an der Stelle, an der sich der Schaltkasten befunden hatte, aus der Wand heraus. Nur die Umrisse ließen erahnen, dass es sich um menschliche Geschöpfe handelte.

Perry Rhodan und Atlan!, schoss es der Wissenschaftlerin durch den Kopf.

Fassungslos sah sie zu, wie die beiden taumelnden Figuren, die offenbar jede Kontrolle über sich verloren hatten, in die Nähe von Toss Garanesh und Pola Konor kamen. Der Anführer des Teams verging in einem hellen Feuer, das kurz aufloderte und schnell wieder erlosch. Sekunden später wurde Pola Konor vom gleichen Schicksal ereilt.

Kyrina biss sich die Lippen blutig. Sie fürchtete, dass sie den Verstand verlieren würde.

Rund um die beiden glühenden Gestalten schien die Luft zu kochen. Jeder Schritt der Erscheinungen wurde von prasselndem Lärm begleitet.

Sie müssen mit artfremder Energie aufgeladen sein!, dachte Kyrina entsetzt.

Aber wo hatten sich Rhodan und Atlan zuvor aufgehalten? Was hatte sie derart verändert?

Meen Dosetho, die junge Biologin, die Garanesh und Pola offenbar zu Hilfe eilen wollte, verging ebenfalls in hellem Feuer.

Jemand beugte sich über Kyrina und ergriff sie unter den Armen. Es war Kole Zepran, Mitarbeiter und Freund Toss Garaneshs. Sie konnte sein Gesicht sehen. Es glänzte vor Hitze, und der Atem des Mannes ging stoßweise. Mit aller Kraft riss er Kyrina hoch.

»Wir müssen hier raus!«, keuchte er. »Schnell, bevor es uns auch erwischt.«

Während Zepran sie stützte, rannte Brus Tätner, die einige Geräte überwacht hatte, an ihnen vorbei und versuchte, den Ausgang zu erreichen. Sie geriet in die Nähe der beiden so unverhofft aufgetauchten Männer, und es war, als griffe kaltes Feucr in lodernden Zungen nach ihrem Körper. Brus hatte den Helm geschlossen und den Schutzschirm eingeschaltet. Es half ihr nichts. Kaum, dass sie mit der fremden Energie in Berührung kam, wurde sie zur dahinstürmenden Fackel.

Die beiden Männer, die für alles verantwortlich waren, schienen überhaupt nicht zu bemerken, was sie anrichteten. Als hätten sie jede Orientierung verloren, wankten sie durch den Raum. Sobald sie einander zu nahe kamen, zuckten blaue Blitze von einer Gestalt zur anderen. Im Labor wurde es fast unerträglich heiß.

»Mein Gott!«, stöhnte Zepran erschüttert. »Jemand muss sie aufhalten.« Er zog seinen Desintegrator, und Kyrina Meteor schrie gellend auf.

»Das sind Rhodan und Atlan! Sie dürfen nicht schießen, Kole!«

Sein Gesicht war verzerrt. »Sie sind keine Menschen mehr!«, stieß er hervor und versuchte, die beiden beweglichen Ziele anzuvisieren. Kyrina warf sich ihm in die Arme und griff mit einer Hand die Waffe. Sekundenlang kämpften sie schweigend und verbissen um den Desintegrator.

Zepran machte eine Ausfallbewegung und wich einen Schritt zurück. Dabei stolperte er rückwärts über eines der am Boden stehenden Geräte. Ein Schuss löste sich aus der Waffe und riss ein Loch in die Decke. Zepran kippte nach hinten. Er stürzte und geriet mit dem Kopf in den Einflussbereich der verheerenden Energie, die beide Männer umgab. Eine feurige Schlange wickelte sich um seinen Helm und löste ihn auf. Es dauerte nicht länger als einen Atemzug, dann verglühte auch Zeprans Körper.

Kyrina warf sich nach vorn und versuchte, den Mann an den Füßen aus dem Gefahrenbereich zu ziehen. Die unheimliche Energie sprang auf sie über. Ihr war, als tauche sie in kochendes Wasser, dann spürte sie nichts mehr.

17.

Gefolgt von Roi Danton, Payne Hamiller und Ras Tschubai, rannte Kars Bowman durch den Korridor, der an der Zentrale vorbei zum Labor führte. Vergeblich hatte Danton versucht, Garanesh oder ein Mitglied seines Teams über Funk zu erreichen. Aus dem Empfänger des Helmfunks drang nur Rauschen.

»Wir hätten schneller aufbrechen sollen!«, rief Tschubai atemlos. »Es muss etwas passiert sein.«

Er blieb stehen und wollte offensichtlich teleportieren.

»Nicht, Ras!«, schrie Danton ihn an. »Wir wissen nicht, was im Labor los ist. Du darfst nicht in diesen Raum springen.«

Der Afroterraner zögerte kurz, dann gab er sich einen Ruck und rannte weiter.

»Alles deutet auf einen heftigen Energieausbruch hin!«, stellte Hamiller fest. »Vermutlich ist die Schaltanlage explodiert.«

Danton blickte in den Gang vor sich, aber seine Hoffnung, dass dort Garanesh und dessen Mitarbeiter auftauchten, erfüllte sich nicht. Dafür hörte er anschwellenden Lärm, der anscheinend durch das offene Schott des Labors auf den Korridor drang. Es hörte sich an wie Entladungen. Als der Zugang zum Labor in ihr Blickfeld geriet, sah Danton den Widerschein hellen Feuers. Er spürte plötzlich eine kreatürliche Furcht vor dem, was sich im Labor zugetragen hatte. Unwillkürlich verlangsamte er seine Schritte.

Bowman, angetrieben von der Sorge um seine Freunde und Kollegen, stürmte unvermindert schnell weiter und erreichte den Eingang zum Labor als Erster. Er blieb wie angewurzelt stehen und starrte in den Raum, der Dantons Blicken noch verborgen war. Rhodans Sohn sah Bowmans entsetzte Reaktion. Der Mann riss die Augen weit auf, er deutete ins Labor und stammelte unverständliche Worte. Dann setzte er sich wieder in Bewegung.

»Bowman!«, schrie Danton hinter ihm her. »Warten Sie!«

Doch der Mann verschwand bereits durch den Eingang.

Danton, Tschubai und Hamiller erreichten die Stelle, an der vor wenigen Augenblicken Bowman angehalten hatte. Sie sahen, was sich im Labor abspielte.

Zwei Gestalten, von grellen Energieschwaden umwabert, aber offensichtlich Menschen, wankten durch das Labor. Unter ihren Füßen glühte der Boden. Dunkle Spuren und Löcher verrieten den Weg, den sie genommen hatten. Ausgeglühte Geräte lagen verstreut umher.

Von Toss Garanesh und seinen Mitarbeitern war nichts zu sehen. Bowman stand ein paar Schritte weit im Labor und rief nach ihnen. »Toss!«, krächzte er. »Toss, wo sind Sie?«

»Kommen Sie zurück, Kars!«, brüllte Danton. Er packte Hamiller, der Bowman ins Labor folgen wollte, und hielt ihn fest. »Bist du verrückt, Payne? Begreifst du nicht, was geschehen ist? Garanesh und alle anderen sind tot.«

Hamillers Lippen zuckten, er wurde bleich. Danton spürte, wie der Wissenschaftler sich versteifte.

»Und wer ist das?«, brachte er hervor und deutete auf die beiden glühenden Gestalten.

Danton senkte den Kopf. »Perry und Atlan«, sagte er dumpf.

Bowman lief weiter. Danton riss den Paralysator hoch, um den Mann zu lähmen, aber er reagierte zu spät. Bowman streifte die Energieaura eines der beiden Männer und löste sich in einer Flamme auf, die rasch wieder erlosch.

Hamiller rang nach Atem. Er musste sich abwenden.

»Jetzt wissen wir, was den anderen geschehen ist«, sagte Tschubai erschüttert.

Danton brachte in dem Moment keinen Ton hervor. Seine Kehle war wie zugeschnürt.

Hinter ihnen wurden Stimmen laut. Mutanten und Wissenschaftler kamen durch den Korridor auf das Labor zu.

»Sag ihnen, was geschehen ist, Ras!« Dantons Stimme zitterte. »Wir müssen beratschlagen, was wir tun können. Die beiden ... scheinen nicht zu wissen ... wo sie sich befinden.«

Hamiller lehnte an der Wand. »Wo mögen sie die ganze Zeit über gewesen sein?«, fragte er gequält. »Wenn wir das wüssten ... Es könnte uns helfen.«

Aus dem Labor kam ohrenbetäubender Krach. Danton fuhr herum. Er sah, dass der Boden durchgeschmolzen war und durchbrach. Perry Rhodan und Atlan stürzten durch das Leck in den darunter liegenden Raum. Sofort erklang von unten lauter werdendes Rumoren.

»Wir müssen sie aufhalten!«, ächzte Hamiller.

»Jeder, der sich ihnen nähert, ist verloren!«, sagte Danton verzweifelt. »Ich fürchte, sie werden die gesamte Burg in Trümmer legen.«

Inzwischen waren die anderen näher gekommen und blickten in das zerstörte Labor. Danton sagte ihnen, was er beobachtet hatte.

»Ich kann ihre Gedanken nicht erkennen!«, rief Gucky. »Diese Energien überlagern alle mentalen Impulse.«

»Vielleicht denken sie schon nicht mehr.« Waringer stöhnte gequält. »Sie sind womöglich keine Menschen mehr.«

»Sei still!«, zischte Danton. Sein Entsetzen wich allmählich wieder kühlem Denken. »Jede überstürzte Vorgehensweise würde die Katastrophe nur verschlimmern«, wandte er sich an die umstehenden Männer und Frauen. »Wir müssen herausfinden, wo Perry und Atlan sich aufgehalten haben und was mit ihnen geschehen ist.«

Er wusste, was er von allen verlangte, und er nahm sich selbst dabei nicht aus. In dieser Situation die Nerven zu behalten erforderte eine schier übermenschliche Anstrengung.

»Irgendwie müssen wir uns mit den beiden verständigen«, sagte Hamiller. »Für Funk sind die auftretenden Störungen zu stark. Und mit Handzeichen werden wir uns kaum verständigen können. Außerdem wissen wir noch nicht, in welchem psychischen Zustand sie sich befinden.«

Während Danton noch darüber nachdachte, erfolgte in den Räumen unter ihnen eine verheerende Explosion. Der Boden wölbte sich an mehreren Stellen auf. Aus dem Loch im Labor schoss eine gewaltige Stichflamme empor.

»Offenbar sind sie mit einer Energie führenden Anlage in Berührung gekommen«, stellte Waringer fest.

»Jemand muss nachsehen, ob sie das überlebt haben«, sagte Danton. »Das übernehme ich.«

Bevor ihn jemand daran hindern konnte, betrat er das Labor. Die unvermindert herrschende Hitze zwang ihn dazu, den Helm zu schließen. Dabei musste er den Funk abschalten, denn die prasselnden Störgeräusche wurden trotz Dämpfung unerträglich. Er gab den anderen ein Zeichen, dass ihm niemand folgen sollte.

Vorsichtig durchquerte er das Labor. An der Wand zwischen den Nischen klaffte ein riesiges Loch. Danton blickte die Stelle ratlos an. Offensichtlich hatte das Unheil genau dort seinen Anfang genommen, wo sich der rätselhafte Schaltkasten befunden hatte. Fellmer Lloyd und Gucky hatten die mentalen Impulse der Verschollenen aus der Schaltanlage empfangen. Und nun schienen die beiden Männer genau dort wieder aufgetaucht zu sein. Dafür gab es vorerst keine Erklärung.

Danton dachte an Zeitverschiebungen, Strukturöffnungen im Raum-Zeit-Gefüge und an Dimensionsüberlappungen. In diesem Bereich war die Antwort vermutlich zu suchen.

Er ging weiter bis zum Rand des Lochs, durch das die beiden in die untere Etage eingebrochen waren. Lärm drang herauf. Er atmete erleichtert auf, obwohl er sich vorstellen konnte, dass der Tod für seinen Vater und Atlan eine Erlösung bedeutet hätte, vorausgesetzt, die beiden konnten noch über ihre Lage nachdenken.

Roi Danton blickte hinab. Der Raum unter ihm lag in Trümmern. Die Wände waren zum Teil eingestürzt, der Boden war mit Löchern übersät. Rhodan und Atlan hinterließen weiterhin eine Spur der Zerstörung.

Dann gerieten sie in sein Blickfeld. Unverändert waren sie in eine grell leuchtende Blase gehüllt. Danton hatte sogar den Eindruck, dass diese Aura sich ausgeweitet hatte, aber das konnte ebenso gut eine Täuschung sein.

Trotz der Hitze öffnete er seinen Helm.

»Perry!«, schrie er in die Tiefe. »Vater!«

Vermutlich konnten sie ihn nicht verstehen, denn sie reagierten nicht.

Jemand trat neben ihn und legte ihm eine Hand auf die Schulter. Er blickte auf und sah in Bullys Gesicht. Der untersetzte Mann schaute ihn traurig an. »Es hat keinen Sinn, Junge«, sagte er ruhig. »Sie können dich nicht hören.«

Behutsam zog er Roi von der aufgebrochenen Stelle zurück. Als sie den Korridor erreichten, erfolgte die nächste Explosion. Sie war weniger heftig als die erste, aber sie bewies, dass die Menschen in der Burg nun ständig mit solchen Zwischenfällen rechnen mussten.

Hamiller kam Danton und Bull entgegen. Sein jungenhaftes Gesicht war verkniffen.

»Es kann jederzeit zu einer Katastrophe kommen, bei der die gesamte Burg zerstört wird«, warnte er.

»Das ist doch nur eine Vermutung!«, stieß Danton hervor.

»Waringer teilt meine Meinung. Roi, wir müssen die Menschen, die sich in der Burg aufhalten, zur BASIS zurückschicken.«

»Eine Evakuierung?« Danton ballte die Hände. »Glaubst du im Ernst, dass ich meine Zustimmung dafür geben würde?«

»Uns bleibt keine andere Wahl!«

»Das wäre Verrat an Perry und Atlan. Wir dürfen sie nicht im Stich lassen.«

Hamiller schüttelte den Kopf. »Du weißt, dass ich nicht im Traum daran denke, die beiden ihrem Schicksal zu überlassen. Aber es wäre Selbstmord, länger in der Burg zu bleiben. Wir müssen an die Menschen denken, die sich hier aufhalten. Auch für ihr Leben haben wir die Verantwortung.«

»Mein Vater und Atlan sind hier und jetzt in Gefahr. Sie werden nicht mehr lange leben, wenn wir nicht sofort handeln.«

»Und was sollen wir tun?«

»Das werden wir schon herausfinden«, sagte Danton verbissen.

Bully räusperte sich durchdringend. »Eines vergisst du«, erinnerte er sanft. »Du bist nicht Kommandant der BASIS und ihrer Besatzung, wenn du auch zum Führungsstab gehörst.«

»Perry ist der Kommandant!«, rief Roi Danton.

»Und Jentho Kanthall und ich sind seine Stellvertreter«, erinnerte Bull. »In dieser Funktion befehle ich hiermit die Evakuierung der BASIS-Mannschaften von der Burg.«

Danton starrte ihn an, als könnte er den Sinn dieser Worte nicht begreifen. Dann wandte er sich an Kanthall. »Ist das auch deine Meinung, Jentho?«

»Ja«, sagte Kanthall mit der ihm eigenen Knappheit. Eine Serie von Explosionen schien seine Entscheidung zu unterstreichen.

»Ich werde nicht mit euch gehen. Ich bleibe hier«, sagte Danton entschlossen.

An der Schnelligkeit der Evakuierung erkannte Rhodans Sohn, wie sehr die meisten Menschen danach drängten, zur BASIS zurückzukehren. Seine Empörung hatte sich gelegt, er sah ein, dass die Entscheidung für den Abzug richtig war. Trotzdem wollte er in der Kosmischen Burg zurückbleiben und die Entwicklung aus unmittelbarer Nähe verfolgen. Eine Weile hatte er befürchtet, Bully würde ihn zur Umkehr zwingen. Doch dazu war es nicht gekommen.

Inzwischen waren alle Schiffe gestartet. Nur eine Space-Jet stand für ihn noch auf der Landeebene der Burg.

Reginald Bull und Gucky waren die Letzten, die sich von Danton verabschiedeten. Der Mausbiber wollte mit Bully in die BASIS teleportieren.

»Wir werden nicht über Funk in Verbindung bleiben können«, sagte Bully.

»Ich weiß.« Danton nickte.

»Natürlich werden wir die Burg von der BASIS aus ununterbrochen beobachten.« Bull klopfte dem Mausbiber auf die Schulter. »Unser gemeinsamer Freund kann dich jederzeit abholen, falls es kritisch werden sollte.«

Das, dachte Danton, war eine gut gemeinte Lüge. Nicht einmal Gucky konnte eingreifen, falls die Burg explodierte. Rhodan und Atlan hatten bereits einen riesigen Sektor in Trümmer gelegt. Sie schienen nicht in der Lage zu sein, von sich aus etwas gegen ihren Zustand unternehmen zu können. Andererseits hatte es den Anschein, dass sie nicht sinnlos wüteten. Vielmehr war der Eindruck entstanden, als wollten sie sich selbst retten. Es war eine Hoffnung, mehr nicht.

Gucky sah zu Roi auf. »Geh bloß kein zu großes Risiko ein«, bat er. »Verschwinde von hier, solange noch Zeit dazu ist.«

»Bestimmt, Kleiner!«, versprach Danton.

Sie nickten einander zu, dann lösten sich Bull und der Ilt auf. Rhodans Sohn verharrte noch einen Augenblick an seinem Platz, dann eilte er davon. Er schlug die Richtung in jenen Burgsektor ein, den sein Vater und der Arkonide inzwischen erreicht hatten. Es würde leicht sein, die beiden wiederzufinden, denn sie hinterließen eine Spur der Vernichtung.

Danton wusste, dass er den beiden Männern nicht helfen konnte, aber wenn sie ihrer Sinne mächtig waren – und darauf deutete einiges hin –, würde ihnen seine Anwesenheit zeigen, dass man sie nicht aufgegeben hatte.

Und darauf kam es an.

Jentho Kanthall, Mara Bootes und Walik Kauk, alle drei ehemalige Angehörige der TERRA-PATROUILLE, standen in der Zentrale der BASIS und beobachteten die Bilder, die über die Fernortung hereinkamen. Es handelte sich ausschließlich um Großaufnahmen der Burg, die zeigten, dass die Verwüstung um sich griff. Große Bereiche der Burg glühten, an einigen Stellen waren Lecks zu erkennen, und herausgesprengte Trümmer trieben im Weltraum.

Mara Bootes schaute sich in der Zentrale um.

»Warum sind Hamiller und Waringer nicht hier?«, fragte sie Kanthall. »Sie sollten sich das ansehen.«

»Sie sind bei ihren Teams und suchen verzweifelt nach einer Rettungsmöglichkeit«, wies Kanthall Marboos versteckten Vorwurf zurück.

Auf ihrer Stirn bildete sich eine steile Falte. »Ich wage nicht daran zu denken, dass Roi Danton jetzt allein dort drüben ist.«

»Er war nicht davon abzubringen. Wir hätten ihn ...«

Kanthall unterbrach sich und folgte Maras Blicken zum Haupteingang der Zentrale. Dort war Demeter erschienen.

Die Wyngerin kam näher und blieb vor Kanthall stehen. Er hatte den Eindruck, dass sie ihn abschätzend musterte.

»Sie wissen, weshalb ich komme?«

»Nein«, sagte der Stellvertretende Kommandant, obwohl er es nur zu genau wusste.

Demeter deutete auf die Schirme. »Ich will dort hinüber!«

»Zu Roi? Das ist unmöglich. Sie würden Ihr eigenes Leben aufs Spiel setzen. Das kann ich nicht zulassen.«

Ihre Lippen bebten unmerklich. *Wie schön sie ist!,* dachte Kanthall. Danton war in der Tat zu beneiden.

»Sie haben keine Befehlsgewalt über mich, Kanthall!«

»Mhm!«, machte der Terraner. »Zweifellos haben Sie recht damit. Aber wenn Sie zu Roi wollen, brauchen Sie eines unserer Beiboote, oder Sie sind auf die Hilfe eines Teleporters angewiesen. Beides können Sie nicht bekommen.«

Er dachte, sie würde die Beherrschung verlieren, aber sie zügelte ihren Zorn.

»Ich werde zu ihm gelangen – so oder so«, versicherte Demeter und verließ die Zentrale.

»Nun geht sie zu Reginald Bull«, prophezeite Marboo.

Kanthall nickte nur.

»Roi Danton allein in der Burg bei diesen ... diesen Veränderten«, sagte Mara Bootes. »Man hätte das niemals zulassen dürfen.«

»Er ist nicht allein«, warf Walik Kauk ein.

Kanthall fuhr herum und blickte den alten Kampfgefährten verblüfft an.

»Was heißt das, Walik?«

»Augustus ist bei ihm!«, sagte Kauk achselzuckend.

»Der Ka-zwo?« Kanthall sah sich in der Zentrale um. »Wie kommt er dazu, Laire zu verlassen? Ich dachte, die beiden seien unzertrennlich.«

»Ich glaube, Laire hat Augustus angewiesen, in der Burg zurückzubleiben.«

Kanthall wurde nachdenklich. »Der einäugige Roboter und Altruismus«, sagte er trocken. »Ein völlig neuer Aspekt.«

Kauk lächelte.

»Die Evakuierung betraf nur menschliche Wesen«, erinnerte der ehemalige Industrielle. »Laire und sein Robot-Faktotum haben nicht einmal gegen einen Befehl verstoßen. Sie haben lediglich eine Lücke in deinen und Bulls Anordnungen entdeckt.«

Der Hauptkorridor vor Danton stand in Flammen, Feuer und Rauch versperrten ihm die Sicht. Er hätte seinem Schutzanzug vertrauen und den Weg fortsetzen können, aber er hielt es für sicherer, sein Ziel auf

Umwegen zu erreichen. Als er in einen Seitengang einbog, sah er den Roboter und blieb überrascht stehen.

»Augustus!«, rief er. »Ich weiß, dass Laire darauf bestanden hat, dass du mit den Einsatzkommandos von der BASIS in die Burg kommen solltest. Aber warum bist du nicht zurückgekehrt?«

»Laire befahl mir, mich um Sie zu kümmern«, erklärte der Ka-zwo.

»Ich wusste nicht, dass der Einäugige ein persönliches Interesse an mir hat«, sagte Danton verwundert.

»Davon kann nicht die Rede sein«, belehrte ihn der ehemalige Polizeiroboter aus den Zeiten der Aphilie. »Es geht Laire nur darum, schnell in die Milchstraße zu gelangen und sein Auge in Besitz zu nehmen.«

»Ich verstehe«, sagte Roi. »Solange ich noch in der Burg bin, wird die BASIS nicht starten.«

»Man wird auf Sie und die beiden anderen warten«, bestätigte Augustus. »Laire hofft, dass ich die Entwicklung in seinem Sinn beschleunige – wann immer ich eine Gelegenheit dazu erhalte.«

»Wie hast du mich so schnell gefunden?«

»Das war nicht schwer. Ich wusste, dass Sie dorthin unterwegs sein würden, wo Perry Rhodan und Atlan sich aufhalten. Viele Korridore sind zerstört oder stehen in Flammen. Sie mussten zwangsläufig hier vorbeikommen, also brauchte ich nur auf Sie zu warten.«

Danton gab sich keine Mühe, seine Erleichterung über die Anwesenheit des Roboters zu verbergen. Augustus war zwar kein menschliches Wesen, aber er war eine vertraute Figur, mit der er sogar vernünftig reden konnte. Der Ka-zwo hatte schon früher Fähigkeiten gezeigt, die weit über seine ursprünglichen Programme hinausgingen, und seit er mit Laire zusammen war, hatte er eine weitere positive Entwicklung durchgemacht. Wie Laire dies erreicht hatte, war Danton allerdings ein Rätsel.

Gemeinsam bewegten sie sich durch den Korridor, der zum Orange-Sektor der Kosmischen Burg gehörte. Aus der Ferne hörte Danton den Lärm, den Atlan und sein Vater machten.

»Unser Aufenthalt in diesen Räumen ist außerordentlich gefährlich«, verkündete Augustus.

»Wem sagst du das?« Danton seufzte. »Anstatt mir Binsenweisheiten zu erzählen, solltest du dir Gedanken darüber machen, wie wir den beiden Unglücklichen helfen können.«

Augustus lief leicht und geschmeidig neben ihm her – als wolle er in seinen Bewegungen Laire nachahmen. Immerhin war es bemerkenswert, dass der Ka-zwo offenbar in der Lage war, sich an Vorbildern zu orientieren.

»Wir könnten versuchen, sie zu paralysieren«, schlug Augustus vor.

»Was würden wir dabei gewinnen? Abgesehen davon, dass es fraglich ist, ob wir mit Paralysatoren ihre Energieaura durchdringen könnten.«

»Vielleicht schaffen wir es, sie zumindest bewegungsunfähig zu machen«, erklärte der Ka-zwo. »Der Vorteil liegt auf der Hand: Das Ausmaß der Zerstörungen würde eingeschränkt, die Gefahr der Selbstvernichtung wäre für eine Weile behoben.«

»Es ist einen Versuch wert«, stimmte Danton zu.

Heftige Erschütterungen erschwerten ihr Vorwärtskommen. Ob sie auf diesen Sektor beschränkt blieben oder womöglich schon die gesamte Burg betrafen, war nicht erkennbar.

»In absehbarer Zeit wird es kaum mehr möglich sein, in die Nähe der beiden Männer zu gelangen«, bemerkte der Roboter pessimistisch.

»Das ist auch meine große Sorge«, gestand der ehemalige König der Freihändler. »Drüben in der BASIS brüten sie einen Rettungsplan aus, der von überholten Voraussetzungen ausgeht. Alles ist hier viel schlimmer geworden. Bald wird eine Rettung unmöglich sein.«

Der Seitengang mündete in einen Raum, der noch kaum Beschädigungen aufwies. Der Lärm wurde jetzt immer deutlicher, ein sicheres Zeichen, dass die beiden Männer in der Nähe ihr Unwesen trieben.

Ich denke von ihnen schon wie von monströsen Geschöpfen!, stellte Roi Danton erschüttert fest.

Es war eine menschliche Reaktion, wegen der ihm sicher niemand Vorwürfe gemacht hätte, aber sie bewies ihm, dass er sich innerlich bereits von den Opfern eines entsetzlichen Vorgangs distanzierte. Hatte er seinen Vater und den Arkoniden im Unterbewusstsein bereits aufgegeben?

»Ihre Veränderung muss etwas mit dieser unsichtbaren Barriere zu tun haben«, stellte Augustus fest. »Ich glaube, dass beide den Einflüssen eines anderen Kontinuums unterliegen.«

»Daran habe ich auch schon gedacht«, bestätigte Danton. »Ich wünschte, ich hätte mich früher mehr mit der Geschichte der Druuf-Invasion befasst.«

»Wovon sprechen Sie?«, fragte Augustus verständnislos.

»Von Wesen aus einem anderen Universum. Zwischen ihrem Raum und unserem entstanden Überlappungszonen, durch die sie zu unseren Welten vorstießen. Auch Zeitverschiebungen spielten dabei eine Rolle.«

Der Roboter nickte mehrmals. »Laire müsste davon erfahren. Er könnte bestimmt interessante Beziehungen herstellen.«

Aus einem der benachbarten Räume ertönten krachende Geräusche. Danton glaubte, dumpfe Schritte zu hören. Er blieb stehen.

»Wir dürfen auf keinen Fall näher heran«, warnte er. »Schon eine Berührung mit dem energetischen Umfeld der beiden bringt den Tod.« Er zog seinen Paralysator.

In dem Moment spaltete sich die Wand auf der anderen Seite des Raumes. Flammen loderten auf. Danton sah die beiden leuchtenden Gestalten aus der gerade entstandenen Öffnung hervorbrechen.

»Zurück!«, schrie er und löste zugleich den Paralysator aus. Er war sicher, dass er die beiden Gestalten traf. Sie zeigten jedoch keinerlei Wirkung.

Hinter ihm löste sich ein kastenähnliches Gebilde von der Wand und traf ihn in den Nacken. Der Schlag ließ ihn stöhnend zu Boden gehen, und die schwerer werdenden Erschütterungen schienen auf ihn überzuspringen. Eine Flammenzunge fauchte durch den Raum. Danton sah, dass Augustus von einer Druckwelle erfasst wurde und taumelte. Vor seinen Augen flimmerte es. Er bekam keine Luft mehr und begriff instinktiv, dass seine Sauerstoffversorgung beschädigt worden war. Mit einer Hand riss er den Helm zurück. Doch die Luft, die nun in seine Lungen drang, war heiß und verursachte stechende Schmerzen.

Danton schleppte sich durch das Schott. Das Getöse hinter ihm wurde schier ohrenbetäubend.

Vielleicht hatten Rhodan und Atlan ihn gesehen und versuchten, Kontakt aufzunehmen.

Danton fühlte sich gepackt und hochgerissen. Augustus war neben ihm. Wildes Brausen erfüllte die Luft. Dann hallte ein Donnerschlag heran.

»Es ist allerhöchste Zeit«, drängte der Roboter. »Ich glaube, hier wird alles bald zu Ende gehen.«

Danton atmete gierig die kühlere Luft ein, als Augustus mit ihm einen angrenzenden Gang erreichte. Seine Kräfte kehrten allmählich wieder zurück. Er konnte ohne Hilfe des Roboters weitergehen.

»Sie sind verloren, Augustus!«, rief er außer sich. »Hörst du? Sie sind verloren.«

Augustus schaute ihn an.

»Da ist etwas in Ihrem Gesicht, Roi Danton.«

»Du verdammter Roboter!«, brach es aus ihm hervor. »Das sind Tränen.«

Die Space-Jet löste sich von der Landeebene der Kosmischen Burg und jagte in den Weltraum hinaus. Reginald Bull und Jentho Kanthall beobachteten den Start des Beiboots von der Zentrale der BASIS aus.

»Endlich nimmt er Vernunft an«, sagte Kanthall erleichtert. »Wahrscheinlich hat er eingesehen, dass er allein nichts erreichen kann.«

Bully antwortete ihm nicht. Er musste an Perry Rhodan und Atlan denken, seine Freunde, die sich immer noch in der Burg befanden und dem Tod näher waren als dem Leben. Über Interkom meldete er sich in dem Labor, in dem Hamiller mit Waringer und etlichen anderen Kapazitäten arbeitete.

»Wie weit seid ihr, Geoffry?«, erkundigte er sich, als Waringers Konterfei erschien. »Danton und Augustus kehren soeben von der Burg zurück. Sie haben nichts erreicht.«

Unter Waringers Augen lagen tiefe Schatten, »Unser Problem lässt sich nicht schnell lösen«, sagte er leise. »Aber es gibt einige Hoffnung, dass wir sie bald herausholen können.«

»Beeilt euch!« Reginald Bull wurde sich erst jetzt bewusst, dass er schrie. Die Besatzungsmitglieder, die in der Zentrale ihren Dienst verrichteten, blickten erschrocken auf. Bully entschuldigte sich bei Waringer.

»Es wäre besser, wenn nicht ständig jemand anrufen würde«, sagte Waringer. »Du kannst sicher sein, dass wir alles daransetzen, eine Lösung zu finden.«

»Hast du Ganerc-Callibso hinzugezogen?«

»Ihn und Laire.« Waringer schaltete einfach ab.

»Da!«, schrie ein Mann, der hinter Bully stand und die Panoramagalerie beobachtete.

Bully fuhr herum.

Auf der Oberfläche der Burg, innerhalb des Orange-Sektors, waren zwei leuchtende Gestalten aufgetaucht. Sie waren ein schrecklicher und fantastischer Anblick zugleich.

»Das sind sie!«, stieß Walik Kauk hervor.

»Wenn ich nur hinüberspringen und sie holen könnte«, wimmerte Gucky.

»Niemand verlässt die BASIS«, sagte Bully automatisch.

»Es hat den Anschein, als hätten sich die leuchtenden Hüllen weiter ausgedehnt«, stellte Kanthall fest. »Vermutlich ist es ein Aufladungsprozess. Vielleicht nehmen sie bei ihren Aktionen Energie auf.«

Alaska Saedelaere trat zu ihnen an die Kontrollen. »Dieser Traum«, sagte er schwer. »Dieser schreckliche Traum wird Wirklichkeit. Ich wusste, dass die beiden zurückkehren würden – aber nicht als Menschen.«

Hinter seiner Plastikmaske loderte das Cappinfragment, als reagierte es auf die Lichtminuten entfernte Burg.

»Sie sind keine Menschen mehr!«, rief Mentro Kosum von seinem Pilotenplatz aus.

Reginald Bull starrte ins Leere.

»Was immer sie sind, wir werden sie zurückholen«, sagte er eindringlich.

Das Konzept Ellert-Ashdon

18.

Die Space-Jet bewegte sich mit halber Lichtgeschwindigkeit in der Randzone der Galaxis Ganuhr, wo die Sterne oft zehn oder mehr Lichtjahre weit auseinander standen.

Der kräftig gebaute Mann hinter den Kontrollen lehnte sich zurück. Er brauchte dringend Schlaf, denn seit dem Start von EDEN II vor fünf Tagen hatte er sich kaum Ruhe gegönnt. Der Mann war allein in der Kommandozentrale.

»Was meinst du, Gorsty, machen wir eine Pause?«, fragte er unvermittelt.

Im gleichen Tonfall gab er sich selbst die Antwort: »Klarer Fall, Ernst, sonst bricht unser Körper zusammen. Wenn wir Kurs und Geschwindigkeit beibehalten, erreichen wir das nächste Sonnensystem erst in vierzehn Jahren, also keine Gefahr.«

Der Mann, das Doppelkonzept Ellert-Ashdon, erhob sich ächzend und verließ die Zentrale. Auf dem Gang fragte er: »Hast du Akrobath gesehen?«

»Dann hätten wir beide ihn gesehen, Ernst. Wahrscheinlich hängt er wieder vor einer der Sichtluken und betrachtet die Sterne.«

Der Mann erreichte die Wohnkabine und warf sich aufs Bett. Die beiden Bewusstseine setzten ihre Unterhaltung lautlos fort.

Mir wird immer klarer, Ernst, dass wir mit diesem kleinen Schiff niemals unser Ziel erreichen können.

Ich wusste das von Anfang an. Aber hatten wir eine Wahl?

In den letzten Tagen hatten sie sich diese Frage oft gestellt, ohne eine Antwort darauf zu finden. Zwei Jahre lang hatte sich das Doppelkonzept auf dem Halbkugelplaneten EDEN II aufgehalten, dann war die unvollständige telepathische Botschaft des Unsterblichen eingetroffen: *»Vergeblich habe ich zu helfen versucht. Ich habe mich zu nahe herangewagt. Nun stürze ich in diese erloschene ...«*

Ellert-Ashdon hatte es nicht geschafft, die Unterstützung der Konzepte von EDEN II zu gewinnen, um dem Unsterblichen beizustehen. Schließlich waren die beiden Bewusstseine in dem gemeinsamen Körper mit der Space-Jet gestartet. Sie und Akrobath, der kleine diskusförmige Roboter, dessen größter Wunsch war, die Sterne aus der Nähe zu sehen.

Als der Mann schlief, setzten die Bewusstseine ihre Unterhaltung flüsternd fort, denn sie selbst benötigten keinen Schlaf.

»Glaubst du, dass die Konzepte auf EDEN Erfolg haben werden?«, wollte Ashdon wissen.

»Ich weiß es nicht«, gab Ellert zu. »Aber ich nehme es an. Sie sind im Begriff, die ersten Stadien der Entstofflichung zu überwinden.«

»Die Bewohner eines ganzen Planeten – ein einziges Bewusstsein! Das ist ungeheuerlich, Ernst ...«

»Es ist der Beginn der Zukunft«, murmelte Ellert. »Das hatte der Unsterbliche also im Sinn, als er EDEN plante. Eine neue Superintelligenz soll entstehen.«

»So einfach ...?«

»Nein, einfach wird es bestimmt nicht sein. Das haben wir doch schon erlebt.«

Die Ohren des Schlafenden fingen ein Geräusch auf, das sich aber rasch wieder entfernte.

»Das war Akrobath«, vermutete Ellert. »Er macht seine übliche Runde.«

Der Roboter fuhr die rechte Hand aus und öffnete das Zentraleschott. Vorsichtig regulierte Akrobath seine Prallfelder, dann stieg er so hoch, dass er bequem durch die Aussichtskuppel sehen konnte. Hier war er den Sternen am nächsten.

Akrobath befand sich seit einiger Zeit in einem Prozess der emotionellen Umwandlung. Ursprünglich programmiert, die auf EDEN II beheimateten Konzepte aufzuheitern, war er dort bald überflüssig geworden und schließlich einsam. Nun war alles anders geworden. Besser, fand Akrobath.

Eben erst hatte er den Kopf ausgefahren, der nur so groß war wie zwei menschliche Fäuste. Er blinzelte und legte das ohnehin runzlige Gesicht noch ein wenig mehr in Falten. Soweit er es beurteilen konnte, stand ziemlich genau vor der Space-Jet ein einzelner Stern. Die Entfernung betrug wohl kaum mehr als ein Dutzend Lichtjahre.

Vielleicht hatte diese Sonne Planeten. Und ebenso vielleicht lebte auf einem dieser Planeten eine fortgeschrittene technische Zivilisation. Akrobath wusste, dass Ellert-Ashdon versuchen wollte, die Space-Jet gegen ein leistungsfähigeres Schiff »umzutauschen«. Zu langsam, zu geringe Reichweite ... Ja, Ellert-Ashdons Absicht kam Akrobaths Wünschen entgegen.

»Er sollte auf meinen Rat hören«, sagte der Roboter zu sich selbst. »Im Zentrum der Galaxis stehen die Sterne dichter, damit steigt die Wahrscheinlichkeit, einen bewohnten Planeten zu finden.« Er sprach von dem Doppelkonzept meist in der Einzahl, was logisch war, denn beide Bewusstseine hatten nur einen Körper.

Akrobaths Überlegungen gingen sogar so weit, dass er sich entschloss, die Space-Jet selbst in die Galaxis Ganuhr zurückzusteuern, wenn auch der nächste Stern zum Fehlschlag wurde. Während der Schlafperiode ließ sich das bewerkstelligen. Aber vorher musste er mehr über die Steuerkontrollen und den Antrieb lernen.

Irgendetwas verband Akrobath mit dem Schicksal von ES, dem Ellert-Ashdon zu Hilfe eilen wollte. Er wusste nur nicht, was es war. Reglos verharrte er in seiner beobachtenden Stellung, als Ellert-Ashdon den Raum betrat.

»Nun, Akrobath? Technisch interessiert?«

»Da ich selbst ein technisches Wunderwerk bin, betrachte ich die Automatik dieses Schiffes als meinen größeren Bruder. Ich möchte ihn kennenlernen.«

Ellert-Ashdon lächelte und nahm im Pilotensessel Platz.

»Dagegen ist nichts einzuwenden, solange du keinen Eingriff vornimmst. Der geringste Fehler kann unser Verderben sein.«

»Keine Sorge, mein Freund, ich tue nichts, was uns schaden könnte. Wir sollten jenen Stern dort aufsuchen!« Akrobath deutete mit seiner zierlichen Hand in Flugrichtung. »Er ist der einzige in der Gegend dort.«

»Vielleicht haben wir Glück.« Ellert-Ashdon begann mit der Programmierung der nächsten Linearetappe. »Die Ferntaster haben Planeten entdeckt. Gute Chancen also für uns.«

»Was machst du da?«, fragte Akrobath.

Bereitwillig gab das Konzept Auskunft. Obwohl Ellert keinen Argwohn hegte, wiederholte er seine Warnung. »Du darfst im Schiff nichts anrühren, ohne vorher um Erlaubnis zu fragen. Wenn du uns in Schwierigkeiten bringst, setzen wir dich einfach aus.«

»Das würde kaum mein Ende bedeuten.«

»Aber du würdest Jahrtausende mit halber Lichtgeschwindigkeit durch den Weltraum segeln, ehe du in den Schwerebereich eines Sterns gerietest. Sei also vernünftig.«

Aus dem kleinen Mund des Roboters drang ein schrilles Gelächter. »Es hat noch nie einen unvernünftigen Roboter gegeben, mein Freund. Vergiss das nicht.«

Bis zu dieser Sekunde hatte Ellert für das Doppelkonzept gesprochen und gehandelt, nun übernahm Ashdon. »Hör zu, Akrobath! Es langt jetzt. Verzieh dich anderswohin! Du siehst doch, dass wir beschäftigt sind.«

Akrobath schwebte zum Ausgang.

»Wie du willst, Ellert oder Ashdon. Ruft mich, wenn ihr mich braucht. Eine Frage noch: Wann werden wir das nächste System erreichen?«

»In knapp einer halben Stunde gehen wir in den Linearraum.«

Der Roboter verschwand auf dem Gang.

»Er kommt mir sehr verändert vor«, stellte Ashdon fest.

»Eine Wandlung zum Positiven, meine ich. Auf EDEN war seine Existenz sinnlos geworden, weil er keine Aufgabe mehr hatte. Das hat sich geändert. Seine Bereitschaft, ES zu helfen, kann uns nur recht sein.«

Der Stern wurde von vier Planeten umlaufen, von denen keiner Leben trug.

Ellert-Ashdon betrachtete die optische Wiedergabe, aber der Blick des Mannes sprang schon über das nahe Sonnensystem hinaus. Ein verschwommener Lichtfleck, so lockte die nächste Galaxis jenseits des Abgrunds.

»Eine Million Lichtjahre. Unüberwindbar für unser Schiff. Was nun?«

Akrobath schien unter der Kuppeldecke zu kleben. Ellert-Ashdon sah unwillkürlich nach oben, als sich der Roboter meldete. »Es erscheint mir unlogisch, im Randsektor zu suchen. Hier sind zu wenig Sterne. Die Möglichkeit, einen bewohnten Planeten zu finden, ist also geringer. Nur dein Wunsch, Ellert-Ashdon, Ganuhr zu verlassen, lässt dich ausgerechnet hier suchen.«

»Du hättest Kosmopsychologe werden sollen«, bemerkte Ellert ärgerlich. Er sah sich von dem Roboter durchschaut. »Wir fliegen das nächste System an.« Ohne sich weiter um Akrobath zu kümmern, begann er mit der Programmierung.

Da der Antrieb eine Ruhephase benötigte, schaltete Ellert die Automatik ein. Das Lineartriebwerk würde sich in fünf Stunden selbsttätig aktivieren. Vorgesehen war ein Flug über zwanzig Lichtjahre.

Das Doppelkonzept begab sich in die Lagerräume, um die Vorräte zu überprüfen. Zumindest die Konzentrate würden für mehrere Jahre reichen.

»Der Fraß wird unserem Körper bald zum Hals heraushängen«, befürchtete Ashdon.

»Aber er wird nicht verhungern, Gorsty. Wir wissen nicht, wie lange wir unterwegs sein werden, bis wir Intelligenzen finden, die bereit sind, uns zu unterstützen.«

»Vielleicht hat Akrobath doch recht, wenn er unsere Chancen in der Randzone als gering einschätzt.«

»Natürlich hat er recht. Aber die Randzone bietet uns andere Vorteile. Manche Nachbargalaxis wird sich von hier aus leichter aufspüren lassen, und falls wir vorgelagerte Systeme erkennen, könnten wir den Sprung über den Abgrund sogar mit der Space-Jet wagen. Ganuhr selbst scheint nur wenige von technischen Intelligenzen bewohnte Systeme zu haben.«

»Die Überlegung ist richtig, aber wir gehen ein Risiko ein.«

Ellert gab keine Antwort. Er lauschte eine Weile:

»Die Geräuschkulisse hat sich verändert, Gorsty. Das Schiff scheint schon in den Linearraum gegangen zu sein. – Akrobath ...?«

Das Doppelkonzept unterdrückte die aufsteigende Panik und eilte in die Zentrale zurück. Ellert-Ashdon blieb wie erstarrt stehen, als das Schott vor ihm aufglitt.

Akrobath schwebte über den Kontrollen und zog soeben seine Arme wieder ein. Er drehte sich, bis der Kopf das Konzept anblickte.

»Ich bitte für mein selbstständiges Handeln um Verzeihung, Ashdon oder Ellert – wer immer mit mir argumentieren möchte. Es war mir unmöglich, tatenlos einer unlogischen Handlungsweise zuzusehen. Die ältesten Sonnensysteme befinden sich in der Nähe des Zentrumskerns, nicht in der Randzone. Logischerweise sind in der Nähe des Zentrums die fortgeschrittensten Zivilisationen zu vermuten.«

»Die Linearetappe muss sofort unterbrochen werden.« Ellert-Ashdon lief zum Pilotensessel.

»Ich würde das an deiner Stelle nicht tun, Ellert!«, sagte Akrobath ruhig. »Ich habe die Schaltung mit einem Kodeschlüssel blockiert. Wir werden noch vierzig Minuten im Linearraum bleiben und dann einige Lichtstunden von einem Doppelsternsystem entfernt in den Normalraum zurückfallen. Die Gesamtentfernung beträgt zweihundertundsiebzig Lichtjahre.«

»Das ist auch noch Randgebiet.« Ellert konnte sich die Bemerkung nicht verkneifen.

»Ich weiß. Sieben Planeten umkreisen den Doppelstern. Die Ferntaster erfassten ein künstliches Objekt, das in dieses System eindrang. Die Daten lassen auf ein Raumschiff schließen.«

»Das wäre ...« Ellert schwieg verblüfft. »Solltest du recht haben, Akrobath, werden wir deine Eigenmächtigkeit verzeihen. Ich frage mich nur, warum wir dieses System nicht entdeckt haben.«

»Die Antwort ist einfach. Du konzentrierst dich nur auf Sonnen, die zum galaktischen Rand hin liegen – ich habe nach innen geschaut. Hinzu kommt, dass ich die Leistung der Fernorter intensiviert habe.«

»Du hast – was?«

»Intensiviert, ganz richtig.« Die Stimme des Roboters wurde selbstbewusster. »Ich hatte fünf Tage Zeit, alles Notwendige zu lernen. In den Aggregaten gab es einige überflüssige Segmente, die nur Energie verschlangen, ohne entsprechende Leistung zu erbringen. Ich habe sie lahmgelegt.«

»Du hättest uns alle umbringen können.«

»Das war unmöglich, Ellert. Und nun gönne deinem Körper endlich mehr Ruhe. Ich werde dich wecken, sobald alle Daten über das System ausgewertet sind.«

»Hört sich an, als wärst du jetzt der Kommandant der Space-Jet«, mischte Ashdon sich ein. »Du Spaßmacher ...«

»Möge der Doppelterraner sanft ruhen«, wünschte der Roboter mit ironischem Tonfall. »Ich habe die Angelegenheit im Griff.«

»Es ist nicht zu fassen!«, murmelte Ellert-Ashdon, als er die Zentrale verließ.

Was nun?, fragte Ashdon ratlos. *Können wir uns auf Akrobath verlassen?*

Wir haben keine andere Wahl. Er hat uns praktisch das Heft aus der Hand genommen. Wir haben ihn unterschätzt.

Aber ich glaube doch, dass er in unserem Sinn handelt.

Wenn ich davon nicht überzeugt wäre, würde ich die Impulswaffe nehmen und ihn zerstrahlen. Wenn er so weiterlernt wie bisher, kann er uns in wenigen Wochen einen neuen Antrieb konstruieren, mit dem wir andere Galaxien erreichen. Ich traue ihm allmählich alles zu ...

Nach einer Weile dachte Ashdon: *Dein Vertrauen zu ihm erschreckt mich fast, Ernst. Aber du hast die größere Erfahrung mit Robotern.*

Der rötliche Schimmer des Halbraums verblasste und machte dem Sternenhimmel Platz. Mit halber Lichtgeschwindigkeit, identisch mit der anfänglichen Eintauchgeschwindigkeit, näherte sich die Space-Jet dem Doppelgestirn.

Voller Spannung schwebte Akrobath dicht unter der Sichtkuppel.

Der kleinere Stern war fast erloschen und nahm kaum Einfluss auf die Planetenbahnen. Die Bordpositronik errechnete nur moderate Störungen.

Der zweite Planet war bewohnt.

Mit einigem Befremden stellte Akrobath fest, dass keine Funksignale empfangen wurden, obwohl auf der Sauerstoffwelt eine technische Zivilisation existierte. Die Fernbeobachtung zeigte ausgedehnte Städte und kultivierte Landstriche.

Akrobath studierte die Auswertung und informierte sich in allen Einzelheiten über die Lebensbedingungen des zweiten Planeten. Noch ließ sich nicht feststellen, ob jene Intelligenzen schon die Raumfahrt entwickelt hatten. Wenn ja, würde die Space-Jet sicher nicht lange unentdeckt bleiben.

Akrobath schaltete den Interkom ein und weckte Ellert-Ashdon.

»Du hast es also geschafft, ohne uns in eine Sonne stürzen zu lassen. Kompliment, Akrobath.«

Der Roboter überhörte den leichten Spott. »Das warst natürlich du, Ashdon«, stellte er fest. »Es ist besser, Ellert, wenn du jetzt den Körper übernimmst, sonst kommt es wieder zu fruchtlosen Diskussionen. Wir sind übrigens fündig geworden.«

»Eine raumfahrende Zivilisation?«, fragte Ellert überrascht.

»Zumindest eine technische Zivilisation«, schränkte Akrobath ein. »Mehr ist bislang nicht festzustellen.«

Das Doppelkonzept erschien Minuten später in der Zentrale.

Akrobath ruhte gravitätisch im Pilotensessel, als gehöre er nun für immer dorthin. Mit der rechten Kinderhand deutete er auf die stark vergrößerten Detailausschnitte des zweiten Planeten.

Es gab zwei Hauptkontinente und mehrere Inselgruppen, die weit auseinander lagen und nur geringfügig von Wolken verdeckt wurden. Die gleichmäßige Formation der Wolkenfelder ließ auf eine gezielte Wetterkontrolle schließen. Auffallend war auch, dass nur einer der beiden Kontinente eine planvolle Besiedlung erkennen ließ, während der andere überwiegend mit Vegetation bedeckt war und Städte nur an der Küste aufwies.

»Also der zweite Planet, Akrobath«, sagte Ellert. »Du hast angeblich ein Objekt beobachten können, das in dieses System eindrang. Wo ist es geblieben?«

»Ich weiß noch nicht«, gab der Roboter zurück. »Deshalb rate ich zur Vorsicht. Unser Schiff wird in sieben Stunden in einen Orbit einschwenken. Das natürlich wegen potenzieller Ortungsgefahr ohne aktivierten Antrieb. Sollten die Intelligenzen des zweiten Planeten uns dennoch bemerken, werden sie die Kontaktaufnahme einleiten.«

»Wir sollen tatsächlich nur abwarten?«, fragte Ellert nach.

»Das war bis vor wenigen Sekunden meine Absicht ...«

»Was soll das heißen?«

»Die Ferntaster haben soeben ein Objekt erfasst, das mit hoher Beschleunigung das System verlässt. Dieses Objekt wird uns in großer Entfernung passieren. Es ist ein Raumschiff.«

Die Kontaktaufnahme mit der Besatzung eines Raumschiffs schien Ellert leichter und ungefährlicher als der Versuch, die Bewohner eines ganzen Planeten anzusprechen.

»Kursberechnung, Akrobath, dann Flugangleichung!«, befahl er. »Parallel in gleicher Richtung. Kollisionskurs kann zu Missverständnissen führen.«

»Sehr logisch«, lobte der Roboter.

Das fremde Raumschiff hatte Torpedoform. Es beschleunigte immer noch, wenn auch mit geringen Werten. Die Space-Jet musste sogar abgebremst werden, um die Angleichung von Kurs und Geschwindigkeit zu vollziehen.

Drüben erfolgte keine Reaktion.

»Sie ignorieren uns einfach«, stellte Ashdon fest.

»Wenn sie das tun, steckt eine Absicht dahinter«, vermutete Akrobath, der die Space-Jet nun manuell steuerte. »Geschwindigkeit ist angeglichen, erhöht sich wieder. Entfernung zu dem anderen Schiff: fünftausend.«

Selbst mit dem bloßen Auge war es durch die Kuppel als winziger Lichtpunkt zu erkennen. Im Ortungsbild wirkten allerdings einige Dinge merkwürdig.

»Ich kann keine Luken, Schleusen oder Ähnliches entdecken«, bemerkte Ellert.

»Die Beobachtung von innen erfolgt mithilfe der Bildübertragung, Sichtluken sind daher überflüssig«, kommentierte Akrobath. »Der Antrieb ist relativ einfach. Das Schiff wird erst in weiteren drei Stunden die Lichtgeschwindigkeit erreichen, aber es dürfte in der Lage sein, sie zu überschreiten.«

Ellert versuchte noch einmal, Funkkontakt aufzunehmen. Es gab keine Reaktion.

»An Sturheit nicht zu überbieten!«, schimpfte Ashdon.

Die Space-Jet schob sich näher an das fremde Schiff heran, bis es auch mit bloßem Auge deutlich zu erkennen war. Ruhig zog der fünfzig Meter lange silberfarbene Torpedo durch das All.

»Lichtzeichen!«, sagte Akrobath. »Versuchen wir es damit. Die Funkstille auf dem Planeten lässt darauf schließen, dass diese Wesen keinen Funk kennen – obwohl das mehr als ungewöhnlich wäre.«

Der Roboter nutzte die Außenscheinwerfer für Lichtsignale, die er mehrmals wiederholte.

Keine Reaktion erfolgte.

»Vielleicht ist das Schiff unbemannt«, meldete Ashdon sich wieder zu Wort. »Das wäre eine Erklärung. Ich kehre auf den ursprünglichen Kurs zurück.»Einwände?«

»Keine«, sagte Ellert im Einklang mit Ashdon. »Soll das Schiff fliegen, wohin es will. Wir kümmern uns um den Planeten.«

Die Space-Jet näherte sich zum zweiten Mal dem Planeten und glitt in einer Entfernung von mehr als vierzigtausend Kilometern in die Umlaufbahn.

Die Schirme zeigten weit mehr Einzelheiten als zuvor. Die Städte waren systematisch angelegt worden. Die geradlinigen Verbindungswege zwischen ihnen verschwanden nur bei gebirgigen Landschaften unter der Oberfläche.

Ellert-Ashdon überwachte den Massetaster. »Ich glaube, dass wir einen unterirdisch angelegten Raumhafen überflogen haben«, stellte er fest, als die Space-Jet den Kontinent hinter sich ließ. »Sehr große Metallansammlung unter der Oberfläche lassen darauf schließen. In dem Fall ist ihre Technik wohl weit genug fortgeschritten, dass sie uns orten können.«

»Wir sollten einfach landen«, schlug Ashdon vor.

»Das werden wir auch, aber erst später.«

Akrobath beteiligte sich nicht an dem Gespräch. Seine sensible Positronik registrierte einfallende Impulse unbekannter Art. Zweifellos handelte es sich um eine Strahlung künstlichen Ursprungs. Sie war schwach und ohne feststellbaren Einfluss, die Bordinstrumente registrierten sie nicht einmal.

»Ich kann Impulse feststellen, die uns abzutasten scheinen«, teilte der Roboter nach einer Weile mit.

Ellert war sofort beunruhigt.

»Vielleicht ein Versuch der Kontaktaufnahme«, bot Ashdon als Erklärung an. »Wir sind nur nicht in der Lage, die Sendung aufzufangen. Wäre doch möglich, oder ...?«

»Die Impulse treffen gleichmäßig ein«, sagte Akrobath. »Ich kann keine Intervalle feststellen, die als Modulation zu deuten wären. Es ist kein Kommunikationsversuch.«

Die Instrumente der Space-Jet reagierten nicht. Erst Augenblicke später veränderten sich einige Skalen geradezu abrupt.

»Fast verhundertfacht!«, sagte Akrobath unbewegt. »Ein ungewöhnlich starkes Fesselfeld ist wirksam geworden. Die Kontrollen sind blockiert. Ich fürchte, unsere Landung erfolgt schneller, als wir es planten.«

»Du meinst ...? Sie erzwingen unsere Landung? Sie haben uns in ihrer Gewalt?«, rief Ellert ungehalten.

»Genauso ist es! Es handelt sich eindeutig um eine Art der Kontaktaufnahme, und sie ist noch kein Beweis für beabsichtigte Feindseligkeit. Ich schlage vor, wir unternehmen nichts und warten ab.«

»Das Impulsgeschütz ...«

»... dürfte sinnlos sein und unsere Wünsche kaum weiterbringen. Wir wollen ein besseres Schiff, nicht wahr? Ich gehe davon aus, dass wir es auf dem Planeten finden können. Die Frage ist nur, ob wir es auch bekommen.«

»Unsere Hilflosigkeit missfällt uns«, sagte Ellert-Ashdon. »Wir sind auf die Gnade unbekannter Lebewesen angewiesen, über deren Absichten wir nichts wissen.«

Akrobath schwieg. Es war deutlich, dass er dieses Thema nicht diskutieren wollte. Reglos ruhte er in dem Kontursessel und beobachtete die Kontrollen vor sich.

Langsam sank die Space-Jet dem Kontinent mit den Städten entgegen.

Die Sceddors nannten ihre Welt Sceddo und ihre Sonne das Große Auge. Sie waren ein vom Aussterben bedrohtes Volk. Die Zahl der Geburten stagnierte nicht nur, sie ging zurück. Die Ursache war unbekannt, obwohl der Erste Mediziner, Mitglied des Wissenschaftlichen Rates, sich dieses schwerwiegenden Problems angenommen hatte. Noch vor einem Jahrhundert war die drohende Überbevölkerung als akute Gefahr hingestellt worden, und um ihrer Herr zu werden, waren die Sterilisationsstrahlen entwickelt und mithilfe stationärer Satelliten verbreitet worden. Um dennoch Geburten zu ermöglichen, waren die Satelliten nur in gewissen Zeitabständen aktiviert worden.

In den ersten Jahrzehnten hielt sich der Bevölkerungszuwachs in den berechneten Grenzen, dann ging er rapide zurück. Kurz nach dem Amtsantritt Blakers als Erster Mediziner wurde die geburtenhemmende Bestrahlung Sceddos eingestellt. Die Gefahr war erkannt – jedoch zu spät. Die Zahl der Geburten stieg nicht wieder an. Seltsamerweise waren es gerade jene Sceddors, die vor dem Beginn des Experiments geboren wurden, die jetzt noch Nachwuchs erhielten. Kinderlos blieben alle, die während der strahlungsfreien Perioden gezeugt wurden.

Die Bevölkerung verringerte sich in bedrohlichem Ausmaß. Die riesigen Städte verödeten.

Nicht nur dem Primärwissenschaftler Tanjer war klar, dass es sich in erster Linie um ein medizinisches Problem handelte. Auch Blaker teilte seine Meinung und forschte mit seinem Stab in dieser Richtung.

Der Erste Techniker Kor unterstützte die Bemühungen der Mediziner auf seine Art. Er war mit einigen Astronomen davon überzeugt, dass für die allmähliche Entvölkerung Sceddos energetische Schwankungen des Großen Auges verantwortlich waren. Mithilfe empfindlicher Instrumente hatte er Veränderungen der Sonneneinstrahlung im n-dimensionalen Spektrum feststellen können.

Schon frühere Generationen hatten diese Strahlung entdeckt. Wahrscheinlich hatte sie ihre Ursache in der ungewöhnlichen Dichte der Sternballung, an deren Rand das Große Auge stand. Kor vermutete ein Zusammenwirken dieser n-dimensionalen Strahlung und der früher erfolgten Sterilisationsexperimente.

Wenn es überhaupt noch eine Überlebenshoffnung für die Sceddors gab, dann lag sie außerhalb ihres Sonnensystems, auf anderen bewohnten Welten, deren Intelligenzen größeres Wissen besaßen. In regelmäßigen Abständen starteten vollautomatische Erkundungsschiffe von Sceddo, um Kontakt zu anderen Zivilisationen herzustellen.

Eines solches Schiff war soeben wieder gestartet. Die Elite der Wissenschaftler und Techniker kam zu einer Abschlussbesprechung zusammen und zugleich, um den nächsten Starttermin festzulegen.

Tanjer, der als Primärwissenschaftler auf allen Gebieten bewandert war, betrat das Podium, um den für die Öffentlichkeit bestimmten Abschlussbericht zu formulieren.

Wie alle Sceddors war er knapp einen Meter und dreißig Zentimeter groß. Seine transparente Haut ließ Nerven und Blutbahnen durchscheinen, und selbst einige Organe waren deutlich zu erkennen. Augen, Ohren und Nase schienen unterentwickelt zu sein, der Mund wirkte sogar für einen Sceddor klein.

Obwohl die Sceddors perfekte Telepathen waren, nutzten sie zur Direktverständigung immer noch die Lautsprache. Nur über größere Entfernungen hinweg gab es ausschließlich gedankliche Kontakte.

»Unsere Bemühungen sind bisher erfolglos geblieben«, begann Tanjer. »Auch das gestern zurückgekehrte Erkundungsschiff brachte keine positiven Ergebnisse mit. Die Flugaufzeichnung lässt erkennen, dass mehrere Sonnensysteme angeflogen wurden, ohne dass intelligentes Leben entdeckt werden konnte.«

»Es wird Zeit, dass unsere Schiffe größere Entfernungen überwinden und die Galaxis verlassen, wie es bereits früher geschah«, warf Kor ein.

»Schiffe mit größerer Reichweite befinden sich im Bau, Kor. Du solltest das am besten wissen. Schon der nächste Start wird eine Fernerkundung bringen. Das Ziel wurde von unseren Astronomen telepathisch ausgekundschaftet.«

»Liegt es außerhalb unserer Galaxis?«, wollte Blaker wissen.

»Das ist wahrscheinlich, und die technische Abteilung ist überzeugt davon, dass der Antrieb alle Erwartungen erfüllen wird.« Tanjer wich einer direkten Antwort aus, weil er es selbst nicht wusste. Schiffe dieser Art waren über Generationen nicht mehr gebaut worden.

Zum ersten Mal ergriff Kalus das Wort. Er war als Befürworter einer umfassenden Auswanderung bekannt. Seiner Meinung nach sollte die Bevölkerung alle Anstrengungen unternehmen, Sceddo und damit auch das System zu verlassen, statt leere Raumschiffe ins Unbekannte zu entsenden und Hilfe aus dem Nichts zu erwarten.

»Warum bemannen wir das Sternenschiff nicht? Dann hätten wir wenigstens die Garantie, dass es früher oder später zurückkehrt und nicht verloren geht. Wie viele unserer Schiffe sind denn überhaupt zurückgekehrt? Nicht einmal fünf Prozent! Das ist Verschwendung!«

»Jedes einzelne Leben auf unserer Welt ist kostbar«, hielt Tanjer dagegen. »Wie könnten wir es da verantworten, für die Fortpflanzung unentbehrliche Frauen und Männer ins Ungewisse zu schicken? Ich sage, dass unsere Robotschiffe zuverlässig sind. Jene, die bis heute nicht zurückkehrten, fielen einer uns unbekannten Gefahr zum Opfer. Material ist zu ersetzen, Leben aber nicht.«

Kalus blockierte seine Gehirnströme, um seine Gedanken nicht zu verraten.

»Du weißt, dass ich an der Entwicklung des neuen Antriebs mitgearbeitet habe«, sagte er. »Damit wird es einfach, größere Schiffe als bisher in weitere Ferne zu senden. Eine ganze Flotte wäre in der Lage, unsere Bevölkerung auf eine Welt zu transportieren, auf der der frühere Normalzustand wieder garantiert werden kann.«

»Du bist Physiker, kein Mediziner«, rief Blaker dazwischen. »Gravitationsfelder gibt es überall, falls du der Meinung sein solltest, dass sie für die Katastrophe verantwortlich sind.«

»Der Meinung bin ich allerdings.«

Tanjer wollte gerade vermittelnd eingreifen, als er eine telepathische Botschaft empfing. Schweigend stand er auf dem Podium und sah an der Reaktion seiner Kollegen, dass sie die Neuigkeiten ebenfalls vernahmen. Selbst Kalus vergaß den kurzen Streit und nahm die Information auf. Wie alle anderen sah er dann erwartungsvoll hinauf zu Tanjer, der sich schließlich zu einer Stellungnahme entschloss:

»Ein Raumschiff nähert sich soeben Sceddo. Es könnte das Schiff einer Zivilisation sein, die von einem unserer Kundschafter erreicht wurde. Vielleicht kommt es, um uns zu helfen. Dann wären unsere Bemühungen nicht umsonst gewesen.«

»Es befinden sich nur zwei Lebewesen an Bord des fremden Schiffes«, behauptete Chworch, Astronom und Kosmostheoretiker, zugleich einer der fähigsten Telepathen Sceddos. »Es muss aber noch ein drittes Wesen geben, das geht aus der Unterhaltung hervor. Dieses dritte aber denkt nicht, ich kann keine Impulse registrieren.«

»Sehr ungewöhnlich, falls es sich nicht um einen Roboter handelt«, stellte Tanjer fest. »Ich würde vorschlagen, dass wir das fremde Schiff landen lassen und dafür sorgen, dass es nicht abdreht.«

»Traktorstrahl und Fesselfeld?«, fragte Kor.

»Genau das. Wir dürfen kein Risiko eingehen. Es ist die einmalige Chance, Kontakt mit fremden Intelligenzen aufzunehmen.«

»Ich kümmere mich um die Landung.« Kor erhob sich und verließ den Sitzungssaal.

Tanjer sah ihm nach, ehe er die Konferenz beendete. »Vielleicht stehen wir an der Schwelle eines neuen Zeitalters!«, rief er. »Vielleicht bringen uns die Fremden die Hilfe, die wir brauchen, um als Volk zu überleben.«

»Ich wäre durchaus in der Lage, etwas gegen den Zwang zu unternehmen«, versicherte Akrobath nach einer ganzen Weile.

Die Space-Jet sank einer der riesigen Städte entgegen.

»Rein technisch wäre es möglich, das Fesselfeld zu neutralisieren. Aber dafür steht nicht ausreichend Zeit zur Verfügung. Außerdem wissen wir nicht, wie die Fremden auf einen Fluchtversuch reagieren würden.«

»Also lassen wir es lieber«, sagte Ellert, im vollen Einvernehmen mit Ashdon.

Die Space-Jet näherte sich einem ausgedehnten Raumhafen, der sich unmittelbar an die Stadt anschloss. Ein erstarrter Ozean aus Stahl und Beton, so erschien die gigantische Siedlung aus der Höhe. Zweifellos bot sie zig Millionen Lebewesen Raum.

»Die Straßen scheinen leer zu sein«, stellte Ellert-Ashdon ungläubig fest. »Hast du eine Erklärung anzubieten, Akrobath?«

»Sie haben Angst vor uns, obwohl sie das Schiff kapern«, antwortete der Roboter. »Oder sie leben abgeschottet vom Tageslicht, aus welchem Grund auch immer. Vielleicht gibt es dort unten überhaupt kein organisches Leben – eine Automatik könnte uns eingefangen haben.«

»Das halte ich für unwahrscheinlich«, widersprach Ellert.

Die Space-Jet schwebte nun schon dicht über dem verlassenen Raumhafen. Zwei bis drei Kilometer entfernt stand ein torpedoförmiges großes Schiff auf den Heckflossen. Eine Luke war geöffnet, Fahrzeuge bewegten sich dort.

Mit einem sanften Ruck setzte die Space-Jet auf.

»Der Traktorstrahl ist erloschen. Wir könnten mit einem Notstart die Flucht versuchen«, stellte Akrobath sachlich fest.

»Auf keinen Fall!«, rief Ellert erschrocken. »Wir haben eine technisch hochstehende Zivilisation gesucht und endlich gefunden. Es wäre widersinnig, dieser Begegnung nun noch auszuweichen, auch wenn sie nicht gerade vielversprechend anfängt. Aber vielleicht sind unsere künftigen Freunde nur vorsichtig.«

»Wer sind ›sie‹, und wo stecken ›sie‹?«, fragte der Roboter.

Ellert-Ashdon zuckte die Achseln.

In Richtung der Stadt wurde die Sicht durch Werftgebäude verdeckt. Da aber das Gelände dort allmählich anstieg, war das Meer der Dächer in der Ferne zu erkennen. Alles wirkte tot und verlassen.

»Wir sollten aussteigen«, schlug Ashdon vor.

»Ich auch?«, erkundigte sich Akrobath.

»Du bleibst vorerst an Bord. Aber unternimm keinen Startversuch! Wir verlassen uns darauf.«

»Auf das Wort eines Roboters?«, erkundigte sich Akrobath, und wie er das sagte, klang es ein wenig spöttisch.

»Auf das Wort eines Gefährten!«, berichtigte Ellert.

Die Luft war angenehm warm. Es mochte früher Nachmittag Ortszeit sein. Die Rotationsdauer des Planeten lag bei etwas mehr als vierzehn Stunden.

Ellert-Ashdon stutzte, als er die harte Kunststofffläche des Landefelds betrat. Dieser Bereich schien lange nicht mehr benutzt worden zu sein, denn der Dreck lag mehrere Zentimeter hoch. Hier und da waren Fußspuren zu erkennen.

»Als hätten hier Kinder gespielt«, murmelte Ashdon erstaunt.

»Vielleicht waren es wirklich Kinder«, erwiderte Ellert. »Oder die Fremden sind kleiner als wir.«

Das Konzept ging auf die Randgebäude zu. Ashdon zog sich zurück und überließ Ellert das Handeln.

Das nächste Gebäude war noch knapp hundert Meter entfernt, als sich an der Vorderfront eine Tür öffnete. Drei Gestalten kamen. Sie blieben aber schon nach wenigen Schritten wie abwartend stehen. Ellert erkannte in ihnen leicht jene Personen, von denen die kleinen Fußspuren stammten. Sie trugen mehrteilige Kleidungsstücke, aber keine Kopfbedeckung.

Ellert forschte in den fremden Gesichtern, ohne zu einem Ergebnis zu gelangen. Sie wirkten reglos und wie erstarrt auf ihn.

Fünf Schritte vor diesen Wesen blieb das Konzept stehen. Vorsichtig schaltete Ellert den Translator ein, der auf seiner Brust hing.

Seine Bewegung wurde nicht falsch aufgefasst. Ellert redete vom

Wetter, vom langen Flug mit der Space-Jet und erkundigte sich zweimal nach dem Grund, warum der Raumhafen und die Stadt so verlassen erschienen. »Vielleicht seid ihr nachtaktiv? Ich meine, es könnte ja sein. Bei uns ...« Er stutzte, dann ließ er das Konzept lächeln. Vielleicht verstanden die kleinen Humanoiden diesen Gesichtsausdruck, eher aber wohl nicht, wenn er sich ihre Gesichter anschaute. Auf jeden Fall schien einer der drei erkannt zu haben, was sein Redeschwall bezweckte, denn er stieß nun ebenfalls eine ununterbrochene Folge der absonderlichsten Laute aus. Es war durchaus möglich, dachte Ellert, dass der Planetenbewohner ihn in dem Moment mit einer Litanei seiner Ahnen und Uhrahnen beglückte oder gar ein Kaufangebot für die Space-Jet unterbreitete. *Dann wirst du nachbessern müssen,* dachte er amüsiert. *Aber immerhin wären wir schon beim Thema.*

»Willkommen auf Sceddo, Fremdling«, übersetzte der Translator in dem Moment. »Wir sind froh, dass du dein Ziel richtig erreicht hast. Es ist das erste Mal, dass einer unserer Kundschafter Erfolg hatte. Ist dein Begleiter im Schiff geblieben?«

Es waren mehrere Dinge, die Ellert nicht verstand. Die Fremden schienen ihn erwartet zu haben, oder sie verwechselten ihn mit jemand anderem. Wer waren die Kundschafter? Und woher konnten sie wissen, dass der Roboter Akrobath an Bord geblieben war?

»Ich danke für die perfekte Landehilfe«, sagte Ellert, um überhaupt etwas zu sagen. »Schon lange bin ich auf der Suche nach einer fortgeschrittenen Zivilisation, die mir helfen kann. Ja, ich ließ meinen Begleiter an Bord zurück.«

»Warum hat er einen Psi-Block?«, lautete die wieder unverständliche Frage. »Wir empfangen seine Impulse nicht mehr.«

Langsam begriff Ellert, dass er Telepathen gegenüberstand. Sie mussten Akrobath für Ashdon halten und ahnten natürlich nicht, dass sie es mit einem Konzept mit zwei Bewusstseinen zu tun hatten.

»Es wird einige Dinge zu klären geben«, sagte er vorsichtig. Wichtig war, dass Ashdon im Hintergrund blieb und sich mental völlig abschirmte. »Ich möchte nur betonen, dass wir als Freunde kommen, die Hilfe suchen.«

»Hilfe ...?«, dehnte der Sprecher der drei Einheimischen, und für einen Moment hatte Ellert den Eindruck, als wolle sein Gegenüber nur noch Fragen stellen. »Rufe deinen Begleiter zu dir. Wir müssen mit euch reden.«

Ellert schaltete sein Armband ein. »Akrobath, hörst du mich?«

»Klar und deutlich.«

»Gut, dann komm heraus und blockiere die Schleuse. Du kennst das Kodewort.«

»Wird gemacht«, kam es salopp zurück.

Die Fremden, bemerkte Ellert aus den Augenwinkeln, hatten ihren Gesichtsausdruck verändert. Sie waren sichtlich verblüfft. Er sollte den Grund sofort erfahren, und er sah seine Vermutung bestätigt.

»Dein Begleiter ist merkwürdig. Er spricht mit dir, aber er denkt nicht. Kann er seinen Psi-Block so perfekt aufbauen?«

»Mein Begleiter ist ein Roboter«, klärte Ellert auf.

»Du lügst«, wurde ihm vorgeworfen.

Mit diesen Komplikationen hatte Ellert gerechnet. Die Telepathen hatten die Denkimpulse von Ashdon und ihm empfangen, aber nun standen sie nur einem Lebewesen und einem Roboter gegenüber. Das musste für sie unbegreiflich sein.

Akrobath kam aus der Luke geschwebt und verschloss sie. Er kam in einem eleganten Bogen näher und landete neben Ellert. Sein kleiner Kopf auf dem schmalen Metallhals schwankte, während er die drei Fremden betrachtete.

»Hallo!«, sagte er.

»Mein Name ist Tanjer«, kam prompt die Antwort. »Ich bin Primärwissenschaftler und Koordinator. Meine Begleiter heißen Kor und Kalus, Technik und Physik. Wir sind Sceddors und nennen unsere Welt Sceddo.«

Ellert sah ein, dass auch er zu einigen Auskünften verpflichtet war, wenn er nicht die elementarsten Gesetze der Höflichkeit brechen wollte. Um späteren Missverständnissen vorzubeugen, nannte er sich Ellert-Ashdon, was der Wahrheit entsprach. Doch damit waren die Sceddors nicht zufrieden.

»In deinem Schiff hielten sich zwei denkende Wesen auf, und beide verrieten ihre Anwesenheit durch Gedankenimpulse.«

Ellert entschloss sich, den Irrtum doch sofort aufzuklären.

»Mein Körper besitzt zwei Bewusstseine, Tanjer. Sie habt ihr orten können, das ist alles. Außer mir befand sich nur noch der Roboter an Bord meines Schiffes.«

»Zwei Bewusstseine in einem Körper?« Tanjer war ehrlich verblüfft. »Wie ist das möglich?«

»Eine lange Geschichte, die Zeit hat bis später. Wollen wir nicht zuerst die dringenden Probleme besprechen? Warum habt ihr uns heruntergeholt?«

»Auch das ist eine lange Geschichte«, eröffnete ihm Tanjer, und zum ersten Mal glitt so etwas wie ein Lächeln über seine Züge. »Betrachte dich als unseren Gast, zusammen mit deinem Roboter Hallo.«

»Ich heiße Akrobath«, protestierte der Roboter.

Tanjer ging nicht darauf ein. »Kommt mit«, bat er und ging davon.

19.

Tanjer und Kor gingen mit Ellert-Ashdon und dem Roboter Akrobath voraus zu dem inzwischen wartenden Transportfahrzeug. Kalus blieb zurück, er baute seinen abschirmenden Psi-Block auf und war mit seinen eigenen Gedanken beschäftigt.

Das mit dem doppelten Bewusstsein des Fremden gefiel ihm nicht. Jeder Sceddor besaß nur ein Bewusstsein, es konnte gar nicht anders sein. War der Fremde womöglich ein Mutant? Dann konnte niemand wissen, über welche Fähigkeiten er verfügte.

Warum war er überhaupt nach Sceddo gekommen? Wenn er die Wahrheit sagte, war er nie einem der vielen Kundschafter begegnet.

Zufall?

Kalus stellte Überlegungen an, wie er die Ankunft des merkwürdigen Fremden für seine eigenen Pläne ausnutzen könnte. Für Sceddo selbst, dessen war er sicher, bedeutete dieses Wesen eine Bedrohung, aber Kalus war nicht in der Lage, diese Gefahr zu definieren.

Er ging schneller und holte die anderen gerade noch rechtzeitig ein. Um keinen Verdacht zu erregen, öffnete er seine Abschirmung wieder.

Ellert-Ashdon hatte schon erkannt, dass sich unter der Oberfläche des Landefelds ein gigantischer Hangar verbarg. Die feinen Spalten, die gleichmäßige Quadrate bildeten, verrieten deutlich die Liftbereiche.

Kor warf dem Besucher einen offensichtlich nachdenklichen Blick zu. »Du hast recht, Ellert-Ashdon. Unter uns ist die Werft. Dort arbeitet fast die Hälfte unserer Bevölkerung am Bau der Kundschafter. Wir werden dir alles erklären, doch steig bitte ein. Wir bringen dich zu deinem Quartier.«

Das wartende Fahrzeug hatte Tropfenform. Es bot den drei Sceddors und dem Konzept bequem Platz, und selbst Akrobath konnte sich auf einem der hinteren Sitze niederlassen.

»Ich weiß aus deinen Gedanken, Ellert, dass du ein Schiff suchst, das dich in eine andere Galaxis bringen kann«, sagte Tanjer unvermittelt. »Wir sind dabei, ein solches Schiff zu bauen. Es steht kurz vor seiner Vollendung und wird in wenigen Tagen startbereit sein. Aber es wird ohne dich die Reise antreten.«

Das klang ultimativ. Ellert hielt eine entsprechende Frage zurück.

Wichtig erschien ihm nur, dass es überhaupt ein Schiff gab, das intergalaktische Entfernungen überwinden konnte. Doch was wollten die Sceddors von ihm?

Es war ein großer Nachteil, dass er den telepathischen Gedankenaustausch der Sceddors nicht verfolgen konnte. Obwohl sie stumm in dem Wagen saßen, unterhielten sie sich, das war deutlich an ihren Mienen zu erkennen.

Die Straßen blieben leer und verlassen. Ellert-Ashdon sah, dass die langen Häuserreihen bereits bröckelten; der Schutt lag überall herum. Er entsann sich, dass er mehrmals auf seinen Reisen durch die Unendlichkeit Planeten besucht hatte, deren Zivilisationen verschwunden waren. Zurück blieben stets stumme Zeugen: verlassene Städte, verfallende Bauwerke und zerstörte Raumhäfen.

Sceddo war jedoch bewohnt, zudem von einem Volk, das Raumfahrt im fortgeschrittenen Stadium betrieb.

»Gab es hier eine Seuche?«, fragte Ellert in das Schweigen hinein. »Die Hälfte der Bevölkerung arbeitet im Hangar, wurde gesagt. Was ist mit der zweiten Hälfte?«

Tanjer wandte sich ihm zu. »Wir werden in Kürze mit weiteren Wissenschaftlern und Technikern zusammentreffen, dann erhältst du ausführliche Informationen. Du musst unser Problem kennenlernen, um unsere Handlungsweise zu verstehen.«

Ellert gab keine Antwort, aber er stellte auch keine Fragen mehr. Immerhin war er in der Lage, seinen Psi-Block aufzubauen, und konnte so Verbindung mit Ashdon aufnehmen, ohne dass die Telepathen seine oder Ashdons Gedanken empfingen.

Geräuschlos glitt der Wagen durch die langsam verfallenden Straßen. In ihm saßen schweigende Leute, stumm in ihre Gespräche vertieft. Der Einzige, der von alldem unberührt zu bleiben schien, war Akrobath. Unermüdlich schwenkte sein Kopf von der einen Seite auf die andere. Seinen wachsamen Augen entging nichts.

Es war schon dunkel, als der Wagen sein Ziel erreichte und Ellert-Ashdon von seinen Begleitern in den Saal geführt wurde, in dem gut zwei Dutzend Sceddors auf den Besucher warteten. Alle waren über die bisherigen Ereignisse und Gespräche unterrichtet, sodass Tanjer lange Erklärungen erspart blieben.

Dafür informierte er Ellert-Ashdon ausführlich über das Schicksal der Sceddors. Der Besucher verstand, was auf Sceddo geschehen war, und er teilte Blakers Auffassung, dass sowohl organische als auch kosmische Zusammenhänge dafür verantwortlich sein mussten.

»Du bist ein Lebewesen, das sich fortpflanzen kann, und das ist eine Fähigkeit, die uns zum größten Teil verloren ging«, antwortete Tanjer auf Ellerts Frage, wie er eigentlich helfen könnte. »Es erscheint uns daher von großer Wichtigkeit, dass du dich eingehend von den Medizinern untersuchen lässt. Sie müssen organische Differenzen herausfinden. Diese Unterschiede könnten für uns entscheidend sein.«

Ellert war so verblüfft, dass er nicht sofort antwortete.

Sie sind verrückt!, meldete sich Ashdon abgeschirmt. *Wir werden auf keinen Fall zulassen, dass sie unseren Körper auseinandernehmen. Das kommt überhaupt nicht in Betracht!*

Vielleicht geben sie uns dann ihr Schiff.

Das nützt uns nichts, wenn wir die Prozedur nicht überleben.

Versuchskaninchen – vielleicht hast du recht. Lass mich weiter mit ihnen reden. Es gibt sicher Kompromisse.

Ashdon zog sich erneut zurück.

»Ich bin grundsätzlich mit einer medizinischen Untersuchung einverstanden, wenn keine operativen Eingriffe unternommen werden«, sagte Ellert. »Euer und mein Organismus sind grundverschieden, das ist einer der Gründe, warum ich eine solche Untersuchung für wenig zielführend halte. Auf der anderen Seite möchte ich kooperativ sein und helfen. Ich bin also bereit, mit dem Ersten Mediziner Blaker zu sprechen. Zumindest kann ich ihm Ratschläge geben.«

»Ein vernünftiger Anfang«, bestätigte Tanjer. »Wir werden morgen beginnen.«

»Nicht so hastig!«, wehrte Ellert energisch ab. »Ich verlange eine Gegenleistung.«

»Und die wäre?«

»Du kennst sie bereits, Tanjer. Lasst mich und meinen Roboter an Bord des neuen Schiffes gehen, wenn es startet. Ich habe nichts dagegen, dass ihr es nach euren Erkenntnissen programmiert, solange das Ziel eine andere Galaxis ist. Ich werde die Kontrollen nicht anrühren, das verspreche ich.«

Kor, der Erste Techniker, erhob sich. »Damit wird der Rat nicht einverstanden sein. Noch nie hat ein Kundschafter einen Passagier mitgenommen.«

»Dann wird es eben das erste Mal sein, Kor!« Ellert unterdrückte seinen aufsteigenden Zorn. »Begreife doch, dass es kein Risiko für euch bedeutet, wenn ich mich an Bord des Kundschafters aufhalte. Mir geht es nur darum, diese Galaxis zu verlassen. Das ist für mich und mein Volk von äußerster Wichtigkeit.«

»Die Entscheidung liegt beim Rat.«

»Gut«, sagte Ellert so ruhig wie möglich, »dann werde ich diese Entscheidung abwarten, ehe ich mit Blaker spreche. Darf ich nun mit dem Roboter in mein Schiff zurückkehren?«

Tanjer mischte sich wieder ein. »Es wäre uns lieber, du würdest das Quartier beziehen, das wir für dich vorbereitet haben. Der Antrieb deines Schiffes könnte Schaden nehmen, wenn es pausenlos im Fesselfeld liegt.«

»Ihr nehmt also an, dass ich flüchte.« Ellert lächelte. »Damit wäre keinem von uns gedient.«

»Trotzdem bitten wir dich ...«

»Schon gut, einverstanden. Aber für Essen, Trinken und einige Stunden Schlaf wäre ich jetzt dankbar.«

»Blaker wird dich morgen aufsuchen und die Einzelheiten mit dir besprechen. Die Zeit drängt. Unser Volk stirbt aus.«

»Vielleicht finden wir die Ursache«, erwiderte Ellert, ohne davon überzeugt zu sein. »Komm, Akrobath ...«

Zurück blieben zwei Dutzend Wissenschaftler, jeder mit seinen eigenen Gedanken beschäftigt.

In einem abgeschirmten Raum unterhielten sich sieben Sceddors. Hier bestand keine Gefahr, dass sie belauscht wurden. Der Raum befand sich im Laborkeller eines Forschungsinstituts, das von Kalus geleitet wurde.

Kalus war es auch, der nach einer heftigen Diskussion die Hände zusammenschlug.

»Dieser Mann, der sich mit dem Doppelnamen Ellert-Ashdon bezeichnet, ist gefährlich«, sagte er eindringlich. »Er ist es gleich aus mehreren Gründen. Wir dürfen auf unserer Welt kein intelligentes Lebewesen dulden, das zwei Bewusstseine besitzt. Hinzu kommt, dass dieser Fremde offensichtlich in der Lage ist, beide Bewusstseine gleichzeitig abzublocken, was seine Überwachung erschwert. Er muss verschwinden.«

»Warum lassen wir ihn nicht einfach mit seinem Schiff davonfliegen?«, fragte einer der Anwesenden.

Kalus warf dem Mann einen strafenden Blick zu. »Damit er anderen, die genauso sind wie er, die Koordinaten unserer Welt verrät? Farkos, willst du wirklich, dass Tausende Intelligenzen mit Doppelbewusstseinen über uns herfallen?«

»Warum sollten sie das tun?«

»Mir ist es egal, ob sie es tun oder nicht!« Kalus wurde wütend. »Jedenfalls bin ich dafür, dass wir diesen Ellert-Ashdon so bald wie möglich aus dem medizinischen Institut holen und exekutieren. Damit beseitigen wir die Gefahr ein für alle Mal.«

Zwar wollte noch keinem der Anwesenden einleuchten, warum die Gedanken eines Doppelbewusstseins gefährlich sein konnten, aber der Einfluss von Kalus war größer als jedes Argument. Er verfügte über gute Beziehungen zum Rat, und oft lag es nur in seiner Hand, wer befördert wurde. Es war nicht gut, sich gegen ihn zu stellen.

»Das hat doch nichts mit unseren Exoduspläne zu tun?«, fragte einer vorsichtig.

»Nur im weitesten Sinne, Lemg. Selbst der Rat stellt sich unseren Plänen entgegen. Er ist der Meinung, dass die Geburten in Zukunft wieder zunehmen werden, ohne dafür jedoch einen einleuchtenden Grund zu nennen. Ich behaupte nach wie vor, dass es die Gravitationsfelder und der Einfluss des Großen Auges sind, deren unbekannte Kräfte nach der Sterilisationsperiode wirksam wurden. Wir müssen dieses System verlassen, wenn wir überleben wollen.«

»Darin sind wir mit dir einig«, bekräftigte Farkos, der Biologe.

»Nur darin?«

»Natürlich nicht«, erwiderte Farkos verlegen. »Auch was die Sache mit dem Fremden angeht. Wir haben nur unsere Bedenken vorgebracht, was das Vorgehen anbelangt. Ich persönlich finde, dass wir ihn nicht töten sollten.«

Kalus sah alle der Reihe nach an.

»Wer ist noch gegen seinen Tod?«, wollte er wissen.

Keine Hand hob sich.

»Du bist der Einzige und damit überstimmt. Wir haben soeben ein Todesurteil gefällt, und es sollte schnell vollstreckt werden.«

Andere Pläne verfolgten Blaker und seine Anhänger im medizinischen Institut. Sie konnten offen darüber diskutieren, denn ihre Absichten hatten die Billigung des Rates.

Ellert-Ashdon, das Doppelbewusstsein, musste einer umfassenden Untersuchung unterzogen werden. Dazu würde auch sein biologisches Verhalten unter Einwirkung künstlicher Gravitation gehören. Eventuell mussten sogar die längst verbotenen Sterilisationsstrahlen noch einmal eingesetzt werden.

Blaker ahnte die Absichten seines ständigen Widersachers Kalus, dem er sogar einen Mord zutraute. Er sprach mit Kor darüber.

»Warum glaubst du das?«, fragte Kor. »Welches Interesse sollte Kalus daran haben, den Fremden zu entführen oder gar zu töten?«

»Er machte Andeutungen, Kor. Der Fremde muss streng überwacht werden, in seinem eigenen Interesse.«

»Er wird sich wie ein Gefangener vorkommen.«

»Seine Sicherheit ist wichtiger.«

»Was wirst du unternehmen, wenn er sich doch noch weigert?«

»Dann werden wir ihn zwingen.«

Aus Blakers Verhalten sprach seine maßlose Enttäuschung, dass der Fremde nur zufällig auf Sceddo gelandet war. Er war nicht gekommen, um zu helfen, also musste er dazu gezwungen werden.

Kor stand auf.

»Ich gehe schlafen, morgen muss ich früh in der Werft sein. Der neue Antrieb wird zum letzten Mal getestet. In wenigen Tagen kann das Schiff startbereit sein.«

»Das Ziel ist schon bekannt?«

»Chworch und sein Team haben es impulsmäßig erfasst und programmiert. In der Nachbargalaxis gibt es eine Unmenge hoch entwickelte Zivilisationen. Sie werden unseren Kundschafter finden und damit auch unsere Botschaft.«

Chworch saß allein vor den Instrumenten des Observatoriums, das Teil des astronomischen Instituts war. Er verbrachte oft seine Nächte hier, wo er ungestört nachdenken und die Sterne beobachten konnte.

Die Ankunft des Fremden hatte ihn regelrecht glücklich gestimmt. Die Begegnung mit einem intelligenten Lebewesen einer anderen Welt war für ihn die Erfüllung eines Traums und bestätigte sein Verständnis für das Universum.

Noch ahnte Chworch nicht, was Kalus plante, aber schon Blakers Absichten schienen ihm suspekt. Was versprach sich der Mediziner davon, einen absolut fremden und unbekannten Organismus zu untersuchen? Aber der Rat hatte zugestimmt.

Die Instrumente des Observatoriums dienten lediglich der optischen Beobachtung. Wichtiger und weitreichender blieb das telepathische Abtasten der Sternsysteme. Chworch hatte oft genug die schwachen Gehirnströme anderer Intelligenzen auffangen können. Leider blieben sie meist unverständlich.

War es möglich, dass die Sceddors die einzigen Telepathen in ihrer Galaxis waren?

Chworch blickte hinaus in die Tiefe des Alls. Die nahen Sternballungen waren deutlich zu erkennen, dort schien es kein denkendes Leben zu geben. Das war einer der Gründe, warum der Chefastronom Kalus' Pläne ablehnte. Ein Exodus über allzu große Entfernungen musste auf unüberwindbare Schwierigkeiten stoßen. Außerdem bezweifelte Chworch ernsthaft, dass sich die Situation seines Volkes nach dem Verlassen Sceddos bessern würde.

Ellert-Ashdons Körper wälzte sich unruhig im Schlaf. Er fand keine Ruhe, obwohl beide Bewusstseine Rücksicht auf ihn nahmen. Sie versuchten, einen Ausweg aus dem Dilemma zu finden, in das sie geraten waren.

Viel konnten sie im Augenblick nicht entscheiden. Alles kam darauf an, wie das kommende Gespräch mit Blaker verlief.

Vielleicht dreht er uns noch eine Sceddorfrau an, um festzustellen, wo die Schuld liegt, dachte Ashdon.

Jemand wird seine Freude an dem Experiment haben, vermutete Ellert.

Unser Körper?

Warum nicht? Aber ich glaube, die Fantasie geht mit uns durch. Ich nehme an, Blaker hat andere Pläne. Spätestens morgen werden wir es erfahren.

Ellert fragte: *Was hältst du von diesem Kalus, dem Physiker? Schade, dass ich seine Gedanken nicht lesen kann.*

Ich bedaure es auch.

Tanjer erwartete Blaker und Ellert-Ashdon im medizinischen Institut. Einige dem Konzept noch unbekannte Sceddors, wahrscheinlich Blakers Assistenten, schienen auf Anordnungen zu warten.

Zuvor hatten Ellert-Ashdon und Blaker über Risiken gesprochen. Es sollten keine Versuche unternommen werden, die sich schädigend auswirken konnten.

Ashdon war ruhig und hielt sich zurück.

»Wenn es mit deiner Unterstützung gelingt, unser Problem zu bewältigen, wirst du eines der neuen Schiffe erhalten«, versprach Blaker. »Die benachbarte Galaxis wird dann für dich kein Problem mehr darstellen.«

»Ein Problem gegen das andere«, bemerkte Ellert ironisch. »Wer überwacht die medizinische Untersuchung?«

»Es ist eher eine biologische«, wich Tanjer aus.

Blaker gab seinen Assistenten einen Wink. Sie führten Ellert-Ashdon in einen Raum, dessen technische Ausstattung Ellert als wenig vertrauenerweckend ansah. Wenn er auch seine früheren Parafähigkeiten zum größten Teil verloren hatte, so waren doch Reste zurückgeblieben. Er war durchaus in der Lage, künstlich erzeugte Strahlungen von natürlichen zu unterscheiden. Während Blaker technische Erklärungen abgab, widmete Ellert sich vorsichtig den Geräten. Außer dem normalen kosmischen Strahlungseinfall stellte er nichts fest. Aber noch waren die Geräte nicht eingeschaltet.

Er nahm in einem Sessel Platz, der viel zu schmal für ihn war, um bequem zu sein. Kontakte schlossen sich um seine Gelenke, eine gläserne Haube senkte sich herab und verharrte dicht über dem Kopf des Konzepts.

Ellert stellte eine Strahlung fest, die ihm jedoch ungefährlich schien. Auf vielen Schirmen wurden seine Organe sichtbar.

Die Untersuchung erstreckte sich über mehr als drei Stunden, und der einzige direkte Eingriff war eine Blutentnahme. Danach bedankte sich Blaker und versicherte, dass er schon am kommenden Tag eine erste Analyse fertiggestellt haben würde.

»Du kannst in dein Quartier zurückkehren, Ellert-Ashdon. Der Rat hat auch nichts dagegen einzuwenden, wenn du dich in der Stadt bewegst oder die Werft besichtigst. Einer meiner Assistenten wird dich jetzt begleiten.«

»Die Werft interessiert mich, aber ich möchte vorher meinen Roboter abholen. Er ist mit technischen Dingen vertraut.«

»Kor wird sich um euch kümmern und euch die Werft zeigen«, versicherte der Chefmediziner.

Kor hatte Ellert-Ashdon den Rest des Tages herumgeführt und sich dabei bemüht, alle Fragen zu beantworten.

Das nahezu startbereite Schiff im Hangar war größer als die bisherigen Kundschafter, unterschied sich aber in seiner äußeren Form kaum von diesen. Von den zweihundert Metern Länge gehörten hundertfünfzig dem Antrieb. Der Rest bestand aus Kontrollanlagen und leeren Räumen für den Fall, dass Angehörige eines fremden Volkes mit dem Schiff nach Sceddo fliegen wollten.

Ein Dutzend weitere Schiffe befanden sich im Bau.

Wieder in ihrem Quartier – es war schon dunkel geworden –, zogen Ellert und Ashdon eine erste Bilanz. Sie unterhielten sich ohne Abschirmung. Was Akrobath sagte, konnte von den Sceddors jedoch nicht aufgenommen werden.

»Das Schiff sieht gut aus, Ernst. Wenn Blakers Untersuchung positiv verläuft, haben wir eine Chance. Was meinst du, Akrobath?«

»Der Antrieb ist von unserem Standpunkt aus gesehen einfach, aber äußerst wirksam. Er wird das Schiff ans Ziel bringen, kein Zweifel. Was die Kontrollen angeht, muss ich gestehen, dass sie mir Schwierigkeiten bereiten. Trotzdem glaube ich, die Programmierung und die damit verbundene Sperre überwinden zu können.«

»Hört sich gut an«, meinte Ashdon. »Wir können also nur hoffen, dass Blaker Erfolg hat.«

Während der Debatte vor der Abstimmung verhielt sich Tanjer, Primärwissenschaftler und Chef des Rates, neutral.

Kalus wiederholte leidenschaftlich seine Argumente und betonte die Gefahr, die ein Wesen mit zwei unabhängigen Bewusstseinen für ein Volk von Telepathen darstellte. »Im schlimmsten Fall ist der Fremde in der Lage, unsere Abschirmungen zu durchbrechen. Es gäbe für uns keine Geheimnisse und keine Sicherheit mehr. Hinzu kommt, dass wir nicht einmal erfahren können, mit welcher Absicht er hier landete und welche Fähigkeiten er noch besitzt. Die Angehörigen meines Teams stellen aus diesen Gründen erneut die Forderung, den Fremden unschädlich zu machen.«

Chworch, ebenfalls Mitglied des Rates, schwieg vorerst. Er war über Kalus' Forderung zutiefst entsetzt. Es war offensichtlich, dass der Physiker im Rat viele Anhänger hatte, die in seinem Sinn abstimmen würden. Auch Tanjer selbst schien bereits schwankend zu werden, obwohl er sich bemühte, seiner Pflicht gemäß neutral zu bleiben.

Blaker verteidigte zum letzten Mal seinen Standpunkt und betonte, ihm ginge es einzig und allein um das Schicksal seines Volkes, wenn er sich für das Leben des Fremden einsetzte. Man sollte ihm Zeit lassen. Was danach mit Ellert-Ashdon geschähe, interessiere ihn denkbar wenig.

»Gerade Zeit haben wir nicht!«, widersprach Kalus zornig. »Vielleicht ist Ellert-Ashdon selbst Telepath. Wir wissen das nicht. Aber wir dürfen befürchten, dass er unsere Debatte verfolgt und sich auf den Gegenschlag vorbereitet. Schon deshalb muss das Urteil jetzt und hier gefällt und sofort vollstreckt werden.«

Die Abstimmung brachte das erwartete Ergebnis.

Chworch hatte gegen Ellert-Ashdons Verurteilung gestimmt und mit ihm viele andere Mitglieder des Rates, aber es hatte nicht gereicht. Mit geringer Mehrheit wurde Kalus' Vorschlag angenommen. Tanjer hatte sich der Stimme enthalten.

Schweigsam und sehr nachdenklich verließ Chworch den Saal. Auf dem Weg zurück ins astronomische Institut nahm er einen Kollegen beiseite, mit dem er besonders befreundet war. Sie schirmten ihre Gedanken ab:

»Hör zu, Prenoch, der Fremde darf auf keinen Fall sterben. Ich weiß, dass du meiner Meinung bist, aber ich weiß nicht, wie wir es verhindern könnten.«

»Kor hat Zugang zum Quartier des Fremden. Er könnte helfen, zumal er gegen Kalus gestimmt hat. Durch ihn ließe sich eine Warnung übermitteln. Eine Flucht ergäbe Zeitgewinn.«

»Wohin sollte der Fremde fliehen? Sein Schiff wird bewacht, und selbst wenn es ihm gelänge, damit zu starten, käme er nicht weit.«

»Es gibt viele Verstecke in der Stadt und im Gelände.«

Chworch musste Prenoch recht geben. Zeitgewinn war alles.

»Also gut, nimm Kontakt mit Kor auf. Versuche ihn zu überzeugen. Und vergiss nicht zu erwähnen, dass wir mit dem Tod eines intelligenten Lebewesens aus dem Kosmos eine schwere Schuld auf uns laden würden.«

Ellert-Ashdon wunderte sich, als niemand an diesem Morgen kam, um ihn zur zweiten Untersuchung abzuholen. Er fragte sich, ob Blaker womöglich schon einen Erfolg erzielt hatte und mit der endgültigen Analyse beschäftigt war.

Erst gegen Mittag erschien Kor. Er wirkte bedrückt und suchte nach Worten.

»Ist es dir möglich, deine Gedanken für beide Bewusstseine abzuschirmen?«, wollte Kor dann wissen.

Ellert zögerte mit der Antwort.

»Warum fragst du?«

»Wenn du es kannst, dann tue es jetzt!«, sagte Kor mit Nachdruck. »Ich blockiere mich ebenfalls.«

»Nun macht schon!«, rief Akrobath, der unter der Decke hing und zuhörte. »Er will uns etwas sehr Wichtiges mitteilen, das niemanden sonst etwas angeht.«

Ellert nickte und baute den Psi-Block gemeinsam mit Ashdon auf.

Kor berichtete ausführlich von der Abstimmung.

»Gegen diesen Befehl gibt es kein Veto«, schloss er. »Sie haben dich nur deswegen noch nicht geholt, weil es Blaker nach der Abstimmung gelang, einen Zeitaufschub zu erwirken.«

»Flucht?«, fragte Ellert nach einer Pause. »Wohin sollen wir uns wenden? Unser Schiff wird bewacht, außerdem haben wir keine Waffen.«

»Ich selbst kann nicht eingreifen«, gestand Kor verbittert. »Und der Roboter soll ebenfalls vernichtet werden.«

»Ich also auch?«, empörte sich Akrobath und kam aus der Höhe herabgeschwebt. »Was habe ich den Halsabschneidern denn getan?«

Kor ging nicht darauf ein. »Bis morgen bist du hier sicher, Ellert-Ashdon, aber mehr Zeit wird Blaker nicht zugestanden«, stellte er fest. »Du musst also in dieser Nacht fliehen. Ich werde versuchen, noch heute einen Rundgang für dich und den Roboter zu arrangieren – von dem ihr dann einfach nicht zurückkehrt.«

»Wird der Rundgang jetzt noch zugelassen?«

»Niemand ahnt, dass du informiert bist.«

Ellert erfuhr die Namen von Prenoch und Chworch, die auf seiner Seite standen, ohne offiziell eingreifen zu können. Kor verabschiedete sich mit dem Hinweis, dass er noch vor Einbruch der Dunkelheit zurückkehren wolle.

Ellert starrte düster auf die geschlossene Tür.

»Das ist eine böse Überraschung, Gorsty. Was nun?«

»Wir nehmen Kors Vorschlag an, was sonst? Selbst in der Werft gibt es hunderterlei Verstecke, in denen uns so schnell niemand findet. Dann müssen wir Kontakt zu diesem Chworch aufnehmen. Er wird uns weiterhelfen, bis das neue Schiff startet.«

»Das neue Schiff ...? Vielleicht ist das eine Möglichkeit, aber warten wir erst ab. Gefährlich ist, dass wir nun ständig unsere Gedanken im Zaum halten müssen, wenn wir nicht gerade den Psi-Block aufgebaut haben. Das ist anstrengend ...«

»... aber möglich!«

Mitternacht war längst vorbei, als Ernst Ellert einen Entschluss fasste. *Gorsty, wir müssen es allein versuchen*, dachte er. *Kor wird wohl nicht mehr kommen.*

Ashdon baute ebenfalls seinen Psi-Block auf. *Er kann sich verspätet haben. Ich sehe viele Gründe dafür.*

Möglich, aber wenn die Nacht vorbei ist, werden die Sceddors uns holen kommen. Außerdem habe ich ein besseres Gefühl, wenn wir unsere Freunde nicht mit in die Sache hineinziehen.

Die Zeit drängte allmählich. Akrobath schwebte zur Tür. Mit einem seiner zierlichen Spielwerkzeuge öffnete er das Schloss.

Auf dem Flur stand ein Sceddor. Ellert wollte sein Opfer betäuben, bevor es auch nur einen verräterischen Gedanken haben konnte. Er packte jedoch so fest zu, dass der Sceddor starb, ohne noch einmal die Besinnung erlangt zu haben. Ellert machte sich Vorwürfe deshalb, obwohl er wusste, dass die Sceddors seinen Tod beschlossen hatten.

Er nahm die kleine energetische Waffe des Mannes an sich.

Glücklicherweise gab es keinen zweiten Wachtposten. Ohne weiteren Zwischenfall erreichten Ellert-Ashdon und Akrobath die Straße. Sie lag düster und leer im Sternenlicht. Im Osten dämmerte schon der neue Morgen.

Nach einem kurzen gedanklichen Disput wandte sich Ellert nicht in Richtung des Raumhafens, sondern nach Norden dem Stadtzentrum zu. Die Sceddors würden die Flüchtlinge zuerst im Hangar suchen, und das neue Schiff war ohnehin noch nicht startbereit.

Ellert-Ashdon bewegte sich dicht an den verfallenden Häuserwänden entlang. Schutthaufen versperrten ihm mehrmals den Weg, er kam aber dennoch schnell voran. Akrobath schwebte nahezu ständig hundert Meter voraus, um rechtzeitig vor möglichen Gefahren warnen zu können.

Es wurde heller und damit höchste Zeit, ein sicheres Versteck zu finden. Jede Minute konnte die Flucht entdeckt werden, und dann würde eine erbarmungslose Jagd beginnen.

Im Stadtzentrum schien der Verfall noch weiter fortgeschritten zu sein. Niemand räumte den Schutt beiseite, Fahrzeuge kamen in diesem Bereich kaum noch voran. Aber hier schien ohnehin niemand mehr zu wohnen.

Akrobath kam heran und hielt vor Ellert-Ashdon an.

»Ein gutes Versteck. Zweihundert Meter weiter muss so etwas wie ein U-Bahn-Schacht sein. Das hätte den Vorteil, dass wir unbemerkt weitergehen können. Wenn wir uns in eines der Häuser zurückziehen, könnte das zur Todesfalle werden.«

Ellert stimmte zu. Ashdon war ebenfalls einverstanden.

Sie fanden den Eingang halb eingefallen und mit Trümmern verstopft, aber Ellert-Ashdon zwängte sich durch. Der Roboter übernahm wieder die Vorhut.

Ein geschlossener Wagen lag umgestürzt neben der Elektroschiene. Als Ellert kurz stehen blieb, glaubte er, in Akrobaths Scheinwerferlicht eine flüchtige Bewegung zu sehen. Ein kleiner Schatten schien blitzschnell in der Dunkelheit verschwunden zu sein. Auf keinen Fall hatte es sich um einen Sceddor gehandelt, höchstens um ein Kind, was aber noch unwahrscheinlicher erschien.

Ellert entsicherte den Strahler. Soweit er das beurteilen konnte, hatte er die Waffe auf Narkose geschaltet. Der Schatten blieb verschwunden.

Da der relativ gut erhaltene Tunnel einen Bogen beschrieb, war leicht zu errechnen, dass er statt nach Norden nun wieder nach Süden führte, also in Richtung des Raumhafens. Ellert-Ashdon und Akrobath näherten sich also wieder ihrem Ausgangspunkt, wenn auch unter anderen Voraussetzungen.

Am frühen Abend hatten sich einige Komplikationen für Kor ergeben. Tanjer hatte ihn zu einer wichtigen Besprechung geholt, die er unmöglich absagen konnte. Kalus und Blaker, die beiden Kontrahenten, waren ebenfalls anwesend. Sie beschimpften sich gegenseitig, weshalb sich ihre Standpunkte eher voneinander entfernten, statt sich anzunähern.

Kor saß wie auf heißen Kohlen, musste aber bleiben, wenn er keinen Verdacht erwecken wollte. Erst als der Morgen graute, war die Besprechung zu Ende.

Kor verabschiedete sich in aller Eile, obwohl er wusste, dass er zu spät kommen würde. Das Exekutionskommando musste bereits unterwegs sein. Blaker hatte keinen weiteren Aufschub mehr erwirkten können.

Noch bevor er Ellert-Ashdons Quartier erreichen konnte, erfuhr Kor über die mentale Informationsfrequenz von der Flucht des Gefangenen. Er entschloss sich, Chworch aufzusuchen; den Astronomen telepathisch zu fragen wäre zu gefährlich gewesen.

Chworch war ebenfalls überrascht, er versicherte, nichts unternommen zu haben. Der Fremde musste ohne Hilfe geflohen sein, was der Befürwortergruppe nur recht sein konnte.

Kalus tobte vor Wut, als er von der Flucht erfuhr, und gab in erster Linie Blaker die Schuld, da dieser die Exekution verzögert hatte. Er verlangte von Tanjer den Einsatz bewaffneter Jagdtrupps. Diesen Trupps gehörten besonders ausgebildete Telepathen an, die unter gewissen Umständen sogar Mentalblöcke durchbrechen konnten.

Als zweite Maßnahme erreichte Kalus vom Rat die Genehmigung, die Space-Jet flugunfähig machen zu lassen. Er war überzeugt, dass der Flüchtling versuchen würde, in sein Schiff zu gelangen.

Da Kalus den Antrieb noch erforschen lassen wollte, ließ er in die Außenhülle ein Loch sprengen, das jedes Eindringen in den Weltraum unmöglich machte.

Dann begann die Hetzjagd.

Der Mann schlief.

Ellert hatte nach einem längeren Marsch durch den Tunnel einen Seitengang entdeckt, der in mehreren Kammern endete. Gerümpel lag umher, dazwischen Werkzeuge und Ersatzteile. Seit Jahren schien hier kein Sceddor mehr gewesen zu sein.

Während Ellert und Ashdon ihrem Körper die wohlverdiente Ruhe gönnten, unternahm Akrobath einen Erkundungsflug durch das Labyrinth. Das Konzept blieb in der Dunkelheit zurück.

Der Körper verspürt Hunger und Durst. Hier unten werden wir kaum etwas für ihn finden, erinnerte Ashdon.

Wir werden Akrobath bitten müssen, oben Nahrung zu besorgen. Das bedeutet aber, dass wir längere Zeit hier unten zubringen müssen. Wir sind immerhin einige Stunden gelaufen.

Je länger wir warten, desto mehr beruhigt sich die Lage. Die Sceddors empfangen unsere Gedankenimpulse nicht mehr und haben keine Möglichkeit, uns anzupeilen. Sie könnten uns für tot halten.

Ein Zeichen für unsere Freunde wäre gut.

Später, noch ist es zu früh.

Ashdon zog sich zurück, aber Ellert blieb wachsam. Er wurde das Gefühl nicht los, aus der Finsternis heraus beobachtet zu werden.

Irgendwo war ein Geräusch, aber es war nicht Akrobath, der zurückgekehrt wäre.

Das Warten wurde zur Qual. Die Geräusche mehrten sich, als schliche sich eine unsichtbare Armee allmählich an den Geflohenen heran.

Endlich tauchte in der Ferne Akrobaths Scheinwerfer auf. Als der Lichtschein in den Raum fiel, sah Ellert durch die geöffneten Augen des schlafenden Körpers kleine Schatten davonhuschen. Sie erinnerten ihn an terranische Ratten, waren aber größer.

Ellert entschied, den Körper schlafen zu lassen. Dadurch wurde die Unterhaltung mit Akrobath einseitig, da Ellert nicht antworten konnte.

»Der verlassene Tunnel führt noch zwei Kilometer weiter nach Süden, dann verändert er sein Aussehen«, berichtete der Roboter. »Von einer Station aus fahren regelmäßig Wagen ab, nach verschiedenen Richtungen außer nach Norden. Die Wagen sind ferngesteuert und oft leer. Ich vermute eine automatische Programmierung. Wir brauchten also nur einzusteigen.«

Als er keine Antwort erhielt, redete Akrobath weiter: »Das bedeutet allerdings ein gewisses Risiko, weil wir nicht vorhersehen können, ob unterwegs ein Passagier zusteigt. Die Wagen lassen auf beiden Seiten genügend Platz, um einen Fußmarsch durch den Fahrtunnel ungefährlich erscheinen zu lassen. – Wecke den Körper, damit du mir antworten kannst.«

Ellert tat ihm den Gefallen. Der Mann gähnte, dann streckte er sich. Sein Magen knurrte, und seine Stimme klang etwas heiser.

»Wir müssen etwas zu essen finden und zu trinken. Sonst hält der Mann nicht mehr lange durch. Der Marsch nach Süden hat Zeit bis morgen.«

»Er *muss* durchhalten!«, verlangte der Roboter. »Brechen wir auf?«

»Was ist mit diesen kleinen Wesen hier?«

»Parasiten, vielleicht verwilderte Haustiere der Sceddors. Sie könnten dem Mann als Nahrung dienen.«

»Dann fang eins!«

»Akrobath, der Großwildjäger!«, sagte der Roboter und verschwand in den Nebenkammern des Seitengangs. Schon nach wenigen Minuten kehrte er mit toter Beute zurück.

Der Mann würgte das rohe Fleisch hinunter, als er den Befehl dazu erhielt. Ellert nahm keine Rücksicht, denn er wusste, was von der Erhaltung des Körpers abhing.

Akrobath begab sich auf den nächsten Erkundungsgang.

Chworch versetzte sich in die Lage des Fremden, dessen endgültiges Ziel nur der Hangar sein konnte. Dorthin würde Ellert-Ashdon sich aber nicht sofort wenden.

Also nach Norden, in den unbewohnten Teil der Stadt.

Noch weiter nördlich lag das alte Observatorium. Es war seit Jahrzehnten nicht mehr benutzt worden. Chworchs ursprüngliches Vorhaben, den Fremden dorthin in Sicherheit zu bringen, war durch dessen Flucht vereitelt worden. Nun galt es, einen anderen Ausweg zu finden. Er ließ Prenoch zu sich kommen.

»Unter Kalus' Jagdkommando sind auch Freunde von uns, die mit mir in Verbindung stehen und Informationen weitergeben«, stellte Prenoch klar. »Wir benützen einen Mentalkode. Bis jetzt wurde der Fremde nicht gefunden.«

»Gar nicht gut, denn dann wüssten wir, wo er ist«, sagte Chworch widerstrebend. »Die Exekution muss nach dem Gesetz öffentlich stattfinden, Kalus kann ihn also nicht einfach töten lassen. Das gibt uns Zeit, ihn nach einer Gefangennahme zu befreien.«

»Das würde uns entlarven.«

»Fürchtest du dich davor? Wir haben viele einflussreiche Männer auf unserer Seite. Kor und Blaker sprechen im Rat ein gewichtiges Wort. Zugegeben, wir haben einmal eine Niederlage einstecken müssen, aber inzwischen hat sich Blaker gute Argumente einfallen lassen.«

»Was unternehmen wir?«

»Noch nichts, Prenoch. Wir warten. Unsere Leute sind in der Stadt verteilt, auch im Hangar. Sobald der Fremde von Kalus gefasst wird, handeln sie.«

Kalus leitete die Suchaktion vom Forschungsinstitut aus über telepathischen Kontakt. Er kannte seine Widersacher, unterschätzte aber sowohl ihren Einfluss wie auch ihre Entschlossenheit, dem Fremden zu helfen. Für ihre Motive brachte er kein Verständnis auf. Was bedeutete schon das philosophisch verankerte kosmische Bewusstsein und Denken, wenn es um Sceddos Existenz ging?

Natürlich würde er sich an die Gesetze halten.

Der Wachtposten vor dem Quartier war getötet worden, seine Waffe fehlte. Also hatte der Fremde sie mitgenommen. Trotzdem erhielt das Jagdkommando den Befehl, nur Narkosestrahlen einzusetzen. Kalus wollte sich den Triumph der öffentlichen Exekution nicht entgehen lassen.

Gleiter mit Beobachtern schwebten über allen Teilen der Stadt. Ihnen entging keine Bewegung in den mit Trümmern übersäten Straßen. Gruppen zu Fuß durchsuchten die Häuser, ohne auch nur die geringste Spur von dem Fremden und seinem Roboter zu finden. Trupps mit Scheinwerfern drangen in die U-Bahn-Schächte ein.

Akrobath kam ein wenig zu schnell um die Ecke des Seitengangs und schrammte über die Wand. Zum Glück wurde er nicht beschädigt.

»Los, wir müssen hier weg!«, teilte er mit, als er Ellert-Ashdon erreichte. »Die Sceddors durchsuchen den Tunnel. Wir müssen nach Süden.«

Ellert bemerkte bei der Einmündung des Ganges in den Tunnel einen Lichtschein, der schnell heller wurde. Hastig stand er auf, aber schon bei den ersten Schritten erkannte er, dass es bereits zu spät war. Er hörte schon die Stimmen der Sceddors.

Hastig kroch er hinter ein Gestell mit verrottetem Werkzeug. Er zog den Strahler und entsicherte ihn. »Versteck dich, Akrobath!«

Der Roboter zog sämtliche Gliedmaßen ein und legte sich in eins der Regale. Er sah aus wie ein verpfuschtes Ersatzteil für die Transportwagen.

An der Abzweigung erschienen vorerst nur zwei Sceddors, obwohl im Hintergrund weit mehr von ihnen zu sein schienen. Einer betrat den Seitengang und kam näher. Die anderen folgten dem Verlauf des Haupttunnels.

Ellert spürte Erleichterung. Mit einem einzigen Verfolger würde er fertig werden, ehe dieser die anderen warnen konnte.

Vor der Kammer, in der Ellert-Ashdon sich verbarg, blieb der Sceddor stehen. Der Lichtkegel seiner Lampe fiel auf Akrobath, dann wanderte er langsam weiter. Drüben im Tunnel war es ruhiger geworden.

Der Sceddor sagte etwas in seiner Sprache.

Ellert zögerte, die Waffe auszulösen. Einer Eingebung folgend, schaltete er den Translator ein.

»Ich weiß, dass ihr hier seid«, übersetzte das Gerät. »Keine Angst, ich gehöre zu Chworch und seinen Leuten. Ich will euch helfen.«

Ellert richtete sich ein wenig auf, den Strahler schussbereit. »Und du bist beim Jagdtrupp?«, fragte er.

»Wir sind überall, wenn auch zahlenmäßig unterlegen. Bleibt hier, wenn ich gehe. Ich hatte den Auftrag, diesen Abschnitt zu durchsuchen. Ich habe nichts gefunden. Versucht später, das Observatorium nördlich der Stadt zu erreichen, es wurde bereits durchsucht. Wir nehmen Kontakt zu euch auf.« Der Sceddor drehte sich um und ging in den Tunnel zurück, ohne eine Antwort abzuwarten.

Ellert sah ihm nach.

Er wartete noch eine halbe Stunde, dann lenkte er den Mann nach Norden. Der Abend brach bereits herein, als sie den Ausgangspunkt ihrer unterirdischen Flucht wieder erreichten. Ellert-Ashdon wartete beim Ausgang, während Akrobath die Dämmerung für einen Erkundungsflug nutzte.

Das Observatorium lag auf einem Hügel, etwa fünf Kilometer entfernt.

»Es sind nur noch wenige Straßenzüge bis zum Stadtrand«, stellte Ellert fest, als Akrobath berichtet hatte. »Gibt es dort keine Suchtrupps?«

»Es ist schon fast zu dunkel inzwischen.«

»Immerhin hättest du ihre Lichter sehen müssen. Gehen wir.«

In der Dunkelheit war es für Ellert-Ashdon nicht einfach, den Weg zwischen Schutt und Trümmern hindurch zu finden. Akrobaths Scheinwerfer einzuschalten wäre jedoch purer Leichtsinn gewesen.

Hinter den letzten Häusern erstreckte sich bis zu den Hügeln eine leicht wellige Ebene, deren Konturen im Sternenlicht vage zu erkennen waren. Bis zu den Hügeln gab es kaum noch Deckung.

Akrobath sondierte wieder das Gelände. Sowohl er als auch Ellert machten den entscheidenden Fehler, nur noch nach vorn zu schauen.

Das Konzept hatte keine Chance, als jäh Scheinwerfer aufleuchteten und es im Schnittpunkt mehrerer Lichtkegel stand. Die auf Ellert-Ashdon gerichteten Waffen unterbanden jeden Gedanken an Gegenwehr.

Lediglich Akrobath verschwand in der rettenden Dunkelheit, ehe auch nur ein einziger Schuss fiel.

Ohne Widerstand ließ Ellert-Ashdon sich festnehmen.

20.

Noch bevor Akrobath das astronomische Institut erreichen konnte, waren Chworch, Prenoch und Kor schon unterrichtet.

Kor blieb im Hangar, während Chworch zum ersten Mal seit seiner Parteiergreifung für den Fremden richtig aktiv wurde und auf weitere Geheimhaltung verzichtete. Er nahm telepathisch Kontakt mit Tanjer auf und bat ihn, die Exekution unter allen Umständen zu verhindern.

Gleichzeitig alarmierte der Astronom seine Vertrauten mit dem Kodewort und erteilte ihnen damit volle Handlungsfreiheit. Die einzelnen Gruppen wussten genau, was sie zu tun hatten.

Auch Blaker blieb nicht untätig, als er von der Gefangennahme erfuhr. Er war fest davon überzeugt, bei der zweiten Untersuchung brauchbare Hinweise zu finden, und drängte Tanjer, die Vollstreckung des Todesurteils hinauszuschieben. Damit stand auch er auf der Seite des Gefangenen, wenngleich aus anderen Motiven als Chworch.

Kalus änderte er seine Absichten insofern, als er befahl, den Gefangenen an einen sicheren Ort zu bringen.

Das erfuhr Chworch durch seine Kontaktmänner. Seine Aktion lief an.

Sieben Sceddors führten Ellert-Ashdon durch die Straßen und stießen ihn in eines der halb verfallenen Häuser im Zentrum der Stadt.

Das Konzept befand sich nun in einem düsteren Kellerraum, den ein fahles Licht nur dürftig erhellte. Bevor die schwere Tür geschlossen wurde, gab einer der Sceddors Ellert heimlich ein Zeichen mit der Hand.

»Was sollte das bedeuten?«, fragte Ashdon mit abgeschirmten Gedanken.

»Keine Ahnung, aber es muss einer von unseren Freunden sein.«

»Ein Freund riet uns auch, ins Observatorium zu fliehen.«

»Keine falschen Schlüsse, Gorsty!«, warnte Ellert. »Das war kein Verrat. Nur zu logisch, dass sie am Stadtrand auf uns warteten. Ich hätte das in Erwägung ziehen sollen.«

»Ob Akrobath durchkommt und Hilfe holt?«

»Ich bin davon überzeugt. Übrigens ... hast du schon darüber nachgedacht, was passieren könnte, wenn sie die Hinrichtung tatsächlich durchführten?«

»Nein.«

»Unsere Bewusstseine würden vielleicht wieder frei. Aber das ist natürlich nicht sicher. Vom Körper gelöst, könnten wir unser Ziel jedenfalls besser erreichen und ES finden. Trotzdem habe ich so meine Bedenken. Willentlich haben wir es nicht geschafft, den Körper zu verlassen – also sind Veränderungen eingetreten, deren Natur uns unbekannt ist. Wir sind ein Doppelkonzept, und was nach dem Tod unseres gemeinsamen Körpers wirklich geschehen wird, wissen wir nicht.«

»Er muss demnach am Leben bleiben!«, sagte Ashdon entschlossen.

»Vorerst jedenfalls«, schränkte Ellert ein.

Ihr Mann nickte ein und fiel schließlich in tiefen Schlaf. Sie ließen ihn in Ruhe und beschränkten sich darauf, gelegentlich abgeschirmte Gedanken auszutauschen.

Tanjer machte eine ungeduldige Bewegung. »Das ist Erpressung, Kalus!«, sagte er schärfer als für gewöhnlich. »Du kannst nicht gegen das Gesetz handeln! Was ist denn schon dabei, wenn die Exekution um wenige Tage verschoben wird? Blaker ist von seinem Erfolg überzeugt.«

»Dem Beschluss des Rates entsprechend müsste der Fremde schon tot sein, Tanjer. Wenn du zögerst, werde ich das in die Hand nehmen und dem Gesetz Geltung verschaffen. Du wirst den Gefangenen nicht finden, er ist in einem guten Versteck. Nun, willst du deine Meinung noch ändern?«

»Nimm Vernunft an, Kalus ...«

»Ein Gedanke von mir, und der Gefangene lebt nicht mehr.«

»Ich habe mich bei der Abstimmung neutral verhalten, weil ich erst Blakers Resultat abwarten wollte. Auch schienen mir die Argumente des Astronomen Chworch von einiger Bedeutung zu sein. Du denkst in zu engen Bahnen, Kalus.«

»Ich soll wohl kosmisch denken wie Chworch? Das ist Unsinn! Dieser Fremde ist eine Gefahr für uns, und deshalb muss er unschädlich gemacht werden.«

»Und ich habe als Primärwissenschaftler das Recht, zumindest den Aufschub anzuordnen, was hiermit geschehen ist. Du musst dich fügen, Kalus.«

Der Physiker ging zur Tür. Dort wandte er sich noch einmal um. »Versuche ruhig, den Gefangenen zu finden«, forderte er Tanjer auf. »Morgen kannst du seine Leiche haben, sie schadet dann niemandem mehr.«

Er ging, ohne eine Antwort abzuwarten.

Kor traf seine Vorbereitungen, nachdem Chworch von der Unterredung mit Tanjer zurückgekehrt war und ihn informiert hatte. Dem Primärwissenschaftler waren die Hände gebunden, er durfte offiziell nichts gegen Kalus unternehmen.

Noch vor dem Morgengrauen kannte Chworch das Versteck, in dem der Fremde gefangen gehalten wurde. Ein wenig später erfuhr er durch seinen Kontaktmann in der Gruppe der Bewacher, dass Kalus eingetroffen war. Er setzte den nächsten Trupp seiner Leute in Marsch.

Inzwischen betrat Kalus den Kellerraum. Er wurde von zwei bewaffneten Sceddors flankiert und gab dem Gefangenen durch Handzeichen zu verstehen, dass er den Translator einschalten solle. Ellert-Ashdon richtete sich auf und befolgte die Aufforderung.

»Nicht nur dein doppeltes Bewusstsein bedeutet eine Gefahr für uns, sondern auch die Tatsache, dass du einen undurchdringlichen Psi-Schirm aufbauen kannst.« Kalus taxierte den Gefangenen mit einem überaus missbilligenden Blick. »Tanjer zögert, das Urteil vollstrecken zu lassen, ich bin also gezwungen, eigenmächtig zu handeln. Die Exekution wird unverzüglich vorgenommen. Gibt es noch etwas, das du sagen möchtest?«

Fieberhaft überlegte Ellert, wie er Zeit gewinnen könnte, denn die Befreier mussten schon unterwegs sein. Es musste ihm gelingen, Kalus hinzuhalten.

»Ich weiß nicht, ob du deine Gedanken abgeschirmt hast, denn ich bin kein Telepath wie du. Ich schirme mich jetzt nicht mehr ab. Alle Sceddors sollen erfahren, wie du zum Mörder wirst. Dies ist keine reguläre Hinrichtung, wie du behauptest. Wenn Tanjer, der Primärwissenschaftler und damit Oberster Rat, einen Aufschub verlangt, so wird er gute Gründe dafür haben. Vielleicht hatte Blaker Erfolg und weiß nun, wie das Volk der Sceddors zu retten ist. Wenn du mich tötest, tötest du womöglich auch dein Volk.«

Kalus wirkte sekundenlang verwirrt. Er ahnte die Auswirkungen, die Ellerts Gedanken haben mussten. Doch den Fremden ohne plausibles Gegenargument töten zu lassen war schlicht unmöglich.

»Ich weiß, dass Blaker kein positives Resultat erzielt hat. Außerdem hat deine Flucht deine Gefährlichkeit bewiesen.« Kalus gab einem der neben ihm stehenden Sceddors einen Wink.

Der Mann trat näher, die Waffe auf Ellert-Ashdon gerichtet.

»Töte ihn!«, befahl Kalus.

Chworch und seine Gruppe, die er noch rechtzeitig hatte erreichen können, drangen in die Ruine ein, als er Ellerts letzte Worte esperte. Vor seinen Leuten erreichte der Astronom den Keller. In dem Moment empfing er Kalus' Tötungsbefehl. Zwei Sceddors, die sich ihm entgegenstellten, rannte er einfach um. Seine Gruppe besorgte den Rest und paralysierte sie.

Dennoch kam Chworch um Sekunden zu spät. Allerdings handelte da schon sein Kontaktmann. Der nämlich schlug dem Henker die Waffe aus der Hand und richtete seinen eigenen Strahler auf Kalus.

»Es ist endgültig genug! Nimm die Hände hoch, Kalus!«

»Das wirst du bereuen, Chworch!«

»Kaum. Ich sollte dich töten, aber ich habe kein Interesse daran, den Rest meines Lebens im Hangar zu verbringen. Verschwinde von hier! Wir sprechen uns später.«

Ellert-Ashdon hatte sich aus seiner sitzenden Stellung erhoben und kam mit ausgestreckter Hand auf Chworch zu. »Danke«, sagte er. »Das war im letzten Moment.«

»Der Dank gebührt meinem Freund«, erwiderte der Astronom und deutete auf seinen Kontaktmann. »Ohne ihn wäre ich zu spät gekommen. Doch wir müssen weg von hier, Kalus wird nicht untätig bleiben. Im alten Observatorium sind wir sicher.«

»Dort wird mich jeder vermuten.«

»Das spielt keine Rolle, denn offiziell kann Kalus wenig unternehmen. Der Rat steht nicht mehr voll hinter ihm.«

Es war schon heller Tag, als sie den alten Bau erreichten. Von der Höhe aus reichte der Blick weit nach allen Seiten. Niemand konnte sich dem Observatorium ungesehen nähern.

Chworch ließ fünf Sceddors als Wachen zurück, dann ging er, um weiteres Unheil zu verhindern.

Es war Tanjers Pflicht als Oberster Rat, die Befreiung des Gefangenen durch Chworch und seine Verbündeten offiziell zu verurteilen, obwohl ein Appell Ellert-Ashdons an die Bevölkerung nicht ohne Auswirkung blieb. Die Sceddors verlangten in der abendlichen Mentaldiskussion die Fortsetzung von Blakers medizinischen Untersuchungen.

Tanjer saß demnach zwischen zwei Stühlen. Allein diese Tatsache sorgte dafür, dass Kalus weiterhin unbehelligt agieren konnte. Lange dauerte es nicht, bis er Ellert-Ashdons neuen Aufenthaltsort kannte. Leicht würde es allerdings nicht sein, den Entflohenen wieder einzufangen. Auf einen Kampf mit Chworch und seinen Leuten durfte er es auf keinen Fall ankommen lassen.

Kalus traf Farkos und Lemg in dem abgeschirmten Raum im Forschungsinstitut.

»Wir werden eine ähnliche Taktik anwenden wie Chworch und einen angeblichen Überläufer unter seine Leute einschleusen. Nach allem, was geschehen ist, scheint es nicht ungewöhnlich, wenn jemand seine Meinung zugunsten des Fremden ändert. Lemg, wie wäre es mit dir?«

»Ich würde es versuchen, aber wie sähe dann meine Aufgabe aus?«

»Sorge dafür, dass Chworch dich zu der Gruppe für das alte Observatorium einteilt. Das kann einige Tage dauern, zugegeben, aber das müssen wir in Kauf nehmen. Chworch hat nicht viele Vertraute, und wenn wir durchsickern lassen, dass wir einen Angriff auf das Observatorium planen, wird er die Wachen verstärken lassen – du wirst sicherlich dabei sein.«

»Und dann?«, fragte Lemg besorgt, denn nun ahnte er, was er tun sollte.

»Dann wirst du den Fremden töten.«

Lemg verlor ein wenig Farbe, sodass die Blutbahnen in seinem Kopf noch deutlicher sichtbar wurden. »Töten? Du weißt, was dann mit mir geschieht! Ich werde den Rest meines Lebens im Hangar ...«

»Abgesehen davon, dass du es für unser Volk tust, solltest du nicht vergessen, dass mein Einfluss auf den Rat groß ist. Selbst wenn es mir nicht gelingen würde, deine Verurteilung zu verhindern, so werde ich immer noch in der Lage sein, dir im Hangar zu helfen. Auch für Verurteilte gibt es dort ungeahnte Möglichkeiten.«

Lemg dachte lange nach und willigte schließlich ein.

Unbehindert hatte Akrobath das astronomische Institut erreicht. Als er dort von Ellert-Ashdons Befreiung hörte, setzte er sich wieder in Richtung des alten Observatoriums in Bewegung. Auf seinem Prallfeld stieg er bis zur Kuppel empor und glitt durch eine Fensteröffnung nach innen. Chworchs Leute waren informiert und daher nicht sonderlich überrascht.

Ellert-Ashdon war erfreut, den Roboter unbeschädigt wiederzusehen, und redete mit ihm über sein weiteres Vorhaben. Ellert bat den Roboter, Chworch aufzusuchen und ihn ebenfalls zu informieren.

Akrobath machte sich wieder auf den Weg zum Institut und wurde unverzüglich vorgelassen.

Chworch hörte aufmerksam zu, was ihm der Roboter berichtete. Zum ersten Mal erfuhr er von der Existenz von Superintelligenzen und von dem Unsterblichen, der ES genannt wurde. Damit erhielt er eine Bestätigung seiner philosophischen Theorien über kosmische Zusammenhänge, die keinem Zufall unterworfen waren, sondern von höher entwickelten Wesen geplant wurden.

Hinzu kam, dass er bei seinen Lauschoperationen, die der Bestimmung von Zielen der Kundschafterschiffe dienten, sehr oft mentale Impulse unbestimmter Herkunft aufgefangen hatte. Nun konnte er sich vorstellen, dass sie von einem Gemeinschaftswesen stammten.

Die Idee Ellert-Ashdons, eine telepathische Kontaktschaltung herzustellen und auf diese Weise Verbindung mit ES zu erhalten, faszinierte Chworch. Er stimmte sofort zu. Allerdings würde sich nicht vermeiden lassen, dass alle Sceddors von diesem Experiment erfuhren, denn eine Abschirmung würde unmöglich sein.

Akrobath verabschiedete sich von dem Chefastronomen mit dessen Zusicherung, dass er in wenigen Stunden mit seinen besten Kontakttelepathen im alten Observatorium sein würde.

»Du musst möglichst hoch fliegen«, riet Chworch zum Schluss. »Ich weiß, dass Kalus auch dich unschädlich machen möchte.«

»Meine Flughöhe hängt vom Niveau der Oberfläche ab, da ich Prallfelder benutze«, antwortete Akrobath ein wenig betrübt. »Aber ich kann sehr schnell sein.«

»Das ist vielleicht auch nötig.«

Akrobath beherzigte den Ratschlag und machte sogar einen größeren Umweg, da sein Start- und Zielort dem Gegner bekannt sein musste. Unbehelligt erreichte er das Observatorium und erstattete Bericht.

Chworch ließ inzwischen die Kontakttelepathen zu sich kommen und erklärte ihnen, worum es ging. Zur gleichen Zeit etwa wurde ihm ein Besucher gemeldet: Lemg, ein enger Mitarbeiter Kalus'.

Vergeblich versuchte Chworch, den gedanklichen Abschirmblock des überraschenden Besuchs zu durchbrechen, als dieser zu ihm geführt wurde. Der Schirm blieb auch stabil, als er ihn begrüßte.

»Schirme dich ab, Chworch«, verlangte Lemg. »Was ich dir zu sagen habe, geht nur dich etwas an. Ja, so ist es gut. Nun kann keiner unserer Gedanken mehr nach draußen dringen. Hör zu, was ich dir zu sagen habe ...« Ausführlich berichtete er von Kalus' heimtückischem Plan und schloss: »Sein Fanatismus geht so weit, dass er ohne Bedenken seine Freunde opfert, um sein Ziel zu erreichen. Ich habe mich zum Schein seinem Willen gebeugt, denke aber nicht daran, einen Mord zu begehen.«

»Ich danke dir, dass du zu mir gekommen bist, Lemg, und ich vertraue dir. Dein Handeln gibt uns eine neue Frist, in der Kalus nichts unternimmt. Du wirst mich offiziell zum alten Observatorium begleiten, wo der Fremde sich aufhält. Kalus muss annehmen, dass du dort auf deine Chance wartest – und muss ebenfalls warten. Jeder Tag, den wir gewinnen, ist kostbar.«

»Warum vertraust du mir eigentlich, Chworch?«

Der Astronom lächelte. »Weil in dir etwas ist, was stärker sein dürfte als deine Treue zu Kalus: dein Selbsterhaltungstrieb.«

Am Abend dieses ereignisreichen Tages versammelten sich in der Kuppel des alten Observatoriums Chworchs Kontakttelepathen. Seit Jahren bildeten sie ein bewährtes Team für die Erforschung und Richtungsbestimmung galaktischer und intergalaktischer Gedankenimpulse.

Ellert-Ashdon nahm in ihrer Mitte Platz. Er schloss durch Handberührung den so gebildeten Kreis, zu dem auch Chworch gehörte. Nur wenige Sekunden vergingen, bis sich alle auf Empfang konzentriert hatten und jeden Sendeimpuls unterdrückten.

Ellert wollte die Zielkoordinaten des nahezu startbereiten neuen Kundschafterschiffs heimlich umprogrammieren lassen, falls es einen Kontakt mit ES gab. Er würde trotz der Kontaktschaltung nicht in der Lage sein, die Mentalimpulse normaler intelligenter Lebewesen zu empfangen, wohl aber jene von ES.

In der Kuppel herrschte absolute Stille. Nur in dieser Abgeschiedenheit war die notwendige Konzentration möglich.

Chworch nahm erste Impulse auf, die nicht von Sceddo stammten. Sie kamen aus der eigenen Galaxis und waren sehr stark, doch eine geringfügige Frequenzverschiebung ließ sie verstummen.

Die Anpeilrichtung verschob sich, das Team streckte seine mentalen Fühler zur Nachbargalaxis aus. Wie üblich wurden die Telepathen von einer Woge unterschiedlichster Impulse überflutet, deren Ursprung nur ungenau lokalisiert werden konnte. Chworch warf Ellert-Ashdon einen fragenden Blick zu. Das Konzept verneinte. Also waren die Impulse von ES nicht dabei.

Stunde um Stunde verging. Bald graute der Morgen des neuen Tages. Die Konzentration ließ nach, als die Sceddors und Ellert-Ashdons Körper ermüdeten. Schon wollte Chworch eine Ruhepause vorschlagen, als er ein Handzeichen des Konzepts bemerkte.

Ellert-Ashdon empfing zum ersten Mal seit Beginn der kräftezehrenden Sitzung schwache Impulse, die nur von einem Hypno-Telepathen stammen konnten. Sie blieben zwar ohne Sinn, schienen aber vage Emotionen ausdrücken zu wollen.

Hilflosigkeit? Verzweiflung? Das konnte zum Notruf des Unsterblichen von Wanderer passen.

Ellert-Ashdon war sich seiner Sache nicht sicher. »Könnt ihr Richtung und Entfernung bestimmen?«, fragte er, ohne den Kontakt zu den anderen zu unterbrechen.

Chworch löste seine Hände von denen seiner Nachbarn und beendete damit die Session. Er atmete tief durch, um sich von der Spannung zu lösen.

»Die Richtung ist eindeutig, aber eine Entfernungsbestimmung bekommen wir nicht hin. Die Impulse sind schwach, das deutet auf riesige Distanzen oder eine schwache Quelle hin. Es kann die Nachbargalaxis sein, aber auch eine der dahinter liegenden. Hilft dir das weiter?«

»Ich muss mit dir allein sprechen, Chworch.«

Der Chefastronom gab seinen Leuten einen Wink. Sie erhoben sich schweigend und verließen die Kuppel.

Ellert-Ashdon erläuterte den Rest seines Planes, diesmal mit abgeschirmten Gedanken. Chworch hörte schweigend zu.

»Ich habe Ähnliches vermutet und werde Kor bitten, alles Notwendige zu veranlassen«, sagte er dann. »Von nun an ist größte Geheimhaltung lebenswichtig, selbst für uns. Niemand darf von unseren Absichten erfahren, nicht einmal mein Kontaktteam. Nur du, Kor und ich.

»Und ich natürlich auch«, sagte Akrobath, der die ganze Zeit über unter der Kuppeldecke gehangen hatte.

Der Mann schlief. Ernst Ellert und Gorsty Ashdon bauten deshalb den gemeinsamen Psi-Block auf.

Glaubst du, dass wir wirklich ES vernommen haben, Ernst?

Ellert antwortete nicht sofort. Auch er zweifelte daran. Die Impulse konnten von dem Unsterblichen stammen, alles sprach sogar dafür, aber Gewissheit gab es nicht.

Auf EDEN II waren die Impulse des Notrufs stärker.

Dafür gibt es eine plausible Erklärung, Ernst. Die Botschaft lautete sinngemäß, dass ES helfen wollte und sich zu nahe an etwas Erloschenes heranwagte. Mehr wissen wir nicht. Der Notruf erreichte uns vor diesem Ereignis. Die heutigen Impulse trafen danach ein. Darum der Unterschied.

Das klang einleuchtend, brachte aber keine Gewissheit.

Wenn das wirklich ES gewesen ist, so würde das nach deiner Ansicht bedeuten, dass die Katastrophe bereits eintrat.

Richtig! Es würde aber auch heißen, dass ES noch existiert.

Ellert wusste, wie sinnlos der Austausch bloßer Vermutungen war. Andererseits wurde dadurch neue Hoffnung vermittelt. Wichtig war vor allem, die Galaxis Ganuhr zu verlassen, denn mit Sicherheit befand sich ES nicht hier.

Ashdon wechselte das Thema. *Es ist gut, dass wir Akrobath bei uns haben. Er ist eine große Hilfe.*

Lass ihn das nie hören, riet Ellert. *Er glaubt schon jetzt, dass wir ohne ihn nicht mehr auskommen können.*

Ich werde mich hüten, versprach Ashdon und gab zu verstehen, dass er sich zurückziehen wollte.

Ellert kapselte sich ab.

Nun hing alles noch von Kor ab, der die Arbeiten im Hangar leitete. Der Kundschafter war so gut wie startbereit, aber der Abflug sollte verzögert werden, bis Ellert-Ashdon und der Roboter heimlich an Bord des unbemannten Schiffes gebracht worden waren. So wenigstens hatte Ellert es mit Chworch abgesprochen.

Nach zwei Tagen befürchtete Kalus, dass der Astronom Verdacht geschöpft hatte und dem »Überläufer« Lemg nicht traute. Im alten Observatorium schien sich nichts zu tun, obwohl Lemg schon zur dortigen Wachmannschaft gehörte. Ließ man ihm keine Chance, sein Vorhaben durchzuführen?

Mehrmals nahm er mit Lemg telepathischen Kontakt auf, erhielt aber nur ausweichende Informationen, was unter den gegebenen Umständen durchaus verständlich war. Trotzdem wurde Kalus den Gedanken nicht los, hingehalten zu werden.

Er verlor die Geduld und suchte Tanjer auf. Eindringlich schilderte er dem Primärwissenschaftler erneut die Bedrohung, die das Doppelbewusstsein darstellte, und forderte Tanjer auf, endlich etwas zu unternehmen. Der lehnte zuerst ab, wurde danach aber unsicher. Kalus berief sich auf das einmal gefällte Urteil und darauf, dass es immer noch rechtskräftig sei.

Schließlich sagte Tanjer zu, eine Untersuchungskommission zum alten Observatorium zu schicken und den Tatbestand festzustellen. Damit musste Kalus sich zufriedengeben.

Verärgert war er darüber, dass er dieser Kommission nicht angehören sollte und so die Gelegenheit verpasste, direkt mit Lemg reden zu können.

Blaker wurde von Tanjer zum Leiter der Gruppe ernannt, die sich zum Observatorium begeben sollte. Tanjer hielt ihn zumindest für neutral und hoffte auf einen objektiven Bericht.

Mit einigen seiner Assistenten sowie Mitgliedern verschiedener Institute machte sich der Chefmediziner auf den Weg zu den nördlichen Hügeln. Die Fahrzeuge erreichte gegen Mittag das Observatorium, doch es war verlassen. Hier hielt sich kein einziger Sceddor mehr auf, ganz zu schweigen von dem Fremden. Spuren bewiesen jedoch, dass sich in der Kuppel bis vor Kurzem mehrere Personen aufgehalten hatten.

Eine gewaltige Stichflamme schoss in den dämmrigen Himmel Sceddos, als die Space-Jet detonierte und völlig zerstört wurde. Der Erste Techniker Kor eilte sofort zum Ort des Geschehens. Er konnte nur noch feststellen, dass von dem für seine weiteren Forschungen unersetzlichen Antriebsbereich wenig übrig geblieben war. Jemand musste eine Zeitbombe in das unbewachte Schiff gebracht haben. Wenn Kor auch ahnte, wer der Übeltäter war, so gab es keine Beweise gegen ihn oder seine Helfer. Er suchte das astronomische Institut auf.

»Kalus, wer sonst?« Der Erste Techniker sah Chworch an, der äußerlich ruhig blieb und keine Erregung zeigte. »Aber er wird jede Schuld bestreiten. Ob er glaubte, der Fremde befinde sich an Bord?«

»Wir haben Ellert-Ashdon rechtzeitig in Sicherheit gebracht. Hast du die Neuprogrammierung schon einspeisen können?«

Sie redeten mit abgeschirmten Gedanken.

»Noch nicht. Das ist nur kurz vor dem Start möglich, wenn ich allein im Kundschafter bin und keine nachgelagerte Kontrolle mehr erfolgt. Wem können wir schon trauen? Das Verschwinden des Fremden hat Staub aufgewirbelt, hinzu kommt Kalus' Agitation. Bald wird er von Tanjer die Erlaubnis zur neuen offiziellen Jagd erhalten. Ich ahne schon, wo sie anfangen werden.«

»In der Werft und im Hangar«, vermutete Chworch düster. »Wir müssen einen sicheren Platz für Ellert-Ashdon und den Roboter finden.«

»Den sichersten«, bestätigte Kor. »Die größte Sorge bereitet mir aber dennoch das Umprogrammieren. Ich habe die neue Schablone ständig bei mir, um sie im richtigen Moment austauschen zu können.«

Noch in der Nacht erteilte Tanjer dem Physiker die Erlaubnis zur offiziellen Jagd.

Kalus war längst darauf vorbereitet und brauchte seine bereits eingeteilten Suchtrupps nur loszuschicken. Er selbst leitete die Gruppe, die den Hangar und die Werft inspizierte.

Zu seiner Enttäuschung zeigte sich Chworch nicht im Geringsten besorgt. Mit ungewohnter Freundlichkeit lud der Chefastronom ihn zur Besichtigung des Instituts und des darunter liegenden Hangars ein. Nur er selbst, gab Chworch herablassend zu verstehen, habe keine Zeit, an dem Rundgang teilzunehmen.

Wütend und verbissen ging Kalus an die Arbeit.

Machte schon das Landefeld des Raumhafens mit seinen riesigen Ausmaßen einen imponierenden Eindruck, so wirkte der Hangar für den Betrachter geradezu überwältigend. Mehr als fünfhundert Meter tief erstreckten sich die Fertigungsstätten in das Felsgestein. Ebenso tief lagen die Hallen, in denen die Schiffe zusammengebaut und startbereit gemacht wurden.

Kalus stand vor einer schier unlösbaren Aufgabe, denn es gab Tausende potenzielle Verstecke in dieser gigantischen Anlage. Zudem empfing er keine Gedankenimpulse des Gesuchten.

Seine Leute schwärmten aus und durchsuchten jeden Winkel. Sie krochen sogar durch Ventilationsschächte. Halb fertige Schiffe, die in ihren Montagegerüsten im Hangar standen, wurden regelrecht zerlegt, weil sie nach Kalus' Ansicht dem Flüchtling hier die besten Möglichkeiten boten.

Auch der startbereite Kundschafter entging seiner Aufmerksamkeit nicht. Zusammen mit zwei anderen Sceddors durchsuchte er das Schiff von unten bis oben. Kor, der ihn dabei begleitete, warnte ihn.

»Der Start ist für morgen Nachmittag festgesetzt, Kalus. Du weißt, wie wichtig es ist, jede Verzögerung zu vermeiden, weil sonst die Koordinaten neu bestimmt werden müssen. Wenn durch deine Schuld der Start hinausgeschoben wird, kann das Konsequenzen für dich haben.«

»Keine Sorge, wir sind vorsichtig. Außerdem werdet ihr nicht so verrückt sein, den Fremden ausgerechnet hier zu verbergen.«

»Sucht trotzdem«, riet Kor, der in seiner Brusttasche die Schablone mit der neuen Programmierung fühlte. »Niemand soll sagen, wir hätten euch bei der Pflichtausübung behindert.«

»Sehr gut«, lobte Kalus und gab seinen Leuten einen Wink, mit ihrer Arbeit weiterzumachen.

Selbst die Robotzentrale blieb nicht verschont, aber hier hielt Kalus sich sehr zurück. Er war Physiker, kein Ingenieur oder Positroniker. Sein Blick streifte nur flüchtig die Konsolen mit den Instrumenten und komplizierten Kontrollen, die das Schiff durch den Weltraum steuern sollten. Er entdeckte nichts, was auch nur annähernd einem Versteck geähnelt hätte.

Kor begleitete ihn bis zum Ausstieg. »Hast du schon an die Möglichkeit gedacht, dass Chworch vielleicht überhaupt nicht an der Flucht des Gefangenen beteiligt sein könnte?«, fragte der Erste Techniker.

»Unsinn! Ich war selbst dabei, als er im Keller ...«

»Ich meine an dem Verschwinden aus dem alten Observatorium.«

»Natürlich hatte er dabei seine Hände im Spiel, du vielleicht ebenso.«

»Keine unbeweisbaren Verdächtigungen!«, warnte Kor. »Ich habe nur eine Möglichkeit angedeutet, mehr nicht. Du solltest darüber nachdenken, welche Folgen dein Handeln haben kann. Schließlich versprach Blaker positive Ergebnisse, aber er wurde vor dir an weiteren Untersuchungen gehindert. Auch darüber solltest du gründlich nachdenken.«

»Ich will den Fremden, sonst nichts!«

»Dann wünsche ich dir viel Glück«, sagte Kor und ging ins Schiff zurück.

Kalus und seine Begleiter fuhren mit dem Lift in die Tiefe und gingen zum nächsten halb fertigen Kundschafter.

21.

Ellert-Ashdon sträubte sich nicht, als Chworch einen sofortigen Ortswechsel vorschlug. In der Nacht brachten sie ihn und Akrobath in aller Heimlichkeit zur Werft, wo der Chefastronom ihn endgültig einweihte.

»Tanjer gibt schon nach. Er wird Kalus die offizielle Erlaubnis zur Durchsuchung erteilen. Die Werft wird sein Hauptziel sein, sobald er dein Verschwinden aus dem Observatorium bemerkt. Aber nur innerhalb der Werft bist du sicher – und deinem Ziel am nächsten.«

»Meinem Ziel?«

»Dem Robotschiff! Kor ist dabei, ein sicheres Versteck vorzubereiten. Wenn das Schiff übermorgen zum Start an die Oberfläche gebracht wird, wirst du bereits an Bord sein.«

»Ist das nicht zu gewagt? Kalus wird auf einer peinlich genauen Durchsuchung des Schiffes bestehen. Eben weil es mir die einzige Möglichkeit zur Flucht bietet.«

»Er kann es durchsuchen lassen, aber er wird dich nicht finden.«

»Ich habe keine andere Wahl«, gab Ellert zu, und Ashdons resignierender Gedankenimpuls bestätigte seine Auffassung. »Du nimmst ein großes Risiko auf dich, Chworch, und Kor ebenso. Alle Sceddors werden glauben, du hättest sie verraten.«

»Die meisten werden nie davon erfahren, und jene, die informiert sind, haben wie ich ein kosmisches Verständnis. Solange es Misstrauen zwischen Lebewesen verschiedener Herkunft gibt, kann es auch keinen Frieden geben. Du hast dich mir anvertraut, ich tue nichts anderes, als dieses Vertrauen nun zurückzugeben.«

»Mir blieb nichts anderes übrig, vergiss das nicht.«

»Trotzdem! Ich habe von dir viel gelernt und erfahren. Wie viel hätte mein Volk noch lernen können, wenn es nicht Sceddors wie Kalus gäbe!«

»Es gibt sie auf allen Welten, die Leben tragen.«

»Regiert Misstrauen das ganze Universum?«, fragte Chworch bitter.

Ellert schüttelte den Kopf.

»Nein, Chworch, das tut es nicht. Aber es lässt sich nicht ausrotten, wenigstens nicht immer. Du musst dich damit abfinden.«

Prenoch kam und meldete, dass Kor fertig sei.

Chworch sah Ellert-Ashdon an. »Es wird für dich nicht sehr bequem werden in den nächsten zwei Tagen, aber dafür wirst du sicher sein. In deinem Versteck lagern Wasser und Lebensmittel für viele Wochen deiner Zeitrechnung.«

»Und die Programmierung?«

»Kor wird sie baldmöglichst auswechseln.«

Es war noch Nacht und Arbeitsruhe, als sie die Werft verließen und in den Hangar fuhren. Kor erwartete sie, und er war ein wenig nervös.

»Das Versteck ist gut«, versicherte er. »Aber ich kann die Programmierung erst im letzten Augenblick auswechseln.«

»Das wissen wir«, erwiderte Chworch. »Wo sind die Wachtposten?«

»Sie müssen bald zurückkehren. Uns bleibt nur wenig Zeit.«

Ellert-Ashdon beeilte sich, mit den beiden Sceddors Schritt zu halten. Für Akrobath war das kein Problem. Erst als sie das Kundschafterschiff betraten, verwandelte sich ihre Hast in bedächtige Vorsicht.

Kor gab Ellert-Ashdon präzise Erklärungen hinsichtlich Antrieb und Robotautomatik, denen besonders Akrobath mit extremer Aufmerksamkeit lauschte. Sein positronischer Verstand verarbeitete die Informationen und speicherte sie.

»Sobald der Start erfolgt ist, kannst du dein Versteck verlassen. Der obere Bereich des Schiffes bietet dir genügend Platz. Meide den Antriebssektor, der strahlensicher isoliert ist. Es gibt keinerlei Bequemlichkeiten in den leeren Räumen, denn das würde Verdacht erregen.«

In der automatischen Kontrollzentrale deutete Kor auf die ausgebuchteten Konsolen mit den Instrumenten. »Dort befindet sich dein Versteck. Es ist sehr klein und eng, aber mit einem winzigen Luftschacht verbunden. Niemand wird dich dort vermuten. Auch für deinen Roboter ist Platz.«

»Unter den Kontrollen?«, wunderte sich Ellert. »Warum sollte man dort nicht suchen?«

»Das könnte höchstens einer meiner Techniker, und die wiederum unterstehen meinem alleinigen Befehl.«

»Kalus hätte nicht die Macht ...?«

»Die Macht vielleicht, nicht aber die Kenntnisse. Sieh hier, dieser Hebel – einer von vielen – öffnet den Einstieg. Er lässt sich von innen genauso leicht öffnen.«

Es war Ellert klar, dass die Sceddors viel riskierten, auf der anderen Seite aber hüteten sie sich, ihm etwas über die Programmierung und deren Blockierung zu verraten. Sie wollten nur, dass er ihre Welt verließ, mehr nicht. Das war einer der Gründe, warum er nicht danach fragte.

»Noch etwas«, sagte Kor. »Es ist möglich, dass in den nächsten Stunden das Schiff durchsucht wird, sobald dein Verschwinden bekannt geworden ist. Du wirst also Geräusche hören. Verhalte dich ruhig. Dein Versteck ist zwar möglichst schalldicht isoliert, aber mit entsprechenden Geräten könnte sogar dein Atem hörbar gemacht werden. Ich werde bei einer eventuellen Kontrolle dabei sein und dafür sorgen, dass alle die Zentrale schnell wieder verlassen.«

Kor griff nach dem Hebel und betätigte ihn. Die Deckwand mit Instrumenten glitt zur Seite und gab einen schmalen Einstieg frei. Dahinter lag ein länglicher, dunkler Raum, der Ellert an einen Sarg erinnerte.

»Viel Glück« wünschte Kor, der immer nervöser wurde. »Und verliere nicht die Geduld, denn der Start kann jederzeit noch verschoben werden. Bleibe im Versteck, bis du sicher sein kannst, nicht mehr auf Sceddo zu sein.«

»Danke«, erwiderte Ellert-Ashdon. »Und auch dir nochmals Dank, Chworch. Wir werden niemals vergessen, was ihr für uns getan habt.«

Er kroch in die Kammer und steckte sich lang aus. Akrobath kam behutsam nach. Der Roboter fand noch ausreichend Platz für sich, nachdem er die Gliedmaßen und den Kopf eingezogen hatte. Er lag zwischen Paketen mit Konzentratnahrung und Wasserbehältern.

Säuberlich zusammengefaltet lag der Raumanzug da. Kor hatte ihn rechtzeitig aus der Space-Jet in Sicherheit gebracht. Ellerts Strahler steckte in dem Anzugsbündel.

Die Abdeckung glitt wieder zu.

Ellert-Ashdon lauschte. Gedämpft hörte er die Schritte der beiden sich entfernenden Sceddors. Eine Tür schlug zu, dann war Stille.

»Jedenfalls kann sich unser Mann nun richtig ausschlafen«, stellte Ashdon mit Galgenhumor fest. »Bin gespannt, wie lange wir es hier aushalten müssen.«

»Zwei Tage höchstens«, sagte Ellert. »Was ist, Akrobath? Hast du dich mit den Kontrollen vertraut gemacht? Sie sind ja deine großen Brüder.«

»Die Zeit war zu kurz, ich werde mich nach dem Start darum kümmern.«

Als der Mann eingeschlafen war, unterhielten sich die beiden Bewusstseine lautlos, stets darauf bedacht, nicht eine Sekunde lang ihren Psi-Schirm zu vernachlässigen.

Langsam verging die Zeit, und nach einigen Stunden hörten sie zum ersten Mal wieder ein Geräusch.

Es waren Kalus und seine Begleiter, die mit Kor ihren Rundgang absolvierten. Was sie sagten, war nicht zu verstehen, die Isolierung machte daraus nur ein undeutliches Gemurmel.

Dann wieder Stille.

Die größte Gefahr scheint vorbei zu sein, Ernst.

Hoffentlich. Bis zum Start kann noch viel geschehen.

Die Sekunden krochen dahin und wurden zu Minuten. Bis diese Minuten auch nur eine Stunde formten, schienen Ewigkeiten zu vergehen ...

Obwohl Kalus überzeugt war, dass sich der Fremde weder im Hangar noch in einem der halb fertigen oder gar in dem startbereiten Kundschafter aufhielt, wurde er das Gefühl nicht los, getäuscht worden zu sein.

Auch die anderen Jagdkommandos meldeten Misserfolge. Der Flüchtling blieb spurlos verschwunden. Wütend eilte Kalus zum Primärwissenschaftler.

»Er ist unauffindbar, Tanjer! Du musst den Start des Kundschafters verschieben, bis er gefasst ist.«

»Und du weißt, dass das unmöglich ist. Außerdem hast du selbst das Schiff durchsucht und nichts gefunden.«

»Er könnte sich sogar in den Antriebsräumen versteckt halten, obwohl diese bereits versiegelt wurden.«

Tanjer betrachtete den Physiker mit einer Mischung aus Verwunderung und Verständnislosigkeit.

»Ich begreife deine Erregung nicht, Kalus. Du willst den Fremden töten, weil er angeblich eine Gefahr für uns bedeutet. Sollte er sich wirklich in dem Kundschafter versteckt haben, so ist er doch schon so gut wie tot. Das Schiff startet, und der Fremde hat – lebend oder tot – Sceddo für alle Zeiten verlassen. Ist damit dein Wunsch nicht erfüllt?«

»Wenn dem so ist, steckt Chworch dahinter, vielleicht Kor ebenfalls. Sie hätten ihr Ziel erreicht, ich aber nicht.«

»Also verletzte Eitelkeit, falscher Stolz!« Tanjer sagte das mit Verachtung in der Stimme. »Es geht dir nicht um die Sicherheit unseres Volkes, sondern darum, dass du deine eigenen Ziele und Vorstellungen erreichst. Die Verfolgung wird sofort eingestellt, Kalus. Die Jagd ist zu Ende.«

»Aber das Urteil ...«

»Es ist aufgehoben, und zwar von der Mehrheit des Rates. Du warst während der Abstimmung auf der Jagd, allerdings hätte deine Stimme an dem Beschluss nichts geändert.«

»Aber ...«

»Außerdem konnte Blaker ein erstes positives Ergebnis vorlegen. Er ist überzeugt, dass ein Mittel entwickelt werden kann, mit dem sich die genetische Veränderung durch die Sterilisationsstrahlen neutralisieren lässt. Die Organuntersuchung des Fremden brachte ihn auf die richtige Spur. Auch sein Blut gab Hinweise. Du siehst also, dass uns der Fremde geholfen hat.«

Kalus spürte die Last seiner Niederlage, die er selbst verschuldet hatte. Um seinen Ehrgeiz zu befriedigen, hatte er seinen Willen durchsetzen wollen. Er hatte verloren.

Wortlos kehrte er ins Forschungsinstitut zurück. Farkos, den er telepathisch in sein Büro bestellt hatte, erwartete ihn bereits. Erregt berichtete Kalus.

»Ich bin nun restlos davon überzeugt, dass der Fremde sich im Kundschafter verborgen hält, und zwar mit Tanjers Wissen.« Kalus hatte sich in Rage geredet. »Unser Oberster Rat deckt Chworch und die anderen. Das ist Verrat an allen Sceddors!«

»Was willst du dagegen unternehmen?«

»Wir werden den Start verhindern, Farkos!«

Der Biologe ging langsam in dem Raum auf und ab, dann blieb er vor seinem Vorgesetzten stehen. »Es tut mir leid, aber ich weigere mich, gegen den Mehrheitsbeschluss zu handeln«, sagte er. »Die anderen im Institut denken genauso. Lass den Kundschafter starten, dann ist das Problem elegant gelöst.«

Kalus war zornig und enttäuscht.

»Du auch, Farkos? Weißt du, was du mir zu verdanken hast?«

»Ich habe es nicht vergessen, aber das berechtigt dich nicht dazu, mich als deinen Sklaven anzusehen. Du hast niemanden mehr auf deiner Seite und stehst allein da. Chworch schickte auf der Informationsfrequenz eine Mentalsendung aus, die der Angelegenheit ein anderes Gesicht gibt. Der Fremde vertraute uns, als er zu uns kam, und ...«

»Wir haben ihn zu uns herabgeholt!«

»Trotzdem vertraute er uns, was nun doppelt zählt. Das Universum kann nur dann von Bestand sein und alles Leben in ihm, wenn Vertrauen auf Gegenseitigkeit beruht ...«

Wieder unterbrach Kalus. »Das sind Chworchs sinnlose Sprüche! Hast du sein Gift auch schon geschluckt?«

»Es ist Medizin, kein Gift, Kalus! Alle Sceddors haben das begriffen, nur du nicht. Du bist allein, ich sage es noch einmal.«

Der Physiker konnte sich nicht mehr beherrschen. Mit einer wütenden Handbewegung schickte er den Biologen aus dem Zimmer. Er setzte sich und brütete vor sich hin, bis ihm der richtige Gedanke kam.

Mit einem Ruck erhob er sich und fing an, seinen Plan auszuarbeiten.

Die Startvorbereitungen waren abgeschlossen. Kor unternahm einen letzten Inspektionsgang durch das Schiff, von Technikern und Spezialisten begleitet.

Die anderen verteilten sich im Schiff, er selbst suchte die Robotzentrale auf. Mit dem Spezialschlüssel, den nur er besaß, öffnete er die Sicherheitsabdeckung der Programmierungseinheit und zog die Schablone heraus. Blitzschnell schob er die neue hinein und schloss den Deckel wieder. Die alte Schablone verschwand in seiner Rocktasche.

Sein Blick fiel auf das Versteck. »Gute Reise!«, murmelte er mit abgeschirmten Gedanken.

Für Sekunden beneidete Kor den Fremden, der schon andere Welten gesehen hatte und noch viele sehen würde. Einst waren auch die Sceddors zu den Planeten geflogen, aber das war schon lange her. Seitdem jedes einzelne Leben so kostbar geworden war, gab es keinen Weltraumflug mehr. Nur noch die unbemannten Kundschafter verließen Sceddo.

Er wandte sich um und kehrte zu den anderen zurück, die ihren Inspektionsgang soeben beendeten. Mit ihnen verließ er das Schiff, um die Antriebsdüsen einer letzten Überprüfung zu unterziehen.

Wenig später stieg die Liftplatte mit dem Schiff langsam nach oben. Die Decke wurde geöffnet, dann schob sich der zweihundert Meter hohe Kundschafter hinaus in die laue Luft der einsetzenden Abenddämmerung.

Seine abgerundete Spitze zeigte auf die ersten Sterne, die sichtbar wurden.

Noch zwei Stunden bis zum programmierten Start.

Es war dunkel geworden, als Kalus das Landefeld erreichte und vor sich undeutlich die schattenhaften Umrisse des Erkunders erkannte. Das Schiff stand auf seinen Heckflossen und hob sich vage gegen den Nachthimmel ab.

Kalus trug dunkle Kleidung, er verschmolz fast mit dem Gelände. Hier draußen auf dem Feld gab es keine Wachen mehr, nie hatte jemand versucht, sich einem startbereiten Kundschafter zu nähern.

Der Physiker huschte an den wuchtigen Heckflossen vorbei, die zugleich als Standbeine dienten. Er blickte nach oben. Die Düsenöffnungen endeten knapp zwei Meter über ihm, kaum erkennbar und daher harmlos wirkend. Dennoch würden in etwas mehr als einer Stunde ihre flammenden Energiebündel das Schiff in den Himmel emportragen.

Nicht weit jedoch, weil gleichzeitig die Bombe zünden würde.

Kalus malte sich aus, dass er dann schon wieder im Institut saß und das Schauspiel des explodierenden Kundschafters beobachtete. Kor würde die Verantwortung tragen müssen. Der Verdacht, dass Sabotage oder zumindest Nachlässigkeit im Spiel war, konnte leicht ausgestreut werden, auch wenn er sich nicht mehr beweisen ließ.

Kalus entfaltete die zusammengelegte Leiter aus leichtem Metall, die er mitgebracht hatte. Ohne sie hätte er die Düsenöffnungen niemals erreichen können. Er wusste genau, wo er die Bombe unterbringen musste, damit sie wenigstens zwei oder drei der acht Düsen zerriss.

Noch eine Stunde und eine Minute bis zum vermeintlichen Start.

Kalus überprüfte den Stand der Leiter und nahm die kubische Bombe aus der Tasche. Sie musste nicht besonders gezündet werden, die Millionen Grad Hitze würden genügen, sie detonieren zu lassen.

Als er die erste Sprosse erklommen hatte, war ihm, als hörte er dicht über sich ein Geräusch. Es klang wie fernes Donnergrollen, das sich aber sofort wieder abschwächte und in ein gleichmäßiges Summen überging. Sollten sich die Pumpen schon eine Stunde vor dem Start eingeschaltet haben?

Er holte nach, was er bisher versäumt hatte, weil er es für überflüssig hielt. Die Bombe in der Hand, esperte er nach den Gedanken Kors, der natürlich den Start beobachten würde.

Wie gelähmt stand er auf der Leiter.

Kor hatte den Start um eine Stunde vorverlegt. Zwei Sekunden noch, und ...

Mit einer letzten Kraftanstrengung gelang es ihm, den Kopf nach hinten zu beugen und nach oben zu sehen. Kalus blickte in die flammende Hölle einer explodierenden Sonne.

Es waren acht Sonnen ...

Kor, Chworch und Tanjer hatten sich im astronomischen Institut zusammengefunden, um den Start zu beobachten, der immer wieder ein faszinierendes Schauspiel bot. Mit jedem Schiff, das Sceddo verließ, flogen Hunderttausende Hoffnungen zu den Sternen.

Kor sah das Schiff in der Finsternis warten.

»Noch drei Sekunden bis zur Zündung!«

Er hatte es kaum ausgesprochen, als Flammenspeere aus dem Heck schlugen und die Nacht ringsum zum Tag machten. Für eine Sekunde war unmittelbar unter den Antriebsdüsen ein Schatten zu erkennen, der in der Feuerglut verging.

Das Schiff stieg bereits, als die Explosion erfolgte.

Der deutlich erkennbare Glutball tobte über die Liftplatte hinweg. Nur noch die Schockwelle erreichte das Heck des Kundschafters. Sie richtete keinen Schaden an, gab dem Schiff höchstens für den Bruchteil einer Sekunde etwas mehr Schub.

»Was war das?«, fragte Chworch atemlos.

Tanjer war der Einzige, der die Impulse empfangen hatte. »Kalus!«, sagte er schwer. »Er hatte sich abgeschirmt, aber sein Psi-Block brach zusammen, als er die Wahrheit erkannte. Er rechnete erst in einer Stunde mit dem Start und wollte eine Bombe unter dem Heck anbringen.«

»Kalus!«, wiederholte Kor tonlos. »So groß war sein Hass?«

»Vielleicht war es auch Furcht – Furcht vor der Wahrheit.«

Chworch sah schräg nach oben. Durch die transparente Kuppel des Observatoriums hindurch war der Kundschafter wie ein flammender Stern zu erkennen. Er entfernte sich schnell und wurde kleiner. Dann war er nur noch ein Lichtpunkt unter vielen, bis er sich zwischen ihnen verlor.

»Dem Erkunder ist nichts geschehen«, sagte der Chefastronom erleichtert. »Die Botschaft ist unterwegs und mit ihr der Fremde, unser Freund.«

Sie saßen noch lange zusammen, während die Nacht verging.

Chworch berichtete von seinen Gesprächen mit Ellert-Ashdon und bettete behutsam den Keim des kosmischen Denkens in fruchtbaren Boden. Eines Tages, früher oder später, würde die Begegnung mit anderen intelligenten Lebewesen aus dem Weltraum keinen Konflikt mehr bedeuten. Die Sceddors waren reif dafür.

Der Mann in dem Versteck erwachte, als die Liftplatte das mächtige Schiff langsam emporhob.

»Kor muss die Programmierungsschablone schon ausgewechselt haben«, sagte Ellert nachdenklich. »Aber wir haben nichts gehört.«

»Er war hier!«, bestätigte Akrobath. »Ich habe seine Anwesenheit wahrgenommen.«

Der Mann atmete auf.

Es kam nur noch darauf an, ob der Antrieb des Kundschafters reibungslos funktionierte. Kor war recht zuversichtlich gewesen, alle Tests waren positiv verlaufen. Ellert-Ashdon hatte nicht die geringste Ahnung, um welche Art von Antrieb es sich handelte. Offenbar arbeitete das System innerhalb des Sonnensystems konventionell und wurde erst später automatisch auf Überlichtantrieb umgeschaltet. Die Reichweite sollte sehr groß sein.

»Spürt ihr das Vibrieren unten im Schiff?«, fragte Akrobath plötzlich.

Der Mann, der Ellert-Ashdon war, spürte es ebenfalls. Vielleicht waren das schon die Pumpen für den Flüssigtreibstoff, der in den ersten Minuten die Schubleistung übernahm.

»Der Start kann jede Sekunde erfolgen«, sagte der Roboter. »Bleib ruhig liegen, vielleicht arbeitet der Andruckneutralisator nicht. Ist bei einem unbemannten Schiff auch überflüssig.«

Akrobath konnte recht haben. Ellert hatte vergessen, Kor danach zu fragen.

Eine Erschütterung ging durch das Schiff, der ein zweiter Stoß geringerer Stärke folgte. Das Gewicht, das sich jäh auf den Körper des Mannes legte, bestätigte die Vermutung des Roboters. Ohne den Andruck zu kompensieren, startete das Schiff.

»Was war das für ein zweiter Schub?«, fragte Ellert schwerfällig und kaum verständlich.

»Eine der Düsen muss eine Fehlzündung gehabt haben«, antwortete Akrobath. »Wir haben jetzt mindestens sieben Gravos Andruck.«

Ellert-Ashdon spürte es. Der Boden des Verstecks gut ausgepolstert, konnte aber keinen Kontursessel ersetzen. Der Mann war kaum noch in der Lage zu atmen.

Dieser qualvolle Zustand, der Ellert an die Anfänge der terranischen Raumfahrt erinnerte, hielt etwa fünf Minuten an, dann ließ der Andruck abrupt nach. Schwerelosigkeit setzte ein, aber nur für wenige Sekunden.

»Etwas mehr als ein Gravo«, stellte Ellert fest, als sein Normalgewicht zurückkehrte. »Jetzt aber raus hier!«

Er kroch aus dem Versteck, gefolgt von Akrobath, der sofort wie ein hungriger Raubvogel quer durch die Robotzentrale strich und über den Kontrollen schwebend verharrte.

Ellert-Ashdon unternahm einen Rundgang durch das Schiff.

Die Räume im Bugbereich waren leer und ohne jede Einrichtung, wie Kor schon gesagt hatte. Eigentlich waren sie völlig überflüssig, solange es keine Passagiere gab.

Nach einer Weile stand das Konzept vor der Abschottung des Antriebsbereichs.

»Natürlich gibt es einen Zugang, aber der muss erst gefunden werden, Gorsty. Kor hat uns davor gewarnt, aber eines Tages wird es vielleicht nötig sein.«

Sie kehrten in die Zentrale zurück. Akrobath hatte sich in einer Ecke niedergelassen.

»Wenigstens ein paar Sessel hätte man hereinstellen können«, beschwerte sich der Roboter.

»In dem nächsten Leerraum stehen zwei Liegen, primitiv und wahrscheinlich für Fremdpassagiere gedacht. Das ist alles. Wozu brauchst du überhaupt einen Sessel, Akrobath?«

»Ich beginne mir die Laster meiner Schöpfer anzugewöhnen«, gab der Roboter zu. »Wenn ich auf dem Boden herumliegen muss, besteht die Gefahr, dass sich in mir Minderwertigkeitskomplexe bilden.«

»Kannst du die Außenbeobachtung sichtbar machen?«

Akrobath schwebte zu den Kontrollen und studierte sie eine Weile.

»Ist manuell zu bedienen, aber meine Hände sind zu klein. Komm her, dann zeige ich es dir.«

Wenig später erschienen die Sterne auf einem größeren Schirm. Es waren bekannte Konstellationen. Weit war der Kundschafter noch nicht gekommen.

»Der Sternenantrieb muss sich bald einschalten«, vermutete Akrobath, als Ellert eine entsprechende Bemerkung machte. »Automatisch damit verbunden sind die Absorber, sonst würde der unvorstellbare Andruck nicht nur dich, sondern auch die Instrumente zerstören.«

Ellert blieb unruhig, während Ashdon sich in sein Schicksal zu ergeben schien und sich zurückzog.

Wieder spürte Ernst Ellert die Einsamkeit, die sein Schicksal geworden war. Seit dem zwanzigsten Jahrhundert, als sein Bewusstsein sich von seinem ursprünglichen Körper trennte, war er einsam. Und er lebte nun im sechsunddreißigsten Jahrhundert. Als bloßes Bewusstsein war er unsterblich geworden.

»Es ist besser, wenn du dich hinlegst, Ellert-Ashdon«, warnte Akrobath. »Der Antrieb schaltet sich ein. Ich weiß nicht, ob die Antigravfelder sofort aktiviert werden.«

Ellert streckte sich auf einer der primitiven Liegen aus und wartete.

»Eingeschaltet, Ellert-Ashdon!«, meldete der Roboter nach einer Weile. »Das Große Auge ist nur noch ein Lichtpunkt. Die Beschleunigung ist unwahrscheinlich hoch, aber wir fliegen nicht im Linearraum. Unglaublich! Eine völlig andere Technik!«

Ellert erhob sich ohne Schwierigkeit. Die Schwerkraft war bei ungefähr einem Gravo geblieben.

Auf dem Schirm der Außenerfassung glitten die Sterne mit unterschiedlichen Geschwindigkeiten vorbei. Sie huschten sehr schnell vorüber und wurden immer weniger.

Dann waren keine Sterne mehr da, der Kundschafter hatte die Galaxis Ganuhr verlassen.

22.

Die Nachbargalaxis war näher gerückt. Ellert bedachte sie mit einem nachdenklich zögernden Blick, dann wandte er sich dem Roboter zu.

»Wie steht es nun mit deinen Fähigkeiten, Akrobath? Kannst du die gesperrten Kontrollschaltungen für uns zugänglich machen oder nicht?«

Der diskusförmige Roboter wandte seinen ausfahrbaren Menschenkopf dem Konzept zu. »Es scheint schwieriger zu sein, als wir angenommen haben«, antwortete er. »Aber es ist ein wunderbares Problem, und gerade das reizt mich.«

»Wir haben keinen Rätselwettbewerb.« Ellert seufzte. »Unsere Existenz wird vielleicht davon abhängen, ob wir die KARMA unter Kontrolle bekommen. Rechtzeitig wohlgemerkt.«

Der Roboter verstieg sich zu einem nachsichtigen Lächeln.

»Du hättest dieses Schiff nicht KARMA nennen sollen, das verunsichert mich. Wir sind erst seit zwei Tagen von Sceddo weg, und nach meinen Berechnungen bewegen wir uns mit fünfunddreißigmillionenfacher Lichtgeschwindigkeit. Wir werden die Nachbargalaxis in etwa fünf Tagen erreichen. Also bleibt Zeit genug, das Problem zu lösen. Findest du nicht auch?«

Ellert schwieg, ein Gefühl der Beklemmung stieg in ihm auf. »Ich sehe das relativ«, sagte er schließlich, nur um überhaupt etwas zu sagen. »Glaubst du wirklich, dass du es rechtzeitig schaffen kannst?«

»Da bin ich absolut sicher. Und wenn es nicht mit Fingerspitzengefühl geht, dann mit Gewalt.«

»Du bist der Spezialist«, meinte Ellert spöttisch. Als Akrobaths Gesicht düster wurde, fügte er schnell hinzu: »Ich meine das im Ernst.«

»Hüte die Zunge deines geliehenen Körpers!«, warnte der Roboter. Völlig übergangslos fuhr er fort: »Vielleicht legst du dich ein paar Stunden schlafen, damit ich ungestört arbeiten kann. Die Blicke, mit denen du meine Arbeit verfolgst, machen mich nervös.«

Ellert stand auf. Er hatte nichts gegen eine Ruhepause für den Körper einzuwenden. Dessen menschliche Bedürfnisse hatten ohnehin schon zu einigen Schwierigkeiten geführt, denn in dem Robotschiff gab es keine sanitären Anlagen.

Als Ellert sich nach einer kargen Mahlzeit aufs Bett legte, meldete sich Ashdon. »Nun, Ernst, was meinst du? Welche Chance haben wir tatsächlich?« Es schien, als spräche der Mann mit sich selbst, wenn die beiden Bewusstseine sich durch seinen Mund unterhielten.

»Keine Ahnung, Gorsty, aber ich bleibe optimistisch. Alles hängt von den programmierten Daten ab. Wir vermuten, dass die telepathischen Impulse von ES stammten. Sollte das jedoch nicht der Fall sein, ist es lebenswichtig, dass wir das Schiff kontrollieren können. Es muss Akrobath gelingen, die Sperre zu knacken.«

»Und wenn er es nicht schafft?«

Ellert schwieg, und das war Antwort genug. »Lassen wir unseren Mann schlafen«, schlug er nach einer Weile vor.

Obwohl Akrobath eine radikale Erhöhung der Geschwindigkeit feststellte, weckte er Ellert-Ashdon nicht. Er wollte das Phänomen ungestört beobachten und analysieren.

Die fremde Galaxis sprang förmlich auf ihn zu. Die KARMA raste plötzlich mit mehr als dreimilliardenfacher Lichtgeschwindigkeit durch den Raum! Immer noch, ohne in den Linear- oder Hyperraum zu gehen!

Die Zeit musste verrückt spielen, aber er hatte keine Möglichkeit, das festzustellen.

Schon waren einzelne Sternhaufen in der fremden Galaxis erkennbar, dann zeichneten sich bereits einzelne Sonnen ab.

Die KARMA flog auf eine Sonne zu, die ungemein hell strahlte.

Ein Quasar, fand der Roboter, konnte das nicht sein, wenn die Ähnlichkeit aus der Entfernung auch sehr groß sein mochte. Aber zweifellos handelte es sich um einen Stern von unerhörter Größenordnung.

Akrobath fieberte regelrecht. Ein Riesenstern konnte es nicht sein, denn dessen gewaltige Gravitation hätte ein Schwarzes Loch erzeugt.

Er fand keine Antwort und wusste, dass er Ellert nun doch wecken musste. Die von ihm vorhergesagte Frist von fünf Tagen besaß keine Gültigkeit mehr.

Der Mann wachte bei der ersten Berührung auf.

»Warum weckst du uns?«, wollte Ellert wissen. »Hast du endlich die Nuss knacken können?«

»Im Gegenteil!«, erwiderte Akrobath leicht säuerlich. »Die KARMA hat ihre Geschwindigkeit vervielfacht. Wir erreichen die neue Galaxis schon in wenigen Stunden. Aber das ist es nicht, was mich beunruhigt. Kommt, seht selbst!«

Ellert stand auf und folgte dem Roboter. In der Zentrale blieb er wie angewurzelt stehen und starrte auf die Bildwiedergabe.

Die gewaltige Lichtquelle markierte nicht unmittelbar den Rand der Galaxis, sondern stand einige Dutzend Lichtjahre tiefer. Ihr ungewöhnlicher Glanz überstrahlte allerdings alle Sterne in ihrer Nachbarschaft.

»Habt ihr je einen solchen Stern gesehen?«, fragte Akrobath. »Wir fliegen direkt darauf zu, als hätten die Sceddors ausgerechnet diese Sonne angepeilt.«

»Ein Stern strahlt keine Gedankenimpulse ab«, sagte Ellert, und es klang, als müsse er sich selbst beruhigen. »Bist du sicher, Akrobath?«

»Du meinst den Kurs? Ja, ganz sicher! Wenn nichts dazwischenkommt, werden wir den Rand der Galaxis in vier Stunden erreichen. Von dort bis zu dieser Lichtquelle sind es dann nur noch Minuten.«

Ellert dirigierte den Körper in den Sessel vor den blockierten Kontrollen. Akrobath schwebte dicht über dem dickwandigen Metallkasten, den er als Programmierungseinheit bezeichnete. Bis jetzt waren alle Versuche, den Kasten zu öffnen, vergeblich geblieben.

»Ich fürchte, du musst etwas unternehmen«, sagte Ellert.

»Gewalt?«, vergewisserte sich der Roboter, aber er wartete die Antwort gar nicht erst ab. Stumm verließ er den Kommandoraum – und für eine Weile war es beinahe beängstigend ruhig. In einem der Lagerräume vor der Abschottung des Antriebsbereichs standen Behälter mit technischem Gerät. Ellert nahm an, dass Akrobath dort nach Hilfsmitteln suchte.

Ein Poltern kündigte die Rückkehr des Roboters an. In seinen kleinen Händen hielt Akrobath eine massive Metallstange und einen anderen Gegenstand, der entfernt an einen Vorschlaghammer erinnerte.

»Ist das alles, was du gefunden hast?«, fragte Ellert verblüfft. »Willst du die Zentrale zusammenschlagen?«

»Wenn hier jemand schlägt, dann du. Ich bin froh, dass ich das Zeug überhaupt tragen konnte.« Akrobath schwankte sichtlich, er ließ beide Werkzeuge auf den Boden fallen. »Du musst den Kasten öffnen und die Schablone mit dem Kurs herausnehmen. Das beseitigt automatisch die Blockierung der übrigen Kontrollen.«

»Kasten ist leicht untertrieben. Das Ding ist ein Metallblock.« Ellert nahm den Hammer vom Boden und klopfte damit gegen den Behälter, der fest mit einem halbrunden Sockel verbunden war. »Die Wände sind mindestens zehn Zentimeter dick.«

»Der Deckel ebenfalls«, erklärte Akrobath. »Du sollst ja nur so lange draufhauen, bis sich das Schloss öffnet. Es befindet sich über dem Spalt, der wahrscheinlich zur Einführung eines Schlüssels dient.«

»Wie wäre es mit einem Nachschlüssel?«

Akrobath stieg etwas höher. »Nimm den Hammer!«, drängte er.

Obwohl Ellert dem Roboter ein größeres technisches Wissen als sich selbst zutraute, zweifelte er an der Richtigkeit der vorgeschlagenen Methode. Ein Blick auf die Außenbeobachtung jedoch sagte ihm, dass er keine Zeit verlieren durfte. Mit aller Kraft des Körpers, der weder ihm noch Ashdon gehörte, holte er aus. Es dröhnte dumpf, als der schwere Hammer mit voller Wucht auf den Deckel der Programmierungseinheit schlug.

»Noch einmal!«, forderte Akrobath.

Nach dem dritten Schlag drang aus dem Innern des Kastens ein Laut, der an das Einschnappen eines primitiven Schlosses erinnerte.

Der Roboter kam herbeigeschwebt und fuhr ein Instrumententeil aus, das statt der Finger mehrere Werkzeuge in Kleinformat besaß. Schraubenzieher, Flachfeile, eine Schere, ein Messer und weitere Gegenstände. Akrobath versuchte, die Flachfeile in den schmalen Spalt zu schieben.

»Du hast eben noch behauptet, ein Nachschlüssel sei nutzlos«, bemerkte Ellert anzüglich.

»Das war, bevor du den Hammer geschwungen hast!«, erwiderte der Roboter, ohne seine Bemühungen einzustellen.

Die Feile schien nicht das Richtige zu sein. Akrobath probierte es mit der dünnen Messerschneide. Die Klinge rastete irgendwo ein, und der Roboter verharrte in dem Moment wie erstarrt.

»Versuche, ganz vorsichtig den Deckel abzuheben!«, rief er im Flüsterton. »Ich glaube, das Messer hat die Verriegelung erwischt; ich darf es nicht bewegen, sonst schnappt das Ding wieder zu.«

Ellert legte den Hammer auf den Boden und ging auf die andere Seite des Sockels, um Akrobath nicht zu behindern. Er stemmte sich mit beiden Händen gegen das auf dem Block liegende Oberteil, doch es ließ sich nur um Millimeter bewegen.

»Kräftiger schieben!«, mahnte Akrobath, der seine Instrumentenhand längst wieder eingezogen hatte. »Bei deiner Statur sollte das ein Kinderspiel sein ...«

»Vorsicht!«, rief Ellert. Der Deckel kippte und polterte mit großer Wucht zu Boden.

Endlich war der Blick ins Innere der Programmierungseinheit möglich.

»Genau so stellte ich es mir vor«, teilte Akrobath zufrieden mit. »Das dort ist die Schablone, du brauchst sie nur herauszunehmen.«

Das erwies sich jedoch als unmöglich.

Ellert gab seine Versuche, die Schablone aus ihrer Halterung zu lösen, nach minutenlangen Bemühungen auf.

»So geht es nicht, Akrobath. Das Ding ist gesichert, und zwar wesentlich besser als der Deckel. Was schlägst du vor?«

»Der Hammer!«, sagte Akrobath entschlossen. »Nimm ihn und schlage ihn auf die Schablone. Sie sieht nicht besonders massiv aus, und wenn sie kaputt ist, kann sie die Kontrollen nicht mehr blockieren.«

Ellert zögerte. Er versuchte, sich die Folgen vorzustellen. Die Schablone war der eigentliche Steuermann des Schiffes und bestimmte den Kurs. Einen Kurs allerdings, der womöglich geradewegs ins Verderben führte. Wenn also die KARMA davon abwich, konnte das nur ein Schritt in Richtung Rettung sein.

Aber warum sollte sich der festgesetzte Kurs überhaupt ändern, wenn der Steuermann ausfiel?

»Mach schon!«, drängte Akrobath. »Wir verlieren Zeit.«

Ellert hob den Hammer auf. Er spürte Ashdons Protest, achtete aber nicht darauf. Die sonst übliche Koordination zwischen den beiden Bewusstseinen schien gestört zu sein.

Ellert hielt den Hammer genau über die Schablone – und ließ ihn los. Gleichzeitig sprang er zurück, als hätte ihn eine innere Stimme gewarnt, und das war sein Glück.

Der Hammer traf die Schablone, die durch den wuchtigen Schlag in den Sockel hineingetrieben wurde und in der Mitte auseinanderbrach. Aus der Halterung schoss eine Stichflamme senkrecht in die Höhe.

Akrobath kam bereits näher und begutachtete das Zerstörungswerk.

»Sehr schön, keine Programmierung mehr. Nun probier aus, ob die Sperre verschwunden ist.«

Ellert hatte sich in den beiden Tagen ebenfalls mit den Instrumenten vertraut gemacht. Trotzdem war er jetzt für Akrobaths Unterstützung dankbar.

»Nimm zuerst Energie weg«, drängte der Roboter. »Die Serienschalter unter der Transparentabdeckung sind die richtigen. Ja, unterbrich die Kontakte der unteren Reihe.«

»Der Kurs ...?«

»Später! Erst die Geschwindigkeit!«

Ellert befolgte die Ratschläge des Roboters. Als die Energiezufuhr unterbrochen war, leuchteten etliche neue Anzeigefelder auf.

»Die Geschwindigkeit verringert sich merklich«, stellte Akrobath fest. »Du machst das gar nicht schlecht, Ellert. Und jetzt weiter ...«

Minuten später wurde erkennbar, dass die grelle Lichtquelle langsam aus dem Zentrum der Erfassung auswanderte. Ellert versuchte, die

Kursänderung zu vergrößern, aber das blieb vergebliche Mühe. Immerhin war die größte Gefahr gebannt.

»Nicht alle Instrumente arbeiten einwandfrei«, stellte Akrobath fest. »Wir erhalten keine Werte mehr von der Fernortung. Außerdem sind wir noch zu schnell. Wir dringen bereits in die Galaxis ein. Langsamer!«

Ellert unterbrach die nächste Serienschaltung und drosselte damit die Energiezufuhr weiter.

Die Lichtquelle stand nun rechts schräg vor dem Bug der KARMA und überstrahlte alle Sterne in dieser Richtung. Abermals gestand Ellert sich ein, so etwas nie gesehen zu haben. War das wirklich eine Sonne? Dann musste es sich um einen Glutball überdimensionaler Größenordnung handeln, der jedoch nur ein relativ schwaches Gravitationsfeld aufwies.

»Bei größter Annäherung wird die Entfernung knapp ein Lichtjahr betragen«, gab Akrobath bekannt. »Keine Gefahr mehr für uns.«

»Und wie bekommen wir das Schiff voll manövrierfähig?«

»Darum werde ich mich schon kümmern, keine Sorge. Im Augenblick kann uns nichts passieren.«

»Was ist mit dir los, Ernst?«, fragte Ashdon unvermittelt.

Ellert schrak zusammen. »Wie meinst du das? Was soll denn mit mir los sein?«

»Das möchte ich eben gern wissen. Es fällt mir schwer, an die Oberfläche zu gelangen, wenn du verstehst, was ich damit meine. Es ist so, als würdest du mir den Weg versperren.«

»Das ist Unsinn, Gorsty! Warum sollte ich das tun?«

»Schon gut. Vielleicht bilde ich mir das auch nur ein.«

»Wahrscheinlich!«

Es irritierte Ellert, dass Ashdon ihm einen Vorwurf machte. Warum sollte er dessen Bewusstsein absichtlich unterdrücken? Dafür gab es keinen Anlass. Er schob den Gedanken beiseite und kümmerte sich wieder um das Schiff. Die Geschwindigkeit würde bald knapp unter der des Lichtes liegen.

»Schon eine Idee?«, fragte er den Roboter, der über den Konsolen schwebte.

»Der Überschlagblitz muss einige der Leitungen unterbrochen haben, anders kann ich es mir nicht erklären. Das Schiff lässt sich notdürftig manövrieren, aber für weitere Flüge wäre eine Reparatur unbedingt notwendig. Ich schlage vor, dass wir im nächsten Sonnensystem einen Planeten aufsuchen, ob er nun bewohnt ist oder nicht. Vielleicht brauchen wir keine Hilfe und schaffen es allein.«

»Was ist mit der Fernortung?«

»Noch ausgefallen, aber ich bin sicher, dass sie bei Unterlicht wieder funktioniert. Jedenfalls wird es genügen, eine Sonne mit Planeten aufzuspüren.«

»Noch etwas ist wichtig«, fiel Ellert ein. »Sobald wir unseren Flug fortsetzen, müssen wir es auf dem ursprünglichen Kurs tun. Er wurde durch telepathische Impulse bestimmt, und ich nehme an, dass sie von ES ausgeschickt wurden.«

»Der alte Kurs ist gespeichert und kann jederzeit neu programmiert werden. Das kannst du mir überlassen. Ich werde die Schablone, die du zertrümmert hast, bestens ersetzen.«

Wenig später verrieten die Instrumente, dass die KARMA nur noch knapp mit Lichtgeschwindigkeit flog. Die Fernortung konnte in geringer Entfernung eine Sonne registrieren, die von fünf Planeten umlaufen wurde. Mit Sicherheit würde einer davon für eine Landung geeignet sein.

»Zwei Lichttage«, stellte Akrobath fest. »Es wird besser sein, wenn wir die Geschwindigkeit beibehalten und bei Annäherung an das System rechtzeitig verringern. Ich denke schon, dass wir bis dahin mit den Kontrollen vertraut sind und die Landung wagen dürfen.«

»Wir werden es schon schaffen«, sagte Ellert zuversichtlich.

Von der gigantischen Lichtquelle war nur noch der Rand zu erkennen, aber er genügte, die rechte Bildseite für jede Beobachtung ausfallen zu lassen.

Ellert verließ die Zentrale, um sich nebenan auf der Liege auszustrecken. Die Gefahr war vorerst gebannt.

»Ernst?«, raunte Ashdon.

»Was gibt es?«

»Ich mache mir Sorgen. Wäre es nicht vernünftiger, unseren Körper weiterarbeiten zu lassen? Wir können nicht alles Akrobath aufbürden. Die notwendige Reparatur lässt sich vielleicht schon jetzt durchführen, bevor wir das System erreichen.«

Ellert unterdrückte seinen aufsteigenden Ärger schon deshalb, weil er ihn sich nicht erklären konnte.

»Der Mann ist müde, das weißt du. Er benötigt eine Ruhepause, sonst bricht er zusammen. Zieh dich also zurück und lass ihn schlafen.«

Das war deutlich und grob. Zu seinem Erstaunen fühlte Ellert kein Bedauern, als Ashdon sich beleidigt isolierte.

Nachdem Gorsty Ashdon sich abgeschirmt hatte, konnte er ungestört nachdenken, ohne dass Ellert seine Impulse hätte auffangen können.

Die Veränderung, die mit Ellert vor sich ging, war in der Tat erschreckend. Ihre Flucht von Sceddo und der Zwangsaufenthalt in der KARMA konnten kaum etwas damit zu tun haben. Im Gegenteil: Gerade in besonders gefährlichen Situationen war der Zusammenhalt des Doppelkonzepts besonders gut.

Trotzdem konnte Ashdon nicht ausschließen, dass die nervliche Anspannung der letzten Stunden, unter der zweifellos auch ihr Körper gelitten hatte, Ellerts merkwürdige Gereiztheit verursachte.

Aber nicht allein diese Gereiztheit beunruhigte Ashdon. Sein Konzeptpartner gewann immer mehr die Oberhand über den gemeinsamen Körper und dessen Handlungen. Bisher war es üblich gewesen, dass Ellert sich vor einer Entscheidung stets mit dem Freund und Partner besprach. Auf einmal entschied Ellert allein.

Diese Entwicklung konnte aber nur dann gebremst werden, wenn Ashdon ihre Ursache kannte. Merkwürdig fand er, dass Ellert von seiner immer deutlicher werdenden Veränderung selbst nichts zu wissen schien.

Das Konzept ließ den Mann zehn Stunden schlafen, ehe es in die Zentrale zurückkehrte. Akrobath lag im Sessel vor den Kontrollen und bewegte sich nicht. Erst als Ellert ihn ansprach, fuhr er den menschlichen Kopf aus.

»Es ist mir gelungen, die KARMA einigermaßen unter Kontrolle zu bekommen«, erklärte der Roboter. »Die Geschwindigkeit lässt sich nach Belieben variieren. Der Kurs ebenfalls, aber nur in sehr beschränktem Umfang. Das Programmierungszentrum allerdings ist ausgefallen. Ich werde die entsprechende Leitung ersetzen.«

»Und woher nimmst du die?«

»Es sind genügend Instrumente und Einrichtungen vorhanden, die wir kaum benötigen. Sie alle sind mit Leitungen verbunden, die ich ersatzweise umfunktionieren kann.«

Ellert sah auf den Hauptschirm. »Ist das der Zielstern?«

»Was hältst du von ihm?«

»Eine gelbe Normalsonne des Soltyps. Das lässt mich hoffen.«

»Ich habe auch schon die ungefähren Daten der fünf Planeten.«

»Lass hören!«

Akrobath schwebte nun langsam aus dem Sessel empor.

»Als man mich schuf, erhielt ich auch das Wissen über den Planeten Terra und die Geschichte der Terraner. Mich erstaunt nun, dass der zweite Planet des vor uns liegenden Systems sehr viel Ähnlichkeit mit Terra zu haben scheint. Gewisse Daten sprechen dafür, dass er bewohnt ist, aber mehr konnte ich bislang nicht herausfinden. Wir sind noch zu weit entfernt, und unsere Instrumente arbeiten nicht fehlerfrei.«

»Bewohnt? Dann haben wir vielleicht Glück, Akrobath.«

»Ich kann die KARMA mit deiner Hilfe gut genug manövrieren, um sie in eine Kreisbahn um den zweiten Planeten zu bringen. Aber eine Landung werden wir ohne Antigravfelder versuchen müssen. Der Antrieb ist stark genug, das auszugleichen.«

»Wie lange noch?«

»In exakt sieben Stunden gehen wir in die Umlaufbahn«, antwortete Akrobath.

»Du wirst täglich besser«, lobte Ellert. »Ich kann dir getrost die KARMA überlassen, sie ist in guten Händen.«

Ellert verließ die Zentrale und trat seinen gewohnten Rundgang durch das Schiff an. Der Körper musste in Bewegung bleiben und trainiert werden.

Die KARMA schwenkte in die Umlaufbahn um den zweiten Planeten der gelben Sonne ein.

Ellert beschränkte sich vorerst auf die optische Beobachtung. Auf der Nachtseite verrieten leuchtende Flecken ausgedehnte Großstädte. Der von der Sonne angestrahlte Bereich zeigte zudem Straßen und kultivierte Flächen. Weite Gebiete schienen jedoch unbewohnt zu sein. Es gab zwei kleine und einen sehr großen, nahezu von Pol zu Pol reichenden Kontinent.

Es dauerte nicht lange, bis im Funkempfang unverständliche Laute hörbar wurden. Mithilfe des dazwischengeschalteten Translators gelang nach einer Weile die erste noch teils unverständliche Übersetzung.

Eine Stunde lang suchte Ellert sämtliche Frequenzbereiche ab, um sich einen Überblick zu verschaffen.

»Wir werden behutsam vorgehen müssen«, stellte er schließlich fest. »Die Zivilisation dort unten steht zwar an der Schwelle des Raumfahrtzeitalters, doch sie ist keineswegs schon frei von Vorurteilen. Soweit ich das beurteilen kann, gibt es aber keine Nationen mehr. Sie haben Luftverkehr und verfügen über entsprechende Warneinrichtungen. Künstliche Satelliten stehen im geostationären Orbit, und sie schicken bereits Sonden zu den anderen Planeten. Damit dürfte unsere Landung nicht gerade eine Panik auslösen.«

Fünf Stunden später lagen alle notwendig erscheinenden Daten ausgewertet vor.

Der Planet hatte ungefähr die gleiche Rotationsdauer wie die ferne Erde, stand in einem ähnlichen Winkel zur Ekliptik und wies angenehme klimatische Verhältnisse auf. Die Schwerkraft betrug wenig mehr als ein Gravo. Die Zusammensetzung der Atmosphäre war denkbar günstig.

Was die Bewohner anging, so schien ihre Entwicklung ähnlich verlaufen zu sein wie die der Terraner. Ihre Evolution stand etwa dort, wo die Menschheit vor mehr als eineinhalbtausend Jahren gestanden hatte.

»Es ist besser, Ellert-Ashdon, wenn du für die Landung die Kontrollen nach meinen Anweisungen bedienst«, sagte Akrobath. »Wir wissen nicht, ob es einmal notwendig sein wird, dass du ohne mich auskommst.«

Ellert nahm kommentarlos in dem Sessel Platz. Als sich die Geschwindigkeit der KARMA verringerte, drang sie in die obersten Schichten der Atmosphäre ein und näherte sich dann, langsamer werdend, der Nachtseite. Am Rand des Horizonts tauchten Lichter auf – die Küstenstädte des großen Kontinents. Ellert korrigierte den Kurs leicht. Der ausgewählte Landeplatz lag weiter im Norden.

Kurz darauf überflog die KARMA mehrere Städte und glitt dann über schwach besiedeltes Land hinweg, das sich bis hinauf zur Polkappe erstreckte. Über einer Hochebene setzte das Schiff zur Landung an und sank langsam dem Boden entgegen.

Mit einem spürbaren Ruck setzte die KARMA auf. Der Antrieb verstummte.

Ernst Ellert desaktivierte alle Anlagen und lehnte sich zurück. »Wir sind gelandet«, sagte er.

23.

Der wissenschaftliche Krisenstab trat noch in der Nacht zur Beratung zusammen. Der Regierungschef hatte seinen Stellvertreter und offiziellen Repräsentanten Polaz zur Teilnahme an dieser Konferenz entsandt, um aus erster Hand ständig informiert zu werden.

Es war nicht das erste Mal in der Geschichte Scharzos, dass fremde Fluggefährte am Himmel auftauchten, und in aller Regel verschwanden sie danach wieder spurlos. Diesmal war alles anders. Die Ortungen zeigten, dass jenes in dieser Nacht entdeckte FFG im Norden des Kontinents Hendora niedergegangen war. Deshalb herrschte Aufregung.

Chefwissenschaftler und Spezialist für FFG-Fragen, Teilor, war mit seinem Fraggo erschienen, was ihm niemand übel nahm. Die geschlechtslosen Fraggos gehörten zur Familie und galten als die besten Ratgeber, deren Meinung oft ausschlaggebend für Entscheidungen war.

Polaz war Junggeselle wie die meisten Mitglieder der Regierung und verfügte daher auch nicht über einen Fraggo. Er war davon überzeugt, selbst genügend Hirnmasse zu haben, um ohne den üblichen Ratgeber auskommen zu können.

»Meine Herren!« Als Polaz das Wort an die versammelten Wissenschaftler richtete, verstummten die erregten Gespräche. Es wurde still in dem schalldicht isolierten Raum. »Meine Herren, nach letzten Informationen kann kein Zweifel mehr daran bestehen, dass in der Tat ein größeres FFG im Norden von Hendora gelandet ist. Alle Nachrichten über diese Landung sind von der Regierung als streng geheim eingestuft worden und dürfen nicht an die Öffentlichkeit gelangen. Ich verpflichte Sie darum im Auftrag des Präsidenten zu strengstem Stillschweigen. Was in diesem Raum besprochen wird, ist geheim.«

»Warum eigentlich?«

Der Zwischenrufer war Ront, ein junger Wissenschaftler, der sich in erster Linie mit Astronomie beschäftigte und die Theorie vertrat, dass die Scharzanen nicht die einzigen Intelligenzen im Weltall seien. Er hatte den Spott der Traditionalisten einstecken müssen, sich aber nicht entmutigen lassen. Seine Frau und sein Fraggo standen auf seiner Seite, das ermutigte ihn immer wieder, seinen Standpunkt auch in der Öffentlichkeit zu vertreten.

Polaz zog die Augenbrauen in die Höhe. »Diese Frage ist ungehörig, aber ich will Ihnen antworten«, sagte er, und seine Stimme klang frostig. »Es ist auch Ihnen bekannt, dass Gerüchte um das Auftauchen von FFGs in der Bevölkerung unerwünschte Reaktionen hervorgerufen haben. Religiöse Sekten bildeten sich, die Verwirrung stifteten und Zulauf aus den Reihen der Traditionalisten wie auch der Progressiven zu verzeichnen hatten. Offiziell wurde niemals geklärt, ob diese FFGs real existieren oder nicht, und so soll es auch bleiben. Wenn bekannt würde, dass ein solches Ding gelandet ist, von dem wir selbst nicht wissen, was es ist und woher es kommt, dann könnte es Unruhen geben.«

»Das sehe ich ein«, gestand Ront zu. »Aber ich meine trotzdem, wir sollten die Bevölkerung aufklären, sobald wir das Rätsel gelöst haben.«

»Darüber kann später entschieden werden. Darf ich nun Chefwissenschaftler Teilor um seine Stellungnahme bitten ...«

Teilor war für einen Scharzanen ziemlich klein gewachsen, seiner Genialität tat das keinen Abbruch. Er stand auf, um besser von der Versammlung gesehen zu werden.

»Sie alle wissen, dass ich eigene Ansichten über das Erscheinen der FFGs habe. In gewisser Beziehung gehe ich mit Ront konform, der ebenfalls davon überzeugt ist, dass es noch andere Intelligenzen im Universum gibt, die uns sogar technisch überlegen sein können. Und nicht nur technisch. Ich halte es daher für nützlich, dass wir Verbindung mit ihnen aufnehmen, falls sich eine solche Gelegenheit ergibt. Das scheint nun der Fall zu sein.«

Einige Zuhörer protestierten, aber Polaz brachte sie mit einer Handbewegung zum Schweigen. »Sie können später Ihre Ansichten äußern. Aber noch hat Teilor das Wort.«

Der Chefwissenschaftler bedankte sich mit einem knappen Kopfnicken und fuhr fort: »Ich bin mit der Regierung einer Meinung. Die Landung sollte vorerst geheim gehalten werden, um Unruhe zu vermeiden. Nicht alle sind der Überzeugung, dass Fremde aus dem All friedlich sein können. Viele haben die Vorstellung grausamer Ungeheuer, die uns vernichten wollen. Ich halte das für Unsinn, aber leider gibt es keine Beweise für das Gegenteil. Die Frage ist nun: Wie stellen wir den Kontakt zu dem FFG her, ohne dass seine Besatzung die Annäherung falsch auffasst und womöglich unheilvoll reagiert? Ich meine, das ist unser Hauptproblem.«

Er setzte sich unter schwachem Beifall.

Polaz zog das Mikrofon zu sich heran.

»Seitdem wir die Weltregierung haben, wurden die Militäreinheiten der früher bestehenden Nationen und Völker in Ordnungsarmeen umgewandelt, die in erster Linie für die Einhaltung der Umweltschutzgesetze zu sorgen haben. Im Notfall könnten sie innerhalb einer Stunde bewaffnet werden. Der Präsident hat angeordnet, dass bewaffnete Spezialeinheiten nach Norden gebracht und dort stationiert werden.«

»Lernt man denn nie?«, rief Teilor empört und erschrocken zugleich. »Warum das?«

»Sehr richtig! Warum?«, rief auch Ront.

Polaz hob beruhigend beide Hände. »Das ist nur eine Vorsichtsmaßnahme, meine Herren! Die Einheiten werden überhaupt nicht in Erscheinung treten, wenn es nicht nötig ist. Sie haben auch noch einen anderen Zweck, nämlich den, die gelandeten Fremden – falls in dem FFG überhaupt welche sind – vor fanatischen Gruppen zu schützen, die vielleicht von dem Vorfall erfahren. Ich denke, dass unsere Absicht auch in Ihrem Sinn ist.«

»Wenn das so ist, habe ich keine Bedenken«, bemerkte Teilor. »Ein gewisser Radamoz ist in letzter Zeit sehr aktiv geworden, wohl in erster Linie auf das Betreiben seines Fraggos RK-1. Auch seine Frau Karama dürfte nicht ganz unbeteiligt an seinen Aktionen sein.«

»Ich kenne Radamoz und seine Anhänger«, warf einer der Wissenschaftler ein. »Sie verbreiten die Lehre, die FFGs seien die Abgesandten der Götter und wollten uns das Heil bringen. Eine neue Religion, nichts weiter. Als ob wir nicht schon genug davon hätten! Denken Sie nur an Torkas ...«

»Sie sehen, meine Damen und Herren, wie wichtig es ist, die Angelegenheit streng geheim zu handhaben«, meldete sich Polaz wieder. »Sie können sich darauf verlassen, dass die Regierung alles tut, was in ihrer Macht steht.«

Ront hob die Hand. Polaz nickte ihm zu.

»Ist es wahr, dass dieses jetzt gelandete FFG nicht das erste ist und dass frühere Landungen sogar vor dem Krisenstab geheim gehalten wurden?«

Die Frage sorgte für einige Aufregung. Polaz tauschte einen schnellen Blick des Einverständnisses mit Teilor, dann antwortete er: »Nein, das ist nicht wahr. Kein weiterer Kommentar, Ront.«

Der junge Wissenschaftler wirkte nicht sehr überzeugt. Es hatte genügend Berichte gegeben, nach denen zu urteilen FFGs abgestürzt und die Trümmer heimlich beiseitegeschafft worden sein sollten. Sogar die Leichen von fremden Intelligenzen sollte es geben, in geheimen Anlagen konserviert.

»Wir treffen uns morgen Vormittag wieder hier«, schloss Polaz die Sitzung und löste damit die Versammlung auf.

Als Radamoz die Ehe mit Karama schloss, hatten sie sich den erstgeborenen Fraggo einer befreundeten Familie als ständigen Begleiter und Ratgeber ausgesucht und ihm die Bezeichnung RK-1 gegeben, zusammengesetzt aus ihren Anfangsbuchstaben und der Tatsache, dass der Fraggo als Erster eines Ehepaars geboren wurde.

Obwohl geschlechtslos, sah ein Fraggo aus wie jeder Scharzane, aber ohne ihn konnte keine Ehe geschlossen werden. Ohne ihn gab es auch keinen Nachwuchs, obwohl er mit der Zeugung nichts zu tun hatte. Gemeinsam, gewissermaßen wie Zwillinge, wurde ein Fraggo mit dem ersten Nachkommen eines Paares geboren. Das zweite Kind war allein, beim dritten erschien wieder ein Fraggo. So hielt sich in etwa das Gleichgewicht zwischen den Paaren und den Fraggos.

Man hätte sie nicht als Diener bezeichnen können, wohl aber als ständige Begleiter und Ratgeber. Denn die Fraggos galten als äußerst intelligent, zuvorkommend und freundlich. Sie lebten mit ihrer Familie zusammen in einem Haus.

Die Meinung des Fraggos war entscheidend für das Verhalten und die Lebensauffassung der Familie. Er stand hinter allem, obwohl er sich stets im Hintergrund hielt. Die Fraggos waren die eigentlichen Herrscher von Scharzo, aber niemand hätte gewagt, das offen auszusprechen.

»Hast du schon gehört, Radamoz?«, fragte Karama, als ihr Mann aufwachte und sich aus dem Bett wälzte. »Irgendwer will wieder ein FFG gesehen haben. Es wurde aber nicht bestätigt.«

»Wie üblich«, knurrte Radamoz. »Wo hast du die Neuigkeit her?« Derartige Meldungen gab es täglich, er nahm sie fast nicht mehr ernst, obwohl er seinen Anhängern immer wieder versichern musste, dass es FFGs gab und sie die Sendboten der Götter waren.

»Aus der Zeitung. Sie schreiben, dass ein FFG geortet worden sei, im Norden angeblich. Offiziell wurde unmittelbar danach bekannt gegeben, dass es sich um eine außer Kontrolle geratene Versuchsrakete handele, die inzwischen gefunden wurde. Auch im Norden von Hendora. Glaubst du das?«

»Denen kann man nie das Gegenteil beweisen«, knurrte Radamoz. RK-1 half ihm beim Anlegen der Kleidung.

»Diesmal scheint wirklich etwas an der Geschichte dran zu sein, Radamoz«, sagte der Fraggo in seiner behutsamen Art. »Ich weiß von einem Freund, dass in dieser Nacht der wissenschaftliche Krisenstab zusammengetreten ist.«

»Und dein Freund? Woher weiß er es?«

»Ich habe ihn nicht gefragt. Aber wenn das stimmt, sickert es ohnehin durch. Ich werde mich umhören.«

»Ja, tu das, RK-1. Was liegt sonst vor?«

»Angemeldete Besucher, wie üblich. Mitglieder unserer Vereinigung, aber auch Nichtmitglieder.«

»Frühstück ist fertig«, rief Karama von nebenan.

Wie üblich lief das TV-Gerät und brachte einen nichtssagenden Film. Radamoz konnte das seiner Frau nicht abgewöhnen. Obwohl sie weder hinsah noch hinhörte, genoss sie das Gefühl, ständig mit der ganzen Welt verbunden zu sein.

Der Leiter der größten FFG-Gemeinschaft von Scharzo schlürfte gerade seinen heißen Kaffee, als der Film ohne jede Ankündigung unterbrochen wurde und der Nachrichtensprecher auf dem Bildschirm erschien. Das konnte nur bedeuten, dass etwas Außergewöhnliches passiert war.

»Liebe Mitbürger«, sagte der Sprecher und blätterte in seinen Papieren, »wir haben die Pflicht, kommentarlos eine Bekanntmachung der Regierung zu verlesen. In der vergangenen Nacht erregte die Rückkehr einer außer Kontrolle geratenen Versuchsrakete Aufsehen unter der Bevölkerung und gab zu wilden Spekulationen Anlass. Um weiteren Gerüchten Einhalt zu bieten, betont die Regierung im Einvernehmen mit dem wissenschaftlichen Krisenstab noch einmal, dass von der Landung eines angeblichen FFGs nicht die Rede sein kann. Die hart gelandete Rakete wird vom Ordnungsdienst geborgen werden. Vor einem Betreten des Landegebiets wird gewarnt, da Explosionsgefahr besteht.« Der Sprecher sah auf. »Ende der Meldung.«

Der Film lief weiter. RK-1 sah Radamoz vielsagend an. »Ich halte das für ein Ablenkungsmanöver der Regierung.«

Radamoz nickte geistesabwesend. »Du hast vermutlich recht. Aber es ist schon mehrmals geschehen, und beweisen konnten wir nie etwas.«

»Vielleicht diesmal. Ich werde mich jedenfalls bemühen, Augenzeugen der nächtlichen Sichtung aufzuspüren und zu befragen. Diese magere Regierungserklärung ist mir zu fadenscheinig.«

»Mir ebenfalls. Zieh du Erkundigungen ein, ich werde die Besucher entsprechend befragen. Karama, du solltest inzwischen versuchen, eine Verbindung mit Torkas herzustellen.«

»Mit diesem Spinner?«

»Immerhin ist er von der Existenz der FFGs überzeugt, das entscheidet. Ich muss mit ihm sprechen.«

Radamoz verschwand in seinem Arbeitszimmer, in dem er auch die Besucher empfing, während RK-1 sich auf den Weg in die Stadt machte, um neue Informationen über den nächtlichen Vorfall zu erhalten.

Am Mittag desselben Tages trafen Regierungsvertreter Polaz und Chefwissenschaftler Teilor erneut zusammen. Diesmal allein, in einem Speiserestaurant in der Stadt Zorahn.

»Unser Aufruf hat gewirkt – hoffentlich«, sagte Polaz. »Aber Gerüchte lassen sich nicht von heute auf morgen aus der Welt schaffen.«

»Sind Vorsichtsmaßnahmen getroffen worden?«

»Das Landegebiet ist nach Süden abgesperrt. Von Norden wird keiner kommen, da beginnt die Polkappe. Aber natürlich haben wir auch dort Beobachtungsposten aufgestellt. Übrigens hat eine unserer Stationen das FFG vor seiner Landung filmen können. Es handelt sich um ein Objekt von zweihundert Metern Länge, Geschossform und mit dem Heck nach unten niedergehend. Die Station verlor es dann aus den Augen, weil sie zu weit entfernt war. Aber es kann keinen Zweifel geben, dass es gelandet ist.«

»Warum wird nicht versucht, Kontakt aufzunehmen?«

»Das wäre zu riskant. Wir kennen die Absichten der Fremden nicht. Wir können nur abwarten, was sie unternehmen.«

»Und wenn gewisse Gruppen der offiziellen Verlautbarung keinen Glauben schenken und sich auf die Suche nach dem FFG machen? Was dann?«

»Die Absperrung werden sie nicht überwinden. Die Leute vom Ordnungsdienst haben eindeutige Anweisungen. Notfalls werden sie von der Waffe Gebrauch machen.«

»Das könnte zu Unruhen führen, Polaz.«

»Die haben wir ohnehin. Energieknappheit, Verschmutzung von Luft und Wasser ...«

»Der Krisenstab beschäftigt sich schon damit.«

»Wird es eine Lösung geben?«

Teilors Gesicht verriet Besorgnis. »Theoretisch ja, aber in der Praxis sieht es anders aus. Wir wissen ziemlich genau, was die Ursachen für die langsame Vergiftung von Luft und Wasser sind, aber eine weitere Vergiftung könnte nur durch drastische Einschränkungen gewisser Bedürfnisse verhindert werden. Optisch gesehen ein Rückschritt, weil wir auf manche überflüssige Bequemlichkeit verzichten müssten, und das macht niemand freiwillig. Die Regierung hat leider nicht den Mut, entsprechende Gesetze zu erlassen.«

Polaz seufzte. »Unsere Zivilisation stagniert, wenn wir den Fortschritt hemmen, das ist Ihnen hoffentlich bewusst.«

»Sie geht zugrunde, wenn wir weitermachen wie bisher!«

Sie waren vom Thema abgekommen, doch das angeschnittene war nicht weniger aktuell. Es beschäftigte die Gemüter von Scharzo in ungewöhnlichem Maß.

Es war der Zankapfel beider politischen Gruppen, der Traditionalisten und der Progressiven.

»Sie sind Traditionalist, Teilor, das erklärt Ihre Einstellung. Dabei wissen Sie so gut wie ich, dass es außerhalb unserer Welt eine Technik geben muss, die der unseren weit voraus ist. Wenn wir sie nicht einholen, weiß ich nicht, was dann geschehen könnte. Im Norden ist ein FFG gelandet. Wissen wir, mit welcher Absicht?«

»Das werden wir früher oder später erfahren. Aber wahrscheinlich haben Sie ein schlechtes Gewissen, Polaz, weil Sie bisher zu viele Dinge geheim hielten. Vielleicht ist diese Landung, die ja allem Anschein nach glatt verlief, ein günstiger Anlass, die Bevölkerung allmählich aufzuklären.«

»Vorerst nicht!«, lehnte der Regierungsmann ab.

Es war keine Seltenheit, dass Fraggos mit ihresgleichen feste Freundschaften schlossen, ohne dabei die Bindung an ihre Familie zu vernachlässigen. RZ-1 gehörte zu Ronts Familie, doch seine Freundschaft zu RK-1 war älter. Hinzu kam, dass der Astronom Ront in vielen Dingen einer Meinung mit Radamoz war, es jedoch öffentlich seiner Stellung wegen nicht zugeben durfte. Sein Fraggo diente demzufolge als eine Art Verbindungsmann.

RK-1 näherte sich dem Stadtpark und strebte der Bank am See zu. Hier traf er sich oft mit seinem Freund. Es war später Nachmittag, aber noch immer schien die Sonne warm vom wolkenlosen Himmel herab.

RZ-1 erwartete ihn. Er rückte zur Seite, als RK-1 neben ihm Platz nahm.

»Gibt es Neuigkeiten, RZ-1?«

»Allerdings. Ront teilte mir das Ergebnis der nächtlichen Sitzung des Krisenstabs mit. Ich bin nicht sicher, aber ich glaube er tat es mit der Absicht, dass ich mit dir darüber spreche. Also, es stimmt, im Norden ist ein FFG gelandet!«

»Ich ahnte es und Radamoz ebenfalls. Was geschieht nun? Wird die Bevölkerung endlich aufgeklärt?«

»Im Gegenteil. Es wurde strengste Geheimhaltung befohlen, da eine Panik befürchtet wird. Du weißt, dass die meisten Scharzanen sich für die einzigen intelligenten Lebewesen des Universums halten. Ihr Selbstbewusstsein würde Schaden erleiden, sobald sie erfahren, dass dem nicht so ist.«

»Das ist der einzige Grund? Wenn unsere Raumfahrt weiterentwickelt wird, werden sie es ohnehin erfahren, sobald wir anderen Intelligenzen begegnen.«

»Der Präsident und sein Stellvertreter sind der Auffassung, dass die entsprechende Vorbereitung längere Zeit in Anspruch nimmt. Ein solches Ereignis würde die Grundlage einiger Religionen zerstören und Millionen Scharzanen ihres moralischen Halts berauben. Soll das riskiert werden?«

»Für einen Progressiven eine seltsame Einstellung, findest du nicht?«

»Ront und ich sind Neutralisten, du und Teilor hingegen Traditionalisten. Trotzdem scheint ihr fortschrittlicher zu sein.«

»Jeder hängt sein Fähnchen nach dem Wind«, verkündete RK-1 eine altbekannte Tatsache. »Doch zurück zum Thema. Kannst du mir sagen, was geschehen ist und welche Maßnahmen die Regierung ergriffen hat?«

»Absperrung des betreffenden Gebiets und Geheimhaltung. Offiziell wird Explosionsgefahr der Versuchsrakete vorgeschoben. Damit wird – nicht zum ersten Mal – der Beweis für ein intelligentes Leben außerhalb von Scharzo verschwinden. Ront und ich sind dagegen, aber die Mehrheit des Krisenstabes war dafür.«

»Radamoz trifft heute mit Torkas zusammen, ich habe das bereits arrangiert. Sie haben zwar verschiedene Anschauungen, aber sie sind sich einig darüber, dass es FFGs gibt und dass diese von außerhalb unseres Sonnensystems stammen. Vielleicht einigen sie sich endlich.«

»Hat Torkas einen Fraggo?«

»Ja, er heißt TB-1 und ist ein religiöser Fanatiker wie seine Familie. Aber das spielt keine Rolle. Sowohl Radamoz als auch Torkas legen größten Wert darauf, dass die Regierung endlich die Geheimhaltung aufgibt. Notfalls soll sie dazu gezwungen werden.«

»Wie denn? Das Gebiet ist abgesperrt.«

»Sperren lassen sich umgehen«, deutete RK-1 an.

»Der Ordnungsdienst hat Anweisung, von der Waffe Gebrauch zu machen, sobald jemand versucht, an das FFG heranzukommen.«

»Ob es bereits einen Kontakt gegeben hat?«

»Das weiß ich nicht, Polaz jedenfalls soll nichts davon erwähnt haben. Ich kann dir nur noch einmal bestätigen, dass in der Tat ein Fluggefährt von einer anderen Welt auf Scharzo gelandet ist.«

»Danke, RZ-1. Es genügt. Ich werde Radamoz informieren.«

»Von mir aus, aber erwähne niemals meinen oder Ronts Namen.«

»Das würde ich nie tun, mein Freund. Wir sehen uns morgen.«

»Ich bin zur gewohnten Zeit hier auf der Bank.« RK-1 erhob sich, nickte dem Freund noch einmal zu und ging in die Richtung zurück, aus der er gekommen war.

»Wir handeln gegen den Beschluss der Regierung, Torkas«, sagte Radamoz, nachdem ihm dieser seinen Vorschlag unterbreitet hatte. »Das birgt eine Menge Gefahren.«

»Wir wollen Gewissheit, dass die Söhne Älzorans gelandet sind«, hielt der Fanatiker ihm entgegen. »Sie können nicht abstreiten, dass Sie das ebenfalls glauben.«

»Nicht in dieser Form. Fremde Intelligenzen können niemals von unserer Sonne abstammen. Dort gibt es kein Leben.«

»Ist ja auch mehr symbolisch gemeint«, redete Torkas sich heraus. »Trotzdem, wir wollen Gewissheit.«

»Darin sind wir uns einig. Doch was Sie vorhaben, ist Aufruhr. Wir sollten es über die Wissenschaftler versuchen.«

»Teilor ist Traditionalist wie ich, aber leider sind wir auf dem Gebiet der Wissenschaft erbitterte Gegner. Ich bin überzeugt, dass Teilor von den bisherigen Landungen weiß und es nur nicht zugeben darf.«

Sie tauschten ihre Ansichten aus und versuchten, einen Kompromiss zu erzielen, was allerdings nicht gelang. Torkas wollte einen Teil seiner Anhänger bewaffnen und versuchen, gewaltsam in das verbotene Gebiet einzudringen, um Verbindung mit den Söhnen Älzorans herzustellen. Radamoz hingegen befürwortete den eigenen Vorschlag, die Regierung zum Nachgeben aufzufordern. Dann gingen sie auseinander.

Radamoz war erst kurze Zeit wieder zu Hause, als RK-1 kam. Karama gesellte sich zu ihnen. »Der Mittelweg ist der einzig richtige«, stellte sie unumwunden fest. »Erst wenn die Regierung ablehnt, kann eigenmächtig gehandelt werden.«

»Wir werden die Presse einschalten«, schlug RK-1 vor. »Ihr Einfluss darf nicht unterschätzt werden. Im Übrigen ist es Torkas' Fanatismus zu verdanken, wenn Berichte über FFGs nicht ernst genug genommen werden. Also sollte ein seriöser Wissenschaftler seine Stellungnahme abgeben.«

»Das bringt denjenigen in Konflikt mit dem Krisenstab«, gab Radamoz zu bedenken. »Ich werde der Regierung ein offizielles Schreiben mit der Bitte um Aufklärung zuleiten. Vielleicht hilft das.«

»Zumindest rechtfertigt eine Ablehnung dann unser selbstständiges Handeln«, stellte RK-1 fest. »Über die Schritte der Regierung sind wir unterrichtet und können uns entsprechend verhalten. Wir haben in Ront und RZ-1 zuverlässige Verbündete.«

Sie beschlossen, das Schreiben umgehend abzufassen.

Die Evakuierung aller Siedler im Umkreis von zwanzig Kilometern um die Aufschlagstelle der Versuchsrakete fand wenig Zustimmung unter der Bevölkerung. Da die Regierung jedoch Fahrzeuge und Geldmittel zur Verfügung stellte und außerdem betonte, die Ausgewiesenen könnten in wenigen Tagen auf ihre Farmen zurückkehren, gab es keine größeren Schwierigkeiten.

Damit wurde eine Fläche von etwa tausendzweihundertfünfzig Quadratkilometern so gut wie entvölkert. Im Randbereich bezogen die Leute des Ordnungsdienstes Stellung und warteten auf weitere Anordnungen. Nach Norden war die Grenze nur schwach besetzt. Das Gelände war unwirtlich und kaum begehbar. Es gab felsige Wüsten, kein Wasser und ausgedehnte Salzsümpfe.

Der Regierungsmann Polaz leitete die Abordnung, die eine Verbindung zu dem gelandeten FFG herstellen sollte. Es war nicht das erste Mal, dass er mit einer solchen Aufgabe betraut wurde, und er nahm auch fest an, dass die Expedition und Untersuchung wie immer ohne Ergebnis verlaufen würde. Nie waren Überlebende an Bord der meist total vom Aufprall zerstörten FFGs gefunden worden.

Der Astronom Ront, der sowohl dem Wissenschaftlichen Rat als auch der Regierung angehörte, begleitete Polaz. Teilor hatte abgelehnt. Einige Experten aus den Bereichen Biologie und Kosmologie begleiteten Polaz und Ront, dazu eine bewaffnete Spezialtruppe des Ordnungsdiensts.

Die Geländefahrzeuge bewegten sich langsam nach Norden. Die Sicht wurde durch zahlreiche Hügelketten behindert, aber Luftaufnahmen hatten den Landeplatz des FFGs auf den Meter genau bestimmt. Die auf dem Heck stehende Rakete war von allen Seiten fotografiert worden. Sie musste problemlos gelandet sein. Spuren von Leben gab es bislang nicht.

»Vielleicht ist es eine unbemannte Sonde«, sagte Polaz und bat den Fahrer, die Heizung hochzudrehen. Es war kalt im Wagen.

»In unserem Sonnensystem gibt es keinen zweiten bewohnten Planeten.« Ront machte eine heftig ablehnende Geste. »Wenn überhaupt, dann kann diese Rakete nur aus einem anderen System gekommen sein.«

»Aber bedenken Sie die riesigen Entfernungen!«, rief Polaz erregt. »Ich bin kein absoluter Laie auf diesem Gebiet, und ich kenne die Schriften der Fachleute. Selbst wenn ein Raumschiff die Geschwindigkeit des Lichtes erreichen könnte, wäre es Jahre unterwegs. Dieses jetzt gelandete und die anderen Raumschiffe können nur aus unserem eigenen System stammen.«

»Und Sie nennen sich einen Progressiven?«, wunderte sich Ront.

»Da bin ich als Neutraler wesentlich fortschrittlicher im Denken. Sogar Teilor als Traditionalist glaubt an intelligentes Leben in unserer Galaxis.«

»Aber die Entfernungen ...«

»Sie spielen keine Rolle für den, der Raum und Zeit besiegen kann. Die technische Entwicklung hat schon bei uns erstaunliche Fortschritte gemacht. Noch vor fünfzig Jahren war der Flug zu den Planeten unseres Sonnensystems Utopie. In weiteren zehn oder zwanzig Jahren werden wir dort landen, wenn nichts Unvorhergesehenes geschieht. Zum Glück ist die Gefahr eines Krieges gebannt worden, dafür tauchten andere auf.«

»Ich weiß: Energieprobleme, Überbevölkerung, schwindende Rohstoffe.« Polaz machte eine hilflos anmutende Geste. »Und immer noch wehrt sich die Bevölkerung gegen die Anwendung der atomaren Energie.«

»Mit Recht, solange die Regierung nicht weiß, wohin mit den gefährlichen Restbeständen. Dabei wäre die Lösung so einfach.«

»Ja, ich kenne Ihren Vorschlag. ›Packt den strahlenden Müll in eine unbemannte Rakete und schießt sie zur Sonne. Damit ist man ihn los.‹ Haben Sie jemals nachgerechnet, was ein Abschuss kosten würde?«

»Also liegt es nur an den Kosten, dass die Probleme unlösbar bleiben?«, fragte Ront verbittert. »Das ist höchst traurig. Der Krisenstab sollte sich ernsthaft mit dem Problem befassen. Vielleicht können uns die Fremden helfen, wenn sie noch leben und wir mit ihnen reden können.«

»Das ist eine meiner heimlichen Hoffnungen«, gestand Polaz. Er deutete nach vorn. »Noch fünf Kilometer. Hinter dem Gebirgszug steht das Schiff.«

»Es muss sich um eine ziemlich verrückte Welt handeln«, teilte Akrobath mit, der die ganze Nacht über mithilfe des Translators die Sendungen der Scharzanen abgehört hatte. »Immerhin besitzen sie eine gewisse Intelligenz und verfügen auch über eine nette Technik. Es fragt sich nur, in welcher Form wir Kontakt aufnehmen sollen.«

Was der Roboter berichtete, weckte Erinnerungen in Ellert. Er fühlte sich in die Mitte des zwanzigsten Jahrhunderts auf der Erde zurückversetzt. Damals hatten durchaus vergleichbare Zustände geherrscht, nur hatte es keine Weltregierung gegeben.

»Wir warten noch ab«, bestimmte er, ohne Gorsty Ashdon zu fragen. »Die Scharzanen müssen den ersten Schritt tun. Wir werden weiterhin ihre Sendungen überwachen.«

»Da erfahren wir nicht viel, weil unsere Landung geheim gehalten wird«, gab Akrobath zu bedenken. »Allerdings gibt es Bevölkerungsgruppen, die das Manöver durchschauen und offen darüber reden. Ich fürchte, unsere Landung sorgt für einen ziemlichen Wirbel. Das Seltsame ist, dass wir nicht die Ersten zu sein scheinen.«

»Und trotzdem diese Komplikationen?«

»Weil alles bisher verheimlicht wurde. Nun zögert die Regierung natürlich, Farbe zu bekennen.«

»Da ist es!« Polaz deutete nach vorn. »Auf dem Berg jenseits der Geröllebene.«

»Ich sehe es«, erwiderte Ront ein wenig beklommen. »Es muss tatsächlich ein Raumschiff sein, das glatt gelandet ist. Was nun?«

»Es steht schon zwei Tage dort, ohne dass sich etwas getan hätte. Das lässt zwei Schlüsse zu: Es ist unbemannt, oder die Besatzung ist tot.«

»Wie wäre es mit einer dritten Möglichkeit?«, fragte Ront. »Die Besatzung lebt und wartet ab.«

»Warum sollte sie das? Die Fremden sind uns technisch weit überlegen, sonst wären sie nicht hier. Sie hätten keinen Grund, uns zu fürchten und zu warten, was wir unternehmen. Nein, die Landung verlief keineswegs so glatt, wie es den Anschein hat. Wir fahren weiter.«

»Wie Sie meinen, Polaz.«

Die Kolonne setzte sich wieder in Bewegung. Das Gelände war unübersichtlich und voller Hindernisse. Die letzten Ansiedlungen lagen weit zurück, hier in der Steinwüste lebte niemand.

Die Fahrzeuge durchquerten eine trockene Senke und erreichten den Fuß des flach ansteigenden Berges, auf dessen Gipfelplateau das fremde Raumschiff wie ein gewaltiges Denkmal stand.

»Gigantisch!«, murmelte Polaz voller Anerkennung. »Was könnten wir alles von ihnen lernen, wenn sie bereit wären, ihr Wissen mit uns zu teilen.«

Ront schwieg, er war zu sehr mit seinen eigenen Gedanken beschäftigt. Fast bereute er es, seinem Fraggo den versteckten Auftrag gegeben zu haben, RK-1 zu informieren. Radamoz wusste nun von den Absichten der Regierung und würde nicht untätig bleiben.

Die Kolonne stoppte am Rand des Plateaus. Das Raumschiff war nun keine zweihundert Meter entfernt. Noch immer blieb alles ruhig.

Polaz befahl, ein leichtes Geschütz versteckt in Stellung zu bringen. Die Bewaffneten sollten sich über das Gelände verteilen und weitere Befehle abwarten.

»Kommen Sie, Ront! Jetzt sind wir gefordert.«

Der Astronom konnte das Zittern in den Knien nicht ganz unterdrücken, als er Polaz folgte. Der Regierungsmann schritt kräftig aus und blieb erst nach der Hälfte der Strecke wieder stehen.

»Nun kommen Sie schon, Ront! Wenn jemand in der Rakete ist, hat er uns ohnehin längst gesehen. Und wenn er uns töten wollte, hätte er das schon getan. Ich bewerte die Passivität als gutes Zeichen.«

Ront blieb neben Polaz stehen und setzte gerade zu einer Erwiderung an, als sich dicht über den Landestützen der Rakete eine runde Luke öffnete. Eine schmale Leiter wurde bis zum Boden herab ausgefahren. Augenblicke danach erschien oben in der Öffnung eine Gestalt, hob einen Arm und winkte.

»Das ist doch ... ein Scharzane!«, entfuhr es Polaz. »Wie ist das möglich?«

»Es kann kein Scharzane sein, er sieht nur aus wie wir«, vermutete Ront. Er konnte seine Erleichterung kaum verbergen, dass sie es nicht mit einem Monstrum zu tun hatten.

Polaz setzte sich wieder in Bewegung. Er konnte seine Erregung kaum noch meistern. Zum ersten Mal gab es wohl Kontakt mit einer außerscharzonischen Intelligenz. In wenigen Minuten würde er Gewissheit haben. Gleichzeitig stiegen die Bedenken in ihm hoch. Wie sollte man der Bevölkerung von Scharzo beibringen, dass es intelligentere Wesen als sie gab ...?

Der Fremde kam die Leiter herab.

Er trug eine einfache Kombination mit einem breiten Gürtel, in dem undefinierbare Gegenstände steckten. Auf der Brust baumelte ein kleiner Kasten, der mit einem Riemen befestigt war. Dicht vor Polaz und Ront blieb er stehen, und als er sprach, erklang seine Stimme zusätzlich in verständlichen Worten aus dem Kästchen.

»Ich hoffe, dass meine unerwartete Ankunft Sie nicht allzu sehr erschreckt hat. Allerdings erlaubt mir der Stand Ihrer Technik und Zivilisation die Vermutung, dass Sie schon seit geraumer Zeit auf eine Begegnung wie diese vorbereitet sind. Übrigens werde ich Sie so gut verstehen können wie Sie mich – der Kasten auf meiner Brust ist ein Übersetzungsgerät.«

Polaz hatte seine Verblüffung schnell überwunden. »Willkommen auf Scharzo«, sagte er gefasst. »Ich stehe vor Ihnen als der offizielle Vertreter unserer Regierung. Leider muss ich eingestehen, dass Ihr Erscheinen einige Probleme aufwirft ...«

»Ich bin durchaus informiert«, sagte Ellert. »Aus aufgefangenen Funksendungen kenne ich Ihre Schwierigkeiten. Das ist auch der Grund, warum ich Ihre Auffassung teile, dass unsere Begegnung geheim bleiben soll, solange das möglich ist.«

Polaz erholte sich von seiner zweiten Überraschung.

»Sie ersparen mir lange Erklärungen. Ach ja, mein Begleiter ist Ront, ein Vertreter der Wissenschaft.«

»Und die Männer, die bei den Fahrzeugen geblieben sind, gehören dem Ordnungsdienst an. Er ist überflüssig, soweit es mich angeht, aber ich freue mich, einen Ihrer Wissenschaftler begrüßen zu können. Ich werde mich gern mit ihm unterhalten, zumal meine Landung nicht ganz freiwillig geschah. Die technischen Einzelheiten wird Ihnen mein Roboter erklären. Ich bin überzeugt, dass Sie ...«

»Roboter?«

»Erschrecken Sie nicht, wenn Sie ihn sehen. Er ist ein wenig ungewöhnlich, aber durchaus friedlich. Wir benötigen einige Ersatzteile für Reparaturen. Alles Dinge, die Sie zweifellos besitzen. Was allerdings die Bezahlung angeht ...«

»Machen Sie sich deshalb keine Sorgen«, unterbrach Polaz. »Geben Sie unseren Wissenschaftlern einige Informationen, das genügt.«

»Sehr geschäftstüchtig«, lobte Ellert. »Und ein guter Vorschlag, das gebe ich zu. Unsere Diskussion wird sehr interessant werden.«

Nachdem Polaz dem Präsidenten Bericht erstattet hatte, begab er sich noch am gleichen Abend zu dem eiligst einberufenen Krisenstab, um die Wissenschaftler zu informieren. In bewegten Worten schilderte er seine Begegnung mit dem Fremden und gab der Hoffnung Ausdruck, dass dieser in der Lage sei, den Scharzanen bei der Bewältigung dringender Probleme zu helfen.

Polaz betonte noch einmal, dass der Präsident strengstes Stillschweigen angeordnet habe. Allen Gerüchten sei entschieden entgegenzutreten, um eine Panik zu vermeiden.

Teilor wies darauf hin, dass sich eine derart wichtige Begebenheit auf Dauer ohnehin nicht verheimlichen ließe, und schlug vor, die Bevölkerung zumindest nach und nach auf die Wahrheit vorzubereiten. Die Mehrheit des Krisenstabs unterstützte diesen Vorschlag.

»Für die allmähliche Vorbereitung sorgen schon Männer wie Radamoz und Torkas mit ihren Anhängern«, gab Polaz zu bedenken. »Ihre Tätigkeit kommt somit unseren eigenen Absichten entgegen. Das ist ein Grund, sie nicht zu behindern. Sollten sie jedoch versuchen, in das abgesperrte Gebiet einzudringen, muss der Ordnungsdienst einschreiten.«

»Dann wird es zu Tätlichkeiten kommen«, befürchtete Teilor.

»Das wäre bedauerlich, aber wir müssen damit rechnen«, gab Polaz zu. »Wir treffen morgen wieder zusammen. Bis dahin haben wir den

Bericht der technischen Kommission vorliegen, die mit dem Fremden verhandelt. Danach wird der Fremde selbst vor diesem Forum erscheinen und Fragen beantworten. Ich verspreche mir sehr viel davon. Wir können aus den Erfahrungen einer weit fortgeschrittenen Zivilisation eine Menge lernen.«

Polaz erlebte es zum ersten Mal, dass er mit freimütigem Beifall belohnt wurde. Er dankte dem Krisenstab für das Vertrauen und verabschiedete sich mit dem Hinweis, dass er noch eine Unterredung mit dem Präsidenten habe.

Zu diesem Zeitpunkt ahnte niemand, dass die Gruppe Torkas bereits aufgebrochen war, um das gelandete fremde Fluggefährt zu finden.

24.

Torkas war überrascht, dass sich ihm mehr von Radamoz' Anhängern anschlossen, als er erwartet hatte. Nach Einbruch der Dunkelheit versammelten sie sich außerhalb der Stadt auf einem Landgut, das er schon vor längerer Zeit gemietet hatte. Nur wenige Räume des ehemaligen Herrenhauses waren noch bewohnbar. Die Zusammenkünfte der Söhne Älzorans fanden meist in den leeren Stallungen statt.

Torkas zählte dreißig Teilnehmer, darunter auch Fraggos und mehrere Frauen. Die Männer und die Fraggos waren ausnahmslos bewaffnet.

»Nichts kann uns davon abhalten, die Wahrheit zu suchen und zu finden!«, rief Torkas seinen Anhängern zu. »Uns wurden Informationen zugespielt, deren Auswertung es ermöglicht, den Landeplatz des fremden Raumschiffs ohne große Schwierigkeiten zu erreichen. Wir dringen westlich der Absperrung vor, dort ist die Bewachung schwächer. Ich glaube nicht, dass wir Schwierigkeiten bekommen werden.«

Die Gruppe brach schnell auf. Da die Stadt Zorahn an der Westküste des Kontinents lag, bewegten sie sich in Ozeannähe nach Norden. Die Gruppe teilte sich schließlich und drang getrennt weiter vor.

Torkas und seine Begleiter blieben weiterhin an der Küste, während der zweite Trupp, von Prank angeführt, die Straße weiter landeinwärts benutzte. Moras, nur mit einem großkalibrigen Revolver bewaffnet, ging mit an der Spitze.

»Sie werden das Gebiet auch vom Flugzeug aus überwachen, Prank«, befürchtete Moras. »Hältst du es nicht für zu gefährlich, am Tag zu marschieren?«

»Noch gibt es neben der Straße genügend Deckung. Bis wir in das Wüstengebiet kommen, ist es wieder dunkel. Wenn nichts passiert, erreichen wir morgen das Sperrgebiet.«

Gegen Mittag lagerten sie in einem kleinen Wald und schliefen ein paar Stunden. Der Fraggo LM-1 als bester Läufer stellte eine lockere Verbindung zur anderen Gruppe her, die auf gleicher Höhe blieb und mittags ebenfalls lagerte.

Kurz vor dem erneuten Aufbruch erschien am Horizont ein Flugzeug, mit Sicherheit ein Aufklärer des Ordnungsdiensts. In geringer Höhe überquerte es den Wald.

Als der dunkle Punkt am südlichen Horizont verschwand, marschierte die Gruppe weiter nach Norden. Das Gelände veränderte sich schnell. Nur im Westen gab es noch Farmen, aber hier, fast zehn Kilometer von der Küste entfernt, begann schon die steinige Wüste, die sich bis hinauf zur Polkappe erstreckte.

Ohne Aufenthalt und Zwischenfall legten sie bis Mitternacht eine beachtliche Strecke zurück. LM-1 meldete, dass Torkas einige Kilometer zurückgeblieben war, also befahl Prank eine kurze Verschnaufpause, um die andere Gruppe aufholen zu lassen. Dann ging es wieder weiter bis zum Morgengrauen.

Zur Rechten, in zehn bis fünfzehn Kilometern Entfernung, begann das eigentliche Sperrgebiet.

Mit Torkas war vereinbart worden, dass beide Gruppen sich in dem unübersichtlichen Felsgelände trafen und den Marsch dann gemeinsam fortsetzten. Noch vierzig Kilometer nach Norden, dann wollte man nach Osten und später nach Süden abbiegen.

Die Teilnehmer des Gewaltmarsches krochen unter überhängende Felsen oder in Bodenspalten und waren bald eingeschlafen. Der unermüdliche Fraggo LM-1 hielt Wache.

In der Dunkelheit wurden die überall herumliegenden Felsbrocken und verrottete Baumwurzeln zum Problem. Prank, der die wieder vereinte Gruppe gemeinsam mit LM-1 anführte, blieb plötzlich stehen, als er weit vor sich – jetzt also im Süden – den flackernden Lichtpunkt sah. Torkas holte ihn ein.

»Das muss der Feuerschein eines Lagerfeuers sein, Torkas. Ein Wachtposten des Ordnungsdiensts, nehme ich an. Weiter rechts ist ebenfalls ein Feuer. Links müsste auch eins sein, aber ich kann es nicht sehen. Jedenfalls sind sie ziemlich weit auseinandergezogen. Wir müssen mitten zwischen ihnen hindurch. Das ist am sichersten.«

»Ich fürchte, zwischen den einzelnen Posten stehen Patrouillen«, sagte LM-1 besorgt.

»Wir werden es einzeln versuchen, einer nach dem anderen. Das vermindert die Gefahr einer Entdeckung.« Prank hob sein Gewehr. »Auf jeden Fall müssen wir Lärm vermeiden, sonst haben wir die Meute auf dem Hals. Sollte also jemand Pech haben und gesehen werden, muss er den Posten möglichst lautlos unschädlich machen.«

Prank schätzte die Entfernung bis zu dem nächsten Lagerfeuer auf etwa zwei Kilometer. Die Entfernung bis zum nächsten Feuer mochte ebenso weit sein.

»Dann los!«, drängte Torkas. »Mitternacht ist bald vorüber. Bis der Morgen graut, müssen wir tief ins Sperrgebiet vorgedrungen sein.«

Wieder machte Prank den Anfang. Er suchte den besten Weg durch das Geröll, von den anderen dichtauf gefolgt. Sie kamen nur langsam voran. Das rechte Feuer verschwand hinter einem Hügelzug, das linke war weiterhin zu sehen.

Prank stellte fest, dass eine nach Süden führende Rille zwischen den beiden Posten hindurchführte. Es kam nur noch darauf an, wie lang sie war. Erneut ging er weiter, und jetzt war auch das linke Lagerfeuer nicht mehr zu sehen.

»Ob wir es schaffen?«, flüsterte Moras, der neben ihm lief.

»Weiß ich nicht. Sei still!«

Weiter vorn war ein Geräusch in der Dunkelheit. Prank blieb sofort stehen und lauschte. Ihm war, als hätte er Schritte gehört, doch sie wiederholten sich nicht.

»Vorsichtig weiter«, hauchte Prank und setzte sich erneut in Bewegung.

Sie mussten sich nun ziemlich genau auf einer Linie mit den beiden Lagerfeuern befinden, überschritten also die Grenze zum abgesperrten Gebiet. Der Landeplatz des Raumschiffs war demnach noch zwanzig Kilometer entfernt.

Und dann geschah, was alle insgeheim befürchtet hatten.

Keine zehn Meter entfernt flammte ein Scheinwerfer auf und erfasste die Gruppe mit breit gefächertem Lichtkegel. »Stehen bleiben und nicht bewegen!«, befahl eine Stimme hinter der grellen Lichtquelle. »Lasst die Waffen fallen!«

Prank zögerte. Vielleicht war er schnell genug, den Scheinwerfer zu zerschießen, aber was würde das schon nützen? Sämtliche Posten dieser Gegend wurden alarmiert und konnten eine erbarmungslose Hetzjagd beginnen.

»Schon gut.« Prank kniff die Augen zusammen. »Wir haben nicht die Absicht, unsere Waffen zu benützen. Können wir vernünftig miteinander reden?«

»Da gibt es nichts zu reden«, lautete die Antwort. »Tut das, was ich verlange!«

LM-1, der ein wenig abseits am Rand des Lichtkegels stand, legte sein Gewehr vorsichtig auf den Felsboden und verschwand in die Dunkelheit. Während Prank weiter mit dem Posten verhandelte, gelangte der Fraggo in den Rücken des Mannes vom Ordnungsdienst.

Vom anderen Lagerfeuer her näherten sich eilige Schritte.

Prank redete immer noch und versuchte, Zeit zu gewinnen.

LM-1 blieben nur Sekunden. Er musste den Posten überwältigen, ehe die Verstärkung eintraf. Ohne sonderliche Vorsicht lief er weiter. Der Posten drehte sich nicht einmal um. Wahrscheinlich glaubte er, die näher kommenden Schritte stammten von seinen Kameraden. LM-1 erreichte ihn und legte ihm von hinten den Arm um den Hals. Mit der freien Hand stieß er das leichte Maschinengewehr um, dessen Lauf auf die Gruppe gerichtet war.

»Komm her, Prank! Dreh den Scheinwerfer um, nach Osten.«

Prank begriff sofort. In hastigen Sprüngen setzte er über die im Weg liegenden Steinbrocken und wendete den Scheinwerfer, dessen Kegel drei herbeieilende Wachtposten erfasste, die verdutzt stehen blieben. Die Rollen waren nun vertauscht.

»Waffen weg!«, verlangte Prank energisch. »Schnell, sonst stirbt euer Freund hier.«

Die Männer gehorchten.

LM-1 ließ seinen Gefangenen los, nachdem er ihm den im Gürtel steckenden Revolver abgenommen hatte. Dann entwaffnete er auch die drei anderen.

»Was ihr macht, ist zwecklos«, sagte der Truppführer des Ordnungsdiensts. »Ihr kommt nicht weit. Und wenn ihr uns umbringt ...«

»Niemand wird euch umbringen«, sagte Prank beruhigend. »Wir werden euch fesseln und dann weitergehen. Oder wollt ihr abstreiten, dass zwanzig Kilometer weiter im Süden ein FFG gelandet ist?«

Die Wachtposten gaben keine Antwort.

»Na schön, zurück zu eurem Lagerfeuer. Wie viele seid ihr dort? Und kommt nicht auf die Idee, Alarm zu schlagen.«

»Unser Posten ist mit vier Mann besetzt, aber es gibt noch andere. Wenn der stündliche Kontrollanruf nicht von uns beantwortet wird, gibt es Alarm. Ich sage euch das nur, damit ihr einseht, wie unsinnig euer Vorhaben ist.«

Torkas drängte sich vor.

»Es ist nicht unsinnig, wie ihr meint. Hinter uns steht die ganze Bevölkerung, auch wenn sie noch daran zweifelt, dass wir ... eh, Besuch erhalten haben. Es ist längst Zeit, dass die Wahrheit endlich bekannt wird.«

»Wir erfüllen nur unseren Auftrag«, sagte der Truppführer.

LM-1 schaltete endlich den Scheinwerfer ab, dann liefen alle gemeinsam zum Lagerfeuer des Postens. Das Feldtelefon klingelte ununterbrochen.

»Geh ran!«, befahl Prank dem Truppführer. »Und sage ja das Richtige, sonst werden wir ungemütlich.«

Der Angesprochene teilte dem Nachbarposten mit, dass alles in Ordnung sei und dass er sich durch ein herumstreunendes Tier habe irritieren lassen.

»Das gibt uns ein wenig Vorsprung«, stellte Prank fest. Zu den vier

Männern des Ordnungsdienstes gewandt, fuhr er fort: »Wir müssen euch fesseln, damit ihr die anderen nicht informieren könnt. In einer oder zwei Stunden werden sie ohnehin Verdacht schöpfen und nach euch sehen. Bis dahin sind wir fast mitten im Sperrgebiet. Unsere Aktion lässt sich nun nicht mehr verheimlichen, und ich bin gespannt, ob die Regierung es wagt, gegen uns vorzugehen.«

Ellert-Ashdon kam aus der KARMA, als das Flugzeug landete. Die Techniker waren eingetroffen. Sie arbeiteten ausnahmslos für die Raumfahrtbehörde Scharzos und waren davon überzeugt, die einmalige Gelegenheit nutzen zu können, um neue Erkenntnisse zu gewinnen. Vor ihnen stand ein interstellares Raumschiff, das gewaltige Entfernungen überwunden hatte.

Akrobath erschien ebenfalls und erregte einiges Aufsehen bei den Spezialisten. Die Robottechnik auf Scharzo befand sich noch im Anfangsstadium.

Ellert hieß die Abordnung willkommen. Er lächelte, als die Männer ihn mit ihren Fragen bestürmten. Selbst wenn er gewollt hätte, wäre es ihm unmöglich gewesen, sie zu beantworten. Er konnte aber auch nicht zugeben, dass er das Schiff praktisch den Sceddors gestohlen hatte und so gut wie nichts über dessen Antriebssysteme wusste.

»Ich verstehe Ihre Wissbegierde«, wehrte er die Fragen ab. »Aber halten Sie mich nicht für einen Spezialisten. Ich glaube, dass mein Roboter besser in der Lage ist, Ihnen Erklärungen zu geben. Er wird Sie ohnehin informieren, welche Art Ersatzteile wir benötigen.«

Akrobath, der die letzten zwei Tage dazu genutzt hatte, die nicht mehr funktionierenden Leitungen im Schiff freizulegen und alle Instrumente zu prüfen, nahm den Translator entgegen und schwebte zur Einstiegsluke empor. Ellert gab den Technikern durch Zeichen zu verstehen, dass sie ihm folgen sollten.

Er selbst ging hinüber zu dem Flugzeug, ohne dass ihn jemand daran gehindert hätte. Dessen Antrieb bestand aus einem schwenkbaren Propeller, der senkrechte Starts und Landungen erlaubte. Der Geruch in der Luft verriet, dass ein benzinähnlicher Treibstoff verwendet wurde.

Ellert ging weiter auf die Ebene des Hochplateaus. Keiner der Scharzanen folgte ihm. Die Bewegung tat dem Körper gut. Außerdem hatte Ellert den Eindruck, dass Ashdon reden wollte. Das Bewusstsein des Jungen war in letzter Zeit sehr schweigsam geworden.

»Was ist, Gorsty?«

»Ich wollte es dir schon lange sagen. Aber ich kam nie dazu.«

»Was wolltest du mir sagen?«

»Es begann schon vor unserer Landung hier. Du hast mich offensichtlich bewusst zurückgedrängt und alle Entscheidungen allein getroffen. Mit dir ist eine Veränderung vor sich gegangen, seit wir diese Galaxis erreichten. Ich frage mich, woran das liegen kann.«

»Unsinn, das bildest du dir ein«, erwiderte Ellert unsicher. »Warum sollte ich versuchen, dich zu verdrängen?«

»Das weiß ich nicht, aber es ist wirklich der Fall. Einmal hatte ich sogar das Gefühl, unseren Körper verlassen zu müssen, weil er zu klein für uns beide geworden sei. Glaubst du, dass ich mir das nur einbilde?«

Ellert war sich keineswegs sicher. Erst in der vergangenen Nacht war es ihm ähnlich ergangen, wenn der Grund auch offensichtlich ein anderer als bei Ashdon gewesen war. Nicht das Gefühl des Platzmangels war es, sondern ein unbändiger Freiheitsdrang, der ihn zum Verlassen des Körpers aufforderte.

»Nein, das ist keine Einbildung, Gorsty. Ich glaube, dass wir einem ernsten Problem gegenüberstehen. Sicher, als körperlose Bewusstseine gäbe es für uns keine räumlichen Grenzen mehr, aber sosehr ich mir diesen Zustand noch vor kurzer Zeit wünschte, heute habe ich Angst davor. Die Absicht, den Körper aufzugeben, sollte von uns selbst kommen. Ich fürchte aber, der Drang dazu kommt von außen.«

»Von ES?«

»Nein, diesmal hat der Unsterbliche wohl nicht die Finger im Spiel. ES würde eine Botschaft damit verbinden. Wir spüren etwas anderes, mit dem wir fertig werden müssen.«

»Aber ... was wäre der Grund?«

»Du meinst, mit welcher Absicht wir konfrontiert würden? Mit keiner guten, fürchte ich. Deshalb auch mein Zögern. Du musst mir verzeihen, wenn ich in letzter Zeit grob zu dir war, dich sogar zu unterdrücken versuchte. Es wurde mir regelrecht aufgezwungen.«

»Jetzt nicht mehr?«

Ellert zögerte. »Doch, jetzt auch noch«, gab er zu. »Aber ich bin mir dessen inzwischen bewusst geworden. Das ist der Unterschied. Du musst mich sofort informieren, falls du wieder das Gefühl hast, ich wolle dich aus unserem Körper hinausdrängen.«

»Das werde ich tun. Was hältst du übrigens von den Scharzanen? Können wir ihnen bei ihren Problemen helfen?«

»Es sind jene Probleme, die unsere Heimatwelt ebenfalls hatte. Die Schwierigkeit besteht darin, dass den Menschen damals durch das Erscheinen der Arkoniden geholfen wurde. Wir beide, du und ich, können aber niemals diesen Part übernehmen. Ausgeschlossen.«

»Du wirst den Scharzanen trotzdem ein paar Tipps geben können.«

»Das natürlich, aber mehr auch nicht.«

Ellert-Ashdon kehrte zum Schiff zurück. Akrobath und die Techniker hatten ihren Rundgang im Schiff beendet und waren bereits auf dem Weg zur Luke.

»Die Ersatzteile und Leitungen können geliefert werden«, ließ der Roboter sofort wissen. »Wir dürfen in zwei oder drei Tagen mit der Ware rechnen. Der Einbau nimmt ebenfalls zwei Tage in Anspruch. In einer knappen Woche können wir also wieder unterwegs sein.«

Er gab dem Konzept den Translator zurück.

»Wenn Sie einverstanden sind, nehmen wir Sie im Auftrag der Regierung mit nach Zorahn«, sagte einer der leitenden Techniker. »Sie sollen vor dem Krisenstab und dem Rat der Wissenschaftler sprechen.«

»Natürlich werde ich Sie begleiten.«

Zusammen mit den Scharzanen ging das Konzept zum Flugzeug.

Der Krisenstab empfing den Gast aus einer anderen Welt mit gedämpftem Beifall.

Polaz ergriff als Erster das Wort und gab seiner Hoffnung Ausdruck, dass der Besuch aus dem Weltraum Scharzos Entwicklung einen ungeahnten Aufschwung geben möge. Dann bat er die Spezialisten der verschiedenen Gebiete, in kurzen Referaten die Probleme zu schildern, mit denen es die Scharzanen zu tun hatten.

In Ellert stieg eine vage Erinnerung auf, als er die Reden hörte. Es war wie eine Rückkehr in längst vergangene Zeit.

... the Club of Rome ... Mitte des zwanzigsten Jahrhunderts hatte es diesen Club der Experten gegeben, der aufgrund exakter Berechnungen den Suizid der Menschheit vorausgesagt hatte. Vielleicht wäre die düstere Prophezeiung in Erfüllung gegangen, wenn nicht das Raumschiff der Arkoniden auf dem Mond notgelandet wäre.

Aber hinter Ellert-Ashdon stand keine solche Macht. Er wusste auch nicht, wie die Scharzanen ihre hausgemachten Probleme hätten lösen können. Ihm war nur klar, dass sie allein damit fertig werden mussten. Es hatte wenig Sinn, ihnen wohlmeinende Ratschläge zu geben und danach für immer zu verschwinden. Sicher, einige Tipps würden diese oder jene Schwierigkeit überwinden helfen, aber das war auch schon alles.

Den Abschluss der Konferenz bildete ein Gespräch zwischen dem Chefwissenschaftler Teilor und Ellert. Immer deutlicher erkannte das

Konzept die Verknappung der Energie erzeugenden Rohstoffe als das dringendste Problem der Scharzanen. An der Entwicklung atomarer Energiegewinnung wurde erst gearbeitet.

»In dieser Hinsicht befürchten wir eine Katastrophe«, teilte Teilor besorgt mit. »Zu viele Gefahren sind damit verbunden. Sie könnten mir wahrscheinlich mehr darüber sagen ...«

Ellert versuchte, sich zu erinnern. »Die Entwicklung furchtbarer Waffen wäre dann möglich«, gab er zu. »Aber das dürfte auf Scharzo nicht zu befürchten sein. Trotzdem kann die kontrollierte Freisetzung atomarer Energie nur ein Übergangsstadium sein, das zur Entdeckung unerschöpflicher Energiequellen führt. Zu Quellen, die Ihnen heute noch unverständlich sind und die Sie als Hirngespinste abtun müssten.«

Teilor konnte seine Wissbegierde kaum noch zügeln.

»Geben Sie mir ein paar Hinweise. Ich bin überzeugt, dass unsere Forschung die gefährlichen Zwischenstadien überspringen könnte.«

»Unmöglich, Teilor! Die Entwicklung einer technischen Zivilisation schreitet kontinuierlich voran. Mit anderen Worten: Jede Neuentdeckung ist eine logische Konsequenz der vorangegangenen. Wenn ein Glied dieser Kette fehlt, erfolgt die Stagnation.«

»Die haben wir jetzt auch.«

»Weil Sie zögern, den nächsten Schritt zu tun, der Ihnen zu riskant erscheint. Was würden Sie sagen, wenn ich behaupte, dass Ihre Sonne Älzoran mehr Energie nutzlos verstrahlt, als Sie jemals während der ganzen Zeit Ihrer Existenz benötigen? Oder dass Sie die Gravitationsfelder zwischen den Planeten ausnutzen könnten? Dass jede Zivilisation eines Tages in der Lage sein kann, beliebige Energiemengen aus dem Hyperraum zu beziehen, der für Sie vielleicht erst graue Theorie ist? Nun, Teilor?«

»Das wäre ... fantastisch! Aber gewisse Voraussetzungen wären dafür wohl unumgänglich.«

»Genau das meinte ich, als ich von der Kontinuität sprach. Eines erwächst aus dem anderen. Ohne Raumfahrt ist niemand in der Lage, dringend benötigte Elemente von einem fremden Planeten zu holen oder gar ein Schwarzes Loch anzuzapfen. Noch benutzen Sie flüssigen Treibstoff für Ihre Raketen, aber damit werden Sie niemals interstellare Geschwindigkeit erreichen. Also werden Sie den nächsten Schritt machen, dann den übernächsten.«

Polaz gesellte sich zu ihnen. Die übrigen Mitglieder des Krisenstabs standen in Gruppen beieinander und unterhielten sich.

»Es wird Zeit, dass wir Sie zu Ihrem Schiff zurückbringen, falls Sie es nicht vorziehen, in einem unserer Hotels zu übernachten.«

»Danke, Polaz. Ich möchte im Schiff schlafen.«

»Das Flugzeug steht bereit.«

Ellert nickte Teilor zu. »Ich glaube, dass es für Sie von Nutzen wäre, wenn wir noch einmal zusammentreffen.«

»Davon bin ich überzeugt«, erwiderte der Chefwissenschaftler und schüttelte Ellert-Ashdon die Hand.

Kurz bevor das Flugzeug auf dem Plateau landete, meldete sich Polaz über den Bordfunk und verlangte Ellert zu sprechen.

»Es ist genau das geschehen, was wir verhindern wollten. Fanatiker sind in das Sperrgebiet eingedrungen und marschieren zum Landeplatz. Wir können die Leute nicht mehr aufhalten, ohne Gewalt anzuwenden, außerdem hat die Öffentlichkeit von der Aktion erfahren.«

»Und warum das?«

»Neugierde, Ellert. Jemand will wissen, was an den Gerüchten wahr ist. Es hat keinen Zweck mehr, Ihre Landung geheim zu halten. Die Gruppe wird noch vor Morgengrauen den Landeplatz erreichen. Wir werden vorsichtshalber mehrere Abteilungen des Ordnungsdiensts einfliegen lassen ...«

»Das ist überflüssig«, lehnte Ellert ab. »Ich bin in der Lage, mich notfalls selbst zu verteidigen, aber ich glaube, es wird nicht nötig sein. Lassen Sie mich mit den Leuten reden.«

»Wie Sie meinen, Ellert. Jedenfalls wird der Regierungssender heute früh Ihre Landung offiziell bestätigen. Das Sperrgebiet bleibt trotzdem bestehen, sonst rennen die Fanatiker Ihr Schiff über den Haufen.«

»Sorgen Sie für baldige Lieferung der Ersatzteile, dann sind Sie mich los.« Ellert brach das Gespräch abrupt ab.

Ashdon meldete sich, und seine gedankliche Stimme zitterte.

Ernst, es wird immer schlimmer! Ich kann mich bald nicht mehr halten. Du verdrängst mich mit Gewalt.

Das Flugzeug landete und startete sofort wieder. In geringer Entfernung brannten mehrere Lagerfeuer, und im Osten zeigte sich schon ein Hauch der Morgendämmerung.

»Ich werde mich zurückziehen, Gorsty, und du versuchst, den Körper zu übernehmen«, sagte Ellert, als er die Leiter emporstieg. »Das schafft vielleicht einen Ausgleich.«

»Wir müssen es versuchen.«

Akrobath meldete keine besonderen Vorkommnisse und zog sich wieder in die Zentrale zurück. Die Luke der KARMA wurde geschlossen.

Sie marschierten die Nacht hindurch, und als der Morgen graute, waren sie nur noch wenige Kilometer von ihrem Ziel entfernt.

Torkas hielt auf dem Kamm eines lang gestreckten Hügels an. Von hier aus reichte der Blick weit nach Süden. Ein Gefühl des Triumphs überkam ihn, als er das Raumschiff sah.

»Da ist es!«, rief er seinen Anhängern zu, die sich um ihn versammelten und ebenfalls nach Süden starrten. »Sieht es nicht aus wie ein Tempel?«

»Ein solches Ereignis wollte man geheim halten«, sagte Prank vorwurfsvoll. »Aber wir stehen hier als Vertreter aller Scharzanen, und bald werden es alle wissen. Lasst uns die Söhne Älzorans begrüßen!«

Die Gruppe setzte sich wieder in Bewegung.

»Sie sind da«, informierte Akrobath das Konzept.

Der Körper erwachte und richtete sich auf. »Wie viele?«, wollte Ellert-Ashdon wissen.

»Ungefähr dreißig Personen, teilweise bewaffnet. Aber sie sehen nicht so aus, als wollten sie uns angreifen. Soll ich mich ihnen zeigen?«

»Vorerst noch nicht«, riet Ellert. »Soweit wir informiert sind, handelt es sich um eine Art religiöse Sekte. Der Anblick eines Roboters könnte ihnen einen seelischen Knacks versetzen. Erscheine also erst dann, wenn ich dir ein Zeichen gebe.«

Du bist wieder übermächtig geworden, teilte Ashdon mit.

Konzentriere dich auf den Körper, steuere ihn! Das hilft sicher. Wir müssen versuchen, kooperativ zu handeln.

Wenig später stand Ellert-Ashdon in der offenen Schleuse. Etwa hundert Meter entfernt hatten sich die Scharzanen versammelt und warteten in andächtiger Haltung ab. Als sie Ellert sahen, knieten sie nieder und hoben wie flehend die Hände.

»Auch das noch«, flüsterte Ashdon erschrocken. »Was wirst du nun machen?«

»Mit ihnen reden, was sonst? Überlass das aber mir, während du den Körper lenkst.«

Torkas hatte seine erste Überraschung längst überwunden. Warum sollten die Söhne Älzorans nicht genauso aussehen wie die Scharzanen? Insgeheim hatte er daran gezweifelt und oft über die bildlichen Darstellungen der Himmlischen gelächelt.

Der Fremde kam, nachdem er die Leiter herabgestiegen war, auf die Gruppe zu. Seine Haltung hatte nichts Drohendes.

Torkas kreuzte die Arme vor der Brust. Würdevoll wartete er, bis der Sohn Älzorans ihn erreichte.

»Dies ist ein großer Moment in unserem Leben«, sagte er. »Wir wussten, dass Ihr eines Tages kommen würdet, es steht so geschrieben. Die Prophezeiung hat sich erfüllt.«

»Meine Ankunft auf Ihrer Welt ist rein zufällig, sie kann also nicht vorausgesagt worden sein.« Ernst Ellert hatte nicht die Absicht, den religiösen Fanatismus noch zu nähren. »Ich bin Angehöriger einer fremden Zivilisation, die viele Probleme der Raumfahrt gelöst hat. Auch die Scharzanen werden eines Tages ihr Sonnensystem verlassen und anderen Völkern begegnen. Natürlich kann diese nüchterne Feststellung als Prophezeiung ausgelegt werden.«

Torkas ahnte instinktiv, dass sich sein Einfluss auf die Mitglieder seiner Gemeinschaft verringern musste, wenn der fremde Besucher an Mystik verlor. Aber daran konnte er jetzt nichts ändern, denn alle wurden Zeugen der Unterhaltung und hörten die Stimme, die aus dem Kästchen vor der Brust des Fremden kam.

»Ihr seid nicht der erste Sohn Älzorans, der zu uns kommt«, sagte Torkas. »In alten Zeiten erhielt unsere Welt sehr oft himmlische Besucher. Sie kamen zu uns, um Glück zu bringen.«

Geh darauf ein!, riet Ashdon stumm. *Es ist besser!*

Vielleicht hast du recht, gab Ellert zu und fuhr an den Scharzanen gewandt fort: »Ihr Name dürfte Torkas sein. Ich hörte von Ihnen. Die Regierung wird Sie nicht von hier vertreiben, das hat sie zugesichert.«

»Das ist gut so, denn es werden noch mehr von uns kommen. Dieser Platz wird ein heiliger Ort werden. So steht es geschrieben.«

»Wir werden noch darüber sprechen müssen«, wich Ellert aus.

»Wie lange werdet Ihr bleiben?«

»Nicht lange, nur ein paar Tage.«

Torkas warf seiner Gruppe einen forschenden Blick zu. »Würdet Ihr mich in das Schiff mitnehmen?«, fragte er dann. Ich möchte es sehen – und mit Euch reden.«

Die Absicht war klar. Er wollte vor seinen Anhängern seine Sonderstellung demonstrieren.

Vielleicht kannst du dann mehr erfahren, riet Ashdon.

»Ich zeige Ihnen mein Schiff«, stimmte Ellert zu.

Das Flugzeug mit den ersten Ersatzteilen traf am Nachmittag ein. Torkas' Gruppe hatte sich in einer Senke niedergelassen, fünfhundert Meter vom Landeplatz der KARMA entfernt. Eine zweite Gruppe Neugieriger war eingetroffen, Studenten und angehende Wissenschaftler.

Akrobath überwachte den Transport der Ersatzteile vom Flugzeug ins Schiff. Ellert-Ashdon unterhielt sich währenddessen mit den Leuten der zweiten Gruppe. Sie sahen die Landung der KARMA völlig anders als Torkas und seine Anhänger. Deshalb erfuhr er auch eine höchst erstaunliche Geschichte.

»Die Spinner um Torkas haben Ihnen nichts davon erzählt?«, wunderte sich der Student der historischen Wissenschaften, mit dem Ellert sich angeregt unterhielt. Die anderen saßen in kleinen Grüppchen um sie herum und hörten zu. »Das verstehe ich nicht. Gerade sie sind es doch, die diesen Glauben verfechten. Meine eigenen Forschungen auf diesem Gebiet haben allerdings ergeben, dass die Kunde von dieser geheimnisvollen Lichtbasis nur von jemand stammen kann, der sie selbst gesehen hat – also von Raumfahrern.«

Lichtbasis!, durchzuckte es Ellert.

»Erklären Sie mir das näher«, bat er den Studenten. »Handelt es sich bei dieser Geschichte um den Ursprung einer Religion, oder halten Sie es für eine halb vergessene wissenschaftliche Entdeckung? Was soll diese Lichtbasis überhaupt sein?«

Der Student saß Ellert-Ashdon gegenüber auf dem felsigen und von der sinkenden Sonne immer noch erwärmten Boden.

»Wir nennen unsere Galaxis Krähohl und besitzen einige Kenntnisse über sie. Unser bekanntester Astronom ist Ront, der auch dem Rat der Wissenschaftler angehört. Er vertritt die Auffassung, dass jede Religion ihre Ursache in einer tatsächlichen Begebenheit hat. So auch die Religion der Lichtbasis, wie sie genannt wird. In jahrelanger Forschung hat Ront versucht, diese Lichtbasis zu entdecken, von der angeblich alles Leben ausgehen soll. Ihre Strahlung soll Glück und langes Leben bringen. Ront entdeckte mehrere besonders hell strahlende Sterne am Nachthimmel, darunter einen, der ihm geradezu ins Auge stach. Er steht seinen Berechnungen nach nur etwas mehr als sieben Lichtjahre von uns entfernt. Wenn es Sie interessiert, kann ich Ihnen die Koordinaten verschaffen, aber das wird Ihnen auch nichts nützen.«

»Vielleicht doch. Erzählen Sie mir Näheres über die Religion der Lichtbasis? Ich bin ebenfalls Ihrer Ansicht, dass alles seine Ursachen hat. Wie alt ist diese Religion?«

»Das weiß niemand, aber sicher mehrere tausend Jahre. Sie hat viele Anhänger auf Scharzo. Ich gehöre nicht dazu, denn ich möchte Wissenschaftler werden. Daran zu glauben, dass ein sieben Lichtjahre entfernter Stern Einfluss auf unser Schicksal nehmen könnte, erscheint mir absurd. Das werden Sie sicherlich verstehen als Angehöriger einer für unsere Begriffe supertechnischen Zivilisation.«

»Ich verstehe es. Wenn ich frage, hat das andere Gründe, die ich Ihnen unmöglich erklären kann. Wann können Sie mir die Koordinaten des Sterns geben, der Ront ungewöhnlich erscheint?«

»Wir haben ein kleines Funkgerät bei uns. Ich will versuchen, einen Kollegen zu erreichen, der mit Ronts Fraggo RZ-1 befreundet ist.« Er sah hinter der untergehenden Sonne her. »Morgen, nehme ich an.«

In der Zentrale schwebte Akrobath über Leitungsrollen und geöffneten Kisten und schien zu überlegen, was er mit dem ganzen Zeug anfangen sollte.

»Hast du alles, was du benötigst?«, erkundigte sich Ellert.

»Fast alles«, erwiderte der Roboter. »Der Rest trifft morgen ein.«

»Wirst du allein mit der Reparatur fertig?«

»Die Scharzanen können mir da ohnehin nicht helfen. In zwei oder drei Tagen werden wir starten.«

»Hört sich gut an. Du bist ziemlich auf dich allein gestellt, Akrobath, denn ich habe ein paar andere Probleme zu lösen.«

»Dann löse sie«, riet der Roboter trocken.

Ellert-Ashdon zog sich in die Kabine zurück.

»Ist eine Änderung eingetreten, Gorsty?«

»Im negativen Sinn. Ich spüre, wie ich ganz allmählich aus dem Körper herausgedrückt werde. Du wirst übermächtig und lässt mir keinen Platz mehr. Ich weiß, es ist nicht deine Schuld ...«

»Ich fühle mich auch nicht wohl, Gorsty. Es ist, als würde ich aufgeladen. Ich glaube sogar, dass ich unseren Körper jederzeit verlassen könnte. Das werde ich aber erst tun, wenn mir keine andere Wahl bleibt. Ich würde in einem solchen Fall eher zurückkehren können als du. Darum musst du auf der Hut sein und mich informieren, wenn du dich nicht mehr halten kannst. Das ist wichtig!«

»Ich verstehe, Ernst. Aber warum? Ist die Lichtbasis schuld, von der gesprochen wurde? Du vermutest einen Zusammenhang.«

»Wir werden es morgen wissen, vielleicht.«

»Und dann?«

»Keine Ahnung. Ich kann nur hoffen, dass Akrobath mit der Reparatur schnell fertig wird. Mag sein, dass sich alles normalisiert, wenn wir von hier verschwinden.«

Der Zustand des Konzepts verschlimmerte sich deutlich. Während Ellert spürte, dass er stärker wurde, fühlte Ashdon sich immer weiter an den Rand gedrängt.

Eine unbekannte Energiequelle lud Ellert auf. Ashdon blieb davon unberührt. Das war keineswegs verwunderlich, denn Ashdon war ein normales Bewusstsein, während Ellert über paranormale Fähigkeiten verfügte, für die er nie eine echte Erklärung gefunden hatte.

Als Ellert an diesem Morgen nahe an Torkas' Lager vorbeiging, um zu der Studentengruppe zu gelangen, forderte ihn der Sektenführer zu einem Besuch auf. Ellert blieb nur kurz stehen. »Später, Torkas«, sagte er. »Ich habe noch Wichtiges mit den jungen Wissenschaftlern zu besprechen.«

Torkas kam einige Schritte näher. »Wissenschaftler!«, sagte er verächtlich. »Junge Nichtsnutze sind das, und später werden sie nicht viel mehr taugen. Sind es nicht gerade die Wissenschaftler, die unsere Natur vernichten?«

»Ich habe jetzt keine Zeit«, sagte Ellert kühl und ging weiter.

Die Studenten begrüßten ihn freundlich. Der angehende Historiker faltete ein Blatt Papier auseinander.

»Ich habe die Angaben aufgezeichnet, die ich in der Nacht erhielt. Es handelt sich um den sichtbaren Sternenhimmel. Den Standort der sogenannten Lichtbasis habe ich besonders vermerkt.«

Ellert nahm das Blatt und betrachtete es. Die Sternbilder von Scharzo kannte er nicht, aber Akrobath würde mit der Zeichnung bestimmt einiges anfangen können.

»Danke für Ihre Mühe.« Ellert schob das zusammengefaltete Papier in die Tasche. »Wie ich Ihnen schon andeutete, benötige ich die Angaben aus einem ganz besonderen Grund. Es ist möglich, dass ich ein oder zwei Tage im Schiff bleiben muss, um eine ... nun, nennen wir es Krankheit … auszukurieren.«

»Wir haben gute Mediziner.«

»Ich glaube nicht, dass sie mir helfen könnten.« Ellert lächelte nachsichtig. »Aber machen Sie sich keine Sorgen, es wird schon gehen. Sie haben mir jedenfalls sehr geholfen.«

Sie unterhielten sich noch eine Weile, ehe Ellert sich verabschiedete. Auch diesmal ignorierte er Torkas und kehrte auf dem kürzesten Weg zum Schiff zurück. Er schloss die Luke hinter sich.

»Das war höchste Zeit«, sagte Ashdon erleichtert. »Die ständige Konzentration macht mich fertig. Teile meines Unterbewusstseins wehren sich gegen deine Bevormundung, und das Bewusstsein selbst will den Körper verlassen, weil es keinen Platz mehr hat.«

Akrobath unterbrach die Reparaturarbeiten, als das Konzept in die Zentrale kam. Ellert reichte ihm die Zeichnung des Studenten.

»Kannst du mit Sicherheit feststellen, ob der gekennzeichnete Stern identisch ist mit der gigantischen Lichtquelle, in die wir fast hineingestürzt wären?«, erkundigte er sich. »Die Entfernung soll etwa sieben Lichtjahre betragen.«

»Das würde mit meinen eigenen Beobachtungen nahezu übereinstimmen.« Der Roboter betrachtete die Zeichnung. »Auch die Richtung stimmt, soweit ich überhaupt Gelegenheit hatte, diese gestern Nacht festzustellen. Ich habe einige Sterne angemessen, um ungefähr den Kurs zu ermitteln, den wir einschlagen müssen.« Noch einmal schaute er auf die Zeichnung. »Ja, es könnte stimmen.«

»Aber du bist nicht sicher?«

»Wenn der besonders markierte Stern der hellste am Nachthimmel ist, bin ich absolut sicher.«

»Danke, Akrobath.« Ellert deutete auf die auseinandergenommenen Konsolen. »Wie weit bist du?«

»Ich kann morgen Abend fertig sein.«

»Noch zwei Tage halten wir das nicht durch«, behauptete Ellert, als er sich auf der Liege ausstreckte. »Selbst mir fällt es schwer, unseren Körper noch zu kontrollieren. Du fängst an, mir ernsthaften Widerstand entgegenzusetzen.«

»Gegen meinen Willen«, versicherte Ashdon. »Und wenn ich es nicht tue, wirfst du mich hinaus. Was dann? Ich habe keinerlei Erfahrung ...«

»Das ist es, was die Entscheidung erleichtert, Gorsty. Ich werde dich verlassen. Unseren Körper, meine ich.«

»Das hast du in der Vergangenheit oft genug vergeblich versucht.«

»Es ist nun etwas anderes. Diese Lichtbasis oder Lichtquelle, was immer es auch sein mag, hat mich paraenergetisch aufgeladen, um es einmal so auszudrücken. Ich glaube, dass ich einen Teil meiner ursprünglichen Fähigkeiten zurückerhalten habe. Und wenn du glaubst, keinen Platz mehr in unserem Körper zu haben, ist es nur logisch, dass einer von uns – wenn auch nur vorübergehend – überflüssig sein dürfte.«

»Was ist, wenn dir die Rückkehr nicht gelingt?«

»Sie wird gelingen! Ich bin überzeugt davon.«

»Wenn ich ... allein bin, wirst du dann in der Nähe sein? Wirst du überhaupt Kontakt mit mir halten können?«

»Das weiß ich nicht. Es ist ein Experiment, und wir müssen es durchführen, weil wir keine andere Wahl haben. Akrobath wird dir beistehen. Du kannst ihn informieren.«

»Wenn ich nur wüsste ...«

»Kein Wenn und Aber mehr, Gorsty. Ich werde die Trennung jetzt versuchen. Übernimm den Körper. Verhalte dich den Scharzanen gegenüber so, wie wir es bisher getan haben. Viel Glück – für uns beide.«

Ashdon gab keine Antwort. Er übernahm den Körper, und noch während er das tat, war ihm, als betrete er, aus einem winzigen Gefängnis kommend, einen riesigen und völlig leeren Saal.

Er war allein.

Eine Stunde später versuchte Gorsty Ashdon, Ellerts Ratschlag zu befolgen. Er stand auf und ging in die Zentrale, um Akrobath aufzuklären. Der Roboter nahm die Neuigkeit gelassen auf und setzte ohne Kommentar seine Arbeit fort.

Ashdon verließ das Schiff, um zu den Studenten zu gehen. Diesmal vertrat Torkas dem Konzept einfach den Weg und forderte fast ultimativ, die Fragen seiner Anhänger zu beantworten.

Ashdon folgte Torkas, um Streit zu vermeiden. Zu seinem Erstaunen stellte er fest, dass die Gruppe erheblich größer geworden war. Mittlerweile hatten sich mindestens zweihundert Sektenangehörige versammelt. Die meisten waren bewaffnet.

Ashdon stellte erschrocken fest, dass er den eigenen Strahler im Schiff gelassen hatte.

»Sohn Älzorans, bist du bereit, unsere Fragen wahrheitsgemäß zu beantworten?« In Torkas' Stimme lag ein ironischer Unterton, der Ashdon verwirrte,

»Warum sollte ich lügen?«

»Weil wir annehmen, dass du kein Sohn Älzorans bist. Du strafst deine Jünger mit Nichtachtung und sprichst mit jenen dort drüben, die unsere Gegner sind. Wir, die wir dich verehren, werden benachteiligt.«

»Ich verstehe nicht ...«

»Das wirst du gleich.« Torkas schien darauf bedacht zu sein, sich mehr Respekt bei seinen Anhängern zu verschaffen, indem er den vermeintlichen Sohn Älzorans demütigte. »Ich halte dich für einen Betrüger, der zu uns gekommen ist, um unseren Glauben zu zerstören. Deshalb redest du mit den Wissenschaftlern.«

Schon dass der Sektierer plötzlich auf die höfliche Anredeform verzichtete und ihn duzte, erregte Ashdons Zorn. Ihm fehlten Ellerts Geduld und Toleranz.

»Du bist unverschämt, Torkas!«, sagte er aufgebracht. »Ich habe niemals behauptet, einer deiner Sonnensöhne zu sein. Du vertrittst einen Irrglauben, mein Lieber! Eure Sonnensöhne sind und waren nur Angehörige fremder Zivilisationen, die zufällig auf dieser Welt landeten. Zu deinem eigenen Vorteil hast du einen Glauben daraus gemacht. Bist du nun zufrieden?«

Ein drohendes Murren ging durch die Reihen der Zuhörer, die sich näher an Torkas und Ashdon herandrängten. Einige griffen sogar zu ihren Waffen.

Ashdon hatte mit einem Mal das Gefühl, dass er zu weit gegangen war. Aber diese Spinner gingen ihm auf die Nerven. Sie glaubten an Halbgötter, obwohl sie einen Entwicklungsstand erreicht hatten, der ihnen fremde Zivilisationen plausibel erscheinen lassen musste.

»Verlass unsere Welt!«, forderte Torkas und stieß seine Faust in die Höhe. »Wir befehlen dir, uns für immer zu verlassen!«

Ashdon wich vorsichtig zurück und versuchte, freies Gelände zu erreichen. Die Studenten waren schon aufmerksam geworden. Nicht mehr lange, und sie würden sich einmischen. Das konnte Ärger geben.

»Ich werde mit dem Schiff starten, sobald die Reparaturen beendet sind«, versicherte Ashdon. »Morgen, spätestens ...«

»Heute!«, rief Torkas, aber Ashdon achtete schon nicht mehr auf ihn.

Der Junge, dessen Bewusstsein nun das Konzept lenkte, wurde wenige Augenblicke später von den Studenten umringt.

»Torkas' Leute sind fanatisch und unberechenbar«, sagte einer von ihnen. »Sie sollten die Regierung informieren, damit sich Männer vom Ordnungsdienst um diese Eiferer kümmern. Die Leute sind bewaffnet.«

»Sie werden es nicht wagen, Gewalt anzuwenden«, hoffte Ashdon.

»Wir werden Sie auf jeden Fall zu Ihrem Raumschiff zurückbegleiten.«

Ashdon lehnte ab. »Das würde uns nur als Provokation ausgelegt werden«, sagte er. »Keine Sorge, mir geschieht schon nichts.«

Sie unterhielten sich nahezu eine Stunde lang, dann kehrte Ashdon zur KARMA zurück. Die drohenden Blicke der Sektierer folgten ihm, aber keiner wagte, ihn anzugreifen.

Am Nachmittag erschien Polaz mit Teilor, um sich nach dem Fortschritt der Reparaturarbeiten zu erkundigen. Akrobath versicherte, dass alles nach Plan verlief und das Schiff am kommenden Tag startbereit sei. Als er von Torkas' Drohungen hörte, versprach Polaz, Verstärkung des Ordnungsdiensts zu schicken, bevor es dunkel wurde.

Teilor stellte noch einige Fragen, die Ashdon, so gut er konnte, beantwortete. In den Minuten vermisste er Ellert besonders.

Das Flugzeug mit Polaz und Teilor startete bald wieder.

Ernst, wo bist du? Kannst du Kontakt aufnehmen?

Es gab keine Antwort.

25.

Das körperlose Bewusstsein Ernst Ellert schwebte über dem liegenden Körper des Mannes, den er bisher mit dem Bewusstsein Ashdon geteilt hatte. Die Trennung war ganz leicht erfolgt, wie es früher auch der Fall gewesen war.

Langsam stieg er höher, bis er die Kabinendecke erreichte und sie durchdrang. Ellert durchstieß die Schiffshülle und ließ sich weiter emportreiben, bis er den Planeten tief unter sich sah. Der Himmel war schwarz geworden, die Sterne wurden endlich sichtbar. Das war es, was Ellert gewollt hatte.

Er rief sich die Zeichnung ins Gedächtnis. Zwei Konstellationen hatte er sich besonders eingeprägt, und er fand sie sofort. Der ungewöhnlich hell strahlende Stern, daran konnte kein Zweifel bestehen, stand am Rand der Galaxis. Sein Glanz verdeckte die Nachbargalaxis der Sceddors, die sich siebenhunderttausend Lichtjahre dahinter befand.

Noch zögerte Ellert, sich der Lichtbasis, wie er den gewaltigen Stern nun ebenfalls nannte, zu nähern. Aber er fühlte die Energien, die von ihr ausgingen und weiterhin auf ihn überströmten.

Er peilte einen seitlich stehenden Stern an, um seine wiedergewonnenen Fähigkeiten zu erproben. Seine Erfahrung teilte ihm mit, dass dieser Stern etwa zwanzig Lichtjahre entfernt war, für ihn jetzt nicht mehr als ein Gedankensprung. Der Stern war eine blaue Sonne mit nur zwei Planeten, die kein Leben hervorgebracht hatten. Die ungewöhnlich harte Strahlung schien das verhindert zu haben.

Aber Ellert wollte nicht nach Leben suchen, er wollte Gewissheit. Ohne Schwierigkeiten fand er von seiner neuen Position aus die Lichtbasis wieder. Der veränderte Blickwinkel erlaubte den Blick in Richtung des Leerraums.

Ellert sah schwach schimmernd die Galaxis der Sceddors, die er erst vor wenigen Tagen verlassen hatte. Damit stand eindeutig fest, dass die Lichtbasis mit der Lichtquelle identisch war, die das Schiff gefährdet hatte.

Das Bewusstsein spürte einen fast unwiderstehlichen Drang, sich der Lichtbasis zu nähern und sich mit ihr zu vereinigen. Ernst Ellert erschrak. Falls dieser Drang zu stark wurde, war er verloren. Trotzdem musste er näher heran, um das Rätsel des unheimlichen Sterns zu lösen. Er ließ sich von der blauen Sonne in Richtung der Lichtbasis wegtreiben.

Mit Wehmut dachte er an die vergangenen Zeiten, in denen seine körperlosen Reisen durch das Universum zur Selbstverständlichkeit geworden waren. Das hatte sich geändert, seit er von ES den Körper erhalten hatte, den er mit Gorsty Ashdon teilen musste.

Der Unsterbliche hatte das nicht grundlos getan, davon war Ellert überzeugt. Der Zusammenhang mit dem halbierten Planeten EDEN II war zu offensichtlich. EDEN war schließlich eine Schöpfung von ES. Hinzu kam der telepathische Hilferuf des Unsterblichen, der Ellert-Ashdon von EDEN fortgelockt hatte.

Die Lichtbasis war merklich näher gerückt.

Ellert schätzte, dass die Lichtbasis nur noch zwei Lichtjahre vor ihm stand.

Nachdem Torkas im engsten Kreis seinen Plan erläutert hatte, widersprach Prank, der ihm bisher treu gefolgt war:

»Der Plan wird nie gelingen, Torkas. Du willst aus diesem Fremden einen Märtyrer für unsere Bewegung machen, wenn du ihn tötest, und den Studenten die Schuld in die Schuhe schiebst. Das kann niemals gut gehen.«

»Was hast du daran auszusetzen, Prank? Den Leichnam bringen wir nachts in die Nähe des Studentenlagers. Wie sollte ein Verdacht auf uns fallen? Wir haben ihn verehrt!«

»Selbst die Regierung ist schon unterrichtet, dass es zwischen ihm und uns Differenzen gab. Warum sollte jemand die Studenten verdächtigen?«

»Es war schon immer einfach, der Jugend die Schuld für unliebsame Dinge in die Schuhe zu schieben.«

»Diesmal bestimmt nicht ...«

»Was sagst du, Moras? Und du, LM-1? Und dein Rat, TB-1?«

Torkas' eigener Fraggo hatte sich bisher nicht geäußert. Er warf den anderen Beteiligten einen forschenden Blick zu. »Ich bin nur teilweise einverstanden, Torkas«, erklärte er. »Wir sollten den Fremden fangen und ihn zwingen, sich als Sohn Älzorans auszugeben. Er muss es öffentlich tun, dann erst lassen wir ihn wieder frei. Wenn er dann widerruft, wird das kaum noch Eindruck machen.«

»Das hört sich schon besser an«, stimmte Moras zu.

LM-1 nickte beifällig.

Gorsty Ashdon beschloss, kurz vor Anbruch der Dämmerung noch einmal die Studenten aufzusuchen. Akrobath hatte ihm bestätigt, dass die Reparatur noch in dieser Nacht beendet sein könnte. Morgen würde die KARMA starten können.

Wenn Ellert bis dahin zurück ist, dachte Ashdon besorgt.

Er musste dicht am Lager der Sekte vorbei. Torkas und einige andere schnitten ihm den Weg ab und hielten ihn an.

»Wir müssen mit dir reden, Fremder.«

»Nicht jetzt, morgen. Lasst mich los!«

»Gib uns das Ding, das in deinem Gürtel steckt«, forderte Torkas ihn auf und deutete auf den Strahler, den Ashdon diesmal nicht vergessen hatte. »Ist das eine Waffe?«

»Nur ein besonderes Messgerät«, log Ashdon und legte die Hand auf den Griff. »Was wollt ihr von mir?«

»Komm mit uns in die Senke da drüben, dort sind wir ungestörter. Es muss nicht jeder hören, was wir zu besprechen haben.«

Ashdon witterte die Falle, wollte aber jede Gewalttätigkeit vermeiden, obwohl er innerlich vor Wut kochte. »Wir können auch hier reden, wo uns alle sehen. Was wollt ihr von mir?«

Torkas nickte LM-1 und TB-1 zu. Die beiden Fraggos ergriffen Ashdons Arme und hielten ihn fest.

»Komm mit uns«, sagte einer von ihnen. »Dir geschieht nichts, wenn du vernünftig bist.«

Ashdon wollte die Hände abschütteln, aber zu seinem Erstaunen war das nicht möglich. Der Körper reagierte nur schwach, fast widerwillig. Die Fraggos führten ihn ab, ohne dass er imstande war, sich zu wehren.

Torkas wertete die Passivität des Fremden als Einverständnis, sogar als Unterwerfung. Seine Selbstüberschätzung wuchs. In der Senke und damit den Blicken der Studentengruppe entzogen, wandte er sich an seinen Gefangenen, denn als solchen sah er den Fremden mittlerweile.

»Du bist ein Sohn Älzorans und damit der Botschafter der Lichtbasis, hast du verstanden? Wir wissen, dass du nicht allmächtig bist, sonst befändest du dich nicht in meiner Gewalt. Aber du wirst frei sein, wenn du meinem Wunsch entsprichst.«

Ashdon verstand überhaupt nichts mehr.

»Sagt mir den Grund für den Sinneswandel, vielleicht tue ich euch dann den Gefallen.«

»Ganz Scharzo soll erfahren, dass du nur gekommen bist, um uns, den wahren Dienern der Söhne Älzorans, die Botschaft des Glücks zu bringen.«

Ashdon verstand in dem Moment, wie krankhaft ehrgeizig der Scharzane wirklich war.

»Niemand wird euch das glauben, Torkas. Ihr werdet nur Schwierigkeiten bekommen – mit der Regierung, mit dem Rat der Wissenschaftler, mit der Bevölkerung. Du würdest genau das Gegenteil von dem erreichen, was du erreichen möchtest.«

»Das lass meine Sorge sein.« Torkas hatte dafür gesorgt, dass die Unterredung außer Hörweite seiner Anhänger stattfand. Nur seine engsten Vertrauten hielten sich in der Nähe auf. »Wirst du nun tun, was ich dir befehle, oder nicht?«

»Du musst verrückt sein!«, rief Ashdon laut genug, dass ihn alle hören konnten. »Lasst mich endlich los!«

Er war selbst überrascht, als seine Arme freikamen. Die Fraggos wichen erschrocken zurück. Torkas starrte ihn nur verwundert an.

Mühsam nur gelang es Ashdon, die rechte Hand nach dem Strahler greifen zu lassen und ihn aus dem Gürtel zu ziehen. Er richtete die Waffe schräg nach oben und drückte ab. Ein grelles Energiebündel schoss über die Sektierer hinweg in den dämmrigen Himmel. Der Blitz musste kilometerweit zu sehen sein.

Torkas wollte sich auf ihn stürzen, aber Ashdon gelang noch ein zweiter Schuss. Diesmal traf er einen Felsbrocken, der am Rand der Senke lag. Das Gestein schmolz sofort und verwandelte sich in glutflüssige Lava, die schnell wieder erstarrte. Zurück blieb ein bizarres Gebilde.

Ashdon sah, dass ihm der Fluchtweg nicht mehr versperrt wurde, und nutzte die Gelegenheit, die Senke zu verlassen. Die Fraggos und einige Scharzanen wollten ihm folgen, doch Torkas winkte sie zurück.

»Bleibt!«, rief er seinen Anhängern zu. »Der Sohn Älzorans hat uns ein Zeichen gegeben. Jener Felsblock dort ist nun ein Teil der Lichtbasis geworden. Wer ihn berührt, wird Glück und ein langes Leben haben. Hier werden wir unseren Tempel errichten.«

Unangefochten konnte Ashdon zum Schiff zurückkehren, wenn die Beine den Körper auch nur mühsam trugen. Akrobath erwartete ihn an der Luke.

»Ich habe alles auf dem Schirm verfolgt, Ashdon. Du hast ihnen ein großartiges Schauspiel geboten. Davon werden sie noch lange reden.«

»Du hast alles gesehen und mir nicht beigestanden?«

»War das nötig? Ich finde, es war besser so.«

»Vielleicht.«

Ashdon schleppte sich zur Liege und streckte sich aus. Warum nur beherrschte er den Körper nicht mehr vollständig? War der Mann erkrankt?

»Morgen ist es bestimmt wieder gut«, tröstete Akrobath, nachdem Ashdon ihm seine Probleme mitgeteilt hatte. »Die Reparatur ist übrigens nahezu beendet. Notfalls könnten wir jetzt schon starten.«

»Wir müssen auf Ellert warten.«

»Sicher, du hast recht.«

In dieser Nacht versuchte Ashdon immer wieder, Kontakt mit Ellert zu bekommen, aber er erhielt keine Antwort. Schließlich zog er sich zurück und ließ den Mann einschlafen.

Am anderen Tag glich das Gelände in weitem Umkreis einem Heerlager. Die Senke, die Torkas mit Beschlag belegt hatte, konnte seine herbeigeeilten Anhänger kaum noch fassen. Es mussten fast tausend Scharzanen sein, die sich hier versammelt hatten, Steine heranschleppten und einen Wall um den Stein der Lichtbasis aufhäuften.

Auch die Gruppe der Studenten war größer geworden. Sie erhofften sich von dem gelandeten Raumfahrer wertvolle Ratschläge für viele Probleme.

Dazwischen lagerten die Männer des Ordnungsdiensts, die inzwischen eingeflogen worden waren. Sie nahmen ihre Aufgabe nicht mehr so ernst wie zuvor.

Ebenfalls neu eingetroffen waren Ront und eine Delegation aus Politikern und Wissenschaftlern. Teilor, Polaz und auch Radamoz gesellten sich im Lauf des Tages noch dazu.

Ashdon bekam einen Schreck, als Akrobath ihn in die Zentrale holte und auf den Bildschirm zeigte. »Das haben wir nun davon!«, kommentierte der Roboter. »Ich denke, wir werden zu Volkshelden.«

»Wenn nur Ellert endlich zurückkäme!«

»Vielleicht stößt er draußen im Raum zu uns«, hoffte Akrobath.

Ashdon schüttelte den Kopf. »Das ist zu riskant, wir müssen warten. Ich werde hinausgehen.«

»Bist du wieder ganz in Ordnung?«

»Ich hoffe es.« In der Luke drehte Ashdon sich noch einmal um. »Es wird besser sein, wenn du mich nicht aus den Augen lässt. Den Strahler lasse ich dir zurück, dann kann ihn mir niemand abnehmen.«

Ashdon hatte einige Mühe, die Leiter hinabzusteigen. Alle Befehle, die er dem Nervensystem des Mannes gab, wurden nur zögernd und extrem langsam befolgt. Die Reaktionsfähigkeit war stark abgesunken.

Ront empfing ihn mit einem Dutzend Scharzanen am Fuß der Leiter.

»Die astronomischen Angaben – konnten Sie damit etwas anfangen?«

»Danke, ja.« Die Worte kamen nur mühsam über Ashdons Lippen.

»Was ist mit Ihnen? Sie sehen müde aus, Ellert.«

»Ich bin nicht Ellert«, hätte Ashdon beinahe gesagt, aber das hätte zu weiteren Verwirrungen geführt. Vielleicht hätten die Scharzanen ihn für verrückt gehalten.

»Ich fühle mich nicht wohl«, sagte er stattdessen. »Ich werde Ihre Welt noch heute verlassen müssen.«

»Hm«, machte Ront ein wenig verlegen. »Ich fürchte, das wird nicht gehen. Unser Präsident hat den Wunsch geäußert, dass Sie noch bleiben. Wir brauchen Ihren Rat in vielen Dingen.«

Ashdon versuchte, sich zu erinnern. »Habe ich nicht vor dem Krisenstab alle Fragen beantwortet?«

»Wir haben nicht alle Fragen gestellt«, hielt Ront ihm entgegen. Die Unterredung war dem Astronomen sichtlich peinlich, aber wahrscheinlich hatte er seine Instruktionen. »Wir warten auf das Flugzeug, das Sie in die Stadt bringt.«

»Als Gefangenen?«, erkundigte sich Ashdon, der Ärger in sich aufsteigen spürte. »Davon rate ich Ihnen ab.« Jeder wollte ihn für seine eigenen Zwecke ausnützen. Die Regierung schien nicht besser zu sein als Torkas' Sekte.

»Als Gast«, versicherte Ront.

»Was ist, wenn ich mich weigere?«

Ront zuckte die Achseln. »Der Ordnungsdienst hat entsprechende Anweisungen erhalten.«

Ashdon schwieg und wünschte sich, wenn Ellert schon nicht kam, zumindest Akrobath herbei. Aber wie sollte der Roboter wissen, welche Entwicklung sich anbahnte? Er konnte nicht hören, was gesprochen wurde. Aber er sah, was sich ereignete.

Ashdon machte einige stockende Schritte auf Ront und seine Gruppe zu und hob die Faust. Mehrere Männer des Ordnungsdiensts kamen sofort herbei. Sie richteten ihre Schusswaffen auf Ashdon, der nichts anderes wollte, als Akrobath aufmerksam zu machen.

Im gleichen Augenblick setzten allerdings mehrere Gruppen der Scharzanen zum Sturm auf die KARMA an. Als bereits ein halbes Dutzend von ihnen an der Leiter emporstieg, erschien der Roboter in der offenen Luke.

Ashdon sah ein, dass die KARMA verteidigt werden musste, und ließ die Hände sinken. Widerstandslos ließ er sich vom Ordnungsdienst festnehmen.

Im Abstand von zwei Lichtjahren umkreiste Ellert die Lichtbasis. Erst die Umlaufbahn zeigte ihm eindeutig, dass die gigantische Lichtquelle kugelförmig war. Ihren Durchmesser konnte er nur schlecht abschätzen, offensichtlich betrug er mehrere Lichtwochen. Aber das allein war es nicht, was Ellert zunehmend beunruhigte.

Er war nach wie vor nicht in der Lage, die auf ihn einströmenden Impulse zu identifizieren. Selbst eine Klassifizierung war ihm noch unmöglich. Vielleicht waren es einfach energetische Einheiten, wie er selbst auch eine war. Die Frage stellte sich jedoch, ob sie sich intelligent verhielten. Ihr Ursprung war zweifellos die Lichtbasis.

Wenig später stellte Ellert fest, dass er sich fast unmerklich der Lichtbasis näherte. Es gelang ihm, die ursprüngliche Entfernung wiederherzustellen, aber es wurde immer anstrengender, sie auch beizubehalten.

Die Lichtbasis zog ihn unwiderstehlich an. Und die auf ihn einströmenden Impulse lockten ... Also waren sie doch intelligent.

Mit aller Kraft gelang es Ellert, die Entfernung zur Lichtbasis auf drei Lichtjahre Abstand zu vergrößern. Er wusste nun, dass er das Rätsel nicht würde lösen können, ohne selbst zu einem Teil der unheimlichen Lichtquelle zu werden. Das wiederum schloss die Rückkehr nach Scharzo und in den Körper des Konzepts aus.

Es würde vielleicht auch bedeuten, dass er die Suche nach ES für alle Zeit beenden musste. Doch gerade das war seine Hauptaufgabe, die er sich selbst gestellt hatte.

Und niemals konnte er Ashdon zurücklassen. Akrobath würde zwar allein zurechtkommen, aber auch er war so etwas wie ein Freund geworden. Das Doppelkonzept Ellert-Ashdon musste bestehen bleiben.

Vier Lichtjahre Abstand zur Lichtbasis.

Immer deutlicher erkannte Ellert, dass die Scharzanen nicht umsonst diesem Stern Dinge andichteten, die mit Verstand, Logik und wissenschaftlicher Erkenntnis nichts gemein haben konnten. Die Lichtbasis war kein Stern, sondern die rätselhafte Zusammenballung noch unbekannter Energien, vielleicht sogar organischen Ursprungs.

Der Gedanke elektrisierte Ellert geradezu.

Energien organischen Ursprungs ...?

Er musste an EDEN II und an den Versuch der Konzepte denken, die sich vorgenommen hatten, zu einer einzigen körperlosen Energieeinheit zusammenzuwachsen.

Könnte die Lichtbasis ...? Er wagte es nicht, den Gedanken zu Ende zu bringen.

Noch einmal vergrößerte er den Abstand, nun schon mit weniger Anstrengung, diesmal auf fünf Lichtjahre. Er näherte sich damit wieder der Sonne Älzoran und ihren Planeten.

Das Gefühl der übersättigten Aufladung hatte merklich nachgelassen. Nun würde in dem gemeinsamen Körper wieder Platz für beide Bewusstseine vorhanden sein. Aber der Mann musste diesen Sektor der Galaxis Krähohl so schnell wie möglich verlassen«

Ernst Ellert konzentrierte sich auf die Sonne Älzoran und dann, als sie dicht vor ihm stand, auf Scharzo.

Das körperlose Bewusstsein schwebte hoch über dem Landeplatz, erkannte aber noch keine Einzelheiten. Ellert sah nur, dass die KARMA von vielen tausend Scharzanen belagert wurde.

Ohne sich um die überraschende Ansammlung zu kümmern, peilte er die Zentrale der KARMA an – und fand sie leer. Akrobath war nirgends zu erblicken. Gleichzeitig hörte er den Lärm, der aus Richtung der Luftschleuse kam. Zum zweiten Mal durchdrang er die Schiffshülle, diesmal langsam und in der Nähe bleibend. Erst jetzt sah er, dass Akrobath in der geöffneten Luke schwebte, in einer Hand den Strahler.

Ein Dutzend Scharzanen versuchten, in das Schiff einzudringen.

Was war geschehen, und wo steckte Ashdon?

Mit dem Roboter konnte Ellert in seinem rein energetischen Zustand keine Verbindung aufnehmen. Aber er verstand, was Akrobath den Scharzanen zurief und was diese erwiderten, obwohl zwischen beiden Seiten keine Verständigung erfolgen konnte. Der Translator fehlte, den musste Ashdon bei sich haben.

»Verschwindet, sonst bekommt ihr eine Ladung!«, warnte Akrobath.

»Wir wollen wissen, wie das Ding fliegt!«

»Gebt uns euer Wissen!«, verlangte ein anderer Scharzane.

»Lasst uns ins Schiff!«

Akrobath, der kein Wort verstand und nur sah, dass die Männer immer höher stiegen, gab einen Warnschuss ab, der dicht neben einer unten wartenden Gruppe einen kleinen Krater in den Felsboden schmolz. Die Entermannschaft wich ein Stück zurück.

Ellert war sicher, dass der Roboter allein mit den Scharzanen fertig wurde. Also konnte er sich um Ashdon kümmern. Aber wo befand sich der Junge mit dem gemeinsamen Körper?

Als energetische Einheit war Ellert nicht auf einen Translator angewiesen. Er ließ sich mitten unter die Scharzanen sinken, um Ashdons Aufenthalt herauszufinden.

Ellert hatte die größte Gruppe in der Senke erreicht. Torkas trieb seine Anhänger an, die Steine herbeischleppten und eine Mauer errichteten. In der Mitte des so abgesperrten Geländes lag ein seltsames Gebilde, das Ellert sofort als abgeschmolzenen Felsen erkannte. Ashdon musste hier seinen Energiestrahler vorgeführt haben, zu welchem Zweck auch immer.

Aber warum errichtete Torkas eine Mauer um das Schmelzprodukt? Ellert konnte es nur erahnen, als Torkas einem der Arbeitenden zurief, er möge sich gefälligst beeilen, damit der Tempel der Söhne Älzorans fertig werde.

Statt seine Ratschläge zu befolgen, errichteten sie einen Tempel. Ellert verstand, dass den Scharzanen nicht zu helfen war und dass sie selbst mit ihren Problemen fertig werden mussten. Wenigstens jene, die Torkas folgten.

Er glitt weiter bis zu den Studenten. Sie diskutierten eifrig, aber es dauerte dennoch eine Weile, bis Ellert endlich erfuhr, was er wissen wollte. Ashdon war im Auftrag der Regierung nach Zorahn gebracht worden. Die Scharzanen wollten mit seinem Wissen zu einer technischen Superzivilisation aufsteigen.

Wieder einmal erkannte Ellert, dass sich das Beispiel der Terraner und Arkoniden nicht wiederholen ließ. Die Scharzanen mussten ihren Weg in die Zukunft allein gehen und ihre archaische Denkart von innen heraus ablegen. Mit einigen Tagen Belehrung war das nicht getan, das bewies allein schon Torkas' heiliger Tempel, den er – mehr zu seinem eigenen Ruhm – errichten ließ.

Allerdings war enttäuschend, dass auch die Regierung und die Wissenschaftler nichts gelernt zu haben schienen. Warum, so fragte sich Ellert vergeblich, hatte Ashdon sich nicht widersetzt?

In Sekundenschnelle erreichte er die Hauptstadt. Aber wohin war Ashdon gebracht worden? In den Krisenstab? Zum Präsidenten?

Ein Kuppelgebäude war vom Ordnungsdienst umstellt. Ellert entsann sich der stark gewölbten Decke des Saales, in dem er mit dem Krisenstab konferiert hatte. Die Bewachung gab ihm nun die Gewissheit.

Langsam sank er tiefer, und die Materie setzte ihm keinen Widerstand entgegen.

Unsichtbar schwebte er über den versammelten Scharzanen und über Ashdon, der in merkwürdig hilfloser Haltung den verbalen Angriffen von Politikern und Wissenschaftlern ausgesetzt war. Sie stellten ein regelrechtes Kreuzverhör mit ihm an. Und Ashdon war nicht in der Lage, ihre Fragen zu beantworten.

Ellert beschloss, den Partner nicht im Stich zu lassen und sofort in den gemeinsamen Körper zurückzukehren, auch wenn er ihn dann vielleicht nicht mehr verlassen konnte.

Der große Kuppelsaal war voll besetzt. Fernsehkameras standen überall. Ashdon wurde zu einem Podium geführt, vor dem zahlreiche Mikrofone aufwuchsen. Auch auf den Tischen standen Mikrofone für die versammelten Repräsentanten aus Politik und Wissenschaft.

Es war alles ganz anders als beim ersten Mal.

Polaz sprach die einleitenden Worte und übergab Teilor die Leitung der Diskussion. Wie bei solchen Gelegenheiten üblich nutzte der Chefwissenschaftler die willkommene Gelegenheit, sich selbst ein wenig in den Vordergrund zu spielen, ehe er seine ersten Fragen stellte.

Als Ashdon ausweichend antwortete, folgten die nächsten Fragen Schlag auf Schlag.

»Beruht der Antrieb Ihres Schiffes auf atomarer Energie?«

»Wie überwand Ihre Zivilisation die Rohstoffkrise?«

»Gab es auch bei Ihnen religiöse Fanatiker, die aus notgelandeten Raumfahrern einer fremden Zivilisation Götter zu machen versuchten?«

»Wie lässt sich die Verschmutzung von Wasser und Luft vermeiden, ohne den technischen Fortschritt zu hemmen?«

Ashdon ergriff das nächstbeste Mikrofon und schmetterte es unbeherrscht in die Versammlung, wo ein Scharzane es geistesgegenwärtig auffing und zurückgab. Der Emotionsausbruch zeigte zumindest den Zweiflern, dass der Fremde alles andere als ein Halbgott war. Vielleicht hatte man alles ganz falsch angefangen ...

»Ich kann Ihnen nicht helfen, denn Sie wollen sich überhaupt nicht helfen lassen!«, rief Ashdon verzweifelt. »Erwarten Sie von mir, dass ich Ihnen Dinge vermittle, die Sie Jahrhunderte überspringen lassen? Das würde zu einer Katastrophe führen. Eine solche kosmische Hilfestellung geschah erst einmal mit Erfolg, aber ich weiß, dass sie in Ihrem Fall ein schlimmes Ende nähme. Nur der langwierige Prozess der Reife wird Ihren Erfolg garantieren. Sammeln Sie Ihre Erfahrungen, Sie können nur daraus lernen. Wenn ich Ihnen vorsage, lernen Sie nichts. Es wäre so, als würde ich einem Wanderer in der Wüste, der sich beide Beine gebrochen hat, verraten, dass er hundert Kilometer weiter eine Quelle findet, und einfach weitergehen. Er würde verdursten, denn er weiß, dass er die Strecke niemals schaffen könnte. Er würde liegen bleiben und sein tödliches Schicksal erwarten. Wenn ich ihm jedoch nichts sage, mich erst gar nicht bemerkbar mache, wird er weiterkriechen, denn er vermutet die rettende Quelle jenseits der nächsten Dünen. Und so schafft er es vielleicht, am Leben zu bleiben. Verstehen Sie, was ich meine?«

Ratloses Schweigen war die Antwort.

Dann stürmten erneut die Fragen auf Ashdon ein ...

Du bist nicht mehr allein, Gorsty!

Es wurde höchste Zeit, Ernst! Wie kommen wir hier fort?

Ich übernehme unseren Körper.

Ellert-Ashdon hob beide Hände. Das Redegewirr verstummte.

Diplomatischer als vorher Ashdon versuchte Ellert dem Krisenstab klarzumachen, dass ein Vorprellen in Richtung Superzivilisation zur Katastrophe führen musste. Geschickt mischte er jedoch ein paar harmlose technische Tipps unter seine Ausführungen, die Teilor und andere Wissenschaftler sichtbar nachdenklich stimmten. So nachdenklich, dass sie vergaßen, weitere Fragen zu stellen.

Dann traf eine Nachricht ein, die Polaz veranlasste, die Sitzung abzubrechen.

Nachdem Scharzanen versucht hatten, das Raumschiff zu erstürmen, war es zwischen mehreren Gruppierungen zu Tätlichkeiten gekommen. Der Ordnungsdienst war in eine Schießerei verwickelt worden. Es hatte Tote und Verwundete gegeben.

Der Roboter hatte die Luke der KARMA geschlossen und reagierte nicht mehr.

Polaz gab Befehl, Ellert sofort zum Landeplatz zurückzubringen.

Als Ellert-Ashdon das Flugzeug verließ, wurde er von bewaffneten Scharzanen in Empfang genommen.

»Zu Ihrem Schutz«, beruhigte ihn Ront, der ihn begleitete. »Nun werden Sie verstehen, warum wir Ihre Ankunft geheim halten wollten. Ich war auch zuerst anderer Meinung ...«

»Sie haben getan, was für Scharzo am besten war.«

»Wann werden Sie uns verlassen?«

»Sobald unser ... mein Schiff startbereit ist.«

Neugierige, die herbeieilten, wurden zurückgedrängt. Ellert schaute hinüber zur KARMA und stellte zu seiner Erleichterung fest, dass der Ordnungsdienst dort einen weiten Kordon bildete. Etwa in halber Höhe hing zwischen den Leitersprossen der schlaffe Körper eines Scharzanen. Er musste tot sein, und niemand hatte ihn herabgeholt.

»Das tut mir leid«, sagte Ellert zu Ront.

»Mir nicht, Ellert«, erwiderte der Astronom ohne jedes Bedauern. »Alle Gaffer wurden gewarnt, nachdem die Wahrheit bekannt war. Der Ordnungsdienst erhielt Befehl, auf jeden zu schießen, der mit Gewalt in Ihr Schiff eindringen wollte.«

»Warum hat mich Ihr Regierungschef niemals empfangen?«, fragte Ellert, kurz bevor sie die Leiter erreichten. »Ich hätte ihn gern kennengelernt.«

Ront wartete, bis sie am Fuß der Leiter standen und niemand mehr hören konnte, was gesprochen wurde.

»Jetzt kann ich es Ihnen verraten, denn Sie werden uns bald verlassen. Der Präsident konnte Sie nur deshalb nicht empfangen, weil es überhaupt keinen Präsidenten gibt. Er existiert nur in der Einbildung unseres Volkes, ein Überbleibsel aus alten Zeiten. Die Regierungsmacht wird in Wahrheit vom Krisenstab ausgeübt, einem Kollektiv. Die Mitglieder des Krisenstabs wiederum werden alle fünf Jahre von der Bevölkerung Scharzos gewählt, sodass praktisch das Volk regiert – ohne es zu wissen.«

»Ist das eine gute Methode? Hat sie sich bewährt?«

»Sehr sogar. Allerdings ist es unter diesen Umständen oft schwierig, unbequeme Entscheidungen durchzusetzen, wie sie zur Bewältigung mancher Probleme notwendig wären. Aber das haben Sie ja selbst erlebt.«

»Sie sind trotzdem auf dem richtigen Weg.« Ellert ergriff Ronts Hand. »Wenn ich mich von Ihnen nun verabschiede, so verabschiede ich mich zugleich von allen Scharzanen, ob ich sie nun kennenlernte oder nicht. Auf dem Weg in die Zukunft sind Sie ein Stück weiter, als es mein Volk vor Anbruch des Raumzeitalters war. Sie werden es also auch ohne fremde Hilfe schaffen. Leute wie Torkas gehören dazu, das lässt sich nicht vermeiden. Ihr Verstand sagt ihnen zwar, dass es außer den Scharzanen noch andere Intelligenzen im Universum gibt, aber krankhafter Egoismus kann das nicht zugeben. Also machen sie aus den anderen Intelligenzen Götter, von denen sie bevorzugt werden. Das stärkt ihr Selbstbewusstsein, so paradox es klingen mag.«

Ront drückte Ellert-Ashdons Hand.

»Ich glaube, ich habe Sie verstanden, Ellert. Wenn Sie unsere Welt verlassen haben, wird unser Präsident ...«, er lächelte flüchtig, aber doch vertraulich, »... eine offizielle Erklärung verbreiten. Darin wird er zum Ausdruck bringen, dass Sie dem Rat der Wissenschaftler wertvolle Hinweise gaben, die einige unserer Probleme lösen helfen. So wird es uns leichter fallen, einige neue Gesetze durchzubringen.«

Ellert wusste selbst am besten, wie wenig er den Scharzanen hatte helfen können. Es war gut, dass wenigstens einige Wissende etwas mit seinen Ratschlägen anfangen konnten.

Er schwang sich auf die Leiter. Oben glitt die Luke auf. Akrobath erschien, in der Hand noch immer den Strahler.

Ellert stieg zu ihm empor. Der tote Scharzane war herabgefallen. In der offenen Luke drehte Ellert-Ashdon sich noch einmal um. Er sah in Tausende Gesichter, die seinem Blick begegneten. Drüben in der Senke war ein Ringwall aus Steinen entstanden, der den geschmolzenen Felsblock einrahmte. Davor knieten Torkas' Anhänger in schweigender Andacht.

Die Gruppe der Studenten winkte zum Abschied. Ellert winkte zurück, dann drehte er sich mit einem Ruck um und betrat die Luftschleuse, die sofort von Akrobath geschlossen wurde.

»Fertig zum Start. Du wirst die KARMA nicht wiedererkennen, Ellert. Wir haben nun ein perfektes Raumschiff. Es war gut, dass wir hier landeten.«

»Hast du deine Meinung so geändert? Aber du hast recht, es war gut, für die Scharzanen und für uns. Ein positiver Kontakt, auch wenn es Schwierigkeiten und leider einige Tote gab.«

»Starten wir?«

Ellert betrat hinter dem Roboter die Zentrale und setzte sich.

»Die Antigravfelder funktionieren wieder, keine Sorge«, sagte Akrobath. »Niemand wird zu Schaden kommen.«

Die Scharzanen waren weit zurückgewichen, als die Leiter eingezogen und die Luke geschlossen wurde. Torkas' Anhänger hatten sich zu Boden geworfen, das Gesicht ihrem heiligen Stein zugewandt.

Langsam erhob sich die KARMA und stieg höher. Sie durchstieß einige Wolkenschichten und wurde schneller.

Scharzo war zu einem kleinen Punkt geschrumpft, als Akrobath sich wieder meldete.

»Ich gehe mit der KARMA auf den alten Kurs. Da jetzt die Sperre fehlt, können wir ihn jederzeit ändern.«

»Wir verlassen uns auf dich«, sagte Ellert, und zum ersten Mal sprach er wieder in der Mehrzahl.

Ashdon nutzte die günstige Gelegenheit. »Es ist fast wie früher, Ernst. Ich fühle mich nicht mehr bedrängt und eingeengt. Aber ich begreife es nicht.«

»Ich auch nicht. Es war die Lichtbasis, daran besteht kein Zweifel. Aber warum nur zu Beginn und dann nicht mehr? Ob mein körperloser Besuch damit zu tun haben kann? Hat die Lichtbasis die Verwandtschaft erfassen können? Gorsty, ich weiß es nicht.«

»Könntest du unseren Körper auch jetzt wieder verlassen?«

»Nein«, gab Ellert zu. »Um ehrlich zu sein, ich habe es auch nicht ernsthaft versucht. Aber ich weiß nun, dass es eines Tages erneut möglich sein wird.«

»Ich würde dich sehr vermissen«, sagte Ashdon.

Akrobath wischte über die Kontrollen. »Ihr seid ganz schön sentimental, Freunde«, stellte er fest. »Vor einiger Zeit habt ihr euch noch gestritten. Mir ist es ja recht, versteht mich nicht falsch, aber irritierend ist es schon. Übrigens sind wir nun genau auf dem ehemaligen Kurs. Wollt ihr nicht mal versuchen, Kontakt aufzunehmen?«

»Mit wem?«, fragte Ellert erstaunt.

»Auf Sceddo wurden Impulse empfangen ...«

»Das war nur über die Kontaktschaltung der Telepathen möglich. Aber ... vielleicht meldet ES sich jetzt.«

Ellert und Ashdon konzentrierten sich gemeinsam. Die KARMA hatte längst die Lichtgeschwindigkeit überschritten und die vielleicht störende Lichtbasis weit hinter sich gelassen.

Die Anstrengung beider Bewusstseine blieb vergeblich. Der Unsterbliche antwortete nicht.

»So kommen wir nicht weiter«, stellte Ellert schließlich fest. »Wir müssen uns darauf verlassen, dass der Kurs stimmt, wohin er uns auch führen mag. Immerhin haben wir ein gut funktionierendes Schiff, das uns weiterbringt. Seine Energievorräte scheinen unerschöpflich zu sein.«

»Ich tippe auf Gravitationsfelder«, sagte Akrobath leichthin.

Ellert-Ashdon warf ihm einen erstaunten Blick zu.

»Du wirst mir langsam unheimlich«, sagte Ellert.

»Ich mir auch«, gab der Roboter unumwunden zu.

Die KARMA raste mit wachsender Geschwindigkeit ins Ungewisse ...

26.

Krähohl lag inzwischen hinter dem Schiff. Seit die KARMA wieder durch den Leerraum flog, der die Sterneninseln trennte, glaubte Ernst Ellert, eine neuerliche Berührung zu spüren. Zuerst war es nur wie ein zögerndes Tasten gewesen, das sich langsam und beharrlich vorarbeitete, inzwischen wurde dieses Tasten stärker.

Ellert ahnte mehr, als er es tatsächlich hätte erkennen können, dass dieses Tasten feindlicher Natur war. Es wollte etwas von ihm.

Ashdon gegenüber ließ er sich nichts anmerken.

Im Umkreis von Zehntausenden Lichtjahren gab es momentan weder Sterne noch sonst einen Himmelskörper, der bewohnt sein konnte.

Wieder spürte Ellert das vorsichtige Tasten, und wenn er sich nicht täuschte, war es drängender geworden.

Der Mann, der die beiden Bewusstseine beherbergte, erwachte. Zugleich lösten sowohl Ellert als auch Ashdon ihren abschirmenden Mentalblock auf.

Nun ist unser Körper ausgeruht, Ernst. Aber er verspürt Hunger. Er hat seit Stunden nichts gegessen.

Mit den Ersatzteilen hatte Akrobath auf dem Planeten Scharzo auch einen kleinen Tisch und einen Stuhl an Bord genommen. Ellert-Ashdons Körper war nun nicht mehr gezwungen, seine Mahlzeiten im Stehen einzunehmen.

»Richtig gemütlich«, stellte Ashdon fest. »So lässt es sich aushalten. Wenigstens für eine Weile«, fügte er schnell hinzu.

In der Zentrale musste Akrobath bemerkt haben, dass der organische Körper erwacht war, denn er kam in die Kabine geschwebt. »Wie ich sehe, muss wieder Energie getankt werden«, stellte er fest. Bei jeder passenden oder auch unpassenden Gelegenheit liebte er es, die Vorteile seiner rein mechanischen Existenz hervorzuheben. »Der Mensch ist ein bedauernswertes Wesen. Es ist von so vielen Dingen abhängig, ob er die nächsten Stunden noch erlebt.«

»Ein richtig geführter Schlag mit dem Vorschlaghammer verwandelt dich in einen Haufen Schrott«, konterte Ashdon, der es nicht lassen konnte, sich mit Akrobath zu streiten. »Das solltest du dir endlich merken.«

»Ah, das ist der kämpferische Geist von Ashdon«, erkannte der Roboter. »Vergiss nicht, dass es auch Probleme gibt, die sich ohne Gewalt lösen lassen.«

»Wo steht die KARMA jetzt, Akrobath?«, unterbrach Ellert. »Wie lange noch bis zur nächsten Galaxis?«

»Drei Tage. Dann erreichen wir den Halo und müssen die Geschwindigkeit herabsetzen.«

Der Mann ruhte auf seinem Lager. Ashdon hatte sich abgekapselt, und auch Ellert bemühte sich, seinen Mentalblock stabil zu halten. Aber er fühlte den fremden Einfluss wieder, stärker als bisher.

Vielleicht litt Ellerts Bewusstsein wirklich unter einer Nachwirkung der Lichtquelle und ihrer geheimnisvollen Strahlung. Aber nichts drängte ihn, den Körper zu verlassen, wie es auf Scharzo geschehen war.

Ganz im Gegenteil: Er sollte den Körper *nicht* verlassen.

Der Befehl war eindeutig und klar.

Der Schock trat erst ein, als Ellert einen zweiten Befehlsimpuls auffing, der ebenfalls unmissverständlich war: *Eliminiere das Bewusstsein Ashdon!*

Das war so ungeheuerlich, dass Ellerts Abschirmblock augenblicklich zusammenbrach, weil er sich nicht mehr konzentrierte. Ashdon kam sofort aus seiner Isolierung.

»Was ist los, Ernst? Ich habe deinen Schock gespürt. Ist etwas geschehen?«

»Es ist ... es ist mir unerklärlich, Gorsty, mein Freund. Ich empfange Befehle von irgendwoher, vielleicht eine posthypnotische Beeinflussung der Lichtquelle. Die Befehle sind mit einem Zwang verbunden, sie auszuführen ... mit dem Zwang, dich zu eliminieren.«

»Mich zu eliminieren? Wer sollte ein Interesse daran haben?«

»Keine Ahnung. Aber beruhige dich: Noch kann ich dem Drang widerstehen, diesen furchtbaren Befehl auszuführen.«

Ashdons Bewusstsein blieb an der Schwelle zur völligen Isolation, um sich bei einem Anzeichen von Gefahr sofort zurückziehen zu können.

»Was sollen wir unternehmen?«, fragte er. »Wirklich nur warten?«

Ellert war aufs Äußerste bestürzt über das unheimliche Drängen, er suchte verzweifelt nach einem Ausweg aus dem Dilemma. Wie viel Zeit blieb ihm? Das schien die primäre Frage zu sein.

»Noch warten wir«, beantwortete er endlich Ashdons Frage. »Falls keine Wahl mehr bleibt, werde ich versuchen, unseren Körper abermals zu verlassen.«

»Wenn es stärker wird, könnten wir daraus schließen, dass wir uns der Quelle dieses Einflusses nähern. Vielleicht kommt der Zwang aus der Galaxis vor uns.«

»Wie auch immer – die Situation wird bedrohlich.«

Geraume Zeit schwieg Ashdon, jederzeit bereit, sich völlig zurückzuziehen. Dabei wusste er gar nicht, ob das viel nützen würde.

»Hör zu, Gorsty, ich kann dem Drang bald nicht mehr widerstehen, und dann muss ich versuchen, dich zu eliminieren, ob ich will oder nicht. Ich versuche jetzt, unseren Körper zu verlassen. Wenn es klappt, werde ich aber in der Nähe bleiben. Akrobath muss vorerst nicht informiert werden.«

»Ich war erst allein«, erinnerte Ashdon. »Und es war nicht gut.«

»Du hast Akrobath. Vielleicht ist es auch diesmal nur eine vorübergehende Erscheinung. Ich verlasse dich ungern, aber ich kann nicht anders. Oder wäre es dir lieber, wenn ich dich gegen meinen Willen töte? Dabei ist mir nicht klar, wie man ein Bewusstsein töten kann ...«

»Ich ahne es«, gab Ashdon zu. »Ich spüre, wie energetische Impulse von dir zu mir kommen. Sie sind drohend und drängen mich zurück. Aber wohin ...?«

»Schirm dich ab!«, riet Ellert. »Schnell!«

Er spürte, dass er dem immer stärker werdenden Drang kaum mehr widerstehen konnte. Mit äußerster Anstrengung konzentrierte er sich darauf, den Körper zu verlassen. Ganz früher war das leicht gewesen. Er hatte es einfach gewollt, und es war geschehen. Körperlos hatte er das Universum durcheilt.

Die ungeheure Konzentration nahm alle Energien in Anspruch, die ihm zur Verfügung standen. Für wenige Momente floss der Zwang an ihm, aber schon erkannte Ellert, dass er sich vergeblich bemühte und seine Kräfte verschwendete. Das Drängen wurde wieder stärker, aber er konnte den Körper nicht verlassen. Er klebte förmlich daran fest ...

... und *musste* Ashdons Bewusstsein eliminieren!

»Gorsty, setzt dich zur Wehr! Ich töte dich!«

In der Kabinentür erschien Akrobath.

»Was ist das für ein dummes Spiel?«, fragte der Roboter. »Euch ist langweilig, was? Dem kann abgeholfen werden. In Richtung der Trennwand zum Antriebsteil liegt eine Menge Dreck herum, und ...«

»Akrobath!«, rief Ellert verzweifelt, da Ashdon in Isolation blieb. »Hör auf damit! Hilf uns lieber! Wir sind in Gefahr!«

Akrobath kam herbeigeschwebt und landete dicht neben dem Lager. »Gefahr? Ich sehe keine Gefahr! Die Instrumente und ...«

»*Ich* bin die Gefahr!«

Da der Roboter über einen Emotionssektor verfügte, schwieg er fassungslos. Ellert nutzte die Gelegenheit für eine knappe Erklärung. »Der Versuch, den Körper wieder zu verlassen, ist fehlgeschlagen«, brachte er dann bebend hervor. »Du bist meine letzte Hoffnung! Was sollen wir tun?«

Die Antwort kam sofort in Form einer Gegenfrage. »Wenn sich zwei organische Lebewesen auf den Tod bekämpfen und beide in einem Käfig eingesperrt sind, was muss man dann tun, um ihr Leben zu erhalten?«

»Entweder würde man einen von ihnen herauslassen ...«

»Das geht in deinem Fall nicht. Der Käfig ist von beiden Seiten verschlossen.«

Ellert nickte zustimmend. »Ich nehme an, man muss beide Personen betäuben, also kampfunfähig machen.«

»Sehr richtig! Du bist enorm klug, Ellert. Sieh mich nicht so fragend an! Habe ich dir nicht eben die Antwort auf dein Problem gegeben?«

»Wie willst du Bewusstseine betäuben? Ein Bewusstsein ohne Bewusstsein ist tot!«

»Unsinn!«

Nach etwas längerem Nachdenken glaubte Ellert, die Lösung zu haben. Wenigstens für einen gewissen Zeitraum.

»Akrobath, du hast mich auf eine Idee gebracht, die zumindest einen Aufschub verspricht. Ich werde dir nun genau erklären, was du tun musst, aber vergiss nicht die Verantwortung, die ich dir damit übertrage. Du wirst praktisch der alleinige Kommandant der KARMA.«

»Das war ich schon«, bemerkte der Roboter.

»Du musst unseren Körper paralysieren, und zwar so tief, dass auch unsere Bewusstseine von dieser Paralyse ergriffen werden. Ich weiß nicht, wie und ob das möglich ist, aber du musst es unter allen Umständen versuchen. Eine körperliche Lähmung allein genügt nicht, denn mein Bewusstsein würde weiterhin versuchen, Gorsty zu eliminieren. Es muss also eine völlige Bewusstseinsausschaltung sein, und sie darf erst aufgehoben werden, wenn die Gefahr vorüber ist. Deshalb musst du ständig darüber wachen, dass die Ohnmacht stabil bleibt. Nutze die Zeit, eine Lösung zu finden. Sollte dir das nicht gelingen, musst du versuchen, Kontakt zu hochintelligenten Lebewesen herzustellen, und sollte es Jahrzehnte dauern.«

»Das überlebt euer Körper niemals ...«

»Die Lebenserhaltungsanlage funktioniert. Aktiviere sie und schließe den Mann an. Hast du alles verstanden?«

»Ich denke schon, Ellert, aber es ist riskant.«

»Nicht riskanter, als würden wir nichts unternehmen.«

Akrobath verzichtete auf weitere Einwände. Mithilfe eines Schockstrahlers der Sceddors paralysierte der Roboter den Mann und schließlich die beiden Bewusstseine. Das Ergebnis war keine Ohnmacht. Sie wurden lediglich gezwungen, sich in eine absolute Isolation zurückzuziehen, die sie nicht durchbrechen konnten.

Im ersten Erschrecken fürchtete Ellert, dass der Plan misslungen sei. Der Drang, Ashdon anzugreifen, war nicht verschwunden. Dann wurde ihm klar, dass er nichts unternehmen konnte, da er selbst ebenfalls Gefangener des gewaltsam von außen stabilisierten Abwehrblocks geworden war. Außerdem war er blind, denn die Augen des paralysierten Körpers hatten sich fest geschlossen.

Drei Tage lang versuchte Akrobath, eine Lösung des Problems zu finden. Er recherchierte vergebens.

Zwischendurch musste er immer wieder die Anlagen kontrollieren, von denen das Leben des Mannes und die Existenz beider Bewusstseine abhingen. Wenigstens traten keine Komplikationen auf.

Schließlich gab der Roboter es auf, selbst eine Lösung finden zu wollen, obwohl er sich diesen Triumph gern gegönnt hätte. Er konzentrierte sich auf das, was Ellert ihm geraten hatte, und suchte Kontakt zu anderen Intelligenzen.

Vor ihm lag eine unbekannte Galaxis, in der es vielleicht Tausende hochintelligenter Völker gab und zehntausend technische Zivilisationen. Aber das geringste Missverständnis konnte noch mehr Probleme bedeuten.

In einiger Entfernung zogen die ersten Sterne vorbei – einsame Sonnen, die sich wohl in Jahrmillionen aus dem Gravitationsbereich ihrer Galaxis lösen würden, um eine weite Reise durch den Leerraum anzutreten. Akrobath blieb bei Überlichtgeschwindigkeit, aber Fernorter und Massetaster arbeiteten ununterbrochen. Ihren Werten nach zu urteilen, gab es im Umkreis von etlichen hundert Lichtjahren weder organisches Leben noch technische Zivilisationen.

»In sternenarmen Randzonen ist das fast immer so«, tröstete sich der Roboter. »Es wäre ein Wunder, wenn ich gleich Erfolg hätte.« In den letzten Tagen hatte sich Akrobath die Selbstgespräche angewöhnt, denn er fühlte sich dann nicht mehr so einsam.

Zwei Tage später rückten die Sterne näher zusammen, die Fluggeschwindigkeit musste deshalb aber nicht reduziert werden. Alle paar Stunden überzeugte Akrobath sich davon, dass die Lebenserhaltungsanlage einwandfrei funktionierte und der Mann in tiefer Bewusstlosigkeit auf seinem Lager ruhte.

Als er wieder von einem Kontrollgang in die Zentrale zurückkehrte, hatten sich die bisher negativen Anzeigen verändert.

Ein Stern in Flugrichtung, noch mehr als acht Lichtjahre entfernt, besaß zumindest einen bewohnten Planeten. Die Automatik lieferte den Beweis für organische Lebensform, ohne nähere Angaben über ihren Entwicklungsstand machen zu können. Die Frage, ob es sich um eine primitive Form oder um eine technische Zivilisation handelte, blieb vorerst unbeantwortet.

Akrobath entschloss sich, jene Welt näher in Augenschein zu nehmen.

Erst als der Stern schon zur lodernden Sonne geworden war, verringerte der Roboter die Fluggeschwindigkeit. Der vierte Planet wurde sein neues Ziel, alle anderen waren unbewohnt.

Akrobath brachte die KARMA in eine stabile Umlaufbahn. Die optische Vergrößerung zeigte die Oberfläche der unbekannten Welt in allen Einzelheiten. Die Fernortung ließ Metallansammlungen erkennen, die kaum natürlichen Ursprungs sein konnten.

Das bedeutete zumindest, dass die hier lebenden Intelligenzen das Stadium der Metallbearbeitung erreicht hatten.

»Zu wenig für meine Zwecke«, murmelte Akrobath enttäuscht. »Ich brauche Wesen, die sich bereits in einer Phase der Vergeistigung befinden, wie sie meist nach dem Stadium der Überzivilisation eintritt. Aber es kann ja sein, dass die Erzansammlungen ein Relikt sind.«

Auch das hatte es schon gegeben, entnahm er seinem Erinnerungsspeicher. Welten, auf denen hochintelligente Lebewesen dem Fortschritt der Zivilisation und der Technik entsagt hatten, um sich nur der Meditation zu widmen. Ihr Ziel war es, die Geheimnisse des Universums und des Lebens zu ergründen, und wenn sie dieses Ziel auch nicht erreichten, war doch innere Zufriedenheit ihr Lohn.

Ein Alarmsignal schreckte Akrobath auf. Ein Blick auf den Massetaster informierte ihn, dass sich der KARMA ein metallisches Objekt mit sehr hoher Geschwindigkeit näherte.

Sein erster Gedanke war, dass die Unbekannten ihm ein Raumschiff entgegenschickten, um seine Identität festzustellen. Das Objekt erschien auf dem Hauptschirm. Akrobath erschrak zum zweiten Mal und verfluchte die Tatsache, dass er über menschliche Gefühle verfügte.

Das Objekt hatte die Form eines überschlanken Zylinders mit abgestumpfter Spitze. Es war etwa zehn Meter lang, also niemals ein bemanntes Raumschiff. Außerdem zeigte eines der Instrumente heftige Reaktionen.

Radioaktivität!

Akrobath handelte absolut automatisch. Er beschleunigte die KARMA und löste das Schiff aus dem Orbit. Das atomare Geschoss änderte zwar ebenfalls seinen Kurs, blieb aber zurück.

»Freundlicher Empfang«, murmelte Akrobath, ohne seine stoische Ruhe zu verlieren. »Entweder haben sie schlechte Erfahrungen gemacht, oder sie sind einfach böse. In beiden Fällen ist von ihnen keine Antwort auf meine Fragen zu erwarten ...«

Er steuerte einen dahinziehenden Asteroiden an und raste dann mit der KARMA dicht an dem Felsbrocken vorbei in den freien Raum hinaus.

Der Atomtorpedo, wusste Akrobath, hatte die KARMA wegen der geradezu sprunghaft angewachsenen Entfernung aus der Zielverfolgung verloren, aber zugleich den Asteroiden erfasst. Mit voller Wucht traf das Geschoss nun den sehr unregelmäßig geformten Himmelskörper und detonierte.

Akrobath versuchte nicht, seine Schadenfreude zu unterdrücken. Sie entschädigte ihn ein wenig für die erlittene Enttäuschung.

Die KARMA nahm wieder Geschwindigkeit auf und ging auf Überlicht.

Mit Ellert-Ashdon war alles in bester Ordnung, soweit sich das beurteilen ließ.

Die KARMA drang tiefer in die namenlose Galaxis ein. Der durchschnittliche Abstand der Sterne schrumpfte auf zwei bis drei Lichtjahre. Einmal wiesen die Instrumente noch organisches Leben aus, aber Akrobaths vorsichtige Nahuntersuchung entpuppte sich erneut als Fehlschlag. Der Bildschirm zeigte in der Vergrößerung nur unübersehbare Urwälder und vereinzelte Lichtungen, auf denen sich unförmige Ungeheuer langsam fortbewegten.

»Immer noch besser als Atomraketen«, sagte sich der Roboter und setzte den Flug ins Ungewisse fort.

Ellerts eingeschlossenes Bewusstsein wusste von alldem nichts. Die Augen des Mannes konnten nichts sehen, seine Ohren nichts hören.

Ellert vermisste den Kontakt mit Ashdon. Ebenso schlimm war für ihn, dass er nicht erkennen konnte, was geschah. Er hatte nicht die geringste Ahnung, was Akrobath unternahm. Er existierte als energetische Einheit in ständiger Finsternis – in einem grauenhaft engen Gefängnis.

Sein Dasein war zeitlos geworden, aber in einem anderen Sinn als früher, als er noch körperlos das Universum durchstreifte. Es schien überhaupt keine Zeit mehr zu geben. Vergingen Stunden, Tage, Jahre oder Jahrtausende? Er kannte nicht einmal die Lebensdauer von Akrobath. Würde sie ausreichen, eine Rettungsaktion zu organisieren?

Dabei ging es nicht einmal um ihn, Ellert, selbst. Weit mehr sorgte er sich um das Bewusstsein Gorsty Ashdon, das ihm von ES als Partner zugeteilt worden war. Er hatte Gorsty schätzen gelernt, sie waren Freunde.

Ellert flüchtete sich endgültig in Erinnerungen, als er plötzlich glaubte, neue Impulse wahrzunehmen zu können.

Diesmal waren es keine Befehle.

Ellert empfing völlig fremde Impulse – und mit ihnen kam der erste Lichtschimmer ...

Ernst Ellert war nicht der Einzige, der die Impulse wahrnahm. Der Roboter Akrobath spürte sie, als habe er einen elektrischen Schlag bekommen.

Akrobath ruhte auf dem Kontrollsessel und ärgerte sich über die Langeweile, weil sie ein menschliches und daher organisches Gefühl war. Erst allmählich realisierte er, dass er sich geirrt hatte. Nicht er selbst hatte diese Impulse verspürt oder aufgefangen, sondern die Messinstrumente – seine kleineren oder größeren Brüder, wie er sie so oft nannte. Wahrscheinlich war es diese starke Beziehung zu der ihm verwandten Technik, die ihn glauben ließ, er selbst habe die Impulse wahrgenommen.

Der Taster zeigte keine Entfernung an, wohl aber die Richtung. Akrobath korrigierte den Kurs, ohne die Geschwindigkeit der KARMA herabzusetzen. Der Zielschirm zeigte keinen Stern in unmittelbarer Nähe an.

Der Ausschlag des Massetasters war so geringfügig, dass er kaum ins Gewicht fiel. Wenn also ein Körper die Impulse ausschickte, so musste er ungeheuer klein sein, zumindest besaß er eine verschwindend geringe Masse. Demnach handelte es sich weder um ein bemanntes Raumschiff noch um einen Himmelskörper. Akrobath ging sämtliche infrage kommenden Möglichkeiten durch, ohne eine Antwort zu finden.

Als die Impulse deutlicher wurden, verringerte Akrobath die Geschwindigkeit des Schiffes. Einer der Massetaster registrierte in etwa dreißig Grad Abweichung zur Flugrichtung eine größere Menge anorganischer Materie mit geringfügiger organischer Beimischung. Unter anderen Umständen hätte Akrobath auf ein Raumschiff getippt, hier schien das nicht zuzutreffen. Er ignorierte die Messung und konzentrierte sich voll und ganz auf die ursprünglichen Impulse, deren Quelle ihm vielversprechender erschien, da die Taster ausschließlich organische Materie anzeigten.

Organisches Leben im leeren Raum? Der Gedanke war sogar für den Roboter faszinierend, zugleich nährte er seine Hoffnung, Unterstützung zu finden. Lebewesen, die organischer Natur waren und im Vakuum existieren konnten, mussten die höchste Stufe geistiger Entwicklung erreicht haben. Sie waren bestimmt in der Lage, das Problem eines Amok laufenden Bewusstseins durch geistige Beeinflussung zu lösen.

Die KARMA flog mit Unterlicht. Akrobaths Augen ruhten fast ständig auf dem Hauptschirm, der jeden Moment das optisch wiedergeben musste, was die Messinstrumente schon registrierten.

Tatsächlich entstand in der Mitte des Schirmes ein schwach leuchtender blauer Fleck. Aus dem halb transparent anmutenden Fleck wurden mehrere, als hätte sich das unbekannte Objekt geteilt. Noch immer deuteten die Daten darauf hin, dass es organische Materie war, die vor der KARMA im freien Raum schwebte.

Akrobath glich das Schiff der Geschwindigkeit der dahintreibenden Pulks blauer Lichter an, die keine Notiz von dem Schiff zu nehmen schienen. Nun wurden auch Einzelheiten erkennbar. Die Objekte, es waren etwa zwei Dutzend, erinnerten an riesige Quallen oder auch Fallschirme. Ihr Durchmesser betrug etwa zehn Meter. Sie waren durch Fäden, Leitungen oder Verästelungen mit einem kleineren Klumpen verbunden, ähnlich einem Springer mit seinem Fallschirm. Aber alles bestand aus organischer Materie, ohne die geringste Ausnahme.

Der Roboter entsann sich des einen Massetasters, der die größere Ansammlung anorganischer Materie abseits der Flugrichtung angezeigt hatte. Die seltsamen blau leuchtenden Gebilde bewegten sich genau auf diese Massekonzentration zu. Zudem war eine intensive fünfdimensionale Strahlung festzustellen, die von ebendiesen Gebilden ausging, und zwar nicht regelmäßig, sondern mit schwankender Stärke.

Akrobath änderte erneut den Kurs und folgte dem Schwarm ohne den Versuch, schon Kontakt aufzunehmen. Solange diese Wesen ihn und die KARMA ignorierten, hatte er keinen Grund, den Zustand zu beenden. Wenigstens nicht, bevor er das Ziel des Pulks kannte – jene rätselhafte Materieansammlung, die er trotz aller Versuche nicht auf den Bildschirm bekam.

Die leuchtenden Gebilde lebten, daran bestand für Akrobath kein Zweifel. Außerdem waren sie pflanzlichen Ursprungs. Ihre Struktur deutete darauf hin. Der Organklumpen war vielleicht einmal die Wurzel gewesen, Verästelungen und Schirm jener Teil, der auf der Oberfläche existierte. Wie aber hatte sich ein solches Gebilde von seiner Welt lösen können?

Was Akrobath nicht wissen konnte, war Folgendes:

Die blau schimmernden Lebewesen stammten von einer Welt, die ständig intensiver Hyperstrahlung ausgesetzt war. Die Strahlung förderte Wachstum und Reife der organischen Einheiten, die früher einmal aus zwei Arten bestanden hatten, bis sie eine Symbiose eingingen.

Sie waren in der Lage, fünfdimensionale Energie aufzunehmen und nach Belieben wieder abzustrahlen, was einen deutlichen Vortrieb zur Folge hatte. Es war daher unvermeidbar, dass diese seltsamen Wesen eines Tages den Entschluss fassten, sich von ihrem Planeten zu trennen. Im Weltraum konnten sie existieren, weil die von ihnen gespeicherte Hyperenergie ein Schutzfeld um sie herum bildete.

Sie trieben durch den Raum, und es war kein Problem für sie, die Lichtgeschwindigkeit zu erreichen.

Vielleicht hätten diese Wesen in ihrem Sinn glücklich sein können, möglicherweise waren sie es auch. Aber sie waren nicht mehr so frei, wie sie es zu Beginn ihrer Reise gewesen waren. Denn eines Tages begegneten sie einer anderen Lebensform, die aktiver und intelligenter war.

Abermals wurde eine Symbiose eingegangen, die dem gegenseitigen Interesse dienen sollte, denn auch diese andere Lebensform war pflanzlichen Ursprungs. Allerdings besaß sie nicht die Fähigkeit, sich durch den Raum fortzubewegen, zumindest nicht so schnell wie die Schirmwesen. Aber sie besaß Gliedmaßen, mit denen sie geschickt arbeiten konnte. Sie war sogar in der Lage, Werkzeuge und Waffen herzustellen.

Rein äußerlich erinnerten die Wesen der dritten Art an über zwei Meter lange Baumstümpfe mit beweglichen Wurzelenden und schlanken Ästen, die in Greifwerkzeugen endeten. Im Vakuum konnten sie nur existieren, wenn sie von einer Schutzblase fünfdimensionaler Energie eingeschlossen waren, die von ihren Symbiosepartnern gebildet wurde. Eine solche Blase blieb auch ohne ständige Energiezufuhr lange Zeit stabil.

»Ich werde sie ›Blautreiber‹ nennen«, murmelte Akrobath, der vergeblich darüber nachgrübelte, wie diese Lebensform entstanden sein konnte. »Aber ich beginne daran zu zweifeln, dass sie mir helfen können. Richtig intelligente Wesen würden Kontakt aufnehmen, sie aber tun so, als gäbe es die KARMA überhaupt nicht.«

Diese Ignoranz beunruhigte den Roboter, weil sie ihm unlogisch erschien.

Nach einiger Zeit schwebte Akrobath wieder zur Kabine hinüber, um sich davon zu überzeugen, dass bei Ellert-Ashdon alles in Ordnung war. Vorsichtshalber vertiefte er die Paralyse, da er nicht wusste, ob er in den nächsten Stunden dafür Zeit finden würde.

Als er in die Zentrale zurückkehrte, erschienen auf dem Schirm erste Konturen dessen, was er als Materieansammlung klassifiziert hatte. Es handelte sich um eine kleine Raumflotte von zwei Dutzend Einheiten unterschiedlichen Aussehens. Die Schiffe fielen antriebslos durch den Raum.

Akrobath reduzierte dic Geschwindigkeit der KARMA, weil er den Abstand vorerst nicht weiter verringern wollte. Ohne Zweifel war die Flotte das Ziel der Blautreiber.

Es handelte sich um riesige kastenförmige Schiffe, die keine einheitliche Form aufwiesen. Einige Auswüchse ließen auf Waffen schließen, aber das war nur eine Vermutung. Immerhin kam Akrobath der Gedanke, dass es ratsam sei, das Funkgerät einzuschalten.

Was er auffing, war keine Lautsprache. Wahrscheinlich handelte es sich um automatisch gesendete Notsignale.

Waren die Blautreiber eine Rettungsexpedition?

Akrobath konnte sich nicht vorstellen, dass diese so zart und zerbrechlich aussehenden Lebewesen dafür geschaffen warcn, eine Flotte von Wracks zu bergen. Ihm blieb aber kaum Zeit, darüber nachzudenken, denn die Messdaten nahm seine ganze Aufmerksamkeit in Anspruch. Sie verrieten eine verstärkte hyperenergetische Strahlung, die zweifellos von den nun ausschwärmenden Blautreibern stammte.

Diese bizarren Geschöpfe kreisten die Kastenschiffe ein. Gleichzeitig begannen sie intensiver zu leuchten, ihr Blau verwandelte sich ganz allmählich in ein blasses Rosa, das mit der Aura anderer Blautreiber zu verschmelzen begann und sich ausdehnte.

Fasziniert beobachtete der Roboter das weitere Geschehen, und dabei achtete er nicht auf seine eigene Sicherheit. Das war insofern ein vermeidbarer Fehler, als Akrobath in mehreren Ebenen denken konnte und in der Lage war, verschiedene Dinge gleichzeitig zu tun. Er tat das auch, indem er die entstehende Energieblase beobachtete und über ihren Sinn nachdachte und sich zugleich fragte, was es mit den zwei Dutzend Wracks auf sich haben mochte.

Möglicherweise waren die Schiffe in eine energetische Turbulenzzone geraten. Oder es handelte sich um den kläglichen Rest einer geschlagenen Raumflotte.

Die Blautreiber klebten inzwischen regelrecht an den Hüllen der Wracks. Auch die nahezu transparenten Energieblasen unterlagen einer ständigen Veränderung. Sie bildeten allmählich eine einzige Blase, die sämtliche Wracks einschloss.

Erst jetzt bemerkte Akrobath zu seinem Entsetzen, dass er das Schicksal der Wracks teilte. An der KARMA hatte sich ein Blautreiber festgesetzt und seinen hyperenergetischen Schirm aufgebaut.

Akrobath handelte sofort. Diese seltsamen Wesen waren doch nicht so intelligent, wie er angenommen hatte. Sie hielten die KARMA für ein Wrack und waren anscheinend bemüht, es mit den anderen abzuschleppen.

Der gesamte Pulk beschleunigte mit hohen Werten.

Akrobath aktivierte den Antrieb. Die Instrumente registrierten zwar den Energieabstoß, das Schiff bewegte sich jedoch um keinen Millimeter vom aufgezwungenen Kurs weg. Unverändert behielt es seine Position im Pulk bei. Der Roboter verstand, dass die von den Blautreibern erzeugte hyperenergetische Blase die Wracks zu einem unbekannten Bestimmungsort bringen sollte, was die Theorie einer Rettungsexpedition zu bestätigen schien.

»Da bin ich an die Dümmsten des Universums geraten«, murmelte er verbittert. »Sie halten die KARMA für ein Wrack und schleppen uns wer weiß wohin. Und von solchen Typen erhoffte ich mir Hilfe! Na ja, was kann man schon von Organismen verlangen ...?«

Er versuchte es noch einmal mit vollem Energieschub, dann gab er auf. Die Blautreiber bemerkten offenbar nicht einmal, dass er ihnen zu entkommen versuchte.

Die Energieblase beschleunigte nun mit größeren Werten als zuvor, hielt aber die Wracks dabei nicht beisammen.

»So dumm sie auch sein mögen, sie können Energie aus dem Hyperraum abzapfen«, stellte Akrobath mit einem gewissen Neid fest. »Und sie können die Energie kontrolliert einsetzen. Aber mein Problem lösen, das bringen sie bestimmt nicht fertig. Es ist zum Verzweifeln.«

Der eigenartige Schiffsverband erreichte bald die einfache Lichtgeschwindigkeit und wurde dann nicht mehr schneller.

Akrobath widmete sich wieder den Massetastern und Ortern.

In einer Entfernung von mehreren Lichtstunden registrierte er jetzt eine gewaltige Materieansammlung, die nicht aus einem Stück bestand. Es konnte demnach weder eine gigantische Raumstation noch ein Planet sein.

27.

Der Planet Volcano umkreiste als einziger Satellit seine Sonne Fix, die zehn Lichtjahre von ihrem nächsten Nachbarn entfernt einsam und scheinbar unbeweglich im Raum stand.

Die Ahnen der Bewohner von Volcano hatten ihrer Sonne den Namen Fix verliehen, weil sie nichts von den Gesetzen des Kosmos wussten. Und später, als die Volcans, wie sich die Eingeborenen selbst nannten, das technische Zeitalter erreichten und die Wahrheit erkannten, wurde die Bezeichnung beibehalten.

Die Volcans waren große Humanoide mit gelblicher Hautfarbe, unter der sich in beutelartigen Erhebungen die Organe abzeichneten. Ihre fast flachen Gesichter wirkten auf den ersten Blick dümmlich, aber wer ihre Augen sah, der erkannte sofort, dass dieser erste Eindruck täuschte.

Die Volcans waren überdurchschnittlich intelligent.

Aber sie hatten auch Fehler, wie sich immer wieder herausstellte. Fehler, die oft ins Verderben führten, aber auch zu großartigen Entdeckungen und Erfindungen.

Frei-Kapitän Rolwel trug sich mit dem Gedanken, dem größten Mysterium, das die Volcans kannten, auf die Spur zu kommen. Er besaß ein gutes und schnelles Raumschiff, mit dem er schon viele abenteuerliche Flüge ins Unbekannte unternommen hatte. Nicht gegen alle Schätze seiner Welt würde er die CRON gegen ein anderes Schiff eintauschen.

Das Volk der Volcans konnte als romantisch und abenteuerlich bezeichnet werden, woran die fortgeschrittene Technik nichts änderte. Natürlich gab es völlig normale Bürger, die niemals ihre Welt verließen und ungefährlichen Berufen nachgingen, um sich ihren Lebensunterhalt zu verdienen. Aber der Großteil der Volcans liebte das Ungewisse, das Geheimnisvolle, das Gefährliche – eben das Abenteuer. So wie Frei-Kapitän Rolwel.

Sein Freund und Partner Selcon dachte genauso. Daher war es kein Wunder, dass beide Männer sich zusammengetan hatten. Selcon fungierte an Bord der CRON als Chefpilot und Navigator.

Sie hatten ein geräumiges Haus weitab von der Stadt, aber vergleichsweise nahe beim Raumhafen. Da Volcano ein sehr mildes Klima aufwies, verbrachte jeder gern die Abende im Freien.

Rolwel setzte den Krug ab, aus dem er gerade getrunken hatte. »Ein guter Jahrgang. Wo hast du den aufgetrieben?«

»Beziehungen«, gab Selcon zurück, kehrte aber sofort wieder zu dem alten Thema zurück, das sie beide seit einiger Zeit beschäftigte. »Du denkst wirklich daran, Dr. Pana an unserer Expedition teilnehmen zu lassen? Eine Frau hat bei einer so gefährlichen Mission nichts zu suchen.«

»Sie ist Wissenschaftlerin, eine der fähigsten, die wir haben. Außerdem ist gerade das, was wir vorhaben, ihr Spezialgebiet. Sie kann uns von großem Nutzen sein.«

»Ja, das sagtest du schon. Ich verstehe nur nicht, wieso sich eine ernsthafte Forscherin mit uralten Sagen beschäftigt. Bei uns ist das ganz anders. Wir sind Abenteurer und Spekulanten. Weiss Pana das überhaupt?«

Rolwel lachte dröhnend. »Wer weiß es nicht, Selcon? Schon lange bevor du mein Partner wurdest, gab man mir vor jedem Start den Todessegen. Jeder wusste, dass ich stets jene Regionen aufsuche, die als gefährlich eingestuft werden. Dort gibt es schließlich am meisten zu holen. Und meine Tipps bekomme ich von Händlern, Gaunern, Piraten und Abenteurern.«

»Und nun: Tacintherkol?«

Rolwel nickte. »Ja, Selcon: Tacintherkol – das größte Mysterium des Universums. Ich will das Geheimnis lüften, und du sollst mir dabei helfen, ebenso wie Dr. Pana.«

Selcons Miene drückte Zweifel aus. »Wir haben schon so oft darüber gesprochen, aber die Suche nach dem Tacintherkol immer wieder verschoben, weil uns nicht klar wurde, ob es sich nur um Gerüchte handelt oder nicht. Schon unsere Ahnen berichteten von dem riesigen Schiffsfriedhof in den Tiefen des Alls.«

»Genau das ist für mich der Beweis, dass die Erzählungen der Abenteurer einen wahren Kern haben. Erinnere dich an diesen Worcha, der wegen Betrugs gehängt wurde. Er versuchte sein Leben zu retten, indem er behauptete, er kenne die Koordinaten des Tacintherkols. Ich bin inzwischen davon überzeugt, dass er die Wahrheit sagte.«

»Er war ein Lügner, Rolwel. Er wärmte nur die alten Sagen wieder auf, das ist alles.«

Rolwel wollte etwas erwidern, aber das Summen des Televisors unterbrach ihn. Er aktivierte den Bildschirm. Das Gesicht einer für volcanische Begriffe hübschen Frau erschien.

»Dr. Pana ...?« Rolwel wunderte sich. »Sie waren soeben Gegenstand einer angeregten Unterhaltung.«

»Ich muss mit Ihnen reden, Rolwel. Sofort!«

»Haben Sie Ihre Entscheidung getroffen?«

»Das sage ich Ihnen früh genug. Ich bin in einer halben Stunde bei Ihnen.«

Rolwel warf Selcon einen fragenden Blick zu. Der Partner nickte, wenn auch ein wenig zögernd, seine Zustimmung.

»Einverstanden. Und – ich freue mich.«

Der Bildschirm erlosch. Die beiden Männer sahen sich an. Schließlich meinte Rolwel: »Sie scheint sich entschlossen zu haben, uns zu begleiten. Ich bin auf den Grund ihrer schnellen Entscheidung gespannt. Sie muss etwas Wichtiges erfahren haben.«

»Hoffentlich hat sie nicht zu viel herumgeredet. Es muss keineswegs jeder wissen, was wir vorhaben. Wenn es diesen Friedhof wirklich geben sollte, birgt er unermesslichen Reichtum. Tausende Wracks warten auf die Plünderung.«

»Dr. Pana geht es in erster Linie um wissenschaftliche Erkenntnisse«, erinnerte Rolwel mit vielsagendem Unterton. »Sie würde uns die Reichtümer überlassen, ohne einen Anteil zu beanspruchen, wenn wir uns nicht um ihre Angelegenheiten kümmern. Soll sie ruhig ihre Geschichtsforschungen betreiben, uns kann es egal sein.«

Sie waren noch im Begriff, Für und Wider abzuwägen, als Dr. Pana schon erschien und sich zu ihnen setzte. Den Krug mit Wein lehnte sie höflich, aber bestimmt ab.

»Jetzt nicht, Rolwel und Selcon. Es gibt Wichtiges zu besprechen. Um es gleich vorwegzunehmen: Ich komme mit euch.«

»Ich hoffte es«, gab Rolwel zu. Dann schwieg er und blickte die Frau erwartungsvoll an.

Sie erkannte, dass er ihre Beweggründe hören wollte.

»Tagelang besuchte ich regelmäßig den Großen Speicher. Euch dürfte klar sein, dass nur wenige Volcans Zutritt haben, und das nur mit besonderer Genehmigung. Ich wusste, wonach ich suchte, deshalb fand ich es endlich: uralte Berichte! Ja, ich weiß, was ihr sagen wollt. Es sind Sagen ohne Wahrheitsgehalt. Mythen vielleicht. Aber ich bin davon überzeugt, dass alle einen realen Hintergrund haben. Schon manche technische Erfindung hatte ihren Ursprung in halb vergessenen Berichten.«

»Ich bin ganz Ihrer Meinung«, bemerkte Rolwel vorsichtig.

»Na also! Um es kurz zu machen: Ich entdeckte einen Bericht, der so sachlich abgefasst ist, dass ich stutzte. Einzelheiten wurden so exakt beschrieben, dass sie unmöglich der Fantasie entsprungen sein können. Es handelt sich um die Beschreibung eines Ereignisses, das mehr als zehntausend Jahre zurückliegt.«

»Was geschah damals?«, fragte Selcon, mit einem Mal sehr interessiert.

Dr. Pana lehnte sich bequem zurück. Sie überlegte eine Weile, ehe sie den Faden wieder aufnahm.

»Lange bevor unsere Ahnen selbst die Raumfahrt entwickelten, gab es immer wieder Besucher von anderen Welten, die zu uns kamen, eine Zeit lang blieben und dann wieder wegflogen. Es geschah so oft, dass niemand mehr etwas Besonderes dabei empfand. Diese Fremden sahen mitunter furchterregend aus, aber sie kamen stets in friedlicher Absicht. Deshalb wurden sie auch freundlich empfangen.

Eines Tages erschien über der damals noch kleinen Stadt wieder ein Himmelsfahrzeug. Wenig später sank es sehr schnell in die Tiefe und landete mit einem großen Krach. Dabei wurde es zerstört. Nur einer der Raumfahrer überlebte das Unglück, wenn auch nicht für lange. Seine Verletzungen waren zu schwer.

Aber er hatte noch Zeit genug, seine Geschichte zu erzählen. Er berichtete, und dabei machte er die schon erwähnten genauen Angaben über einen geheimnisvollen Teil des Universums, in den schon viele Raumfahrer eingedrungen seien, ohne je zurückzukehren. Nur selten habe man davon gehört, dass einer der unbekannten Todeszone entronnen sei, und wenn das geschehen war, konnte dieser Überlebende nicht mehr viel erzählen. Weil sein Gehirn zerstört war und wirr dachte.

Der Schiffbrüchige, dessen Bericht ich wiedergebe, war bis an den Rand der Todeszone vorgedrungen, ohne jedoch in sie einzudringen. Was er gesehen zu haben behauptete, entspricht unseren eigenen uralten Berichten, die er unmöglich kennen konnte. Diese Übereinstimmung ist der Beweis, dass er die Wahrheit sprach.

Er sah den Weltraum voller Wracks, die langsam dahinzogen und allem Anschein nach um einen weit entfernten Mittelpunkt kreisten. Er konnte die Schiffe nicht zählen, denn es waren zu viele. Es müssen Zigtausende gewesen sein. Der Schiffbrüchige hatte das Tacintherkol gefunden!

Obwohl er vorsichtig war und sich in gebührender Entfernung aufhielt, fielen die Instrumente seines Schiffes nacheinander aus. Er schilderte seltsame Verzerrungen fester Bordbestandteile und erzählte von Metallwänden im Schiff, die plötzlich durchsichtig wurden, verschwanden und dann wieder vorhanden waren.

Der Schiffbrüchige selbst verspürte energetische Schläge, die Teile seines Körpers lähmten. Bevor diese unerklärliche Lähmung ihn völlig handlungsunfähig machen konnte, schleppte er sich zu den Kontrollen seines Schiffes und aktivierte den Antrieb.

Er verlor das Bewusstsein für eine unbestimmte Zeitspanne, und als er erwachte, erschien ihm alles nur wie ein böser Traum. Dass sein Erlebnis aber kein Traum gewesen war, bewiesen die technischen Schäden an seinem Schiff. Es ließ sich nicht mehr ordnungsgemäß navigieren. Viele Instrumente waren ausgefallen, sodass er die Orientierung verloren hatte.

Durch Zufall entdeckte er Volcano. Bei dem Versuch der Landung stürzte er ab.

Das, Rolwel und Selcon, ist alles.«

Die Vorbereitungen für die Expedition nahmen mehrere Wochen in Anspruch. Dr. Pana sicherte sich die Unterstützung durch die Regierungsstellen und erhielt weiteres informatives Material von den wissenschaftlichen Instituten, obwohl die Mitarbeiter dort ihre Skepsis nicht aufgaben.

Rolwel und Selcon kümmerten sich um ihr Schiff und füllten die Lagerräume mit Ersatzteilen und Proviant. Wenige Tage vor dem Start geschah jedoch etwas, mit dem niemand gerechnet hatte.

Obwohl das Vorhaben geheim gehalten worden war, musste einiges durchgesickert sein. Es gab genug abenteuerlich veranlagte Händler und freie Kapitäne auf Volcano, die eine gute Nase besaßen und jeden Vorteil witterten. Rolwel war äußerst erstaunt, als er auf dem Raumhafen eine ungewohnte Geschäftigkeit bemerkte. Mehr als fünfzig Schiffe schienen ausgerechnet in diesen Tagen einen Flug anzutreten.

»Wir können niemanden daran hindern«, stellte Dr. Pana fest, als Rolwel ihr von der Aktivität erzählte. »Vielleicht ist es sogar gut, wenn wir nicht allein in den unbekannten Sektor vordringen, von dem wir nicht einmal genau wissen, wo er liegt. Wir kennen ja doch nur die ungefähre Richtung.«

»Vielleicht haben Sie recht, Pana. Niemand weiß, was uns da draußen erwartet. Und wenn das Tacintherkol das ist, was es angeblich sein soll, ist für jeden von uns genug da.«

»Eine sehr vernünftige Einstellung, die Streitigkeiten vermeidet. Ich würde das an Ihrer Stelle mit den anderen Kapitänen besprechen, damit sie uns nicht heimlich folgen müssen. Wir könnten eine kooperierende Flotte bilden. Reden Sie mit den Männern, Rolwel.«

Das tat der Frei-Kapitän dann auch. Das Resultat der Unterredung war, dass er zum Kommandanten der Expeditionsflotte ernannt wurde, weil er es schließlich gewesen war, der die Initiative ergriffen hatte. Dr. Pana wurde wissenschaftliche Leiterin der Flotte. Und der Start geriet zu einem Ereignis, wie die Volcans es noch nie erlebt hatten. Die Bevölkerung des ganzen Planeten nahm daran teil und wünschte den tapferen Besatzungen Glück.

Die CRON übernahm sofort die Führung, gefolgt von vier Dutzend

Begleitschiffen. Rolwels Einstellung zu dem ganzen Unternehmen hatte sich ein wenig geändert, eine Folge des triumphalen Abschieds, den ihm Volcano bereitet hatte. Stolz und Freude hatten die Habgier merklich verdrängt. Es ging ihm nicht mehr allein um die erwarteten Reichtümer, sondern auch um den Erfolg. Das wiederum brachte ihm Dr. Panas Zuneigung ein. Da die Sittengesetze auf Volcano entsprechende Verbindungen erlaubten, nahm Selcon an diesem neuen Verhältnis teil.

Sieben Tage lang war die Flotte mit Überlichtgeschwindigkeit unterwegs, aber nichts deutete darauf hin, dass sie sich dem geheimnisvollen Ziel näherte.

Der Raum vor den Schiffen war so gut wie leer, sogar die Sterne schienen ihn zu meiden.

Die CRON flog mit Automatik. Rolwel, Selcon und Pana saßen im Gemeinschaftsraum beim Essen.

»Bis jetzt hat niemand etwas Ungewöhnliches festgestellt«, sagte Rolwel. »Alle Instrumente funktionieren einwandfrei. Natürlich besteht die Möglichkeit, dass sich in den vielen tausend Jahren alles verändert hat und das Tacintherkol sich heute an einer anderen Stelle befindet. Der Friedhof der Wracks bewegt sich ja angeblich.«

»Mit nur geringer Geschwindigkeit, vergiss das nicht«, erinnerte ihn Pana. »Und in einer Kreisbahn. Wir müssen eine so große Ansammlung von Metall in jedem Fall registrieren können.«

»So schnell geben wir nicht auf!«, warf Selcon ein.

»Natürlich nicht!« Rolwel grinste. »Schon gar nicht, wenn die Begleitmannschaft so zahlreich ist. Wir werden das Tacintherkol finden, und wenn wir jahrelang danach suchen müssen.«

Nach siebenundzwanzig Tagen sprachen die Fernorter zum ersten Mal positiv an. Gleichzeitig meldeten mehrere Begleitschiffe eine gigantische Materieansammlung in Flugrichtung. Optisch war allerdings nichts zu registrieren.

»Dem kann abgeholfen werden«, sagte Rolwel zuversichtlich. »Die CRON hat die besten Teleskope an Bord, die zu bekommen waren. In Verbindung mit dem Bildschirm kann uns das kleinste Objekt in größter Entfernung nicht verborgen bleiben. Wir werden das Tacintherkol zuerst sehen.«

Pana begleitete ihn in das Observatorium, während Selcon die Kontrolle des Schiffes manuell übernahm, um jederzeit Richtungsänderungen vornehmen zu können.

Es dauerte nicht lange, dann erschienen auf dem dunklen Bildschirm eine Unzahl winziger Pünktchen, die nur schwach das Licht ferner Sterne reflektierten. Wie ein riesiger Schwarm Glühwürmchen standen sie scheinbar bewegungslos im Raum, aber die Instrumente registrierten eine relativ geringe Eigengeschwindigkeit.

»Das Tacintherkol ...!«, sagte Rolwel ergriffen. »Wir haben es endlich gefunden!«

»Eine Sage wird Wirklichkeit«, hauchte Pana glücklich.

Selcon meldete sich aus der Zentrale. »Ihr könnt den Friedhof sehen? Gebt das Bild herunter auf den Hauptschirm!«

Rolwel nahm die entsprechende Schaltung vor. Erst als er mit Pana wieder die Zentrale betrat, erkannte er das ganze Ausmaß dessen, was vor der Suchflotte lag.

Es war ein Anblick, wie der Frei-Kapitän ihn sich in seinen kühnsten Träumen nicht hatte vorstellen können. Obwohl noch gut ein Lichtjahr entfernt, bedeckte der Schwarm der im Nichts gestrandeten Schiffe einen Teil des Blickfelds. Es waren Zehntausende Wracks, die sich hier gesammelt hatten.

»Warum?«, stöhnte Rolwel, der keine Erklärung für das Phänomen finden konnte. »Wie ist so etwas nur möglich? Hat sie jemand hierher gebracht? Oder sind sie alle erst hier außer Kontrolle geraten?«

»Was spielt das für eine Rolle?«, erwiderte Selcon. »Wir haben die Schiffe gefunden, das genügt. Nun gehören sie uns!«

»Wir müssen vorsichtig sein«, riet Pana. »Wir wissen nicht, welche Gefahren da auf uns lauern. Vergesst nicht den Bericht des Schiffbrüchigen! Sicher, die Verhältnisse können sich geändert haben, aber wissen wir das so genau?«

Inzwischen hatten auch die anderen Schiffe das Tacintherkol auf den Bildschirmen. Rolwel musste seine ganze Autorität als Flottenkommandant einsetzen, um einen Run auf den geheimnisvollen Schiffsfriedhof zu verhindern. Er wies auf die unbekannten Gefahren hin und entwarf einen Plan, der ein gemeinsames Vorgehen garantierte. So konnte einer dem anderen zu Hilfe eilen, falls Unvorhergesehenes eintrat.

Eine kurze Überlichtetappe brachte die Flotte bis auf wenige Lichtstunden an den gigantischen Raumschiffsfriedhof heran. Die Messinstrumente registrierten seltsame Energieabstrahlungen, stuften sie jedoch als ungefährlich ein. Es handelte sich offensichtlich um Lecks in den Antriebsanlagen einiger Wracks. Lediglich Pana glaubte an fünfdimensionale Energien aus dem Hyperraum.

Nur der Respekt, den man einer Wissenschaftlerin entgegenbrachte, bewahrte sie davor, ausgelacht zu werden.

Vorsichtig und in der verabredeten Formation näherte sich die Suchflotte der Volcans dem Schiffsfriedhof, ohne dass nur ein einziges Instrument ausgefallen wäre. Auch die befürchtete Lähmung trat nicht auf.

Selbst als die CRON als erste Einheit den äußeren Rand des Schwarms erreichte, blieb alles normal.

Das Tacintherkol war ein Anblick, der sich mit Worten kaum beschreiben ließ. Erst jetzt, aus unmittelbarer Nähe, wurden Einzelheiten erkennbar.

Bei den meisten Wracks handelte es sich um unförmige, großvolumige Kastenschiffe – vermutlich also Transporter oder Frachter. Viele von ihnen hatten sich im Lauf der Zeit zu regelrechten Trauben zusammengefunden.

Ähnlich war es anderen Schiffstypen ergangen, die riesige Klumpen äußerlich fast unbeschädigter Einheiten bildeten. Ihre Hüllen ließen lediglich an verschiedenen Stellen geringfügige Einbuchtungen erkennen, die Rolwel sich nicht erklären konnte. Es sah so aus, als wären einige der Schiffe mit voller Wucht gegen ein Hindernis geprallt.

Die anderen Kommandanten meldeten sich. »Worauf warten wir eigentlich noch?«, wollten sie wissen.

Rolwel wusste, dass er sie nicht mehr lange würde zurückhalten können, aber er fühlte sich für ihre Sicherheit verantwortlich.

»Ich schlage vor, dass wir zusammenbleiben und uns mit den Wracks treiben lassen«, antwortete er. »Sobald wir sicher sein können, dass keine Gefahr droht, teilen wir uns auf und machen uns auf Schatzsuche. Jeder kann einen dieser Pulks für sich beanspruchen. Wir bleiben jedoch in ständiger Funkverbindung, damit einer dem anderen helfen kann, wenn es nötig werden sollte.«

Alle waren einverstanden.

Nach einem Tag des Wartens war Rolwel sicher, dass alle Berichte, die von einer ungeheuerlichen Gefahr sprachen, erlogen waren. Er gab den Schiffsfriedhof zur Plünderung frei.

Die CRON näherte sich einem Pulk von einem halben Dutzend Kastenraumern und wurde mit Magnetankern befestigt. Ein Vorauskommando legte Raumanzüge an und drang in das erste Wrack ein. Der Anführer des Kommandos berichtete über Funk.

»Die Schiffe müssen schon lange verlassen sein, von der ehemaligen Besatzung ist keine Spur zu entdecken. Die Lagerräume sind zum Teil mit Kisten und Containern angefüllt. Wir werden nur einen kleinen Teil umladen und mitnehmen können.«

»Lasst alles unberührt, bis wir bei euch sind«, entschied Rolwel. »Wir werden eine sorgfältige Auswahl treffen müssen, da uns nur geringe Lagerkapazität zur Verfügung steht.«

»Wir warten.«

Über die permanente Funkverbindung erfuhr Selcon, dass die Kapitäne der anderen Suchschiffe ähnliche Probleme hatten. Auch sie fanden keine toten Raumfahrer, aber unvorstellbare Mengen von Gütern aller Art. Natürlich war unbekanntes technisches Gerät dabei.

Rolwel ging mit Pana an Bord des ersten Wracks. Das Kastenschiff war so groß, dass man die CRON hätte darin verstecken können. Ohne die Einweisung durch sein Vorkommando wäre es dem Kapitän schwergefallen, die Lagerräume schnell zu finden. Dann aber stand er inmitten der unzähligen Kisten und Behälter, von denen einige bereits geöffnet worden waren.

Das war mehr, als er jemals erwartet hätte.

»Die Ferntaster haben etwas aufgespürt!«, teilte Selcon über Funk mit. »Ich kann noch nicht sagen, worum es sich handelt.«

»Schiffe?«, fragte Rolwel erregt.

»Nein, ich glaube nicht. Es muss etwas anderes sein, und es nähert sich uns mit hoher Geschwindigkeit.«

»Beobachte weiter, wir beginnen mit der Auswahl und dem Verladen.«

Nach einiger Zeit meldete sich Selcon wieder. »Es sind Energieblasen!«, berichtete er fassungslos. »In ihnen ist etwas, das ich nicht beschreiben kann, aber es scheinen intelligente Lebewesen zu sein. Was soll ich tun?«

»Solange sie uns in Ruhe lassen – nichts. Es kann sich nur um eine energetische Lebensform handeln, wie wir sie nicht kennen. Vielleicht absolut harmlos, wir werden sehen.«

»Einige der Blasen legen bei den Wracks an und scheinen sich zu teilen. Sonst geschieht nichts.«

»Beobachte sie weiter!«, riet Rolwel und begann mit der Auswahl der Güter, die er mitnehmen wollte.

Selcon und die Beobachter in den anderen Schiffen der Volcans stellten nach einiger Zeit fest, dass die Energieblasen mit den seltsamen Quallenwesen wieder forttrieben und sich mit steigender Geschwindigkeit in verschiedene Richtungen entfernten.

Zurück blieben allerdings größere Energieblasen, die sich um einzelne Wracks legten und sie einschlossen. Undeutlich waren Gestalten zu erkennen, die sich innerhalb dieser Blasen bewegten und in die Wracks eindrangen. Sie erinnerten an gut zwei Meter hohe Baumstümpfe mit Wurzeln und Ästen.

»Sie scheinen die gleichen Interessen zu haben wie wir«, berichtete Selcon seinem Partner. »Angriffsabsichten sind nicht zu bemerken.«

»Dann werden wir uns auch nicht um sie kümmern«, entschied Rolwel. »Trotzdem bleibt die Alarmbereitschaft unserer Flotte bestehen.«

Das Auftauchen immer neuer Blasen, ihre Teilung und Tätigkeit wurde mit der Zeit so eintönig, dass Selcon in seiner Wachsamkeit nachließ. Ähnlich erging es den Beobachtern der anderen Schiffe. So konnte es geschehen, dass einige Energieblasen unbemerkt auf Wrackansammlungen landeten, die von den Volcans ausgeplündert wurden.

Nun wurde ersichtlich, dass die vermeintlichen Baumstümpfe ohne ihre große gemeinschaftliche Energieblase im Vakuum existieren konnten. Sie benutzten keine Raumanzüge wie die Volcans, sondern bauten Schutzschirme aus Hyperenergie um sich herum auf, die ihnen volle Bewegungsfreiheit gestatteten.

Und sie besaßen Werkzeuge, mit denen sie wichtige Teile der Wracks zu regelrechten Ballen zusammenschweißten.

Der Pulk, auf dem die CRON gelandet war, hatte die Ausmaße eines kleinen Asteroiden. Daher war es kein Wunder, dass Selcon zuerst nicht auf die fünfzehn Gestalten achtete, die sich in einiger Entfernung niederließen und mit ihrer Tätigkeit begannen. Die Energieblase, mit der sie gekommen waren, trieb wieder davon und war bald verschwunden.

Selcon beobachtete die Schweißarbeiten der seltsamen Fremden und fragte Rolwel, ob er etwas dagegen unternehmen solle. Aber sein Partner lehnte mit dem Hinweis ab, dass auf keinen Fall die Volcans mit Feindseligkeiten beginnen würden. Wenn die Fremden die Volcans ignorierten, dann sollte das umgekehrt ebenso möglich sein.

Im schwerelosen Raum bereitete der Transport sogar schwerster Güter aus den Wracks in die CRON keine Schwierigkeiten. Schon nach wenigen Stunden waren die Lagerräume bis zur Decke angefüllt. In den meisten Fällen wusste Rolwel nicht einmal, was er erbeutet hatte. Das würden erst eingehende Untersuchungen auf Volcano ergeben.

Pana streifte durch die Wracks. Ihr lag vor allem daran, Hinweise auf die Erbauer der Schiffe und auf deren Ursprung aufzuspüren. Sie fand nicht den geringsten Hinweis – bis sie in einem schlanken geschossförmigen Raumer eine Logaufzeichnung entdeckte und es ihr gelang, die Bildwiedergabe zu aktivieren.

Der Ton war undeutlich und verzerrt. Da hätte auch der kleine Translator nicht geholfen. Aber die Bilder verrieten, was geschehen war, wenngleich alles unerklärlich blieb. Zweifellos handelte es sich um eine zufällig entstandene Aufzeichnung, denn der Kommandant jenes Schiffes konnte nicht geahnt haben, was geschehen würde.

Vor dem Schiff lag dunkler Weltraum ohne Sterne und andere Himmelskörper. Er erinnerte Selcon an einen Schlauch, den jemand wie ein Stück lichtlosen Nichts in diesen Sektor der Galaxis hineingeschoben hatte. Die Aufzeichnung machte deutlich, dass sich das Schiff genau auf die sternenlose Region zubewegte, wenn auch mit geringer Geschwindigkeit.

Plötzlich verrieten eine radikale Verschiebung des gesamten Bildes und das Erlöschen des Schirmes den Zusammenstoß mit einem unsichtbaren Hindernis.

Pana ließ diesen Part noch einmal ablaufen.

Das Schiff war tatsächlich in voller Fahrt gegen eine unsichtbare Wand geprallt.

Eine Wand aus n-dimensionaler Energie?

Pana verließ das Schiff und schwebte an der Hülle entlang bis zum Bug. Sie erblickte genau das, was sie erwartet hatte: Der Rumpf war von dem Aufprall eingedrückt worden, sonst jedoch schienen keine äußerlichen Schäden entstanden zu sein. Der Aufprall war demnach ein elastischer gewesen, sonst wäre das Schiff total zerstört worden.

Eine Falle für Raumschiffe? Und wenn ja, eine natürliche – oder eine künstlich errichtete?

Pana kehrte zum Kapitän zurück, der sie über Funk zu sich rief.

»Draußen tut sich einiges«, empfing er sie nervös. »Diese Fremden mit ihren Energieblasen rücken uns immer näher auf den Pelz. Da sie ohne Schiff gekommen sind, können sie auch nichts wegschleppen, wenigstens nicht viel. Aber sie besitzen die Unverschämtheit, ganze Pulks von Wracks zusammenzuschweißen – und zu welchem Zweck, das kannst du dir ja denken. Sie werden die Pulks abschleppen. Wenn wir das zulassen, bleibt für uns nicht mehr viel zu holen. Bei der nächsten Expedition, meine ich.«

»Warum nehmen wir keinen Kontakt mit ihnen auf?«

»Haben wir versucht, aber sie reagieren nicht.«

»Überhaupt nicht?«

»Als gäbe es uns nicht.«

»Sie sind beim Nebenwrack, und ihre große Energieblase weitet sich immer mehr aus«, meldete Selcon über Funk. »Sie wird bald die Hülle der CRON berühren.«

»Alarm für alle Schiffe!« Rolwel packte Pana am Arm. »Los, ,raus hier!«

Sie verließen das nur zum Teil seiner Ladung beraubte Wrack und sahen das Flimmern der Energiewand, die sich zwischen sie und ihr Schiff schob. Die Einstiegsluke war noch frei. So schnell sie konnten, schwebten beide hinüber, gefolgt von den Volcans der eigenen Besatzung. Als die Luke geschlossen wurde, schloss sich auch die Energieblase.

Nach einigen vergeblichen Versuchen, das Schiff freizubekommen, schaltete Selcon den Antrieb aus. Er wirkte besorgt.

»Wir kommen nicht mehr los. Wahrscheinlich halten sie uns ebenfalls für ein Wrack und wollen uns ausplündern.«

»Das wird ihnen schlecht bekommen.« Rolwel befahl den anderen Kapitänen, ihre Schiffe in Sicherheit zu bringen und in einiger Entfernung zu warten. Danach versuchte er erneut, Verbindung zu den Fremden aufnehmen. Wieder keine Reaktion. Die Fremden begannen allerdings, die CRON mit dem Wrack nebenan zusammenzuschweißen.

Das war zu viel für Rolwel. Er befahl seiner kleinen Feuerleitstelle den direkten Beschuss.

Nahezu wirkungslos glitt die gebündelte Waffenenergie an den energetischen Blasen ab. Die einzige Reaktion war eine leichte Abdrift der Blasen. Nicht sonderlich weit zwar, und sie kehrten schnell zu ihrem Ausgangspunkt zurück, doch konnten die Fremden auf diese Weise an ihrer Arbeit gehindert werden. Wenn sie erst einmal mit dem riesigen Wrack verschweißt war, würde die CRON keine Chance mehr haben, sich fortzubewegen, auch wenn die Energieblasen verschwanden.

Rolwel merkte auf, als Pana sich an ihn wandte. Als Forscherin durch und durch hatte sie natürlich sofort versucht, die Psyche der Fremden zu ergründen.

»Ich verstehe nicht, warum sie sich nicht zur Wehr setzen«, stellte sie fest. »Selbst die harmlosesten Gemüter sollten inzwischen begriffen haben, dass unsere Energieschüsse kein Willkommensgruß sind. Aber das ist nicht das einzige Verblüffende. Ich habe versucht, mithilfe der Tastanalysatoren den strukturellen Aufbau der Fremden herauszufinden.«

»Und?«, fragte Rolwel verwirrt, als die Wissenschaftlerin bedeutungsvoll schwieg. »Was hast du herausgefunden?«

Pana schüttelte benommen den Kopf. »Das Ergebnis lautet: *organisch vegetativen Ursprungs mit hyperenergetischem Metabolismus.* Das ist nicht nur absolut unbegreiflich, das ist unmöglich!«

Zumindest in einem Punkt wurde Pana von ihrer Ungewissheit erlöst, denn die Fremden reagierten nach einiger Zeit normal und erwiderten das Energiefeuer.

Rolwel betrachtete das als einen Erfolg seiner Taktik und hoffte, dass nun auch bald der große Energieschirm, der die CRON an den Pulk der Wracks fesselte, verschwinden würde. In dieser Hinsicht wurde er jedoch bitter enttäuscht. Und sogar die volle Schubkraft des starken Sternantriebs konnte die CRON nicht beschleunigen. Der seltsame Schirm absorbierte die freigesetzte Antriebsenergie, es entstand kein Schub.

Allerdings blieb nur wenig Zeit, über diese Dinge nachzudenken, denn die geheimnisvollen Fremden sammelten sich. Die Gruppe bei der CRON erhielt von den anderen Wracks Verstärkung. Sie griffen nun mit dreißig, fünfundvierzig und schließlich mit sechzig Fremden an.

»Fünfzehn bleiben stets zusammen«, registrierte Pana verblüfft. »Es kommen auch immer fünfzehn in einer Blase. Ob das einen besonderen Grund hat?«

»Keine Ahnung«, murmelte Rolwel. Über Funk erfuhr er in dem Moment, dass auch andere Schiffe der Suchflotte zu lange gezögert hatten und nun festsaßen. Dem Großteil war indes die Flucht gelungen. Die Kapitäne warteten nun in sicherer Entfernung auf Anweisungen ihres Kommandanten.

»Wenn wir die Angreifer verjagt haben und falls der Energieschirm dann noch besteht, müssen die anderen Schiffe versuchen, uns abzuschleppen«, überlegte Selcon optimistisch. »Mehrere Triebwerke sollten doch genügen.«

»Davon bin ich nicht so sehr überzeugt«, erwiderte Rolwel.

Die Hülle der CRON wies zwar bereits erste Schäden auf, mit ihren schwachen Handfeuerwaffen konnten die Fremden das Schiff aber nicht ernsthaft gefährden. Es war eine Pattsituation.

»Da kommen wieder welche!« Pana deutete erregt auf den Ortungsschirm. »Ein einzelnes Schiff, sieht nicht wie ein Wrack aus. Es gehört auch nicht zu uns.«

Gleich darauf wurde die optische Wiedergabe deutlich.

»Du hast recht«, stimmte Rolwel zu. »Sie müssen es gekapert haben und bringen es hierher. Sieht aber nicht so aus, als wäre es bemannt. Keine Gegenwehr, nichts. Das bedeutet keine Hilfe für uns.«

Sie beobachteten den Neuankömmling eine Weile, dann mussten sie wieder das Abwehrfeuer eröffnen, um die angreifenden Fremden auf Distanz zu halten.

Aus dem Funkempfang erklangen seltsame Laute ...

28.

Noch während sich der Pulk der Wracks dem riesigen Schiffsfriedhof näherte, teilte sich die Energieblase. Die Blautreiber schienen bemerkt zu haben, dass noch jemand in der KARMA war, und isolierten sie. Der Pulk trieb weiter auf den Schwarm der Wracks zu, die KARMA blieb allein in der Energieblase zurück.

Akrobath beobachtete und speicherte. Wenigstens oberflächlich versuchte er, Sinn in das Handeln der Blautreiber zu bringen. Sie hatten es sich allem Anschein nach zur Aufgabe gemacht, an diesem Ort alle Schiffe zu konzentrieren, deren sie habhaft werden konnten, unerheblich, ob es sich nun um intakte Einheiten oder tatsächlich um Wracks handelte.

Zum ersten Mal kam dem Roboter der Gedanke, dass dieser Friedhof mit dem Notruf des Unsterblichen zu tun haben könnte. Aber sein Logiksektor sagte ihm, dass ES mit einem solchen Problem leicht allein fertig werden konnte. Und was für eine Gefahr sollte eine Ansammlung von Wracks schon für ES bedeuten?

Es sei denn, eine gewaltige und unvorstellbare Naturgewalt hatte alle diese Schiffe zu Wracks gemacht ...

Die Blautreiber dirigierten die KARMA mithilfe der Energieblase weiter in den Schwarm hinein. Akrobath bemerkte noch andere Gruppen dieser seltsamen Wesen, und dann sah er zum ersten Mal jene, die er später Feuertrinker taufte.

Sie erinnerten ihn an über zwei Meter große Baumstämme mit vielen Verästelungen, die in Greifwerkzeugen endeten. Sie waren stets in Gruppen zu fünfzehn zusammen, und im Schutz von Energieschirmen schweißten sie jeweils ein oder zwei Dutzend Wracks zusammen. Akrobath fiel auf, dass sie die dabei entstehenden Überschlagblitze und überflüssigen Normalenergien einfach »schluckten«, ohne dass sie Schaden erlitten hätten.

Noch etwas registrierte er, als er eine weitere Energieblase bemerkte, die sich den Pulks näherte. In ihr konnte er die Blautreiber sehen, aber auch eine Gruppe von fünfzehn Feuertrinkern. Damit war klar, dass diese beiden äußerlich so verschiedenen Lebensformen zusammengehörten. Die Feuertrinker mussten die praktisch veranlagten Arbeiter sein, die Blautreiber hingegen das Transportkommando.

Die KARMA legte an einem bereits zusammengeschweißten Pulk

an und wurde mit diesem durch ein mächtiges Kabel verbunden. Über die Außenkamera konnte Akrobath die Arbeiten beobachten, die von fünfzehn Feuertrinkern verrichtet wurden. Die Blautreiber kümmerten sich nicht mehr darum und zogen weiter.

Auch die Feuertrinker schienen keinen besonderen Wert darauf zu legen, die KARMA zu untersuchen. Nachdem ihre neue Beute mit dem zusammengeschweißten Pulk verbunden war, sammelten sie sich in ihrer großen Energieblase und schwebten davon, um sich ein anderes Betätigungsfeld zu suchen.

Vielleicht wäre es Akrobath gelungen, sich jetzt mit der KARMA abzusetzen, aber es lag nicht in seiner Natur, unbeantwortete Fragen einfach offenzulassen. Dieser riesige Schiffsfriedhof bedeutete nicht nur eine, sondern Hunderte Fragen.

Ob er nun bleiben wollte oder nicht, auf jeden Fall würde er das Schiff verlassen müssen, um das Kabel zu kappen, das die KARMA mit den Wracks verband. Akrobath sah noch einmal nach Ellert-Ashdon, vertiefte erneut die Paralyse von Körper und Bewusstsein und schwebte zur Schleuse. Er öffnete sie manuell, glitt hinaus ins Vakuum und schloss die Luke von außen.

Dann erst sah er sich um.

Die aufblitzenden Energiestrahlen stammten nicht von den Schweißarbeiten der Feuertrinker. Wenigstens nicht alle. Ein Teil von ihnen kam aus einem Raumschiff, das – wie die KARMA – mit einem großen Pulk zusammengefügter Wracks fest verbunden war.

In diesem Schiff musste sich jemand befinden, der sich zur Wehr setzte.

Akrobaths erster Impuls war, diesem Jemand zu helfen, aber dann zögerte er. Wie sollte der Unbekannte wissen, dass er als Freund kam? Und ein direkter Energietreffer war für ihn gefährlich. Zwar konnte er einen Schutzschirm aufbauen, aber die Abwehrkapazität würde zu schwach sein, ihn vor einer fatalen Schädigung zu bewahren. Also musste er erst versuchen, Kontakt aufzunehmen.

Er schaltete sein integriertes Funkgerät ein, das zwar nur geringe Reichweite hatte, in diesem Fall aber genügen musste. Mehrmals suchte der automatische Abtaster nach einer benutzten Frequenz.

Die Laute, die Akrobath gleich darauf vernahm, waren ihm unbekannt. Ihm wurde schnell klar, dass sich mehrere Personen gleichzeitig unterhielten. Wahrscheinlich wurden Informationen ausgetauscht, und das wiederum bedeutete, dass sich weitere bemannte Schiffe in der Nähe aufhielten.

Er aktivierte das Sendeteil. Es dauerte eine Weile, bis die anderen auf ihn aufmerksam wurden, und das auch erst, als er den Translator abschaltete und Interkosmo sprach. Nach der ersten Reaktion integrierte Akrobath das Übersetzungsgerät von Neuem.

»Ich bin ein Freund«, sagte er. »Die Blautreiber haben mein Schiff gekapert und hierher gebracht. Könnt ihr die Feuertrinker vertreiben?«

»Blautreiber? Feuertrinker?«, kam es nach einer kurzen Pause zurück.

Akrobath war erleichtert. Der Kontakt bestand jedenfalls. In aller Eile erklärte er die von ihm verwendeten Begriffe. »Ihr müsst mich sehen können«, redete er hastig weiter. »Ich halte mich vor meinem Schiff auf, es ist durch ein gewaltiges Kabel mit einem Pulk von Wracks verbunden. Ich werde die Verbindung nicht lösen, sondern zu euch kommen. Vertreibt die Feuertrinker.«

»Wir können niemanden sehen.«

»Ich bin ein Roboter, eine Maschine, von intelligenten Lebewesen gebaut.« Akrobath schilderte sein Aussehen und erhielt die Bestätigung, dass die anderen ihn entdeckt hatten. »Ich benötige Hilfe wie ihr auch. Darf ich kommen?«

»Ich bin Frei-Kapitän Rolwel. Wir öffnen den Einstieg, sobald wir die Angreifer zurückgetrieben haben. Vernichten können wir sie nicht, sei also vorsichtig. Warum kommen deine Schöpfer nicht selbst?«

»Das werde ich dir erklären«, versprach Akrobath.

Die Entfernung bis zum Schiff der Fremden betrug mehrere Kilometer. Er konnte erkennen, dass das Schiffsgeschütz die Feuertrinker zurücktrieb. Aber es waren zu viele Angreifer. Rolwel musste pausenlos feuern, um eine Lücke zu schaffen.

Endlich öffnete sich die Luke. Akrobath flog schneller – und landete ziemlich unsanft in der Schleuse. Hinter ihm schloss sich das Außenschott sofort wieder. Luft strömte in die Kammer, dann erst schwang die Innenluke auf.

Ein plump gebautes, gelbäugiges Wesen ohne Raumanzug stand im Gang und richtete eine Waffe auf ihn. Akrobath hatte durchaus Verständnis für die Vorsichtsmaßnahme und nahm sie dem Fremden nicht weiter übel. »Bist du Frei-Kapitän Rolwel?«, fragte er.

»Der Kommandant erwartet dich. Bist du bewaffnet?«

Akrobaths Energiestrahler war in der Flugscheibe eingebaut und daher unsichtbar.

»Natürlich nicht, das siehst du doch! Bringe mich zu Rolwel.«

»Dann folge mir.« Der Fremde senkte seine Waffe.

Es gab auch auf Volcano Roboter, aber sie waren nur seelenlose Maschinen, die ohne eigene Initiative ihre vorprogrammierten Aufgaben erfüllten. Deshalb war es verständlich, dass Rolwel, Selcon und Pana ihren seltsamen Gast mit Respekt und Bewunderung für seine Schöpfer betrachteten.

Die Feuerleitstelle der CRON meldete eine Gefechtspause. Die Feuertrinker zogen sich zurück, vermutlich nur, um sich für einen neuen Angriff zu sammeln.

Akrobath erfuhr alles über die Volcans und ihre Expedition. Mit Interesse speicherte er die Daten über das Tacintherkol und die Behauptung, dass der Schiffsfriedhof bereits seit vielen Jahrtausenden existierte. Ihm wurde immer deutlicher, dass nur besondere energetische Verhältnisse in einem Teil dieser Galaxis für die Ansammlung so vieler Schiffe verantwortlich sein konnten.

Das wiederum bestätigte seine Vermutung, dass sich diese gefährliche Zone nicht in unmittelbarer Nähe befinden konnte, denn das Tacintherkol besaß eine Eigenbewegung, musste sich also im Lauf der Zeit von dem Unglückssektor entfernt haben.

Im Verlauf des Gesprächs bat der Roboter den Frei-Kapitän, ihm etwas für eine Analyse zu übergeben, was er aus dem kastenförmigen Wrack geborgen hatte. Ein Mitglied der Mannschaft brachte daraufhin einen kleinen Metallgegenstand, dessen Verwendungszweck nicht definierbar war.

Akrobath ließ das Fragment in seinem Körper verschwinden.

»Es wird einige Zeit dauern, aber dann werden wir ungefähr wissen, wie alt das Wrack ist. Nun aber zu meinem eigenen Schicksal und zu meinen Sorgen ...«

Er berichtete seinerseits, was geschehen war. Zu seiner großen Enttäuschung wussten die Volcans keinen Rat, obwohl die Wissenschaftlerin Pana von dem Problem fasziniert zu sein schien.

Schließlich lag das Ergebnis der Analyse vor.

»Nach meiner Zeitrechnung etwa hundertfünfzigtausend Jahre«, gab Akrobath bekannt. »Das würde bedeuten, dass das Tacintherkol schon mindestens so lange existiert. Damit wird die Richtigkeit der uralten Berichte bestätigt. Aber eine andere Frage drängt sich auf: Durch die Eigenbewegung des Tacintherkols hat es sich von der Katastrophenquelle entfernt. Da es sich um eine Kreiselbewegung handelt, ist durchaus möglich, dass sich der Schwarm wieder dieser fatalen Stelle nähert. Es wird besser sein, wenn wir nicht versuchen, das herauszufinden.«

Die Volcans stimmten ihm rückhaltlos zu.

»Glaubst du, dass die Blautreiber oder die Feuertrinker mit der Ursache der Katastrophe zu tun haben?«, fragte Rolwel.

»Sicherlich nicht. Sie sind lediglich Nutznießer und holen sich, was übrig blieb. So wie ihr auch.«

Der Frei-Kapitän schwieg betroffen, sah dann aber wohl ein, dass der Roboter mit seiner Anspielung recht hatte.

»Es sind seltsame Wesen.«

»Wenn ich richtig vermute, stammen sie von Welten, auf denen wir kaum existieren könnten – ihr wenigstens nicht«, erwiderte Akrobath. »Nur mir würde eine ständige Hyperstrahlung nichts ausmachen.«

»Sie werden bald wieder angreifen, Rolwel!«, meldete Selcon von der Überwachung. »Sie formieren sich, und es müssen schon mehr als zwei Dutzend dieser Fünfzehnergruppen sein. Dagegen kommen wir nicht mehr an.«

Rolwel ließ sich nicht aus der Ruhe bringen. Er nahm Kontakt mit den anderen Kapitänen auf und bat um Verstärkung. Er vergaß aber nicht, sie eindringlich zu warnen. Die Schiffe sollten nicht näher herankommen als unbedingt notwendig.

Akrobath schaute hinüber zur gefesselten KARMA. Nach seiner bisherigen Erfahrung würde die Bewusstlosigkeit des Konzepts noch anhalten. Unmittelbare Gefahr bestand nicht. Trotzdem glaubte er eine Unruhe zu spüren, die ihn zum Handeln aufforderte.

Der erneute Angriff der Feuertrinker begann Sekunden später.

Die Feuerleitstelle der CRON arbeitete exakt. Es war nicht schwierig, die in geschlossener Formation heranschwebenden transparenten Blasen der Feuertrinker mit Energieschüssen zurückzutreiben, zumal zwei Dutzend Schiffe der Volcans eingriffen. Sie wurden allerdings nach einiger Zeit von anderen Feuertrinkern angegriffen, die im Hinterhalt gelauert hatten, und zogen sich zurück.

Was dann begann, konnte nur als die Ruhe vor einem neuen Sturm bezeichnet werden.

»Unsere Energiereserven reichen nicht ewig«, befürchtete Rolwel. »Wir haben schon Speicherkapazität vom Antrieb abziehen müssen. Unsere Lage wird kritisch.«

Während des Angriffs der Feuertrinker waren drei weitere Schiffe der Suchflotte in eine Falle geraten. Eine Energieblase umschloss sie und ließ sie nicht mehr frei, und sie trieben schon mit den Wracks im Schwarm.

»Ich muss zurück in mein Schiff«, sagte Akrobath.

»Du willst uns verlassen?«

»Ich muss nach meinem Freund sehen. Ohne mich ist er verloren, versteht das bitte.«

»Wir versuchen, die Feuertrinker zurückzuhalten, falls sie dich angreifen wollen. Mehr können wir nicht tun.«

»Es wird genügen.«

Akrobath schwieg so plötzlich, als sei ihm die Energie ausgegangen. Er hatte Impulse empfangen, schwach und scheinbar aus weiter Ferne stammend, doch waren sie intensiv und unmissverständlich. Es waren keine telepathischen oder organischen Impulse, wie sie von einem Gehirn abgegeben wurden, sondern Impulse, die Akrobath als »verwandtschaftlich« empfand.

Hyperenergetische Impulse ...

Wer schickte sie aus?

Die Volcans unterbrachen ihre Unterhaltung und blickten ihn verwundert an.

»Was hast du?«, fragte Pana. »Ist dir ein besserer Gedanke gekommen?«

»Ich glaube, wir erhalten Besuch«, sagte Akrobath. »Ich weiß nicht, wer kommt, aber er ist ein Freund.«

»Und woher soll er kommen?«, erkundigte sich Rolwel skeptisch. Er blickte auf die Ortungsschirme. »Ich sehe nichts.«

»Ich spüre schon seine Nähe ...

Im selben Augenblick geschah etwas höchst Merkwürdiges.

Immer noch war Ellerts Bewusstsein total isoliert und damit taub, blind und in jeder Hinsicht handlungsunfähig. Nie zuvor hatte er sich in einer ähnlichen Lage befunden. Dass sein Bewusstsein nicht völlig ausgeschaltet werden konnte, war ihm klar. Aber nun kam von außen nichts mehr, kein einziger Impuls. Die totale Isolation – das also war seine Bewusstlosigkeit.

Ähnlich musste es Ashdon ergehen. Ellert konnte sich gut vorstellen, welche Panik seinen Freund befallen würde, falls er das Vertrauen in sich selbst verlor.

Bei dem Mann, dessen Körper sie übernommen hatten, war das alles ganz anders. Er besaß kein eigenes Bewusstsein.

Ellert beschäftigte sich wieder mit dem Drang, der ihm befahl, Ashdon zu eliminieren. Das unheimliche Gefühl hatte Bestand, obwohl die entsprechenden Impulse ausblieben. Wahrscheinlich, nahm er an, konnten sie den Panzer der Paralyse nicht durchdringen. Handelte es sich doch um ein posthypnotisches Phänomen?

Umso erschrockener reagierte Ellert, als er genau in diesem Moment trotz seiner Isolation wieder einen schwachen Impuls empfing.

Ein fremder Impuls, der nichts mit dem vorangegangenen Zwang zu tun hatte!

Das Muster der kurzen Wahrnehmung erschien Ellert vage bekannt, aber er verwarf die Vermutung sofort wieder, er habe vielleicht einen Ruf von ES vernommen. Die gedanklichen Impulse des Unsterblichen wiesen zwar unterschiedliche Muster auf, aber zugleich ein ganz bestimmtes Schema, das Ellert mit einiger Sicherheit erkannt hätte.

Er versuchte sich zu konzentrieren, doch seine Bemühungen blieben erfolglos. Er fing nichts mehr auf.

Dafür geschah etwas anderes, was Ellert nicht minder schockierte, weil er die fürchterlichen Konsequenzen kannte.

Zuerst glaubte er, sich getäuscht zu haben, aber dann stellte er fest, dass ein schwacher Lichtschimmer in das finstere Gefängnis seiner Isolation drang. Das war absolut unmöglich, solange der Körper paralysiert war. Der Mann hatte die Augen geschlossen, also konnte Ellerts Bewusstsein auch nicht durch sie sehen.

Der Lichtschimmer wurde stärker.

Und dann, von einer Sekunde zur nächsten, schlug der Mann die Augen auf ...

Nach dem missglückten Angriff auf die Große Pyramide auf Terra sammelten sich die Reste des Saqueth-Kmh-Helk, um nach Alkyra-II zurückzukehren. Kurz vor der Entmaterialisation war es dem energetischen Kugelwesen Harno gelungen, in den Roboter einzudringen und die Transition mitzumachen.

Seither waren an die sieben Monate vergangen. Die lange Ruhepause hatte Harno gutgetan, er war wieder aktionsfähig und folgte nun einem unbestimmten Ruf, der ihn bereits vor etwa einem Jahr aus dem Nichts erreicht hatte.

Als er den Planeten der Loower verließ, ahnte er nur die Richtung, aus der damals der Notruf gekommen war, von dem er annahm, dass er von ES stammte. Doch erst vor wenigen Tagen hatte er auch andere Impulse empfangen, die ihm jetzt als Orientierungshilfe dienten. Diese Muster kamen schwach und unregelmäßig, als würden sie gewaltsam unterbrochen und ihrer ursprünglichen Kraft beraubt. Es waren keine rein telepathischen Impulse.

Harno registrierte die Richtung und glitt in den Hyperraum. In regelmäßigen Abständen kehrte er in den Normalraum zurück, um sich in der Nähe einer Sonne mit Energie aufzuladen. Er tat das auch, als er den Bereich der Milchstraße verließ.

Zeitlos und damit in der relativen terranischen Gegenwart verbleibend, durcheilte er eine Galaxis nach der anderen, bis er glaubte, die Impulse wieder stärker aufzunehmen. Für ihn war das der Beweis, dass er sich seinem Ziel näherte.

Aber es waren nicht jene Impulse, die ihn zuerst gerufen hatten, sondern jene, die er bei sich als »zweite Impulse« eingestuft hatte.

Als er sich seinem Ziel in einer ihm unbekannten Galaxis näherte, bemerkte er ein drittes Phänomen. Kraftfelder unterschiedlicher n-dimensionaler Energien deuteten auf eine starke Quelle hin, deren Natur ihm nicht bekannt erschien. Er erkannte, dass diese Quelle äußerst gefährlich sein musste. War sie der Ausgangsort des Notrufs?

Harno durcheilte das Randgebiet des geheimnisvollen Bereichs. Er wunderte sich keineswegs darüber, dass er das Phänomen trotz seiner Millionen Jahre dauernden Existenz nicht kannte. Das Universum und die anderen Dimensionsräume waren viel zu groß, um sie in einer solchen Zeitspanne erfassen und erforschen zu können. Immer wieder begegnete er neuen Phänomenen.

Er stellte fest, dass in diesem Teil der Galaxis die Sterne zur Seltenheit wurden. Ein Schwarzes Loch, das sie verschluckt haben könnte, entdeckte er nicht.

Hier musste etwas anderes zu finden sein.

Harno widmete sich wieder den »zweiten Impulsen«, die schwach und unverständlich blieben, aber trotzdem die Richtung wiesen.

Dann sah er das Tacintherkol.

Für die Volcans war völlig unverständlich, was in der CRON geschah. Akrobath konnte sich den Vorgang ebenso wenig erklären, wenn er auch hyperenergetische Impulse empfing, die naturgemäß nichts mit organisch-telepathischen Übermittlungsimpulsen zu tun hatten. Jemand versuchte, mit ihm – einem Roboter – Kontakt aufzunehmen.

Gleichzeitig entstand in der Zentrale der CRON ein helles Flimmern, das sich zusehends verstärkte und zu einer strahlenden Kugel in der Größe einer menschlichen Faust materialisierte.

Die Helligkeit nahm ab, bis die Kugel schwarz war. Dafür wuchs sie auf einen halben Meter Durchmesser an.

»Harno!«, sagte der Roboter, ohne auf die verblüfften Volcans zu achten. »Du bist Harno!« Die Information hatte er gedankenschnell aus seinen umfangreichen Datenspeichern extrahiert.

Akrobath musste sich der Lautsprache bedienen, da er nicht befähigt war, die gleichen Impulse abzustrahlen wie Harno.

Ja, ich bin Harno. Wer bist du?

Akrobath erklärte es in wenigen Worten und schilderte die Lage. Als er das Konzept Ellert-Ashdon und dessen Suche nach ES erwähnte, wurde er von dem Energiewesen unterbrochen:

Ellert fing einen Notruf des Unsterblichen auf? Und der Notruf kam aus diesem Sektor des Universums?

Akrobath bestätigte das, fügte aber hinzu, dass sich das Konzept seiner Sache nicht absolut sicher sei. Harno seinerseits erklärte, ebenfalls etwas wie einen Notruf empfangen zu haben, der möglicherweise aus dieser Galaxis stamme.

Ich kenne Ellert aus anderen Zeiten, teilte die Kugel schließlich mit. *Er befindet sich also in dem anderen Schiff?*

»In der KARMA. Sie ist schon mit den Wracks verbunden.«

Für eine Weile empfing der Roboter nichts mehr. Selcon musste sich wieder der Energiekanone widmen, denn die Feuertrinker griffen erneut an. Auf die Dauer waren diese Kämpfe nur ein Aufschub, denn die Feuertrinker kamen in immer größerer Zahl.

Harno meldete sich wieder: *Du sagst, Akrobath, das Konzept sei bewusstlos und an eine Lebenserhaltungsanlage angeschlossen? Das kann nicht sein. Sieh selbst ...*

Harnos Aussehen veränderte sich. Aus dem lichtlosen Schwarz der Kugeloberfläche wurde ein milchiges Weiß, auf dem sich Umrisse abzeichneten. Aus scheinbar wirren Mustern schälten sich erkennbare Gegenstände heraus.

»Das ist die KARMA!«, rief Akrobath. »Der Gang zur Zentrale ...«

Und dort bewegt sich etwas!, machte Harno ihn aufmerksam.

Der Roboter achtete genauer darauf. In der KARMA konnte sich nichts bewegen, denn außer dem Mann befand sich niemand an Bord. Und er ruhte reglos auf dem Lager in der Kabine.

Das Bild, das Harno zeigte, wurde sehr deutlich.

»Das ist Ellert-Ashdon!«, entfuhr es Akrobath entsetzt. »Er ist aus seiner Bewusstlosigkeit erwacht. Das ist die Katastrophe.«

Ohne auf den erschrockenen Rolwel zu achten, glitt der Roboter an ihm vorbei und schwebte mit Höchstgeschwindigkeit zur Luftschleuse. Es dauerte nur Sekunden, bis er das Innenschott geschlossen und das äußere geöffnet hatte. Die in das Vakuum strömende Luft riss ihn mit.

Die CRON stellte sofort das Abwehrfeuer ein, um Akrobath nicht zu gefährden. Er raste mitten durch einen Pulk von Feuertrinkern hindurch und nahm Kurs auf die KARMA.

Er wusste, dass jede Sekunde kostbar war.

Ellert konnte wieder sehen, denn der Mann war erwacht. Obwohl der Drang, Ashdons Bewusstsein zu eliminieren, unvermindert stark war, überwog noch Ellerts Bestreben, eine neue Phase der Hilflosigkeit zu vermeiden. Er durfte nicht erneut paralysiert werden.

Gorsty Ashdon durchbrach ebenfalls die Isolation. »Was tust du, Ellert? Wo ist Akrobath?«, ließ das Bewusstsein des Jungen den gemeinsamen Körper fragen.

»Ich muss die Verbindung zur Anlage lösen, Gorsty!«

»Du wirst mich töten?«

»Noch nicht. Ich habe Wichtigeres zu tun.«

Der Mann saß aufrecht da. Mit beiden Händen unterbrach er die Kontakte, die ihn mit der Anlage verbanden. Ashdons verzweifelte Proteste blieben unbeachtet. Ellert hatte den Körper mit seinem dominierenden Bewusstsein übernommen und Ashdon zurückgedrängt.

Ellert stand auf, sackte aber schon nach dem ersten Schritt kraftlos zusammen. Der Körper war geschwächt und konnte sich noch nicht wieder auf den Beinen halten. Aber er konnte kriechen.

In einem Regal fand er die Waffe, mit der Akrobath den Körper paralysiert hatte. Er zertrümmerte den Strahler an einem Sockel und warf ihn fort. Dann kroch er weiter, auf die Kontrollkonsolen der Zentrale zu.

Aber da erschien Akrobath und versperrte ihm den Weg.

»Nicht weiter, Ellert! Ich weiß, dass du Ellert bist. Hast du Ashdon bereits getötet?«

»Geh mir aus dem Weg!« Der Mann kauerte auf dem Boden der Zentrale, von dem langen Liegen in Bewusstlosigkeit geschwächt. »Die KARMA muss hier weg!«, brachte er schwer atmend hervor.

»Ein Fluchtversuch würde das Schiff beschädigen!«

Akrobath wusste, dass Ellert zu schwach war, um ihm Widerstand zu leisten. Auf der anderen Seite würde niemand verhindern können, dass Ellert das Bewusstsein Ashdons eliminierte, falls er es nicht schon getan hatte.

»Hast du Ashdon getötet?«, wiederholte der Roboter seine Frage.

»Noch nicht. Es gibt Wichtigeres.«

Akrobath war für einen Augenblick erleichtert, aber dann sah er ein, dass die Entscheidung schwerer geworden war. Er hatte nicht mehr die Mittel, den Mann ebenso wie Ellerts Bewusstsein zu paralysieren. Also blieb ihm nur die Wahl zwischen untätigem Zusehen, was früher oder später die Katastrophe unvermeidbar machte, oder der Vernichtung des Körpers.

Das aber musste den endgültigen Tod beider Bewusstseine nach sich ziehen, wenn sie sich nicht vom Körper befreien konnten.

Die Ausweglosigkeit drohte Akrobath in eine Krise zu stürzen, die er aus eigener Kraft nicht würde bewältigen können.

»Harno!«, rief er laut in der Hoffnung, das Energiewesen würde ihn hören. »Harno! Du musst mir helfen!«

Der Mann am Boden zuckte zusammen und blieb reglos liegen. Er versuchte nicht einmal mehr, die Kontrollen zu erreichen.

Es war Ellert, als habe er einen elektrischen Schlag bekommen. Harno! Akrobath hatte Harno gerufen! Woher kannte der Roboter das geheimnisvolle Kugelwesen, dem er niemals begegnet sein konnte?

Der Gedanke, dass Harno in der Nähe sein könnte, drängte den Eliminierungsdrang der Posthypnose weiter in den Hintergrund. Ellert erkannte aber, dass dieser Zustand nur von kurzer Dauer sein konnte. Er musste die Chance nützen, ehe es endgültig zu spät war.

»Sagtest du ›Harno‹, Akrobath?«

»Er ist im Schiff der Volcans«, informierte der Roboter und fügte sofort hinzu: »Sie sind wie wir Gefangene. Ich werde dir alles erklären, sobald Gelegenheit dazu ist. Ich glaube, dass Harno uns helfen kann.«

»Dann rufe ihn!«

Ellert dachte nicht darüber nach, wie es möglich sein konnte, dass die Kugel aus Energie ausgerechnet in dieser Galaxis und zu diesem Zeitpunkt erschienen war. An einen Zufall zu glauben wäre verrückt gewesen. Es fand nur eine Erklärung dafür: Sowohl Harno als auch er selbst waren dem Notruf des Unsterblichen gefolgt. Und wenn sie sich hier trafen, dann konnte ES wirklich nicht mehr weit sein.

Die Erkenntnis traf Ellert wie ein Schock. Aber wenigstens war es ein freudiger Schock.

Er sah, dass Akrobath sich nicht mehr bewegte, und war überzeugt davon, dass der Roboter intensiv nach Harno rief. Aber auch, dass Akrobath ihn nicht eine Sekunde lang aus den Augen ließ.

Und dann, wie aus dem Nichts heraus, materialisierte die schwarze kleine Kugel in der KARMA.

Harno hatte Akrobaths Hilferuf zwar empfangen, aber nicht sofort darauf reagiert. Er realisierte die hoffnungslose Situation der Volcans und war bereit, ihnen zu helfen. Seine hypnotelepathischen Impulse, die ihm die Verständigung mit dem Roboter erlaubten, stellten auch die Verbindung zu Rolwel her.

Ehe ich euch unterstütze, habe ich eine wichtige Aufgabe zu erledigen. Verteidigt euch so lange und haltet die vegetativen Organismen zurück. Ich werde wiederkommen.

Harno durchdrang die Hülle der CRON und erschien in der KARMA.

»Harno! Endlich!«, klang es ihm schwerfällig entgegen. »Erkennst du mich?«

Ernst Ellert. – Ich weiß, dass dein Bewusstsein in diesem Mann steckt, und ich weiß, dass du Probleme hast. Wie geht es Ashdon?

»Er ist momentan noch sicher. Dein Kommen hat den Drang, ihn zu eliminieren, abgeschwächt.«

Trotzdem muss etwas geschehen.

»Aber was?«

Akrobath mischte sich ein und erklärte, was er unternommen hatte. »Das war nur eine Notlösung«, gab er zu. »Die Möglichkeit, sie fortzusetzen, besteht ohnehin nicht mehr. Der Mann müsste in absolute Bewusstlosigkeit verfallen, und Ellert müsste total isoliert werden, bis der Drang zu töten für immer verschwindet. Aber wie?«

Die Antwort wäre einfach, würden wir die Ursache für Ellerts Verhalten kennen. Nachwirkungen der Lichtquelle, vielleicht. Einflüsse aus anderen Dimensionen, vielleicht. Aber was immer es auch sein mag, nur die absolute Ausschaltung von Ellerts Bewusstsein garantiert einen Aufschub.

»Ich weiß, aber der Mann hat nicht nur den Paralysator unbrauchbar gemacht, sondern zudem die Lebenserhaltungsanlage beschädigt.«

In absoluter Abschaltung benötigt der Mann keine Nahrung mehr. Sein Metabolismus steht still.

»Wie willst du diese Abschaltung erreichen?«

Ich werde es dir später erklären, Akrobath. Ist an Bord der KARMA ein Raumanzug?

»Ja, haben wir.«

Dann hole ihn! Und entsprechende Flugaggregate?

»Eingebaut.«

Akrobath verließ die Zentrale, um das von Harno Gewünschte herbeizuschaffen.

»Was hast du vor, Harno?«, fragte Ellert besorgt.

Ich werde versuchen, es dir und Akrobath zu erklären. Aber es wird nicht einfach für dich sein.

»Was bedeutet der Raumanzug?«

Harno antwortete nicht, denn der Roboter erschien wieder in der Zentrale und brachte den Schutzanzug. Das Konzept war zu schwach, ihn selbst anzulegen. Akrobath half ihm dabei, warf aber immer wieder besorgte Blicke auf die Schirme. Die Feuertrinker kümmerten sich noch nicht um die KARMA, sie hatten genug mit den Volcans zu tun.

Bevor der Helm geschlossen wurde, teilte Harno Ellert und Akrobath seinen Plan mit. Das Energiewesen war fest davon überzeugt, dass sich in nicht allzu großer Entfernung eine Stelle im Raum befand, die als »Ort vollkommener Stille« bezeichnet werden konnte. Dieser Ort war wahrscheinlich mit jenem identisch, der ohnehin Ellerts ungewisses Ziel war.

Ich kann dich auf dieser Reise nicht begleiten, Ellert, nur ein kurzes Stück. Es ist für mich zu gefährlich. Es wäre sogar für ES zu gefährlich. Vielleicht aber nicht für dich. Möglicherweise werden dort die Fesseln gelöst, die dein und Ashdons Bewusstsein an den Körper binden. Doch all dies weiß ich nicht, ich kann es nur vermuten.

»Was ist das für ein Ort?«, fragte Ernst Ellert beunruhigt.

Ein Ort, der alle Gesetze des Universums zu ignorieren scheint. Ich war ganz in seiner Nähe. Ich nehme sogar an, dass er der Ursprung des Tacintherkols ist.

»Und dort schickst du mich hin?«, fragte Ellert erschrocken.

Schon die Furcht vor der Ungewissheit wird dich den Drang, Ashdon zu töten, vergessen lassen. Bald wirst du nicht mehr daran denken, sondern in einen Zustand verfallen, der völliger Bewusstlosigkeit und Isolation gleicht. Ich weiß nicht, was danach geschehen wird, aber ich bin sicher, dass dieser Zustand dir hilft und die Rettung nicht nur für dich, sondern auch für Ashdon bedeutet.

»Du musst jetzt den Helm schließen«, sagte Akrobath. »Ich bringe dich zur Schleuse. Draußen herrscht Ruhe, die Feuertrinker haben sich zurückgezogen. Wir müssen die Kampfpause nützen.«

Harno versicherte, dass er auf jeden Fall Ellert-Ashdon noch einmal aufsuchen werde, bevor er das geheimnisvolle Gebiet erreichen konnte. Eine letzte Kurskorrektur würde den Mann im Raumanzug mit Sicherheit direkt ins Ziel bringen.

Was dann geschah, war gespenstisch.

Die Luke der KARMA öffnete sich. Ellert-Ashdon schwebte aus der Schleuse und entfernte sich nur langsam vom Schiff. Dann zündeten die kleinen Triebwerke des Anzugs. Immer schneller werdend, raste er davon und war Sekunden später verschwunden.

»Ich muss zurück zu den Volcans«, sagte Akrobath. »Sie brauchen meine Hilfe.«

Du könntest das Verbindungskabel lösen und davonfliegen.

Der Roboter schüttelte den Kopf. »Nein, Harno, das könnte ich nicht. Ich will es auch nicht. Und weißt du, warum? Weil die Volcans bereit gewesen wären, mir zu helfen, und nun benötigen sie selbst Hilfe. Ich weiß nicht, was ich für sie tun kann, aber ich will sie nicht hier zurücklassen. Verstehst du das?«

Du bist eine bewundernswerte Konstruktion, die alle positiven Eigenschaften deiner Erbauer in sich vereinigt, gab Harno zu. *Geh zu den*

Volcans, ich kümmere mich um Ellert-Ashdon, solange es mir möglich ist. Dann kehre ich zurück.

»Abgemacht«, erklärte sich der Roboter bereit und flog zur CRON gefesselt weiter.

Er kam gerade zurecht, dass er den nächsten Angriff der Feuertrinker nicht versäumte.

Ellert musste nur hin und wieder eine geringfügige Kurskorrektur vornehmen, um nicht mit einem Wrack zusammenzustoßen. Im Randgebiet des Tacintherkols waren sie seltener und kamen nicht in Pulks vor.

Der Körper schien wieder zu Kräften zu kommen. Er reagierte auf Ellert und nahm sogar einige Konzentrate auf, die Akrobath vorsorglich in den Anzug gepackt hatte.

»Wie sieht es aus, Ernst? Bin ich sicher?« Ashdon wagte sich vorsichtig aus seiner Isolation.

»Im Moment ja, glaube ich. Der Drang hat nachgelassen. Aber das bedeutet noch lange nicht, dass die Gefahr vorüber ist. Ich habe auch keine Ahnung, wohin Harno uns schickt. Hast du alles verstanden, was er uns mitteilte?«

»Ihn selbst nicht, aber ich erfuhr es durch dich. Was mag das für eine Stelle im Universum sein?«

»Eine Frage, die ich nicht beantworten kann, obwohl ich viele Galaxien wahrscheinlich fast so gut kenne wie Harno ...«

Das Konzept ließ die letzten Wracks hinter sich zurück. Vor den Augen des Mannes war nur noch die unendliche Leere des Raumes. In unmittelbarer Nähe schienen keine Sterne zu stehen.

Näherte er sich schon dem geheimnisvollen Ziel?

Ellert fiel ein, was Harno angedeutet hatte. Der »Ort der Stille«, wie sich das Energiewesen ausdrückte, sei nicht nur für ihn, sondern wahrscheinlich auch für ES gefährlich. Außerdem war die Bemerkung gefallen, dass dieser Ort wahrscheinlich mit Ellerts ursprünglichem Ziel identisch sei.

Beide Feststellungen gemeinsam ließen den Schluss zu, dass der Notruf des Unsterblichen aus diesem Sektor stammen musste.

So weit in seinen Überlegungen gelangt, wurde Ellert unterbrochen, weil Harno erschien. Die Kugel war hell wie ein Stern und materialisierte in geringer Entfernung.

Eine Kurskorrektur ist notwendig, Ernst Ellert. Spare die Energievorräte deines Triebwerks, ich werde dich beschleunigen, damit du das Ziel schneller erreichst. Bald wird die Isolation einsetzen.

»Harno! Der Drang, Ashdon zu eliminieren, ist verschwunden! Wozu das also noch?«

Der Drang würde zurückkehren.

Das Konzept spürte den steigenden Andruck, als die Beschleunigung einsetzte. Harno blieb immer abstandsgleich in Flugrichtung. Optisch blieb der Zuwachs an Geschwindigkeit unbemerkt, da die nächsten Sterne zu weit entfernt waren und nicht als Anhaltspunkt dienen konnten.

»Was geschieht, falls deine Vermutungen nicht zutreffen? Was für dich und den Unsterblichen gefährlich ist, kann für mich tödlich sein. Der Körper könnte sterben?«

An diesem »Ort der Stille« nahm ich nur hyperenergetische Impulse auf, die von Kraftfeldern stammen, die dort ihren Ursprung haben müssen. Diese Energien werden den Körper total paralysieren, aber nicht töten. Dein und Ashdons Bewusstsein werden isoliert. Was danach geschieht, kann ich nicht einmal ahnen.

Ellert fand das nicht gerade ermutigend, aber ihm blieb keine andere Wahl, als sich in das ungewisse Schicksal zu fügen.

»Wie lange wird es dauern?«, fragte er.

Nicht mehr lange, denn du hast das Randgebiet bald erreicht. Ich muss dich nun verlassen, aber wir sehen uns wieder. Irgendwann, irgendwo.

»Noch eine Frage, die zu stellen bislang keine Gelegenheit war: Was ist mit den Terranern? Mit Perry Rhodan?«

Sie leben!

Ellert sah, dass die hell strahlende Energiekugel seitwärts wegtrieb und mit rasender Beschleunigung in Richtung des Tacintherkols verschwand.

Er war wieder allein.

»Gorsty?«

»Ja, ich habe alles verstanden. Was glaubst du? Werden wir es schaffen, wie Harno verspricht?«

»Ich hoffe es, Gorsty. Spürst du auch, dass die Lähmung des Körpers bereits einsetzt?«

»Irgendwie schon. Aber unsere Isolation hat noch nicht begonnen.«

Ellert war sogar froh darüber, denn er wollte so lange wie möglich an dem Geschehen teilnehmen und die Entwicklung beobachten. Selbst dann, wenn der Körper längst paralysiert war. Ob das möglich sein würde, musste sich zeigen.

29.

Nur mithilfe der zur Unterstützung Rolwels herbeigeeilten Schiffe der volcanischen Suchflotte konnte der neue Angriff der Feuertrinker abgeschlagen werden. Allerdings musste der Frei-Kapitän danach feststellen, dass die Energievorräte der CRON nahezu erschöpft waren. Für die nächste Abwehrschlacht würden sie noch reichen, aber die Notreserve, die er nicht angreifen wollte, würde kaum genügen, das Schiff zum Heimatplaneten zurückzubringen.

»Sollten wir jemals wieder freikommen, wäre es mein größter Wunsch, dass du mich begleitest«, sagte Rolwel zu Akrobath.

»Wie könnte ich das? Die KARMA ist mein Schiff. Ich werde hier auf die Rückkehr meines Freundes warten müssen, denn wo sonst sollte er mich suchen und finden?«

»*Wenn* er zurückkehrt!«, gab Rolwel zu bedenken.

Akrobath schwieg ratlos.

Der Frei-Kapitän rief einige Techniker in die Zentrale und beriet mit ihnen die nächsten Maßnahmen. Er schlug vor, dass die anderen Schiffe die Feuertrinker fernhalten sollten, während er mit einem technischen Team versuchen wollte, die CRON wieder von dem Wrack zu lösen. Der fesselnde Energieschirm war inzwischen erloschen und hielt sie nicht mehr fest.

»Warum versuchen wir nicht, uns mit ihnen zu verständigen?«, fragte Pana. »Diese Lebensform interessiert mich. Wesen, die Energie schlucken und sogar mit Hyperenergie umzugehen verstehen. Das ist ungewöhnlich und äußerst lehrreich.«

»Wie sollen wir eine Verständigung herbeiführen, wenn sie auf keinen unserer Versuche reagieren?« Selcon machte eine Bewegung, die Hilflosigkeit ausdrückte. »Dabei wären genug Wracks vorhanden. Aber sie scheinen alle haben zu wollen. Ich fürchte, sie wollen keinen Kontakt mit uns, und vielleicht ist er auch nicht möglich. In ihren Energieblasen sind sie isoliert und gehören einer anderen Dimension an, etwa wie Materie und Antimaterie.«

»Wir könnten unvorstellbar wertvolle Erkenntnisse erhalten«, beharrte die Wissenschaftlerin.

»In den Wracks finden wir auch viele wertvolle Dinge.«

»Na schön, dann versuche ich es eben ohne dich«, entschied Pana enttäuscht. »Vielleicht hilft mir der Roboter.«

»Akrobath? Warum sollte er?«

»Weil er intelligenter und neugieriger ist als du!«

Damit wandte sie sich von ihm ab und ging zu Akrobath, der sich in der Nähe des großen Bildschirms niedergelassen hatte und die Vorgänge außerhalb des Schiffes beobachtete. Sie trug ihm ihr Anliegen vor und fragte geradeheraus, ob er bereit sei, sie zu unterstützen.

»Kontakt mit diesen Lebewesen?« Prompt lächelte der Roboter. »Pana, das habe ich schon versucht, noch dazu ohne jeden Erfolg. Sie müssen ganz anders denken als wir. Vielleicht in einer Form, die uns unverständlich ist. Sie stammen zweifellos von vegetativen Organismen ab, die auf einer Welt mit starker Hyperstrahlung entstanden und sich entsprechend entwickelten – so viel habe ich herausbekommen. Warum sie die Wracks einsammeln, weiß ich nicht. Aber es scheint sehr wichtig für sie zu sein, sonst würden sie uns nicht angreifen.«

»Ich möchte mit ihnen sprechen. Vielleicht erfahren wir dann, was dahintersteckt.«

»Es wird vergebliche Mühe sein. Trotzdem helfe ich dir gern, wenn dein Kommandant die Erlaubnis dazu gibt.«

»Er kann es mir nicht verbieten.«

In ihrem plumpen Raumanzug wirkte Pana unbeweglich und sehr behindert im Vergleich zu dem Roboter, der ohne einen Schutz auskam. Gemeinsam mit ihnen verließ das Arbeitsteam der Volcans das Schiff.

Akrobath registrierte mit robotischer Aufmerksamkeit, was sich ringsum abspielte. »Pana, jenseits der KARMA sehe ich eine Gruppe von Blautreibern, die fünfzehn Feuertrinker in einer Energieblase transportieren«, stellte er rasch fest. »Scheinen Neuankömmlinge zu sein. Versuchen wir es?«

Die herantreibende Energieblase befand sich nahezu vollständig hinter dem Klumpen der Wracks, mit denen die KARMA verbunden war. Sie konnte von anderen Blautreibern nicht gesehen werden. Akrobath wusste nur nicht zu sagen, ob die einzelnen Blasen miteinander in Verbindung standen oder autark handelten.

»Wahrscheinlich werden sie versuchen, uns mit ihrer Energie zu fangen und festzuhalten«, warnte der Roboter. »Das scheint ja ihre Spezialität zu sein. Wir müssen also immer einen gewissen Sicherheitsabstand halten.«

»Und wenn sie das Feuer eröffnen?«

»Rückzug, aber schnell!«

Sie hatten sich den beiden vereinten Gruppen bis auf wenige hundert Meter genähert, ohne dass die seltsamen Wesen Notiz von ihnen genommen hätten. Das konnte eine Falle sein. Akrobath war nicht so optimistisch eingestellt wie Pana, die von ihrem Wissensdurst getrieben wurde.

Die fallschirmartigen Blautreiber waren gut zu erkennen. Ohne jeden Zweifel besorgten sie den Transport der Feuertrinker, die ihre Arbeitsgeräte bei sich trugen.

»Sie treiben auf die beiden großen Schiffe zu«, stellte Pana fest.

Zwei riesige kastenartige Wracks trieben nebeneinander. An einigen Stellen berührten sie sich.

Als die große Energieblase die Schiffe erreichte, veränderte sie sich. Gleichzeitig entstand eine neue Blase, die nur die Feuertrinker einschloss. Kurz darauf trennten sich beide Gebilde.

Die Blautreiber schwebten langsam davon, ohne sich um Akrobath und die Frau zu kümmern, die ihnen bis auf wenige Dutzend Meter nahe gekommen waren. Mit rasch wachsender Geschwindigkeit entfernten sie sich in Richtung des freien Weltraums.

»Wenn überhaupt, dann müssen wir versuchen, Kontakt mit den Feuertrinkern aufzunehmen«, sagte Akrobath. »Sie scheinen die Aktiveren zu sein.«

»Das haben wir gemerkt«, entgegnete Pana hörbar bedrückt. »Sieh nur, was sie jetzt tun!«

Im Innern der transparenten Energieblase entstanden fünfzehn in sich geschlossene Schutzschirme. Jeder enthielt einen Feuertrinker. Die Kollektivblase löste sich auf, und die Gruppe begann mit der Arbeit.

Die grellen Bündel der Energieschweißer stellten feste Verbindungen zwischen den beiden Wracks her und verwandelten zwei Schiffe in eines. Die Grundzelle für einen neuen Pulk wurde geschaffen.

»Ich gehe näher heran«, teilte Akrobath mit. »Vielleicht ist es besser, du wartest hier, Pana.«

»Ich komme mit!«

Sie näherten sich der Gruppe der fünfzehn, jederzeit zur Flucht bereit. Die lebenden Baumstämme boten einen fantastischen Anblick, aber sie blieben keineswegs immer dicht beieinander. Drei Feuertrinker lösten sich von den anderen und schwebten hinüber zu einem dritten Wrack, das in einiger Entfernung auf gleichem Kurs dahintrieb.

»Sie haben eine Trosse mitgenommen, die sie mit dem Wrack verbinden«, bemerkte Akrobath. »Zweifellos werden sie es zu den beiden anderen holen und mit diesen verschweißen. So entstehen die Pulks.«

»Komm schon! Eine günstige Gelegenheit.«

Akrobath verstand, was Pana wollte. In großem Bogen bewegten sie sich an den beiden Wracks vorbei und näherten sich dem einzelnen

Schiff, auf dem die drei Feuertrinker gelandet waren. Sie waren damit beschäftigt, die Trosse an den Aufbauten zu befestigen.

Pana und der Roboter näherten sich der Gruppe bis auf wenige Meter, ohne dass sie daran gehindert wurden. Diese absolute Nichtbeachtung war ungewöhnlich und logisch nicht zu erklären. Akrobath nahm an, dass sich die Wächter des Tacintherkols, wie er sie bei sich nannte, nur um Schiffe kümmerten, nicht aber um einzelne Fremde. Sie handelten automatisch und instinktiv, aber nicht ausgesprochen intelligent.

Pana versuchte, die Aufmerksamkeit der Feuertrinker auf sich zu lenken. Sie hätte genauso gut unsichtbar sein können.

»Nimm dich vor ihren Energieschirmen in Acht!«, warnte Akrobath besorgt, denn die Wissenschaftlerin wagte sich in ihrem Eifer zu weit vor. »Ein Überschlagblitz würde dich auf der Stelle töten.«

Die Frau wich eilig zurück. »Warum reagieren sie denn nicht? Sind sie blind?«

»Das sicherlich nicht, aber sie interessieren sich ausschließlich für die Wracks, für nichts sonst. Und sie greifen nur an, wenn sie in einem Wrack Leben entdecken.«

»Ich würde aus dieser Feststellung schließen, dass sie im Auftrag anderer Intelligenzen handeln, also nur Werkzeuge sind. Ohne eigene Initiative.«

»Vielleicht. Aber du siehst, dass ich recht hatte, Pana. Es ist unmöglich, Kontakt aufzunehmen. Andererseits greifen sie uns auch nicht an.«

»Das hilft uns auch nicht weiter. Die KARMA sitzt genauso fest wie unsere anderen Schiffe. Seltsam ist allerdings, dass sie dein Schiff nicht angeschweißt haben, sondern es nur mit einer Trosse an den Pulk fesselten. Hast du eine Erklärung?«

»Nein. Aber wir müssen fort von hier. Das Wrack nähert sich bereits den beiden zusammengeschweißten Schiffen.«

Während sie in Deckung der einzelnen Wracks und Pulks zur CRON zurückkehrten, empfingen sie die Funksignale der Volcans deutlicher. Gehemmt durch die Abstrahlungen der fünfdimensionalen Energieschirme, war die Reichweite nur gering.

Rolwel sorgte sich um Pana. Inzwischen waren wieder einige Schiffe der Suchflotte eingetroffen, aber pausenlos versuchten Gruppen der Feuertrinker, sie zusammenzutreiben und in fest verschweißte Pulks zu verwandeln. Die Volcans hingegen, inzwischen klüger geworden, hielten sich die Gegner mit Energieschüssen vom Leib, sodass keine neuen Energieblasen entstehen konnten.

Ohne Zwischenfall erreichten Akrobath und Pana die CRON und

gingen wieder an Bord. Rolwel zeigte sich keineswegs überrascht, als er von der misslungenen Kontaktmission erfuhr.

»Sie sind stur wie Automaten.« Er warf Akrobath einen Blick zu. »Entschuldige, aber ich kann dich nicht als Automaten betrachten, darum bist du bei dieser Feststellung ausgeschlossen. Eure Beobachtungen scheinen zu beweisen, dass es sich nicht um echt denkende Wesen handelt.«

»Sie denken bestimmt«, behauptete Akrobath. »Nur eben völlig anders als wir. Ich habe übrigens feststellen können, dass sie regelrecht Energiesperren um dieses ganze Gebiet gelegt haben. Zuerst glaubte ich an ganz normale Abstrahlungen ihrer Schirme, aber das ist es nicht. Es besteht die Möglichkeit, dass sogar die Hilfsschiffe eurer Flotte, die sich frei beweglich wähnen, schon in der Falle sitzen.«

Selcon schlug einen gewaltsamen Ausbruch vor, aber eine kurze Überprüfung klärte ihn darüber auf, dass die Energiereserven dazu nicht reichten.

Diesmal kehrte Harno nicht sofort zu Akrobath und den Volcans zurück. Seine Vermutung, das Tacintherkol könne nicht nur zufällig entstanden sein, war zur Gewissheit geworden. Schon eine simple Berechnung genügte, um das herauszufinden.

Harno stieg – das Tacintherkol als Bezugsebene angesehen – steil nach oben, bis er sich genügend weit entfernt hatte. Was er nun sah, entsprach genau seinen Erwartungen.

Es waren nicht nur Zehntausende, sondern mindestens hunderttausend Wracks, die mit geringer Geschwindigkeit dahintrieben. Sie bildeten einen regelrechten Ring um einen absolut lichtlosen Mittelpunkt, der die Form eines Schlauches hatte. Er war zweifellos die Ursache für die Katastrophe, die sich vielleicht schon über eine Ewigkeit hinzog. Anders war die riesige Menge der Wracks nicht zu erklären.

Der lichtlose Schlauch war ein Ort der vollkommenen Stille, womit nicht nur akustische Stille gemeint war. Harno hatte ihn nur so getauft, weil er beim Passieren dieser Region weder Sterne noch Planeten bemerkt hatte. Auch das Licht weit entfernter Sterne schien verschluckt zu werden. Zudem gab es hyperenergetische Kraftfelder.

Trotz dieser Eigenschaften des lichtlosen Schlauches blieben die kreisenden Wracks optisch wahrnehmbar. Sie reflektierten das Licht der fernen Sterne.

Als Harno sich konzentrierte, empfing er immer noch Ellerts Impulse, wenn auch nur schwach. Der Körper in dem Raumanzug trieb auf den lichtlosen Schlauch zu, und wenn er von diesem nicht verschluckt wurde, konnte er den Schiffsfriedhof auf der anderen Seite wieder erreichen.

Aber das würde aller Wahrscheinlichkeit nach nicht geschehen. Und wie auch immer, Ellerts Bewusstsein konnte nicht zerstört, sondern höchstens befreit werden. Es gab keine sterbenden Bewusstseine, nur solche, die jede Erinnerung verloren.

Harno lauschte in die andere Richtung und empfing Akrobath undeutlich. Das Kugelwesen aus Raum und Zeit schätzte den Roboter, der die Handschrift des Unsterblichen trug und zum Wohl der Menschheit geschaffen worden war.

Harno folgte Akrobaths Impulsen und kehrte zu den Wracks zurück. Wenig später erschien er in der Zentrale der CRON.

Nicht einmal die Volcans zeigten sich überrascht, als das Energiewesen wieder in ihrer Zentrale auftauchte. Akrobath schilderte in aller Kürze die sich verschlechternde Lage und gab der Hoffnung Ausdruck, dass wenigstens Harno Rat wisse.

»Eine energetische Krise kann nur durch Energie gelöst werden«, teilte das Kugelwesen mit Akrobath als akustischem Verstärker mit. »Ich bin in der Lage, dank meiner Struktur die Schiffsspeicher aufzuladen, wenn mir selbst eine genügend starke Quelle zur Verfügung steht. Eine solche Quelle ist eine Sonne. Aber auch dann, wenn die Reserven der CRON für einen Ausbruch und den Heimflug reichen, wäre das eigentliche Problem nicht gelöst. Wir müssen die hyperenergetische Sperre der Fremden durchbrechen, sie am besten völlig ausschalten.«

»Und wie sollen wir das erreichen?«, fragte Rolwel skeptisch.

»Ich weiß das noch nicht«, gab Harno zu. »Aber es ist möglich. Zu diesem Zweck muss ich Kontakt mit den Fremden aufnehmen.«

»Das haben wir schon vergeblich versucht«, wandte Pana ein.

»Bestimmt nicht auf hyperenergetischer Basis«, hielt Harno der Wissenschaftlerin entgegen. »Bevor ich das versuche, zeige ich euch das Geheimnis des Tacintherkols ...«

Noch während Akrobath Harnos Impulse in gesprochene Worte übersetzte, veränderte sich die Oberfläche der Energiekugel und wurde zur optischen Wiedergabe. Akrobath und die Volcans sahen das gleiche Panorama wie zuvor Harno. Sie blickten von oben auf den Schiffsfriedhof hinab, der langsam um den Ort der vollkommenen Stille rotierte.

Es war ein Anblick, der ihnen für lange Augenblicke fast den Atem raubte, dann erst waren sie fähig, Fragen zu stellen, die Harno beantwortete, so gut er konnte.

»Ich vermute, dass diese fremden Organismen, die zweifellos über eine gewisse Intelligenz verfügen, die zusammengefügten Wracks abtransportieren, um sie oder ihren Inhalt für einen uns unbekannten Zweck zu verwenden«, bemerkte Harno zum Schluss. »Die Volcans sollten sie nicht daran hindern, denn es ist genug für alle da. Wenn die Fremden erst einmal erkannt haben, dass niemand sie an ihren Raubzügen hindert, werden sie ihre Aggressionen einstellen. Ich fürchte allerdings, dass bis dahin noch einige Zeit vergeht. Aber was ist schon Zeit ...?«

»Für uns sehr viel«, sagte Selcon nachdenklich. »Wir leben nicht ewig.«

»Die Frage, wie wir hier wieder wegkommen, erscheint mir wichtiger.« Rolwel kam auf den Kernpunkt des Problems zurück. »Die CRON benötigt Energie, und wir müssen die Sperre durchbrechen. Womit beginnen wir?«

»Mit Energie für das Schiff«, teilte Harno mit. Die Kugel wurde schnell kleiner und verschwand in der Wand zum Korridor.

Über Funk unterrichtete Rolwel die Kapitäne der anderen Schiffe von der geplanten Aktion. Mittlerweile befanden sich zehn Einheiten in der energetischen Gewalt der Feuertrinker, die Hälfte war schon an Wrackpulks angeschweißt worden. Zum Glück hatte der Abtransport noch nicht begonnen.

Selcon setzte sich an die Messinstrumente und rief eine Vielzahl unterschiedlicher Anzeigen ab. »Die Speicher werden aufgeladen!«, rief er schon nach wenigen Sekunden. »Und das sehr schnell.«

»Das ist Harno«, erklärte Akrobath. »Seine Kapazität ist unfassbar groß, denn er selbst besteht aus konzentrierter Energie, die er jederzeit erneuern kann.«

»Ein seltsames Wesen«, murmelte Pana voll Bewunderung.

»Wie ich von Ellert erfuhr, auch das friedlichste Wesen des Universums – und das hilfreichste zugleich.«

Harno kehrte zurück. Seine Leuchtkraft hatte nichts eingebüßt, aber nun wurde sie dunkler, bis sie wieder tiefschwarz schimmerte.

Ich werde nun Kontakt mit den Fremden aufnehmen.

»Du kommst zurück?«, fragte Pana zögernd, als fühlte sie sich nicht wohl bei dem Gedanken, die Kugel aus Energie wieder zu verlieren.

Sobald ich Erfolg hatte oder weiß, dass kein Erfolg möglich ist, versicherte das Energiewesen und tauchte in die Hülle der CRON ein.

Jeder in der Zentrale der CRON sah gleich darauf auf den Schirmen, wie die Kugel auf eine Gruppe von Feuertrinkern zuschwebte, die sich auf einen neuerlichen Angriff vorbereiteten.

Es war Harno klar, dass es schwierig sein würde, mit diesen Wesen in Verbindung zu treten, die praktisch in einer anderen Dimension lebten und von ihr existierten. Aber auch er hatte enge Verbindungen zum Hyperraum.

Als er sich den fünfzehn Feuertrinkern näherte, schlugen ihm hyperenergetische Wellen entgegen, die keinerlei Sinn ergab. Aber wahrscheinlich sollten sie auch nicht der Kontaktaufnahme dienen.

Abwehrverhalten?

Harno sandte seinerseits Impulse, die nur Emotionen ausdrückten, seine Friedensbereitschaft und den Willen zur Verständigung. Gleichzeitig baute sich um ihn ein Feld n-dimensionalen Schutzes auf.

Aus ihren Energieblasen heraus eröffneten die Feuertrinker kompromisslos das Feuer auf Harno. Ihre stark gebündelten Energiestrahlen vereinten sich in einem Punkt. Diese absolute Konzentration hätte leicht die Schutzschirme eines größeren Schiffes zusammenbrechen lassen. Harnos Schutz konnten sie nicht gefährden.

Ohne sein Zutun wurden die auftreffenden Energiebündel zurückgeworfen. Im Gegensatz zu den Salven der Volcanschiffe durchbrachen die reflektierten Strahlen die hyperenergetischen Blasen der Feuertrinker und vernichteten sie.

Harno war von diesem Ergebnis selbst überrascht. Diese offensive Reaktion hatte er nicht erwartet, als er sich gegen den Angriff zu schützen versuchte. Den fünfzehn grellen Explosionsblitzen entnahm er so viel Energie, wie er zuvor an die Reservespeicher der CRON abgegeben hatte.

Erleichtert, aber keineswegs zufrieden kehrte er in Rolwels CRON zurück.

Nachdem sich der verständliche Jubel der Volcans gelegt hatte, griff Harno mit ernüchternden Gedanken ein: *Es darf keineswegs unsere Absicht sein, den Gegner zu vernichten, obwohl uns das möglich wäre. Ich hoffe, die anderen Feuertrinker haben ihre Lehren aus dem Vorfall gezogen. Sie wissen nun, dass sie nicht unschlagbar sind. Das lässt Kompromissbereitschaft und den Willen zu Verhandlungen wachsen.*

»Wie willst du verhandeln?«, fragte Akrobath. »Sie verstehen uns nicht.«

Aber sie können sehen, denn sie sind nicht blind. Es wird deine Aufgabe sein, Akrobath, ihnen unsere Absichten klarzumachen. Du willst doch bei der KARMA bleiben, um Ellerts Rückkehr abzuwarten?

»Ich will hier auf ihn warten, ja. Warum fragst du?«

Du wirst die Blautreiber und Feuertrinker ablösen. Wenn sie bisher die Wächter des Tacintherkols waren, so wirst du diese Aufgabe nun übernehmen. Du wirst über sie wachen, damit es nicht mehr zu Meinungsverschiedenheiten zwischen jenen kommt, die den Friedhof der herrenlosen Wracks ausbeuten wollen. Die Volcans werden sich in Frieden ihren Anteil holen können, ebenso alle anderen. Es wird vielleicht bald wieder eine Phase eintreten, in der jede Annäherung an das Tacintherkol unmöglich wird. Und es mag wieder Perioden geben, in denen es gefahrlos ist, so wie jetzt. Sie gilt es auszunützen.

»Was ist mit dir?«, fragte Akrobath. »Wirst du in der Nähe bleiben?«

Vor mir liegen gewaltige Aufgaben, ich kann nicht bleiben. Harno versicherte dem Roboter, dass die Aufgabe, Wächter des Tacintherkols zu sein, von größter Wichtigkeit für den Frieden in diesem Teil der Galaxis sei und dass er sich für dieses Amt keinen Besseren als Akrobath vorstellen könne.

Stolz und selbstbewusst stimmte Akrobath zu.

»Und was geschieht nun?«, fragte Rolwel ungeduldig, als das teils akustische und teils stumme Zwiegespräch beendet war.

Harno machte sich nun wieder auf dem Umweg über Akrobath verständlich.

»Wir werden die hyperenergetische Sperre der Feuertrinker neutralisieren, nachdem wir sie ein Stück zurückgetrieben haben. Ihr könnt dann die Schweißnähte auftrennen, die eure Schiffe mit den Wracks verbinden, und euch von den Pulks lösen. Danach werdet ihr ungehindert das Tacintherkol mit eurer Beute verlassen können.«

»Das klingt einfach. Wird es auch gelingen?«

»Davon bin ich überzeugt. Und nun informiere die Kommandanten der anderen Schiffe. Auch jene, die außerhalb der Sperrzone warten.«

Noch bevor die Arbeitstrupps der Volcans das Schiff verlassen konnten, erfolgte ein neuer Angriff. Diesmal operierten die an die Wracks geschweißten Schiffe koordiniert, und so wurde es möglich, die Feuertrinker konzentriert zurückzuschlagen, ohne dass sie dabei Verluste erlitten. Harno brauchte nicht einzugreifen.

Dabei erwies sich eine schon vorher gemachte Beobachtung als richtig. Die noch freien Schiffe der Volcans konnten unbehindert in das Sperrgebiet eindringen; der die Kampfzone umspannende hyperenergetische Schutzschirm war polarisiert. Er ließ die eindringenden Schiffe zwar passieren, aber nicht mehr hinausfliegen.

Nun verließen die Volcans ihre Schiffe und begannen mit der Befreiungsarbeit. Bald trieb die CRON langsam von dem Pulk der Wracks weg, ohne jedoch Fahrt aufzunehmen.

Harno versicherte, dass die Feuertrinker die nächste Geste richtig verstehen würden. Wenn die befreiten Schiffe den Friedhof verließen, ohne den Versuch zu unternehmen, Wracks abzuschleppen, mussten die Fremden, auch wenn sie eine völlig andere Denkweise besaßen, trotzdem verstehen, dass niemand darauf aus war, ihnen die Beute abzunehmen. Das musste der erste Schritt zur Verständigung sein.

Die schwierigste Aufgabe stand indes noch bevor: Der alles umgebende Sperrschirm musste neutralisiert werden. Erst wenn das gelang, war der Erfolg gesichert.

Harno war überzeugt, dass er diese Aufgabe lösen konnte, aber dazu war es notwendig, die Versorgungsanlagen des Sperrschirms zu finden und lahmzulegen. Die individuellen Schutzschirme der Feuertrinker waren in dem Zusammenhang unwichtig. Ohnehin mussten sie stabil bleiben, da es sonst unübersehbare Verluste unter den fremden Intelligenzen gegeben hätte.

Harno verließ die CRON.

Der hyperenergetische Sperrschirm hatte Kugelform und durchmaß mehr als hunderttausend Kilometer. Harno ging davon aus, dass das Zentrum dieser gigantischen Blase mit ihrem Generator identisch sein musste.

Als er sich dem inneren Bereich näherte, nahm er schon den milchigen Schimmer wahr, der sich auf eine halb transparente Kugel von etwa fünfzig Metern Durchmesser konzentrierte. Hier nahmen die hyperenergetischen Impulse ihren Ausgang, die schließlich den gewaltigen Schutz- und Sperrschirm bildeten. Der Generator bestand aus einer Ballung jener Energieblasen, in denen sich die Blautreiber aufhielten und mit denen sie die Feuertrinker durch den Weltraum transportierten. Es mussten mindestens zehn von ihnen sein.

Abermals versuchte Harno, Verbindung zu den seltsamen Lebensformen aufzunehmen, und diesmal erhielt er sogar etwas wie eine Antwort, wenn sie auch nur aus emotionellen Wellen bestand, die ihn überfluteten.

Es war möglich, dass er sich irrte, aber allem Anschein nach forderten ihn die Blautreiber auf, möglich schnell zu verschwinden. Harno sah keinerlei Veranlassung, der Aufforderung zu folgen. Soweit er es erkennen konnte, waren diese Wesen im Gegensatz zu den Feuertrinkern unbewaffnet.

Noch während Harno darüber nachdachte, dehnte sich die Generatorblase aus. Keineswegs gleichmäßig weit nach allen Seiten wie ein Ballon, der aufgeblasen wurde. Vielmehr bildete sich ein Energietentakel, der nach Harno griff.

Das Kugelwesen wich sofort zurück, aber der Tentakel folgte ihm, eine milchig schimmernde Schlange, die wie ein Arm nach ihm griff.

Harno ließ den Tentakel an sich herankommen, dann nahm er die Energie dieses Gebildes in sich auf. Der Durchmesser der Generatorblase und der sie bildenden einzelnen Ballungen verringerte sich sofort. Bevor Harno erkannte, was geschah, und den Energieentzug stoppen konnte, lösten sich die Blasen auf. Die Blautreiber waren ohne ihren Schutz dem Vakuum des Weltraums ausgesetzt und zerplatzten wie reife Schoten.

So bedauerlich dieses Ergebnis auch sein mochte, es war zugleich eine eindringliche Warnung an die Pflanzenwesen, Kontaktversuche für eine friedliche Lösung auch als solche zu betrachten – und nicht als ein Zeichen von Schwäche auszulegen.

Ohne noch einmal daran gehindert zu werden, durchsuchten die Volcans nun die Wracks und schafften alles, was ihnen des Mitnehmens wert schien, in ihre Schiffe. Die Feuertrinker hatten sich zurückgezogen und verhielten sich einige Zeit passiv, ehe sie erneut mit ihrer ursprünglichen Tätigkeit begannen und Wracks zu Pulks zusammenschweißten.

Rolwel unternahm inzwischen einen Ausflug und fand Harnos Behauptung bestätigt, dass der Sperrschirm nicht mehr existierte. Die Flotte konnte das Tacintherkol verlassen.

Vergeblich versuchte die Wissenschaftlerin Pana, den Roboter und das Energiewesen noch einmal zu überreden, sie nach Volcano zu begleiten. Ihre Neugier war nicht befriedigt worden. Es gab zu viele unbeantwortete Fragen. Schließlich musste sie sich doch mit dem zufriedengeben, was sie bisher erfahren hatte.

Rolwel hingegen, mit der Ausbeute der Expedition zufrieden, die keineswegs die letzte sein sollte, bewies seine Dankbarkeit, indem er Akrobath einen Teil seiner eigenen Ausrüstung überließ, mit der die KARMA noch besser ausgestattet werden konnte. Wenn Ellert-Ashdon jemals zurückkehrte, sollte er ein gutes und raumtüchtiges Schiff vorfinden.

Harno und Akrobath schwebten frei im Raum neben dem Pulk, als Rolwel das Zeichen zum Aufbruch gab. Die Flotte sammelte sich, dann nahm sie Fahrt auf, um in die Heimat zurückzukehren.

In der Zentrale der KARMA trafen sie sich noch einmal. Harno antwortete nicht auf Akrobaths Fragen, welche Aufgabe vor ihm lag. Es konnte die weitere Suche nach dem Unsterblichen sein, ebenso ein Besuch auf EDEN II, der Welt der Konzepte. Oder er würde zu den Terranern zurückkehren. Das Kugelwesen schwieg.

Dafür tat Harno etwas anderes, was Akrobath von großem Nutzen sein sollte, wenn er jetzt zum Wächter des Tacintherkols wurde. Nach Harnos Anweisungen nahm der Roboter eine Schaltumstellung seines Energiesektors vor. Die Veränderung bewirkte, dass er künftig in der Lage sein würde, einen hyperenergetischen Schutzschirm aufzubauen. Damit konnten die Feuertrinker ihm nichts mehr anhaben.

Außerdem lud Harno die Energievorräte der KARMA voll auf. Da der Roboter sie kaum benötigte, würden sie für Jahrhunderte ausreichen.

Ich werde dich nun allein zurücklassen, Akrobath. Sorge dafür, dass die nicht abzuschätzenden Werte und Reichtümer, die das Tacintherkol enthält, ohne Krieg und Vernichtung geborgen werden können. Sie gehören allen, die sie zu finden verstehen, denn sie stammen überwiegend von Völkern und Zivilisationen, die längst nicht mehr existieren.

»Ich kenne meine Aufgabe und werde sie erfüllen«, versprach Akrobath. »Vielleicht werde ich die Einsamkeit spüren, aber dann wird mich die Hoffnung trösten, dass Ellert-Ashdon – oder auch nur einer von ihnen – zurückkehrt.«

Noch etwas sollst du wissen, Akrobath: Du wurdest geschaffen, um den Menschen zur Unterhaltung zu dienen, aber du kamst nie dazu, diese oft unterschätzte Aufgabe zu erfüllen. Deine Sehnsucht nach den Sternen brachte dich hierher, damit du ihnen immer nahe sein kannst. Du bist mutiert, Akrobath. Der erste Roboter-Mutant! Deine Existenzspanne ist sehr groß, Wächter des Tacintherkols, und vielleicht treffen wir uns eines Tages in ferner Zukunft wieder, wenn mich meine Aufgabe zum Ort der vollkommenen Stille führt. Bis dahin aber – lebe wohl!

Ehe Akrobath fragen konnte, was dieser Ort eigentlich sei, durchdrang das Energiewesen die Wand der Zentrale und verschwand Sekunden später auch vom Bildschirm. Harno tauchte in Ewigkeit und Unendlichkeit unter.

Jetzt erst war Akrobath allein.

Um sich abzulenken, verließ er die KARMA ebenfalls und schwebte hinüber zu den Feuertrinkern, die zu ihrer gewohnten Arbeit zurückgekehrt waren. Vorsichtshalber baute er seinen Schutzschirm auf.

Er näherte sich den Feuertrinkern bis auf wenige Dutzend Meter, aber sie beachteten ihn nicht. Unbehelligt konnte er sich zwischen ihnen bewegen, ohne dass er angegriffen wurde. Sie hatten verstanden, dass er nicht ihr Feind war.

Jetzt erst war Akrobath davon überzeugt, dass künftig Friede im Tacintherkol herrschen würde.

Er beschleunigte seinen Flug, um eine längere Inspektionsreise durch die treibenden Wracks anzutreten. Es war durchaus möglich, dass noch andere Lebensformen den Friedhof ausbeuteten. Sie alle sollten wissen, dass es nun einen Wächter gab, der für Gerechtigkeit und Frieden sorgte.

Akrobaths Humansektor vermittelte ihm zum ersten Mal seit seiner Existenz das Gefühl absoluter Zufriedenheit.

Er durfte zwischen den Sternen leben.

Die Augen des Mannes blieben geöffnet. Die Triebwerke des Raumanzugs hatten sich längst abgeschaltet, denn sie waren überflüssig geworden. Im freien Fall stürzte das Konzept der lichtlosen und schlauchförmigen Zone entgegen, die von Harno als Ort der vollkommenen Stille bezeichnet wurde.

Ellert spürte, wie die schon längst eingesetzte Lähmung des Körpers weiter fortschritt. Sie hatte bei den Füßen begonnen und bereits die Oberschenkel erreicht. Er ließ den Mann, bevor er Arme und Hände nicht mehr gebrauchen konnte, noch einmal Konzentratnahrung und Wasser zu sich nehmen.

»Gorsty?« Seine Stimme klang heiser. »Zieh dich sofort zurück, wenn ich dich warne. Ich fürchte, der Tötungsdrang setzt wieder ein.«

»Und wir dachten schon, er sei vorüber.«

»Nein, er ist wieder da, und er wird stärker. Hoffentlich hat Harno sich nicht geirrt. Aber die beginnende Lähmung des Mannes war von ihm vorausgesagt, also scheint er auch recht zu haben.«

»Was wird passieren?«

»Ich weiß es nicht. Wir werden eine absolute Isolation erleben, das ist sicher. Und in der absoluten Isolation kann mein Bewusstsein dich nicht eliminieren. Aber dann ... Ich weiß es wirklich nicht, mein Freund.«

Durch die Augen des Mannes sah Ellert, wie sich die lichtlose Zone ständig vergrößerte. Analog dazu schritt die Lähmung des Körpers voran.

Die Bewusstlosigkeit, die totale Ohnmacht, tat sich wie ein tiefer, dunkler und grundloser Schacht vor ihm auf, in den er hineinstürzte, ohne den Fall abbremsen zu können. Und doch musste dieser Schacht ein Ende haben ...

Die Lähmung erreichte die Brust des Mannes. Sein Atmen wurde schwächer, aber noch blieben seine Augen geöffnet.

Ellert teilte lautlos mit: *Gorsty! Zieh dich zurück! Konzentriere dich auf Abwehr!*

Wird es stärker?

Überstark!

Ashdon gehorchte und isolierte sich, so gut es möglich war. Es würde nicht genügen, wenn keine totale Bewusstseinsohnmacht eintrat, die nur durch hyperenergetische Einflüsse möglich sein konnte.

Ernst Ellert begann den Kampf gegen sich selbst. Zugleich war es ein Kampf gegen die Zeit, denn die Lähmung hatte den ganzen Körper ergriffen und fing an, das Bewusstsein zu beeinflussen.

Das war die Rettung für Ashdon. Ob es auch die Rettung für beide war, musste sich erweisen.

Mit einer letzten Reflexbewegung schloss der Mann die Augen. Ellert war damit blind.

Es spielte keine Rolle mehr, denn um ihn herum war es ohnehin finster und lichtlos geworden. Der Sturz in die Ungewissheit dauerte an.

Impulse ...? Noch einmal raffte Ellert sich auf, ehe die totale Isolation ihn umfing. Waren das Impulse gewesen, die ihn hier erreichten? Ausgerechnet hier, am Rand des Ortes der vollkommenen Stille?

Verzweiflung vermittelten die Impulse, dumpfe Verzweiflung und Hoffnungslosigkeit einer anderen Lebensform, die sich in größter Gefahr befand.

Das Muster ...? Ellert kannte es, besaß aber nicht mehr die Konzentration, es zu identifizieren. Es gehörte einem Wesen an, das sehr stark sein musste, wenn es die bereits zur Hälfte bestehende Isolation durchbrach.

Der Unsterbliche ...?

ES ...?

Sosehr Ellert seine Bewusstlosigkeit herbeigesehnt hatte, um Ashdons Ende zu vermeiden, so sehr verfluchte er sie jetzt. Die Impulse stammten von ES; davon war er überzeugt. Ausgerechnet jetzt, nachdem er das Ziel seiner langen Reise ins Ungewisse erreicht hatte, wurde er hilflos.

Noch einmal nahm er seine verbliebene Willenskraft zusammen, um eine Antwort auszusenden, aber er wusste sofort, dass sie zu schwach war, um auch nur wenige Lichtsekunden zu überwinden.

Ihm blieb nur mehr so viel Kraft und Energie, an sich selbst und an sein Schicksal zu denken.

Ashdon war gerettet, aber für wie lange?

Und er, Ernst Ellert?

War dies das Ende seiner Unsterblichkeit, oder war es ein neuer Anfang?

Die Antwort auf seine Fragen blieb aus. Hilflos fiel er in den bodenlosen Abgrund seiner Bewusstlosigkeit, und mit dem allerletzten Rest seines energetischen Seins erkannte er, warum Harno diesen Ort als einen der vollkommenen Stille bezeichnet hatte.

Alles um ihn herum erlosch.

ENDE

Perry Rhodan-Buch 110

ARMADA DER ORBITER

erscheint im Frühjahr 2010

Nachwort

Science-Fiction soll ihre Leser in aller Regel in eine zukünftige Welt entführen, und das auf einer breiten Basis, wie sie kaum ein anderes Genre zu bieten vermag. Geschildert wird der Mensch in einer mehr oder weniger fernen Zukunft, in technischer – oder auch im Fall der Apokalypse in prätechnisch düsterer – Umgebung. Im Vordergrund steht dennoch häufig die Begegnung des Menschen mit andersgeartetem Leben.

Gleich eine Vielzahl solcher Aspekte finden wir in diesem Buch vereint: Da wird Technik angesprochen, die auf das Wirken höherer Mächte zurückgeht – der Roboter Laire ist ein Beispiel ebenso wie die Kosmischen Burgen der Mächtigen. Da haben wir die Erstbegegnung durchaus unserem eigenen Entwicklungsstand entsprechender Völker mit anderen Intelligenzen. Ich selbst habe in dem Handlungsabschnitt um das eigentlich körperlose Bewusstsein Ernst Ellert und seinen Begleiter Gorsty Ashdon viele »Winke mit dem Zaunpfahl« entdeckt, die mir ein Nicken entlockt haben oder mich sogar frösteln ließen.

Stellen wir uns einfach die Frage, was geschehen würde, wenn morgen auf der Erde das Raumschiff einer technisch hochstehenden Zivilisation landen würde. Spätestens seit H. G. Wells' »Krieg der Welten« ist diese Frage aktuell. Aber wie sieht es aus, wenn diese Fremden nicht als Eroberer kommen, sondern in friedvoller Absicht? In dem entsprechenden Buchabschnitt sind viele Antworten verborgen.

Dass Science-Fiction oft sehr schnell zur Realität wird, das lässt sich schon anhand so alltäglicher Dinge wie Computer und Mobiltelefon belegen. Standardbeispiel sind zweifellos Jules Vernes' Romane. In vierzig Tagen um die Welt? Wer braucht heute noch so viel Zeit dafür? Kapitän Nemo und die Nautilus? Über modernste U-Boote lesen wir oft in den Medien, zumeist dann, wenn es Probleme gegeben hat. Die Mondlandung? Liegt inzwischen eine gefühlte Ewigkeit weit zurück.

Was mich aber wirklich verblüfft hat, war eine Schlagzeile, die mir kürzlich ins Auge stach. Im Herzen unserer Milchstraße haben US-Astronomen mit dem NASA-Infrarotobservatorium eine gigantische DNA-Struktur entdeckt.

Über solche Strukturen, die für unser Universum von größter Bedeutung sind, wurde in der PERRY RHODAN-Serie schon vor rund dreißig Jahren berichtet – und sie begleiten uns als kosmischer und entwicklungsgeschichtlicher Hintergrund bis heute. Hier, in der Buchausgabe, steuern wir schon mit großen Schritten darauf zu. Sie dürfen gespannt sein, was es damit auf sich hat.

Die in diesem Buch enthaltenen Originalromane sind: *Planet der Telepathen* (910) von Clark Darlton; *Duell mit einem Roboter* (919) und *Insel der Vernichtung* (920) jeweils von H. G. Francis; *Kontakt auf Scharzo* (921) von Clark Darlton; *Die Demonteure* (929) und *Das Loch im Universum* (930) jeweils von William Voltz sowie *Mysterium des Weltalls* (935) von Clark Darlton.

Hubert Haensel

Zeittafel

1971/84 Perry Rhodan erreicht mit der STARDUST den Mond und trifft auf die Arkoniden Thora und Crest. Mithilfe der arkonidischen Technik gelingen die Einigung der Menschheit und der Aufbruch in die Galaxis. Geistwesen ES gewährt Rhodan und seinen engsten Wegbegleitern die relative Unsterblichkeit. (HC 1–7)

2040 Das Solare Imperium entsteht und stellt einen galaktischen Wirtschafts- und Machtfaktor ersten Ranges dar. In den folgenden Jahrhunderten folgen Bedrohungen durch die Posbis sowie galaktische Großmächte wie Akonen und Blues. (HC 7–20)

2400/06 Entdeckung der Transmitterstraße nach Andromeda; Abwehr von Invasionsversuchen von dort und Befreiung der Völker vom Terrorregime der Meister der Insel. (HC 21–32)

2435/37 Der Riesenroboter OLD MAN und die Zweitkonditionierten bedrohen die Galaxis. Nach Rhodans Odyssee durch M 87 gelingt der Sieg über die Erste Schwingungsmacht. (HC 33–44)

2909 Während der Second-Genesis-Krise kommen fast alle Mutanten ums Leben. (HC 45)

3430/38 Das Solare Imperium droht in einem Bruderkrieg vernichtet zu werden. Bei Zeitreisen lernt Perry Rhodan die Cappins kennen. Expedition zur Galaxis Gruelfin, um eine Pedo-Invasion der Milchstraße zu verhindern. (HC 45–54)

3441/43 Die MARCO POLO kehrt in die Milchstraße zurück und findet die Intelligenzen der Galaxis verdummt vor. Der Schwarm dringt in die Galaxis ein. Gleichzeitig wird das heimliche Imperium der Cynos aktiv, die am Ende den Schwarm wieder übernehmen und mit ihm die Milchstraße verlassen. (HC 55–63)

3444 Die bei der Second-Genesis-Krise gestorbenen Mutanten kehren als Bewusstseinsinhalte zurück. Im Planetoiden Wabe 1000 finden sie schließlich ein dauerhaftes Asyl. (HC 64–67)

3456 Perry Rhodan gelangt im Zuge eines gescheiterten Experiments in ein paralleles Universum und muss gegen sein negatives Spiegelbild kämpfen. Nach seiner Rückkehr bricht in der Galaxis die PAD-Seuche aus. (HC 68–69)

3457/58 Perry Rhodans Gehirn wird in die Galaxis Naupaum verschlagen. Auf der Suche nach der heimatlichen Galaxis gewinnt er neue Freunde. Schließlich gelingt ihm mithilfe der PTG-Anlagen auf dem Planeten Payntec die Rückkehr. (HC 70–73)

3458/60 Die technisch überlegenen Laren treten auf den Plan und ernennen Perry Rhodan gegen seinen Willen zum Ersten Hetran der Milchstraße. Rhodan organisiert den Widerstand, muss aber schließlich Erde und Mond durch einen Sonnentransmitter schicken, um sie in Sicherheit zu bringen. Doch sie rematerialisieren nicht am vorgesehenen Ort, sondern weit entfernt von der Milchstraße im »Mahlstrom der Sterne«. Den Terranern gelingt es nur unter großen Schwierigkeiten, sich in dieser fremden Region des Universums zu behaupten. (HC 74–80)

3540 Auf der Erde greift die Aphilie um sich, die Unfähigkeit des Menschen, Gefühle zu empfinden. Perry Rhodan, die Mutanten und andere gesund Gebliebene beginnen an Bord der SOL eine Reise ins Ungewisse – sie suchen den Weg zurück in die Milchstraße. (HC 81)

3578 In Balayndagar wird die SOL von den Keloskern festgehalten, einem Volk des Konzils der Sieben. Um der Vernichtung der Kleingalaxis zu entgehen, bleibt der SOL nur der Sturz in ein gewaltiges Black Hole. (HC 82–84)

3580 Die Laren herrschen in der Milchstraße, die freien Menschen haben sich in die Dunkelwolke Provcon-Faust zurückgezogen. Neue Hoffnung keimt auf, als der Verkünder des Sonnenboten die Freiheit verspricht. Lordadmiral Atlan sucht die Unterstützung alter Freunde, die Galaktische-Völkerwürde-Koalition (GAVÖK) wird gegründet. (HC 82, 84, 85)

Auf der Erde im Mahlstrom zeichnet sich eine verhängnisvolle Entwicklung ab. (HC 83)

3581 Die SOL erreicht die Dimensionsblase der Zgmahkonen und begegnet den Spezialisten der Nacht. Um die Rückkehr zu ermöglichen, dringt ein Stoßtrupp in die Galaxis der Laren vor und holt das Beraghskolth an Bord. (HC 84, 85) Nur knapp entgeht die SOL der Vernichtung; die Entstehung des Konzils wird geklärt. (HC 86) Monate nach der SOL-Zelle-2 erreicht Perry Rhodan mit der SOL die Milchstraße und wird mit einer falschen MARCO POLO und dem Wirken eines Doppelgängers konfrontiert. Die Befreiung vom Konzil wird vorangetrieben. (HC 87, 88)

Im Mahlstrom halten der geheimnisvolle Plan der Vollendung und die PILLE die Menschen im Griff. Die Erde stürzt in den »Schlund«. (HC 86)

3582 Alaska Saedelaere gelangt durch einen Zeitbrunnen auf die entvölkerte Erde (HC 88) und gründet mit einigen wenigen Überlebenden der Katastrophe die TERRA-PATROUILLE. (HC 91)

Die SOL fliegt aus der Milchstraße zurück in den Mahlstrom der Sterne (HC 89) und erreicht die Heimatgalaxis der Feyerdaler, Dh'morvon. Über die Superintelligenz Kaiserin von Therm eröffnet sich eine Möglichkeit, die Spur der verschwundenen Erde wiederzufinden. (HC 90, 91)

Die Inkarnation CLERMAC erscheint auf der Heimatwelt der Menschen, und das Wirken der Kleinen Majestät zwingt die TERRA-PATROUILLE, die Erde zu verlassen. (HC 93)

3583 Die SOL erreicht das MODUL und wird mit dem COMP und dem Volk der Choolks konfrontiert. (HC 92) Hilfeleistung für die Kaiserin von Therm und der Kampf um die Erde. (HC 94)

In der Milchstraße machen die Laren Jagd auf Zellaktivatoren. (HC 93) Das Konzept Kershyll Vanne erscheint. (HC 95)

3584 In der Auseinandersetzung mit BARDIOCS Inkarnationen (HC 96) wird Perry Rhodan zum Gefangenen der vierten Inkarnation BULLOC. EDEN II, die neue Heimat der Konzepte, entsteht. (HC 98)

3585 Die Invasionsflotte der Laren verlässt die Milchstraße. (HC 97) Erde und Mond kehren aus der fernen Galaxis Ganuhr an ihren angestammten Platz im Solsystem zurück. (HC 99) Perry Rhodan und die Superintelligenz BARDIOC: Das ist große kosmische Geschichte. (HC 100)

3586/87 Die BASIS erreicht das Sporenschiff PAN-THAU-RA. Um eine Bedrohung für die Milchstraße abzuwenden, sucht Perry Rhodan die Kosmischen Burgen der Mächtigen. Die Loower okkupieren das Solsystem. (HC 101–108)

Raumschiff der Demonteure

Bei der dargestellten Einheit handelt es sich um den populärsten Schiffstyp in der Flotte der Demonteure. Obwohl dieser Typ für intergalaktische Entfernungen geeignet ist, werden größere Verbände auf sogenannten Mutterschiffen zusammengefasst und zum Einsatz transportiert.
Ein extrem hohes Beschleunigungsvermögen ist bezeichnend für die Raumschiffe der Demonteure. Angetrieben werden sie in der Regel von einem Hyperladungs-Speicher, der Energie an das Hyperdim-Abstoßfeld des eigentlichen Antriebssystems abgibt. Dieses Abstoßfeld ist die Ursache für das abwechselnd blaue und rote Leuchten der Flugkörper.
Die Besatzung besteht im Normalfall aus sechs Androiden. Dieses Schiff hat einen Rumpfdurchmesser von fünfzig Metern bei einer Höhe (mit Antenne) von sechsundzwanzig Metern.

Legende:

1. starke Ortungs- und Funkantenne
2. Ortungsrezeptoren
3. Hyperfunkanlage und Bordrechner
4. Schiffszentrale (bis zu sechs Personen)
5. Holoschirm
6. Aufenthaltsraum
7. Schlafbereich
8. Hyperladungs-Speicher
9. Antigrav und Andruckneutralisatoren
10. Projektorelemente des Schutzschirms
11. Schleusentor
12. umlaufender Hauptkorridor
13. Bodenschleuse